FANTASY

Buch

Steve Fisher ist Angestellter eines Frachtunternehmens in London. Als er eines Abends in der Hafengegend einem Seemann gegen drei Angreifer beisteht, erfährt er später, daß dieser Navigator auf der *Iskander* ist. Als er den Namen des Schiffes am nächsten Tag in seinen Computer eingibt, erfährt er zu seiner Verblüffung, daß die *Iskander* ein Segelschiff im Karibikverkehr ist – registriert im Jahre 1868!

Steve fährt erneut zum Hafen und stößt kurze Zeit später abermals auf den mysteriösen Navigator. Dieser erklärt ihm, daß seine Gegner die »Wölfe« sind, Kreaturen aus einer anderen Welt, die sich nun auch Steve zu unerbittlichen Feinden gemacht hat. Steve glaubt das erst, als er wieder zu Hause ist. Sein Büro ist zerstört, seine Freundin entführt. Und ihm bleibt nichts anderes, als den »Wölfen« übers Meer hinterherzusegeln – in eine Welt der Wunder, der Schrecken und der Magie.

Der erste Band von Michael Scott Rohans Pfortenwelt-Trilogie – Abenteuer-Fantasy vom Feinsten, mitreißend, geheimnisvoll, packend.

Autor

Michael Scott Rohan, geboren 1951 in Edinburgh, ist der kommende britische Fantasy-Star. Mit seiner Pfortenwelt-Trilogie zeigt er, daß er zu den originellsten Fantasy-Autoren seiner Generation gehört. Michael Scott Rohan lebt in Yorkshire.

Michael Scott Rohans Pfortenwelt-Trilogie
im Goldmann Verlag

Pfortenwelt 1 – Wolfsdämmerung. Fantasy-Roman (24670)
Pfortenwelt 2 – Hexendämmerung. Fantasy-Roman (24671)
Pfortenwelt 3 – Gralsdämmerung. Fantasy-Roman (24672)

Pfortenwelt

MICHAEL SCOTT ROHAN

WOLFSDÄMMERUNG

ROMAN

1

Aus dem Englischen
von Gerald Jung

GOLDMANN VERLAG

Die englische Originalausgabe erschien 1990 unter dem Titel
»Chase the Morning« bei Futura Publications, London

Für John Jarrold

Umwelthinweis:
Alle bedruckten Materialien dieses Taschenbuches
sind chlorfrei und umweltschonend.
Das Papier enthält Recycling-Anteile.

Der Goldmann Verlag
ist ein Unternehmen der Verlagsgruppe Bertelsmann

Deutsche Erstveröffentlichung 2/96

Umschlaggestaltung: Design Team München
Umschlagillustration: D'Achille/Ag. Xing
Satz: deutsch-türkischer fotosatz, Berlin
Druck: Elsnerdruck, Berlin
Verlagsnummer: 24670
SN Redaktion: Gerd Rottenecker
Herstellung: Peter Papenbrok
Made in Germany
ISBN 3-442-24670-9

1 3 5 7 9 10 8 6 4 2

Die Stunde, in der die Träume heller
und die Stürme kälter.
Die Stunde, in der junge Liebe an einer
weißen Schulter erwacht …
Diese Stunde, oh Meister,
soll hell für Euch scheinen:
Eure Kaufleute jagen den Morgen
auf allen Meeren …

Flecker, *Hassan*

Kapitel 1

Ich bremste scharf und kam zum Stehen, doch der Wagen vor mir schoß noch über die Kreuzung, gerade als die Ampel umschaltete. Ich schaute den Rücklichtern nach und verwünschte mich innerlich selbst, als sie in der hereinbrechenden Dunkelheit entschwanden, gefolgt von endlosen Lichterschlangen aus anderen Straßen. Der Idiot in dem aufgemotzten deutschen Sportwagen hinter mir hupte fleißig, doch ich ärgerte mich so sehr über mich selbst, daß ich ihm keine Beachtung schenkte. Die Zeit hätte gereicht, diese halbe Sekunde oder so, bevor die andere Ampel auf Grün umspringt; ich hätte einfach kräftig aufs Gaspedal treten und durchrasen sollen. Ich war nah genug an der Ampel gewesen, um es zu schaffen, doch gerade diese Kreuzung war ziemlich problematisch und in alle vier Richtungen ausgesprochen unübersichtlich. Da mußte nur jemand kommen, der genauso ungeduldig war wie ich … Ach, verdammt, ich war eben wieder auf Nummer Sicher gegangen! Aber so war ich nun mal: ein sicherer Fahrer – mit einem sicheren Auto, einem sicheren Job, einem sicheren Leben …

Warum also regte ich mich so fürchterlich auf? Es war keiner von diesen Tagen gewesen, an denen man völlig genervt das Büro verläßt; das kam sowieso nur selten vor. In diesem Moment wünschte ich mir idiotischerweise, es hätte irgend etwas Aufregendes gegeben, oder etwas, mit dem man sich hätte herumschlagen können; etwas, das dem Tag eine gewisse Würze gegeben hätte. Ich hob den Blick zum Himmel, und mein Ärger war wie weggeblasen. Die Sonne war bereits hinter dem dunklen Horizont verschwunden, doch ihre Strahlen beleuchteten noch eine völlig neue Landschaft in den tiefhängenden Wolken. Es handelte sich um eine dieser erlesenen

Sonnenuntergangsküsten aus wogenden Hügeln, tiefen Buchten, langen Streifen von bei Ebbe auftauchenden Sandbänken und endlosen Archipelen, deren Inseln wie hingestreut in trichterförmigen Meeresbuchten aus geschmolzenem Gold lagen. Diese hier wirkte durch die sanft abfallende Straße sogar noch überzeugender; gerade so, als blickte ich von einem höhergelegenen Hügel auf die eigentliche Bucht. Nur daß die Landschaft direkt unter mir bei weitem nicht so malerisch war, denn es handelte sich um ein flaches, von Industrieansiedlungen zerstückeltes Flußufer, das zum ersten Mal verschandelt wurde, als die Schiffe und die großen Werften ihre Blütezeit hatten; und als es damit bergab ging, erhielt es den zweiten Schlag. Keine einzige der Waren, mit denen ich zu tun hatte, ging heute noch über diese Docks; sie waren ebenso tot, wie die Landschaft am Himmel lebendig war.

Ein schreckliches, plärrendes Hupkonzert schreckte mich aus meinen Träumen auf. Die Ampel hatte wieder umgeschaltet, und hinter mir wartete die Autoschlange. Mit einem Hauch von Boshaftigkeit trat ich das Gaspedal durch und schoß so schnell über die Kreuzung, daß ich das chromblitzende Ungetüm hinter mir einfach stehen ließ. Doch kaum verbreiterte sich die Umgehungsstraße einige Sekunden später auf zwei Spuren, setzte es auch schon zum Überholen an und schnurrte mit unverfrorener Lässigkeit an mir vorbei. Ich verspürte den Drang, den Kerl sofort zu jagen und mit ihm um die Spitzenposition zu kämpfen; doch ich beherrschte mich. Was war nur mit mir los? Seit jeher waren mir diese Schwachköpfe zuwider, die mitten im Berufsverkehr »Rallye Monte Carlo« spielen mußten. Das hatte nichts mit Feigheit zu tun – diese Leute riskierten doch vor allem das Leben anderer. Wie auch immer, mittlerweile waren wir wieder in einem Abschnitt mit Geschwindigkeitsbeschränkung. Noch ein Wagen rauschte an mir vorbei. Gleiche Marke, gleiches Modell, gleiches Baujahr wie meiner, sogar die gleiche Farbe. Ich mußte genau hinsehen, um festzustellen, daß es wirklich nicht meiner war – und beschimpfte mich erneut. Waren das Anzeichen von Streß, oder was? Der Wagen war mit Leopardenfellbezügen ausgestattet, und auf der Hutablage saß so ein nickender Hund. Das zumindest gab es bei mir nicht – obwohl, so wie ich über ihn dachte, und auch über mich, hätte es genauso gut der Fall sein können. Herrje, eigentlich müßte ich auch einen Porsche fahren! Oder etwas weniger Ausgefallenes – einen Range Rover oder vielleicht sogar einen klassischen MG, irgend etwas, das mein zähes Blut besser in Wallung brachte als meine biedere Sportlimousine. Nicht, daß ich es mir nicht hätte leisten können. Wenn ich wirklich der große Überflieger war, der Wunderknabe, für den mich alle hielten, müßte ich dann eigentlich nicht ein bißchen mehr Spaß an allem haben – anstatt mein Geld in Vorzugsaktien, Wertpapiere und ein wenig unter der Theke gehandeltes Gold zu stecken?

Ich wechselte die Spur, um die Ausfahrt zu nehmen, die gewohnte, immergleiche Ausfahrt, den schnellsten Weg nach Hause. Nach Hause wohin? Drohend baute sich das Bild meiner kleinen, netten Wohnung vor mir auf: meine leere, teure Designer-Mansarde, in der allmählich die Heizung auf Touren kam. Mir wurde plötzlich übel, als ich daran dachte, wie ich mir das Abendessen kochen würde, irgend etwas Aufgewärmtes direkt aus dem Tiefkühlfach; ich schaltete rasch zurück und blinkte gerade noch rechtzeitig, um erneut die Spur zu wechseln. Ich wollte irgendwo essen gehen, und zwar nicht in einem der üblichen Restaurants. Vielleicht würde ich es am nächsten Morgen bereuen, doch ich wollte etwas Exotischeres suchen, auch wenn es nicht ganz so sauber und ordentlich war. Der Gedanke an die Docks hatte mich darauf gebracht; mir fiel ein, daß es dort eine ganze Menge verrückter kleiner Ecken gegeben hatte, als ich das letzte Mal durchgekommen war – aber mein Gott, wie lange war das schon her? Ich war noch ein Teenager gewesen, es mochte gut und gerne vor zehn Jahren gewesen sein. Und damals hatte ich nur aus dem fahrenden Bus hinausgeschaut. Als ich zuletzt über dieses Pflaster stolperte, muß ich noch ein Kind gewesen sein; mein Vater hatte mich dorthin mitgenommen, um den großen Schiffen beim Entladen zuzusehen. Von den Schiffen war ich begeistert gewesen, doch die Docks selbst, mit dem Unkraut zwischen dem ausgetretenen Steinpflaster und den verrosteten Kranschienen, hatten immer einen eher traurigen Eindruck hinterlassen. Schon damals lagen sie im Sterben. Ich erinnere mich dunkel an einige Versuche aus jüngster Zeit, Teile davon als pittoreske Touristenattraktion aufzumöbeln; aber wie und mit welchem Erfolg das geschehen war, entzog sich meiner Kenntnis.

Warum war ich nie mehr dorthin zurückgekehrt? Keine Zeit: weder der Job noch die Freunde, der Sport oder all die anderen Beschäftigungen und Vorhaben ließen mir Zeit dafür. Dinge, die mich voranbrachten. Dabei hatte ich meine Vorliebe für sinnloses Herumtreiben eigentlich nicht absichtlich begraben; sie war mir einfach durch die Finger geglitten. Wie so viele andere Dinge. Wenn ich am Ball bleiben, weiterkommen wollte, blieb mir einfach keine andere Wahl. Und doch hatten diese Ausflüge zum Hafen, der Anblick dieser Kisten und Container mit ihren geheimnisvollen, fremdländischen Aufklebern zweifellos irgend etwas in mir ausgelöst.

Nicht, daß es sich direkt auf meine Karriere ausgewirkt hätte; diese Entscheidung hatte ich damals im College sehr sorgfältig getroffen. Aber es war für etwas Besonderes verantwortlich, eine Spur von Farbe im Leben, die es in vergleichbaren Jobs nicht gab. Natürlich hielt das nicht lange an. Wie sollte es auch das Einerlei der täglichen Routine überleben, den drögen, gleichförmigen Tagesablauf voller Formulare, Rechnungen und Kredite? Ich hatte es nicht sehr vermißt. Andere, realistischere Abenteuer waren an seine Stelle getreten. Doch gerade jetzt, wo ich mich so ein bißchen rebellisch und abenteuerlustig fühlte, löste der Gedanke an den alten Hafen eine eigentümlich bohrende Sehnsucht aus. Vielleicht kam daher die Idee, zum Essen dort hinunter zu fahren – der Drang, die frühere Begeisterung für meinen Beruf wiederzufinden. Ohne diese Inspiration fühlte ich mich ziemlich leer, beinahe ausgehöhlt.

Ich runzelte die Stirn. Plötzlich fiel mir etwas weniger Angenehmes ein, etwas, das mir Jacquie vor Jahren bei einer dieser letzten, unschönen Streitereien vorgeworfen hatte. Es war, typisch, einer ihrer üblichen dämlichen Vergleiche gewesen; es ging um eines von diesen zerbrechlichen, bemalten Singapur-Eiern auf ihrem Kaminsims, denen das Eigelb ausgesaugt wird, um daraus die Farbe herzustellen ... »Das wäre genau das richtige für dich! Du wärst ein wahrer Meister dieser Kunst! Das Herz heraussaugen, um damit die Schale zu bemalen! Hauptsache, auf der Außenseite ist alles schön bunt, ganz egal, wie leer und hohl es innen ist! Spielt keine Rolle, daß da nichts mehr ausgebrütet wird! Äußerlichkeiten, ja, da bist du mächtig stolz darauf ...«.

Ich schnaubte verächtlich. Wie hatte ich von ihr erwarten können, die Dinge so zu sehen, wie sie wirklich waren? Und doch ... Die Ausfahrt war nicht mehr weit, direkt am Fuße dieses Hügels lag – wie hieß es noch? Ich kannte die Abzweigung auch ohne den Namen, doch als ich den Kreisverkehr verließ, erblickte ich ihn auf einer Mauer: Danube Street.

Soweit ich mich erinnerte, hießen alle Straßen in dieser Gegend so. Danube Street, Baltic Street, Norway Street – weit entfernte Orte, die den Leuten, die hier einst wohnten und arbeiteten, so vertraut wie die eigene Heimat waren, auch wenn sie nie dort gewesen waren. Von dort kam all der Wohlstand, das Geld, mit dem diese hochaufragenden Steinmauern errichtet wurden, die einst in hellem Sandstein prunkten, inzwischen jedoch von festgebackenem Schmutz geschwärzt waren. Hering und Hölzer, Gewürze, Bernstein, Pelze und Seidenstoffe, exotische Waren aller Art hatten für diese Pflastersteine bezahlt, die jetzt unter meinen Reifen ratterten – und das zu einer Zeit, als die vornehmste Straße der Stadt nicht mehr als ein von tiefen Fahrrinnen durchzogener Pfuhl aus Schlamm und

Pferdeäpfeln gewesen war. Einige der kleinen Seitenstraßen trugen wirklich verwunschene Namen: Sereth Street, Penobscot Lane; in der Tampere Street hielt ich schließlich an und stieg aus dem Wagen.

Ich hoffte, daß die Straßennamen nicht auf ortsübliche Gewohnheiten anspielten und mein Auto unbehelligt bliebe; doch ich wollte einfach nicht mehr länger eingesperrt sein. Ich wollte die Umgebung zu Fuß erkunden, den Geruch des Meeres im Wind schnuppern. Statt dessen spürte ich einige Regentropfen, wandte mich einen Moment um, blickte dann nach oben und mußte den Atem anhalten. Über dem Dach des gegenüberliegenden Lagerhauses erglühten die letzten Streifen des grandiosen Sonnenuntergangs; dagegen zeichnete sich, wie kräftige dunkle Bäume im Winter, ein hochaufragendes Gewirr von Mastspitzen ab. Nicht die einfachen Masten moderner Yachten oder die vielgepriesenen Radarvorrichtungen größerer Schiffe; das waren die Mastspitzen eines vollgetakelten, Rahsegel führenden Segelschiffs, und zwar solche, wie man sie auf Schiffen vom Kaliber der *Victory* oder *Cutty Sark* vermuten würde. Das letzte Mal hatte ich so etwas im Lokalfernsehen gesehen, als eine Dreimaster-Regatta eingelaufen war. Hatte das Fremdenverkehrsbüro hier eins vor Anker legen lassen oder war es wirklich ein altes Schiff? Das mußte ich mir ansehen. Ich zog meinen dünnen Anorak fester um mich und marschierte in die tiefen Schatten zwischen den weit auseinanderstehenden Straßenlampen hinein. Zum Teufel mit dem Wetter, zum Teufel mit allem! Ich wunderte mich ein wenig über mich. Kein Zweifel, die Rebellion hielt mich fest im Griff.

Anderthalb Stunden später bedauerte ich es natürlich bitterlich. Meine Haare klebten platt an dem vom kalten Wind gebeutelten Kopf, der durchnäßte Kragen scheuerte am Hals, und ich mußte unbedingt etwas zu Abend essen. Von den verrückten kleinen Lokalen aus meiner Erinnerung waren nur noch vernagelte Fensterhöhlen in den hohen Mauern übrig;

oder verkommene kleine Cafés mit verblichenen Pop-Postern und verschmierten Glasfenstern, hinter denen man kaum die staubigen Plastiktische erkennen konnte. Außerdem hatten sie alle geschlossen, allem Anschein nach schon seit Jahren. Das Meer war nur einen Steinwurf entfernt, doch nie in Sicht; und es gab weder eine Spur von einem Mast noch Anzeichen anderer Touristenattraktionen. Inzwischen wäre mir sogar der Mikrowellenfraß zu Hause recht gewesen, wenn ich nur meinen Wagen wiedergefunden hätte. Doch um dem Ganzen die Krone aufzusetzen, hatte ich mich verlaufen, irgendwo bei einem Lagerhaus die falsche Richtung eingeschlagen, und jetzt sah alles nur noch fremd aus. Wenn überhaupt etwas zu erkennen war, denn entweder gab es in manchen Straßen keine Beleuchtung, oder sie war ausgefallen. Nirgendwo war eine Menschenseele zu sehen, kein Geräusch drang an mein Ohr, außer meinen eigenen Schritten auf den runden Pflastersteinen und dem entfernten Rauschen des Meeres. Ich kam mir vor wie ein alleingelassenes Kind.

Dann hörte ich Stimmen. Sie schienen aus der Querstraße vor mir zu kommen, und ich war so verzweifelt, daß ich bereits um die Ecke geeilt war, als mir auffiel, daß sie alles andere als freundlich klangen, sondern nach einer handgreiflichen Auseinandersetzung. Und genau das spielte sich da gerade ab. Am Ende der Straße lag das Meer, das sich durch seinen fahlen Schimmer gerade noch vom Himmel abhob, aber das nahm ich kaum wahr. Es gab in der ganzen Straße nur ein einziges Licht, über dem bogenförmigen, halb geöffneten Eingang eines Lagerhauses; davor, auf einem von Unkraut übersäten Vorhof, wogte ein Knäuel raufender Männer wild hin und her. Einer riß sich los und wankte davon, und ich sah, daß ihn die anderen, wahre Riesen alle drei, verfolgten. Einer drosch auf ihn ein, er duckte sich, wobei er zwischen Gräsern und Unrat zu Fall kam, und mit jähem Entsetzen sah ich blitzendes Metall in der Faust, die soeben den Streich ausgeführt hatte, und auch in den Fäusten der anderen, die jetzt auf ihn losstürzten. Sie hatten Messer, lange Messer; hätte der Hieb sein Ziel gefunden, hätte er dem Verfolgten die Kehle von einem Ohr zum anderen aufgeschlitzt. Die Kerle wollten ihn umbringen.

Ich stand starr vor Entsetzen, zögernd und unfähig, das, was ich da sah, mit der Wirklichkeit in Einklang zu bringen, mich darauf zu besinnen, einzugreifen. Ich verspürte das wahnsinnige Verlangen, wegzulaufen und die Polizei zu benachrichtigen, schließlich war es deren Angelegenheit, nicht meine. Wenn ich vor dieser roten Ampel nicht gezaudert hätte, vielleicht hätte ich genau das getan und es später bereut. Doch etwas in mir – dieser wiederauferstandene rebellische Geist – wußte es besser: Ich wollte gar keine Hilfe holen, sondern ich brauchte eine Ausrede, um davonzulaufen, mich nicht einmischen zu müssen, um einfach auf der anderen Straßenseite vorbeizugehen. Hier allerdings stand ein Leben auf dem Spiel, und das war etwas weit Wichtigeres als die Mißachtung einer roten Ampel; sogar etwas weit Wichtigeres als die bloße Entscheidung zwischen Mut und Feigheit. Ich mußte eingreifen ... aber wie?

Zögernd machte ich einen Schritt nach vorn. Vielleicht reichte es ja, sie zu erschrecken, indem ich laut schreiend auf sie zurannte; aber was, wenn es nichts nützte? Seit der Schulzeit hatte ich niemanden mehr geschlagen, und da vorne standen gleich drei. In diesem Augenblick fiel mein Blick im trüben Licht auf einen Haufen Metallrohre am Straßenrand, direkt neben einem Bauschild; die Überreste eines Baugerüstes. Schmutz und Regen hatten sie glitschig gemacht, aber mit einem Ruck, bei dem es mir in den Schultern krachte, riß ich ein gut zwei Meter langes Stück los, hielt es hoch über den Kopf und rannte über das rutschige Pflaster.

Zunächst nahm mich keiner von ihnen wahr; das Opfer glitt aus, stürzte, und die Meute war über ihm. Ich wollte schreien, doch zuerst entrang sich nur ein lächerliches, abgeschnürtes *hey* meiner Kehle; aber mittendrin schlug es um und verwandelte sich in ein gespenstisches Geheul. Jetzt wurden sie auf mich aufmerksam, doch zu meinem großen Entsetzen rannten sie nicht weg, sondern wandten sich alle drei mir zu. Jetzt gab es kein Zurück mehr. Ich schlug mit dem Rohr nach dem ersten Angreifer und verfehlte ihn kilometerweit. Er sprang auf mich zu, und in einem Anfall schierer Panik versetzte ich seinem ausgestreckten Arm im Rückschwung einen kräftigen Hieb. Er stürzte jaulend zu Boden, und ich sah, wie ein funkelndes Messer durch die Luft flog. Der nächste kam auf mich zu, wich aus, als ich auch ihn mit dem Rohr verfehlte, und ging erneut auf mich los. Doch das Rohr war so glitschig, daß es mir durch die Finger rutschte; das Ende bohrte sich in seinen Magen und warf ihn rücklings aufs Pflaster. Ohne genau zu wissen, was ich eigentlich tat, holte ich nach der dritten Gestalt aus. Da rutschten auf den nassen, glatten Steinen meine Füße unter mir weg, und ich setzte mich mit einem Schmerzensschrei auf den Hosenboden. Er baute sich vor mir auf, ein riesiger Schatten vor dem Lichtkreis der mickrigen Lampe; als er mit dem Messer ausholte und es auf mich niedersausen ließ, sah ich seine gebleckten weißen Zähne in einem verzerrten Grinsen.

Dann blitzte etwas über mir auf, Füße polterten auf dem Pflaster, und der Schatten wich zurück. Es war der Mann, den sie angegriffen hatten, eine gebeugte, kräftige Gestalt mit rotbraunem Haarschopf, die jetzt mit einem großen Satz aufsprang und auf den großen Mann zuschnellte, wobei er dessen plumpen Attacken mit einer geradezu tänzerisch anmutenden Leichtigkeit auswich. Plötzlich zuckte sein eigener Arm nach vorne; Metall schimmerte und ein entsetzliches, reißendes Geräusch war zu hören. Einen Augenblick wirbelten beide ins Licht, und ich sah, wie aus langen Rissen in dem zottigen Mantel des großen Mannes Blut herausspritzte. Ich rappelte mich auf, zuckte jedoch zurück, als die Dunkelheit auf mich einzustürzen schien; ich schlug blindlings um mich und spürte einen durchdringenden Stich im Unterarm. Ich schrie auf, vor dem plötzlichen Schmerz und mehr noch vor der Wut, die wie eine heiße Woge in meinem Kopf aufstieg. Ein tückisches, geiferndes, im schwachen Lichtschein grau und krank wirkendes Gesicht tauchte plötzlich vor mir auf, gekrönt von einem grünen Hahnenkamm wie der eines Kakadus und mit einer Menge klingelnder goldener Ohrringe. Ich schlug mit meinem gesunden Arm mitten hinein, spürte, wie der Schlag traf und wollte schon triumphieren – als etwas explodierte, jedenfalls fühlte es sich so an, und meine Zähne von der Wucht des Schlags aufeinanderkrachten. Ich krümmte mich zusammen, hielt meinen Kopf fest und konnte weder klar sehen noch denken, der Schlag schien mein Gehirn wie einen Spiegel mit tausend Haarrissen durchzogen zu haben. Neben mir ertönte ein Aufschrei, dann ein lautes Krachen, und ich machte mich auf das Schlimmste gefaßt – den beißenden Schmerz eines Messerstichs oder den stumpfen Schlag eines Stiefels. Doch mein Rücken knallte gegen eine Wand, und ich kam langsam hoch, dankbar für den zusätzlichen Halt. Als ich mich zwang, die Augen zu öffnen, sah ich gerade noch, wie die drei Schatten wie um ihr Leben die Straße entlangliefen, Richtung Meer, wobei einer schrecklich humpelte und ein anderer sich die Brust hielt; den dritten, dessen Füße hilflos über die runden Pflastersteine zuckten, schleiften sie zwischen sich mit. Er ließ einen glitzernden schwarzen Streifen, wie die Spur einer Schnecke, zurück.

Der Mann, den sie angegriffen hatten, saß am Türrahmen rechts neben mir zusammengekrümmt an der Wand. Er hielt sich mit beiden Armen die Rippen und atmete schwer. Zuerst dachte ich, er sei verletzt, doch dann sah er auf und grinste. Ein ganz normales Grinsen auf einem schmalen, ausdrucksvollen Gesicht. »Na, das nenne ich echtes Timing!« sagte er und lachte vor sich hin.

»Wer waren diese Männer?« krächzte ich mühsam.

»Die? Nur Wölfe, wie gewöhnlich. Auf der Suche nach allem, was nicht niet- und nagelfest ist, und manchem mehr – du weißt schon!« Er blickte erneut auf. »Hey, das weißt du natürlich nicht, oder? Du kommst doch nicht aus dieser Ecke der Stadt?«

Ich schüttelte leichtsinnigerweise den Kopf, was zur Folge hatte, daß die Welt sich in Millionen schmerzhafter Nadelstiche auflöste. Ich schwankte wie betäubt, mir war speiübel. Er sprang auf und stützte mich. »Was ist los? Hast wohl einen nicht ganz geschafft, was? Ach ... nicht aus dieser Ecke.« Die Frage hatte sich ohne jegliche Antwort meinerseits in eine Feststellung verwandelt. »Kein Einheimischer, hätte ich mir denken können, so wie du plötzlich aufgetaucht bist.« Er lehnte mich gegen die Wand und suchte mit derben Fingern meine Kopfhaut ab, was weitere Schmerzwellen hervorrief. »Das ist nur ein Kratzer!« stellte er mit unverschämter Munterkeit fest.

»Versuchen Sie's doch selbst mal!« krächzte ich, und er grinste erneut.

»War nicht so gemeint, Kumpel. Bin nur froh, daß deine Birne keinen Knacks abgekriegt hat, das ist alles. Eine Beule, ein bißchen Blut, keine Panik. Aber dein Arm, das ist eine andere Sache.«

»Der tut nicht so weh ...«

»Aye, vielleicht, aber eine Klinge in den Muskel ... könnte schmutzig sein, wenn nicht schlimmer. Wart mal 'nen Moment ...« Die Klinge, die er selbst so meisterhaft geführt hatte, blitzte in seiner Hand auf, und ich sah voller Erstaunen, daß es sich nicht um ein Messer, sondern um ein ausgewachsenes Schwert, eine Art Säbel handelte. Geschickt ließ er es in der Scheide an seinem Gürtel verschwinden, hakte einen Ring mit großen, altmodischen Schlüsseln vom Gürtel ab und sperrte mit einem davon die große Lagerhaustür hinter sich zu, wobei er pausenlos vor sich hin murmelte. »Komm schon, ist ja nichts passiert. Werde mich schon um dich kümmern. Halte dich nur an deinen alten Kumpel Jyp – genau! Nur noch ein paar Schritte dort um die Ecke – stütz dich auf mich, wenn du willst!«

Dieser Vorschlag kam mir recht dämlich vor – so kurzgewachsen wie mein neuer Kumpel war. Doch als er meinen gesunden Arm um seine Schulter legte, stellte ich mit Erstaunen fest, daß er kaum kleiner war als ich, und ich bin über einsachtzig. Im Vergleich zu den anderen hatte er richtig klein gewirkt. Die Frage lautete also: Wie groß waren sie dann?

Aus der Nähe sah er auch nicht mehr so gewöhnlich aus. Sein Gesicht war knochig, mit einem ausgeprägten Unterkiefer, doch seine Züge wirkten offen und ebenmäßig; vielleicht ein bißchen skandinavisch, bis auf die Mimik, die wie ein stetiger Lichtwechsel auf ihnen spielte. Falten erschienen und verschwanden wieder, was es schwer machte, sein Alter zu schätzen; Anfang Vierzig, den Falten um die Augen nach zu schließen. Auf den Wangenknochen darunter tummelten sich unzählige Sommersprossen, die mit einer leicht verblaßten Sonnenbräune zu einer einzigen Fläche zusammenflossen. Seine Augen blickten ruhig, offen und intelligent in die Welt. Ihr Blick wirkte zugleich unnahbar und weit vorausblickend, bis ich das Zwinkern bemerkte, das hervorragend zu seiner lebendigen Mimik und dem schiefen Lächeln paßte. Ich fühlte mich nur selten auf Anhieb von Menschen angezogen, schon gar nicht von Männern, doch er hatte etwas spontan Liebenswertes an sich. Was ziemlich überraschend war, denn ich konnte ihn mit nichts und niemandem in Verbindung bringen. Jemanden zu mögen heißt natürlich nicht, daß man ihm auch gleich vertrauen muß, doch in jenem Moment hatte ich keine andere Wahl.

Wie zwei volltrunkene Saufkumpane stolperten wir gemeinsam auf das dem Meer zugewandte Ende der Straße zu. Bevor wir dort ankamen, schwenkte mein *alter Kumpel* Jyp, wer immer er sein mochte, auf die andere Straßenseite hinüber und in eine dunkle, übelriechende Gasse hinein, die jedoch gleich in eine viel breitere Straße mündete, eine der vielen, die ich unnötigerweise in dieser Nacht bereits durchstreift hatte. In dieser hier fand sich jedoch, wonach ich die ganze

Zeit gesucht hatte: ein alleinstehendes, hellerleuchtetes Gebäude, das unverkennbar nach einem Pub aussah, vielleicht sogar nach einem richtigen Restaurant. Zwischen Fensterläden, von denen die Farbe abblätterte, strömte warmes, goldgelbes Licht durch schmutzige, bleiverglaste Fenster nach draußen. Darüber erstreckte sich ein Schild quer über das ganze Gebäude, dessen Farben sogar im flackernden Licht der Funzeln an der darunterliegenden Wand prächtig leuchteten. Mein Kopf wurde in der kalten Luft allmählich klarer, und fasziniert starrte ich auf den Schriftzug. Genau das mußte einer dieser Geheimtips sein. Auf dem Schild stand *TAVERNA ILLYRIKO*, in großen Buchstaben, rot auf schwarz, und darunter *Illyrische Taverne – Delikatessen im alten Stil – Dravic Myrko, Eigent*. Auf einem Schild über der Tür sah ich die Schriftzüge *Illyrian Tavern, Taverne Illyrique*, den Namen in allen Sprachen, die ich kannte, und in einigen weiteren, von denen ich noch nie gehört hatte.

»Komm mit, hier flicken wir dich wieder zusammen!« sagte Jyp gutgelaunt und fügte etwas hinzu, von dem ich mir nicht ganz sicher war, ob ich es richtig verstanden hatte.

»Wie war das?«

»Keine schlechte Kneipe, sagte ich, solange man sich vor den Nacktschnecken in acht nimmt.«

Ich schloß die Augen. »Ich versuch's. Wo sind sie denn? Auf dem Fußboden?«

»Auf der Speisekarte.«

»Um Gottes willen!«

Das war's dann. Ich mußte auf der Stelle anhalten und mich übergeben, unter Schmerzen und ohne großen Erfolg, wobei Jyp mir mit amüsiertem Mitgefühl zuschaute. »Nix im Magen?« erkundigte er sich. »Schade. Gut Kotzen hilft immer bei einem Schlag auf den Kopf. Wie bei Seekrankheit: Wenn du dich schon übergeben mußt, sorge wenigstens dafür, daß du auch was im Magen hast, sage ich immer, Munition, sozusagen.«

»Ich werd's mir merken«, versprach ich, und er lachte in sich hinein.

»Alles klar? Achtung, die Stufen sind ausgetreten.« Er trat die verblaßte rote Tür mit scheppernden Knall auf. »Hoi, Myrko! Malinka! Katjka!« rief er, während er mich hineinzerrte.

Eine halbe Stunde früher hätte ich die Woge von Gerüchen, die uns entgegenbrandete, wahrscheinlich willkommen geheißen. Mindestens hundert davon konnte ich nicht benennen, und bei einigen legte ich auch keinen besonderen Wert darauf; mit Sicherheit waren Knoblauch, Paprika, Bier und angebratene Zwiebeln darunter. Jetzt allerdings zog sich mein armer Magen bei diesem Gemisch zusammen.

»Ah, du bist's, *Lotsä*?« antwortete eine heisere Stimme von drinnen. Ich hörte, wie jemand Kohlen in einen Ofen schaufelte. »Malinka ist nicht da, du mußt schon mit mir Vorlieb nehmen.«

»Ich habe einen Freund dabei, Myrko«, rief Jyp. »Hey, wie heißt du, Freund? Stephen? Myrko, das hier ist Steve, er hat mir ein paar Wölfe vom Rücken geschüttelt und dabei den einen oder anderen Schlag eingesteckt. Er braucht was, was ihn wieder auf die Beine bringt. *Katjka!* Dein Auftritt! Und bring deine Nadel-und-Faden-Reparaturkiste mit! Und du, mein alter Kumpel, setz dich einfach hier hin …«

Ich rutschte auf eine hölzerne Sitzbank mit hoher Lehne, setzte alles daran, den Kopf nicht auf den Arm zu legen, und ließ den Blick durch den Raum wandern. Ich kannte einige griechische Touristenkneipen, die es darauf anlegten, so auszusehen. Jetzt wurde mir schlagartig klar, was sie zu imitieren versuchten. Hier waren die von den Deckenbalken baumelnden getrockneten Kräuterbündel und Würste, die Schinken in Säckchen, die riesigen Stücke gesalzenen Kabeljaus, die wie mumifizierte Hände aussehenden Tintenfische, die bauchigen Weinflaschen mit den tanzenden Bauern auf ihren schrillen Etiketten und die anderen, nicht so einfach zu identifizierenden Formen jedenfalls nicht aus Plastik. Ihr Aroma hing schwer in der Luft, und das leicht flackernde Licht der dazwischen aufgehängten Laternen verlieh ihnen eine eigentümliche Lebendigkeit. Es waren echte Laternen, Öllampen; auch das konnte man riechen. Ich blickte mich um, konnte jedoch weder Lichtschalter noch Steckdosen an den Wänden entdecken. Recht bedacht, waren auch die Außenlichter richtige Laternen gewesen. Ihre Helligkeit war sehr begrenzt, und nur in der Mitte des Raums war es wirklich hell. Dort saß niemand an den Tischen, doch aus den mehr im Schatten gelegenen in den Ecken vernahm ich das Summen von Stimmen, männlichen und weiblichen, sowie die Musik von Gläsern und emsig geführten Bestecken.

Vor mir wurde klappernd ein Tablett auf den Tisch gestellt, darauf eine Flasche mit einer trüben Flüssigkeit und ein enghalsiges Kolbenglas gleichen Inhalts, kein Glas. Ein stämmiger, runder, kleiner Mann mit dem Gesicht einer gutmütigen Kröte beugte sich zu mir herunter und grunzte: »Das gäht auf mich, Freund! Jedärrr, der's den Völfen besorrrgt, tut uns allän einen Gefallän!« Sein Akzent war so schwer wie die Gewürze in der Luft, schwer und guttural. Aus den schattigen Tiefen des Raums ertönte zustimmendes Gemurmel, und erstaunt sah ich das Blitzen erhobener Gläser.

»Du hättest ihn sehen sollen, Myrko!« schwärmte Jyp. »Sie hatten mich schon auf dem Boden, hatten mir meinen kleinen Piekser weggenommen, da kommt er hier mit einer verdammt riesigen Eisenstange an! Er nietet gleich zwei von den dreien um, der dritte kriegt eine reingedonnert, noch bevor ich meine Klinge wieder zu fassen bekomme und ihn ein bißchen aufschlitze! Er ging einfach so, ohne sich um Deckung zu kümmern, auf sie zu, der Bursche, einfach so!«

Myrko nickte bedächtig. »Hätte ich gerrrn gesähen! Gutt gemacht, mein Jungä. Jetzt mußt du das runtärrrschluckän, ist zum trinkän, klarrr? Guttä Medizin!« Ich griff vorsichtig nach der kleineren, kolbenförmigen Karaffe und setzte sie an die Lippen. Irgendein Trick mit ihrer Form ließ den gesamten Inhalt direkt in meinen Hals schießen. Wenn Sie wissen möchten, wie ich mich dabei fühlte, dann binden Sie eine Pflaume an eine Rakete und feuern Sie das Ganze in Ihre Speiseröhre, wenn möglich während eines Erdbebens. Ich atmete heftig aus, wobei ich damit rechnete, daß sich die Luft entzündete, und Myrko schüttete mir einen zweiten Schluck in den Kolben, den ich noch immer in der Hand hielt. Auf einen Schlag ließ das Frösteln in meinem Inneren nach. Ich hörte auf zu zittern, spürte, wie das Blut durch die Adern pulsierte und das Pochen im Kopf erträglich wurde. Ich leerte den Kolben erneut und ließ Myrko noch einmal nachschenken, bevor ich die Flasche hochhielt, um mir das Etikett zu betrachten. »*Tujika*«, sagte ich und begriff plötzlich. »*Sliwowitz*. Aber ungefähr dreimal so stark wie jeder andere, den ich je zuvor probiert habe!«

Myrko grinste, als würde er jeden Augenblick mit der Zunge nach einer Fliege schnappen. »*Schliwowitsch*, rrrichtig, wenn du ihn so nennän willst. Rrrichtiger Hochlandstoff, der bestä diesseits der *Karrrpatny*. Hoj, da kommt Katjka!« Ich kniff die Augen zusammen. Aus dem aromatischen Halbdunkel tauchte ein Mädchen auf – und was für eines. In diesem farbenfrohen Kostüm paßte sie hervorragend in den ganzen Stil des Lokals, gerade so, als wäre sie direkt einem der Weinetiketten entsprungen, ein Bauernmädchen wie aus dem Bilderbuch, irgendwo von der oberen Donau. Vielleicht nicht unbedingt mehr ein Mädchen; beim zweiten Blick schätzte ich sie auf Ende Zwanzig. Wahrscheinlich auch keine Bäuerin. Dafür waren die Stickereien auf dem leuchtendroten Rock und der schwarzen Weste zu sehr vergoldet und zu prunkvoll, der Ausschnitt der weißen Bluse über ihren vollen Brüsten eine Idee zu tief heruntergezogen, zu prall gespannt. Ihr blondes Haar sah natürlich aus, doch das Gesicht darunter war schmal und hatte etwas Fuchsartiges, war nicht gerade hübsch, und die beiden tiefen, harten Falten zu beiden Seiten des Mundes verrieten Erfahrungen, die Bauern normalerweise nicht zuteil werden. Abgesehen von dem eindrucksvollen Brustansatz waren ihre Augen das beste an ihr: groß und grau und besorgt.

»Was ist los?« fragte sie drängend mit erstaunlich tiefer Stimme und einem Akzent, der weniger auffällig als bei Myrko ausfiel. »Wer ist verletzt, Jyp? Oh …« Noch bevor jemand antworten konnte, rutschte sie zu mir auf die Bank, bemutterte mich wie eine Glucke und beschimpfte die anderen, weil sie sie nicht eher gerufen hatten. Ich spürte kaum einen Schmerz, als sie mir den Anorak rasch und sanft von den Schultern pellte, und meine Hemdknöpfe schienen von allein aufzuspringen, als ihre flinken Finger an meiner Brust hinabflogen. Dann zog sie mir auch das Hemd aus, und ich wäre vor Scham fast unter den Tisch gesunken. Doch falls jemand herüberstarrte, so konnte ich ihn nicht erkennen, und das Stimmengesumm veränderte sich keineswegs; diese Katjka jedenfalls hatte damit keine Probleme. Ohne Hemmungen bettete sie meinen Kopf auf ihre Brüste, und als Myrko schnaufend mit dem heißen Wasser ankam, das sie angefordert hatte, fing sie an, meine pochende Kopfhaut mit unglaublich zarten Fingern zu untersuchen und zu waschen, wobei sie eine Masse auftrug, die sich wie Seetang anfühlte. »Ruhig …«, gurrte sie, doch auf diesem eigenartigen Kissen war das zugleich schwierig und allzu einfach. Schließlich akzeptierte ich die Situation und ließ meinen Kopf einfach sinken.

Ihr schien es zu gefallen, doch bei mir war ich nicht völlig sicher. Sie war zwar ein liebes Geschöpf, doch von meinem privilegierten Platz aus war ich sozusagen gezwungen, etwas an ihr wahrzunehmen. Es war durchaus nicht unangenehm, nicht dieser Mannschaftsgestank, den man mit Squash-Umkleideräumen verbindet, doch es war da, und ziemlich intensiv. Nicht schlimmer jedenfalls als bei unseren Vorfahren oder Urgroßeltern, oder bei Leuten in Ländern, in denen Bäder immer noch Luxus waren. Ich erinnerte mich an einen Ostblock-Funktionär, einen Spezialisten für Kohlenexport, der sich darüber beklagte, daß die Mädchen in seiner Heimat aufgrund der permanenten Energieknappheit nicht oft genug badeten; er hatte gewiß Grund zum Klagen. Doch in unserem aufgeklärten Land der Duftseifen und des fließend heißen Wassers gab es keine Entschuldigung. Es mußte nicht sein, deshalb stieß es mich ab. Oder tat ich ihr Unrecht? Ich warf erneut einen Blick auf die Lampen. Womöglich waren sie nicht nur Dekoration, sollten sie nicht nur für Atmosphäre sorgen; vielleicht gab es hier tatsächlich keinen Strom, nicht einmal Gas. In diesem Fall dürfte sie dasselbe Problem haben. Doch wo gab es heutzutage weder das eine noch das andere? Selbst die Hochlandbauern können sich Gasflaschen kaufen. Und wie konnte ein gastronomischer Betrieb ohne Strom und Gas auch nur einen einzigen Besuch der Beamten vom Gesundheitsamt überstehen?

Durch den Sliwowitz und all die anderen Umstände war ich immer noch etwas benebelt, Gedanken wie diese schwirrten ziellos umher und endeten nirgendwo. Doch allmählich wurde ich klarer im Kopf und, Wunder oh Wunder, stellte fest, daß er kaum noch pochte. Katjka schien das zu spüren, denn sie schob mich sanft in eine aufrechte Position und machte sich mit vorsichtigen Fingern an meinen durchbohrten Arm. Ich schaute nur kurz hin, dann gleich wieder weg; es sah schlimmer aus, als ich gedacht hatte, eine schauerliche Masse verklebten Blutes. Abgesehen davon zog ich es vor, Katjka anzuschauen; schön oder nicht, sie war ein angenehmer Anblick. Und jetzt drückte sie meinen Arm an ihren Busen, wobei meine Hand lose in ihren Schoß baumelte; das lenkte mich ziemlich ab. Neben uns hörte ich Jyp und Myrko sprechen, doch über was sie da redeten, drang nur allmählich zu mir durch.

»Dann erzähl mal, *Lotsä*, wie ist das alläs passiert? Wieso läßt sich ein gerissenärr Kerl wie du von ein paarrr lausigän Völfen fertigmachän?«

»Hab' wahrscheinlich einfach nicht aufgepaßt. Verfolgten mich bis zur Tür, dann sind sie auf mich los. Ziemlich gerissen, für ihre Verhältnisse.«

»*Daj*. Hoffäntlich fangän sie jetzt nicht an zu denkän. Aberrr warum das alläs? Was ist in diesem Lagärrrhaus drin?«

»Nur das Übliche.« Jyp klang verwirrt. »Einige ältere Lieferungen, die da schon seit Monaten liegen, und das Zeug von der *Iskander*, die heute morgen vom Westen drüben ankam. War nichts Ungewöhnliches dabei. Schwarzer Lotus für Patchie's, einige starke Seepferdhäute, die Mendoza auf eigenes Risiko aus Te Arahoa heraufbrachte und mit denen er am Markt eingegangen ist. Eine Ladung Flammenholzplanken für die Zunft, Indigo, Pfeffer und Kaffee aus Hy Brazil, Alkdaunen – zwanzig Ballen – und ein paar Tonnen getrocknete Bambuswurzeln und Nachtauge für die Läden auf der Damballah Alley. Nichts, was sich zu klauen lohnt; um die wertvollen Sachen auszuräumen, hätte es mehr als drei Mann gebraucht. Da lag zwar eine Ladung Black-Devil-Rum, fünfzig Oxhoftfaß, doch die hat Sutler Dick keine vier Stunden nach dem Löschen abgeholt.«

»Kann sein, niemand hat den Völfen was errzählt«, schnaufte Myrko.

»Kann sein«, echote Jyp, aber er klang nicht überzeugt. Gerade als ich ihn fragen wollte, was das ganze komische Zeug überhaupt sei, lenkte mich Katjka wieder ab – und zwar mit unerwarteter Heftigkeit. Ich ging vor Schmerzen senkrecht in die Luft und hätte dabei fast den Tisch umgeworfen. Es fühlte sich an, als hätte sie die Wunde, nachdem sie sie vorsichtig gesäubert hatte, plötzlich brutal aufgerissen, ihre Zähne hineingegraben und heftig daran gesaugt. Ich schielte nach unten und sah, daß sie genau das getan hatte. Mehr noch, sie war immer noch dabei. Zitternd sank ich auf die Bank zurück, unfähig zu sprechen, und sah, wie Jyp mich angrinste.

»In der Wunde könnte Schmutz sein, erinnerst du dich? Eklige Dinger, diese Wolfsklingen, man kann nie wissen. Das ist halt die Behandlungsmethode von Katjkas Leuten, und ich kann für den Erfolg garantieren, glaub mir. Außerdem sind sie in diesem Landstrich sowieso alle Vampire!«

Katjka blickte auf und spuckte mein Blut zielsicher auf seine Hosen, die wie glänzendes Leder aussahen. Er wischte es mit einem lauten Grunzen weg.

»Bei den Leuten, mit denen du dich so rumtreibst, brauchst du nicht so eingebildet tun, *Lotse*! Tut's arg weh, mein Stefan?«

Mir gelang so was wie ein Grinsen, da packte sie auch schon die Sliwowitzflasche und fing an, die Wunde mit der feurigen Flüssigkeit auszuwaschen. »Wüßte nicht, von wem ich lieber gefressen würde«, brachte ich heraus. Sie kicherte.

»Besonders *marinado*? Na schön! Dann trage ich noch ein wenig Salbe auf, so, dann kommt der Verband, und in einem Tag oder zwei bist du wieder so gut wie neu – in Ordnung, *daj*?«

Ich atmete schnaufend aus und zauberte ein gequältes Lächeln hervor. Jyp reichte mir die Flasche, doch ich schüttelte den Kopf. »Danke, ich habe genug. Ich muß noch nach Hause fahren.«

»Mit diesem Arm? Meinst du, das geht? Ist bestimmt besser, wenn du heute nacht hier schläfst. Versuch mal Myrkos Räubersteak mit Pommes und ein Viertel alten Vara Orsino – damit kriegst du Haare auf der Brust und Blei in deinen Stift, garantiert! Und zum Nachtisch ein kleines Match mit Katjka – das wirkt wahre Wunder! Und du gibst ihm das allerbeste, hörst du, Mädel, den richtigen Landurlaub für Matrosen! Geht auf mich, klar? Ohne meinen alten Kumpel Steve wäre ich jetzt Wolfsfleisch ...«.

Ich blinzelte kurz und warf Katjka einen Blick zu. Jyps lässige, geschäftsmäßige Art schien sie nicht zu stören; wenn überhaupt, fühlte sie sich geschmeichelt. »Also ...«, sagte ich, und sie schaute mich mit diesen großen grauen Augen an. Ich hegte den Verdacht, daß sie schon so manchen Seemann von allen Hemmungen befreit hatte, wenn nicht von Schlimmerem. Doch ich tastete nach meinem Hemd.

»Du willst doch nicht etwa *gähn*?« fragte sie mit ungläubiger Enttäuschung. Offensichtlich handelte es sich hierbei um eine Standardfrage, aber es schien ihr ernst damit zu sein. Oder gehörte auch das zur Standardsituation? Doch Jyp und Myrko blickten genauso geknickt drein.

»Hey, mach schon«, protestierte Jyp und legte sein alt-junges Gesicht in Falten. »Ich wollte dir einen ausgeben … Ich bin dir was schuldig, du weißt schon. Du willst mich doch nicht wie eine undankbare Laus hier sitzenlassen, oder? Und Katjka ist auch schon ganz aufgeregt! Setz dich hin! Bleib hier! Du bist unter Freunden!«

Das hätte mich beinahe umgeworfen, dieses letzte Wort. Unter Freunden … Ich spürte es tatsächlich, so wie selten zuvor in meinem Leben. Ich sank zusammen. Wieder schaltete die Ampel vor mir um, und alles in mir sehnte sich danach, das Pedal durchzutreten und durchzurauschen – einfach weg, hinaus, in diesen traumhaften Sonnenuntergang, um einem neuen, ganz eigenen Traum hinterherzujagen. Einer Art Erfüllung, die ich mir in letzter Konsequenz nicht vorstellen konnte – etwas, das diese leere Hülle füllen würde …

Doch als ich mein Hemd überstreifte, spürte ich das Stechen im Arm, und mein eigenes Blut klebte den klammen Stoff auf die Haut. Ich trat auf die Bremse. Keine unüberlegten Handlungen mehr, heute abend nicht mehr. »Ich weiß, tut mir leid, aber … ich muß gehen; falls ich mein Auto wiederfinde. Ich habe es in der Tampere Street geparkt, wo auch immer das sein mag.«

Einen Moment lang hatte ich eine schreckliche Angst davor, daß mich alle fragen würden, was denn ein Auto sei. Doch Jyp, der offensichtlich enttäuscht war, sagte beiläufig: »Na gut, Steve, kann ich verstehen. Vielleicht ein andermal. Ich hab selbst noch im Lagerhaus zu tun. Tampere, richtig, die liegt direkt hinter uns, da vorne um die Ecke, an dem großen alten Zollspeicher vorbei, die erste links, dann rechts, wieder rechts und dann immer geradeaus, bis zum Ende. Hast du's verstanden? Ich gehe mit und zeig dir den Weg.«

»Wenn es so einfach ist, finde ich mich schon zurecht, danke.

Gehen Sie wieder an Ihre Arbeit. Ich möchte Ihnen keine Umstände machen. Und danke … vielen Dank für die Wundbehandlung, Katjka. Und für den Drink, Myrko … Vielen Dank Ihnen allen …« Ich hörte mich an wie ein Idiot. Ich war nervös. Ich wollte diese eigenartigen, warmherzigen Leute nicht beleidigen. Myrko grunzte nur, doch Katjka lächelte.

»Schon gut, Stefan. Bis bald, ja?«

»Genau«, lachte Jyp, »solange ich noch ein bißchen Zaster habe!«

»Egal ob er welchen hat oder nicht«, sagte Katjka leise.

Jyp drehte sich mit heruntergeklappter Kinnlade zu ihr um. Sie drohte ihm mit der Faust, und er wandte sich wieder an mich. Er betrachtete mich einen Moment lang von oben bis unten, als würde er mich erneut abschätzen. »Genau, du kommst wieder vorbei, hörst du? So oder so, da gehe ich jede Wette ein. Und wenn du mich suchst und nicht finden kannst, dann frag nach Jyp, dem Navigator, klar? Einfach Jyp, der Navigator. Du kannst jeden fragen, die kennen mich alle. Jeden, klar? Bis dann, Steve.« Er sprang auf und drückte mir unerwartet kräftig die Hand. »Und vielen Dank, Mann, *danke*.«

Ich machte an der Tür noch einmal halt und drehte mich zögernd um. Da draußen schien es dunkel und kalt zu sein, und ich wollte diese lebensfrohe und zerbrechliche Welt nicht einfach so für immer verlassen. Wie hoch stehen die Chancen, jemals wieder in einen Traum zurückzukehren? Myrko war im Dunkeln verschwunden, und Jyp hatte seinen Kopf in Katjkas Schoß gelegt, doch sie schaute mich an. Sie lächelte und atmete dabei langsam ein. Ich senkte den Blick und schob den Riegel nach oben. Die Tür quietschte zweimal, dann war ich draußen in der Meeresbrise, bitterkalt und voller Hafengestank und den letzten paar Regentropfen. Hastig zog ich den Kragen hoch, doch der schlug mir nur wie zum Hohn die Zipfel um die Ohren. Die Pflastersteine glänzten und glitzerten jetzt unter einem frischen, klaren Mond, und ich hatte keine Schwierigkeiten, den Weg zu finden. Einmal drehte ich mich noch um, aber der Wind peitschte mir stechende salzige Tropfen in die Augen und schob mich mit unsichtbaren Händen weiter.

Jyps Beschreibung erwies sich als richtig. Zum Glück, denn sonst war kein Mensch in den noch immer verlassen wirkenden Straßen unterwegs. Sobald ich die Ecke passiert hatte, sah ich den Zollspeicher vor mir, ein finsteres Gebirge von einem Gebäude, das früher einmal sehr imposant gewesen sein mußte. Jetzt hingen Wellblechfetzen wie Augenklappen vor den unteren Fenstern, und um die bröckelnden Simse der Außenwand zog sich Stacheldraht. Die erste Straße links war noch einfach zu finden, doch sie wirkte – und roch – nicht gerade sehr einladend; selbst mit anderen dreckigen Gassen verglichen war sie das allerletzte. Ich zögerte. Hatte er sich vielleicht doch geirrt und eine breitere Straße weiter unten gemeint? Als ich einen Schritt zurücktrat und mich umsah, konnte ich jedoch keine andere Gasse entdecken; die Straße bog nach rechts ab. Also hielt ich die Luft an und wollte mich gerade hineinwagen, als ich ein leises Kratzen hörte. An der Ecke, um die ich gerade gekommen war, glaubte ich eine winzige Bewegung wahrzunehmen. Doch als ich mich umdrehte, war nichts zu sehen, und ich verschwendete keinen weiteren Gedanken daran. Die Gasse war so vergammelt, wie ich es erwartet hatte. Im Wasser, das um meine armen Schuhe aufspritzte, trieben formlose, bleiche Teilchen, und jede schlammige Pfütze, die ich durchquerte, verbreitete einen fürchterlichen Gestank. Zum Glück war die Strecke nur kurz. Am Ende eines kleinen Sees blieb ich stehen, um die Brühe von meinen Schuhen tropfen zu lassen und sie etwas sauberzukratzen. Als ich mich mit einer Hand an den verdreckten Backsteinen abstützte, hörte ich erneut dieses Geräusch, das in der Gasse ein leises Echo hervorrief. Ich vergaß meine triefenden Schuhe, wirbelte herum und starrte plötzlich genau auf jenen Punkt. Der Hauch einer Bewegung, kaum ein Flimmern, doch einen Moment sah es so aus, als würde ein großer, klobiger Schatten das andere Ende der Gasse ausfüllen und den schwachen Lichtschimmer verdecken. Obwohl er gleich wieder verschwunden war, konnte ich ihn nicht einfach wegleugnen, sosehr ich auf dem rissigen Pflaster nach ähnlichen Schatten Ausschau halten mochte. Ich schluckte. Da war jemand, der nicht wollte, daß ich ihn oder sie sah. Warum? Weil sie mich verfolgten, darum. So mußte es sein. Aber wer? Vielleicht Jyp, der seinen Gast sicher zum … nein, wohl kaum. Ich konnte es ganz leicht herausfinden. Ich mußte nur zurückgehen, um jene Ecke herum, und mich ihm stellen? Ihm? Ihnen? Oder … wem?

Nur war ich glücklicherweise nicht ganz so blöde. Ich dachte an die Wölfe. Doch hier gab es keine Baumaterialien, nicht einmal ein brauchbares Stück Ziegelstein, ganz zu schweigen von Jyp mit seinem Schwert. Also drehte ich mich wieder um und huschte so leise wie möglich aus dem anderen Ende der Gasse heraus. In der Querstraße hielt ich einen Augenblick inne und lauschte auf das Platschen der unentrinnbaren Pfütze. Nichts. Das bedeutete, daß sie entweder nicht hinterherkamen, oder aber mit der allergrößten Vorsicht. Ich schluckte und marschierte weiter. Erst an der nächsten Ecke, wo ich nach rechts abbiegen mußte, wagte ich noch einen Blick zurück. Nichts. Außer …

Aus jener schmalen Gasse platschte es plötzlich laut und vernehmlich, als ob da etwas mit großer Geschwindigkeit durch die Pfütze raste und ohne weitere Vorsichtsmaßnahmen weiterstürmte. Vielleicht schrie ich auf, aber ganz sicher ergriff ich die Flucht. Ich rannte die Straße hinunter, von der ich nur dankbar wahrnahm, daß sie recht breit und relativ erleuchtet war und weiches Aschenpflaster hatte, das matschig unter meinen Schuhen nachgab. Mein Atem schien sehr schnell flacher zu werden, und Bänder aus glühendem Schmerz legten sich um meinen Schädel. Meine Verletzungen meldeten sich wieder. Wohin jetzt? Und dann? Ich konnte mich an nichts mehr erinnern. Keuchend vor Entsetzen blieb ich stehen und sah zum Himmel hinauf. Was ich dort erblickte, verjagte alle anderen Gedanken, selbst die Vorstellung, daß jeden Augenblick etwas um die Ecke kommen könnte, um mich zu erwischen.

Der Mond trieb am Himmel, jedenfalls schien es so, als segle er auf einem Wolkenmeer dahin. Sein Licht verwandelte die Wolken, die sich wie eine sanft schimmernde Landschaft in nächtlicher Schönheit unter ihm erstreckten, flache Hügel, dahinter das Meer, das Meer und Inseln. Das allein hätte mich jedoch in der gegenwärtigen Verfassung nicht in seinen Bann schlagen können. Was mich da wie angewurzelt stehenbleiben ließ, war der beinahe greifbare Schock des Wiedererkennens. Gegen alle Wahrscheinlichkeit und doch über jeden Zweifel erhaben, lag da über mir die gleiche Landschaft, die der Sonnenuntergang vor mindestens drei Stunden vor mir ausgebreitet hatte. Die gleiche Landschaft, allerdings – wie man erwarten durfte – aus einem leicht verschobenen Winkel gesehen. Ich fing an zu zittern. Hatte der Schlag mein Gehirn in Mitleidenschaft gezogen? Trotzdem war ich mir niemals zuvor einer Sache sicherer gewesen. Beide Visionen brannten in meinem Gehirn, die Meere aus Gold und Silber. Bestürzt senkte ich den Blick und sah, direkt über dieser in einer Pfütze gespiegelten Landschaft, in schönster Klarheit das Schild: *Tampere Street*. Ich hastete wie von Sinnen weiter, und dort, keine zehn Meter von der Straßenecke entfernt, stand mein Auto.

Alles andere vergessend, stürzte ich darauf zu. Jetzt allerdings blies mir der Wind komischerweise ins Gesicht, drückte mich auf das rutschige Pflaster und wirbelte Kohlenstaub wie Nadelstiche in meine Augen. Es war, als würde mich eine Hand zurückschieben, die mich an der Flucht hindern wollte. Aus dem Rinnstein fauchte ein Stück Plastikfolie auf und schmiegte sich um meine Fußknöchel; ich strampelte mich frei und trat wie auf einem lebendigen Angreifer darauf herum. Doch ich war angekommen, meine Hand stützte sich auf den Kotflügel, auf das kühle Stahlblech unter der unauffälligen Lackierung. Ich fummelte die Wagenschlüssel aus der Hosentasche, konnte sie kaum im eisigen Wind festhalten, der sie mir entreißen und in den Gully schleudern wollte. Dann riß ich die Fahrertür auf und schwang mich hinein.

Mein Wagen springt nur schlecht an. Fast hätte ich vor Ungeduld den Vergaser absaufen lassen. Ich zwang mich dazu, eine Sekunde stillzusitzen, während der Wind den Wagen wütend schaukelte, blickte in den Rückspiegel und in die Dunkelheit, aus der ich gekommen war. Dann versuchte ich es erneut, den Fuß locker auf dem Gaspedal, und hörte das segensreiche Blubbern und Husten des Motors, spürte seine Vibrationen stärker als den Wind. Ich legte den Gang ein, kurbelte am Lenkrad, und der Wagen machte beinahe einen Satz vom Straßenrand auf das grummelnde Pflaster. Ein einziger Blick zurück zeigte mir, daß das Ende der Straße immer noch im tiefen Schatten lag; dort könnte alles oder gar nichts lauern. Dann bog ich in die Hauptstraße ein, die Danube Street, wo die Beleuchtung intakt war und trotz ihres kalten, orangefarbenen Lichts zumindest die Aussicht auf Lärm, Farben und andere Menschen, die Sicherheit der vertrauten Großstadt versprach. Verrückterweise mußte ich daran denken, daß die Donau für die alten Römer die äußerste Grenze der Zivilisation gewesen war, die die Barbaren fernhielt. Kein beruhigender Gedanke, denn am Ende hatten diese Barbaren die Donau wie eine alles verschlingende Springflut überschritten. Ich bremste, wartete an der Kreuzung, bog ab, und da lag alles vor mir: Lärm, Farben, andere Menschen, Sicherheit – doch alles fremd, alle Menschen um mich herum Fremde. Mit einem Mal kam mir der Wechsel nicht mehr so vorteilhaft vor, meine Flucht erschien nicht mehr ganz wie eine Flucht. War die Ampel wirklich rot gewesen? Oder war ich nur zu ängstlich, um zuzugeben, daß sie gelb war? Ich wußte es nicht mehr. Ich war müde, zerschlagen und hatte nichts gegessen.

Ich fuhr nach Hause und warf etwas in die Mikrowelle. Hemmungslos.

Kapitel 2

Am nächsten Morgen brachte mich das Büro wieder auf den Boden der Tatsachen zurück. Alles schien so solide und vertraut, so sonnenklar und ohne jedes Geheimnis, angefangen vom Quietschen der imitierten Mosaikfliesen unter meinen Sohlen, bis zu Judys fröhlichem Lächeln hinter dem Pult ihrer Telefonzentrale. An diesem Morgen war es zusätzlich mit einem kräftigen Schuß Mitgefühl gewürzt.

»Hallo, Steve, wie geht's dem Arm?«

»Schon besser, vielen Dank. Wird schon wieder.«

Nichts Geheimnisvolles umgab diese Korridore, die großen Panoramafenster und gedeckt glockenblumengelb getünchten Wände; keine dunklen Ecken, keine fremdartige Atmosphäre. Nach der vergangenen Nacht erschienen sie mir kühl, geschäftsmäßig, beruhigend. Als einzige Gerüche in der per Klimaanlage überwachten Luft hielten sich das frische Bohnerwachs, Kaffee und das warme Odeur der Computerbildschirme sowie der anderen elektrischen Büromaschinen, versetzt mit einem acetonalen Hauch von Nagellackentferner und Mentholzigaretten aus dem Raum der Schreibkräfte. Alles war sauber, warm und vorhersehbar. Eigentlich war es seltsam, daß so viele exotische Waren sozusagen durch dieses Büro gereicht wurden und nicht die kleinste Spur hinterließen. Zimt, Mangan, Kopra, brasilianischer Pfeffer, Saphire – wir gingen gleich tonnenweise damit um, ebenso wie mit gewalzten Stahlplatten und Rohöl. Alle Handelsgüter dieser Welt, und doch kam keines davon auch nur in die Nähe dieser Flure. Ich kannte sie nur von meinen seltenen Besuchen der See- und Flughäfen. Durch meine Hände gingen lediglich ihre Papiere in Form von Versandvermerken, Frachtbriefen und Zolltabellen, die nichts hinterließen als das feine, trockene Parfüm von Druckerschwärze. Schon beim Öffnen der Tür zu meinem Büro konnte ich es riechen, doch da war auch noch etwas anderes: Clares blumiges Parfüm und die junge Frau selbst, die auf ihrem Schreibtisch kleine Dokumentenstapel hin und her schob.

»Steve! Hallo! Ich habe Sie noch nicht so früh erwartet! Wie geht's Ihrem Arm? Es ist doch nichts Ernstes, oder? So im Regen auszurutschen! Sie hätten sich wirklich verletzen können!«

Ich war ziemlich spät mit einem steifen und angeschwollenen Arm aufgewacht und mußte mich mit einer Entschuldigung im Büro krank melden. Inzwischen schien es schon fast die Wahrheit zu sein, ich konnte es regelrecht vor mir sehen: ein falscher Schritt, eine Schnittwunde, all das war wahrscheinlicher als ein Messerstich von einem wildgewordenen Rüpel aus dem Hafenviertel. Es klang auch viel glaubwürdiger, ja, ich glaubte schon beinahe selbst daran. »Nein, so schlimm ist es auch wieder nicht, danke der Nachfrage; nur ein bißchen steif.«

»Sind Sie sicher?« Ich war leicht verwirrt. Ihre leuchtendblauen Augen waren vor Sorge weit aufgerissen. Sie wollte aufstehen. »Sie setzen sich besser einen Augenblick hin, und ich hole den Verbandskasten …«

Ich grinste verunsichert. Diese Anteilnahme … ich war an so etwas nicht gerade gewohnt. »Wenn ich Ihnen auch nur die geringste Chance lasse, werden Sie mich wie König Tut einwickeln!« Andererseits war sie seit dem Erste-Hilfe-Kurs im letzten Jahr in solchen Fällen für das ganze Büro verantwortlich. Wahrscheinlich brannte sie auf eine Gelegenheit, ihr Wissen anzuwenden; bislang war Barry, der sich am Verschluß einer Whiskeyflasche in den Daumen geschnitten hatte, die einzige Bewährungsmöglichkeit gewesen. Das würde meine Verletzung jetzt aufwiegen. »Nein danke, meine Liebe, ich, äh, habe mich schon untersuchen lassen. Irgendwelche Anrufe?«

Ich durfte zu meinem Schreibtisch weitergehen, auf dem ein kleiner Poststapel wartete: ein Rundschreiben von der *Aduana* aus Brasilien und mehrere Aufforderungen, mich hinzusetzen und es langsam angehen zu lassen. Dave Oshukwe saß bereits an seinem Schreibtisch, den Kopf über das Terminal geneigt, und ließ die Tasten klappern. Er grüßte nur mit einer lässig erhobenen braunen Hand, wobei er einen Kometen aus sündhaft teurem Zigarettenqualm in der Luft zurückließ, doch dankenswerterweise schaute er nicht auf. Ich ließ mich in meinen Armsessel sinken, schaltete mein Terminal an und lehnte mich zurück, um abzuwarten, bis es warm war und ich mich einloggen konnte. Die straffe Lederpolsterung des Sessels umfing mich und hielt den verletzten Arm in der Waagrechten, das Chrom des Verstellhebels für die Rückenlehne lag kühl in meinen Fingern. Ich berührte das Holz des Schreibtischs, massiv unter glasigen Schichten aus Lack und Politur. Ich fuhr mit einem Finger über das spiegelglatte, saubere und staubfreie Bildschirm-Gehäuse und spürte darunter das leise Surren des Stroms. Darum – genau darum und um nichts anderes ging es.

Ich war in der vergangenen Nacht ziemlich daneben gewesen, kurz vor dem Halluzinieren. Krank und benebelt von dem Stich, zweifellos, halb betrunken und unglücklich hatte ich alles wie durch einen Schleier wahrgenommen. Kein Wunder, daß ich jeder dreckigen Ecke, auch wenn sie einfach bloß verwahrlost war, einen Hauch von Romantik andichtete, ebenso wie den Leuten; schön, sie mochten hilfsbereit gewesen sein, sicher, aber unterprivilegiert, ungebildet, einfach, plump. Wenn man alle Euphemismen wegließ, waren sie ziemlich vulgär und primitiv. Ich hatte etwas furchtbar Banales in ein seltsames, fiebriges Abenteuer umgemünzt. Das war die ganze Wahrheit hinter dem Traum. Das hier war die Wirklichkeit. Das war der Alltag, das war mein Leben. Da kam Clare mit einer Tasse Kaffee, genau wie jeden Tag; nur heute hatte sie nicht versucht, mir Süßstoff anstatt Zucker unterzujubeln. »Sie brauchen Aufbaustoffe!« sagte sie. »Wenn man so viel Blut verloren hat …«

»Hey, kriege ich keinen?« beschwerte sich Dave.

Clare rümpfte die Nase. »Ihrer kommt gleich. Steve hat sich verletzt!«

»Ach ja, hab schon gehört.« Er schielte hinter seinem Terminal hervor. »Wie geht's, alter Massa? Kann nicht so wild sein, er kriecht ja noch, stimmt's? Keine Krücken, kein Rollstuhl, gar nichts!«

»Sehen Sie nicht, wie blaß er ist?« protestierte Clare so energisch, daß es mich fast aus der Fassung brachte.

Dave quietschte vor Vergnügen. »Fragen mich? Fragen mich das? Für mich alle Bleichgesichter sehen gleich aus ...« Er duckte sich gerade noch unter Clares gespielter Ohrfeige weg. »Okay, okay, vielleicht sieht er 'n bißchen grün aus! Is' doch normal. War 'ne heiße Nacht, was, Steve? Wie heißt 'se denn?« Daves wahrer Akzent verriet eine erstklassige Schule, besser als die, die ich besucht hatte, doch er versuchte immer, wie ein Slum-Kid zu sprechen.

»Hören Sie schon auf, Dave, ich habe mir den Arm aufgerissen, das ist alles.« Ich wandte mich Clare zu, die noch immer an meinem Arm herumfingerte und herauszufinden versuchte, welche Sorte Verband man mir angelegt hatte, und sofort hatte ich die Augen voll mit langen blonden Haaren. »Bringen Sie ihm besser auch einen Kaffee, meine Liebe, sonst ist er den ganzen Vormittag unausstehlich – anstelle von einfach nur unglaubwürdig. Oh, und erkundigen Sie sich bitte bei Barry, ob er schon mit den Rosenblums gesprochen hat ...«

Auf diese Weise konnte ich sie gut loswerden. Es mußte sein. Mit dieser Gluckhennenmanie ging mir Clare auf die Nerven. Bis sie zurückkam, konnte ich mich hervorragend in meine Arbeit vertieft haben, viel zu beschäftigt, um von neuem persönlich zu werden. »Und Sie Dave, schon irgend etwas über diese Container-Geschichte in Kenia herausgefunden?«

Er schlenderte zum Drucker hinüber und riß das heraushängende Blatt ab. »War gerade am sortieren, als Sie kamen, Boss. Der stand auf einem Nebengleis in der Nähe des Flughafens und fing schon an zu schimmeln. Sie schrubben ihn zur Zeit kräftig ab und entschuldigen sich vielmals. Ich hab' noch Überliegezeiten bis heute draufgeknallt, ihnen aber gesagt, sie sollen ihn dortbehalten, bis wir vielleicht eine Rückfracht ausfindig machen.«

»Aus Kenia? Dürfte bei einem Kühl-Container nicht allzu schwer sein. Gut gemacht, Dave.« Ich lud mir einige Listen auf den Monitor und las sie herunter. »Ich versuche es zunächst bei Harrington, mal sehen, ob er diese Woche eine halbe Tonne Rotbarsch extra gebrauchen kann. Würden Sie mir inzwischen die Entwürfe für den Pflanzenölvertrag mit den Deutschen heraussuchen? Und den ganzen EU-Mist bezüglich des Transports ...«

Bevor ich den Hörer abnehmen konnte, klingelte das Telefon. »Barry, für Sie«, sagte Clare, »wegen der Rosenblum-Geschichte, dringend!«

Ja, das war mein richtiges Leben.

Und doch hatte ich im Laufe des Tages immer wieder den Eindruck, daß es nicht wie sonst war. Ich wühlte mich in die Arbeit hinein, fest entschlossen, mich von nichts ablenken zu lassen, mich nicht in wilden Spekulationen wegen letzter Nacht zu ergehen. Dave und Clare hielt ich dermaßen auf Trab, daß sie keine Gelegenheit hatten, mich aufzuziehen oder zu bemuttern. Meine Bemühungen schienen Früchte zu tragen. Es gelang mir, alles, was an diesem Tag zu erledigen war, in kaum mehr als der Hälfte der normalen Zeit über die Bühne zu bringen. Und doch fühlte ich mich unruhiger und unzufriedener als je zuvor.

»Sie haben doch kein Fieber oder so was?« erkundigte sich Barry, der elegant auf meiner Schreibtischkante schaukelte und sich aus dem Berg Formulare einzelne Blätter herauspickte, als rupfe er die Blütenblätter einer Rose. Er tippte mit der Fingerspitze auf seine lange, klobige Nase. »Ich meine, Sie wissen ebensogut wie ich, wie wichtig jeder einzelne dieser verdammten Verträge für uns ist, Steve. Es wäre mir weitaus lieber, wenn Sie sich ausreichend Zeit ließen und sie mit Ihrem gewohnt unbestechlichen Blick durchkämmen würden, bevor … nun, bevor Sie etwas wirklich Signifikantes übersehen.«

Ich grinste. »Ich kann einfach nicht gewinnen, stimmt's? Seit Jahren sind Sie hinter mir her, damit ich die Verträge schneller bearbeite. Heute habe ich mal einen guten Tag – plötzlich soll ich es langsam angehen! Sie sind alle in Ordnung, Barry, machen Sie sich keine Sorgen.«

Er rupfte noch ein paar Blütenblätter und strich mit der Hand über seine ergrauenden gelben Locken. »Wenn Sie wirklich mit ihnen zufrieden sind …«

»Ich bin zufrieden. Dave hat wie immer großartige Arbeit geleistet, ebenso Clare. Sie selbst sind sie durchgegangen, sonst säßen Sie nicht hier und würden nachfragen! Also los, Herr Generaldirektor, erheben Sie Ihr Nadelstreifenhinterteil von meinem Schreibtisch. Ich bin zufrieden!«

Aber ich war es nicht. Nicht wegen der Verträge, die ich bearbeitet hatte; die waren in Ordnung. Auch wenn ich zwanzig Jahre jünger als Barry war, ich beherrschte meinen Job. Er machte mir nur nicht soviel Spaß wie sonst. Ich hatte nicht den Drang verspürt, jedes Detail, jeden Kniff des Geschäfts hinter jedem Versandstück zu recherchieren, so wie ich es normalerweise gerne tat; der alte Biß war weg, der mich einst bei jeder Ware verweilen ließ, um herauszufinden, was wir da eigentlich hin- und herbeförderten, von Nahrungsmitteln bis hin zu Kunstgegenständen, ein Biß, der mir schon zu manch nützlichem Hintergrundwissen verholfen hatte. Ich verspürte plötzlich dem ganzen stickigen Netz der Formalitäten gegenüber eine nie gekannte Ungeduld und wollte mich daraus befreien. Und Barry – gerissener Geschäftsmann, der er war – hatte sofort Lunte gerochen. Doch er war nicht nur ein Chef, mit dem man mal einen Spaß machen konnte, sondern auch sensibel genug, seine Angestellten nicht zu bevormunden. »Na schön, mein frühreifer Säugling! Dann werde ich statt dessen den Schreibtisch von Bill Rouse polieren, mal sehen, ob die Buchhaltung ebenfalls vom Geschwindigkeitsvirus befallen ist und das hier in Rekordzeit durchdrücken kann. Damit bringen wir womöglich sämtliche Stammkunden um ... Sie wissen schon, der Schock. Äh, ich würde vorschlagen, daß Sie jetzt gleich nach Hause fahren und Ihrem Arm etwas Ruhe gönnen, aber wenn Sie vielleicht noch eine halbe Stunde oder so hier ausharren könnten ... nur falls doch noch etwas hereinschneit ... Sie wissen ja, wie schnell das geht ...«

»Klar. Kein Problem, Barry.« Ich wäre sowieso nicht nach Hause gefahren. Etwas sagte mir, daß ich dort auch nicht glücklicher sein würde als hier. Die penetrante Halb-Erinnerung, die mir immer wieder diese eigenartige Unzufriedenheit bescherte, ging mir allmählich auf die Nerven. Letzte Nacht war wirklich schlimm und erschreckend gewesen; das kommt davon, wenn man sich mit Proleten einläßt. Doch je mehr ich darüber nachdachte, desto weniger konnte ich mich erinnern – mittlerweile an fast nichts mehr, nichts Bestimmtes jedenfalls. Gesichter und Orte waren verschwommen. Der Dunst kam mir vor wie ein Nebel der Verschwörung, der sich lichtete und in nichts auflöste. Als hätte ich die ganze Sache komplett geträumt. Aber warum stellte sie dann mein ganzes normales Leben auf den Kopf, meine mir eigenhändig auf den Leib geschneiderte Armani-Existenz – ein Leben, von dem ich wußte, daß ich es im Griff hatte?

Ich brauchte unbedingt Zeit zum Hinsetzen und Nachdenken, ich mußte mich erinnern, um besser vergessen zu können. Aber da kam Clare mit der nächsten Tasse Kaffee mit Zucker und lenkte mich erneut ab; dafür prädestinierten sie einige von der Natur gegebene Vorzüge. Normalerweise blendete ich sie aus, hatte es mir zur Regel gemacht, Clare als die kompetente Sekretärin zu behandeln, die sie war, und nicht wie ein hirnloses Vorzimmerpüppchen. Dabei sah sie nicht einmal so aus. Wenn sie überhaupt einem Klischee entsprach, dann dem des Milchmädchens in einer Butterreklame. Haare und Augen ließen einen unwillkürlich an Kornfelder und Sommerhimmel denken, und der Rest paßte auch gut dazu:

ihre leicht derben, sinnlichen Gesichtszüge, ganz Sahne und Sommersprossen, ihre schlanke, doch vollbusige Figur, ihr natürlicher Charme, ihr übersprudelndes, aber offenes und ehrliches Wesen. Meistens genoß ich ihre Anwesenheit ganz unbewußt, doch wenn man angestrengt über etwas nachdenkt oder noch angestrengter etwas vergessen will, dann konnte diese unachtsam über die Schulter streifende Brust, diese Haarsträhne im Kragen schon ziemlich irritierend sein. Hin und wieder erwachten natürlich auch gewisse Phantasien, doch ich war nicht so dumm, die Atmosphäre im Büro durch eine beiläufige Affäre zu vergiften. Und was hätte sonst daraus werden sollen?

Dieser Gedanke entzündete einen winzigen Funken. Vergangene Nacht war ich vor etwas zurückgewichen, oder? Dieses Mädchen, wie war noch gleich ihr Name? Wie hatte sie ausgesehen? Ich konnte mich kaum erinnern. Als hätte ich sie mir einfach nur vorgestellt; diese ganze verrückte Nacht wirkte wie ein Traum, lebendig genug, um einen hellwach zu machen, doch nicht so faßbar, daß man sich daran festhalten konnte. Ein Traum, der langsam in der Erinnerung verblaßt und nur noch die Gefühle zurückläßt, wie eine leere Gußform. Diese Überlegung hätte mich beruhigen sollen, doch das passierte nicht. Der Gedanke daran, daß man ein so lebhaftes, schockierendes, plastisches Erlebnis haben konnte, etwas, das derartig bohrende Nachwehen hinterließ – und dessen Details trotzdem wie morgendlicher Rauhreif wegschmolzen …

Was war schon wirklich? Was schmolz nicht dahin?

Meine Faust umklammerte die Kaffeetasse. Dummerweise. Eine wütende rote Schmerzrakete schoß meinen Arm hinauf und zerbarst zu einer funkelnden Blüte; ein Bild, scharf, glitzernd, lebendig. Da war sie! Katjka, ihre Zähne in meiner Wunde vergraben, ich selbst von Schmerz und Pein geschüttelt, nur mit halbem Ohr höre ich Jyp und Myrko leise reden …

Sie sprachen von einem Schiff. Und seiner Ladung. Fracht. Handelsware. Aber die verrücktesten Waren, von denen man je gehört hatte. Und dieses Geschäft lag vor meinen Fingerspitzen.

Meine Fingerspitzen. Ich hatte eine Idee, die verrückt genug war, um zu der Geschichte zu passen. Aber warum nicht? Schließlich schadete es niemandem. Computer können einen nicht auslachen. Mich über mich selbst amüsierend, zog ich eilig die Tastatur heran und tippte eine Verbindung zur Datenbank der Fracht- und Lagerverwaltung ein. Auf jeden Fall könnte es recht lustig werden, abzuwarten, was sie mit einer Anfrage nach der *Iskander* anstellten.

Doch das Lachen blieb mir im Halse stecken. Da war er, direkt vor meiner Nase, ein Eintrag in der üblichen Karteikarten-Form, komplett mit Positions-Code für Dock und Werft. Aber was für ein Eintrag!

	SS. Iskander (500 Tonnen)
Herkunftshäfen:	*Tortuga, Santo Domingo und div. Häfen in Westindien*
Kapitän:	*Sawyer, Jas. G.*
Erster Maat:	*Mathews, Hezekiah, I.*
Zweiter Maat:	*MacGully, Black Patrick O'R.*
Landemeister:	*Stephanopopoulos, Spyridion*
Bootsmann:	*Radavindraban, J. J.*
Ladung:	*Schwarzer Lotus, 2 Dutzend Kisten (auf Komission, in Bonds)*
	Indigo, ca. 80 kg
	Pfefferschoten (getrocknet), 1 Tonne
	Bambuswurzeln (in Ballen), 4 Tonnen
	Kaffeebohnen (Grand Inca), 4 Tonnen
	Seepferd-Häute, 2 Gros (auf Kommission)
	Flammholz (Planken), 38 Tonnen
	Alkdaun, 20 Ballen (gepr.)
	Erstklassiger Zuckerrohrschnaps, 50 Ox. (auf Kommission)
	Nachtaugen, 1,5 Tonnen

Übernimmt Ladung für die Rückfahrt nach Tortuga, Hy Brazil und div. Häfen in Westindien.
Kapazität: wie angegeben, Deckladung nur auf Risiko des Auftraggebers

Ich hing immer noch mit offenem Mund vor dem Bildschirm, als Dave herüberkam.

»Was soll das denn? Immer noch bei der Arbeit ...« Er starrte auf den Monitor. »Meine Fresse! Wo haben Sie das denn her? Ist ja geil!« Jemand kam durch die Tür, und Dave schnellte hoch. »Hey, Barry! Clare! Das müssen Sie sich ansehen!«

Barrys Hakennase verdunkelte das Licht, als er sich über uns beugte. Einen Augenblick lang starrte er verdutzt auf den Schirm, dann lachte er fröhlich in sich hinein. »Sehr gut, Dave, sehr gut! Sagen Sie, es wäre doch köstlich, wenn wir das irgendwie in die Datenbank einschmuggeln könnten.«

Dave winkte ab. »Hey, damit habe ich nichts zu tun! Steve kam damit an ...«

Barry sah mich verdutzt an. Offensichtlich traute er mir nicht zu, daß ich mir etwas Derartiges ausdachte. »Sie meinen, das war tatsächlich in der Datenbank? Großer Gott, heutzutage ist keiner mehr vor diesen Hackern sicher. Als nächstes schicken sie uns ein Virenprogramm ...«

Clare biß sich auf einen Fingerknöchel und kicherte. Mir konnte sie damit nichts vormachen; ich wußte, daß sie dabei normalerweise scharf nachdachte. »Das muß doch eine Fälschung sein, oder etwa nicht? Ich meine, fünfhundert Tonnen – was ist denn das für ein Ladevolumen für ein Handelsschiff! Und was ist ein, ein Meerpferd?«

»Vielleicht ein Übersetzungsfehler«, wagte ich einzuwerfen, denn inzwischen hatte ich Zeit zum Nachdenken gehabt. »Für Flußpferd oder Walroß ... Man weiß ja, was so alles passiert, wenn jemand im Wörterbuch nachschlägt.«

»Vielleicht«, stimmte Barry noch immer verblüfft zu. »Wieso haben Sie das überhaupt aufgerufen, Steve?«

Ich zuckte die Achseln. »Kürzlich habe ich irgendwo den Namen gehört ... Sie wissen schon, Kneipengespräche ...«

Clare schenkte mir einen eigenartigen Blick, als hätte sie eine falsche Note herausgehört. »Das läßt sich ja leicht herausfinden«, sagte sie pragmatisch, ging zu meiner Regalwand und zog einen der Diskettenordner heraus. »Warum sehen wir nicht nach, ob die *Iskander* im Register von Lloyd's aufgeführt ist?« Als sie die irisierende Scheibe in das CD-Rom-Laufwerk schob, legte sie eine Hand auf meine Schulter und nahm sie nicht wieder weg. Sobald das Menü auf dem Bildschirm erschien, tippte ich meine Anfrage ein, das Gerät summte den Bruchteil einer Sekunde lang, dann war die Antwort da.

»Nicht die Bohne«, sagte Dave enttäuscht.

Ich grübelte nach und bemühte mich, die sanfte Berührung zu ignorieren. »Schon, aber das ist nur das jährliche Register. Hier sind keine früheren Ausgaben enthalten, keine alten oder gar historischen Einträge ... ich versuche es mal über ihre Hauptdatenbank.«

Jetzt dauerte es deutlich länger, bis ich durchkam, und meine Anfrage wurde erst nach fünf Minuten bestätigt. Gerade als wir aufgeben wollten, tauchte die Antwort auf dem Bildschirm auf. Wir starrten auf die Information, die absolut nicht in der gewohnt detaillierten Form angezeigt wurde.

Iskander, 500 Tonnen – Handelssegler, 3 mtr.
Reg. Hy Brazil.
Vgl. Schiffahrtsreg. Jg. 1868

Barry lachte nervös auf. »1868? Und was soll diese Registrierung Hy Brazil? Vermutlich ein Druckfehler für einen Ort in Brasilien. Also wirklich, ich frage mich, ob die da unten angefangen haben, mit gewissen Substanzen zu handeln! Oder es sind tatsächlich Hacker. Gibt es noch was?«

»Ich könnte runtergehen und in der 1868er Liste nachschauen«, schlug Clare nachdenklich vor.

Doch Barry schnaubte. »Nicht innerhalb der Arbeitszeit! Ich gebe jetzt jedenfalls auf! Wir jagen hier doch keine Phantome! Wenn, dann verschiffen wir sie, und zwar lebend, was, Steve? Ich kam nur rein, um Ihnen mitzuteilen, daß alles in Ordnung ist und Sie nach Hause gehen können. Bis morgen dann!« Mit einem letzten Blick auf den Bildschirm schüttelte er den Kopf und grunzte verächtlich: »Hacker!«

Aber ich war mir nicht so sicher. Als ich an diesem Abend durch den feinen Nieselregen nach Hause fuhr, streifte mein Blick zögernd die Abfahrt zur Danube Street. Doch diesmal lockte mich kein flammender Sonnenuntergang zum Meer hinunter. Der Himmel war bedeckt, eine konturlose Glocke aus düsteren, grauen Wolken, und die finsteren Gebäude verschwammen in Dunkelheit, Trübsal und Häßlichkeit. Alles sah zugleich finster und ernüchternd gewöhnlich aus, was mein Verlangen, diesen Weg noch einmal einzuschlagen und meinen Erlebnissen auf den Grund zu gehen, entschieden dämpfte. Herauszufinden, daß es sich nur um einen irren Traum, eine Überlagerung absolut normaler Dinge gehandelt hatte … oder daß sie ganz real und immer noch dort waren … ich wußte nicht, welche Alternative mir mehr Angst einjagte. Innerlich beschimpfte ich mich dafür, daß ich diesen ganzen Unsinn überhaupt in den Dateien nachgeschaut hatte. Barry und Clare fragten sich bestimmt, ob ich einen kleinen Dachschaden davongetragen hatte. Davon abgesehen mußte ich mich das selbst fragen. Ich fuhr besser nach Hause und legte mich schlafen.

Zum Glück tat ich das, denn so um halb fünf Uhr morgens riß mich das schrille Klingeln des Telefons aus Gott weiß welchen Träumen. Während in meinem Kopf eine kleine Tischlerei weiterarbeitete – die Augen waren verklebt, Sägespäne verstopften meinen Mund, und in meinem Hirn kreischte eine Bandsäge – versuchte ich herauszufinden, was Barry mir da ins Ohr quakte.

»Eingebrochen, verdammt noch mal! Und verwüstet! Sieht

schlimm aus, sagt die Polizei. Ja! Nein, noch nicht, ich bin gerade unterwegs. Ich will Sie und Rouse und Bailey und Gemma auch hierhaben. Bringen Sie sie mit, lassen Sie keine Ausreden gelten, klar? Es könnte ziemlich ernst sein, mein Junge!«

Das war es jedoch nicht, auch wenn es kein Wunder war, daß die Polizei es zunächst vermutet hatte. Selbst mir ging es so, als ich meinen Fuß durch die Tür setzte, und Gemma, unsere eisenharte und abgebrühte Chefin der Abteilung Umexpedierung, brach tatsächlich in Tränen aus. Jemand war durch die innere und äußere Hintertür eingedrungen, hatte die Holzverkleidung und das Verbundglas zertrümmert, ohne die Türen zu öffnen, und so unser ziemlich bescheidenes Alarmsystem umgangen. Überall lag ein ominöser Gestank in der Luft, wie in einem Schweinestall. Die Türen zu sämtlichen Büros standen offen, und über die Schwellen ragten Aktenschränke und Buchregale wie zurückgelassene Leichen, übersät von den zerrissenen, besudelten Überresten herausgerupfter Bücher und Papiere. Sogar der schöne viktorianische Bücherschrank in Barrys Büro war umgeworfen worden und hatte einen Couchtisch zertrümmert; seine Sammlung antiker Atlanten und Reiseberichte lag in tausend Fetzen drumherum verstreut.

»Die schönen Bücher!« sagte der Kriminalkommissar traurig, als sich die Abteilungsleiter dort einige Stunden später versammelten. »Die waren bestimmt einiges wert, das konnte doch jeder sehen. Und Sie sind sicher, daß keins davon mitgenommen wurde?«

»Kein einziges!« stieß Barry zwischen den Zähnen hervor. »Nur alle kaputtgemacht!« Wütend schleuderte er die Überreste eines schweren alten Werkes gegen die Wand.

Der Kommissar schnalzte mitfühlend mit der Zunge. »Aber es fehlt nichts – wie in den anderen Büros. Nicht einmal Ihre Whiskeyflaschen wurden angerührt. Trotzdem sind sämtliche Papierunterlagen herausgerissen!« Man konnte förmlich sehen, wie die Zahnrädchen in seinem Kopf rotierten. »Frachtgeschäft also. Import-Export … ein schnelles Geschäft, was? Ziemlich brutaler Wettbewerb? Viele Konkurrenten?«

Barry zuckte mit den Schultern. »So viele auch nicht. Ich kenne die meisten von ihnen; wir essen zusammen, spielen Squash, all so was. Es geht immer sehr freundschaftlich zu. Wir sind Macher, Abenteurer, da gibt es immer genug Ellenbogenfreiheit. Manchmal schanzen wir uns gegenseitig Aufträge zu. Sie wollen doch nicht andeuten …«

»Naja, Sir, ich meine, alle Ihre Akten sind vernichtet, alle Aufzeichnungen – sogar die verdammten Telefonbücher! Damit dürfte Ihr Spielraum etwas eingeschränkt sein, oder? Das könnte Sie sogar …«

Barry brach in schallendes Gelächter aus. »Aus dem Geschäft werfen? Ach was! Unsere Unterlagen existieren nicht nur auf Papier, eine ohnehin veraltete Form. Die wirklich wichtigen Angelegenheiten gehen über das Computersystem, werden auf Disketten gespeichert, deren Inhalt wiederum automatisch auf Festplatten und die wiederum auf Bändern, ständig und jeden Tag. Und die Bänder wandern in den kleinen Safe dort drüben, absolut feuersicher. Insgesamt haben wir drei verschiedene Ebenen der elektronischen Speicherung; nicht eine davon wurde auch nur angefaßt, in keinem Büro. Wir müssen einfach nur alles wieder ausdrucken.«

Das Gesicht des Kommissars verdunkelte sich. »Aha … und Ihre Konkurrenten müßten dieses System kennen?«

»Oh, die arbeiten alle mehr oder weniger genauso«, bemerkte Gemma. »Vielleicht nicht immer so sicher, aber das, sagen wir es offen, ist deren Problem. Wenn sie uns wirklich Schaden hätten zufügen wollen, wären sie geschickter vorgegangen. Der Verlust der Papiere bereitet uns weniger Ärger als diese widerwärtigen Schmierereien, die sie überall auf den Computern hinterlassen haben …«

»Ach ja, Fräulein …«, murmelte der Kommissar mit versteinertem Gesicht. »Sehr übel, die Sache, unhygienisch und alles.

Als wenn es wirklich vom Himmel geregnet hätte ... Tja, das sollten Sie wirklich bald sauber machen. Die Fotografen sind gleich durch ...«

»Fotografen?« fragte Rouse. »Großer Gott, Mann, mein Terminal sieht aus wie das Klo in einer Hafenkneipe! Was fangen Sie denn mit einem Foto davon an?«

Der Polizeibeamte konterte mit einem überlegenen Grinsen. »Vielleicht eine ganze Menge, Sir. Wie Sie sehen, ist das kein zufälliges, äh, Gekleckse. Man kann bestimmte Muster darin erkennen. Vielleicht keine Schrift oder so etwas, aber ... nun ja, vermutlich Zeichen, obwohl wir momentan noch nicht wissen, was sie zu bedeuten haben. Ich bitte jeden von Ihnen, die ganze Belegschaft, sie sich noch einmal genau anzuschauen, bevor Sie sie wegwischen; jemand könnte sehr wohl etwas darin erkennen, das weiß man nie. Es gibt auch ein ganz besonderes, das ist ... irgendwie anders. Vielleicht fangen wir damit an, die vierte Tür links.«

Alle Köpfe flogen in eine Richtung – zu mir. »Sieht ganz so aus, als wäre das Ihre Woche, Steve«, seufzte Barry. »Gehen wir? Und Gemma, meine Liebe, würden Sie der Putzkolonne bitte sagen, daß sie demnächst anfangen können?«

Alles drängte in mein Büro. Dave war bereits dort. Er saß auf einem umgeworfenen Aktenschrank und rauchte Kette, um den Gestank zu neutralisieren, allerdings ohne besonderen Erfolg. Unter vielfach gemurmelten Kundgebungen des Ekels versammelten wir uns um den Kommissar, der meinen Bildschirm äußerst behutsam in alle Richtungen drehte. »Keine Vorschläge? Na gut. Wie steht es hiermit?«

Die Polizisten hatten uns davor gewarnt, die Terminals anzurühren, und sie mußten ihre Warnungen nicht mehr wiederholen. Ich hatte zuvor nicht richtig gesehen, was dort hing. Auch jetzt sah es zunächst wie noch mehr von dem Dreck aus, ein Klumpen Federn, die in irgend etwas Widerwärtigem mitten auf dem Bildschirm klebten. Ich schaute den Kommissar an und schüttelte den Kopf.

»Komisch«, sagte er. »Sie sind der einzige, dem sie diese Behandlung zukommen ließen. Dieses Zeugs ist nicht der gleiche Dreck wie überall; offensichtlich handelt es sich um Blut, ziemlich frisch. Aber mit etwas anderem zu einer Paste angerührt; eine Art Mehl, wie die Jungs vermuten. Das Labor kann uns dann mehr erzählen.«

Wir starrten das widerwärtige Ding in unbehaglichem Schweigen an, jeder versuchte, die Gedanken der anderen zu erraten. Blut? Woher? Wovon? Oder von wem? Dann unterbrach eine sanfte und unsichere Stimme unsere Gedanken.

»Sir? 'Tschuldigung, Sir?« Erleichtertes Lächeln überall; dankbar drehten wir uns um. Es war die Chefin unserer Putzkolonne, eine gedrungene, fröhliche Person in den Fünfzigern, eine ruhige, rundum mütterliche Frau. Sie erschien uns wie ein leibhaftiges Gegenmittel gegen den ganzen Aufruhr.

»Oh, Mrs. Macksie«, setzte Barry geistesabwesend an. »Tut mir schrecklich leid, daß wir Sie und die Mädchen aufscheuchen mußten! Aber Sie sehen ja ...«

»Ach das, ja klar, Sir!« sagte sie mitfühlend. »Is' furchtbar. Aber wir machen wieder klar Schiff, keine Bange! Wo solln wir denn ...« Sie unterbrach, besser gesagt, verschluckte sich. Zuerst dachte ich, Daves maßlos teure Glimmstengel seien der Grund dafür; dann dachte ich an einen Herzanfall. Ihre Augen traten aus dem Kopf, doch außer einem eigenartigen kurzen Krächzen gab sie keinen Laut von sich, wobei sie mit einer Hand ihre Kehle umklammerte. Mit der anderen schien sie auf etwas deuten zu wollen, ließ sie dann jedoch kraftlos herabfallen. Ebenso wie alle anderen starrte ich sie an; als ich in ihre Augen sah, war es, als hätte sich dahinter ein Vorhang zugezogen.

Clare berührte sie am Arm, und sie zuckte zurück. »Mrs. Macksie! Geht es Ihnen nicht gut?«

»Was ist denn los, meine Gute?« sagte der Kommissar leise; es war trotz allem eine Frage. Sie wandte ihre verschleierten Augen ab, doch er ließ nicht locker. »Haben Sie etwas gesehen? Etwas, das Sie wiedererkennen? Hat jemand ein Zeichen hinterlassen – jemand, den Sie kennen? Wollen Sie es uns nicht erzählen?« Offenkundig wollte sie gerade das nicht. »Kommen Sie, meine Gute!« Seine Stimme nahm einen gerade noch wahrnehmbaren Grad von Schärfe an. »Sie wissen doch, früher oder später müssen Sie …«

Barry warf ihm einen warnenden Blick zu, doch zu spät. Sie funkelte den Polizisten an, ihr Unterkiefer schob sich angriffslustig nach vorne. »Was reden Sie da?« fuhr sie ihn an. »Sie wagen es, mir ins Gesicht zu sagen, daß ich mit dem da was zu tun habe? Mit denen, die das getan haben?«

Barry breitete beschwichtigend die Arme aus. »Mrs. Macksie, natürlich nicht … wir alle kennen Sie hier, aber …«

»Ich laß mir von keinem sagen, ich hätt' so was gemacht«, sagte sie störrisch und ein wenig schrill. »Ich bin eine anständige Frau, mein Mann war Laienprediger und ich bin Diakonin! Wie lange arbeite ich schon für Sie? Fünf Jahre, keins weniger! Ich muß mir nicht von diesem Kerl sagen lassen, daß ich irgendwas zu tun hab' mit so einem ekligen Zeug wie *Obeah* …« Sie hatte zu viel verraten. Zwar wollte sie das Wort noch rechtzeitig verschlucken, aber wir hatten es alle gehört. Sie schnaubte vor Wut, drehte sich auf dem Absatz um und stolzierte hinaus. Mit ihren plumpen kurzen Hühnerbeinen hätte das komisch wirken können, doch ihr Auftritt war viel zu ernst. Ich suchte Clares Blick; sie nickte und lief der aufgebrachten Frau hinterher.

»Obi-was?« fragte der Polizist in den Raum hinein. Wir sahen uns reihum an und zuckten mit den Achseln. »Also, Sir«, wandte er sich an Dave, »ob Sie vielleicht … da Sie ja von Ihrer Herkunft …«

»Das kann ich verflucht noch mal nicht«, raunzte Dave nicht nur gewohnt pampig, sondern auch mit atemberaubender Geschwindigkeit. »Herkunft? Herrgott noch mal, Sie sind wahrscheinlich näher an ihrem Geburtsort auf die Welt gekommen als ich – warum wissen *Sie* verdammt noch mal nichts davon?

Sie stammt aus Trinidad, ich bin Nigerianer! Ich bin Ibo. Biafraner, falls Ihnen das mehr sagt! Was sollten wir wohl gemein haben?«

»Gar nichts, Dave«, sagte ich gequält. »Nehmen Sie's doch lässig wie immer, ich bitte Sie, und fragen Sie Mrs. Macksie. Sie haben bei ihr einen Stein im Brett, warum auch immer, die Geschmäcker sind ja verschieden.«

»Das liegt an den Buchstaben hinter meinem Namen«, sagte er gutgelaunt. Seine Wut war so schnell verraucht, wie sie gekommen war. Er zündete sich eine neue Zigarette an. »Die sind völlig verrückt nach einer guten Ausbildung, diese Westinder; schlimmer als die Schotten. Also gut, ich geh' fragen.«

Doch als er einige Minuten später zurückkam, sah er etwas gedämpft aus. »Sie will antworten«, meinte er. »Ich glaube, Clare hat sie eher überzeugt als ich. Und ... es könnte gut sein, daß wir so was Ähnliches zu Hause haben, wenn auch nicht unter diesem Namen. Aber ich als Stadtbewohner, aus einer gebildeten Familie ... damit haben wir nicht viel zu schaffen. Das ist eher etwas für die Hinterwäldler, die gerade von den Bäumen heruntergeklettert sind, wie man so sagt, stimmt's, Herr Kommissar? *Juju* nennen sie das.« Er zog eine Grimasse. »Dieses Wort ... Meinen Alten würde der Schlag treffen, wenn er es aus meinem Munde hören würde. So etwas sagt man bei uns nicht.«

»*Juju*«, wunderte sich Barry. »Aber ist das denn nicht ...«

Er wurde von Mrs. Macksies Rückkehr unterbrochen. Sie stützte sich auf Clares Arm und sprudelte sofort los wie ein Wasserfall: »Sie müssen wissen, Sir, ich weiß nix von diesen *Sachen* – überhaupt nix. Aber früher mal habe ich so was schon gesehen. Als mein verstorbener Mann daheim in Trinidad noch Krankenpfleger war, da rief uns die Arbeit für den Herrn oft zu Missionsstationen. Auf anderen Inseln waren schlimme Zeiten, alle möglichen Leute kamen zu uns rüber, hatten Angst um ihr Leben, kamen nach Trinidad, Jamaika und sonstwohin, sogar nach Kuba. In den Missionen haben wir viele von denen gesehen, haben viel von ihrem Leben gehört. Arme Leute, verzweifelte Leute mit schlechtem Blut, die viel wiedergutmachen mußten. Schlimme Dinge passierten dort …« Sie wand sich, als fühlte sie sich allein beim Gedanken daran unwohl. »Teufelswerk. *Obeah. Ouanga,* nennen sie es in ihrer Angst. Wir haben so gut es ging mit Liebe dagegen gekämpft, aber da waren einige schon zu weit in die Finsternis gegangen, um noch das Licht zu sehen. Dort haben wir so was gesehen … wie das da. Aber nie so schlimm … selbst damals nicht. An die Zeichen kann ich mich nicht erinnern, zuerst nicht, erst als ich *das da* sah …«

Sie atmete tief und zitternd ein und zeigte auf den ekelhaften Fleck aus Blut und Federn auf meinem Monitor. »Das … Wollen Sie wissen, was *Obeah* ist? Das da ist *Obeah.* Nehmen Sie's und verbrennen Sie's.«

»Das würde ich gerne tun«, sagte Barry mit leicht zitternder Stimme. »Aber was ist das?«

»Es ist böse – wollen Sie noch mehr wissen? Na gut. Man nennt es *Cigle Don-Pedro,* was das heißt, weiß ich ebenso wenig wie Sie, und ich *will* es auch nicht wissen. Die *Mazanza* benutzen es manchmal, auch die *Zobop* oder die *Vlinblindingue.* Sie benutzen es zusammen mit solchen Zeichen, und es ist nix Gutes. Mehr sag ich nicht, denn mehr weiß ich nicht.«

»Einen Moment mal«, hakte der Kommissar eilig nach. »Soll das etwa heißen …«

Sie ignorierte ihn und wandte sich an Barry. »Und jetzt, Sir, wenn Sie mich entschuldigen wollen, hier ist 'ne Menge Arbeit, und ich bin spät dran.« Dann drehte sie sich ruhig um und ging erneut hinaus. Der Polizist sah ihr mit offenem Mund nach, versuchte jedoch nicht, sie aufzuhalten. Statt dessen nahm er sich Dave vor.

»Was zum Teufel sollte das heißen? Will sie mir erzählen, das hätten diese … wie nannte sie sie … diese Flüchtlinge getan? Von wo sind die eigentlich geflohen?«

»Das ist ja der Hit«, antwortete Dave mit satanischer Freude.

»Da fragen Sie mich was! Sieht so aus, als hätten uns ein paar von diesen westindischen Typen aus der South Street mit irgend jemandem verwechselt.«

»Westindisch?« blinzelte Barry. »Wieso das denn?«

»Also ich habe jedenfalls noch nicht allzu viele Haitianer in der Stadt gesehen – Sie vielleicht?«

»*Haitianer*?«

»Sie haben der Dame doch zugehört. Von da kamen diese Flüchtlinge. Glückliches kleines Haiti. Und *Obeah* ist einfach der landesübliche Name für Praktiken, bei denen sich ein wohlangesehener Bürger aus Trinidad nicht mal tot erwischen lassen würde – wenn Sie den Ausdruck bitte entschuldigen. Aber anderswo sind sie dort ziemlich verbreitet.«

Der Kommissar klappte sein Notizbüchlein mit einem lauten Schnappen zu und wickelte ordentlich ein Gummiband drumherum. »Ist für mich mindestens so gut wie ein Computer ... Na ja. Also das ist wenigstens eine Spur. Wir sind doch nicht kürzlich irgendwelchen Westindern auf den Schlips getreten, oder, Sir? Keine Scherereien mit der Ausländerbehörde?«

Alle lachten. Natürlich nicht. Wir waren eine angesehene Firma mit internationalen Geschäftsverbindungen. Unsere Anforderungen waren hoch, doch ein ungewöhnlicher oder exotischer Hintergrund war absolut von Vorteil. Wir stellten Leute aus allen Ecken der Welt ein, und diskriminiert wurde aus allen möglichen Gründen, nur nicht hinsichtlich der Rasse. Das allerdings sprach eher für unseren Geschäftssinn, als für unser soziales Gewissen. Der einzige Angestellte, der vor kurzem in irgendwelche Unannehmlichkeiten geraten war, schien ich zu sein. Und ich würde das auf keinen Fall erwähnen, nicht etwas, von dem ich selbst nicht genau wußte, ob es überhaupt passiert war. Selbst wenn: Diese großen Schlägertypen waren sowieso keine Westinder gewesen.

Andererseits waren es Einbrecher. Irgend etwas Illegales taten sie jedenfalls, etwas, für das sie bereit waren, Menschenleben auszulöschen. Das Motiv war nicht sofort offensichtlich gewesen ... nicht mehr als hier. Die Polizei verbuchte die ganze Sache augenscheinlich als die Tat von Betrunkenen, Drogensüchtigen oder Jugendlichen, die rein zufällig bei uns eingestiegen waren, nichts Wertvolles gefunden und aus lauter Zorn wie die Vandalen gehaust hatten. Man würde die Ohren offenhalten, aber ...

Ich wollte das nicht akzeptieren. Das Unbehagen, das mich verfolgte, verstärkte sich, wurde stärker und war mir hart auf den Fersen. Es lauerte in meinem Hinterkopf, den ganzen Tag über, der es eigentlich hätte verdrängen müssen, so hektisch und gleichzeitig beruhigend, wie er gewesen war. Ein kleiner Frühling hielt im Büro Einzug, nachdem die Luft zunächst mit dem scharfen Fichtennadelgeruch eines Desinfektionsmittels, dann mit betäubend süßlichem Bohnerwachs und schließlich mit kühler, sauberer und neutraler Klimaanlagenluft traktiert worden war. Im Hintergrund klingelten fröhlich die Telefone, die Drucker schnatterten und zischten wie aufgeweckte Insekten, während sie unsere Daten wieder schwarz auf weiß verfügbar machten. Die Normalität brach durch wie ein ungeduldiger Schößling, entfaltete sich zur vollen Blüte des *status quo*, leuchtend wie eine Sonnenblume. Die Geschwindigkeit war beeindruckend, als würde man einen Film im Zeitraffer betrachten; unser Geschäft funktionierte effektiv, die Angestellten setzten sich voller Überzeugung ein. All das hätte mich aufbauen müssen. Tat es aber nicht.

Da waren diese beiden Einbrüche, die mir nicht aus dem Kopf gehen wollten, beide eigenartigerweise ohne Motiv – und offensichtlich hatten sie nur eines gemeinsam: nämlich mich. Diese Vorstellung behagte mir nicht im geringsten, und ich konnte mir keinen Reim darauf machen. Angenommen, ich wäre in jener Nacht wirklich verfolgt worden – aber ich hatte es bis zum Auto geschafft und war entkommen. Kein anderer Wagen war mir in der Tampere Street gefolgt, nicht einmal in der Danube Street. Sie hätten meine Nummer aufschreiben können, aber irgendwie konnte ich mir nicht so recht vorstellen, wie sie mich mit Hilfe des Polizeicomputers ausfindig gemacht hatten. Außerdem hätten sie mir nicht nur nach Hause, sondern auch am nächsten Tag ins Büro folgen müssen; aber wozu der ganze Aufwand? Warum der Überfall auf das Büro, wenn sie mich ganz einfach zu Hause hätten schnappen können? Nein, es war eine dumme Idee. Aber dumm oder nicht, ich wurde sie nicht los. Wenn ich nur einen Weg finden könnte, die beiden Vorfälle auseinanderzudividieren, eine vernünftige Erklärung für den einen oder den anderen …

Fangen wir ganz von vorne an. *Modus operandi*. Die Attacke auf das Büro mußte eine rasche, gut geplante Sache gewesen sein, um soviel Zerstörung anzurichten, ohne Aufmerksamkeit zu erregen. Nicht so die andere Geschichte; eigentlich hätte sie kaum passieren können. Was hatten die Angreifer vor, daß sie sich am Vordereingang unter so fadenscheinigen Vorwänden derartig aufführten? Weshalb sollte jemand auf diese Weise in ein Lagerhaus einbrechen … und obendrein einen Mord riskieren, auf offener Straße, wenn man mit einem Minimum an Vorausplanung die ganze Sache hinter verschlossenen Türen hätte abwickeln können? Weil sie wollten, daß ihr Opfer draußen gefunden wurde? Als ob … ganz so, als ob sie ohne jeden Zweifel sicherstellen wollten, daß es sich um einen Einbruch handelte. Und sie waren skrupellos genug, ein Leben auszulöschen, um diesen Verdacht zu erhärten.

Jetzt klingelte es bei mir. Derartige Fälle waren mir schon untergekommen, wo jemand einen Einbruch vortäuschte, um … etwas anderes zu vertuschen. Etwas, das nicht mehr da war und dort sein sollte. Oder etwas, das dort war, aber dort nicht hingehörte …

»Mensch, aber klar doch!«

Ich mußte es einfach laut herausbrüllen. Der eisige Wind der Sicherheit durchblies mich. Ich hatte mein Motiv gefunden.

Hinter seinem wie neu glänzenden Schreibtisch schreckte Dave aus seinen wiedererstellten Listen hoch und blickte mich erschrocken an.

»Wassislos?«

»Nichts.« Ich wollte aufspringen und davonlaufen. Ich zwang mich dazu, ruhig und natürlich zu bleiben; aber vielleicht blieb nicht mehr viel Zeit. Wenn ich diese ganze Sache nicht doch geträumt hatte … »Hab mich nur noch einmal über diesen Einbruch aufgeregt. So etwas Sinnloses. Anscheinend jedenfalls. Aber manchmal gibt es ein verstecktes Motiv hinter solchen Geschichten.«

»Genau.« Dave lehnte sich zurück und fummelte an seiner Zigarettenschachtel herum. Zu meiner Erlösung war nichts mehr darin. »Verdammt! Genau wie diese Tonne Hasch, die aus einer Ladung Wolle herausgeschmuggelt werden mußte, bevor sie aus dem Zoll kam – das wurde auch als Diebstahl getarnt, indem sie einen Einbruch inszenierten …«

»Ganz richtig. Nur ging es hier bestimmt nicht um Rauschgift. Zwischen unseren Frachtbriefen könnte man keine Unmengen Dope einschmuggeln.«

»Vielleicht sollten wir's mal versuchen!« grinste Dave und durchstöberte sämtliche Jackentaschen. »Die alte Gemma mal richtig auf Touren bringen! Ah …« Schon riß er das Zellophan von der nächsten schwarz-goldenen Packung.

»Wenn Sie noch mehr von diesen Sargnägeln anzünden, verlasse ich den Raum! Es ist spät, wahrscheinlich haben Sie mich heute bereits ausreichend versorgt. Noch nichts von passivem Rauchen gehört? Wenn ich Krebs kriege, verklage ich Sie.«

»Nur zu, Mann. Ich werde geltend machen, daß ich von einem brutalen Boß dazu getrieben wurde, der sich vorzeitig aus dem Staub gemacht hat und mich bis zum Hals im Dreck sitzenließ. Buchstäblich!«

»So darf man nicht über Barry reden!« entgegnete ich tadelnd. Die Frotzelei deckte hervorragend meinen Rückzug, und der verletzte Arm verschaffte mir die Legitimation, früher als die anderen zu gehen, selbst an diesem hektischen Abend. Der Aufschrei, als Clare mir in den Anorak half, war nicht gespielt.

»Tut mir leid, Steve. Und seien Sie bitte vernünftig.« Diese klaren Augen maßen mich mit einem Ausdruck, den ich nicht ergründen konnte, fast so, als könne sie bis auf das furchtbare Unbehagen blicken, das ich in mir verbarg. Und sie nagte schon wieder an ihrem Finger. »Ich fahre Sie nach Hause, wenn Sie möchten …«

Das brauchte ich am allerwenigsten. »Nicht nötig! Ich bin nur ein bißchen müde, das ist alles; genau wie Sie. Machen Sie auch bald Schluß. Morgen ist auch noch ein Tag.«

Judys Abschiedsgruß war fast noch freundlicher als der am Morgen. Kaum stand ich vor der Tür, mußte ich mich zwingen, nicht zum Wagen zu rennen.

Auf dem Weg nach Hause quälte ich mich durch die Fahrzeugschlangen des Feierabendverkehrs. Einige Male riskierte ich einige absurde Spurwechsel, denn ich wollte ja nicht nach Hause, und vielleicht war es schon zu spät. Ich mußte mit Jyp reden, so schnell wie möglich; dabei hatte ich schon eine Nacht verstreichen lassen. Als ich endlich in die Danube Street einbog, war die Sonne schon hinter den hohen Gebäuden verschwunden, und ich brauste in einen Schattenschlund hinein. Das Gelände hatte noch nie nüchterner ausgesehen, und hinter den Dächern war kein einziger Mast zu sehen. Zweifel quälten mich, doch ich fuhr weiter.

Das Rattern der ungeduldig auf das Kopfsteinpflaster trommelnden Reifen brach sich an den schmutzverkrusteten Mauern. Ich bog in die Tampere Street ein, wo, wie es schien, immer noch der gleiche verdreckte Papierfetzen umherwirbelte: Dieses Mal parkte ich nicht. Ich dachte, daß ich den Weg zu den Docks eigentlich finden würde, doch es stellte sich als nicht so einfach heraus. Eine Einbahnstraße lenkte mich wie eine Flipperkugel aus der Bahn und schickte mich kreuz und quer durch ein Labyrinth gesichtsloser Querstraßen, und schon war ich so verloren wie vorgestern zu Fuß. Immer wenn ich um eine Ecke bog, sah ich etwas am anderen Ende; doch nach der nächsten Abzweigung machte die Straße prompt eine Kurve und führte mich wieder in die falsche Richtung. Oder wenn ich bremste und rückwärts in die gewünschte Richtung zurückfuhr, stellte sich der Schimmer, den ich für das Meer gehalten hatte, lediglich als Reflexion einer stumpfen Fensterscheibe heraus, oder das rote Leuchten, das ich schon als das Schild der Taverne vor mir sah, entpuppte sich als lumpiges, im Wind flatterndes Plakat. Als mich eine dieser Gassen schließlich auf die breitere Straße ausspuckte, die ich erspäht hatte, war ich wieder auf der Danube Street gelandet, ein ganzes Stück hinter der Tampere Street. Und dort, unter einer strahlenden orangefarbenen Straßenlampe, hing ein wie neu glänzender braun-weißer Touristenhinweis, den ich schon in der ersten Nacht gesehen hätte, wenn ich nur ein Stück weitergefahren wäre:

ZUM HAFEN.

Aus unerfindlichen Gründen machte mich der Anblick nur noch mutloser. Doch ich schlug die angewiesene Richtung ein und fuhr so lange weiter, bis es keine schmutzigen Mauern mehr gab und sich die Danube Street vor meinen Augen zu einem netten, kleinen, hell erleuchteten Rondell öffnete, in dessen Betonkübeln Sträucher wuchsen und wo man laut Beschilderung überall parken durfte. Dahinter, von einer Reihe saubergeschrubbter Sandstein- und Ziegelhäuser gesäumt, deren frische Tünche freundlich in den letzten Strahlen der untergehenden Sonne leuchtete, lag ein Hafenbecken, leer und mit den gleichen weißen Ketten abgesichert, die man an den Vorgärten der Vorstädter findet. Ich blieb neben einer verlassenen Parkuhr stehen und schälte mich langsam aus dem Wagen. Mein Blick fiel auf das Becken, dorthin, wo es sich zum vom Sonnenuntergang überfluteten offenen Meer hin öffnete. Kein einziges Schiff in Sicht, und das einzige Lagerhaus, das ich erkennen konnte, trug den rosafarbenen Schriftzug einer Disco quer vor dem ersten Stockwerk. Die Meeresbrise war mit dem Staub der Baustelle an dem abgedeckten Gebäude hinter mir und der stickigen Würze eines nahe gelegenen indischen Restaurants weiter vorn durchsetzt. Ich hatte gefunden, wonach ich in jener Nacht gesucht hatte; jetzt allerdings kam es mir wie blanker Hohn vor, eine Verurteilung.

Klopfet an, so wird Euch aufgetan; suchet, so werdet Ihr finden. Was hatte ich zuvor nur gefunden? Halluzinationen? Sinnestäuschungen? Ich konnte wirklich nicht sicher sein, daß all das, was immer dunkler in meiner Erinnerung versank, wirklich geschehen war. Und doch sagten mir meine Gefühle, daß es dort irgendwo sein mußte, daß ich es finden mußte, bevor alles zu spät war. Wütend kämpfte ich gegen den lähmenden Zweifel an. Aber was sollte ich tun? Wieder war ich ein Kind, einsam und verlassen. Ich war ausgeschlossen.

Kapitel 3

Diese Gegend …

Noch vor zwei Tagen hätte sie mir gefallen. Ich hätte vielleicht sogar mal in die Disco reingeschaut, sie sah ziemlich durchgestylt und ansprechend aus. Dadurch wurden zwar die Getränke nicht weniger trübe und der Beat nicht weniger stumpfsinnig, aber wenigstens war das Publikum angenehmer, und man mußte sich nicht unterhalten. Auge in Auge, Körper an Körper, Direktkontakt. Keine abgedroschenen Sprüche, kein überzogenes Getue, nicht die üblichen Lügen. So wollten sie es auch haben, die, die dort verkehrten; eine kurze, schweißtreibende, schlaflose Nacht, verschmiertes Make-up und animalische Ausdünstungen, und wenn alles bestens ging, vielleicht ein gemeinsames Frühstück. Mir war aufgefallen, daß es mit den Mädchen, die zuerst ihre Kleider an den Bügel hängten, am besten funktionierte. Namen wurden unverbindlich, ohne Verpflichtung, zwischen zwei Küssen ausgetauscht; niemand müßte noch mal anrufen, und in jenen Tagen tat ich das auch nur selten. Schön, Liebe war das nicht gerade, aber nicht jeder will gleich die große Liebe. Wenigstens war es – im Unterschied zu so vielen anderen Dingen -- ehrlich. Wenigstens kam niemand dabei zu Schaden.

Jetzt machte mich allein der Gedanke an diesen Ort und alles, was damit zu tun hatte, richtig krank. Schon der Anblick dieser herausgeputzten Straße kratzte an meiner geistigen Gesundheit. Ihre bloße Existenz kollidierte schmerzhaft mit dem, worüber ich in jener Nacht gestolpert war, ob ich es nun verklärt hatte oder nicht. Ich mußte weg von hier, oder die Geschichte glauben … Oder nichts glauben, auf nichts vertrauen, am wenigsten auf meine eigenen Sinne. Ich ließ den Wagen einfach stehen und wankte blindlings quer über die zum Glück unbefahrene Straße. Jeder, der mich gesehen hätte, würde mich für einen Betrunkenen gehalten haben. Wie ein verletztes Tier tauchte ich dankbar in den schwarzen Schlund einer der Gassen ein, wo ich mich verstecken wollte. Meine Finger glitten über die noch frische Farbe eines Fensterrahmens und gleich daneben über bröckeliges Gemäuer. Ich kniff die Augen zusammen und sah mich um. Jetzt, nachdem die Sonne untergegangen war, lag das enge Sträßchen in völliger Dunkelheit und sah erst recht wie eine dieser Gassen aus, durch die ich in jener seltsamen Nacht geirrt war. Sämtliche Renovierungsbemühungen lösten sich in den dunklen Schatten auf. Der schwache Schein des Zwielichts, das hier vor der grellen Straßenbeleuchtung Zuflucht suchte, hüllte erneut alles in einen geheimnisvollen Mantel. Ich schaute zurück und mußte laut über den Kontrast lachen; all das Neue wirkte wie eine Fassade, eine glitzernde Kruste über dem, was wirklich war. Plötzlich fiel es mir nicht mehr so schwer, an mich zu glauben. Ich war zurückgekehrt, genau wie Jyp es vorausgesagt hatte.

Wie Jyp vorausgesagt hatte … Was hatte er noch gleich gesagt? »… *du fragst nach Jyp, dem Navigator, klar?*« Die Erinnerung kam zurück, so klar, wie ich die Worte vernommen hatte. »*Du kannst jeden fragen, hier kennen mich alle …*« Das dürfte ja nicht allzu schwer werden. Doch hier behagte es mir nicht so recht, nicht in diesen niedlichen kleinen Bistros; sie schienen irgendwie unpassend. Doch am anderen Ende der Gasse fiel ein gelblicher Lichtschein aus mehreren Fenstern. Das könnte schon eher in Frage kommen.

Es stellte sich als nicht sehr großer und absolut unrenovierter Pub heraus. Um ehrlich zu sein, ich hatte noch nie in meinem Leben ein so heruntergekommenes Lokal gesehen. Er befand sich direkt an der Straßenecke, und sein Hauptmerkmal war ein gerundeter edwardianischer Sims aus glasierten Kacheln in dunkelrot und blau, alles ziemlich verwahrlost und schmutzig. Die trüben Bleiglasfenster waren nicht minder verdreckt, und am Eingang priesen Reklametafeln Bier längst vergessener Brauereien zu vierzig Schilling an. Helles Licht und heisere Stimmen drangen aus dem Eingang auf die Straße. Das Ganze sah ziemlich primitiv aus und machte mich unsicher. Aber irgendwo mußte ich anfangen. Die verzogene Tür quietschte, dann trat ich mitten in eine erstickende Rauchschwade hinein.

Fast hätte ich erwartet, daß sämtliche Unterhaltungen verstummten, doch niemand schien mir besondere Aufmerksamkeit zu schenken. Was mir recht war, denn in dieser Gesellschaft, diesem Ambiente aus Spucke und Sägespänen, fiel ich deutlich aus dem Rahmen, wobei mein weißer Designer-Anorak und meine grauen Flanellhosen ebenso fehl am Platze waren wie der unbeachtet in einer Ecke blinkende Spielautomat. Das fluoreszierende Licht stellte alles unnötig brutal zur Schau: den gerissenen Vinylfußboden in seinem verblaßten Flitter, die rauchvergilbten Wände, die faltigen Walnußgesichter der alten Männer, die den Großteil der Gäste ausmachten. Ältliche Arbeitertypen, die gebeugt und zusammengeschrumpft beinahe in ihren schmuddeligen Regenmänteln verschwanden. Vermutlich waren sie auch taub, denn die lauten Stimmen gehörten ihnen. Die wenigen jüngeren Männer, meist Fünfziger-Versionen der ganz Alten, hockten dumpf herum und betrachteten jene wie eine drohende Vision des Schicksals. In der Nähe der Tür kippte eine Handvoll minderjähriger Skinheads dosenweise Gerstensaft in sich hinein und grunzte sich an. Ich nahm all meinen Mut zusammen und bahnte mir den Weg durch sie hindurch zur Bar. Der speckige Wirt reichte mir meinen Scotch in einem vom vielen Spülen trübe gewordene Glas und hob die Augenbrauen, als ich ihn fragte, ob ein Kerl namens Jyp hier gewesen sei.

»Jyp?« Einen Augenblick starrte er mich mit großen, fragenden Augen an, dann stützte er sich auf den abgeplatzten Lack der Theke und wandte er sich an seine Stammkunden: »Der Gentleman fragt nach Jyp – kennt den einer?«

»Jyp?« Die alten Männer drehten die Köpfe zu uns, murmelten sich den Namen untereinander zu. Die Falten auf den Stirnen vertieften sich, ein oder zwei Köpfe wurden geschüttelt, andere schienen sich nicht ganz so sicher zu sein. Doch keiner sagte etwas, und der Wirt wandte sich mir schon wieder mit einem Achselzucken zu, als einer der alten Knaben, der am Gasofen kauerte und brauner und verschrumpelter als die anderen war, plötzlich aufpiepte: »Doch nicht etwa Jyp, der Lotse, häh?«

Einen Augenblick lang herrschte absolute Stille. Dann brach ein gackernder Chor der Erkenntnis los, und die Brauen des Wirts schoben sich mit einem Male wieder gerade. »Ach *der*! Den hab ich ja schon eine Ewigkeit nicht mehr gesehen! Aber …«

Erstaunlicherweise schien sich das gesamte Lokal wie durch einen ausgeklügelten Lichtwechsel zu verwandeln. Nichts sah völlig anders aus, doch plötzlich leuchtete alles wie ein düsteres Bild, das sehr vorteilhaft angestrahlt wird. Irgendwie erwachte das ganze grimmige Tableau zum Leben, schüttelte seine rußige und depressive Patina wie eine lästige Schicht von sich ab. Die Spelunke wirkte fast einladend, gemütlich und sicher, das Zentrum einer ganz besonderen kleinen Gemeinschaft – als würde ich sie mit den Augen dieser alten Männer sehen. »Der müßte sich hier irgendwo herumtreiben!«

»Vielleicht unten am Durban Walk …«

»Erst gestern hab ich ihn oben beim alten Leo gesehen …«

Auch sie waren wie umgewandelt, wurden plötzlich lebendig und gaben mir munter Tips und Adressen, bei denen ich es mal probieren sollte. Nicht nur mir fiel der plötzliche Wandel auf. Die Skinheads gafften die alten Männer an, als wären sie alle übergeschnappt – und mich auch. Schließlich einigte man sich darauf, daß Jyp zur Stunde höchstwahrscheinlich sein Abendessen im *Mermaid* einnahm. Aber ich würde mich beeilen müssen, wenn ich ihn noch erwischen wollte, bevor er zur Arbeit ging. Genau das tat ich. Schneller als ich konnte schon seit Jahren keiner mehr diesen Pub verlassen haben. Zuvor bezahlte ich allerdings noch meinen Scotch.

Ihre Wegbeschreibung war glücklicherweise eindeutig, und ich war klug genug, nicht mehr zum Auto zurückzugehen. Ich eilte durch mehrere Gassen, bis ich über das schlimmste und verdreckteste Kopfsteinpflaster aller Zeiten stolperte und in dem schmalen Sträßchen vor mir ein uraltes Gemäuer erblickte, das kaum weniger vergammelt war als der Pub, den ich soeben verlassen hatte. Seine unregelmäßige dreistöckige Fassade war in waschechtem Fachwerkstil erbaut, keineswegs in diesem Börsenmakler-Tudor. Die Brise vom Meer her frischte auf – wenn das der richtige Ausdruck für etwas war, das so viele bemerkenswerte Gerüche vor sich herwirbelte. Auf dem quietschenden Aushängeschild schaukelte das naive Porträt einer Meerjungfrau, natürlich barbusig und langhaarig, doch mit einer gezackten Krone und einem sich ringelnden Doppelschwanz. Kein Name, aber wozu auch?

Ich ging durch die offen stehende Tür die wenigen hölzernen Stufen hinab und befand mich in einem mit Tischen vollgestopften, verrauchten Raum, dessen Beleuchtung, wie es schien, allein aus dem wunderbaren offenen Kamin im hinteren Teil bestand. Das Lokal sah ziemlich derb aus, doch entschieden lebendiger als die andere Flohbude. An den langen Tischen saßen dichtgedrängt die Zecher, meist langhaarige Künstlertypen, aufbrausend und lautstark miteinander streitend, andere würfelten, spielten Karten und tranken aus Gefäßen, die wie Tonkrüge aussahen – offensichtlich eine richtige Bierpinte. Nicht zu vergessen diejenigen, die sich über geheimnisvoll aussehende Blätterbündel beugten oder sie in ihre langen Pfeifen stopften, sich gegenseitig aus handgeschriebenen oder eigenartig bedruckten Papieren vorlasen, und all das, während sie gleichzeitig die wenigen Frauen, die ich sehen konnte, heftig betatschten und abknutschten. Ich hielt mein Interesse jedoch im Zaum. Eindeutig zu viele dieser Gentlemen trugen gefährlich aussehende Messer offen an ihren Gürteln. Genau der richtige Ort für Jyp, dachte ich sanft erschauernd. Ich konnte ihn jedoch nirgends entdecken, und anscheinend war die einzige Bedienung ein rotnasiger Klotz in einer Lederschürze, der ungefähr vier Tische weiter umherschlurfte und auch lauteren Rufen als den meinen gegenüber taub schien. Ich wand mich nach hinten zum Kamin durch, einem angenehmeren Aufenthaltsort mit wunderbaren alten, hochlehnigen Polstersesseln. Diejenigen, die am nächsten am Feuer standen, hatten zwei Hippie-Typen mittleren Alters in Beschlag genommen. Der eine war klein, rundlich und schweinchenhaft, der andere mittelgroß und trug unter dem sich lichtenden Haar Schnäuzer und Ziegenbärtchen, beide kurzgeschoren. Einer von ihnen hätte gut der Eigentümer sein können, doch dann hörte ich, wie sie sich in plattestem Hinterwäldler-Dialekt lautstark über Literatur unterhielten. Ich ordnete sie als Volkshochschul-Dozenten ein, fragte sie dennoch und war total verblüfft, als mich der Größere höflich in ein Nebenzimmer führte. Und dort saß, unverwechselbar, die schmale Nase in einen riesigen Krug Bier getaucht, derjenige, den ich schon so lange suchte.

Als er mich erblickte, hätte er beinahe den Krug fallen gelassen und beim Aufspringen um ein Haar den Tisch umgeworfen. »*Steve!* Hab ich nicht gesagt, daß du zurückkommst, alte Eule? Hey, setz dich, trink ein Bier ... Mist, ich muß zur Arbeit, weißt du, heute abend können wir die versprochene Sause nicht steigen lassen, verdammt ... Aber für ein Bier reicht die Zeit noch, oder zwei oder drei ...« Nachdem er das bißchen Luft aus meinen Lungen herausgeklopft hatte, gelang es mir, ihn zu unterbrechen und ihm zu sagen, daß ich ihm etwas mitzuteilen hätte, etwas Ernstes. Er bestand darauf, mir ein Bier zu besorgen, bevor ich loslegte, doch als er von dem Überfall auf das Büro erfuhr, verschluckte er sich fast.

»*Obeah? Ouanga?* Ja, ich habe davon gehört, bin ein- oder zweimal in diesen Gewässern gekreuzt. Und *Mazanxas* ...« Sein Gesicht verzog sich, als sei ihm ein widerlicher Geruch in die Nase gefahren. »Die und die *Zobops* und die *Vlinblindingues*. Oh je, schlimme Nachrichten. Das sind Geheimgesellschaften, Bruderschaften ganz gerissener Männer, Hexenmeister, Zauberer ... *Bokors* werden sie genannt. Mächtige Bruderschaften. Und *Ouanga* ist so ganz nach ihrem Geschmack.«

»Toll. Und was für eine Art von Voodoo ist dieses *Ouanga*, wenn's beliebt?«

Er zuckte die Achseln. »Du hast's gerade gesagt.«

Ich ließ einen Schluck Bier bedächtig durch die Kehle rinnen. »Sie meinen ... es ist tatsächlich *Voodoo*?«

Er spreizte die Finger. »Na ja, nicht ganz. Ich kann mir denken, was du dir darunter vorstellst, aber Voodoo ist eine Religion wie andere auch, vielleicht im großen und ganzen noch etwas ungeschliffen. Die Gläubigen tanzen sich in Trance, rufen ihre Götter an, damit sie von ihnen Besitz ergreifen – soviel ich weiß, haben das die Christen und die Juden früher auch getan. Vielleicht ist das ein bestimmtes Stadium, in das jeder Glaube mal kommt, aber ich bin kein Gelehrter. In jedem

Glauben gibt es jedoch das Gute und das Böse. Nimm mal an ... stell dir einen Stein vor, der auf der Erde liegt, und den drehst du um. Was da auf der Kehrseite zum Vorschein kommt, Dunkelheit und Krabbelzeugs ... darum geht's. Das ist *Ouanga.*«

Ich sagte nichts, und er nickte vor sich hin. »Für uns ist das vermutlich so was wie Teufelsanbeterei, aber es ist mehr als das. Der einfache Voodoo ist vielleicht ein bißchen primitiv, aber seine Götter oder Geister – sie werden *Loas* genannt – sind durch die Bank gutmütige Kerle oder zumindest neutral. Aber die übelsten dieser *Bokors* führen andere Rituale durch, Riten des Blutes und des Zorns. Sie rufen verschiedene *Loas* an, darunter richtige Fieslinge, grausame, zerstörerische Menschenfresser, alle miteinander. Allerdings, und das ist wirklich amüsant, werden sie mit ziemlich den gleichen Namen gerufen. Als ob sich diese Rituale plötzlich in ihr Gegenteil verkehren würden. Alle haben auch ihre guten Gegenstücke. Bis auf einen, bis auf denjenigen, nach dem diese Rituale benannt sind – ein finsterer Typ namens Don Pedro. Mit dem ist nie gut Kirschen essen.«

Ich wollte etwas entgegnen, doch Jyp, der noch immer angestrengt nachdachte, schien es nicht zu bemerken. »Ja, doch, scheint ganz so, als hätten euch ein paar Voodoo-Leute heimgesucht. Aber wer das war, und ob es etwas mit der vorgestrigen Nacht zu tun hat, weiß ich auch nicht, Steve! Keine Ahnung. Wenn er hier irgendwo stattgefunden hätte, dieser Überfall, dann hätte ich gesagt, ja, vermutlich eine Warnung der Wölfe, oder vielleicht wollten sie sich nur ein bißchen amüsieren. Die meisten dieser Saukerle stammen nämlich von dort unten, genau wie der Großteil der Ladung der *Iskander*. Die rennen jedem Gott hinterher, der ein mindestens ebenso großer Unruhestifter ist wie sie. Aber auf der anderen Seite der Stadt, mitten im Kern? Nie und nimmer! Das kann ich nicht glauben, Steve! Das Pack hat sich noch nie so weit vorgewagt – noch nie! Warum sollten sie auch? Diese Brut wird allein von Gier und Angst angetrieben, und diese Aktion ist auf keinen dieser Instinkte zurückzuführen. Und du ... fällt dir etwas dazu ein?«

»Nichts zu dem Überfall, Jyp. Aber zu dem Angriff auf Sie. Sie konnten sich den Grund dafür nicht erklären, erinnern Sie sich noch? Haben Sie schon einmal daran gedacht, daß Sie vielleicht nichts weiter als eine falsche Spur abgeben sollten?«

Dieses Mal verschluckte er sich wirklich. Nachdem er wieder Luft geholt und das Bier aus seiner Nase geschneuzt hatte, erzählte ich ihm von meiner Idee, und er begann beim Zuhören langsam zu nicken, zunächst aufgeregt, dann immer grimmiger. »Na prächtig!« sagte er dann. »Einen Einbruch vortäuschen, um dreckige Geschäfte zu tarnen ... und dazu eine Leiche, damit es überzeugender aussieht. Kann schon sein, Steve ... das könnte gut sein! Allerdings eine Spur zu gerissen für die Wölfe, doch hin und wieder gelangt auch bei denen ein wenig Blut ins Gehirn ... hmmm. Aber selbst wenn – was ist so interessant an der Sache? Hat nicht geklappt, der Plan, was? Dank deines Eingreifens. Da hast du dich prügeln lassen wie ein kranker Hund ...«

»*Verstehen* Sie denn nicht?« Ich blaffte ihn so laut an, daß der Lärm ringsum einen Moment lang aussetzte. »Ich wundere mich nur, daß sie eine Nacht haben verstreichen lassen«, fuhr ich mit gedämpfter Stimme fort. »Was sie auch vorhatten, es ist noch nicht erledigt! Was auch immer mit dieser Fracht nicht stimmte – es hat sich noch nichts daran geändert. Da ist irgend etwas, was nicht dazugehört; oder es fehlt etwas, das da eigentlich hingehört! Und was bedeutet das? Ich wette zehn zu eins, daß sie *zurückkommen werden* ...«

Jyp schwieg einen Augenblick. Dann knallte er eine Handfläche gegen seine Schläfe, daß sein rotes Haar durcheinanderwirbelte. »Sie mußten eine Nacht warten«, murmelte er. »Um dich zu verhexen.«

»*Was*? Aber woher wußten sie denn über mich Bescheid?«

Er schnaubte verächtlich. »Die haben so ihre Methoden.

Vielleicht hat dich jemand verfolgt; aber es gibt auch andere Wege. So denken die Wölfe, klar. Die können sich nicht vorstellen, daß du einfach so aufgetaucht bist, nein, nein. Schon gar nicht, nachdem du der *Iskander* so nachspioniert hast. Zum Glück arbeitet bei mir zumindest eine Gehirnhälfte – Jehosaphat!« Er stürzte sein Bier hinunter und erhob sich.

»Danke, Steve – obwohl mein Dank noch immer nicht genug ist. Gut möglich, daß du mir schon wieder das Leben gerettet hast.« Er grinste. »Wird so langsam zur Gewohnheit, was? Aber laß uns noch einem Moment nachdenken, und zwar rasch – werden sie *wirklich* zurückkommen? Der Überfall hat sich nämlich herumgesprochen. Am nächsten Morgen ist die Hälfte der Leute, die dort etwas im Lagerhaus liegen haben, schleunigst vor Ort aufgekreuzt. Sie haben alles penibel überprüft, ich war dabei. Nichts Außergewöhnliches. Jetzt laß mal sehen ... was haben wir da noch? Nicht mehr viel. Die Hälfte des Flammholzes, aber in losen Brettern kann man nicht viel verstecken. Was ist noch groß genug, um als Versteck zu dienen?«

Er grummelte vor sich hin, dann zischte er plötzlich: »Die Wurzeln! Diese verdammten großen Ballen – da könnte alles mögliche drinstecken!« Er fing wieder an zu trommeln. »Allerdings kann ich nicht einfach so hineinstochern, um sicherzugehen. Nicht ohne die Anwesenheit des Vertragspartners. Und der wohnt in der Damballah Alley, ganz auf der anderen Seite der Docks, noch hinter dem Baltic Quay ...«

Damballah Alley? Wir sahen uns an. Sogar ich hatte den Namen schon einmal gehört.

»Na schön, Damballah ist ein Voodoo-Gott«, gab Jyp unter Protest zu, als ob ihm ganz und gar nicht gefalle, worauf das hinauslief. »Er ist einer der Guten, der Quell des Lebens – absolut das Gegenteil von diesem Knaben Don P. Und es ist ganz normal, daß die *Iskander* mit einer derartigen Fracht auch was für die Leute in der Damballah Alley dabei hat. Das beweist noch gar nichts. Trotzdem, klar, sollten wir unbedingt den Vertragspartner holen …« Seine Züge verhärteten sich plötzlich, und ein Anflug von Wut verjagte alle Unsicherheit. »Natürlich beweist es überhaupt nichts! Es ist die beste Spur, die wir haben. Es paßt! Es paßt alles nur zu gut! Und wenn Old Frederick irgendwelche miesen Tricks vorhat, dann sorge ich dafür, daß er sich jede einzelne dieser Wurzeln … und zwar kreuzweise! Aber wir haben nicht mehr viel Zeit, und die andere Seite ist einige Kilometer entfernt. Am schnellsten ginge es per Boot – falls wir um diese Stunde eins finden …«

»Äh, Jyp«, schlug ich schüchtern vor, »mein Auto steht nicht weit von hier weg … glaube ich …«

Sein Gesicht hellte sich auf. »Dein *Auto*? Na, großartig! Dann mal los!« Er sprang erneut auf, aufgeregt wie ein Schuljunge. Ich stürzte hastig mein Bier hinunter – eine Schande, denn es war ausgezeichnet – und folgte ihm. In meiner Verwirrung hatte ich mir den Namen der Straße, in der ich geparkt hatte, nicht gemerkt, nicht einmal den Namen des verlotterten Pubs, doch Jyp hörte sich die Wegbeschreibung an und führte mich auf einem, wie mir schien, wesentlich kürzeren Weg zurück. Als wir an der Spelunke vorbeikamen, streckte er den Kopf durch die Tür, wurde von einem fröhlichen Geschrei begrüßt und brüllte ein »Dankeschön« in den Schankraum; von dort hatte ich keine Probleme, meinen Wagen wiederzufinden.

Als wir aus der Gasse heraustraten, war ich überrascht. Inzwischen war es wirklich stockdunkel geworden, ein Hauch von Feuchtigkeit hing in der Luft, und schon war der Platz wie verwandelt. Die frische Farbe und die schicken Renovierungen wurden von der Dunkelheit verschluckt, die von den schimmernden Lichtkegeln der Straßenlampen noch verstärkt wurde. Die Reihen heller Kugeln und Leuchtreklamen schienen vor den dichten, undurchdringlichen Schatten der Gebäude einfach in der Luft zu hängen. Die mit Türmchen und Giebeln verzierten Dächer waren zeitlose Silhouetten vor einem flammenzüngelnden Himmel. Einen Moment lang fragte ich mich, ob der Wagen noch da stehen würde.

Doch da war er. Als wir ihn erreicht hatten, umkreiste ihn Jyp mehrere Male fasziniert, ließ seine Hände über die elegante Lackierung gleiten, und als ich ihm die Tür aufschloß, kletterte er umständlich hinein. »Ich war noch nie in so einem geschlossenen Auto«, gestand er mir mit einem verschämten Grinsen und begutachtete auch schon das Schiebedach. Er schien nicht minder beeindruckt, als ich den Motor anließ, doch als ich sauber auf dem Kopfsteinpflaster beschleunigte, hörte ich, wie er scharf die Luft einzog. Als ich fast fünfzig fuhr, saß er stocksteif und mit starrem Blick nach vorne in seinem Sitz, die Füße fest auf den Boden gestützt. Ich gab noch mehr Gas und bog etwas übertrieben mit mehr als sechzig in die Danube Street ein, erzielte damit jedoch den entgegengesetzten Effekt. Kaum hatte er begriffen, daß wir nicht aus der Kurve geflogen waren, fing er an zu strampeln und rief: »Hey, kannst du noch mehr aus ihr rausholen?«

»Reicht Ihnen neunzig?«

Während ich beschleunigte, schaukelte er auf seinem Sitz herum und schrie: »Dreiundzwanzig Skidoo*-ooo-ooo*! *Schneller*! Hey, warum wirst du langsamer?«

»Hier ist die Kreuzung, die Sie erwähnt haben. Außerdem gibt es in dieser Stadt so etwas wie Geschwindigkeitsbegrenzungen! Und Verkehrsampeln!« Ich durfte nicht daran denken, wohin es mich geführt hatte, daß ich vor einer von ihnen angehalten hatte …

»Wohin jetzt, Lotse?«

Jyp war schmollend in seinem Sitz versunken, doch schon setzte er sich wieder auf und schaute wie ein begeistertes Kind nach draußen, auf die bunten Lichter und herausgeputzten Schaufenster des Harbour Walk. Es sei schon eine Weile her, erklärte er, seit er in dieser Ecke gewesen sei. Wie lange, das hätte ich ihn fragen sollen, doch eigenartigerweise kam ich nicht auf den Gedanken, damals jedenfalls nicht. Zum Glück schien sich die Gegend nicht allzu sehr verändert zu haben; er zeigte auf eine unvermutete Abzweigung und schickte mich mit klaren Anweisungen durch ein Gewirr von Seitenstraßen. Sobald wir nicht mehr auf der Hauptstraße waren, nahm ich die eine oder andere Kurve um einiges zu schnell, um ihm eine Freude zu bereiten.

Schließlich kurvten wir mit quietschenden Reifen in eine wesentlich breitere Straße hinein, eine sanft geschwungene Reihe erhöht angelegter Steinhäuser mit hohen, teilweise von Säulen getragenen Vorbauten. Das hier waren keine Geschäftshäuser, es mußte sich um die ehemaligen Stadtvillen der Kaufleute handeln, nicht allzu weit von ihren Werften und Kontoren entfernt gelegen. Sie müssen damals wirklich beeindruckend gewesen sein, mit ihren hohen Fenstern und geschnitzten Türrahmen, die über breiten Treppen thronten, allesamt von fein bearbeitetem Sandstein eingerahmt. Jetzt waren die Stufen von den Jahren abgetreten, die Türbalken gerissen, zerschrammt und von Vogeldreck verschmutzt, die Fenster fast alle zugenagelt und ohne Scheiben. Zerrissene Plakate und aufgesprühte Parolen verschandelten die rußgeschwärzten Wände. Nur noch eine oder zwei Straßenlampen brannten, doch nirgendwo war auszumachen, ob es hier jemanden gab, der mehr Licht benötigt hätte. Ich parkte den Wagen an einem mürben Rinnstein, und bevor ich noch die Handbremsen ziehen konnte, hüpfte Jyp schon hinaus. Etwas klapperte gegen den Türrahmen. »Komm schon!«

Ich blinzelte. Irgendwie war mir dieses gewisse Etwas entgangen. »Jyp … sollten Sie nicht etwas vorsichtiger sein? Dieses … äh, Schwert, das Sie da mit sich herumschleppen … möchten Sie es nicht lieber im Wagen lassen?«

Er lachte trocken auf. »In dieser Gegend? Einen Teufel werd' ich tun! Bündler, Wiederauferstandene – man kann nie wissen, wer einem so alles über den Weg läuft. Aber keine Bange! Es wird bestimmt keinem auffallen; die Leute sehen nur, was sie sehen wollen, meistens jedenfalls. Alles Unpassende wird einfach ignoriert.« Seine Zähne blitzten in der Dunkelheit. »Wie viele seltsame Dinge hast *du* denn aus dem Augenwinkel gesehen? Sag schon!«

Hastig schloß ich den Wagen ab und eilte ihm nach. Es war nicht ganz leicht, mit ihm Schritt zu halten, und ich war nicht gerade versessen darauf, in dieser nebligen Dunkelheit zurückzubleiben. Ich fragte mich, was ein Bündler war, hatte aber nicht genug Atem, um die Frage tatsächlich auszusprechen. Und als der Wagen langsam in der Waschküche verschwand, wollte ich es schon gar nicht mehr unbedingt wissen.

Jyp wandte sich nicht in Richtung der Treppen, sondern steuerte auf eine schmale, nicht sehr einladende Lücke seitlich der Veranda zu, einen Pfad, der an etwas vorüberführte, das wie ehemalige Ställe und Kutschenschuppen aussah, jetzt allerdings kaum mehr als halbverfallene Fassaden sein konnte. Am Ende der alten Stallungen bogen wir nach rechts ab, und mir schien es, als wehte uns hier wärmere und dunklere Luft entgegen. Vor uns sah ich Lichter, und als wir näher kamen, entdeckte ich, daß es sich um altmodische Straßenlaternen an Wandhalterungen handelte, deren freundlicher Schein die Vorderfronten einer Reihe kleiner Läden erhellte. Das Licht war warm und gelb, und als wir an der ersten Laterne vorüber gingen, vernahm ich ein Zischen und schaute auf; es war eine echte Gaslaterne. Ich fragte mich, wie viele davon wohl noch in Gebrauch waren. Auf der Wand darunter stand auf einem verblaßten und abgeplatzten viktorianischen Straßenschild *Danborough Way*. Als ich den Namen beim Lesen halblaut vor mich hin sagte, stutzte ich einen Moment. Der Klang kam mir irgendwie bekannt vor.

Die Läden selbst waren nicht weniger seltsam. Alle wirkten sehr alt, einer oder zwei hatten sogar Butzenscheiben, wenn auch hier und da mit durchsichtigem Glas oder bemalten Holzscheibchen ausgebessert. Viele der darüberliegenden Fenster waren erleuchtet; durch die unbewegte Luft zogen seltsame Gerüche, leises Stimmengemurmel und das gelegentliche Stampfen und Stottern von Rockmusik, aber nicht laut. An einem Laden an der nächsten Ecke erkannte ich das modern beleuchtete, an einer Ecke angeschlagene Schild eines Zeitungshändlers, und ein Stück weiter zeigte ein anderes, täuschend echt viktorianisch wirkendes Schild *Lebensmittel – für Familien und Herrschaften* an. Im Schaufenster darunter stapelten sich einige verstaubte Dosen. Wieder ein anderes, etwas besser erhaltenes Geschäft schien ein mit Möbeln vollgestopfter Second-Hand-Laden zu sein. Die anderen waren nicht so einfach einzuordnen; weder Schilder noch handbemalte Plakate mit Aufschriften wie *Seine Hoheit Kaiser Joseph* oder *Großmarkt des großmächtigen Gunzwah* hingen dort, dazwischen Reklametafeln für Ginseng, Haarwuchsmittel, Kartenlesen, Goon Yum Tee und Kraftelixiere für Männer. Auf einer riesigen, leuchtend orangefarbenen Anzeige stand *Haben Sie Dünnpfiff???*, gerade so, als würde mir etwas Entscheidendes im Leben fehlen.

Glücklicherweise schritt Jyp auf die Tür eines anderen Ladens zu, der vergleichsweise noch am besten in Schuß war und direkt neben dem Möbelgeschäft lag. Die Holzbestandteile seiner Fassade waren ordentlich lackiert, das Messing poliert, und in seinen Auslagen tummelte sich ein bunt zusammengewürfeltes Allerlei aus Büchern mit schreiend bunten Einbänden, Federbündeln, Räucherstäbchen und einigen Exemplaren augenscheinlich erstklassiger exotischer Schmuckstücke. Was mir sofort ins Auge sprang, war ein Gemälde, eine verrückte, in naiver Form gehaltene Arbeit, farbenprächtig wie ein Schwarm Papageien und kindlich in seiner Direktheit, doch weit entfernt von einem kindischen Effekt. Stolz und aufrecht saß ein schwarzer Mann in einer phantastischen weißen Uniform – komplett mit scharlachroter Schärpe, goldenen Knöpfen und einem von einem Federbusch gekrönten Tropenhelm – auf einem geflügelten Pferd, das sich gegen einen stürmischen Himmel aufbäumte, über den vielfach verästelte

Blitze zuckten. In seiner Hand hielt er einen gekrümmten Säbel, und um sein Haupt funkelte ein Kranz goldener Blätter. Eine richtige Ikone, nur der Stil war eindeutig afrikanisch, vielleicht äthiopisch, denn die Symbolik deutete eindeutig auf einen christlichen Ursprung hin. Oder? Am unteren Rand entdeckte ich eine säuberliche, wie gestochene Inschrift *Saint-Jacques Majeur*. Doch dieses Bild wollte überhaupt nicht zu den Heiligen passen, die mir vertraut waren, schon gar nicht der Schauer dunkelroter Tropfen, der von seiner Säbelspitze herunterregnete. Ich drehte mich um und wollte Jyp fragen, doch der schob sich ungeduldig an mir vorbei. Als er die Tür aufstieß, hüpfte ein sanftklingendes Glöckchen aufgeregt an einer Feder auf und ab.

Ein Mann sprang aus einer hinter der Theke gelegenen Tür hervor, als hätte man ihn in den Raum gestoßen, ein schwarzer Mann in den mittleren Jahren oder auch älter, mit einem eleganten, aber überbreiten weißen Backenbart. Über einer braunen Cordsamtweste trug er eine grüne Flanellschürze, wie sie Butler zum Polieren des Silbers umbinden. »Tut mir furchtbar leid, Gentlemen«, hub er in sorgenvollem Ton an, »aber wir haben heute schon geschlossen ...« Doch als er Jyp erblickte, strahlte er breit. »Für Sie natürlich nicht, Kapitän! Was kann ich ...«

Den Rest verschluckte er, als Jyp blitzartig mit seinen langen Armen über die Theke langte, ihn an der Weste packte und mit einer Kraft über die Theke zog, daß er den Boden unter den Füßen verlor. Beinahe Nase an Nase funkelte ihn Jyp aus zusammengekniffenen Augen an. »Diese Ladung Wurzeln, Frederick! Die mittlerweile unten im Lagerhaus Staub ansetzt! War doch alles deine Bestellung, Frederick, oder? Wieso hast du sie noch nicht abgeholt, häh?«

Die Augen des Mannes weiteten sich, er wedelte abwehrend mit den Händen und krächzte in hilfloser Überraschung. Ich fühlte mich nicht ganz wohl bei der Sache und legte meine Hand auf Jyps Handgelenk; es fühlte sich an wie ein Stahlkabel. »Lassen Sie ihn herunter, Jyp, er kann nicht reden, wenn Sie ihn erwürgen!«

Jyp gab keine Antwort, doch er setzte den Mann ab, der auch prompt beinahe hinter der Theke zusammengebrochen wäre. »Aber Herr Kapitän«, schnaufte er, »ich habe nicht die geringste … ich verstehe wirklich nicht … wenn ich Sie irgendwie beleidigt haben sollte … Ich, ich bin nicht mehr der Jüngste, verstehen Sie, ich kann mir meine Besorgungen nicht immer so einteilen … ich möchte doch nicht annehmen müssen, daß …« Selbst stammelnd bewahrte er seine gediegene Sprache.

»Sie konnten die Sachen also nicht selbst abholen, richtig?« soufflierte ich ihm. Er atmete tief durch und strich seinen zerzausten Backenbart glatt.

»Nein, wirklich nicht, Sir! Kleinere Transporte hole ich mit meinem Auto ab, keine Frage, aber für die Wurzeln braucht man einen Lieferwagen, und ich besitze keinen mehr.«

Jyp pochte gedankenverloren auf die marmorne Oberfläche der Theke und ließ seine Blicke durch den kleinen Laden wandern. »Tatsächlich? Warum gibst du dann derartig große Bestellungen auf? Willst du es etwa bei uns liegen lassen und, ganz nach Bedarf, nach und nach heraufholen?«

Frederick erlaubte sich ein mitleidiges Grinsen. »Bei diesen Mieten pro Quadrat- und Kubikmeter, Sir? Wohl kaum. Nein, ich habe einen sehr zuvorkommenden Nachbarn, der einen Lastwagen sein eigen nennt, und der mir versprochen hat, die Wurzeln für mich abzuholen, sobald er ein paar Stündchen Zeit findet. Das ist bislang noch nicht geschehen, und wie es nun mal so geht, möchte ich ihn natürlich nicht unter Druck setzen …«

Jyps zerfurchtes Gesicht war plötzlich sehr kalt geworden. »Vielleicht ist es an der Zeit, daß es jemand tut. Los, Fred, du wirst uns deinem Nachbarn vorstellen. Sofort.«

»Was immer Sie wünschen, Herr Kapitän, was immer …«, brabbelte der alte Mann, während ihn Jyp ohne Pardon hinter seiner Theke hervorzog. »Aber ich versichere Ihnen ... Mr. Cuffee ... ein sehr angenehmer und hilfsbereiter Geschäftskollege ...« Jyp dirigierte ihn höflich auf die Straße hinaus. »Eine große Bestellung ... die Vorteile, wenn man gleich so viel auf einen, äh, Schlag kauft, wenn ich mir die vulgäre Redewendung erlauben darf ... Die Idee stammt eigentlich von ihm ...«

»In der Tat?« fiel ihm Jyp mit sanftem Nachdruck ins Wort. »Höchste Zeit, daß wir uns mit diesem unternehmungslustigen Kerlchen einmal unterhalten. Welche Tür ist es denn?«

Es war der Möbelladen. Ich drückte auf den Plastikklingelknopf mit dem Namen *Cuffee*, vernahm das kratzende, schrille Echo aus dem Inneren des Hauses, doch nichts rührte sich. Auch nach dem zweiten Klingeln tat sich nichts; weder unten noch in der oberen Etage brannte Licht. Ein dritter Versuch. Der alte Mann blinzelte. »Wie ungewöhnlich. Zu dieser Tageszeit ist er meistens zu Hause. Und sein Lastwagen steht nicht am üblichen Ort. Vielleicht holt er irgendwo Möbel ab ...«

»Vielleicht«, sagte ich und blickte Jyp an. »Es sei denn, er erledigt gerade diese kleine Gefälligkeit ...«

Jyp wirbelte herum. »Das Lagerhaus – los!« Schon eilte er mit großen Schritten die Straße hinunter, den stolpernden und protestierenden Geschäftsinhaber, dessen grüne Schürze in der bleiernden Luft flatterte, hinter sich herziehend.

»Aber, Herr Kapitän ... mein Laden ... Ich habe nicht zugesperrt ...«

»Der fliegt schon nicht weg! Steve, könntest du diesmal wirklich auf die Tube drücken?«

»Wenn Sie sicher sind, daß es so wichtig ...«

»Ich bin sicher. Verdammt sicher! Obwohl ich herzlich gerne unrecht hätte.«

»Na gut ...«, ich schluckte. »Ich kann es ja versuchen.«

Wir rasten mit quietschenden Reifen um die Kurve, und Frederick, der auf dem Rücksitz hin- und hergeschleudert wurde, fügte dem Kreischen noch eine zweite Stimme hinzu.

»*Stop*!« blaffte Jyp, der sich bleich neben mir in den Sitz kauerte. Ich trat hart auf die Bremse, so daß er sich mit gestreckten Armen am Armaturenbrett abstützen mußte. Jetzt hatte er wohl für eine Zeitlang genug Geschwindigkeit geschnuppert. Um ein Haar wäre das Heck ausgebrochen, es schlingerte einen Moment nervös nach links und rechts, bis ich den Wagen seitwärts schlitternd zum Halten brachte. Ich stellte die Zündung aus und krümmte mich über das Lenkrad, um einen hysterischen Lachanfall zu unterdrücken. Der Gedanke daran, daß ich jemals vor einer roten Ampel gezögert hatte …

»Wir sind da!« sagte Jyp.

Ich folgte seinem Blick und sah die gleiche, düstere Straße, alles ruhig, alles normal, die gleichen Überreste des gleichen Gerüsts, das fahle Licht über der Lagerhaustür. Dahinter, in den ausdruckslosen Schatten verborgen, der Kai und das Meer. Keine Menschenseele in Sicht. Doch Jyp schnippte mit den Fingern und deutete nach vorne, wo das Licht meiner Scheinwerfer zwei glitzernde Punkte geweckt hatte und ganz schwach den schwarzen Umriß eines Möbelwagens aus dem Dunkel herausschälte. Dann stieß die Meeresbrise einen leisen Seufzer aus, und der dunkle Spalt zwischen den Flügeln der Lagerhaustür schien einen Moment lang noch schwärzer zu werden.

Jyp kämpfte mit dem Türgriff, dann war er draußen und rannte auch schon los. Ich taumelte noch unbeholfener heraus, setzte ihm nach und holte ihn kurz vor der Tür ein. Die Flügel standen einen Spalt offen und quietschten leise im Wind. Sonst war nichts zu hören, niemand zu sehen. Vorsichtig drückte Jyp die Tür auf. Drinnen herrschte eine von tausend eigenartigen Düften durchsetzte Schwärze. Nichts bewegte sich. Ich folgte ihm, sah seine Silhouette im trüben Licht, das von draußen hereinfiel, hierhin und dorthin schleichen und dann über etwas stolpern, das nicht weit von der Tür wie ein Sack auf dem Boden lag. Jyp grunzte, beugte sich hinunter und drehte das Ding um. Eine Leere starrte uns an, eine schreckliche Verspottung meiner eigenen Überraschung, vor Schreck geweitete Augen und einhängende Kinnlade. Ich kannte den Mann nicht, und würde ihn jetzt auch nie mehr kennenlernen.

»Remendado«, flüsterte Jyp heiser, »der Tageswächter. Ich hätte ihn vor ungefähr zehn Minuten ablösen sollen.«

Ich wankte zurück, mir war schlecht, ich hatte Todesangst, und unter meinen Füßen klirrte etwas. Jyp schaute auf – und warf sich mit einem Schrei zur Seite, als eine lange Klinge im Licht aufblitzte und genau an der Stelle die Luft zerschnitt, an der er eben noch gestanden hatte. Jyp verschwand im Dunkel, und plötzlich erwachten die Schatten zum Leben, aneinander rempelnde Formen, stampfende Füße. Hände grabschten nach mir, ein mißlungener Griff, der mich statt dessen rückwärts gegen die Tür schleuderte – gerade rechtzeitig, bevor eine weitere metallene Zunge vor meinem Gesicht vorüberzischte.

Ich war frei. Also bückte ich mich, schnappte mir das Schwert, über das ich gestolpert war …

Ich dachte nicht einmal daran. Ich dachte an überhaupt nichts. Vielleicht habe ich geschrien. Ich erinnere mich an einen Schrei, sonst waren keine Stimmen zu hören. Alles, was ich tat, war, mich zur Seite zu werfen, durch diesen Lichtspalt nach draußen, gerade noch rechtzeitig, bevor schwere Körper gegen die Tür krachten und sie gegen meinen Rücken knallten. Und dann, nachdem ich die Stufen heruntergetaumelt war, rannte ich davon.

Ich gab einfach nur Fersengeld. Es war keine blinde Panik, falls es so etwas überhaupt gibt; ich wußte genau, wie schändlich und egoistisch meine Flucht war. Ich wollte keine Hilfe herbeiholen, ich rannte einfach weg, in Todesangst. Es war, als wollte ich die Mauern einer unter mir wegsackenden, einstürzenden Fallgrube erklettern. Der Griff dieser Hände aus der Dunkelheit hatte mir die letzte eventuell vorhandene Selbstkontrolle entrissen und die animalischen Triebe bloßgelegt. Ich rannte weg, um *mich* zu retten. Es war lediglich eine verrückte Laune des Schicksals, daß ich in die falsche Richtung lief, weg vom Auto und in die Dunkelheit der Docks hinein, hinter denen der nächtliche Ozean wogte.

Noch während ich rannte, krachte hinter mir die Tür erneut auf. Ich schaute mich um, und dann gab es kein Halten mehr. Drei große sehnige Gestalten huschten im verschwommenen Schein der Laterne auf die Gasse hinaus und machten sich sofort in langen, wehenden Mänteln an meine Verfolgung. In der Hand eines jeden von ihnen funkelte nicht die Schneide eines einfachen Messers, sondern die breite Klinge eines langen Schwertes.

In diesem Moment schrie ich ganz eindeutig – und rannte noch schneller als vorher. Doch es kam mir so vor, als würde die Dunkelheit vor mir zurückweichen, mich nicht einfangen wollen, sich weigern, mich zu verbergen. Und meine Verfolger kamen mit langen Sätzen immer näher. Meine Brust brannte bei jedem Atemzug, als ich am Ende der Straße angelangt war und mich nach rechts wandte, einfach weil es näher war, hinaus auf eine Art von Straße, die nur an einer Seite von Häusern gesäumt war. Zu meiner Linken glänzte nur das offene Wasser. Ich war auf das Gelände der eigentlichen Werft gerannt. Doch was ich dort auf dem Wasser erblickte, ließ mich wie angewurzelt stehenbleiben und erfüllte mich mit einer Angst, die größer war als die vor meinen grimmigen Verfolgern. Ich vergaß sie einfach in diesem Augenblick des Schreckens.

Das Wasser war unter dem leuchtenden Sternenlicht kaum auszumachen. Die pechschwarze Fläche verwandelte sich plötzlich in einen Spiegel aus schwarzem Glas, der sich sanft kräuselte. Es war das Bild in diesem Spiegel, das mich wie ein Zauber traf, ein Gewebe schwarzer Linien, ein Dickicht blattloser Dornen. Staunend hob ich den Blick, vergaß alles andere und wußte bereits, was die Dunkelheit vor mir verborgen gehalten hatte. Jetzt würde ich es zu sehen bekommen.

Ich wußte es und war doch nicht annähernd darauf vorbereitet. Das Dickicht war ein Wald; ein Wald aus hohen Masten, verworrener Takelage und wuchtigen Heckspieren, die ihr Muster in den Nachthimmel kritzelten. Sie erstreckten sich nach links und rechts, so weit mein Blick reichte, hoben sich scharf gegen die Sterne ab, hochaufragend und wirklich atemberaubend. An den Kais, die noch vor ein oder zwei Stunden leer und verlassen vor mir gelegen hatten, drängten sich Unmengen großer Schiffe, die dicht an dicht vor Anker lagen. Es waren so viele, und sie waren so riesig, daß sie den Himmel und das Meer fast verdeckten. Die Wasserfläche, die ich sah, schimmerte durch die Lücken zwischen einem weit hervorragenden Bugspriet und einem Heck mit ungewöhnlich hoher Querversteifung hindurch. Vielleicht hörte ich das Poltern der Schritte hinter mir, doch ich nahm es kaum wahr. Ich war Zeuge eines Wunders, das meine Vorstellungskraft bei weitem überstieg, eines kleinen, doch überwältigenden Blicks in die Unendlichkeit. Er ließ mich ebenso erschauern wie die Brise, die vom Meer herüberstrich, und zeigte mir ganz deutlich, wie unbedeutend ich mitsamt meinen Sorgen wirklich war. Ich wußte nur zu gut, daß es sich nicht um eine Illusion handelte. Im Gegenteil, ich war derjenige, der sich unwirklich vorkam. Wo etwas Derartiges geschehen konnte, schien jegliche Furcht irrelevant.

Bis zum allerletzten Moment, als das Klappern der Stiefel zu laut wurde, um es zu ignorieren, und ich den keuchenden Atem meiner Verfolger hörte. Dann, meine eigene Dummheit verwünschend, wollte ich erneut losrennen, aber es war zu spät. Eine Hand riß an meinem Kragen. Ich stolperte über einen losen Stein, strauchelte und fiel krachend auf den Rücken. Als ich mich wieder aufrappeln wollte, spürte ich harte Stiefel auf meinen Armen. Atemlos und hilfslos japste ich nach Luft. Ihre langen Gesichter beugten sich über mich, schweigend, ausdruckslos, bleiern und grau im düsteren Licht. Eine Schwertspitze blitzte auf, ein großes, breites Ding wie ein Entermesser, das ziemlich verrostet und verdreckt und nicht besonders scharf aussah. Träge schaukelte es vor meinen Augen hin und her, so dicht, daß es mir fast die Wimpern abrasierte. Dann wurde es zurückgezogen und jemand holte zum letzten, vernichtenden Schlag aus. Das Tier in mir rührte sich noch einmal. Meine Lungen füllten sich mit einem feurigen, wenn auch zittrigen Atemzug, und ich schrie um Hilfe.

Das Schwert sauste nicht nieder. Ich spürte auch, wie die Füße, die mich am Boden festhielten, angespannt in ihrer Stellung verharrten. Blendend gelbes Licht fiel wie ein Netz über uns und ließ sämtliche Bewegungen erstarren. Jemand hatte auf mein Rufen reagiert, eine scharfe Stimme vom Meer her, klar und herausfordernd. Holz dröhnte hohl wie ein warnender Gong. Ich drehte den Kopf herum und kniff die Augen zusammen. Von einem der Schiffe ganz in der Nähe schritt jemand mit langen Schritten die Planke herab, eine große und geschmeidige Gestalt. Über ihren breiten Schultern und bloßen, muskulösen Armen wallte eine zottige, im Licht der Decklaterne goldene Mähne. »Na, Freunde?« ließ sich die Stimme erneut vernehmen, erstaunlich fröhlich und unverschämt. »Was treibt ihr heute nacht denn so? Sofort loslassen, und dann ab zurück in den Zwinger! Oder soll ich euch eigenhändig zurückpeitschen? Ich dulde nicht, daß irgendwelche Köter auf dieser Werft herumpissen!«

Halb verdutzt und halb betäubt hörte ich etwas Eigenartiges in dieser Stimme, etwas mehr als nur ihr sanftes Schnurren. Doch dann sagte zum ersten Mal einer meiner Verfolger etwas, und ich konnte mir keine kräftigere Stimme als diese vorstellen. Gurgelnd, knurrend, als würde man auf gefrorenem Rollsplitt ausrutschen, ließ sie beinahe mein Blut gefrieren, so schrecklich und eindeutig unmenschlich war sie. »*Sie will wohl den Wölfen ihr wohlverdientes Fleisch streitig machen? Verzieh Sie sich in Ihr eigenes Quartier, Hündin, und kümmre sich um das Ihre*!«

Hündin?

Ein volles, ungetrübtes Lachen war die Antwort. Sobald ich meine Pupillen einigermaßen unter Kontrolle hatte, starrte ich den Neuankömmling an. Ein Gürtel aus goldenen Plättchen funkelte über einem engen, schwarzen Wams und weiten Pumphosen, denen von Jyp nicht unähnlich, und am Gürtel baumelte ein Schwert. Obwohl das Oberteil sehr eng anlag, brauchte ich einen Moment, bevor mir klar wurde, daß es sich um eine Frau handelte, um eine recht attraktive obendrein. Als ihr Blick auf mich fiel, verfärbten sich ihre Züge vor Zorn, der auch in ihrer Stimme widerhallte: »Jetzt fallt ihr sogar schon Fremde an! Los, haut ab, zurück an Bord dieser elenden Wanne namens *Chorazin*, bevor ich euch mit der Lederpeitsche eine Lektion auf die Rücken tätowiere! Dieses Fleisch ist nichts für kleine Hündchen!«

Sie richteten sich ruckartig über mir auf, und ihr Lachen klang abscheulich. *»Dann komm her, Füchsin! Hol's dir doch!«*

Bevor die Worte ganz ausgesprochen waren, hatte sie ihre Schwertscheide ergriffen und mit einem jähen Zischen blankgezogen. Meine Peiniger reagierten instinktiv wie Tiere, gingen knurrend in Kampfstellung – und vergaßen mich einfach. Endlich hoben sie ihre Stiefel von meinen Armen. »Los, komm hoch, Junge!« gellte die Frau. »Hoch, und dann lauft um Euer Leben! Lauft!« Mit diesem guten Rat warf sie sich auf meine Verfolger.

Wieder davonlaufen. Davonlaufen, so wie man mich geheißen hatte, und wieder jemanden in der Patsche sitzen lassen. Dazu noch eine Frau, die meinen Hals gerettet hatte, ohne mich auch nur zu kennen. Vielleicht lag es auch daran, daß sie mich *Junge* genannt hatte …

»Von wegen!« sagte ich und warf mich dem am nächsten stehenden Wolf in die Beine. Es war ungefähr so, als wollte man eine Straßenlaterne umbiegen, doch zum Glück hatte ich in der Schule Rugby gespielt. Er heulte vor Erstaunen laut auf und krachte doch noch auf die Steine der Mole. Sein Schwert schlitterte über das Pflaster. Ich wollte mich gerade auf ihn stürzen, doch dann prallten die Frau und die anderen Wölfe mit stählernem Krachen zusammen. Die Wucht des Aufpralls ließ einen der Wölfe zurücktaumeln, der andere jedoch hielt stand, wirbelte sein langes Entermesser über dem Schädel und ließ es mit voller Wucht herabsausen. Es sah aus, als könnte nichts und niemand auf dieser Welt diesen mörderischen Schlag parieren, doch die Frau fing ihn mit ihrer Klinge ab. Die war zwar länger, doch kaum schmaler, ein gigantisches Exemplar von einem Stichsäbel. Ein goldverzierter Korb um den Griff schützte ihre Hand. Dort wurde der Hieb des Wolfs abgeblockt, und seine Klinge verfing sich darin. Mit einem plötzlichen Schwung wurde sie zurückgeschleudert, kam frei, schnellte hoch und direkt in seine Kehle. Der Wolf drehte sich einmal im Kreis, tappte unsicher umher; dunkles Blut quoll zwischen seinen zuckenden Fingern hervor. Dann brach er zusammen, seine Füße traten ins Leere, während meine Retterin sich bereits dem anderen zuwandte.

Ein Stiefel krachte gegen meine Schläfe und schickte mich mit klingelndem Kopf und schwindendem Blick zu Boden. Ich sah noch, wie die Frau und der zweite Wolf in einer rasenden Sequenz von Hieben und Paraden die Klingen kreuzten. Ihre Verteidigung sank, der Wolf stieß zu – und fiel beinahe an ihr vorbei, als sie leichtfüßig zur Seite tänzelte und ihm ihren Säbel mit skrupelloser Eleganz in die ungeschützte Achselhöhle rammte. Doch der dritte Wolf, meiner, hatte inzwischen die Zeit gefunden, sein Schwert aufzunehmen. Gerade als die Klinge der Frau tief in die Seite seines Kumpans eindrang, holte er zu einem furchtbaren Hieb gegen sie aus.

Doch bevor er zuschlagen konnte, hatte ich mich hochgerappelt, mich mit beiden Händen an seinem Schwertarm festgeklammert und ließ ihn nicht mehr los. Er war so stark, daß er mich beinahe mit dem Hieb mitgerissen hätte, doch die Wucht war ihm genommen. Dann fing die Luft über mir zu singen an, wie das Schwirren riesiger Flügel, und ich spürte den Schlag bis in meine Arme. Der Körper zuckte und knickte ein wie Korn unter der Sense. Ich konnte gerade noch loslassen, als der Kopf auf einer dunklen Fontäne davonflog. Ich schloß die Augen und vernahm zwei unterschiedlich starke Platscher aus dem Hafenbecken unter mir.

Als ich die Augen wieder öffnete, durchsuchte die Frau mit flinken Fingern die Taschen der anderen beiden Leichen und stopfte die Fundsachen in ihren Ausschnitt. Sie grinste. »Alles noch an einem Stück? Das war wirklich sehr gut, für einen unbewaffneten Mann. Wie habt Ihr diese Hyänen nur auf Eure Spur gelockt?«

»Jyp ...«, krächzte ich, mehr brachte ich nicht heraus.

»Jyp, sagt Ihr?« bellte sie. »Was ist mit ihm? Wo ist er?«

»Im Lagerhaus – helfen Sie ihm ...« Ihre Hand packte mich unter der Achsel und hob mich wie ein Kind auf.

»Dann folgt mir, *schnell*!«

Ich machte nur halt, um eins der herumliegenden Entermesser aufzuheben, und trotzdem fiel ich rasch zurück. Das Schwert immer noch in der Hand, war sie beinahe schon an der Ecke angelangt, ihre weichen Stiefel hallten dumpf auf den Steinen. Doch bis zu dem Vorhof hatte ich sie wieder eingeholt, und gemeinsam, ohne ein Wort zu wechseln, warfen wir uns gegen die Tür. Sie war nicht zugeschlossen und flog so weit auf, bis sie gegen eine Leiche knallte. Es war noch ein Wolf, nicht Jyp. Schwaches Licht flutete über das Dach. Aus dem Hintergrund erscholl metallisches Klirren und ein Ruf. Die Frau hastete in diese Richtung, ich immer hinterher, einen langen Gang entlang, zwischen Kistenstapeln hindurch. Am anderen Ende huschte ein Schatten vorbei, andere folgten, größere, mit glänzenden Schwertern und Dingen, die wie Fischspeere aussahen, wie gemeine Dreizacke. Einige der Schatten hatten uns entdeckt. Sie blieben stehen und kamen dann in drohender Haltung auf uns zu.

Meine Begleiterin rannte einfach weiter und warf sich mitten in sie hinein. Mit dem Geräusch des pfeifenden Windes in

Telefonleitungen mähte ihr Schwert nach hier und dort. Ein schrecklicher, krächzender Schrei ertönte. Ein Wolf sackte zuckend zusammen, ein zweiter kreuzte die Klinge mit ihr, doch ein weiterer duckte sich unter ihrem Arm hindurch – er hatte es auf mich abgesehen! Das Entermesser hing wie eine Tonne Eisen an meinem Arm, doch ich hielt es in der besten Imitation ihrer Kampfhaltung, die mir gelingen wollte, vor mir ausgestreckt. Der Wolf, der sich im Laufen aufrichtete, rannte direkt auf die Spitze zu. Doch ich war noch zu weit weg. Mit einem schrillen Fluch warf er sich zurück und attackierte nun seinerseits mich. Ich wollte parieren, doch die Wucht des Schlages wirbelte mir das Heft einfach aus der Hand und schleuderte mich mit dem Rücken gegen eine Kiste. Der Hieb traf die Kiste und spaltete noch meine Nackenhaare, bevor ihn das splitternde Holz aufhielt. Der Wolf knurrte wütend, riß die Klinge wieder heraus – und wurde von einem Streich, der tief in seinen Nacken eindrang, niedergestreckt.

Er rutschte zu Boden wie ein Kleid vom Kleiderbügel. Die Frau wirbelte wieder herum und versetzte dem anderen, der noch auf dem Boden herumkroch, den Todesstoß, packte mich dann am Arm und zog mich hinter sich her, wobei sie mir die brennenden Finger schüttelte. Gemeinsam passierten wir einen weiteren Gang, einen weiteren zuckenden Körper, und dann ging es erneut um die Ecke. Vor uns türmte sich ein hoher Bretterstapel auf, die Luft roch nach der schweren Süße geschlagenen Holzes. An seinem Fuß war ein kleinerer Tumult im Gange, bei dem mehrere Wölfe umherhüpften und wütend mit ihren Schwertern auf etwas einschlugen, das ich nicht sehen konnte. Einer krabbelte wie eine überdimensionale Spinne den Holzstapel hinauf und war beinahe oben angekommen, als das letzte Brett, an dem er sich festhielt, plötzlich kippte, herumschwang und ihn mitsamt einer mittleren Bretterlawine auf die Köpfe seiner Kumpane hinabdonnern ließ.

Mit wehender goldener Mähne und einem jubilierenden Kampfruf auf den Lippen stürzte sich die Frau mitten hinein in dieses Durcheinander. In einem garstig geknurrten Chor drehten sich die Wölfe zu ihr um, und der schmale Gang verwandelte sich in ein Tohuwabohu aus Klirren, Krachen, splitterndem Holz und Schreien. Sie attackierten sie auf jede erdenkliche Weise, doch in dem engen Gang konnten nie mehr als einer oder zwei auf einmal nahe genug an sie herankommen, und zwischen den herumliegenden Brettern bewegte sie sich weitaus graziler als ihre Gegner. Ich sah, wie einer zurückschnellte und in sich zusammensackte, der nächste stürzte sich auf sie, holte aus und wurde niedergestreckt, der nächste …

Warum ich Idiot ihr nachlief, unbewaffnet wie ich war, wußte ich nicht und weiß es bis heute nicht; gut möglich, daß mich ihre schiere Wildheit mißriß, möglich aber auch, daß ich einfach zuviel Angst hatte, allein zu bleiben. Ich sprang auf eine Planke, nur um gleich wieder herunterkatapultiert zu werden, als ein Wolf mit Irokesenschnitt auf das andere Ende trat. Ich hätte nicht für möglich gehalten, daß ihre Augen im Halbdunkel tatsächlich grün leuchteten – was mich beinahe das Leben gekostet hätte. Er schleuderte seinen Dreizack nach mir, ich ließ mich fallen, und der Wurfspieß blieb zitternd in dem Holzstapel hinter mir stecken. Eine lange Hand schoß wie eine Schlange heran, packte mich am Hals und hielt mich fest, während die andere den Dreizack loszureißen versuchte. Ich konnte nur noch voll zutreten. Mein Gegner heulte schrill auf. Dort jedenfalls war er menschlich genug, doch ansonsten ließ er sich nicht weiter von seinem Tun abhalten. Unter einem Schwall von Flüchen ließ er den Dreizack stecken und zog ein massives Entermesser aus den Falten seines Gewandes – und ließ es fallen, als ihn eine Planke voll mit der Kante am Kopf erwischte. Direkt hinterher kam Jyp angeflogen, der sich von dem Holzstapel mit einem wilden Aufschrei auf die restlichen Wölfe stürzte. Zwischen Jyp und der Frau eingekeilt, wankten sie zurück. Und sie schlug zu. Einer, zwei, es war wie eine Explosion, die sie vor sich hertrieb, und wo sie fielen, blieben sie zuckend liegen. Wieder einer klappte wie elektrisiert zusammen, als ihm Jyp sein Schwert in den Magen stieß, doch der große Wolf dahinter nutzte die Chance, um sich vorbeizudrücken und auf die Frau loszugehen. Nur daß er mich leider zuerst erblickte …

Der Dreizack steckte fest. Das Entermesser lag vor mir auf dem Boden. Ich kniete nieder, nahm es auf und schlug nach ihm. Da es keinen Sinn hatte, erneut den Fechtweltmeister zu spielen, zog ich einfach meine beste Squash-Rückhand durch.

Er mußte angenommen haben, daß ich mich auf den Boden ducken würde. Er machte nicht einmal Anstalten, den Schlag abzuwehren. Die Wucht war beachtlich, das Geräusch … fürchterlich. Ein dumpfer Schlag, wie man ihn gelegentlich aus dem Hinterzimmer einer Metzgerei hört, abgedämpft von feuchtem Fleisch. Die Klinge flog wieder aus meiner Hand, und der Wolf drehte sich im Kreis, hielt die Luft an und krallte eine Hand verbissen in den Oberarm. Ein leichtes Reißen von Stoff, und der Arm löste sich, fiel in die andere Hand. Ein dunkler Fleck breitete sich an seiner Seite aus. Mit weit aufgerissenen Augen stand der Wolf wie der leibhaftige Tod über mir, Schaum und Sabber troff von seinen Lippen, dann klappten die Pupillen weg, er stieß einen hohen, weibischen Schrei aus und taumelte nach hinten. Immer noch wie wahnsinnig kreischend fiel er seinen Kumpanen vor die Füße und verendete. Das brach ihren Widerstand endgültig, und sie traten die Flucht an. Doch sie kamen nicht weit. Ich packte den Dreizack, bekam ihn frei, mußte ihn jedoch nicht mehr einsetzen. Nur einer entkam und raste den Gang hinunter, doch Jyp sprang wie ein Leopard auf seinen Rücken und schnitt ihm im Laufen die Kehle durch.

Ich drückte mich mit Gesicht und Magen gegen die Planken, zitternd vor Schock und Angst, und mußte gegen den Drang ankämpfen, mich zu übergeben. Ich konnte einfach nicht glauben, was ich soeben getan hatte. Der Anblick des Todes dort drinnen war widerlich, der Gestank noch schlimmer. Nicht einmal der würzige Geruch der Bretter konnte ihn lindern. Der Frau schien das nichts auszumachen. Als ich schließlich aufschaute, sah ich sie auf einer Kiste sitzen und tief durchatmen. Sie hätte einen durchaus attraktiven Anblick geboten, wären ihr Oberteil und ihre Hosen nicht von Blut durchtränkt gewesen, obwohl keiner der Flecken von einer eigenen Wunde herzurühren schien. Als meine Übelkeit nachließ, wurden mir die Konsequenzen allmählich bewußt. Diese große, blonde Amazone hatte gerade eben ein Dutzend oder mehr kräftiger Männer, die noch größer als sie selbst waren, niedergemetzelt und dabei selbst nicht mehr als einen oder zwei Kratzer davongetragen. Einen Augenblick lang kam sie mir so unmenschlich wie die Wölfe vor, doch ich konnte sie einfach nicht unter diesen Vorzeichen betrachten. Sie hatte mich gerettet, einfach so, und außerdem hatte sie Jyp gerettet …

Eine Hand legte sich auf meine Schulter, und das Licht einer Laterne breitete sich um mich aus. »Seid Ihr verletzt?«

Ich blinzelte. Aus der Nähe betrachtet sah sie anders aus. Jünger. Sie war größer als ich, wenn auch nicht viel, und obwohl sie alles in allem zu kräftig und zu groß gebaut war, wirkte sie keinesfalls grob oder männlich. Ihr ovales Gesicht mit den ebenmäßigen Zügen war weich und sanft wie Milch, die Nase lang und gerade, aber mit einer leicht nach oben gebogenen Spitze; die vollen, geschwungenen Lippen glichen den leicht kantigen Unterkiefer fast aus. Der Gesamteindruck war etwas rauh, doch durchaus sinnlich. Ihre grünen Augen unter den schweren Lidern wirkten erstaunlich sanft und sympathisch.

»Nur ein paar Kratzer … und vielleicht ist eine alte Wunde wieder aufgebrochen. Aber ich bin nur dank Ihnen noch heil, weil Sie eingegriffen haben, obwohl Sie das nicht hätten tun müssen …«

Sie winkte ab. Das zumindest wirkte kantig und burschikos. »Ach, denkt nicht mehr drüber nach, Junge! Ist mir immer eine Freude, diese stinkige Rotte bei ihren dreckigen Geschäften aufzumischen! Und daß ich Master Jyp hier zur Seite stehen konnte, macht alles wieder wett!«

»Dann sind Sie eine Freundin von ihm?«

»Hey, das stimmt!« lachte Jyp leise. Er wischte seine Kleider mit einem Fetzen Wolfsmantel ab. Dann sprang er auf und legte seine Arme um unsere Schultern. »Ihr beiden kennt euch noch nicht! Ihr wart so ein eingespieltes Team, daß ich es glatt vergessen habe! Steve, das hier ist Mall, eine alte Saufkumpanin von mir ...«

»Welch bescheidene Ehre!« grunzte sie sardonisch und kratzte sich an einer nackten Schulter. »Zu dieser ehrenwerten Gesellschaft gehört jeder Schluckspecht in jedem Hafen – und jeder Wüstling sowieso.«

»Bei ihren Opfern auch als Mad Mall bekannt«, fuhr Jyp unbeirrt fort. Mall schüttelte ihre Haarmähne zurück, worauf sich auf der Stirn ein reich verziertes Brokatband zeigte. Der Spitzname schien ihr jedenfalls nicht zu mißfallen – ganz im Gegenteil. »Sie ist im gleichen Geschäft wie ich – alles von der Bemannung eines Schiffes bis zur Bewachung der Fracht! Und das ist ihre Spezialität! Sie ist die beste Hilfe, die du auftreiben konntest.« Er schenkte ihr ein schiefes Grinsen. »Mensch, Steven, das ist schon das dritte Mal! Vorgestern nacht, dann die Warnung, und jetzt haust du mich hier heraus. Du bist mein Maskottchen! Ich muß einfach darauf achten, daß es dir gutgeht! Mach weiter so, und mir kann nichts passieren!«

Ich stöhnte. Jetzt brach die Scham über mich herein. »Mensch, Jyp, wenn du nur wüßtest ... Ich bin einfach abgehauen. Tut mir leid ... Ich hatte die Hosen dermaßen voll ...«

Er schnitt mir lachend das Wort ab. »Was hättest du sonst tun sollen? Du bist in die richtige Richtung gerannt. Ich mache mir nicht viel aus Zufall, nicht in dieser Gegend hier. Und du bist zurückgekommen. Deshalb bin ich jetzt noch am Leben. Das bedeutet mir eine ganze Menge, das kannst du mir glauben. Es ist dein Spiel, Kumpel. Du bestimmst, wo's lang geht.«

Ich war mir da nicht so sicher. »Jyp ... Hör mal zu, ich wollte keine Hilfe holen, ich bin einfach ...« Seine Geste kam so plötzlich, so unwirsch, daß ich sofort verstummte. Er lauschte einen Moment, machte zwei lautlose Schritte zur Seite ... Dann rannte er wie ein Panther los und schlug zu. Ein erschrockener Aufschrei zerschnitt die Luft, und etwas Schweres wurde umgeworfen. Ich hörte Jyp kichern, doch es war nicht sein gewöhnliches offenes Lachen. »Ei ei ei!« sagte er. »Was haben wir denn hier? Sieht aus, als würden sich außer Mäuse auch Ratten hier herumtreiben! Hey, Steve, würdest du mal sehen, wie es Frederick geht? Ich habe hier etwas, das wird ihn glatt aus dem Häuschen bringen!«

Frederick ging es gut, in mehr als einer Hinsicht. Als ich zur Tür des Lagerhauses zurückkam, wollte er sich gerade heranschleichen, in der rundlichen feisten Faust das Radkreuz aus meinem Auto. Als er mich erblickte, machte er einen Satz wie ein Feldhase, aber er ließ es nicht fallen. »Oh, mein werter Herr!« sagte er und kippte gegen die Wand. »Eine ganz furchtbare Geschichte ... wie feige von mir ... ich sah, wie Sie Hilfe holten ... doch ich hatte einfach nicht den Mumm ...«

»Ach nein?« grinste ich, was ihn noch mehr aus der Fassung zu bringen schien. Ich muß ziemlich widerwärtig gewirkt haben, und ich dachte daran, wie ich mich benommen hatte. Der Mut hatte bei uns beiden recht spät eingesetzt. Er jedenfalls hatte sich ohne fremde Hilfe dazu durchringen können. »Ich habe die Schlüssel zurückgelassen, Frederick. Und ich weiß, daß Sie Auto fahren können.«

Er wischte sich mit einem riesigen Seidentaschentuch über das Gesicht. »In der Tat, Sir! Aber glauben Sie mir, daß mir der Gedanke überhaupt nicht gekommen ist?«

»Ehrlich gesagt, nein. Legen Sie das Ding wieder zurück und kommen Sie. Jyp möchte Ihnen jemanden vorstellen.«

Das Gesicht des alten Mannes konnte sich schlecht vor Wut verdunkeln, doch es sah trotzdem ganz danach aus. Seine gepflegten Augenbrauen schienen sich zu verknoten, und sein

Backenbart bebte vor Erregung. Sein werter Nachbar konnte ebensowenig blaß werden, doch der fette Mann, den Jyp aus seinem Versteck gezerrt hatte, war seltsam grau im Gesicht geworden und bibberte wie Gelee. Was nicht weiter verwunderlich war, wenn man bedenkt, daß seine ehemaligen Auftraggeber kleingehackt um ihn herum verstreut lagen und Jyps Schwert nachdrücklich auf seiner Schulter ruhte.

»Das ist absolut unglaublich, Sir!« schnaufte Frederick. »Was sage ich, es ist unfaßbar! Ich verlange eine Erklärung, Cuffee! Mich dermaßen hinters Licht zu führen, mein seit langen Jahren unbescholtenes Geschäft unwissentlich in solch abscheuliche Betrügereien hineinzuziehen, eine Schwindelei von derlei Ausmaßen …«

»Das ist ja mal was Neues!« fiel ihm Mall aufgekratzt ins Wort. »Ich dachte immer, ich hätte sämtliche Spielarten des Betrugs und der Augenwischerei auf Lager, aber dem Kerl hier kann ich nicht das Wasser reichen!«

»Eine Erklärung, Cuffee!« Frederick blieb stur. »Oder ich muß andere Schritte in die Wege leiten! Ernsthafte Schritte, Cuffee! Wie willst du das den Unsichtbaren erklären? Mit Ogoun kann man nicht streiten!«

»Vielleicht habe ich eine bessere Idee«, warf Jyp launisch ein. »Unsere verstorbenen Freunde hier kamen nicht mehr dazu, eine bestimmte Sache abzuholen. Wenn also etwas hier war, dann stehen die Chancen nicht schlecht, daß es immer noch hier ist! Wir sollten uns also gut umschauen und die ganze Sache bei der Wurzel packen, wenn ihr den Ausdruck entschuldigt!« Mall stöhnte auf. »Und unser Mr. Cuffee wird diese Arbeit für uns in Angriff nehmen!« Jyp beobachtete den Ladenbesitzer ganz genau. Ich staunte nicht schlecht über die Reaktion des Mannes. Er wurde sogar noch grauer im Gesicht und brachte es tatsächlich fertig, mit einer neu gewonnenen Großmäuligkeit aufzuwarten, doch Jyp piekte ihn mit dem Schwert, und Cuffee kam immer noch laut lamentierend auf die Füße. Mir gefiel das überhaupt nicht. Es sah ganz danach aus, als wären wir auf etwas gestoßen, vor dem er mehr Angst hatte, als vor Jyp. Und das war angesichts der Tatsache, daß Jyp ihm rasend gerne auf der Stelle die Kehle durchgeschnitten hätte, äußerst merkwürdig.

Trotz allem quälte ihn Jyp nicht mehr als unbedingt notwendig. Ich war aus guten Gründen dankbar dafür. Wir führten den immer noch protestierenden Mann zum gegenüberliegenden Ende der Lagerhalle, wo ein ansehnlicher Haufen unförmiger Ballen in drei Schichten übereinander an der Wand aufgestapelt war. Der Geruch, der von ihnen ausging, war unbeschreiblich; nicht unbedingt abstoßend, aber einfach unbeschreiblich, abgesehen von einem gewissen Bestandteil, der nach getrockneter Erde roch. Der Rest erinnerte eher an Medizin als an Lebensmittel, eher an Harz als an Gewürze. Ähnlich wie Menthol schien es einige Sinne zu betäuben, andere hingegen zu beleben; und es war äußerst durchdringend. Als das Licht der Laterne auf die dunklen Formen fiel, sah ich mehrere große, rechteckige Bündel, die von grobmaschigen Strohnetzen zusammengehalten wurden. Durch die weiten Maschen streckten schmutzige, rosafarbene Pflanzen ihre knotigen, wurzelartigen Auswüchse in obszön wirkenden Verrenkungen heraus.

Frederick schob Cuffee dort hin. »Öffnen Sie die Ballen!« befahl er seinem Nachbarn. »Und zwar jeden einzelnen, einen nach dem anderen!«

Cuffee zögerte, starrte uns durchdringend an und schwitzte wie ein Stier. Jetzt erst sah ich, daß er gar nicht so alt war. Unter seinem schmutzigen T-Shirt verbargen sich die Muskeln eines Gewichthebers, die er sich zweifellos beim Möbeltragen zugelegt hatte. Doch der massige, schwabbelige Bauch machte ihn um zehn Jahre älter, und sein Gesicht war vor Angst entstellt. Er stieß eine Verwünschung gegen uns aus und sank förmlich in sich zusammen, als er sich daran machte, den ersten Ballen von oben herunterzuholen. Seine Finger gruben sich in das feste Netz, rissen es ohne jede Anstrengung entzwei und zuckten dann plötzlich zurück. Wurzeln purzelten überall um uns herum zu Boden, hüpften zwischen unseren Füßen umher. Der betäubende Geruch nebelte uns ein, doch sonst war nichts Auffälliges zu entdecken. »Paß verdammt noch mal auf!« grummelte Jyp. »Du sollst Fredericks Waren nicht beschädigen!«

Kopfschüttelnd und unter einer Salve weiterer schrecklicher Flüche riß Cuffee vorsichtig den nächsten Ballen auf, sprang jedoch gleich wieder zurück und ließ den Inhalt auf den Boden prasseln. Trotz Jyps Drohungen und Fredericks Knüffen verfuhr er mit dem nächsten und den folgenden sieben oder acht Ballen auf die gleiche Weise. Der Haufen der verstreuten Wurzeln wurde größer und bedeckte schon eine beträchtliche Fläche des Bodens. Ich stützte mich schwer auf den Dreizack. Von alledem war mir richtig schwindlig, und die betäubenden Gerüche machten es nur noch schlimmer. Doch außer ein paar schimmlig aussehenden Teilen förderte Cuffee nichts weiter zutage. Wir beobachteten ihn alle vier. Er hatte Angst, das war klar; so viel Angst, daß er sich erneut weigerte, als er an der unteren Reihe angelangt war. Jyp verlor kein einziges Wort, sondern drückte nur seine Schwertspitze gegen Cuffees Nieren. Der Mann schrie auf und sprang in die Höhe, riß den ersten Ballen direkt an der Vorderseite auf und warf sich dann so heftig zur Seite, daß er auf den überall herumliegenden Wurzeln ausrutschte und zu Boden ging.

Doch hinter den herauspolternden Wurzeln war nichts – überhaupt nichts. Mit einem Ausdruck irrer Verwunderung starrte Cuffee auf den kleinen Wurzelhaufen, der sich noch in einer Ecke des zusammengefallenen Netzes befand. Er fing an, hysterisch in sich hinein zu kichern, und am liebsten hätte ich mich ihm angeschlossen. Dann streckte er vorsichtig einen Finger aus und stocherte hinein.

Irgend etwas schlug zurück. In meinem ganzen Leben hatte ich so etwas noch nie gesehen.

Es war eine Hand, eine große Hand. Doch das hört sich zu

menschlich an. Sie schimmerte undeutlich von innen, transparent, halb ausgeformt, wie flüssig, wie ein weit entferntes Licht in der Dämmerung. Sie packte Cuffees stochernden Finger und schloß sich fest um ihn. Ein Krachen, ein Aufschrei, eine Rauchwolke – und Cuffees braunen Arm entlang wanderte eine dermaßen intensive Helligkeit, daß ich durch das Fleisch hindurch sämtliche Knochen wie hinter Rauchglas sehen konnte. Zwischen den Wurzeln flackerte Licht, als würde dort ein Hochofen auflodern. Dann, bevor wir auch nur irgend etwas unternehmen konnten, brach der letzte Ballen wie ein Vulkan auseinander. Eine blendende Korona hüllte den unglücklichen Cuffee ein, wie eine Anemone, die sich einen Fisch einverleibt.

»*Dupiah!*« kreischte Frederick mit einer Stimme, die die Luft erzittern ließ. Dann schlug er sich beide Hände auf den kahlen Schädel und rannte kreischend in Richtung Tür.

»*Dupiah!*« wiederholte Mall. Jyp ließ die Laterne mit lautem Klirren fallen. Bevor ich mich bewegen konnte, hatten mich die beiden unter den Achseln gepackt und zogen mich rückwärts hinter Frederick her. Aus der Dunkelheit ertönte das laute Knallen der Tür, die Frederick jetzt erreicht haben mußte. Während meine Fersen hilflos über den Boden schleiften, starrte ich entgeistert nach hinten und sah, wie das Glühen sich aufrichtete und uns folgte, wobei es ständig seine Form wechselte. Ich hätte liebend gern auf diesen Anblick verzichtet. In dieser Kugel aus wirbelndem Rauch und Licht schien ich alle möglichen Dinge zu erkennen, grausige, schreckliche Dinge, die mich die klappernden Zähne aufeinanderpressen ließen. Ein Gefühl absoluter und durchdringender Bosheit, die ich nicht für möglich gehalten hätte, ließ mich erschauern. Ein alles verzehrender Haß strömte wie ätzender Schwall daraus hervor. Es schien, daß wir dem Ding nur einen Schritt voraus waren, als wir um die Ecke rannten und die Tür erreichten.

Sie war zu.

Der alte Mann hatte sie in seiner Panik hinter sich zugeworfen. Jyp und Mall ließen mich wie einen Sack fallen und warfen sich dagegen. Noch halb von diesem glühenden, brodelnden Ding hinter uns hypnotisiert, rappelte ich mich auf. Nicht aus Heldenmut, sondern rein aus Angst und Ekel vor diesem Ding stürzte ich zurück und versuchte, es wie wild mit dem Dreizack stochernd, den ich noch immer gepackt hielt, aufzuhalten.

Plötzlich erglühte der Schaft, als hätte sich die Luft verdickt und entzündet. Er vibrierte, ließ sich nicht mehr bewegen und blieb stecken. Dann tanzte dieses geisterhafte Licht auf seinen drei Spitzen und arbeitete sich rasch den Schaft entlang auf meine Hände zu. Mit einem Schrei ließ ich den Spieß fallen, gerade in dem Moment, als die Tür aufkrachte. Die beiden anderen packten mich, schleuderten mich buchstäblich hinaus aufs Pflaster und sprangen kopfüber hinterher. Jyp schlug die Tür mit voller Wucht hinter sich zu, und während er noch mit den Schlüsseln herumfummelte, blockierte Mall die Klinke mit ihrem ganzen Gewicht. Schwindelig und speiübel wie mir war, setzte ich mich auf. Mein Arm schmerzte wieder höllisch, mein Kopf war hart auf die Pflastersteine geschlagen und hatte sich eine Reihe neuer Schrammen zugezogen. Ich sah, wie Jyp mit der Schwertspitze ein eigenartiges Symbol in die dicke Farbe der Tür ritzte, eine unheimliche, verschnörkelte Form, wie eine Serie ineinander verwobener Bögen, die eine Kompaßrose umrankten. Dann drehte er sein Schwert um und stieß es wie einen symbolischen Riegel durch die beiden Griffe der Türflügel.

Als er das erledigt hatte, sank er mit einem atemlosen Seufzer auf die Knie. »*Verdammt!*« murmelte er mit zitternder Stimme, die so ganz anders als seine gewohnte, zuversichtlichen Äußerungen klang. »So ein verfluchter Mist! Wir müssen sofort den alten Stryge davon unterrichten!«

»Auf jeden Fall«, sagte Mall und zog sich die enganliegenden Hosen zurecht. »Aber was machen wir mit …« Ihr Daumen zeigte eindeutig auf mich.

Ich schluckte. Worte, vernünftige Worte wollten mir nicht gelingen.

»Was … was war das für ein verfluchtes Ding?« war noch das Beste, was ich herausbrachte.

»Nichts!« blaffte Jyp mich an, so wild, daß ich ihn kaum wiedererkannte. Der Zorn hatte alle Anzeichen seiner normalen, freundlichen Persönlichkeit ausgelöscht. Er hörte sich beinahe verächtlich an. »Nichts, was dich etwas angeht! Nichts für einen Außenseiter!« Mit erstaunlicher Kraft und Schnelligkeit packte er mich bei den Armen, riß mich hoch und stellte mich derb auf die Füße, als wäre ich ein kleines Kind. Dann schob er mich mehr oder weniger durch die trübe Gasse bis zu meinem Auto, dessen Türen noch sperrangelweit offen standen. Das Parklicht glühte mattgelb im Dunst.

»Fahr schon los!« blaffte er und schleuderte mich grob auf den Fahrersitz. »Mach, daß du wegkommst, hau ab, hast du mich verstanden? Du kannst in einer Woche zurückkommen – nein, besser in einem Monat, wenn du es nicht lassen kannst! Am allerbesten ist es, wenn du vergißt, was du gesehen hast! Vergiß mich, uns alle, alles! Fahr los in deinem schicken geschlossenen Wagen – und verschließe auch deinen Geist! *Vergiß alles!«* Damit knallte er die Tür fest zu.

Ich starrte an ihm vorbei, unfähig, etwas zu entgegnen. Mall war kaum zu erkennen, ein bleiches Gesicht, das im trüben Schein der Lagerhauslaterne zu uns herüber schaute. Sie trat einen Schritt zurück und verschmolz mit der Dunkelheit. Jyp drehte sich auf dem Absatz um und ging schnellen Schrittes und ohne sich umzudrehen über das Kopfsteinpflaster, bis auch er eins mit der Nacht geworden war.

Nach einer Weile ließ ich, am ganzen Körper zitternd, den Motor an, legte den Gang ein und fuhr los. Zuerst war ich mir nicht sicher, ob ich überhaupt fahren konnte. Doch der Weg zurück kam mir irgendwie kürzer vor. Die vertrauten Straßen schienen begierig darauf, mich wieder aufzunehmen. Ich bog von der Danube Street ab, in die hellen Lichter und das Gewimmel einer lebendigen Großstadtnacht. Doch ich fühlte mich dort nicht wohl, nicht jetzt. Ich hatte in das Herz eines anderen Lichts geblickt, das noch immer in mir zuckte. Etwas war aus mir herausgebrannt und dafür ein neues Feuer entfacht worden. Damals fiel mir mit einem leichten Schmerz der Verwundung auf, daß ich anderen Menschen gegenüber niemals sehr sensibel gewesen war, nie ihre Gefühle lesen konnte, jedenfalls normalerweise nicht. Doch irgend etwas hatte mir diese Gabe verliehen, und wenn es auch nur für kurze Zeit gewesen war. Ich hatte in Jyp wie in einem Buch gelesen. Und so war ich auch nicht allzu bestürzt oder gar beleidigt über seine plötzlich so abweisende Haltung. Der Mann hatte Angst. So einfach war das. So eigenartig und herrlich dieses Geschöpf, dessen Freundschaft ich gewonnen hatte, auch sein mochte, es war fast von Sinnen vor Angst. Er hatte mich nur zu meinem eigenen Besten davonzujagen versucht.

Kapitel 4

Erst am nächsten Morgen brach die Wirklichkeit wieder über mich herein. Gleich nachdem ich die Augen aufgemacht hatte, traf mich der dröhnende Schock der Erinnerung, die mich kerzengerade im Bett hochfahren und mich erneut erzittern ließ, noch bevor ich völlig wach war. Dieses *Licht*!

Die Schlafanzugjacke klebte mir feucht am Rücken. In der Luft schien der beengende, schale Gestank der Angst zu liegen. Ich hatte mich Auge in Auge mit ... mit einem Etwas befunden, das ich nie für möglich gehalten hatte, nicht einmal als Kind. Einem Etwas, das mir hier, in meinem eigenen Schlafzimmer mit den gedeckten, kalten Grautönen und dem High-Tech-Dekor und dem hellen Licht, das mit einem Schalterknipsen anzustellen war, absolut unmöglich vorkam. Und doch – welches andere Wort gab es dafür?

Ein Dämon.

Ich hatte gesehen, wie er einen Mann wie eine Fliege verschluckt hatte. Ich hatte gesehen, wie mehrere Menschen getötet wurden. Mein Gott, ich hatte selbst einen Menschen getötet! Das furchtbare Reißen des Entermessers, dieses sanfte und doch lebendige Eindringen ... Mir wurde schon wieder beinahe schlecht. Was hatte ich getan? Mein Gott, was hatte ich getan? Dabei hatte ich doch nur helfen wollen!

Meine Hände waren klebrig. Entsetzt starrte ich sie an, doch natürlich war es nur Schweiß, kein Blut. Hatte ich wirklich etwas Derartiges getan? Oder war alles wieder nur ein verrückter Traum gewesen? Ich hatte schon oft schlecht geträumt. Schreckliche Gestalten waren durch meinen Schlaf gestapft, hatten sich mit geifernden Gesichtern über mich gebeugt; fürchterliche Bilder hatten meine Träume heimgesucht, halb verführerisch, halb bedrohlich, Visionen bizarrer Grausamkeiten und unnatürlicher Lust. Mindestens dreimal schon hatten sie mich mit titanischem Getrommel im Ohr aufwachen lassen, von Angst- und Schamgefühlen geschüttelt. Doch sobald sich mein Puls beruhigt hatte, waren auch diese Alpträume zu konturlosen Schatten der Furcht verblaßt. Die Werft, das Lagerhaus, das Licht – all das wollte nicht verblassen. Ich hätte mir nichts sehnlicher gewünscht. Ich vergrub den Kopf in den Händen – und jaulte auf, als ich über die aufgescheuerte Stelle streifte, wo mein Kopf auf die Steine geschlagen war. Genau diese Art von Bestätigung hatte mir noch gefehlt.

Es mußte nichts heißen. Es gab keine *Beweise*. Vielleicht war ich verrückt, vielleicht auch nicht, ich wußte es nicht mehr. Wer außer mir war denn noch hier? Ich war allein. Wohlüberlegt und klarsichtig hatte ich mein Leben so arrangiert. So bewußt, wie ich meine Wohnung durchgestylt hatte: kühl, geräumig, mit klaren Linien, säuberlich aufgeräumt – leer. Man hätte sie ohne weiteres als Drehort für einen Werbespot für irgendeinen anspruchsvollen Artikel verwenden können.

So hatte ich sie noch nie wahrgenommen. Und wenn, dann wäre mir der Gedanke sicherlich nicht unangenehm gewesen. Jetzt war alles … anders. Ich war allein in meinem sterilen Kunstharzwürfel, allein mit meinen Ängsten und den Wahnvorstellungen, und es gab niemanden, der sich einen Dreck darum scherte. Ich zog mir die Decke über die Ohren und vergrub mein Gesicht tief im Kopfkissen. Ich fühlte mich schrecklich elend. Ich hatte keine Lust, aufzustehen und zur Arbeit zu gehen. Ich wollte mich verstecken.

Doch auch die Gewohnheit ist ein recht praktisches Versteck. Kurz darauf stand ich schon unter der Dusche, unter deren heißem Wasserstrahl die Schrecken und Anspannungen der vergangenen Nacht sich allmählich aufzuweichen begannen. Innerhalb kürzester Zeit war ich angezogen, hatte mein Müsli und meinen schwarzen Kaffee im Stehen hinuntergestürzt und war die Treppen zum Parkplatz hinuntergerannt, beinahe versessen darauf, mich in den grauen Nieselregen und den abscheulichen Berufsverkehr zu werfen. Als ich im Kampf um die günstigste Position mit Abertausenden anderen Autofahrern an der Abfahrt Danube Street vorbeikam, würdigte ich sie kaum eines Blickes. Ich kam sogar etwas zu früh und mit betont weltmännischen Schritten im Büro an, und als ich meinen frisch polierten Schreibtisch erreichte, ließ ich mich mit einem genüßlichen Seufzen in meinen Armsessel sinken. Als Clare mit der Post hereinkam, war ich bereits bis über beide Ohren in die Arbeit vertieft.

Sie musterte mich mit zusammengekniffenen Augen. »Sie sehen müde aus«, sagte sie entschuldigend. »Sind Sie sicher, daß Sie es nicht übertreiben, Steve? Ich meine …« Sie zuckte die Achseln. Heute schien sie nicht so selbstsicher, weniger rechthaberisch zu sein.

Ich wehrte sie mit einem selbstbewußten Lächeln ab. »Hey, was soll denn das? Machen Sie sich immer noch Sorgen? Ich bitte Sie, ich bin in meinem Element – Sie kennen mich doch. Ich fühle mich hier wohl wie die Maus im Haferstroh.«

»Na schön«, bemerkte sie kläglich und wickelte eine ihrer Locken um den Finger. »Ich habe nur allgemein den Eindruck ... Aber Sie passen ganz bestimmt auch außerhalb der Arbeit auf sich auf, ja? Spannen Sie ein bißchen aus. Ich meine, Sie wissen doch, was man so alles darüber liest, wenn Leute ihren Arbeitsstreß mit nach Hause nehmen ...«

Ich nickte beschwichtigend. Sie hatte es verdient, ernst genommen zu werden. »Ich werde vorsichtig sein«, sagte ich und meinte es auch so. Nach der vergangenen Nacht würde ich mich so streng an mein altes, geregeltes Leben halten, als würde ich auf Schienen laufen. Vergangene Nacht? Allein der Gedanke daran machte mich schwindlig. Hatte ich getrunken oder gekifft und die ganze Sache im Rausch phantasiert? Oder noch Schlimmeres? Unwahrscheinlich. Was auch immer mich an diesem Morgen erwischt hatte, war kein Kater wegen der vergangenen Nacht. Und ich hatte niemals etwas angerührt, was mir einen derartigen Trip hätte bescheren können. Designer-Klamotten ja, aber Designer-Drogen waren nicht mein Fall. Mir fielen Bruchstücke aus einem Artikel über schizoide Phantasien in der Sonntagszeitung ein – oder hatte es paranoid geheißen? So oder so – ich wollte nichts damit zu tun haben. Was war das bloß? Die ersten Anzeichen des Burnout-Syndroms? Vielleicht würde mir ein Psychoanalytiker helfen können, doch ich war momentan absolut nicht in der Verfassung, einen aufzusuchen. So etwas spricht sich schnell herum. Aber konnte ich etwas derartig Phantastisches wirklich nur geträumt haben? Clare war schon unterwegs, um meinen Kaffee zu holen, und ich rief ihr hinterher.

»Äh, eins noch, Clare.« Ich war nicht ganz sicher, ob ich sie das überhaupt fragen wollte. Doch wen hätte ich sonst fragen sollen?

»Ich weiß, es hört sich vielleicht dumm an, aber ... Würden Sie mich als jemanden mit zuviel Phantasie bezeichnen? Launisch, schrullig, etwas in der Art?«

Einen Augenblick lang starrte sie mich mit großen Augen

an. Dann schien sie von Kopf bis Fuß zu beben und preßte sich die Fingerknöchel gegen die Lippen. Dave tauchte in der Tür auf und schnappte nach Luft wie ein Fisch auf dem Trockenen. Sein Gesicht legte sich in Falten, dann hüpfte er herein, schlug sich auf die Schenkel und heulte vor Lachen laut auf. Das war zuviel für Clare. Sie schüttelte wild den Kopf und floh in ihr Büro, wobei ihre Schultern vor Lachkrämpfen erbebten und sie hemmungslos kicherte. Dave richtete sich wieder auf, Tränen liefen über seine braunen Wagen. »Danke schön, vielen Dank«, sagte ich trocken. Er wollte noch etwas fragen, doch ich kam ihm zuvor. »Allerbesten Dank. Mehr wollte ich nicht wissen. *Mehr nicht*.«

Unverzüglich machte ich mich wieder an die Arbeit, analysierte jedes noch so unscheinbare Detail, so wie es mir schon immer Spaß gemacht hatte. Doch jetzt war es eine freiwillige Übung. Ich wußte, was ich da tat; ich festigte bewußt meinen Zugriff auf die Normalität, auf die Dinge des wirklichen Lebens. Auf sichere Dinge; sie waren meine Anker, meine Haltetaue. Ich hatte Angst davor, davongetrieben zu werden.

So verging der Tag. Doch die ganze Zeit über hockte die Erinnerung neben mir, zupfte mich unentwegt am Ellenbogen, stieg unvermutet auf und warf meine Gedanken durcheinander. Das gleiche galt für Clare. Sie huschte noch immer um mich herum, zwar nicht mehr so aufdringlich wie vorher, doch sie schien fest entschlossen, mich nicht lange aus den Augen zu lassen. Immer wieder kam sie mit allen möglichen Kleinigkeiten, um die ich mich persönlich kümmern mußte, und während ich die Sachen bearbeitete, wich sie nicht von meiner Seite. Jedesmal, wenn ich aufblickte, schaute ich in diese Augen, die ruhig auf mich gerichtet waren. Warum heißt es immer, dunkle Augen seien undurchdringlich? Ihre waren so klar und freundlich wie ein Julihimmel – und ebenso unergründlich.

»Wenn sie sich doch nur einmal so um mich kümmern

würde!« grinste Dave und schaute ihr beim Hinausgehen anerkennend hinterher.

»Wünschen Sie sich das nicht zu sehr«, sagte ich ablehnend, »sonst kümmert sich – wie heißt er noch gleich? – Stuart mit den älteren Rechten am Ende um Sie!«

Dave grinste. »Da sind Sie beim Flurfunk aber nicht ganz auf dem laufenden. Big Stu ist doch Schnee von gestern. Clare hat ihm schon vor Monaten den Laufpaß gegeben!«

»Oh? Und wer ist jetzt der Glückliche?«

Dave blinzelte gedankenverloren in seinen eigenen Zigarettenqualm. »Momentan fällt mir da niemand bestimmtes ein. Hey, wo wir gerade davon reden, ich habe am letzten Wochenende dieses tolle Mädchen beim Tanzen getroffen ...«

Dave verfügte über eine einzigartige Gabe. Er konnte jedes Mädchen bis ins kleinste Detail exakt beschreiben und sie trotzdem alle gleich klingen lassen. Vielleicht hatte er damit sogar recht. Ich ließ die Anatomievorlesung an mir vorüberrauschen. Auch das war etwas Vertrautes, und ich konnte nicht genug davon kriegen. Ich konnte diesen Abend einfach nicht aus meinen Gedanken verscheuchen. Er sträubte sich geradezu, in Vergessenheit zu geraten. Statt dessen sprangen mich immer wieder kleine Details an, klar und deutlich: der glitzernde Wasserfleck und das Gewirr von Masten, das schwere Poltern der Wurzeln, das leise Klirren des Schmucks dieser Frau, als sie ihr Schwert blankzog, das kaum wahrnehmbare Zittern in Jyps Stimme. Es gab kein Entrinnen. Entweder war in der vergangenen Nacht etwas geschehen, entweder war dort etwas Schreckliches entfesselt worden – und ich mochte nicht daran denken, was es war – oder mein Wahnsinn schritt munter voran. Dabei wußte ich nicht, welche Vorstellung mich mehr erschreckte.

Endlich machte sich Dave auf die Suche nach mehr Kaffee und ließ mich mit meinem Dilemma allein. Ich mußte mich der Sache stellen. Warum konnte ich es nicht einfach verblassen

lassen, so wie beim ersten Mal? Oder gehörte auch das zum Verlauf des Wahnsinns? Ich könnte die gleichen Computerausdrucke noch einmal überprüfen, doch was würde mir das bringen? Konnte ich mich wirklich an keine anderen konkreten Fakten erinnern, außer an diesen einen Schiffsnamen? Ich stutzte. Da war etwas … Das Klingeln des Schmucks dieser Frau, Malls Schmuck – ihre Stimme, die den Wölfen befiehlt, sich davonzumachen, zurück an Bord zu gehen, an Bord ihres Kahns …

Offensichtlich hatte sie den Namen des Schiffes der Wölfe ausgesprochen, oder eines Schiffes, auf dem sie die Mannschaft stellten. Was wäre, wenn …

Ich blickte mich rasch um, ob Clare oder sonst jemand im Anmarsch war, rief erneut das Hafenregister auf und tippte den Namen ein, von dem ich glaubte, daß sie ihn ausgesprochen hatte. *Chorazin* …

Nur eine oder zwei Sekunden lang zappelte das Suchsymbol auf dem Bildschirm. Dann blinkte es kurz auf, und die gewohnte Karteikarte wurde eingeblendet.

Chorazin, privates Handelsschiff (630 Tonnen, 24 Kanonen)
Danziger Werft, Kai 4

Herkunftshäfen:	*Hispaniola, div. Häfen in Westindien*
Kapitän:	*Rooke, Azazael*
Reisezweck:	*Instandsetzung und Verproviantierung, unbest.*
Kapazität:	*wie angegeben*
Ziel:	*Osten*

Ich schloß die Augen. Was denn noch? Was würde ich finden, wenn ich *Fliegender Holländer* eintippte? Kapitän Vanderdecken, mit einer Ladung Ektoplasma beim Europoort-Scheldt überfällig?

Doch der Eintrag war immer noch da, als ich die Augen öffnete. Ich konnte mich nicht selbst belügen, diesmal nicht; ich konnte es nicht mehr als trunkene Schwärmerei oder als Alptraum abtun. Nach der letzten Nacht kannte ich den Unterschied nur allzu gut.

Ich war noch nicht einmal verrückt. Und wenn ich nicht verrückt war, dann waren es eine ganze Menge anderer Leute auch nicht. Unter der glatten Oberfläche der Dinge mußte es alle möglichen dunklen Unterströmungen geben, und vielleicht waren diese Leute, wie ich, blindlings und zufällig in eine davon hineingeraten und mitgerissen worden, wild um sich tretend, weit über ihren eigentlichen Horizont hinaus.

Jyp hatte recht gehabt, als er mich ausbootete. Ich war ein Geschöpf der Oberfläche, der seichten Gewässer. Ich hatte kein Talent, mich anzupassen. Plötzlich fürchtete ich mich davor, mich der Welt, die ich kannte, zu stellen; der Welt, von der ich angenommen hatte, ich hätte eine Art Waffenstillstand mit ihr geschlossen. Jetzt machte ich mir keine Gedanken mehr darüber, im Alltagsleben gefangen zu bleiben, mich auf vorbestimmten Bahnen zu bewegen – jetzt fehlte mir das nötige Vertrauen dazu. Endgültig. Wie sollte ich der gewöhnlichen, alltäglichen Erscheinung der Dinge jetzt noch Glauben schenken? Woher sollte ich wissen, daß in den Tiefen darunter nicht eine andere, stärkere Strömung nur darauf lauerte, mich fortzureißen?

Das Telefon auf meinem Schreibtisch klingelte. Das Geräusch war eher weich und angenehm, doch ich sprang auf und starrte den Apparat mit klopfendem Herzen an, als handelte es sich um das Rasseln einer Klapperschlange. In diesem Augenblick kam Dave zurück, und mit einem beiläufigen Schnauben löschte ich mit einer Hand den Bildschirm und nahm mit der anderen den Telefonhörer ab.

»Ein Mr. Peters möchte Sie sprechen, Steve«, sagte Clare. »Wegen einer privaten Speditionsangelegenheit, sonst hat er nichts gesagt. Er möchte mit Ihnen persönlich sprechen. Sind Sie soweit in Ordnung, daß Sie mit ihm sprechen möchten?«

»Oh, stellen Sie ihn durch«, stöhnte ich. Jede Firma in unserer Branche erwischt hin und wieder einen Privatkunden, der unbedingt Tantchens Lehnstuhl oder die preisgünstig erworbene Großvateruhr nach Amerika verschicken will, und was es ähnliches mehr gibt. Normalerweise verwiesen wir sie an eigens darauf spezialisierte Umzugsfirmen. Doch als die sanfte Stimme aus dem Hörer tönte, änderte ich meine Meinung.

»Mr. Stephen Fischer? Aber natürlich!« Sein Englisch war zu perfekt und akzentuiert. Ein *Rechtsanwalt*, dachte ich sofort, oder ein Makler, oder eine andere Sorte Geschäftsmann. »Mein Name ist T. J. Peters. Nehmen Sie bitte meine Entschuldigungen entgegen, daß ich Ihren Arbeitstag auf diese Weise unterbreche. Doch ich habe einen beträchtlichen Posten Güter an der Hand, die ich zu importieren wünsche. Um was es sich genau handelt, würde ich nicht so gerne eröffnen –«

»Dann tut es mir leid –«, setzte ich an. Hin und wieder tauchen ganz gerissene Figuren auf, die sich unserer Reputation bedienen wollen, um riesige Kisten unbekannten Inhalts zu verschicken, ohne die Aufmerksamkeit des Zolls zu erregen; diese Sorte Kunden wimmeln wir ganz schnell ab.

»Nicht am Telefon, sollte ich wohl hinzufügen. Im persönlichen Gespräch besteht da kein Hindernis, auch der geschäftlichen Absicherung dürfte jederzeit Sorge getragen sein. Die Angelegenheit ist allerdings von höchster Dringlichkeit. Wenn ich mir die Freiheit nehme, sie am Nachmittag, sagen wir, so gegen halb fünf, im Büro aufzusuchen, würde ich Sie dann noch antreffen?«

Natürlich würde ich dann noch hier sein. Was sollte ich sonst sagen? Doch als der Nachmittag voranschritt, wünschte ich immer mehr, ich hätte ihn abgewimmelt. Draußen hatte es zu nieseln aufgehört, doch der Himmel sah noch schwerer, noch grauer und noch gewittriger aus, als der Tag allmählich vorüberging. Es war erstickend; schlimmer jedoch war diese immer drückendere Schwüle, die sich in der aufgeladenen Luft ausbreitete. Das ganze Büro schien darunter zu leiden. Die Leute blafften einander an, ließen Blödel-Nachrichten kursieren oder hörten einfach zu arbeiten auf und starrten vor sich hin. Dave hielt den Mund, und Clare brachte mir innerhalb von zwanzig Minuten drei Tassen Kaffee. Gemma ging mit Kopfschmerzen nach Hause. Es wirkte beinahe bedrohlich. Ich sehnte mich nach einem ordentlichen Gewitterregen, der den Spuk wegspülen würde. Dank Mr. Peters konnte ich mich nicht einfach davonmachen, dabei war ich im Grunde recht froh darüber. Gerade jetzt wollte ich nicht allein zu Hause sein. Der Gedanke daran ließ mich weiterarbeiten, auch wenn ich nicht recht vorankam. So gegen Viertel nach vier beschloß ich schließlich, daß ich ein wenig frische Luft brauchte, bevor mein Klient auftauchte, und schlüpfte durch den Hintereingang hinaus.

Die Glaser waren mit der Hintertür schon fertig. Ich trat hinaus auf den kleinen Balkon, der zur Metalltreppe führte. Ein paar Windstöße verfingen sich hier, von den Bäumen hinter der Mauer des Parkplatzes aufgefrischt; winzige Regentropfen spritzten mir wie Tränen ins Gesicht. Ich atmete einige Male tief durch und überlegte, ob ich ein Stockwerk höher aufs Dach steigen sollte, entschied mich jedoch dagegen. Mr. Peters müßte in zehn Minuten hier sein, und ich wollte mich noch rasch kämmen, die Krawatte geraderücken und so weiter. Ich war froh, daß ich heute meinen Cagliari-Anzug angezogen hatte; diese Burschen vom Kontinent ließen sich eher durch italienische Mode beeindrucken. Ich ging wieder hinein, und gerade, als ich an dem Büro, das neben meinem lag, vorüberging, hörte ich die ersten lauten Stimmen, eine rasch eskalierende Skala von Protest, Gezeter und schierer Angst. Dann erfolgte das Krachen.

Es klang entsetzlich in dieser dumpfen Stille. Es hätte ein Donnerschlag gewesen sein können, doch das Kreischen, das darauf folgte, ließ mir das Blut gefrieren. Jetzt waren auch andere Stimmen zu vernehmen, wüste Rufe, Schreie, krachende und splitternde Geräusche, dann fielen Gegenstände um … und noch mehr gellendes Schreien.

Ich stand wie angewurzelt, jeder einzelne meiner Nerven

lag blank und zitterte. Vor letzter Nacht wäre ich bestimmt hingerannt, um nachzusehen, was dort vor sich ging; und wer weiß, was dann geschehen wäre? Doch so wie es jetzt stand, mußte ich meine gesamte Willensstärke zusammennehmen, um Zentimeter für Zentimeter vorwärts zu gehen. Während ich mich so voranbewegte, sah ich durch den aus geriffelten Glas bestehenden Teil der Trennwand zu meinem Büro einige hünenhafte Gestalten, die inmitten eines Crescendos polternder und splitternder Geräusche auf und ab huschten. Plötzlich blieb eine davon stehen, wurde mit erschreckender Geschwindigkeit direkt hinter dem Glas sichtbar. Ich sah seinen stacheligen Haarschopf nicken und hörte dieses harsche Reptilienkrächzen wieder, das jetzt zu einem krähenden, triumphierenden Kratzen anschwoll.

Wölfe.

Das brachte neues Leben in meine Glieder. Ich bewegte mich; ich rannte. Und ich tat gut daran. Über mir zerbarst das Glas. Eine riesige Faust stieß in einem Regen aus Glassplittern und Blutstropfen hindurch und schloß sich dort, wo eben noch mein Kopf gewesen war. Es gab kein Zurück mehr. Ich sprintete den Korridor entlang und raste um die Ecke, als ich auch schon die Hintertür meines Büros bersten hörte, und kurz darauf das Knallen von Stiefeln auf dem Korridor. Aber ich war bereits weit genug weg. Ich stürzte ins Foyer, das ein Bild der Verwüstung bot. Nirgendwo war eine Menschenseele zu sehen. Ich rutschte mit rudernden Armen über die Fliesen, wich dem umgestürzten Bücherregal aus und klammerte mich an den schräghängenden Flügeln der Eingangstür fest. Einer gab dem Griff meiner Hand sofort nach, schwang zur Seite und kippte um; ich sprang durch die Öffnung hinaus auf den Treppenabsatz. Da vorne war die Treppe. Schon nach vier Stockwerken würden sie mich eingeholt haben. Der Fahrstuhl! Ich riskierte einen wertvollen Moment und raste zur Tür, drückte auf den Knopf, und wie durch ein Wunder glitt die Tür zur Seite.

Ich preßte mich in der Kabine dicht an eine Wand, und gerade als der erste Wolf aus dem Bürotrakt gepoltert war, legte ich den Finger auf das Bedienungsfeld. Der plötzliche Ausdruck der Erleichterung in meinem Gesicht muß den Wolf verwirrt haben, denn sowohl er als auch die anderen, die ihm dicht auf den Fersen folgten, blieben staunend stehen, als erwarteten sie etwas ganz Außergewöhnliches. Aber nichts geschah. Die Tür blieb offen. Und in einem plötzlichen Anfall von Entsetzen fiel mir ein, daß sie immer erst mit ein paar Sekunden Verzögerung zuging.

Sofort verwandelte sich der Ausdruck des klumpigen grauen Gesichts in boshaften Triumph. Zwischen den schiefen, an Grabsteine erinnernden Zähnen quoll Speichel hervor, und er streckte seine Arme nach mir aus. Mit einem weichen, mechanischen Seufzen glitt die Tür direkt vor seiner Nase zu. Von draußen krachte noch etwas mit ungezügelter Gewalt gegen das Metall, dann setzte sich der Fahrstuhl in Bewegung. Wieder sank ich erleichtert in mich zusammen; doch ich spürte, daß immer noch etwas nicht ganz in Ordnung war. Der Fahrstuhl wurde langsamer, das zusätzliche Gewicht wich von meinen Schultern – und genau in diesem Moment fiel mir auf, was es war.

In meiner Panik hatte ich den falschen Knopf gedrückt. Der Fahrstuhl war nach *oben* gefahren. Über dem Büro gab es nur noch ein Stockwerk, und nichts konnte die Wölfe davon abhalten, mir über die Treppe zu folgen. Ich legte den Finger auf den Knopf zum Erdgeschoß, hielt jedoch rechtzeitig inne. Sie würden den Fahrstuhl auf dem Rückweg garantiert anhalten. Der Käfig hüpfte sachte beim Halt, und die Tür glitt auf. In der Erwartung großer Gestalten wich ich zurück, doch es erwartete mich niemand, und auch aus dem Treppenhaus stürzte kein Wolf hervor. Nur von unten war wütendes Klappern zu vernehmen. Ich huschte zum Geländer und spähte äußerst vorsichtig hinunter.

Die Wölfe bearbeiteten die Fahrstuhltür. Ein riesiger Kerl

mit geschorenem Schädel versuchte gerade, so etwas wie ein Brecheisen zwischen die Türhälften zu zwängen und dabei den Rahmen mit seinen schweren Stiefeln zu bearbeiten sowie gleichzeitig die klobigen Schultern gegen das Metall zu rammen. Ich verdrehte die Augen und wich zurück. Sie würdigten die Treppen nach oben oder nach unten keines Blickes. Dumm wie sie waren, schienen sie nicht die geringste Vorstellung davon zu haben, was ein Fahrstuhl war. Sie dachten wohl, ich müsse noch in dem kleinen Zimmer hinter den Metalltüren versteckt sein.

Plötzlich ertönte ein metallisches Kreischen, gefolgt von einem noch lauteren Aufheulen, das sich in der Entfernung zu verlieren schien und dann, ebenso weit entfernt, von einem dumpf hallenden Schlag abgeschnitten wurde.

Ich mußte mir den Handrücken auf den Mund pressen, um einen Anfall hysterischen Gelächters zu ersticken. Die Wölfe hatten es tatsächlich geschafft, die Fahrstuhltüren zu öffnen, und mindestens einer von ihnen, vermutlich der Bursche mit dem Brecheisen, war volle vier Stockwerke tief den Schacht hinunter gefallen. Hinter mir tönte jetzt der Fahrstuhlalarm los und machte so viel Radau, daß das gesamte Gebäude zusammenlief. Um das Maß vollzumachen, zerschlug ich das Glas des Feuermelders – ich wollte schon immer einmal diesen kleinen Hammer benutzen – und drückte auf den Alarmknopf. Aus den unteren Stockwerken drang das Geräusch schlagender Türen herauf. Ich drehte mich um und sah, wie das Mädchen von der Telefonzentrale auf dieser Etage entnervt den Kopf durch die Tür streckte.

»Was ... was soll denn der ganze Krach hier?«

Ich nahm sie bei der Hand und schlich mit ihr in den Flur zurück. »Haben Sie schon die Polizei angerufen? Nein? Um Himmels willen, haben Sie denn nicht gehört ...« Ich hörte jetzt das blecherne Gejammer aus dem Kopfhörer des Walkman auf ihrem Schreibtisch. »Macht nichts!« Ich sprang hinter die Konsole. »Sind Sie allein hier oben?«

Sie zog eine Grimasse. »Na klar. Die sind schon alle weg, wegen dem Wetter. Ich muß noch auf meinen Freund warten, der holt mich ab.«

»Pech für Sie! Ist die Hintertür abgesperrt? Dann suchen Sie sich einen Ort, an dem Sie sich einschließen können, vielleicht auf der Damentoilette ... Vermittlung? Die Polizei, bitte – aber *schnell*!«

Schnell waren sie wirklich. Es muß wohl gerade ein Streifenwagen in der Nähe gewesen sein. Ich hatte den Hörer kaum aufgelegt und kämpfte noch gegen die Versuchung an, mich ebenfalls in der Damentoilette einzuschließen, als ich schon die nahende Sirene hörte. Das verschaffte mir ausreichend Mumm, um mich, mit einem schweren Standaschenbecher bewaffnet, vorsichtig wieder hinauszuwagen. Weder auf diesem noch auf dem Treppenabsatz vor unseren Büros war jemand zu sehen, und bis auf den lauter werdenden Lärm von der Straße, wohin sich die Insassen der unteren Stockwerke nach dem Feueralarm geflüchtet hatten, war auch nichts zu hören. Ich schlich mich seitwärts die Treppe hinunter und wünschte mir, mein Herz würde sich ein wenig beruhigen. Auch hier war nichts. Ich kam auf unserer Etage an, fragte mich einen Augenblick, ob ich hineingehen sollte, und bewies schließlich doch einen Rest an Geistesgegenwart und floh mit Riesenschritten weiter die Treppe hinab. Als ich eine Minute später wieder heraufkam, befand ich mich in Gesellschaft zweier Polizisten, von denen einer ordentlich massig gebaut war, und dreier Rugby-Stürmer aus der Versicherungsagentur unter uns, die vorangingen.

Ich weiß nicht, was ich erwartete. Ich wollte gar nicht daran denken. Doch zu meiner großen Erleichterung trafen wir gleich auf Barry, der sich mit einem total blutverschmierten, sündhaft teuren Hemd um Judy von der Zentrale kümmerte. Sie lag ausgestreckt auf der Besuchercouch und hatte ein blaues Auge und, wie es aussah, einen gebrochenen Arm. Wenigstens waren beide noch am Leben.

»Steve«, sagte er, stand auf und packte mich. Seine Nase fing wieder an zu bluten, aber er schien es nicht einmal zu bemerken. »Sie haben sie nicht gekriegt? *Sie* haben also den Alarm ausgelöst? Herrje, das war äußerst kaltblütig! Sie haben uns allen den Arsch gerettet! Diese Schweine! Erst treten sie uns eine Minute lang wie Fußbälle herum, dann das Klingeln, und schon rennen sie davon wie aufgescheuchte Kaninchen! Sie hätten sehen sollen, wie sie davongelaufen sind! Diese verdammten, feigen, durchgedrehten Punks …« Ich reichte ihm mein Taschentuch. Vorsichtig betupfte er damit seine geschwollene Nase. Ich sah, wie sie sich leicht verschob; sie war gebrochen. »Judy versuchte zu telefonieren«, murmelte er. »Die haben sie einfach niedergeschlagen und den Schreibtisch auf sie geworfen … Hunde, elende! Verdammte, beschissene Saubande!«

Er erleichterte sich mit einem Schwall zittrig vorgetragener Flüche. Ich half ihm in einen Sessel, gleich neben Judy. Die Polizei und die anderen hatten sich nicht lange mit ihm aufgehalten, sondern rasch die anderen Büroräumen durchsucht, und ich hörte, wie sie sich zuriefen, daß die Schweine durch die Hintertür entkommen seien. Jetzt traf noch mehr Polizei ein, und auch unsere Angestellten zeigten sich nach und nach. Allem Anschein nach hatten sie zwar alle Blessuren davongetragen, doch war keiner von ihnen ernsthaft verletzt oder tot. Trotzdem gaben sie ein ausgesprochen trauriges Bild ab: eine humpelnde Parade blauer Augen, blutiger Schienbeine, aufgeplatzter Lippen, eingerissener Ohren und blauer Flecken. Einige bluteten heftig aus Platzwunden am Kopf, andere hatten Spuren von Kotze auf der Kleidung. Es sah ganz so aus, als hätten die Wölfe wahllos auf jeden eingedroschen, auf Männer und Frauen, und mit Vorliebe auf den Kopf. Ich hatte davon gehört, daß Straßenräuber diese Methode anwandten, um ihre Opfer einzuschüchtern. Den meisten Stenotypistinnen und jüngeren Sekretärinnen waren auch die Kleider halb heruntergerissen worden – offensichtlich eher, um sie zu demütigen, als ihnen ernsthaft Schaden zuzufügen. Sogar Gemmas persönliche Assistentin, die fünf Jahre vor der Pensionierung stand, hielt den Ausschnitt ihrer eleganten Bluse mit der Hand zu, während sie einer ihrer Sekretärinnen, die vor Schreck ganz grün im Gesicht war, beim Aufstehen half.

Sekretärinnen ... Ich vermißte einige Gesichter. Ich sprang auf und rannte in mein Büro. Dort angekommen, blieb ich wie angewurzelt im Türrahmen stehen. Die Verwüstung vom Vortag war nichts im Vergleich zu diesem Anblick. Das Büro war buchstäblich in Stücke gerissen, jedes einzelne Möbelstück zerschmettert worden. Sogar die Trennwand zwischen dem inneren und dem äußeren Büro lag in Trümmern. Was meinen Schreibtisch, meinen Sessel und mein Terminal anging, hatte ich große Probleme, irgend etwas davon wiederzuerkennen. Alles lag zerfetzt und zertrampelt in einer unförmigen Masse über den ganzen Raum verstreut. Einer der Rugbyspieler von unten half Dave hinter seinem Schreibtisch vom Boden auf. »Dave!« rief ich laut. Er blinzelte mich irritiert mit seinem nicht angeschwollenen rechten Auge an. »Dave! Ist Clare in Ordnung?«

»Äh ... Clare? Alles Clare ...«, murmelte er nur.

Ich packte ihn bei den Schultern und schüttelte ihn. »*Wo ist sie*?«

Der Versicherungsmensch schob mich zur Seite. »Lassen Sie ihn in Frieden, Steve! Sehen Sie nicht, daß er eine Gehirnerschütterung hat?«

Ich ließ ihn gehen und zwängte mich an ihm vorbei. In ihrem total zu Kleinholz verarbeiteten Büro war sie nicht, glücklicherweise auch nicht unter den Trümmern. Falls sie sich zur Zeit des Angriffs gerade woanders aufgehalten hatte ... Ich schaute in allen Büros nach, doch die waren alle verlassen. Benommen und bleischwer stolperte ich durch die schwirrende und schnatternde Menge zurück, schaute im Sekretärinnenzimmer, im Kopierraum, in der Herrentoilette und sogar in der Damentoilette nach. Keines der Mädchen, die dort ihre Verletzungen behandelten, sah mich schief an. Und keine von ihnen war Clare.

»Clare!« rief ich über den ganzen Tumult hinweg. »Hat jemand Clare gesehen?«

Eine der Sekretärinnen, die gerade ein Glas Wasser hinunterstürzte, schrie plötzlich auf und ließ das Glas zu Boden fallen. »*Clare*! Sie haben sie weggetragen …« Dann brach sie unter hysterischem Schluchzen zusammen.

Das genügte mir. Ich stürzte in den Vorraum hinaus, pflügte mir einen Weg durch die Menge, die sich inzwischen um etliche Sanitäter angereichert hatte, und raste in vollem Galopp die Treppen hinunter. Im Erdgeschoß standen Barry und ein Polizeikommissar. Sie betrachteten eine Blutspur, die sich vom Fahrstuhlschacht zur Tür zog. »Ganz schön hart, diese Punks, wenn Sie mich fragen. Vier Stockwerke herunterfallen und dann einfach wegkriechen … Aber warum, zum Teufel …«

Barry hatte mich erblickt und winkte mich herbei. »Herr Kommissar, das ist Steve, derjenige, der …«

Ich riß mich los. »Später, Barry, später! *Sie haben Clare mitgenommen*!«

Der Kommissar hielt mich mit eisernem, geübtem Griff am Arm fest. Als ich mich losreißen wollte, wären wir beinahe zu Boden gegangen. In einem plötzlichen, verzweifelten Wutanfall wirbelte ich herum und knallte ihm meine Faust ins Gesicht. Noch einen Tag zuvor hätte ich so etwas niemals getan. Außerdem hätte ich mir nicht träumen lassen, daß ich so hart zuschlagen konnte. Er schien buchstäblich einen Satz nach hinten zu machen und prallte bewußtlos gegen die Wand.

Ich drehte mich um und rannte weiter. »Was zum Teufel …«, hörte ich Barry hinter mir her trompeten, und dann, eindringlicher: »*Steve*!«

Ich hatte Barry sehr viel zu verdanken, doch ich wagte nicht, auf ihn zu hören. Ich hatte nicht die Absicht, auf ihn oder die Polizei zu warten. Ich wagte es einfach nicht. Ich rannte. Hinaus auf die Straße, wo ich die versammelte Meute blaßgesichtiger Schaulustiger aufscheuchte. Einer unternahm den halbherzigen Versuch, sich mir in den Weg zu stellen, überlegte es sich aber doch noch und trat zur Seite. Ich erreichte den Parkplatz, fingerte die Schlüssel aus der Hosentasche, riß die Tür auf und schwang mich ins Auto. Der Wagen schoß in einem kreischenden Bogen rückwärts aus der Parklücke, ging beim Bremsen in die Knie wie eine sprungbereite Katze, dann raste ich los. Mein Rückspiegel zeigte mir blaue Uniformen, die aus der Eingangstür quollen, aber sie kümmerten mich nicht im geringsten. Die Einmündung der kleinen Straße war mit Krankenwagen und Schaulustigen so verstopft, daß sie keine Chance hatten, sich rechtzeitig an meine Fersen zu heften; das andere Ende der Einbahnstraße war frei. Natürlich gab die Polizei Alarm, doch sämtliche Wagen dieses Bezirks dürften sowieso schon hier versammelt gewesen sein. Und sobald ich mich ein wenig entfernt hatte, war es so gut wie unmöglich, meinen Wagen unter all den anderen gleich aussehenden Autos im Nachmittagsverkehr ausfindig zu machen.

Vorausgesetzt natürlich, ich fuhr einigermaßen vernünftig und lenkte die Aufmerksamkeit nicht auf mich. Darauf mußte ich achten. Es war wirklich komisch, daß ich den Flüchtling spielte, angesichts der Skrupel, die ich dabei empfand. Das sah so ganz und gar nicht nach dem Mann aus, den ich heute morgen beim Rasieren im Spiegel gesehen hatte. Ich war immer schon ein gesetzestreuer Bürger gewesen. Ich spürte keine Abneigung gegen die Polizei, bestimmt nicht, und mir lag nichts daran, einen anstrengenden Beruf noch anstrengender zu machen. Früher oder später mußte ich den Konsequenzen meiner Taten ins Auge sehen. Wie die aussahen, wenn man einen Polizisten niederschlug und wie ein Verrückter vom Ort des Verbrechens floh, konnte ich mir leicht ausmalen. Die Polizei mußte annehmen, daß ich etwas wußte, und würde folglich alles daransetzen, daß ich es ihnen erzählte. Gut, ich würde es versuchen, auch wenn es noch so verrückt klang. Aber gerade jetzt konnte ich es nicht gebrauchen, daß sie mir im Weg standen. Jetzt gehorchte ich einem höheren, einem älteren Recht.

Vielleicht ein Gesetz des Instinkts. Der Gedanke daran, daß sich eine Unschuldige in den Klauen dieser Kreaturen befand, war schlimm genug ... aber ausgerechnet Clare! Was bedeutete sie mir? Eine jüngere Kollegin. Nicht einmal eine Freundin. Ich hatte es absichtlich dabei belassen, sie außerhalb des Büros kaum getroffen und wußte nicht viel von ihrem Leben. Dabei war sie schon seit vier Jahren meine Sekretärin. In dieser Zeit konnte ich mir, ob ich wollte oder nicht, ein recht gutes Bild von ihr machen. Von Clare, wie sie wirklich war. Ich wußte vielleicht besser, was sie bewegte, als einer ihrer wechselnden Freunde. Und umgekehrt, um ein altes Sprichwort zu aktualisieren: Für seine Sekretärin ist niemand ein Held. Und doch war sie bei mir geblieben, und ich wußte, daß sie immer auf meiner Seite war, wenn es wirklich darauf ankam. Ich wunderte mich selbst ein wenig darüber, wie versessen ich darauf war, das bei ihr wiedergutzumachen. Ich redete mir ein, daß das reine Schuldgefühle waren. Ich war für sie verantwortlich. Trotzdem hatte ich ihr diese Sache eingebrockt – durch meine idiotische Angewohnheit, meine Nase in Dinge zu stecken, die mich nichts angingen, Dinge, die ich hätte vergessen sollen, wie Jyp es mir geraten hatte. Doch hinter diesem Gelöbnis steckte mehr als nur Schuldgefühle: der Wunsch, jemandem zu helfen. Ich sah sie deutlich vor mir, und ich mußte mir große Mühe geben, langsam zu fahren, nicht durchzudrehen, mich dem Verkehr anzupassen und die wachsenden Schatten zu beobachten, die sich unter dem sich allmählich verfärbenden Abendhimmel zusammenballten.

Ich mußte es mir selbst eingestehen. Ich mochte das Mädchen, mehr als sonst irgend jemanden. Im Lauf der Zeit war ein Gefühl entstanden, hatte sich durch alle meine für absolut undurchlässig gehaltenen Verteidigungslinien geschlichen, und die ganze Zeit über hatten mich meine Instinkte an der Nase herumgeführt. Dafür peitschten sie mich jetzt geradezu in den hellen Wahn. Mein Gott, was mußte sie jetzt wohl erleiden? Was ging wohl in ihrem Kopf vor? Falls sie überhaupt noch lebte und etwas denken konnte …

Ich mußte ihr helfen, koste es, was es wolle, und wohin auch immer ich gehen mußte.

Ich wußte, was das bedeutete. Ich mußte ein zugeschlagenes Tor öffnen, einen vergessenen Pfad zurückverfolgen, erneut über eine verbotene Schwelle treten. Diesen Weg wiesen weder Vernunft noch Erinnerung. Die einzigen Führer, auf die ich mich verlassen konnte, waren meine Instinkte. Und seit der fette Polizist seinen Arm auf meine Schulter gelegt hatte, läuteten diese Instinkte höchsten Alarm. Er und die Gewalt, die er repräsentierte, gehörten einer engeren Welt an. Mit ihm oder irgendeinem anderen im Schlepptau würde ich den Weg niemals finden, und wenn ich bis in alle Ewigkeit durch diese dunklen Gassen wanderte. Dorthin, wohin ich wollte, mußte ich allein gehen.

Der Weg kam mir jedoch endlos vor. Ich fuhr von einem Stau in den anderen, und die Ampeln der Umgehungsstraße schalteten sofort auf Rot, sobald sie mich kommen sahen. Es hätte mir an diesem Abend nichts ausgemacht, sie alle zu überfahren, doch Clares wegen wollte ich nicht geschnappt werden. Am schlimmsten war es kurz vor dem Kreisverkehr, als ich plötzlich eine Sirene hörte. Zum Glück war sie weit hinter mir, außerdem versperrten ein paar schwere Lastwagen sowohl den Weg als auch die Sicht. Dabei machte ich mir deswegen nicht allzu viele Gedanken; wahrscheinlich ging es gar nicht um mich. Und wenn, dann würden sie mich unmöglich vor der Abfahrt erwischen. Ich erreichte den Kreisverkehr und blinkte zum Abbiegen, als plötzlich im Seitenspiegel ein Auto immer größer wurde, das auf der Kriechspur direkt auf mich zuraste. Eine kleine Kollision hätte mich unweigerlich auf eine andere Spur gedrängt und eine Massenkarambolage ausgelöst. Gerade noch rechtzeitig riß ich das Lenkrad herum, worauf hinter mir ein Sturm aus Hupen und Geschrei losbrach. Natürlich war ich das Ziel; den wirklichen Übeltäter hatten die anderen anscheinend nicht gesehen. Ich selbst konnte hinter dem Lenkrad des glänzenden roten Sportwagens nur kurz ein südländisches, gelbliches, hämisch verzerrtes Gesicht sehen, dann zog die Kiste total lässig vorbei und weiter zum Harbour Walk hinunter. Ich hingegen mußte mich durch die Spuren fädeln und einmal um den Kreis herum fahren, um ein zweites Mal an die Abzweigung heranzukommen. Erst dann hörte ich wieder das Kopfsteinpflaster unter meinen Reifen rattern. Die hohen Mauern rückten rasch näher heran, und das Geräusch der Polizeisirene schien sich in der Entfernung zu verlieren.

Außer einem oder zwei Lastwagen war kein Verkehr auf der Danube Street, und ich konnte ungehindert durchrasen. Ein neuer Zweifel befiel mich: Könnte das Auto selbst ein Problem darstellen? Sollte ich es nicht besser irgendwo abstellen und zu Fuß weitergehen? Andererseits hatte es mit Jyp gut funktioniert, und ich hatte nicht genug Zeit, das Risiko einzugehen. Eine lediglich bekannt aussehende Seitenstraße bot sich an, und ohne lang nachzudenken bog ich ein, folgte ihrem Zickzackkurs zwischen den Brandmauern einiger Lagerhallen und raste unverantwortlicherweise über verstreute Nägel und Glasscherben, die kalt im schwachen Lichtschein glänzten. Dann hinein in eine andere Straße, auf die die vernagelten Fensterhöhlen einer verlassenen Fabrik wie blinde Wächter starrten, und hinunter auf eine Kreuzung, wo mich mein Instinkt einen Augenblick im Stich ließ. Auf jeder Seite und in jede Richtung boten sich Straßen an. Parallel dazu verliefen lange Schatten, träge und rätselhaft. Ich kurbelte die Scheibe herunter und roch das Meer im Wind, vernahm das Kreischen der Seemöwen; ich blickte nach oben und sah, wie sie gegen die drohenden Wolken anruderten. Dann fiel mein Blick nach links, wo ich die längsten Schatten sah, mit gezackten, winzigen Kronen, ein verworrenes Dornengewebe, und dieser Dschungel aus Querbalken und Takelage weckte erneut meine Lebensgeister. Ich kurbelte am Steuerrad, und der Wagen schien über das Pflaster zu fliegen. Ich lenkte nach links, und die Schatten fielen wie Riesenfinger über mich. Denn dort vor mir, am Ende der Straße, hob sich der majestätische Wald aus Masten deutlich gegen den leuchtenden Horizont ab.

Ich hielt nicht an. Ich beschleunigte und schleuderte mit quietschenden Reifen auf das Werftgelände. Über mir ragten die hohen, düsteren Rümpfe der Schiffe auf; im letzten, warmen Licht des Tages wirkten sie weniger einschüchternd, weniger monolithisch. Sie waren mit hellen Farben und bunten Verzierungen bemalt, hier und da ließen sich sogar feine Spuren von Vergoldung ausmachen. An der Reling und um die Luken einiger der schnittigen, moderner aussehenden Modelle schimmerten matt vereinzelte Messingteile. An Bord jedoch waren kaum Anzeichen von Leben auszumachen, außer ein paar Figuren, die in der Takelage herumturnten oder an der Reling lehnten. Eine Handvoll Männer entlud eines der Schiffe, indem sie die Ladung einzeln in einem ballenförmigen Netz, das an einem schwenkbaren Kranarm hing, auf den Kai herabließen, etwas, das ich nur von Gemälden aus dem neunzehnten Jahrhundert kannte. Ein Pferdekarren stand bereit, die Ballen aufzunehmen; doch sowohl das Pferd als auch die Männer betrachteten mich teilnahmslos, als ich vorübersauste. Die Werften schienen sich, so weit mein Auge reichte, lückenlos in beide Richtungen zu erstrecken. Da entdeckte ich auf der Ziegelwand des Hauptgebäudes in protzigen viktorianischen Großbuchstaben, die von wohl mehr als einem Jahrhundert Sonne und salzgetränkter Luft beinahe ausgebleicht und verwittert waren, den Schriftzug »FISHER'S WERFT«.

Darunter zeigten Pfeile nach links und rechts, und unter den Pfeilen wiederum stand eine lange, fast noch unleserlichere Liste von Namen.

Stockholm
Trinity
Melrose
Danziger
Tyre …

Den Rest las ich schon nicht mehr. Ich war auf dem richtigen Weg. Ich trat das Gaspedal durch und beschleunigte schlitternd und schlingernd auf den rauhen Steinen. Vier Werften weiter, vorbei an Lagerhallen, deren Wände düster und so hoch aufragten wie mittelalterliche Burgen, und nicht minder geheimnisvoll. Eigenartige Gerüche mischten sich in den Wind, vermengten sich mit dem Gestank von Teer und Häuten und altem Tran. Endlich sah ich vor mir auf einer Mauer in gotischer Schrift das ausgeblichene Schild *Danziger Werft* und brachte den Wagen mit quietschenden Reifen zum Stehen. Ich sprang hinaus, rannte einige Schritte … und blieb stehen.

Zum ersten Mal erblickte ich in der großartigen Phalanx der Schiffe eine Lücke. In drei Liegeplätzen lagen hochmastige Schiffe wie überall auch; doch der vierte Liegeplatz war leer. In der Lücke kräuselte sich das Hafenwasser golden im Licht der untergehenden Sonne. Von den Pollern und den eisernen Anlegeblöcken am Kai hingen kürzere Stücke Tau herab und kringelten sich wie dicke Schlangen auf dem Pflaster der Werft oder hingen ins Wasser hinab. Ich rannte los, beugte mich über ein Tau und sah, daß sein Ende sauber abgeschnitten, nicht ausgefranst war. In tiefer Verzweiflung sank ich zu Boden und starrte auf das leere Wasser hinaus. Ich hatte ein gutes Tempo hingelegt, doch die Wölfe waren auf ihre eigene, unheimliche Art schneller gewesen. Sie hatten alle Leinen gekappt und waren weg. Und Clare mit ihnen …

Aber wie lange schon? Es konnte nicht länger als ein paar Minuten her sein, allerhöchstens eine halbe Stunde. Es dauert eine ganze Weile, bis man ein so riesiges Segelschiff in Bewegung setzt! Sie mußten eigentlich noch zu sehen sein! Ich sprang auf.

Doch dann ließ ich mich auf den rauhen Steinen langsam wieder auf die Knie sinken, als wollte ich beten. Jetzt zweifelte ich nicht mehr an meiner geistigen Verfassung. Ich war bereit, an Wunder aller Art zu glauben; dachte ich jedenfalls. Doch nichts, was ich mir je ausgedacht hatte, konnte mich auf das vorbereiten, was ich jetzt sehen sollte.

Vor mir öffneten sich die Hafenmauern zur grenzenlose Weite des Ozeans, grau und abweisend wie der sich darüber bildende Wolkenmantel, bis auf die Stelle, in die das letzte Licht der Abenddämmerung einen schmalen Schlitz hineinbrannte. Und in dieser Lücke formten die dünnen, feurig umrahmten Wolkenzungen ein Bild strahlender, sonnenbeschienener Hügel, eine goldverbrämte Landschaft, die an einen Streifen nebligen Azurblaus angrenzte. Ich kannte das Bild dieser Hügel, ich erinnerte mich nur zu gut daran, auch wenn ich sie jetzt erneut aus einem gänzlich anderen Blickwinkel sah. Es war das Archipel in den Wolken, das gleiche, das ich bereits gesehen hatte, das sich jetzt vor mir über der offenen See ausbreitete. Und im Herzen dieses azurblauen Streifens, der weit und blau wie eine mit Inseln übersäte Bucht schimmerte, erblickte ich das hohe, verzierte Heck eines großen Schiffes, dessen ausgebreitete Segel wie Flügel im Wind schlugen und flatterten und das sich in die unergründlichen Tiefen des Himmels davonmachte.

Kapitel 5

Solange dieses herrliche Lichtermeer am Himmel stand, blieb ich auf den Knien, wie betäubt, geblendet in Auge und Geist, von kalten Windstößen hin und her geschüttelt. Kleine Wellen klatschten gegen die Kaimauer, und die hochmastigen Schiffe schaukelten sanft an ihrer Vertäuung auf und nieder, knackten und ächzten leise wie Bäume im Wind. Ich kam mir vor wie das letzte Blatt in diesem Wald, das leicht und vertrocknet im Herbstwind zittert. Erst als sich die Wolken wie ein Tor über dem Horizont schlossen und sämtliche Farben aus der Welt verbrannten, erstarb der Wind allmählich, und ich kam wieder zu mir. Doch ich fühlte mich elend, geschlagen und kalt und kam mühsam wieder auf die Füße.

Träume. Halluzinationen. Hirngespinste. Schizophrenie …

Ich ließ diese gemeinen kleinen Wieselworte in meinen Gedanken hin und her flitzen, bis sie sich mehr und mehr wie bloße Gedankenspielereien anfühlten. Welch frevelhafte Überschätzung, mir anzumaßen, ich könne die ganze Unendlichkeit mit meinem kleinen Gehirn erfassen. Als hätte ich einen Blick auf die Kuppel einer riesigen Kathedrale erhascht und würde jetzt darauf bestehen, es handele sich um meine eigene Schädeldecke. Sollte ich einfach akzeptieren, was ich gesehen hatte? Doch darum ging es gar nicht. Egal, ob du eine Sturmflut akzeptierst oder nicht, sie wird einfach über dich hinwegfegen und dir damit eine wertvolle Lektion erteilen, und zwar die, daß man die eigene Bedeutung in der allgemeinen Ordnung der Dinge nicht überschätzen sollte. Nicht daran glauben – das wäre allerdings schwierig gewesen. Das hätte nun wirklich eine Menge Phantasie verlangt. Das könnte einen wirklich in den Wahnsinn treiben.

Erst in der letzten Nacht hatte ich einen winzigen Einblick in die Unendlichkeit erhalten, doch gerade eben hatte ich am Rand der Welt gestanden und in den Abgrund gestarrt. Diese Tiefen hatten mich angezogen, mich gerufen wie die Leere unter einer Klippe, nur tausendmal stärker. Sie hatten meine Gedanken in eine verschwommene Ferne gesogen, und selbst jetzt, da mir die Vision entzogen war, war es mörderisch schwer, dagegen anzukämpfen. Vor diesem unendlichen Hintergrund wirkte ich und jeder andere Mensch verschwindend klein, unser Streben unbedeutend, vergänglich, Seifenblasen in einem gewaltigen, endlos strömenden Wasserfall.

Und doch mußten wir etwas bedeuten, wenigstens der eine

für den anderen, wenn auch nur, um einander einen Bruchteil mehr an Bedeutung zu verleihen, einen Hauch besonderer Signifikanz. Was konnten Seifenblasen anderes tun, als sich aneinanderklammern?

Ich mußte Clare einfach helfen, um den Grund dafür wollte ich mir keine Gedanken mehr machen. Doch in dieser Welt hinter der Danube Street konnte ich nicht allein vordringen, jedenfalls nicht weit. Die Dämmerung war einem dunklen Grau gewichen, und die kalte Meeresbrise legte sich klamm um mich. Entlang der Werften blinkten schwache gelbe Lichteraugen. Ein eisig kalter Regentropfen klatschte gegen meine Stirn. Erschöpft stieg ich in den Wagen, knallte die Tür zu, drehte den Schlüssel und fuhr den Weg an den Werften entlang zurück, um irgendwo in dieses Labyrinth der Seitenstraßen einzubiegen. Zuerst mußte ich jedoch etwas finden, und das könnte sich am schwierigsten gestalten.

Aber entweder war das Glück diesmal auf meiner Seite, oder ich kannte mich allmählich aus. Der Regen wurde dichter, und ich war bereits an zwei finsteren und nicht sehr vielversprechenden Straßeneinmündungen vorübergefahren. Auch die dritte sah nicht anders aus, doch im Vorbeifahren bemerkte ich ein entferntes Schimmern, einen Farbflecken, der durch den Regenvorhang bis zu mir drang. Ich bremste, wendete und fuhr in die Straße hinein. Es war noch da, entfernt, winzig, ein Rubin in diesen samtig grauen Falten. Mein Gefühl sagte mir nichts, weder ja noch nein, doch ich hatte keinen anderen Anhaltspunkt. Es führte mich ein kurzes Stück die Straße hinauf, bis ich unter den Fenstern eines düster aussehenden Gebäudes anhielt. Einstmals war es vielleicht das Kontor einer Firma gewesen, einer Festung des Welthandels, in deren Hand das Schicksal vieler Menschen von hier bis Norwegen und Wladiwostock gelegen hatte. Jetzt verdeckte eine moderne Tafel mit abgeblätterten, unleserlichen Buchstaben den Türstock, und die meisten Fenster waren mit einer Art Dachpappe hinter den Scheiben undurchsichtig gemacht worden. So sahen sie wie dunkle Spiegel aus, und in einem davon sah ich das Spiegelbild der Einmündung der gegenüberliegenden Gasse, an deren Ende das Licht leuchtete. Ich stieg aus und blinzelte durch den Regen, der auf das Autodach prasselte; dann knallte ich die Tür zu und rannte los. Es war das Schild der Illyrischen Taverne.

Am Ende der Gasse, an der Kreuzung zu wieder einer anderen Straße, trat ich knöcheltief in den überquellenden Rinnstein. Mit drei Schritten war ich auf der anderen Seite, wobei ich beinahe eine verlorene Seele auf einem Fahrrad umgerannt hätte, und der vierte brachte mich bis vor die blaßrote Tür. Ich kämpfte noch mit dem eigenartig konstruierten Türöffner, als ich merkte, wie er zurückgeschoben wurde und die Tür aufschwang. Aus der Dunkelheit blitzten Katjkas Züge, listig und überrascht. »*Stefan*! Komm rein! Es ist keiner hier – *Agnece Bozij*! Du bist ja völlig durchnäßt! Komm, laß dich am Feuer trocknen!«

Ich hielt sie an den Armen, und sie schob die ihren spielerisch unter meine, wobei sie mit ihren Fingern über meine Rippen spielte. »Schon wieder etwas so Dringendes, *ej*?«

Sie zog mich in den warmen Schein der Schankstube und schob die Tür mit einer Drehung ihrer Hüfte zu. Erst jetzt fiel mir auf, daß sie nur eine Art weißes Leinenhemd trug. »Jyp!« sagte ich rasch. »Ist er hier? Oder wo …«

»Ach, das kann nicht lange dauern!« sagte sie leichthin. »Er ist immer hier, wenn der Abend …«

»Geht er denn nie woanders hin? Ins Mermaid?«

Sie zuckte die Schultern und zog eine Grimasse. »Doch, manchmal schon … aber früher oder später kommt er immer hier vorbei. Einfach um hallo zu sagen! Du kannst hier auf ihn warten, hmmm?«

»*Katjka*! Verdammt noch mal, ich meine es ernst …« Weiter kam ich nicht. Ihre Lippen schmeckten würzig, süß und heiß, und durch das spröde Leinen spürte ich die Hitze ihres Körpers. Das war zuviel für meinen labilen Zustand. Ich umarmte sie, fühlte, wie sie erschauerte, und ließ mich in ihrem Kuß versinken, als wollte ich in ihm ertrinken und einer Welt entfliehen, die mir zu weit geworden war. Als nächstes hätte wohl so ziemlich alles geschehen können, wäre mir nicht das Türschloß schmerzhaft in den Rücken gestoßen worden. Wir ruderten wild mit den Armen und hielten uns eben noch am Geländer fest, um nicht gemeinsam die Treppe hinunterzustürzen.

»Aber hallo, das junge Liebespaar!« grölte Jyp gutgelaunt. »Ist das eine neue Stellung, von der ich noch nichts gehört habe, Kat? Auf der Treppe, hmm? Sehr gewagt, muß ich zugeben, doch für mich etwas zu sportlich, wenn ich so sagen darf …«

Sie versuchte ihn wild gestikulierend wegzujagen, ruinierte die Wirkung jedoch dadurch, daß sie zusätzlich die Zunge herausstreckte. »Du eitler Fatzke! Und unser armer Stefan hier hat dich verzweifelt überall gesucht!« lamentierte sie.

»Dort wo er gerade eben gesucht hat, hätte er mich sicherlich nicht gefunden!« Jyps launische Bemerkungen hätten nicht trockener sein können, doch mir entging die plötzliche Wachheit in seinen Augen nicht. »Freut mich, daß du zurückgekommen bist; hatte darauf gehofft. Wollte dich noch dafür um Entschuldigung bitten, wie ich mich letzte Nacht aufgeführt habe. Also hier bin ich, alter Kumpel, was ist los?« Ich holte tief Luft, doch bevor ich sprechen konnte, hatte er mich am Arm gepackt. »Doch nicht etwa noch mehr Ärger mit diesen räudigen Wölfen? Ich habe eben erst gehört, daß sie ausgelaufen sind, und zwar so eilig, als hätten sie den Heiligen Nick höchstpersönlich auf den Fersen.«

»Das stimmt!« sagte ich. »Und sie haben … eine Freundin von mir mitgenommen! Eigentlich waren sie hinter mir her, doch … Jyp, ich brauche Hilfe! Und zwar schnell!«

Ich hörte, wie Katjka scharf Luft holte. »Hört sich ganz so an«, sagte Jyp mit langsamen Nicken. »Aber wenn sie schon auf und davon sind, macht eine Stunde mehr oder weniger den Kohl auch nicht fett.« Er wiegelte meinen Protest mit erhobenen Händen ab. »Immer mit der Ruhe! Wie wär's, wenn du dich hier hinsetzen und mir alles der Reihe nach erzählen würdest? Und du, Mädel, rührst uns was zu futtern zusammen, ja? Dann kommst du und hörst auch zu, in Ordnung?« Katjka nickte und ging uns voran in die Dunkelheit, aus der sie beinahe sofort mit einer Flasche und drei dieser kleinen Kolbenfläschchen wieder auftauchte. Jyp nahm sie mit einem fast schon an eine Verbeugung grenzenden Nicken entgegen und dirigierte mich in eine hochlehnige Sitzecke direkt neben dem Kamin. »Dieses Mädel weiß immer, woran es gerade fehlt. Hier, trink das, erst einen Schluck und dann gleich noch einen. Ich würde bei dieser Sache gerne ihre Meinung hören. Katjka ist schon eine ganze Weile hier, hat viel gelernt. Sie hat ein gutes Gespür für solche Dinge.«

Er füllte mein Fläschchen erneut mit dem feurigen Schnaps, goß sich dann selbst einen ein und stöhnte, als er sich auf die Bank schob und dabei sein Schwert zur Seite rückte. »Der Unaufrichtige wird niemals sein Haupt zur Ruhe betten, wie mein alter Herr immer sagte. Um die Wahrheit zu sagen, ich habe mir schon überlegt, ob ich nicht selbst in See stechen und eine Zeitlang von hier verschwinden sollte, so wie die Dinge in letzter Zeit gelaufen sind. Falls die Gegend hier ein bißchen zu ungemütlich für mich werden sollte, du weißt schon. Dann hörte ich, daß diese Saubande davongesegelt ist, und das wollte ich hier gleich begießen. Aber jetzt ... na denn, runter damit, Steve.«

Ich folgte seiner Aufforderung, und allmählich betäubte der Schnaps meinen Schock, die ganze Geschichte des Überfalls auf das Büro und meine Hetzjagd hierher. Nach einer Minute kam Katjka zurück, setzte große Bierkrüge auf der Tischplatte ab und schob sich neben mich auf die Bank, legte das Kinn auf die knochige Hand und schaute mich aufmerksam an. Während ich meine Geschichte erzählte, sah ich, wie die Züge meiner Zuhörer sich verhärteten. Das Kaminfeuer flackerte in den grünen Augen des Mädchens, und die Falten um ihren vollen Mund vertieften sich. Jyps Augen wurden schmaler, und er schien direkt durch mich hindurchzustarren, in horizontlose Weiten hinein. Der Gedanke ließ mich erschauern; ich zitterte, als ich ihnen von jener abschließenden Vision berichtete. Sofort spürte ich Katjkas Arm um meinen Rücken und ihren Oberschenkel an meinem – und ich war froh darüber. Sie schien wirklich zu wissen, woran es fehlte; und, was noch wichtiger war, sie gab es einem, ohne viel zu fragen. Was hatte sie mir in diesen verrückten Augenblicken zu geben versucht, kurz bevor Jyp hereinplatzte? Was hatte ich da gebraucht?

»Das ist alles«, sagte ich und nahm einen großen Schluck Bier.

Jyp stieß die Luft verächtlich durch die Nase aus und sah mich mißtrauisch von der Seite an. »Jetzt verrate mir mal, was zum Teufel du getan hättest, wenn du diese elenden Kerle eingeholt hättest. Wolltest du es mit einem ganzen Schiff voller Wölfe alleine aufnehmen?«

Eigentlich hatte ich gehofft, daß er nicht danach fragen würde. »Die Wölfe hatten es auf mich abgesehen. Wenn ich mich ihnen ausgeliefert hätte, vielleicht hätten sie Clare dann freigelassen.«

Jyp ersparte mir das Gelächter und schaute mich nur fassungslos an.

»Sie hätten dich gerne in Empfang genommen und das Mädchen auch behalten«, schnaubte Katjka. »Oder sie hätten sie gehen lassen – über Bord. Oder schlimmeres. Keine angenehmen Leute, diese Wölfe. Wenn man es genau nimmt, sind es eigentlich überhaupt keine Leute.«

Dann fragte sie ganz langsam: »Ist sie dein Mädchen?«

»Nein«, sagte ich rasch, »nichts in der Art. Sie arbeitet für mich, das ist alles ... Ich fühle mich für sie verantwortlich ... für dieses ganze ...«

»Und jetzt?« fragte Jyp, doch er hatte die Frage Katjka gestellt.

Sie zuckte die Achseln und zauberte von irgendwoher ein kleines, rechteckiges Buch hervor und legte es auf den Tisch. Dann nahm sie meine Hand und legte sie mit der Fläche auf den Buchdeckel. Er fühlte sich warm an, als hätte sie ihn direkt auf der Haut getragen, und jetzt merkte ich, daß es ein Packen Spielkarten war. Kurz darauf ließ sie meine Hand los, mischte die Karten und legte sie mit zuckenden Fingern zwischen uns auf dem Tisch aus. Sie kamen in säuberlichen, sich überlappenden Reihen zu liegen, und als sie fertig war, bedeutete sie mir, eine davon umzudrehen, und danach eine andere. Ein wenig ungeduldig drehte ich zwei beliebige Karten um; ich kannte einmal ein Mädchen, das einem die Zukunft mit Tarot vorhersagte, ein ziemlich anstrengendes Mädchen, und ich erwartete auch jetzt etwas in der Art. Doch hier handelte es sich um gewöhnliche Spielkarten – oder auch nicht, denn ich hatte so etwas noch nie zuvor gesehen. Zuerst drehte ich den Karobuben um, und die Doppelfigur blickte mich höhnisch an, dunkel, mit einem Schnurrbart wie ein elisabethanischer Brigant, und mit soviel Boshaftigkeit in seinen funkelnden Augen, daß sie mit dem kalten Feuer echter Diamanten glänzten und glitzerten. Hastig legte ich sie zurück und schaute die andere an; doch das war das Herz-As, und im flackernden Licht schien es anzuschwellen und zu pulsieren, hell und flüssig und rot.

Katjka legte die letzte Karte zurück. »Noch eine«, sagte sie heiser. Widerwillig drehte ich die zuletzt ausgegebene Karte um, warum, wußte ich auch nicht. Es war die Pik-Zwei, auf der kein weiteres Zeichen zu sehen war, bis auf die beiden schwarzen Augen. Doch plötzlich schien diese Schwärze sich zu vertiefen und nach innen zu stülpen, als wären die Augen tatsächliche Öffnungen zu einer dahinterliegenden absoluten Leere. Mein Blick wurde trübe, die Schärfe verschwamm, so daß die beiden Punkte kurzzeitig zu einem einzigen Punkt zusammenflossen, zu einem schimmernden, hohlen As. Katjka entriß mir die Karte und schob mit einer unwirschen Geste den ganzen Packen zusammen.

»Nichts?« fragte Jyp.

»Nein!« antwortete Katjka schroff. »Über der ganzen Sache liegt ein Schatten. Da waren undeutliche Zeichen, aber ... nichts, womit ich etwas anfangen könnte. *Christe pomiluj*! Nichts ...«

Aus dem hinteren Teil des kellerähnlichen Raumes tönten Schritte in die Stille hinein, dazu kam der Duft von etwas Würzigem, brutzelnde Tomaten und Paprika und geröstete Zwiebeln, appetitlicher, als ich es je für möglich gehalten hätte. Ein Gesicht tauchte aus der Dunkelheit auf, rund und rot und so verschrumpelt wie ein Winterapfel, aber mit einer majestätischen Habichtsnase und frechen, rabenschwarzen Locken. Die Frau, die da mit einem eindrucksvoll beladenen Tablett heranwackelte, sah drall und gesund aus und konnte alles zwischen fünfzig und siebzig sein. Als sie das Tablett auf dem Tisch abstellte, sah ich, daß ihre Arme muskulöser als meine waren.

»*Dekujeti, Malinkaçu*!« sagte Katjka. Offensichtlich war das Myrkos Frau. Sie schenkte mir ein höfliches Nicken und ergoß einen Schwall freundlichen Geschnatters über mich, von dem ich kein einziges Wort verstand. Ich erhob mich, imitierte Jyps Verbeugung, und die alte Frau nahm meine Hände und schnatterte wieder drauflos, dann küßte sie mich kräftig auf beide Wangen und verschwand wieder, noch immer pausenlos schnatternd.

»Sie hat dir alles Gute für deine Prüfungen gewünscht«, sagte Katjka langsam. »Und sie hat gesagt, du mußt essen. Ein guter Rat. Du brauchst Kraft. Ich wünschte, ich könnte dir helfen, aber das geht nicht, also ...«

Jyp, der schon fleißig in seinem Teller herumstocherte, hob den Kopf und suchte ihren Blick. »Le Stryge?« fragte er.

»*Sztrygoiko*«, antwortete sie.

»Verdammt«, sagte er und widmete sich wieder seinem Essen.

Zuerst pickte ich in meinem nur herum, viel zu aufgeregt.

um es hinunterzuwürgen. Ich spürte, wie der Abend verging und dieses seltsame Schiff und alles, was es mit sich führte, sich immer weiter von uns entfernte. Doch die Gewürze ließen mir das Wasser im Mund zusammenlaufen, und ich fing an, ebenso heißhungrig wie Jyp zu essen. Trotzdem war ich froh, daß er nicht trödelte; sobald sein Teller leer war, stand er auf, nahm einen letzten Schluck Bier und warf seine rauhe Leinenserviette auf den Tisch. Er hob eine Augenbraue und sah Katjka an. »Tja«, seufzte er. »Es ist wohl an der Zeit, dem alten Stryge einen Besuch abzustatten.«

»Du scheinst nicht gerade scharf darauf zu sein«, sagte ich.

»Es birgt so seine Gefahren«, erklärte mir Jyp. »Aber zu dieser Stunde dürfte es nicht ganz so schlimm sein.«

»Gefahren?«

»Er treibt sich in fragwürdiger Gesellschaft herum. Am besten, wir gehen gleich los. Es ist ein ganzes Stück, und diesmal nehmen wir nicht das Auto. Der Stryge ist bei solchen Sachen ganz schön empfindlich.«

Katjka ging mit uns bis zur Treppe. Niemand hatte nach der Bezahlung für die Bewirtung gefragt, und ich hatte das seltsame Gefühl, wenn ich es anböte, würde ich jemanden beleidigen. »Du paßt doch auf Stefan auf, was, Jyp?« sagte sie eindringlich, und plötzlich schlang sie ihre Arme um mich. Sie küßte mich nicht, sondern drückte nur rasch ihre Wangen an meine, dann ließ sie los. Es schien fast wie eine formelle Umarmung. Jyp nickte ernst und schob mich die Stufen hinauf. Sie machte keine Anstalten, uns zu folgen, sah uns nur schweigend nach und klopfte nervös mit dem Kartenspiel auf ihren Oberschenkel.

Kaum hatte ich die Tür geöffnet, schlug mir ein kühler Wind ins Gesicht. Wenigstens regnete es nicht mehr. Der Himmel war klar, vereinzelte Wolken rasten darüber hinweg. Ich staunte, wie hell es ohne die Regenwolken noch war, eine graue, dämmrige Klarheit, die alle Farben stumpf werden und Entfernungen unwägbar erscheinen ließ. Vorsichtig schloß Jyp die Tür hinter uns und dirigierte mich die Straße hinauf. Im Rinnstein staute sich noch das Regenwasser, und die Ritzen zwischen den abgewetzten Pflastersteinen schimmerten naß. Die ganze Straße schien den Himmel widerzuspiegeln, und jeder Stein wurde zum Teil einer Brücke aus Trittsteinen, auf der man diesen Himmel überqueren konnte. Jyp schien vor sich hin zu brüten, und wir marschierten eine Zeitlang schweigend nebeneinander. Er sprach als erster wieder: »Wie schon gesagt, ich wollte mich für letzte Nacht noch mal entschuldigen.«

»Das mußt du nicht.«

»Oh doch … nachdem du meinen Arsch inzwischen schon ungefähr dreimal gerettet hast! Du hast wohl gemerkt, daß ich Angst hatte, hm? Aber nicht nur meinetwegen, glaub mir das. Ich hätte mich ohrfeigen können, daß ich dich so weit mit hineingezogen habe. Ich hatte Angst, daß alles noch schlimmer wird, wenn du noch tiefer hineinschlitterst.« Er lachte trocken. »Daran hätte ich ein bißchen früher denken können, was?« Ich antwortete nicht.

»Da hab ich gedacht, ich jage dir einfach einen heilsamen Schrecken ein. Aber ich bin über meine Angst hinweg. Der alte Stryge hat das Ding sauber abserviert, es hat sich heulend in einer Rauchwolke davongemacht … und ich dachte, damit wäre die Sache erledigt. Dann hörte ich, daß die Wölfe die Leinen los …«

Er schüttelte den Kopf. »Steve, es ist alles meine Schuld. Ich hätte dich eher warnen, dich besser beschützen sollen. Aber ich habe nicht damit gerechnet, daß dir dort drinnen etwas passieren könnte, ehrlich. Noch nie hat man gehört, daß die Wölfe so weit im Kern zugeschlagen hätten, noch nie. Andere schon, hin und wieder; aber niemals die Wölfe. Es sieht böse aus, Steve.«

»Es ist nicht deine Schuld«, sagte ich ungeduldig. »Du bist für diese Drecksäcke nicht verantwortlich, auch nicht dafür, wo sie ihr Unheil anrichten. Aber wo wir gerade dabei sind: Wer ist dafür verantwortlich? Wo kommen sie her? Ihr habt gesagt, sie seien keine richtigen Leute – was soll das denn heißen?« Nachdem das Essen und Trinken meinen Schock und meine Verwunderung weggebrannt hatten, wurde ich allmählich wütend. »Was heißt das – der *Kern*? Wenn diese Wolfsgestalten hinter mir her sind, sollte ich eigentlich alles über sie wissen, oder nicht?«

Jyp zögerte mit der Antwort. »Ich kann dir nicht alles sagen«, begann er, als wir auf dem Scheitelpunkt der Straße abbogen. »Ich glaub nicht mal, daß die Wölfe selbst alles wissen, nicht genau jedenfalls; aber ich werde dir erzählen, was ich kann. Wie man sich so erzählt, waren ihre Vorfahren richtige Menschen, wenn auch damals schon ziemlich wölfisch, ein Haufen versiffter Piraten und ihre Flittchen drunten in der Karibik, in den alten Tagen. Anscheinend haben sie es sogar für ihresgleichen zu toll getrieben, denn eines Tages fanden sie sich auf einer winzigen Insel ausgesetzt, die auf keiner Karte verzeichnet ist. Es war ohnehin schon ein unglückseliger Ort, ein heiliger Ort der kannibalischen Ureinwohner, der von *ihnen* selbst gemieden wurde. Sie wagten nur dort anzulegen, um ihren heidnischen Göttern Blutopfer darzubringen. Wie du siehst, sollten die Gestrandeten nicht lange überleben, doch sie überlebten trotzdem. So wie Ungeziefer überall durchkommt, und zwar mit verbotenem Fleisch.«

»Verboten … du meinst, sie wurden ebenfalls Kannibalen?«

»Aber sicher, und sie wurden noch schlimmer, weil sie sich untereinander fortpflanzten, Blut mit verwandtem Blut. Sie wurden sogar immer mehr, da sie sich nicht nur untereinander auffraßen, sondern schon bald in selbstgebauten Kanus kleinere Schiffe überfielen, die sich zu nah an die Insel heranwagten. Größere Schiffe versuchten sie auf die Riffe zu locken. Die armen Seelen, die in ihre Hände fielen! Man sagt, einige davon hielten sich die Wölfe zur Aufzucht, wie Vieh, um sie dann zu schlachten. Ich habe von anderen gehört, die ähnlich lebten, das war in Schottland, vor vielen Jahren … Sawney Bean und seine Brut, falls dir der Name etwas sagt? Aber die hier waren schlimmer. Und sie wurden immer noch grausamer.«

Das Essen lag mir plötzlich sehr schwer im Magen. Was Jyp da sagte, hieße in Konsequenz ... Ich schob die Gedanken beiseite. »Jyp, wie kann man denn *noch* schlimmer werden?«

Er trat eifrig nach einem Stück Plastikfolie, das uns entgegengeweht kam. »Na ja, nachdem keiner, der in diese Gewässer fuhr, mehr zurückkam, wagte sich niemand mehr dorthin, bis die Insel so gut wie vergessen war, so wie manche Orte plötzlich von der Landkarte verschwinden. Und inzwischen veränderten sie sich. Von einer Generation zur nächsten, nach und nach.«

»Sie entwickelten sich weiter, meinst du.«

Jyp sah mich verständnislos an. »Davon verstehe ich nichts. Hört sich an wie dieser Darwin, aber ich bin noch altmodisch erzogen worden. Sie veränderten sich, das ist alles, was ich weiß. Wie auch immer, es schlich sich etwas Unmenschliches in diese Brut. Entweder brach ihr eigenes böses Blut immer mehr durch, oder auf dieser Insel war noch etwas anderes. Um es kurz zu machen, die Wölfe sind keine Menschen. Sie sehen auch nicht so aus wie irgend jemand von uns. Sie denken nicht wie wir, und mit Sicherheit riechen sie nicht wie wir! Sie können sich auch nicht mehr mit den Menschen vermischen, sondern sich nur innerhalb der eigenen verrotteten Art fortpflanzen.«

Ich pfiff erstaunt. »Eine neue Spezies? Großer Gott, aber es paßt. So ist es wahrscheinlich geschehen. Eine kleine, isolierte Gruppe, die sich per Inzucht fortpflanzt, Gene austauscht ... dann kommt es zu einer Mutation und schon können sie sich nur noch untereinander vermehren. Das würde diese eklige Färbung der Haut erklären, und ihre Größe. Aber daß etwas Derartiges mit Menschen passieren kann ...« Davon war, soweit ich wußte, nichts bekannt. Aber jetzt wußte ich wenigstens, warum ich eine Gänsehaut bekam, wenn ich diese Dinger nur sah. Es war die Abstammung, die rebellierte und mich vor dem Eindringling warnte, vor dem Angreifer – und mehr als das. Vor dem Raubtier …

»Und mein Boss hielt sie einfach nur für Punks! Wenn du weißt, was das ist.«

Jyp blinzelte. »Klar. Wundert mich nicht. Wie ich bereits sagte, die Leute sehen immer nur das, was sie sehen wollen …« Er grinste schief. »Ich verrate dir etwas, Steve. Die Welt ist viel größer, als die meisten von ihnen sich jemals vorstellen können. Sie klammern sich an das, was sie kennen, das feste Zentrum, wo alles tödlich langweilig und vorhersehbar ist. Wo jede Minute genau sechzig Sekunden hat, von der Wiege bis zur Bahre – das ist der Kern. Hier draußen, auf der Spirale, hier draußen am Rand, ist das nicht so – jedenfalls nicht immer. Diese Welt ist weit mehr als nur ein Erdklumpen, der sich durch das Nichts dreht, wie die Weisen sagen. Er treibt, Steve, und zwar durch den Raum *und* die Zeit. Und es gibt mehr Gezeiten, als Ebbe und Flut an seinen Gestaden.«

Er blickte zum sich verdunkelnden Himmel empor. »Vielleicht ist es so, daß jedem eines schönen Tages eine dieser Gezeiten vor die Füße rauscht. Und die meisten schauen nur kurz hin und springen zurück, bevor sie sich die Zehen naßmachen. Sie schauen hin und verstehen nicht, oder wollen nicht verstehen; und sie wenden sich wieder dem Kern zu, für immer.«

»Aber es gibt immer einige, die das nicht tun?«

»Und die erschauen unendliche Weiten! Einige wenden sich voller Furcht ab und stehlen sich vor der Wahrheit, die sie gesehen haben, davon. Andere wieder machen einen Schritt in die kühlen, weiten Gewässer hinein.« Er nickte, beim Gehen tief in seine innersten Gedanken versunken. »Und gelegentlich noch weiter. Von Häfen wie diesem hier, an dem ein über tausendjähriges Kommen und Gehen einen Knoten in die Zeit gemacht hat, gehen sie in alle Ecken der weiten Welt. Oh, mein Gott, wie weit!« Plötzlich schaute er mich an, und ich sah seine Zähne im Dämmerlicht blitzen.

»Du bist ein ziemlich gebildeter Mann, Steve. Was meinst du, wie viele Ecken hat die Welt?«

Ich zuckte die Achseln. »Vier, wie man so schön sagt. Aber tatsächlich ...?« Ich sah Jyp wieder grinsen, doch ich steckte meinen Kopf in die Schlinge, die er ausgeworfen hatte. »Keine, denn sie ist eine Kugel. Jedenfalls mehr oder weniger.«

Jyp schüttelte den Kopf. »Nö. Frag die Mathematiker. Wie ich, als ich die gute alte astronomische Navigation nach Himmelskörpern erlernte. Sogar tief im Kern wissen sie es besser. Eine Kugel ist ein Konzept, eine begrenzte Hülle; also sagt man nicht, sie hat keine Ecken, sondern unzählige. Und weißt du was, Steve? Jede dieser Ecken ist ein bestimmter Ort. Orte, die einst waren, sein werden oder niemals waren, außer in den Gedanken der Menschen, die sie entstehen ließen. Sie lauern wie Schatten hinter den wirklichen Orten deiner Realität. Schatten ihrer Vergangenheit, ihrer Legenden und ihrer Überlieferungen, das, was sie gewesen sein mögen und vielleicht noch sein werden; mit jedem Ort an vielen Stellen verbunden und verwoben. Und du kannst dein Leben lang danach suchen und niemals einen davon aufspüren, doch wenn du es erst gelernt hast, kannst du innerhalb eines Atemzuges von einem zum anderen wechseln. Aber sind sie die Schatten, Steve – oder ist deine Realität nurmehr *ihr* Schatten?«

Ich starrte wortlos auf die Straße vor mir, doch Jyp plauderte in einem sanften Singsang weiter, fast als führte er Selbstgespräche, wie jemand, der immer wieder über etwas ins Staunen gerät, obwohl er es schon sein ganzes Leben lang kennt. »Dort, westlich der Abenddämmerung, östlich des Mondaufgangs, dort liegt das Sargassomeer, und Fiddler's Green, dort ist der Elefantenfriedhof, das Königreich El Dorado und das Reich von Prester John.«

»Hy Brazil?« warf ich ein, denn plötzlich kam mir diese seltsame Fracht wieder in den Sinn.

»War schon dort; nicht schlecht, aber es gibt schönere Orte. Es gibt alles. Reichtümer, Schönheit, Gefahren – jedes verdammte Ding aus den Gedanken und den Erinnerungen der Menschen. Und wahrscheinlich noch mehr … nur sind diese Pfade noch schwieriger zu entdecken.«

Der Gedanke an diese Fracht rief andere Erinnerungen hervor, und mit ihnen eine ganze Ladung Angst und Schrecken. »Und dorthin haben sie Clare verschleppt?« Ich packte ihn am Arm. »Wie zum Teufel sollen wir sie dann wiederfinden?«

Jyp lächelte leicht ironisch. »Das werden wir herausfinden, Steve.«

Ich ließ ihn wieder los. Mit den letzten Regentropfen kam die Verzweiflung über mich. »Du und dein verdammter Schritt nach vorn! Dieser verdammte Tag, an dem ich ihn getan habe!«

Jyp zuckte die Achseln. »Nicht meinetwegen. Ich bin hier, weil du ihn getan hast, sogar dreimal. Und womöglich nicht einmal deinetwegen.« Er legte seine Hand fest auf meine Schulter. »Sieh mal, Steve, auf dieser Seite der Stadt lernst du rasch, daß nicht alles vorhersehbar ist, daß du nie weißt, wohin eine Tat dich bringt. Aber mir ist eine Sache aufgefallen, und zwar, daß ziemlich viel davon abhängt, wie man dazu kam, diesen ersten Schritt zu tun. Le Stryge behauptet das gleiche, und er ist ein durchtriebener alter Hund. Bei mir ging es langsam, Schritt für Schritt, könnte man sagen; ein alter Seemannskumpel, dem ich hin und wieder ausgeholfen habe, zeigte mir den Weg, weil er nicht wußte, was er mir sonst geben sollte. Und ich habe mich, langsam aber sicher, ganz gut eingelebt. Aber du, du bist Hals über Kopf hineingestolpert, um einem Mann zu helfen, ohne Rücksicht auf das eigene Risiko. Das nenne ich einen großen, entschiedenen Schritt, ganz klar und eindeutig, eine gute Tat, die du nicht bereuen solltest; nicht bevor du siehst, wie sich am Ende alles entwickelt. Ich würde sagen, du hast gleich von Anfang an für dich selbst alles richtig gemacht, nur …«

Er verstummte, blieb stehen und schaute sich auf der Straße um, als hielte er nach jemandem Ausschau oder suchte den richtigen Weg. Doch es gab nur eine Möglichkeit, weiter vorne nach rechts in eine andere Straße einzubiegen. Nichts rührte sich. Nur ein gelblicher, dürrer Hund, vielleicht ein Streuner, lief in einiger Entfernung herum, und auch er verschwand in einem Hauseingang.

»Nur?« hakte ich nach. »Nur was?« Doch mit einem Mal ging Jyp mit raschen Schritten über die leere Straße auf die Ecke zu, und mir blieb nichts anderes übrig, als hinter ihm herzurennen. Atemlos wiederholte ich meine Frage und mußte ihn heftig in die Rippen stoßen, bevor er langsam und widerstrebend antwortete.

»Nur ... es hängt mit diesen Übergriffen zusammen, diesen Übergriffen auf den Kern. Ich frage mich immer wieder, ob dieser Schritt allein von dir ausging, so gut er auch gemeint war. Ob du nicht vielleicht hineingelockt wurdest, hineingesaugt, könnte man sagen. Und das könnte eher schlecht sein.«

Wir gingen schweigend weiter. Ich hörte Jyp schwer atmen, seine Stirn glänzte; wir gingen zwar recht schnell, doch ich hatte ihn mitten in einem Kampf auf Leben und Tod schon leichtfüßiger gesehen. Ein- oder zweimal drehte er sich in die Richtung um, aus der wir gekommen waren. Auch ich schaute zurück, sah jedoch nichts. Seine Hand war jedoch stets in der Nähe des Schwertknaufs. Die Straße, in die wir einbogen, war breit und offen. Ich konnte mich nicht daran erinnern, schon einmal hier entlanggefahren zu sein. Eine Straßenseite war noch immer von den alten Lagerhallen gesäumt, die Gebäude auf der anderen jedoch weitgehend abgerissen. Nach einigen Metern hörte die alte, eindrucksvolle Mauer auf und machte nüchternem Stacheldraht Platz. Dahinter hatte man riesige Wellblechschuppen errichtet, die sich unter dem trüben Himmel duckten und so noch schmutziger und trostloser aussahen. Hier und dort gab es eine freie Fläche, von Unkraut überwuchert und von Unrat übersät. Vor einem dieser Grundstücke, das zwischen zwei der größeren Schuppen lag und an einer hohen, uralten Mauer endete, blieb Jyp stehen. Er blickte sich rasch um, und ich sah, wie sich seine Augen einen Moment lang weiteten. Doch als ich seinem Blick folgte, sah ich nur noch, wie das Hinterteil eines Hundes hastig um die Ecke verschwand, vielleicht der gleiche Hund wie vorhin, der wie so viele Streuner die Menschen floh. Jyp schien mir gereizter als sonst. Er murmelte etwas, dann warf er sich mit unerwarteter Energie gegen den Stacheldrahtzaun und kletterte flink wie ein Affe hinauf. Ich wollte ihm folgen, jagte mir jedoch gleich den ersten Zacken in die Handfläche und sprang fluchend auf die Erde zurück. Jyp nickte, setzte den Fuß auf einen der Drähte und zog den zweiten mit der Hand so weit hoch, daß ich leicht hindurchsteigen konnte.

Das Grundstück sah aus wie alle anderen, höchstens noch verwahrloster. Überall wucherte Unkraut, dazwischen lag Abfall, angefangen von kleinen Haushaltstüten, die durch den Stacheldraht geworfen worden waren, über riesige Plastiksäcke, die allem Anschein nach grausig zerstückelte Leichen enthielten, bis zu großen Rollen verschmierten und zerrissenen Mülls und sogar Bestandteilen von Maschinen. Sie ragten rostig und undefinierbar wie eigenartige Gewächse aus dem Grasmeer heraus, zwischen mindestens anderthalb Meter hohem Kreuzkraut und purpurfarbenen Weidenröschen. Manchmal wuchsen die Wildblumen noch höher und verbargen die tückischen Umrisse des darunterliegenden Schrotts. Die großen Wellblechwände der Schuppen boten einen interessanten Kontrast, die eine in modernen Pastelltönen auf einem Backsteinsockel, die andere aus dem blanken galvanisierten Metall der Fünfziger, das jetzt vor sich hin rostete, mehrfach ausgebessert worden war und offensichtlich vom Boden her verrottete. Auf diese Baracke hielt Jyp zu; ich folgte noch immer schweigend, saugte an meiner Handfläche und versuchte, mich an meine letzte Tetanusimpfung zu erinnern. Sogar bei diesem scharfen Wind stank es hier bestialisch, doch zusätzlich lag etwas noch Widerlicheres in der Luft, etwas, das Jyp ebenso deutlich wahrnahm wie ich. Die Gräser flüsterten in der hereinbrechenden Dunkelheit wie Stimmen, und als ich mich einmal umsah, bewegte sich ein Flecken Gras so gegen den Wind, als würde etwas darin umherschleichen, das uns folgte und dabei immer näher kam. Auch Jyp hatte es gesehen, und ich hörte, wie er die Luft pfeifend zwischen den Zähnen einsog; doch er stapfte nur schweigend weiter.

Als wir an der älteren Baracke angekommen waren, schien er sich zusammenzureißen und in seinen gewohnt lässigen Gang zu verfallen; vielleicht ein wenig übertrieben. An vielen Stellen waren die Wandbleche halb verrostet und mit anderen Stücken abgedichtet worden; hier und da rosteten sie weiter und hinterließen ein gähnendes, scharfkantiges Loch. Vor einem dieser Löcher schien das Gras dünner zu werden, und auf einem freien Fleck bedeckte Asche die Spuren einer Feuerstelle. Dort blieb Jyp stehen und donnerte den Stiefel gegen die verrottete Wand.

»Auf, Stryge! Komm raus, du schäbige alte Spinne! Es stehen Gäste in der Empfangshalle!«

Einen Augenblick passierte nichts, und Jyp war gerade dabei, erneut gegen die Wand zu treten, als sich dahinter etwas regte und raschelte und ein so trockenes, rostiges Stöhnen von sich gab, daß ich es zunächst für das nachgebende Metall hielt. Dann kugelte aus dem gezackten Loch eine zusammengerollte Form heraus, wie ein Tier aus seinem Bau, und nur an der weißen Haarmähne erkannte ich, daß es sich um einen Menschen handelte. Er streckte seine Glieder aus, fast wie eine Spinne, und ich sah, daß er in einen uralten, verdreckt aussehenden schwarzen Mantel gehüllt war, der um die Taille von einer speckigen Kordel zusammengehalten wurde, die bis zu den Knien an seinen grauen Pumphosen herabhing. Die Stiefel mit den zerrissenen Sohlen waren vorsintflutlich, die Hände, die er wie Maulwurfsklauen in die Erde grub, verwachsen und hart. Wenn er sich bewegte, knisterte er wie trockenes Laub, und sein Gestank haute einen fast um. Er hob leicht den Kopf, schielte ohne aufzublicken zu uns herüber, seine ganze Haltung ein Ausdruck verschlagener Hinterhältigkeit. Alles in allem ein Penner, ein Gammler, der schlimmste Verlierer-Typ, den ich je gesehen hatte, und entsprechend erbärmlich. Ich mußte Jyp einfach ungläubig anstarren. *Der hier*?

Doch Jyps Gesicht wirkte in der Dunkelheit wie eine alarmierte, blasse Maske, und er schüttelte warnend den Kopf. Dann hustete der alte Mann – ein fürchterliches, bellendes Raspeln –, hievte sich mit erschreckender Energie auf die Handflächen und strahlte mir direkt ins Gesicht. Ich war so geschockt, daß ich zur Seite taumelte. Unter dem festgebackenen Dreck war ein hartes, kantiges Gesicht zu erkennen, mit tief eingegrabenen Falten, hoher Stirn, messerscharfer Nase und einem Mund, der wie ein farbloser Schlitz über einem vorspringenden, arroganten Kinn klaffte. Die klaren grauen Augen bohrten sich wie eine geballte Faust in meine. *Ein Verrückter*, war mein erster, spontaner Gedanke, *ein Psychopath.*

Ich wollte nur noch wegrennen. Doch diese Augen hielten mich im Bann wie die Schlange das Kaninchen, und plötzlich sah ich die Intelligenz, die in ihnen loderte: wach, kalt, bösartig, gnadenlos scharfsinnig. Der Penner und der Verrückte verschwanden aus meiner Vorstellung; ich dachte nur noch an einen Asketen, Einsiedler, Philosophen oder Hohepriester. Aber welch furchtbaren Glauben vertrat er?

»Ihm gefällt mein Aussehen nicht«, raspelte die rostige Stimme. Rostig, aber klar, schulmeisterlich; was mich jetzt weniger erstaunte, als es noch vor einer Minute der Fall gewesen wäre. Man konnte lediglich die Spur eines Akzents heraushören, doch welcher genau es war, ließ sich nicht sagen. »Schaff das Kind weg von hier, Lotse, und dich gleich mit. Was hab ich mit ihm zu schaffen? Ich schulde ihm nichts. Es gibt nichts, was er mir schulden könnte. Was soll ich mit einem schicken Kleiderständer anfangen, mit einer leeren Schale, einem hohlen Mann? Und den Gestank, den er von sich gibt, kann ich auch kaum aushalten …«

Das war nun aber wirklich zuviel, und ich blaffte zurück:

»Das beruht dann aber verdammt noch mal absolut auf Gegenseitigkeit!«

Der alte Mann sprang mit einem wirklich erschreckenden Knurren auf. »*Hinweg*! Oder ich verspritze sein Hirn wie eine abgestandene Pfütze!«

Jyp packte mich am Arm und hielt mich mit stählernem Griff fest. »Das reicht, Stryge, du alter Habicht! Auch wenn du ihm nichts schuldig bist, so doch mir – und ich bin ihm was schuldig, dreifach! Also spar dir die Beleidigungen, klar? Wie wär's mit einem bißchen Hilfe?«

Der alte Mann grummelte und murmelte vor sich hin, Jyp erging sich in Lobreden und Bitten, drohte ihm sogar indirekt, als er seinen furchtbaren Blick erneut auf mich richtete. Aber nur versteckt, und ich bemerkte, daß er hinterher rasch einen Blick nach hinten warf, mehr als einmal, auf das wogende Gras. Endlich setzte sich der Stryge auf sein Hinterteil, ließ den Kopf in eine arthritische Hand sinken und jammerte: »Ach, dann kriegst du halt, was du willst. Er hat sich mit Wölfen eingelassen, das ist klar, also will er wissen, wo sie sind … oder wo etwas anderes ist …« Er sah auf, und ich bekam eine Gänsehaut unter dem eisigen Scharfsinn dieses Blickes. »Oder auch jemand, hm? Zweifellos inzwischen schon halb durch die Wolfsgedärme. Alles Gute für ihn dort oben …« Womöglich las er etwas aus meiner Reaktion, denn er kicherte unangenehm. »Ah, für *sie* also, und jetzt laßt mich in Ruhe! Hast du etwas, das ihr gehört? Nein? Etwas, das sie dir geschenkt hat?«

»Ich glaube nicht …« Wir machten uns gelegentlich Geschenke, Blumen zu ihrem Geburtstag, ein Schlips zu Weihnachten, mehr nicht. Dann fiel mir der alte Filofax-Kalender ein, den ich nicht weggeworfen hatte, weil die Währungstabellen auf der Rückseite so praktisch waren; ich zog ihn heraus.

»Sehr romantisch!« geiferte der Alte. »Jetzt arbeitet einmal in eurem Leben etwas, und macht mir hier ein Feuer! Kocht mir etwas Wasser aus dem Hahn dort drüben!« Jyp und ich ließen unsere Blicke über den ekelhaften Platz wandern und schauten uns ungläubig an. »Los, macht schon!« krächzte der Stryge. »Ein bißchen Dreck hat noch keinen umgebracht. Da drüben an der Wand gibt es Feuerholz und auch Papier in rauhen Mengen!« Ich sammelte das Holz, während Jyp wie ein Straßenkehrer schmierige Papierfetzen mit seinem Schwert aufspießte, und gemeinsam gelang es uns, ein Feuer auf dem mit Asche übersäten Flecken zu entzünden. In der Zwischenzeit hockte der Alte über dem Kalender, strich langsam mit den Fingern darüber und säuselte vor sich hin. Jyp kam mit einer Ölbüchse voll zweifelhaftem Wasser zurück und drückte sie fest auf die Holzstecken.

»Wenn er glaubt, ich trinke irgendwelche verdammten Zaubertränke ...«, flüsterte ich Jyp ins Ohr, und dann sprang ich auf, als er meinen Arm packte. Am Rande des Feuerkreises stand eine andere Gestalt, und einen Augenblick lang befürchtete ich, wir hätten Aufmerksamkeit von der Straße erregt. Aber diese Gestalt sah ebenso räudig aus wie Stryge, ein wesentlich jüngerer, blonder Mann in einer zerrissenen Arbeitsjacke und engen, zerfledderten Jeans. Schmalgesichtig und fahl, mit einem ungepflegten spärlichen Bart, so stand er da und beobachtete uns mit engstehenden, feindseligen Augen. Stryge schaute auf und grunzte etwas, und der junge Mann schlenderte hinüber und setzte sich neben ihn, wobei er ihn unablässig mit einer eigenartigen Intensität ansah. Jyps Griff wurde fester.

»Warum ist er hier?« zischte er Stryge zu. »In seiner Gesellschaft bleibe ich nicht hier – laß ihn verschwinden! Laß ihn gehen ...«

Der gelbhaarige Mann spuckte eine Flut von Verwünschungen im breitesten irischen Akzent aus, dann sprang er auf und stellte sich vor Jyp.

»Jyp, nein!« zischte ich und klammerte mich an ihn. »Wenn er von Nutzen ist ...«

»*Genug*!« donnerte der Stryge mit einer Wucht, die ich ihm nicht zugetraut hätte. »Setz dich, Fynn! Du auch, Lotse! Sonst werde ich wirklich böse!« Jyps Knie schienen unter ihm wegzuknicken, und er ließ sich neben mir auf der Erde nieder. Der junge Mann ging in die Hocke und kauerte sich neben Stryge. »Fynn wird dir nichts tun, solange ich hier bin, das sei versichert!«

»Würde ich ihm auch nicht raten«, preßte Jyp zwischen den Zähnen hervor. Fynn blieb schweigend sitzen, musterte uns jedoch mit gesenktem Kopf. Er hatte etwas Eigentümliches an sich: dieser höhnische Schwung der Oberlippe, die Art, wie sein Haar von der tief in der schrägen Stirn ansetzenden Spitze nach hinten wuchs ... überhaupt, die Haarfarbe. Ich fühlte mich immer unbehaglicher. Diesen eigenartigen gelben Farbton hatte ich erst kürzlich irgendwo gesehen.

Jetzt fing das Wasser wirklich an zu kochen. Während Fynn hinter seinem Rücken herumwühlte, rückte der Stryge näher und setzte sich im Schneidersitz uns gegenüber vor das Feuer. Er murmelte und gestikulierte über dem blubbernden und zischenden Töpfchen, aus dem ab und zu einige Spritzer in die Flammen sprangen. Dampfschleier trieben über seine dunkle Oberfläche, wie Nebel über einem nächtlichen Ozean. Er saß dort eine lange Zeit, murmelte immer weiter und starrte mit zusammengekniffenen Augen mal aus diesem und mal aus jenem Winkel hinein. Dann nahm er einen Holzspan, und in dem Moment, als er den Kalender wegwarf, legte er den Span behutsam auf die Wasseroberfläche. Wir beugten uns alle nach vorne und sahen zu, wie er dort auf und ab hüpfte, zunächst völlig ziellos. Dann änderte er ganz abrupt seine Richtung und glitt langsam und gerade auf den Rand zu, verharrte dort zuckend. Jyp sog vernehmlich die Luft zwischen den Zähnen ein. »Das ist also ihr Ziel, hmm? Süd-Südwest, ein Viertel ... Aber, das heißt doch ...«

»Die Karibik«, sagte der Stryge leise. »Westindien, vermutlich. Ich wußte doch, daß ich den Geruch nicht mag. Erst dieser *Dupiah*, und jetzt das ... Ach.«

»Aber *warum*?« wollte ich jetzt wissen. Fynn kicherte, doch der Stryge brachte ihn mit erhobener Hand zum Schweigen.

»Gute Frage. Weil ihr eigentlicher Plan fehlgeschlagen ist, deshalb. Sie wollten dieses todbringende Ding einschmuggeln, warum auch immer. Statt dessen sind sie auf dich losgegangen.«

»Auf *mich*? Aber warum denn auf mich?«

»Ganz einfach. Du hast dir das selbst zuzuschreiben. Hast sie mit deinen Nachforschungen gestört. Mit deinen Zaubereien.«

»Meinen *was*?«

»Sie müssen bereits auf der Lauer gelegen haben. Sie haben so ihre eigenen Methoden der Überprüfung, genau wie ihr.«

»Sie meinen den Computer? Aber das hat überhaupt nichts mit Magie zu tun!«

Der Alte lachte trocken auf, wie über einen Insider-Witz. »Ganz wie du willst, *mon enfant*. Du bist ihnen mit deinen Nachforschungen zu nahe gekommen, und sie folgten der Spur zurück. Zuerst schickten sie dir eine Warnung, doch du wolltest ja nicht hören. Dann nahmen sie dich genauer unter die Lupe und entschieden sich dafür, dich zu holen.«

»Ja, schon, aber *warum*?«

Der Stryge hob die Schultern. »Woher soll ich das wissen? *Ich* würde dich nicht geschenkt nehmen, aber habe ich vielleicht das Gehirn eines Wolfs? Vielleicht machen sie deine Nachforschungen für das Mißlingen ihres Plans verantwortlich, und um sich aus der Affäre zu ziehen, wollten sie dich mitnehmen, um einen Schuldigen präsentieren zu können. Als sie dich nicht kriegen konnten, nahmen sie das Nächstbeste.« Seine dünnen Lippen warfen sich verächtlich auf. »Auch das haben sie sorgfältig überprüft. Den Menschen, der dir am meisten bedeutet … und dem du am meisten bedeutest.«

Ich starrte ihn ungläubig an. Beinahe wäre ich in Gelächter ausgebrochen und hätte ihm gesagt, daß er total bescheuert sei. Er mußte bescheuert sein. Diese ganze Idee war bescheuert, absoluter Wahnsinn. Das hatte ich nun davon, mich auf das Gefasel eines alten Säufers einzulassen. Clare? Was hatte sie mir denn bedeutet, bevor alles aus den Fugen geraten war? Nicht gerade viel. Eine Sekretärin, die ich nicht gerne verlieren würde. Na schön, ein bißchen mehr: eine Freundin, ein willkommener Hauch menschlicher Wärme im Büroalltag. Aber ich hatte viele Freunde, oder etwa nicht? Vielleicht mehr als die meisten Leute, denn zu meinem Job gehörte es, Kontakte zu pflegen. Kollegen, Dauerkunden, und in meiner Freizeit die Stammkunden in *Nero's* und *Dirty Dick's*, die Meute im Squash-Center, dann diejenigen, mit denen ich gelegentlich Bergsteigen und Drachenfliegen ging … zum Teufel, der halbe *Liberal Club*, das heißt die Hälfte, die dort aufkreuzte, weil es ein wunderbarer altmodischer Club war, wo man prima etwas trinken konnte. Eine nette Gesellschaft, alles in allem … vielleicht nicht gerade die Sorte Freunde, denen man sein Herz ausschüttet, aber gerade das war ja das Nette an ihrer Gesellschaft. Du treibst keinen Humbug mit ihnen, sie treiben keinen Humbug mit dir – eine von Daves passenden westafrikanischen Redensarten. Und schließlich war es nicht so, als hätte ich überhaupt keine anderen Freunde. Ich bin immer sehr gut mit meinen Eltern ausgekommen, als sie noch lebten, und ich kam immer noch gut mit meinem Onkel und mehreren Tanten aus. Zugegeben, wir hatten den Kontakt zueinander etwas verloren, seit wir so weit voneinander entfernt wohnten. Mit meinen Freunden von der Uni war es das gleiche Problem, sie waren alle über den ganzen Globus verstreut. Wie lange hatte ich schon nichts mehr von Neville gehört? Und wie lange hatte ich Mike schon nicht mehr gesehen? Er wohnte schließlich nicht *so* weit weg.

Ein unangenehmes Kribbeln mischte sich in meinen Verdruß. Trotzdem war alles immer noch ganz schön lächerlich. Ich war nicht in Clare verliebt – weit gefehlt. Ich war seit dem College einem guten Dutzend anderer Mädchen weitaus näher gewesen, oder? Viel näher, wenn man die kurzen Affären in den letzten ein oder zwei Jahren nicht zählt. Mit Stephanie, Anne-Marie, zwei oder drei von ihnen, war es mir ernst gewesen, richtig ernst. Ich hatte sogar ans Heiraten gedacht. Gar nicht zu reden von …

Ich biß die Zähne zusammen. Das war dumm. Das war doch alles Vergangenheit, oder? Dann war auch alles vorbei. Und er redete vom Hier und Jetzt. Seine Augen waren Spiegel, und Spiegel kennen keine Gnade. Ich hatte mich vorher noch nie so gesehen. Ich spürte in meiner Erinnerung die Berührung einer Hand auf meinem Arm, eine besorgte Stimme, mitfühlend, einen kurzen Hauch dieses warmen Parfüms. Es war nicht viel. Aber mehr gab es nicht, von niemandem sonst. Ich hatte es darauf angelegt, systematisch und gründlich. Wenn sie das menschliche Wesen war, dem ich am nächsten stand, was bedeutete das in letzter Konsequenz?

Ich fand keine Antwort auf meine Frage. Über meinem Kopf zerriß etwas, und plötzlich konnte ich mich auf nichts mehr verlassen. Ich hatte über mich selbst nachgedacht, was schlimm genug war. Was aber war mit Clare? Wie nah war sie mir gekommen? Sie hatte jede Menge Freunde gehabt; aber was empfand sie für mich?

Es hätte mich kaum mehr getroffen, wenn dieser alte Sack mir das Wasser mitsamt der Büchse und dem Feuer ins Gesicht geschüttet hätte. Das wußte er nur zu genau. Diese Augen waren auf mich geheftet, während ich mich innerlich wand, sie sahen jede Faser meines inneren Aufruhrs und erfreuten sich daran, wie ein sadistisches Kind an einem auf der Nadel aufgespießten Insekt. Wenn Clare diejenige war, die mir am meisten bedeutete, wenn sie mir gegenüber die innigsten Gefühle empfand …

»Was – was werden die mit ihr tun?« krächzte ich. Wieder keckerte Fynn, und Jyp schleuderte ihm ein Wort entgegen. Stryge schien es nicht zu bemerken. Er beugte sich wieselflink vor, nahm meine Hände in seine und hielt sie von beiden Seiten dicht an das brodelnde Töpfchen. Ich zuckte zurück, doch der Griff dieser arthritischen Klauen, kalt und hart wie Horn, war nicht zu brechen.

»Willst du es wissen oder nicht? Du wirst nichts fühlen, was du nicht auch ertragen kannst!«

Die Augen weit aufgerissen, ließ ich ihn ohne weitere Gegenwehr meine Hände über das Feuer ziehen, meine Handflächen langsam und vorsichtig gegen das gewellte Metall der Büchse pressen. Ich keuchte instinktiv, doch ich fühlte überhaupt keine Hitze; es war eher die gewaltige Energie des kochenden Wassers, die die Büchse wie eine Trommel vibrieren ließ, wie eine Vielzahl von Trommeln. Ein Pulsieren, ein Schlagen, ein wilder, aufdringlicher Rhythmus, und darüber, im Blubbern der berstenden Blasen, im Fauchen des Feuers darunter, war noch etwas anderes – brabbelnde Stimmen, wie ein monotoner Gesang. »Was ist das?« keuchte ich. Die Büchse zuckte in meinen Händen wie ein lebendiges Wesen, das ich immer schwerer festhalten konnte.

»Das ist ein Ritual«, sagte der alte Mann düster. »Eine *Ceremonie-caille*. Ich erkenne es. Ein *Mangé*, ein Opfer, vielleicht um ihr Versagen in den Augen ihres Gottes reinzuwaschen, vielleicht auch zu einem schlimmeren Zweck. Das kann ich nicht sehen … alles ist in Dunkelheit gehüllt, eine heiße und schwüle Dunkelheit unter feuchten Blättern. Doch für dieses besondere Ritual kann es nur eine passende Gabe geben … und das muß eine *Cabrit sans cornes* sein.« Er lächelte sardonisch. »Eine Ziege ohne Hörner. Was für ein Ausdruck.«

Doch ich brauchte keine Übersetzung, weder wörtlich, noch was es wirklich bedeutete. Ich spürte, wie sich meine Kopfhaut vor Entsetzen zusammenzog, riß die Hände weg und sprang auf. »Aber um Himmels willen, was können wir bloß tun? Wir müssen sie da herausholen …«

Von Stryge kam nur ein fieses Grinsen im Feuerschein sowie ein Achselzucken, und das war der letzte Strohhalm. Eine Wut, die ich selten gekannt und der ich noch nie nachgegeben hatte, überkam mich wie ein kalter Blitz, und ich spürte, wie sich meine Haare aufstellten. »Verdammt noch mal!« schrie ich. »Es muß doch einen Weg geben! Und du wirst mir auf der

Stelle dabei helfen, sie zu finden – oder ich drehe dir deinen dürren Hals um wie einem Truthahn!« Jyp rief etwas, das ich jedoch nicht verstand. »Bei Gott, das werde ich tun!« Und ich trat die brodelnde Büchse um, in Stryges Richtung.

Irgendwie muß er sie mit der Hand abgewehrt haben. Sie sprang zur Seite, und eine hohe Wasserfontäne ergoß sich zischend ins Feuer, ihn jedoch berührte kein einziger Tropfen. Um mich herum entstand eine große Dampfwolke, die keineswegs muffig und ölig roch, wie man erwarten konnte, sondern vielmehr weich und salzig und warm wie eine tropische Meeresbrise. Fynn knurrte und sprang auf, und ich sah mit einem Anflug von panischer Angst, daß seine Augen auch ohne das Licht des Feuers gelb wie Bernstein funkelten. Neben mir vernahm ich das Kratzen eines Schwertes, das aus der Scheide gezogen wurde – und das scharfe Klicken, als es wieder zurückgestoßen wurde. Jyps Hand legte sich auf meine Schulter.

»Immer langsam, mein Junge!« zischte er. »Paß auf die Klippen auf! Du weißt nicht, wo sie liegen! Überlaß mir mal einen Moment das Ruder!« Er wandte sich Stryge zu. »Du hast versprochen zu helfen, alter Mann, und das hast du getan. Gut, gut gemacht, aber uns zu bestätigen, was wir sowieso schon vermuteten, das war der leichtere Teil der Übung. Dazu müssen wir nicht unbedingt Le Stryge aufsuchen, habe ich recht? Das reicht nicht, um alte Rechnungen zu begleichen. Und es paßt nicht zu dem großen Stryge, daß er eine Aufgabe nur halb erledigt ...«

Ich hielt den Atem an, als sich der Dampf verflüchtigte und der alte Mann sich über die letzte Glut beugte. Fynn stand angespannt, sprungbereit und bewegungslos da, bis auf seine Fäuste, die sich permanent öffneten und schlossen, und den hechelnden Atem. Er wurde erst ruhiger, als der Alte wieder mit einer Stimme, die sich jetzt zu einem klagenden Winseln gewandelt hatte, zu sprechen anfing: »Ihr jungen Leute, ihr findet nie die richtige Einstellung! Keiner will mehr selbst etwas tun, immer sollen wir Alten, die hart dafür gearbeitet haben, alles für euch zurechtlegen. Ich hatte dich anders eingeschätzt, Lotse, doch du bist nicht besser als die anderen. Keinen Mumm!« Er funkelte mich an. »Aber es gibt auch noch die, die gar keine Seele haben. Und obendrein kaum Verstand. Was erwartest du von mir, wenn sie schon lange auf und davon sind? Was glaubst du wohl, warum sie sich so beeilt haben? Aus Angst vor dir?« Er schnaubte und schneuzte sich in die Finger. »Erst mal aus dem Hafen heraus, dann sind sie in Sicherheit, das wußten sie sehr wohl.«

Entgeistert schaute ich Jyp an, der ärgerlich den Kopf schüttelte. »Mach mal halblang, Stryge. Auch aus der Entfernung kann viel getan werden ... und du kannst es tun, wie wir beide wissen.«

»Nicht ohne eure kostbare kleine Schnepfe in Mitleidenschaft zu ziehen. Eure süße kleine Clare. Die andere Möglichkeit wäre, ein Schiff auszurüsten und sie zu verfolgen! Bist du reich? Hä?«

»Nein«, sagte ich unglücklich, während ich schnell überschlug, wieviel ich wohl kurzfristig für das Haus, das Auto und die Stereoanlage bekommen würde – aber die Anlage war schon vom letzten Jahr und heute bei den Kritikern bereits total out. »Wieviel kostet so etwas?«

Jyp schnalzte mit der Zunge. »Eine Menge, Steve. Ich würde meine paar Ersparnisse drauflegen, aber das bringt nicht viel. Ein ordentliches Schiff, also das würde so gut an die zweitausend kosten, plus noch ein Tausender für die Mannschaft, fünfhundert oder so für Ausrüstung und Verpflegung.«

»Tausend was?«

Jyp schaute mich verdutzt an. »Guineen natürlich.«

»Guineen? Du meinst, ein Pfund und fünf Pence, in neuem Geld?«

»Was für ein Geld sonst? Geld ist Geld.«

Ich starrte ihn einen Augenblick mit offenem Mund an, dann brach ich in schallendes Gelächter aus. »Jyp, das kann nicht dein Ernst sein!« japste ich ungläubig. »Ich verdiene über zweitausend im Monat! Meine Ersparnisse ...«

»Im Ernst? Ah, aber es muß Gold sein«, fügte er warnend hinzu und pochte mit dem Finger wissend auf seinen Nasenflügel. »Und wenn man es eilig hat, kriegt man einen höllisch miesen Kurs ...«

»Mach dir keine Gedanken über den Kurs!« bellte ich. »Wenn ich das Geld in ein paar Stunden auftreiben könnte, kannst du dann für mich ein Schiff besorgen? Mit Mannschaft? Und wie schnell?«

»Meinst du das wirklich?« Jyp schlug auf seine Schwertscheide, daß es klapperte. »Das beste, Kumpel! Bis Sonnenaufgang! Mit dem besten Lotsen an Bord, wenn du ihn haben willst – mich nämlich! Mir wurde es an Land sowieso allmählich langweilig. Und du nimmst Kurs auf gefährliche Gewässer ...«

Ich war beinahe sprachlos. »Jyp ... das ist weit mehr, als ich je für dich getan habe! Ich kann nicht sagen, wie sehr ich dir danke ...«

Doch Jyp hatte sich schon wieder den Stryge vorgeknöpft. »Zufrieden, du altes Stinktier? Wirst du uns jetzt helfen? Oder haben wir dich beim Bluffen erwischt?«

Der Alte zog geräuschvoll die Nase hoch. »Besorgt euer Schiff und ich komme mit.« Jyp kniff erneut die Augen zusammen. Das hatte er offensichtlich nicht erwartet. Gerade, als er Einspruch erheben wollte, fügte der Stryge hinzu: »Vorausgesetzt, ich darf zwei meiner Freunde mitnehmen ...«

Zum ersten Mal sah ich echte Panik in Jyps Gesicht. »Nicht auf meinem Schiff!«

»Jyp!« flüsterte ich.

»Du hast keine Ahnung, Steve! Er ist schon schlimm genug, aber großer Gott, seine Freunde können nur noch schlimmer sein –«

»Ihr habt die Wahl!« knurrte der alte Mann.

»Wir brauchen ihn, Jyp«, sagte ich. »Dir ist auch niemand anderes eingefallen.«

Jyp knirschte mit den Zähnen. »Aber mit uns auslaufen! Soweit ich weiß, hat er so etwas noch nie getan! Warum jetzt, warum aus diesem Anlaß? Du bedeutest ihm rein gar nichts, und ich nicht viel mehr! Was in drei Teufels Namen hat der alte Kauz vor?« Er schüttelte sich. Dann seufzte er: »Aber wenn du wirklich glaubst, wir können nicht auf ihn verzichten, Steve …«

»Ich … ich weiß auch nicht. Ich könnte höchstens sagen, daß ich es … daß ich es in meinen Knochen spüre.«

»Bleibt nur zu hoffen, daß Fynn sie am Ende nicht abnagt.« Und wieder überraschte er mich, als er hinzufügte: »Doch wir werden es auf deine Art durchführen, Steve. Ich vertraue deinem Gespür.« Er schlug mir auf die Schulter. »Dann ab in dein geschlossenes Auto und sieh zu, daß du das Geld beibringst! Wenn wir die Morgenflut und den Landwind verpassen, müssen wir bis zum Abend warten, und dann haben die Wölfe einen ganzen Tag Vorsprung.« Er warf einen Blick über die Schulter. »Wir stechen im Morgengrauen in See! Seid rechtzeitig an Bord! Ich lasse euch wissen, wo das Schiff liegt.«

Ein säuerliches Lachen flutete hinter uns her. »Spar dir den Atem, *cabôt*. Ich werde es wissen.«

Als ich zurück in die Stadt fuhr, wurde es neblig und kühl. Zuerst mußte ich in meine Wohnung, aus mehreren Gründen Ich wollte mich umziehen und packen, wobei ich die passende Kleidung für eine womöglich ziemlich beschwerliche Reise aussuchte. Anschließend öffnete ich mit der üblichen Zeremonie meinen kleinen Wandtresor, den ich nach meinem bescheidenen Schatz leicht illegaler Krügerrands durchwühlte. Dann schloß ich die Tür hinter mir zu, nicht ohne mich zu fragen, ob ich das alles jemals wiedersehen würde, und machte mich auf den Weg zum *Liberal Club*. Um diese Zeit konnte man dort fast mit Sicherheit Morry Jackman antreffen. Morry hatte mir diese Münzen verkauft, und ich wußte, daß er, fünf Minuten nachdem ich ihn angesprochen hatte, unweigerlich versuchen würde, mir mehr zu verkaufen. Ich mochte Morry und hoffte, daß er keinen Herzanfall erlitt, wenn ich diesmal zustimmte.

»Heute abend? Du meinst, jetzt, sofort?« Er setzte den Drink ab und schaute mich mit großen Augen wie eine freundliche Eule an. »Was hast du vor, Stevie-Boy, willst du flüchten?«

Manchmal ist die Wahrheit unschlagbar. »Ich hab' da ein Geschäft laufen ... Aussichten auf eine Ladung aus der Karibik, sehr kostengünstig, wenn ich gleich zuschlage. In Guineen, sofort.«

Morry nickte feierlich. »Karibische für vier Mille? Kann ich dir nicht verdenken. In einer Nacht wie dieser würde ich sogar pro Stück acht Scheine zahlen. Ist für mich auch was drin? Ach, laß nur. Noch ein Guinness, dann mache ich den Laden auf.«

Ich fuhr sehr vorsichtig zu den Docks zurück. Der Nebel war jetzt richtig dick, und mit dem kleinen Säckchen voller Münzen, das so ungesetzlich neben mir auf dem Beifahrersitz klimperte und klapperte, wollte ich keinen Unfall riskieren. Morry hatte ein erstaunliches Sortiment im Angebot, alles mögliche von Engelstalern bis zu Jersey-Kronen und Kaiserlich-Österreichischen Halben Talern in Neuauflagen, und obendrein hatte der gute Kerl meinen Scheck über fünftausend Pfund bei seinen steuerfreien Preisen akzeptiert. Wenn mich eine Polizeistreife mit dem Gold erwischte, würde sie wahrscheinlich mißtrauisch werden und mich aufhalten, vielleicht schlimmeres. Also zähmte ich meine Ungeduld, ließ die Betrunkenen an mir vorüber ins Nirgendwo rauschen und konzentrierte mich darauf, den richtigen Weg zu finden. Zuerst bog ich einige Male falsch ab und fing schon an zu schwitzen; die Fangarme des Nebels zeigten wie dünne, höhnische Finger hierhin und dorthin. Doch es war erst kurz nach Mitternacht, als ich im weichen Lichtschein vor einer Kneipe parkte. Ich hatte die *Illyrische Taverne* gefunden. So langsam kannte ich mich wohl aus. Ich paßte mich an. Eigenartigerweise fühlte ich mich bei dem Gedanken eher unwohl. Als ich aus dem Wagen stieg, blinzelte ich nervös in den gedämpften Schimmer. In der Welt, die ich kannte, hatte ich mich nie vor der Dunkelheit gefürchtet – aber hier?

Dem Lärm nach zu urteilen befanden sich eine Menge Leute im Lokal, doch sie waren in den dunklen Ecken verborgen. Ich stand noch auf der Treppe, als mich Jyp schon mit einem überschwenglichen Gruß zu seinem Platz in der Nähe des Kamins lotste. »Steve! Ich möchte dir Kapitän Pierce von der Brigg *Defiance* vorstellen …«

Aus der Sitzecke hinter ihm erhob sich eine riesige Silhouette, die uns beide überragte. »Reicht mir Eure Hand, Sir!« donnerte der Mann und streckte einen mit dermaßen viel Goldlitzen übersäten Ärmel aus, daß ich kaum die Hand fand. »Zu Euren Diensten, Master Stephen!« Die verborgene Hand war so groß wie ein Hinterschinken und so hart wie Leder. Sein Gesicht, das mich ebenfalls an einen Schinken denken ließ, wurde wie das eines Spaniels von langen, dunkelblonden Locken eingerahmt. Unter seinen schweren Kieferknochen quoll ein Wasserfall mehrlagiger Rüschen hervor und ergoß sich über die ganze Front seiner auffallenden Weste, deren über und über bestickte Vorderschöße fast bis zu den Knien hinabreichten. »Ich wünsche während der Reise ausgiebig Eure Bekanntschaft zu machen, Sir, doch momentan drängt die Zeit, und die Flut wartet nicht. Ich befürchte, wir müssen unser Geschäft in aller Eile abwickeln.«

»Hast du das Geld?« brummte Jyp.

Ich schüttete den Inhalt des Säckchens auf die Tischplatte. Als der ganze Schatz im Feuerschein dort vor uns lag, ergriff mich leichte Panik; hatte ich mich zum Narren gemacht? Oder Jyp vielleicht mißverstanden? Existierten in dieser verrückten Welt wirklich so ganz andere Werte? Im Vergleich zu den Piratenschätzen, die ich in Büchern und Filmen gesehen hatte, wirkte das Häufchen auf dem Tisch lächerlich klein. Jyp und der Kapitän starrten es einen Moment lang sprachlos an. Ich schwitzte. Dann pfiff Jyp leise und sagte: »Und du hast gesagt, du bist nicht reich!«

Mit einem entschuldigenden Blick nahm der Kapitän eine der Münzen in die Hand, biß herzhaft hinein und betrachtete sich das Ergebnis. »Bei aller Liebe Gottes!« schnaufte er. »Herrliche Münze, das hier! Muß fast pures Gold sein!«

Vor Erleichterung zitternd wurde mir klar, daß Gold, das zum Gebrauch bestimmt war – im Gegensatz zu Gold, das auf der Bank liegt – fast immer *unrein* ist, vorgeblich, um es härter zu machen, in Wirklichkeit jedoch, um seinen Wert zu strecken. Jyp nickte mit erhabener Zufriedenheit. »Was habe ich Euch gesagt, Skipper? Da ist Euer Schiff, da sind Eure Männer plus Verpflegung und genug Geld, um sie alle zweimal zu kaufen. Wollt Ihr Euren Anteil gleich hier aushandeln?«

»Der Rest ist für Sie und die Mannschaft«, sagte ich entschlossen, bevor der Kapitän ein Wort herausbrachte, »sobald wir Clare sicher wieder zurückhaben. Und noch einmal soviel bei unserer Rückkehr. Bestellen Sie das Ihren Leuten!«

Pierce schnellte hoch und verbeugte sich mit einer derartigen Höflichkeit, daß ich es ihm einfach nachtun mußte. »Ihr seid ein wirklicher Prinz, Sir, ein wirklicher Prinz! Und bei allem, was uns heilig ist, Ihr werdet das Mädchen zurückbekommen, solange noch Kraft in unseren Armen steckt! Schnupft Ihr, Sir?« Ich wollte ihn nicht enttäuschen, und so nahm ich eine bescheidene Prise aus dem versilberten Bockshorn, das er mir anbot, und schnupfte das Pulver vom Handrücken, wie ich es in Filmen gesehen hatte. Ich hoffte nur, daß ich nicht niesen mußte. Aber das ist schier unmöglich, wenn man in jedes Nasenloch eine Havanna gestopft bekommt und sie dann noch anzündet; genauso fühlte es sich an. Ich brachte kein Wort heraus, doch zum Glück war Pierce selbst so damit beschäftigt, seine enormen Nasenflügel mit dem tödlichen Zeug vollzustopfen, daß er nichts merkte. Was er sehr wohl bemerkte, war, daß Jyp die Münzen mit einer eleganten Bewegung wieder in dem Säckchen verstaute und mir aushändigte.

»Was die Flut angeht ...«, sagte er.

Pierce nieste kräftig in seine Rüschen hinein und brüllte nach Hut und Mantel. Der alte Myrko humpelte mit einem knielangen Überrock herbei, der vor kunstvoll gearbeiteten Schnörkeln und leuchtenden Knöpfen ganz steif war. Darüber legte Pierce einen breiten Ledergürtel mit einem langen Degen an, setzte sich einen breitkrempigen Hut mit einer langen Feder auf, klemmte sich einen Gehstock mit Elfenbeinknauf unter den Arm und meinte: »Es ist nicht sehr weit bis zur Werft, Sir. Zieht Ihr vor, zu Fuß zu gehen, oder nehmen wir Euer Auto?«

Er paßte in keiner Hinsicht zu meinem Auto, weder physisch noch spirituell. Jyp meinte, es sei sicherer, den Wagen vor der Taverne stehen zu lassen; man würde dort auf ihn aufpassen. »Besonders Katjka«, fügte er trocken hinzu, als wir die Treppe hinaufstiegen. »Sie hat mir schon wieder eingeschärft, daß ich auf dich aufpassen soll ...«

»Ist sie hier? Ich würde mich gerne verabschieden ...«

»Wir halten uns besser nicht länger auf.« Doch ich blieb zögernd auf der letzten Stufe stehen, von eigenartigen Gefühlen übermannt. Und dann sah ich sie, wie sie weit hinten in der Schankstube stand, die Haare zurückgeworfen und ihre Katzenaugen mit unergründlicher Intensität auf mich gerichtet. Sie wollte mir eine Kußhand zuwerfen, berührte die Lippen jedoch nicht mit den Fingern, sondern mit dem Kartenspiel.

Der Nebel draußen hatte sich gelichtet, wenn auch nicht aufgelöst. Vereinzelte Schwaden wirbelten in der kühlen Luft um uns herum. Wir gingen schweigend nebeneinander her, nur Pierces Stock schlug gegen die Steine, und sein Säbel klapperte gegen den steifen Mantel. Jyp hatte sein Schwert über die Schulter geschlungen und schien ganz in Gedanken versunken. Mir ging es ebenso, wobei diese Gedanken alles andere als beruhigend waren. Ich hatte schon öfter lange Reisen angetreten, aber immer war mein Reiseziel schwarz auf weiß auf meinem Ticket ausgedruckt gewesen; und die Riten und Abläufe auf jedem Flughafen der Welt waren die gleichen: einchecken, Sitz am Mittelgang, bitte das Rauchen einstellen, Gepäck- und Paßkontrollen, Sicherheitskontrollen, näselnde Durchsagen und blätternde Abfluganzeigen. Ich hatte sie nie als besonders beruhigend empfunden, doch jetzt wären sie mir überaus lieb gewesen, jetzt, da ich hinaus in ein nebliges Nichts unendlicher Möglichkeiten schritt. Vielleicht fiel ich ja über die Kante der Welt.

Trotzdem war die Leere, die sich vor uns öffnete, nichts weiter als das Ende der Straße, und die goldenen Lichtkegel waren keine Sterne, sondern die Laternen der Werft. Dahinter erhoben sich dunkle Masten, Männer kletterten geschäftig daran auf und ab, hievten Säcke und rollten Fässer über die Laufplanke. Über unseren Köpfen quietschte es plötzlich, und ein Netz voll mit großen Fässern schwebte hinüber, wo es unter reichlich Brüllen und Fluchen in die darunterliegende Dunkelheit abgelassen wurde. Pierce holte tief Luft, und sein Bellen erhob sich mühelos über das Tohuwabohu: *»Mr. Maat! Wie steht's?«*

»Gut, Sir!« kam die prompte Antwort von drüben. »Der Rest der Ladung kommt gerade an Bord, und sie liegt wunderbar im Wasser!« Dann folgte eine Reihe technischer, erstaunlich modern klingender, das Verstauen der Ladung betreffender Details, und auf einen kurzen Austausch von Befehlen hin rannten Gruppen dunkel gekleideter Männer hierhin und dorthin. Ich ging zum Rand des Kais und schaute hinunter.

»Na?« erkundigte sich Jyp und schlug mir auf die Schulter. »Wie gefällt sie dir?«

Mir blieb vor Schreck schier die Spucke weg. »Jyp!« rief ich protestierend. »Sie ist so *winzig*! Hast du nicht das verdammt große Schiff gesehen, das die Wölfe haben? Das hier ist nicht einmal ein Viertel so groß ...«

»Schon«, feixte Jyp, »aber das der Wölfe ist ein großes behäbiges Handelsschiff! Unsere *Defiance* ist wesentlich schneller und beweglicher, hat weit weniger Tiefgang. Sie kann die *Chorazin* in jeder Hinsicht in die Tasche stecken und noch dort segeln, wo die Wölfe auf Grund laufen oder aufgeben müssen. Und wenn es darauf ankommt, können wir weiter schießen als sie. Sieh mal dort, unter den Aufbauten!« Er zeigte auf eine Reihe geschlossener Klappen, die wie senkrechte Falltüren an der sanften Rundung des Rumpfs zu sehen waren. »Hinter diesen Luken befinden sich Kanonen, Achtzehnpfünder, zehn auf jeder Seite, und lange Neunpfünder als Schwenkgeschütze an Bug und Heck. Mehr Feuerkraft als jedes andere Schiff dieser Klasse, beinahe soviel wie eine Fregatte; aber die *Defiance* wurde eigens zu diesem Zweck gebaut, verstehst du? Sie kann auch mehr Besatzung als gewöhnlich aufnehmen. Die *Chorazin* ist ein schwerfälliger Wal, aber das hier, das ist ein Hai, ausgelegt auf Geschwindigkeit und Beutefang. Hast du gedacht, ich würde dir etwas weniger Gutes besorgen? Obwohl es reines Glück war, daß Pierce sie diese Woche noch zum Überholen hier im Dock liegen hatte. Wir brauchen ein Kaperschiff, und die *Defiance* ist eines der besten!«

Es sah ganz so aus, als hätte ich mir ein Kriegsschiff für den Privatgebrauch gemietet. Auch wenn es sich um ein Privatunternehmen handelte, war das doch ziemlich starker Tobak. Als ich mir immer noch den Kopf darüber zerbrach, ertönte hoch oben, aus den nebelumwaberten Mastkörben, plötzlich ein Ruf. Sowohl an Deck als auch auf dem Pier stockte jede Bewegung, und die klare Stimme sang durch die erwartungsfrohe Stille: *»Der Wind bläst vom Land! Der Morgen bricht an! Der Morgen kommt!«*

Der Ruf selbst schien den Nebel zu zerschneiden, seine verworrenen Schwaden zu entknoten, seine Wogen zu glätten. Durch den sich lichtenden Nebel sah ich vom noch immer unsichtbaren Horizont her den ersten, schwachen Lichtschimmer aufscheinen. Er legte sich auf die Gesichter der Männer ringsum und präsentierte mir eine Bande der schlimmsten Halsabschneider, die jemals auf einem Schiff angeheuert hatten. Zerfurchte, zernarbte, wie aus verwittertem Holz geschnitzte oder einfach von Wind und Wetter gegerbte Gesichter; verwilderte, barbarische Gesichter, wie sie in der heutigen Welt kaum mehr vorkamen; Gesichter aller Rassen, die ich kannte, und einiger, von denen ich noch nie im Leben gehört hatte. Es gab auch einige Frauen, ebenso grobschlächtig und auf die gleiche Weise gekleidet wie die Männer – obwohl man von Einheitlichkeit ganz und gar nicht sprechen konnte. Nachdem der Ruf ertönt war, und ohne den gebrüllten Befehl, der darauf folgte, abzuwarten, schnappten sie sich jedes bißchen Ausrüstung, das noch auf dem Pier herumlag, und gingen so grotesk beladen zur Gangway. Neben mir hustete jemand, und als ich mich umdrehte, stand eine kleine Ratte von einem Mann mit stechenden Augen vor mir, der nervös auf und ab wippte und die Handknöchel an seine Mahagoni-Stirn legte. »'Tschuldigung, Master, Gruß vom Käpt'n, und ich soll Euch an Bord bringen, wenn's beliebt.«

»Ja, natürlich ...«, setzte ich an, doch er packte bereits mit einer Hand meine Reisetasche, in der mein gesamtes Gepäck war, und mit der anderen meinen Ellenbogen und zog mich mehr oder weniger zur Gangway. Sie war nur drei Planken breit, ohne Seil oder sonstigen Halt, doch bis kurz vor dem Ende hatte ich keine Schwierigkeiten. Ein eiliger Mensch polterte zu schnell hinter mir her und hätte mich beinahe hinuntergestoßen; da schoß vom Deck her ein langer Arm heran und hievte mich an Bord.

»Jetzt schon seekrank, Master Stephen?« erklang ein trockenes Schnurren.

»Mall!« lachte ich erleichtert. »Kommen Sie auch mit?«

Sie drehte sich zum Achterdeck um, schlug mir jedoch noch kräftig auf die Schulter. »Wäre doch eine Schande, die Jagd mittendrin abzubrechen, und das, wo mir der Geruch der Wölfe noch in der Nase sticht! Aye, ich habe als Steuermannsmaat angeheuert – und eben werde ich ans Ruder gerufen!«

»Wie schon gesagt, Steve, ich habe das Feinste vom Feinen für dich besorgt«, grinste Jyp, der in dem Moment auftauchte, als sie verschwand. »Raufbolde alle miteinander, und sie kann es mit jedem davon aufnehmen.«

»Wüßte niemanden, den ich bei einer Rauferei lieber an meiner Seite hätte«, pflichtete ich ihm bei. »Dich natürlich ausgenommen.«

»Ich?« Jyp schüttelte kleinlaut den Kopf. »Das ist riesig nett von dir, Steve, doch du kennst sie kaum. Ihr ... nun, es gibt wohl in keinem Hafen dieser Welt einen Schwertkämpfer, ob Mann oder Frau, oder auch sonst irgendeinen Kämpfer zwischen Cadiz und dem guten alten Konstantinopel, der sich mit ihr messen könnte. Und das war schon vor meiner Zeit so.«

»Vor deiner ... sie sieht noch nicht so alt aus! Auf alle Fälle jünger als du!«

»Sie müßte jünger sein als eine ganze Reihe von Leuten hier, doch ich sehe nicht allzu viele. Sie ist schon eine ganze Weile hier, Steve ...«

Ein plötzlicher Aufruhr unterbrach ihn. Der alte Mann namens Le Stryge kam laut schimpfend auf die Gangway zugehumpelt. Zwei Gestalten, nicht minder zerlumpt als er selbst, hielten ihn links und rechts am Arm gestützt. Eine davon war der gewohnt fuchsartige Fynn, die andere zu meinem großen Erstaunen ein junges Mädchen; aus dem zerschlissenen schwarzen Kleid des dünnen, blassen Geschöpfes ragten die bloßen Beine hervor. Dabei wirkte sie nicht einmal unattraktiv. Ihr dunkles Haar klebte an den hohen Wangenknochen, wodurch die grünen Augen nur noch größer wirkten, die ihrem Lächeln jenen hungrigen Ausdruck verliehen, wie man ihn von Flüchtlingen aus den Fernsehnachrichten kennt. Ich hätte erwartet, daß eine so abgebrühte Mannschaft wie unsere zumindest hinter dem

Mädchen herpfeifen würde, doch statt dessen traten sie zur Seite, ja, sie wichen ihr förmlich aus. Nicht wenige kreuzten die Finger beim Anblick der Neuankömmlinge oder pfiffen durch die Zähne und spuckten aus. Fynn warf einen furchterregenden Blick in die Runde, und sie hörten sofort damit auf. Le Stryge blieb am Ende der Gangway stehen.

»Master Lotse! Drei wollen an Bord!« Er verneigte sich. »Meine Bescheidenheit, Fynn, den Ihr bereits kennt, und dann darf ich Euch Peg Powler vorstellen. Eine nützliche Verbündete, da hege ich nicht den geringsten Zweifel.«

»Zweifellos!« murmelte Jyp und zeigte zum Bug. »Du hast die Steuerbord-Kajüte auf dem Vorderdeck. Am besten verziehst du dich dorthin und läßt dich einstweilen nicht sehen. Die Leute werden unruhig!«

Der Stryge verneigte sich. »Wie Ihr wünscht, Master Navigator! Kommt, Kinder!«

Das seltsame Trio humpelte weiter, und die Leute an Deck machten ihnen bereitwillig Platz. Gerade wollte ich Jyp nach dem Mädchen fragen, da kam er mir zuvor und packte mich am Arm. »Jetzt, Steve! Spürst du es? Die Gezeiten wechseln. Momentan hat der Wind nachgelassen, es herrscht Flaute.«

Ich blickte über die Reling. Das graue Licht wurde immer heller, doch bis auf den Nebel, der träge um die Kanonenpforten waberte, konnte ich nichts ausmachen. »Ich merke nichts. Sinken wir noch weiter ab?«

Jyps Lachen klang gelöst, doch da war noch etwas anderes, bislang Unbekanntes in diesem Lachen, dessen Klang ebenso dafür verantwortlich war, daß sich mir die Nackenhaare aufstellten, wie die jetzt auffrischende Brise. »Ich meine nicht den langsamen Sog der Meeresgezeiten, Steve! Wenn unsere Gezeiten wechseln, wenn die Kanäle frei sind und keine Gefahr besteht, auf Grund zu laufen – Mensch, Steve, dann können wir bis hinter den Sonnenaufgang segeln!«

Noch während er sprach, hatte sich das Licht verändert, und ganz plötzlich wurde das kalte Grau von einem strahlenden Licht durchschossen, in dem die hohen Mastspitzen sichtbar wurden.

»Bugleinen los!« donnerte Pierce von achtern. *»Focksegel losmachen! Alle Mann hinauf in die Marssegel! Losmachen!«*

Unter den eilig hochkletternden Füßen summte die Takelage wie eine riesige Gitarre, und über unseren Köpfen entrollte sich krachend eine riesige, pergamentfarbene Leinwand und flatterte einen Augenblick in der Brise; dann fing sie den Wind ein und blähte den stramm gefüllten Bauch.

»Ruder hart steuerbord! Alle Mann an die Vorschoten! Holt an, ihr Saubande, holt an!«

Kaum waren die Segel gesetzt, zogen sie den Bug auch schon herum, weg vom Pier.

»Heckleinen los!« röhrte Pierce. *»Segel anholen! An die Brassen!«* Ich hielt mich an der Reling fest, als sich das Schiff plötzlich unter mir bewegte und wie ein lebendiges Wesen vorwärts drängte.

Die Sonne kletterte über den Rand der Welt, und ihr noch schwaches Licht spielte über den sinkenden Nebel, der sich bis zu den aufgebauschten Morgenwolken erstreckte, und verwandelte ihn in Wellen aus aufbrandendem Gold. Die Hafenmauer glitt vorüber, der Gestank von Teer und Fischen verlor sich im kalten, klaren Wind. Ich hörte unter uns das Wasser gluckern, doch als diese grenzenlose Lichtwelle durch es hindurchfuhr, schien es kaum mehr zu existieren. Ich schaute nach oben und sah, wie sich die Marssegel mit Wind füllten – oder waren es die Sonnenstrahlen, die sie so blähten, diese Strahlen, die so kräftig, so frisch waren, daß ich sie einzuatmen und selbst nach oben getragen zu werden schien, wie ein schimmernder Feuerstoß?

Vor uns öffneten sich die Wolken. Die Sonne war nicht mehr zu sehen, als wäre sie unter unserem Bug versunken, doch ihr Licht leuchtete uns voran und verlieh den Wolken eine starke, plastische, goldgeränderte Festigkeit. Eine Küstenlinie nahm Formen an, von strahlenden Stränden gesäumt, Halbinseln,

Felsnasen, bergige und waldgekrönte Inseln. Weitläufig und allumfassend erstreckte sich das Archipel vor unserem Bugspriet, und die azurblauen Fahrrinnen weiteten sich, bereit, uns aufzunehmen. Unser Bug neigte sich, hob sich wieder, tauchte erneut hinab, stieg wieder auf, höher und höher, während der Nebel ringsum aufriß und in großen Fetzen langsam fallender Gischt nach beiden Seiten auseinandertrieb und über uns große Seevögel flatterten und kreischten. In Jyps Stimme hörte ich den gleichen wilden Jubel, so grenzenlos wie das horizontlose Blau, dem wir entgegensegelten:

»Über die Morgenröte! Über die Lüfte der Erde! Wir sind unterwegs!«

Kapitel 6

Als kleiner Junge lag ich oft auf dem Rasen und schaute hinauf zu den Wolken, die über das Dach unseres Hauses zogen. Ich stellte mir vor, sie stehen still, und statt dessen würden das Dach und ich zu ihnen hinaufsteigen. Und jetzt geschah das tatsächlich.

Während wir hinaufflogen, weitete sich der Kanal für uns, er wurde breiter und immer breiter, eine riesige, schimmernde Fläche, deren tiefes Blau fast in den Augen schmerzte. Reines, unendliches Azur über uns und unter uns, das unergründliche Blau eines idealen Meeres, ein perfekter Himmel – sollte die beiden je ein Horizont getrennt haben, so konnte ich ihn inmitten dieser Schönheit schon nicht mehr erkennen. Und in den Strahlen der untergehenden Sonne verwandelte sich das Blau schnell in flüssiges Gold, von schimmernden, weißen Streifen durchzogen. Wolken, die wie Luftschlangen im Sonnenuntergang flatterten, oder windgepeitschte Wellenkronen – wer konnte das jetzt noch unterscheiden? Mich kümmerte nichts mehr, ich dachte einfach nicht mehr darüber nach. Ich stand nur da und staunte. Es war ein Ritt durchs Licht, ein Licht, das unsere Segel blähte und sich unter unserem hölzernen Bug kräuselte, Licht, das wir einatmeten, Licht, das in unsere Adern strömte und unseren Puls schneller schlagen ließ. Und vor uns lag in hügeligen Wolkenschwaden ausgebreitet der Archipel des Sonnenuntergangs.

Doch als wir näher kamen, veränderten diese Inseln ihr Aussehen nicht, lösten sich nicht wie gewöhnliche Wolken in formlose, luftige Fetzen auf. Ihre Umrisse wurden immer schärfer, fester und klarer, schienen aus dem Nebel der Entfernung Gestalt anzunehmen, so wie wir es von Landschaften auf der Erde gewohnt sind. Die wirbelnden weißen Flecken an ihren Rändern wurden zu Sturmwellen, die sich an langgestreckten hellen Stränden brachen. Ich konnte ihr Rauschen hören, als wir in einiger Entfernung vorüberglitten. Die dunkleren, grauen Waldwirbel im Inneren der Inseln lösten sich in Wipfel hoher Bäume auf, deren Blätter im Wind wogten. Die sanfte Brise trug mir ihren kräftigen, warmen Atem zu, der entfernt nach Blättern und Kiefernharz, Sumpf und modrigem Waldboden roch; der Geruch uralter Wälder, die längst von dieser Erde verschwunden waren. Um ihre Wipfel kreisten Vögel, doch keine Möwen, sondern majestätisch gleitende und sich immer wieder hinabstürzende Raubvögel mit weiten Schwingen: Habichte, Falken und stolze Adler. Von den kleinen Inseln, an denen wir dichter vorüberkamen, vernahm ich ein klagendes, heulendes Gebell; graue Formen bewegten sich auf den Felsen und drehten ihre runden Köpfe, um uns nicht aus den Augen zu verlieren. Andere watschelten alarmiert davon. Andere Lebensformen bekam ich kaum zu Gesicht, einmal glaubte ich allerdings, für einen Moment das erhobene Geweih eines Hirsches als schwarzen Umriß vor dem Waldhintergrund aus loderndem Blau-Gold erkannt zu haben. Ich fand keinerlei Anzeichen menschlichen Lebens. Nur einmal, als wir eine schroffe, graue Landzunge umfuhren, hörte ich von oben aus den Wäldern den auf und ab schwellenden Ton von Schilfflöten. Nicht daß ich mir viel aus den Tönen gemacht hätte – aber sie paßten hierher, wehmütig und eindringlich zugleich, die Stimme dieser unberührten Küsten, deren einsame Schönheit sie zu besingen schienen. Ich fühlte mich als Teil dieser Musik, sie erregte mich, und beim Klang ihrer tieftönenden Melodie vergaß ich alle anderen Wunder. Ich sehnte mich danach, an Land zu gehen, alle meine Sorgen am Strand zurückzulassen und in die dichten Wälder zu laufen, endlich frei. Malls Hand auf meiner Schulter riß mich aus der Trance.

»Besser, man hört nicht zu genau hin, Sir«, sagte sie und betrachtete mich aufmerksam, »wenn niemand spielt.«

»Niemand«, wiederholte ich dümmlich. »Aber was ich da hörte, ist nicht der Wind.«

»Habe ich das behauptet? Auf dieser wunderschönen Insel gibt es jedenfalls keine Menschenseele. Viel Musik, aber keine Menschen.«

Jetzt kam der Strand hinter der felsigen Landzunge in Sicht. Direkt oberhalb der Brandungslinie erhob sich ein schwarzer Felsen unnatürlich hoch aus dem hellen Sand. Seine Wände glitzerten wie gezacktes Glas. Sie waren bearbeitet – roh, aber unverkennbar behauen. Über mir knarrten Takelage und Masten, und die geschrubbten Planken unter meinen Füßen neigten sich jetzt in einem anderen Winkel: Die Segel wurden neu gesetzt. Man hörte gebrüllte Befehle, und Matrosen eilten an die Brassen. Ich schaute mich um. Jyp stand jetzt am Ruder, und er brachte uns weiter vom Ufer fort.

»Ein ausgefuchster Lotse, wie gehabt«, meinte Mall. »In dieser Gegend gibt es so manche Gelegenheit, auf Felsen oder Riffe aufzulaufen.« Nach einem freundschaftlichen Klaps auf meine Schulter ging sie zurück zum Achterdeck, um Jyp Gesellschaft zu leisten. Gedankenverloren rieb ich den blauen Fleck und hörte einem Seemann zu, der zu der unheimlichen Melodie, die achtern immer leiser wurde, ein Lied anstimmte:

Dort gibt es keine Zeit
und auch kein Leid.
Wo die Sterne am Firmament
wie die Rinder im Tal grasen.
Mächtige Flüsse fließen
Durch blumenübersäte Ebenen,
Ströme von Met und Milch,
Ströme von starkem Bier.
Es gibt keinen Hunger
Und keinen Durst
Im leeren Land,
Im Land der ewigen Jugend.

»Hör auf, du Unglücksrabe«, knurrte Pierce, doch der Sänger war schon verstummt. Ein Schwarm grauer Krähen erhob sich höhnisch krächzend aus den Hügeln. Es war das letzte, was wir hörten.

Noch eine Weile hielt die Küste meinen Blick gefangen, doch rasch versanken die wolkenverhangenen Inseln auf beiden Seiten, immer tiefer und tiefer, bis sie wieder in der nebligen Ferne entschwunden waren. Es dauerte eine Weile, bis mir bewußt wurde, daß der kleine Matrose wieder neben mir stand. »Der Käpt'n läßt schön grüßen, Sir, ob Ihr wohl mit ihm und dem Steuermann vor dem Abendessen etwas Wein auf dem Achterdeck zu Euch nehmen wollt?«

Sicher wollte ich das. Nach all den Aufregungen und Verfolgungsjagden – großer Gott, war das alles wirklich erst gestern passiert? – und einer schlaflosen Nacht spürte ich das dringende Bedürfnis nach einem Drink, vorzugsweise einem starken. Ich fragte mich, ob es auf einem Freibeuterschiff Rum gab. Der »Wein« entpuppte sich jedoch als eine Art Madeira, herb und absolut tödlich, und wurde von dem alten Schiffskoch gleich in Viertelliter-Zinnbechern serviert. Schon beim zweiten Becher war ich absolut schmerzfrei und selbstbewußt genug, meine Füße genau wie Jyp und der Kapitän auf die Reling zu legen, wobei der Stuhl leicht gekippt wurde, um die sanften Bewegungen des Schiffes auszugleichen. Mall kümmerte sich inzwischen um das große Steuerruder. Etwas störte mich jedoch, und als wir aufstanden, um unter Deck zu gehen, wurde mir klar, was es war.

»Die Sonne! Sie ist fast *untergegangen*! Aber verdammt nochmal, wir sind im Morgengrauen losgesegelt! Das ist noch nicht einmal zwei Stunden her! Und jetzt gibt es *Abendbrot*?«

Pierce wieherte laut los, wobei er seine Wangen einzog und wieder aufpustete, und vom unteren Deck drang allgemeines Gelächter herauf. Jyp versuchte vergeblich, seine Gesichtszüge unter Kontrolle zu halten. Nur Mall lächelte nicht einmal, sondern sah mich ernst von der Steuermannsbank her an.

»Von mir aus, lacht nur«, sagte ich resignierend. »Macht euch ruhig über den Neuling an Bord lustig.«

»Tut mir leid, Steve«, grinste Jyp. »Ich kann mich erinnern, daß es mir beim ersten Mal genauso ergangen ist, dabei war ich vorgewarnt. Östlich der Sonne, westlich vom Mond verläuft unsere Route, erinnerst du dich? Also ist doch ganz klar, daß sie jetzt hinter uns untergeht und wir einen Tag verlieren. Mach dir aber keine Sorgen, wir werden das auf der Rückfahrt schon wieder wettmachen. Und jetzt laß uns was essen.«

Um das Essen machte ich mir ein bißchen Sorgen. Ich erinnerte mich an lang zurückliegende Geschichten von gepökeltem Schweinefleisch, steinhart und halb verfault, und Schiffszwieback voller Maden. Ich hätte es besser wissen müssen. Der kleine Salon war von einigen von der Decke schaukelnden Messingleuchtern hell erleuchtet. Das Mobiliar war erlesenes Queen Anne oder so etwas Ähnliches – ich hätte allerdings nicht gewagt, es antik zu nennen, jedenfalls nicht hier – und der Tisch mit schimmerndem Silberbesteck gedeckt. Kapitän Pierce machte offensichtlich gute Geschäfte, jedenfalls lebte er auf großem Fuß. Es gab fünf Gänge, jeweils mit Wein, und das

Entrée bestand allein schon aus mehreren Gerichten: hauptsächlich verschiedene Arten von Eintopf und in Scheiben geschnittener Braten, außerdem für jeden ein gerösteter Wildvogel. Alle Drei-Sterne-Restaurants der Stadt hätten ohne Ausnahme gemordet, um an das Rezept heranzukommen. Nur ich war etwas irritiert, als ich erfuhr, daß es sich um Goldregenpfeifer handelte; der Name hörte sich sehr nach einer geschützten Gattung an. Aber hier ging man die Dinge nun einmal anders an, und nichts auf der Welt würde die Vögel wieder zum Leben erwecken – also ließ ich es mir schmecken. Auf Schiffen war mein Magen nicht immer gleich in Höchstform, aber diesmal rührte er sich nicht. Die Bewegungen mochten die gleichen sein, aber er wollte einfach nicht glauben, daß wir auf See waren.

Nach dem Essen gab es Kaffee und Brandy. Jyp steckte sich eine Zigarre an und der Kapitän eine riesige Pfeife, die, wie ich annahm, mit der gleichen Mischung aus Schwefel und Brennnesseln gestopft war, aus der auch sein Schnupftabak bestand. Es gelang mir, über zwei Stunden in dem engen Raum zu überleben, während die beiden sich mit Geschichten von Wölfen und Meeresungeheuern gegenseitig überboten, von denen ich hoffte, daß sie rundum erstunken und erlogen waren. Ich wagte jetzt kaum noch, irgend etwas zu bezweifeln, selbst Jyps Geschichte von dem Wesen nicht, das er einmal mit einem Ochsenkopf als Köder aus dem Meer geangelt haben wollte. Schließlich blieb mir nichts anderes übrig, als mich zu entschuldigen und nach Luft ringend ins Bett zurückzuziehen. Ich sollte wohl besser Koje sagen. Der Kapitän hatte mir als dem »Eigentümer« seine Kajüte angeboten, aber ich hielt es für angebracht, das Angebot auszuschlagen. Statt dessen bezog ich eines der beiden Kabäuschen, wie sie genannt wurden, gleich neben der Salontür. Jyp hatte in seiner Funktion als Steuermann das andere auf der Backbordseite bezogen. Mein Zimmer maß kaum zwei Quadratmeter, war mit einem wackligen Stuhl, einem Wandklapptisch sowie einem unheimlich aussehenden sargähnlichen Kasten ausgestattet, der an Seilen von den Deckenbalken herabhing. Das war mein Bett. Es war fünf Zentimeter zu kurz, und ich hatte den Trick noch nicht heraus, wie man zusammengerollt schläft. Außerdem sagte mir meine innere Uhr beharrlich, daß es ungefähr neun Uhr morgens sei, höchste Zeit, daß ich mich zur Arbeit aufmachte. Die Luft war stickig, es roch zu sehr nach Abendessen, und das einzige, obendrein beschlagene Bullauge, das auf das Deck hinausging, ließ sich nicht öffnen. Auch der Alkohol, der mir im Kopf herumschwirrte, half nichts. Nach ein oder zwei Stunden, in denen ich fast erstickt wäre, gab ich auf. Ich zog mich wieder an und torkelte an Deck, nicht ohne mir vorher die Brandyflasche, die Pierce mir als Nachttrunk zugesteckt hatte, unter den Arm geklemmt zu haben.

Die Nacht war so überwältigend schön, daß es mir den Atem verschlug. Die Sonne war längst untergegangen, die Sterne standen am Himmel, und eine leuchtendgraue Wolke erstreckte sich wie eine gefrorene Welle in einem hohen Bogen über den Vollmond, der ihre Ränder mit kaltem Feuer verbrannte. Er tauchte die Decks in bleiches Licht und verwandelte die Segel in gestraffte, silberne Laken. Leiser Donner schien durch den riesigen Dom der Nacht über uns zu rollen, im Gleichklang mit dem sanften Rhythmus des Schiffes. Das eilige Rauschen unter dem Bug verriet, wie schnell wir wirklich segelten, ebenso das Flattern der Wimpel an den Flaggentopps und das leise Summen der Takelage. Über unserem Kielwasser kreischten mehrere Möwen, die sich ab und zu auf den Rahen ausruhten. Das Hauptdeck war leer, abgesehen von den schlafenden, in Decken eingehüllten Gestalten der Matrosen. Das war die Deckswache für Notfälle; ihre Kameraden wiegten sich etwas bequemer unter Deck in ihren Hängematten. An der Reling des Achter- und Vorderdecks patrouillierten Wachen. Jeder hatte einen kleinen Abschnitt zugewiesen bekommen, den er pausenlos abschritt, um wach zu bleiben. Mall stand immer noch am Steuerruder. Ihr langes Haar wehte im gleißenden Licht, die Augen funkelten sternenklar. Die Wachen und der wachhabende Steuermannsmaat grüßten mich knapp, und Mall schenkte mir ein lässiges Nicken. Ich hielt die Flasche hoch und sah, wie sie ihre Zähne grinsend entblößte.

»Genau der richtige Mond für Wölfe«, sagte sie, als ich die Stufen heraufkam.

»Verderben Sie doch nicht die Stimmung!« bat ich sie. »Es ist einfach wunderschön.«

»Das stimmt«, erwiderte sie gutgelaunt. »Kommt herauf, Master Stephen, von hier oben könnt Ihr mehr sehen. Noch besser ist die Aussicht jedoch von der Takelage oder vom Mastkorb aus.«

Ich hatte schon genug Berge bestiegen – aber die schwanken wenigstens nicht. »Vielen Dank, später vielleicht«, wollte ich noch sagen, doch die Worte blieben mir im Hals stecken. Ich starrte erstaunt über die Bordwand. Nirgendwo konnte ich auch nur eine Spur des tiefen Azurblau wiederfinden – als hätte es nie existiert. Ringsum glitzerte es wie Stahl und Kanoneneisen unter dem Mond; eine weite, leere Wüste aus gekräuseltem Grau. Es war vielleicht, aber eben nur vielleicht, ein ruhiger Ozean, der die sanften Umrisse des fliegenden, flaumartigen Bogens einfing und so exakt widerspiegelte, daß man Bild und Abbild nicht mehr unterscheiden konnte. Zusammen bildeten sie einen weiten Tunnel, wie ein Höhleneingang, auf den wir zusegelten, hinein in den schwarzblauen, mit Mond und Sternen behängten Himmel. Und doch waren da die Geräusche des Meeres, war da diese kräftige Brise, die die Segel füllte und durch mein Haar strich.

Ob Meer oder nicht, es schien Mall nichts auszumachen, also war es auch mir egal. Ich hatte genug davon, immer den Angsthasen zu spielen. Ich klaubte mein Taschenmesser aus der Hosentasche und ruinierte den Korken bei dem Versuch, ihn aus der Brandyflasche zu ziehen. Den ersten Schluck hatte ich jetzt bitter nötig, aber noch Manieren genug, um ihn Mall zu überlassen.

»Auf Eure Gesundheit, Master Stephen. Und auf die Liebe Eurer Herzliebsten.« Sie wischte den Flaschenhals behutsam mit dem Daumen ab, bevor sie mir die Flasche zurückgab.

»Meine … Clare ist nicht meine Herzliebste. Nur eine Freundin.«

»Und ihr Geliebter? Er muß ein schöner Nichtsnutz sein, wenn er es Euch überläßt, ihr nachzujagen.«

»Es würde zu lange dauern, wenn ich Ihnen alles erzählen wollte, was mit ihr geschehen ist«, schnaubte ich. »Aber ich glaube, dafür ist jetzt keine Zeit.«

Sie sah mich verständnisvoll an. »Dann seid Ihr sowieso der bessere Mann, da Ihr so rasch zu ihrer Rettung eilt!«

Ich senkte die Flasche, fühlte mich etwas unbehaglich und zuckte die Achseln. »Eigentlich nicht. Es ist meine Schuld, daß sie in Schwierigkeiten geraten ist. Mein eigener, blöder Fehler, mich einzumischen und es noch dazu falsch anzustellen. Ich hätte wissen müssen, daß es Schwierigkeiten mit sich bringen würde.«

»Warum? So weit drinnen im Kern zuzuschlagen, das hat es noch nie gegeben, niemand, der sich mit den Wölfen auskennt, hätte damit gerechnet, weder Jyp noch ich. Euch trifft keine Schuld.«

Ich schüttelte den Kopf. »Ich würde Ihnen gerne zustimmen. Macht aber keinen Unterschied; egal, ob mein Fehler oder nicht, ich mußte ihr folgen. Ich konnte nicht einfach sitzenbleiben und nichts tun.«

»Aber Eure Frau, Eure Herzliebste – was ist mit ihr? Solltet Ihr nicht bei ihr bleiben? Ist es fair ihr gegenüber, sich selbst in solche Gefahr zu bringen, wie Ihr bei dieser teuflischen Verfolgungsjagd?«

Meine Kehle krampfte sich zusammen. »Ich bin nicht verheiratet. Und es gibt wohl keine junge Frau, der es etwas ausmacht, wenn ich nicht zurückkomme. Außer Clare vielleicht, wenn man dem alten Sack Glauben schenken darf.«

»Dem Stryge? Aye, das könnt Ihr ihm wohl glauben. Doch

sonst ist Vorsicht wohl angebracht.« Sie musterte mich mit einem schelmischen Blick. »Und diese Clare, habt Ihr niemals …«

»Nein, habe ich verdammt noch mal nicht!« fiel ich ihr gereizt ins Wort, fügte jedoch sogleich etwas freundlicher hinzu: »Und Sie? Sind Sie verheiratet? Weiß Ihr Papa, daß Sie sich hier draußen herumtreiben?«

Sie lachte sprudelnd auf und warf ihr langes Haar zurück. »Verheiratet? Ich doch nicht, dazu treibe ich mich viel zu gerne in der Weltgeschichte herum. Außerdem liege ich gerne auf beiden Seiten des Bettes.«

Während ich noch überlegte, was das nun wieder heißen sollte, sog sie genießerisch die Luft ein, warf mit der instinktiven Beiläufigkeit langer Erfahrung einen Blick in die Takelage hinauf und ließ das Steuerruder etwas lockerer. »Der Wind frischt auf, aber vorerst besteht keine Gefahr, daß wir ein Riff erwischen, jetzt noch nicht. Bei der fetten Sprotte, hinter der wir her sind, kommt es rein auf Geschwindigkeit an.« Ich ließ mich auf die Steuermannsbank nieder und beobachtete sie dabei, wie sie sich vornüber beugte und den Kompaß überprüfte. Sie war keine besondere Schönheit, insgesamt ein bißchen zu grobknochig, doch ihre schwarzglänzenden Kniehosen schmiegten sich eng an ihre überaus weiblichen Formen, und sie bewegte sich mit der Anmut einer Athletin. Das allein – und ihre breiten, bloßen Schultern – verrieten ihre außergewöhnliche Stärke, abgesehen von der tigerhaften Kraft, die sie an den Tag legen konnte. Ihre lockere Art ließ nichts von der Wildheit ahnen, die diese Kraft befeuerte; doch ich würde nie vergessen können, daß sie unter der Oberfläche schlummerte.

»Eine schöne Sprotte«, sagte ich, »doch sie einzuholen, ist nur der Anfang. Was tun wir dann? Ich bin heilfroh, daß Sie mitgekommen sind, und unendlich dankbar. Schließlich haben Sie nichts mit dieser Geschichte zu tun.«

»Oh doch«, sagte sie leise. Sie blickte auf und weit über den

Bug hinaus, dorthin, wo die Sterne glitzerten. Ihr bleiches Licht leuchtet in ihren Augen, und sie erschaute Dinge, die nur sie sehen konnte – Erinnerungen vielleicht, oder düstere Vorahnungen. »Ich liege mit allen Wölfen und derlei Gesindel in Fehde – und mit allem Unheil, das dahintersteckt. Und mit der Schlechtigkeit, die die Welt überflutet. Ich habe geschworen, das Böse überall zu bekämpfen, wo ich es antreffe, und es in Gutes zu verwandeln. Und am allermeisten dort, wo ein Mädchen in Not ist –« Sie hielt inne und fügte mit gefährlicher Kälte hinzu: »Sagt an, worüber lacht Ihr, Master Stephen, damit wir gemeinsam lachen können.«

»Ich habe nicht gelacht«, besänftigte ich sie rasch. »Jedenfalls nicht richtig. Es ist nur … also, ich habe noch nie jemanden so reden hören. So wie ein … ein fahrender Ritter oder etwas in der Art. Oder ein – wie heißt das gleich? Ein Paladin. Und schon gar nicht eine, wenn Sie entschuldigen, derart attraktive Frau …«

»Ein Paladin?« Sie taute sofort auf und verbeugte sich so tief vor mir, daß ihr die Locken über das Gesicht fielen. »Wohlgelobt, nobler Herr! Doch meiner armseligen Person nicht würdig. Aber ich danke Euch trotzdem!« Sie grinste schief. »Würden alle Männer mich so höflich behandeln, hätte ich womöglich eine bessere Meinung von ihnen.«

»Vielleicht fühlen sie sich in Ihrer Gegenwart einfach nur fehl am Platz. Mir ist das egal. Sie haben meinen Hals gerettet, und Sie helfen mir dabei, Clare zu retten. Wie schon gesagt, ich bin überaus dankbar und kann Ihnen diese Haltung nicht übelnehmen.« Ich mußte rasch das Thema wechseln, bevor die Sache vertieft wurde. »Schon gar nicht, wenn ich daran denke, daß wir es auf diese elenden Wölfe abgesehen haben. Sie erwähnten etwas von … von einem Unheil, das dahintersteckt. Auch der alte Stryge machte solche Andeutungen, aber er konnte nicht mehr sagen – oder wollte es nicht. Wenn Sie eventuell …«

Sie schüttelte den Kopf, legte die verschränkten Arme auf das Steuerrad und bettete gedankenverloren das Kinn darauf.

»Nein, Steven, nicht mit größerer Gewißheit. Aber es ist nicht schwer zu erraten. Hinter solchen Kreaturen steckt immer das Böse, und wenn es nur das ist, was ihre Vorfahren in ihrem Blut hinterließen. Tief drinnen, dort im Zentrum, in der Nabe des Großen Rades …«

»Sie meinen den Kern?«

»Aye, aye, so wird er von einigen genannt. Jedenfalls halten sich dort Gut und Böse die Waage; man könnte sagen, sie sind gut gemischt. Von jedem findet sich ein bißchen in allem, und am meisten in den Menschen und ihren Taten. Doch da draußen, östlich des Sonnenaufgangs, verändert sich das Maß aller Dinge. Dort gibt es viel Gutes, bestimmt, aber auch sehr viel Böses – und es ist nicht so gut vermischt. Nein danke, im Moment keinen Brandy mehr; zuviel davon, und der Steuermann kentert selbst ganz schnell.«

Ich setzte die Flasche ab. »Sie sprechen von Gut und Böse als ob sie eigenständige Dinge wären.«

Sie überlegte kurz. »Das könnten sie sehr wohl sein, weit dort draußen, an den Rändern der Welten. Absolute und reine Dinge. Jedenfalls werden sie immer reiner, je weiter man sich von der Nabe entfernt.«

»Inwiefern reiner? In der Vorstellung der Menschen? Böser Menschen? Oder von Halbmenschen wie den Wölfen?«

»Schwer zu sagen. Vorstellungen – oh ja, Vorstellungen gibt's dort draußen in Hülle und Fülle. Menschen – vielleicht.« Ihr Gesicht nahm wieder diesen gehetzten Ausdruck an. »Einige von ihnen mögen einst Menschen gewesen sein. Schwarze Seelen, die vom äußeren Bösen angezogen wurden wie die Motten vom Licht, und unterwegs blieb immer mehr von ihrer Menschlichkeit auf der Strecke. Andere wiederum waren womöglich jenes Böse, das sich nach innen erstreckte und bei diesem Prozeß etwas menschlicher wurde; von daher kommt vielleicht das eigenartige Blut der Wölfe. Doch da draußen, zwischen Nabe und Rand, ist eins so böse wie das andere, und hat gleich wenig von dem in sich, was wir menschlich nennen. Ihr habt es gesehen und müßtet Euch erinnern. Im Lagerhaus.« Sie mußte bemerkt haben, wie ich erstarrte. »Und dieses Wesen mag uns noch so schrecklich vorkommen, in den Weiten da draußen ist es nicht mehr als ein gewöhnlicher Diener, ein Wächter oder ein Kundschafter. Sie versuchen ständig, ihren bösen Einfluß nach innen auszudehnen, indem sie sich wie Würmer in das gesunde Holz bohren. Selbst tief drinnen in der Nabe ist dieses Böse für mehr Schmerz und Leiden verantwortlich, als die meisten Menschen je vermuten würden.«

Die Nacht war plötzlich nicht mehr so berauschend schön. »Und Sie denken, etwas Derartiges steckt hinter den Wölfen?«

»Nachdem sie dieses Ding eingeschmuggelt haben ... ja, ich bin überzeugt davon. Über den Handel funktioniert das immer am einfachsten, denn der Handel ist die Lebensader der weiteren Welten – und das um so mehr aufgrund ihrer endlosen Vielfalt und der vielen Möglichkeiten, durch die ein Mensch zwischen ihnen wechseln kann, und die einem anderen, der nicht damit im Einklang steht, für immer verschlossen bleiben. Sogar die Wölfe und andere eigenartige Rassen treiben gelegentlich Handel. Er muß geschützt werden, dieser Handel, und es gibt Wächter, die darüber wachen, daß sich über diese lebenswichtigen Arterien keine Infektionen ausbreiten, die den Weg für die große Dunkelheit bereiten. Ich tue das nicht nur um Eurer Clare willen, Stephen. Und ich würde meine Hand dafür ins Feuer legen, daß der alte Stryge ebenso denkt. Er ist ein unseliger alter Bastard, doch er duldet keine derartigen Übertritte. Er und ich haben bereits zuviel gesehen, um es unwidersprochen hinzunehmen. Das ist mein Gelübde, mein tiefster Lebenszweck.«

»Hört sich gut an«, gab ich düster zu. »Wenn ich bloß auch etwas hätte, das diesen Namen verdienen würde.«

Die Glocke, die hoch an der Heckreling aufgehängt war, läutete leise in der Dunkelheit; Wachablösung. Auf dem Deck unter uns schleuderten ein Dutzend Gestalten ihre Decken weg und rüttelten andere wach. Der Mond hatte seinen Zenit überschritten, und lange Schatten ergossen sich über die Planken, als andere Seeleute aus der Takelage herabgestiegen kamen, die verstreut herumliegenden Decken aufhoben und sich auf ihren Schlafplätzen ausstreckten. Mall lehnte sich ans Ruder und musterte mich nachdenklich. »Kein Eheweib, keine Herzallerliebste, keinen Lebenszweck ... Und doch habt Ihr eine Gesinnung und wenigstens ein bißchen Herz – und nicht einmal das schlechteste, soweit ich das beurteilen kann. Ihr müßt doch Träume haben, zumindestens einst gehabt haben. Als Kind schleppte ich jeden Penny ins Theater, wo ich bei den Aufführungen vor mich hin träumte, in denen aus irgendwelchen noblen Gründen Frauen in Männerkleidern steckten; aber nur, weil die Jungs den Frauen ihre Rollen ohnehin weggenommen hatten. Welch feine Ironie – selbst auf der Bühne durften wir nicht wir selbst sein.«

Bei dem, was sie da sagte, wollte sich meine Kopfhaut zusammenziehen, doch der Alkohol verhinderte das. »Vielleicht hatte ich einmal Träume; ziemlich dumme Träume. Jedenfalls ließ sich daraus kein großer Lebenszweck ableiten.«

»Das braucht seine Zeit«, sagte sie, und die Bitterkeit in ihrer Stimme erstaunte mich. Sie ließ das, was ich gesagt hatte, trivial erscheinen. »Es hat mich viele Jahre gekostet, bis ich den letzten Makel meiner Geburt abgestreift und am Wegesrand liegengelassen hatte. Erst dann konnte sich meine alte Person neu formen.«

»Wo wurden Sie geboren, Mall?« fragte ich unverfänglich. Ich versuchte, das, was da Gestalt annahm, besser zu verstehen.

Sie zuckte die Achseln. »Findet meinen Vater und meine Mutter, und fragt sie. Ich habe weder einen Namen noch ein Gesicht für sie. Meine frühesten Erinnerungen stammen aus dem Hurenhaus, wo ich jedermanns Kind war und doch keine Eltern hatte, und wo ich wie Schlachtvieh für den nächsten Markttag gemästet wurde. Sobald ich konnte, bin ich von dort geflohen; es war nicht früh genug. Für Euch ist das heute bei weitem nicht mehr so schlimm.«

Ich schüttelte den Kopf. »Sollte es aber wohl, vermutlich. Meine Eltern waren nicht reich, aber es hat uns an nichts gefehlt. Ich kam gut mit meinen Eltern aus, sie ließen mir eine gute Ausbildung zukommen, meine Abschlußnoten waren in Ordnung und ich kam in meinem Beruf gut voran. Eigentlich sehr gut, bislang. Und zwar deshalb, weil ich schon ziemlich früh mit der Träumerei aufgehört und mich statt dessen auf vernünftige Ziele konzentriert habe. Schon im College habe ich alles genau geplant: zuerst die berufliche Karriere, dann vielleicht weiter in die Politik, ins Parlament oder zu den EU-Leuten – jedenfalls nicht in einer bestimmten Partei oder etwas dergleichen. Nichts Idealistisches. Einfach im natürlichen Fortschritt mitschwimmen, die Dinge vorantreiben. Ich nahm das alles sehr ernst – das tue ich immer noch. Und vermutlich träumte ich davon, ein angenehmes, unabhängiges Leben zu führen, und das möchte ich immer noch; auch das ist in Erfüllung gegangen. Soweit liege ich also richtig. Was zählt denn sonst noch?«

»Das fragt Ihr mich?« sagte sie amüsiert. »Sehr viele Dinge, es sei denn, Ihr seid kein Mann, sondern ein ausgestopfter Laffe – oder ein Wolf. Aber selbst in einer schwärzeren Nacht als dieser würde noch ein Blinder sehen, daß Ihr das selbst wißt.«

»Na schön!« gab ich zu. »Die menschliche Seite. Oder Liebe, wenn Sie darauf bestehen. Ich hatte schon viele Freundinnen, doch es hat einfach nicht Klick gemacht – ist das mein Fehler? Ich hatte jede Menge Spaß. Ich habe sie alle gemocht, sehr sogar, aber Liebe – nein, keine einzige. In den letzten ein, zwei Jahren hatte ich ohnehin beruflich zu viel zu tun. Ab und zu muß man sich ein bißchen dahinterklemmen, wenn man dranbleiben will. Und auf Dauer gesehen, ist das auch befriedigender – oh, natürlich abgesehen von der körperlichen Sache«, fügte ich hinzu, als ich ihren Gesichtsausdruck bemerkte. »Aber dafür ist gesorgt, wenn ich das will.«

»Von Huren«, sagte sie unterkühlt. »Dirnen, Schnepfen, Flittchen ...«

Allmählich fing ich an, wütend zu werden. »Nicht so voreilig, meine Dame. Gelegentlich – ja! Na und? Denken Sie, das ist weniger ehrenhaft als die normale Prozedur mit Einladungen und Geschenken, das Schatz-ich-liebe-dich-Spiel, von dem beide wissen, daß es reiner Blödsinn ist? Oder wenn man ein naives Mädel mit falschen Versprechungen flachlegt? Nicht mit mir. Ich kenne das Spiel und habe die Nase voll davon. Aber ich bezahle nicht dafür – das mußte ich noch nie! Jedenfalls so gut wie nie«, ergänzte ich, als mir die Geschäftsreisen nach Bangkok einfielen. »Aber da habe ich nur den Touristen gespielt, mir die Sehenswürdigkeiten angeschaut ...«

»Männer zahlen mit mehr als einer Münze«, sagte sie leise, als ich weiterstottern wollte. »Glaubt mir, ich kenne mich aus! Aber ich bin keine scheinheilige Puritanerin. Sie prostituieren sich, sowohl Eure Kerle als auch Eure Mädchen; ein uraltes Laster, und es gibt noch andere und schrecklichere – es sei denn, es wird durch etwas Besseres ersetzt. Und das, Master Stephen – bei der heiligen Messe – ist in Euch drin! Ihr sagt, Ihr habt noch nie geliebt? Ich bezichtige Euch der Lüge! Denn das tun Eure eigenen Worte!«

Ich starrte sie an und mußte beinahe lachen. »Hey, Mall, Sie können denken, was Sie wollen ...«

Ich verstummte und wollte mich erheben, doch da legte sie ihre Hand auf meine Schulter, leicht, aber doch entschlossen. »Lauft Ihr denn vor allem davon? Vor der Verpflichtung Clare gegenüber konntet Ihr das nicht. Warum also vor Euch selbst?«

»Was geht Sie das überhaupt an?« entgegnete ich ärgerlich.

»Nichts«, antwortete sie einfach. »Ich beanspruche nicht das Recht, mich einzumischen oder mich auch nur darum zu kümmern. Aber wenn ich einmal ein Leben in meiner Schwerthand gehalten habe, kann ich mich hinterher nur schwer eines gewissen Interesses daran erwehren.«

»In Ordnung!« pflichtete ich ihr bei und versuchte, bei der

Erinnerung daran nicht allzu verdrossen zu klingen. »Kann sein, daß ich eine Zeitlang ziemlich scharf auf jemanden war. Aber mehr nicht. Es hätte weiß Gott einfach nicht funktioniert.«

»Langsam, langsam!« Mall ließ mich los und zerzauste mir amüsiert das Haar. »Ich will nur, daß Ihr nachdenkt, nicht, daß Ihr mir sämtliche Privatgeheimnisse anvertraut. Vielleicht wundert Ihr Euch selbst.«

»Gut, ich werde es Ihnen sagen, und Sie entscheiden selbst. Ich möchte wirklich nicht, daß Sie sich allen möglichen Unsinn über mich zusammenreimen. Ich lernte sie in meinem ersten Jahr auf dem College kennen; sie besuchte die Kunstschule, und wir flogen sofort aufeinander. Wir hatten Spaß miteinander – großer Gott, sie war unterhaltsamer als all die englischen Mädchen, die ich vorher gekannt hatte. Einfach anders, so – was weiß ich. Außerhalb aller Regeln. Alle anderen Mädchen, die ich kannte, waren so konventionell, selbst die Unkonventionellen waren alle auf die gleiche Art unkonventionell. Sie war übrigens Eurasierin, Halbchinesin aus Singapur und wahnsinnig schön. Ein wunderschöner Körper, fast perfekt. Wie polierte Bronze. Genau gesehen war das schon ein Teil des Problems.« Mall hatte jetzt beide Hände wieder auf das Rad gelegt, den Blick auf den Horizont gerichtet; doch sie nickte leicht, damit ich sah, daß sie zuhörte. Während sie steuerte, warf ich einen Blick auf die Rundung von ihrem Busen zum Brustkorb und auf die Vertiefungen in ihren muskulösen Schenkeln. Jacquies Figur war anders gewesen, viel weicher, zarter modelliert, beinahe zerbrechlich. »Sie war nicht reich. Sie bekam zwar Geld von zu Hause, aber nie genug. Sie saß bei Kursen für Aktzeichnen Modell, um etwas dazuzuverdienen.«

»Und Ihr wart eifersüchtig?«

»Nein«, sagte ich etwas überrascht. »Eigentlich nicht. Irgendwie war ich sogar stolz auf sie. Ich fühlte mich ein bißchen verunsichert, aber ich war stolz. Es war nichts

Schmutziges an der Sache, dafür war sie auch nicht der Typ. Sie war so verdammt schön …« Sie war so etwas wie ein Statussymbol auf dem College, um ehrlich zu sein. »Doch sie wollte nicht von mir ausgehalten werden, und wenn wir ausgingen, bestand sie darauf, ihren Anteil selbst zu zahlen; sie war einfach eigensinnig, dummerweise. Und dabei ging sie ein bißchen zu weit. Sie fand, daß sie am meisten verdiente, wenn sie für Magazine Modell stand – und das tat sie dann auch, ohne mir etwas davon zu sagen.«

»Warum hätte sie das tun sollen? Gab es denn da so einen großen Unterschied?«

»Aber ich bitte Sie, zwischen den Kritzeleien einiger Studenten und einer im ganzen Land verkauften Zeitschrift besteht schon ein gewaltiger Unterschied! Diese Fotos verschwinden nicht wieder! Sie schwirren überall herum! Sie können Jahre später wieder auftauchen –«

Mall holte plötzlich tief Luft. »Ha! Und genau das habt Ihr befürchtet?«

»Hören Sie zu, Sie müssen das verstehen. Ich sagte bereits, daß ich mir alles zurechtgelegt hatte! Und Sie wissen bestimmt, wie das ist. Man ist jung und denkt: Das alles wird gleich morgen in Erfüllung gehen! Sie hätte alles zunichte machen können! Ich hätte keinen miesen kleinen Drecksack gebrauchen können, der eines Tages mit diesem Kram auftaucht – die Bilder waren wirklich ziemlich freizügig – und sie an alle Zeitungen des Landes verkauft, während ich gerade versuche, als Persönlichkeit des öffentlichen Lebens ernst genommen zu werden! Ich meine, stellen Sie sich vor, wie ich gerade meine erste Nachwahl durchfechte – und da …«

»Da gab es Streit?«

»Nun ja, ein bißchen. Ich habe sie nicht einfach fallenlassen oder so etwas, so brutal war ich nicht. Ich habe die Sache über die Sommerferien auslaufen lassen. Wir hatten davon gesprochen, nach Singapur zu gehen, tja – es kam nicht dazu. Und als der Winter ins Land zog –« Ich zuckte mit den Schultern. Eine

Möwe stieß einen wilden, einsamen Schrei aus, und ich erschauerte ein wenig. »Im folgenden Sommer heiratete sie einen anderen, also kann es ihr nicht besonders nahegegangen sein. Nicht gerade den Typen, den ich erwartet hätte; einen ihrer Künstler, einen ziemlich talentlosen Schwachkopf obendrein. Das letzte, was ich von ihm gehört habe, war, daß er den Abschluß gemacht hat und Seifenverpackungen entwirft. Von ihr – nichts mehr. Wahrscheinlich sind sie noch immer verheiratet, wenn sie ihm inzwischen nicht seinen verdammten Hals umgedreht hat. Mehr habe ich in dem Punkt, den Sie Liebe nennen, nicht zu bieten, Mall; das kann nicht sonderlich intensiv gewesen sein, oder? Soll ich vielleicht darüber nachdenken?«

Ich weiß nicht, welche Antwort ich erwartet hatte, aber bestimmt nicht diesen milden, mitleidsvollen Blick, den sie mir schenkte. »Nur wenige erinnern sich gerne daran, wie sie den falschen Versprechungen hinterherliefen und von etwas Wertvollem weggelockt wurden – erst recht nicht, wenn sie sich selbst weggelockt haben. Ihr solltet jedoch zwei Dinge bedenken: Zum einen mußte sie nicht den Schnee im Mund spüren, um zu wissen, daß der Winter gekommen war, und zum anderen war die Politik einmal eine hohe Kunst, die jedoch nicht öffentlich ausgeübt wurde. Das Wort bedeutete, das zu tun, was zu Gebote steht, und nicht das, was recht und billig ist.«

Der Hieb saß. Zum Glück kam die leichtfertige Antwort, die ich mir zurechtgelegt hatte, nie über meine Lippen. Der sinkende Mond überzog den Horizont mit einem ersten Silberschimmer, den die Wogen auffingen und zu einem großen glitzernden Streifen vervielfältigte. Von oben kam die Stimme des Ausgucks, die vor Aufregung in den jauchzenden Schrei eines Meeresvogels umschlug.

»Segel voraus! Segel voraus!«

»In welcher Richtung?« bellte die Stimme des Kapitänsmaats durch eine Flüstertüte, die er kaum brauchte.

»Schiff voraus, direkt vor uns am Horizont!« Nun setzte ein all-

gemeines Gerenne ein, und ringsum wurden klackend Fernrohre ausgefahren. *»Drei Masten im Mondlicht! Ein großer Kasten!«*

»Bei Gott, das könnten sie sein!« murmelte der Maat. »Bleibt am Ruder, Mall! Bootsführer, geh und weck den Navigator und den Kapitän. Bitte, mich entfernen zu dürfen, Sir.«

»Nur eine oder zwei Meilen vor uns«, freute sich Mall. »Haben wir nicht einen flinken kleinen Vogel aufgetan? Wir kriegen sie, Stephen, wir kriegen sie! Falls das dort die *Chorazin* ist ... Wir müssen erst sicher sein. Wenn wir versehentlich auf ein argloses Handelsschiff das Feuer eröffnen, müssen wir das später sehr teuer bezahlen; und ein Kriegsschiff von dieser Größe würde uns als vermeintliche Piraten mit einer Breitseite in Kleinholz verwandeln.«

»Das Feuer eröffnen ...« Ich spürte, wie mir ein großer Schweißtropfen den Rücken hinunterlief. Die gedrungenen Formen entlang der Reling verwandelten sich augenblicklich in schlafende Kobras, bereit, giftiges Verderben auszuspucken. Das, was wir hier vorhatten, nahm plötzlich auf drastische Weise Gestalt an. Entweder war es die Aufregung, oder das Abendessen und der viele Alkohol wählten genau diesen Augenblick zur Rebellion. Auf einmal wurde mir bewußt, daß ich mich noch nicht nach einem lebenswichtigen Ort des Schiffes erkundigt hatte.

»Äh, Mall ... Entschuldigung, wo sind hier die ... äh, Latrinen?« Wenigstens erinnerte ich mich an den richtigen Ausdruck dafür.

Sie zeigte in die generelle Richtung des Vorderdecks und des Bugspriets dahinter. »Dort oben.«

»Wo oben? In der Back?«

»Nein. Dort über die Reling, hinunter in die Vorpiek und raus auf den Bugspriet. Dort ist eine Leiter.«

»Sie meinen ... einfach so im Freien?«

»Herrjemine, na klar!«

»Großer Gott!« Die Vorstellung war entsetzlich. »Warum

diese Akrobatik? Warum kann ich mich nicht gleich an die Reling stellen, wenn es sowieso in aller Öffentlichkeit geschieht?«

»Käpt'n Pierce würde das nicht gutheißen. Außerdem genügt nur ein kleiner Windstoß, und Euch kommt alles wieder entgegen, das ist so gut wie sicher.«

»Aha«, sagte ich und stolperte in Richtung Kajütstreppe davon.

Erst als ich bereits über das Vorderdeck Richtung Reling schlich, rief sie hinter mir her: »Es gibt noch eine andere Möglichkeit – in der Backbord-Kajüte auf dem Vorderdeck. Das ist meine. Eigentlich nur für Damen, aber wenn Ihr die Gelegenheit nutzen möchtet, ein so wohlerzogener junger Mann, wie Ihr es seid …«

»Hören Sie mal!« rief ich zurück, als ich schon linkisch über die Reling kletterte. »Danke für das Kompliment, aber … Ich sitze hier auf einem Schiff nach Nirgendwo, oder? Mit einem Haufen der schrägsten Vögel, die mir je begegnet sind. Und Sie glauben, ich fordere das Schicksal heraus und gehe auf die *Damentoilette*?«

Aus dem Bauch des Schiffes ertönte ein lautes »Hurra«.

So also eilten wir heroisch der Schlacht entgegen, ich für meinen Teil zusammengekrümmt und zitternd auf der hölzernen Kiste hinter dem Bugspriet. Als Galeonsfigur ließ ich wohl so manchen Wunsch offen, und mein einziger Trost war die Vorstellung, daß wir uns wirklich in den Lüften über der Erde befanden, und dann mußte sich die gute alte Erde demnächst auf eine Überraschung gefaßt machen.

Als ich wieder zurückkletterte, war die Wache von unten bereits heraufgeholt worden, und auf dem Deck wimmelte es vor angestrengter Aktivität. Jyp und der Kapitän rannten kreuz und quer herum. Jyp wirkte so frisch wie eine Butterblume, doch Pierce war in ziemlich mieser Verfassung. Insgeheim freute ich mich diebisch, als ich ihn hastig in Richtung Bugspriet eilen sah.

»Glück gehabt?« erkundigte ich mich.

»Wir werden es sogleich erfahren«, antwortete Jyp, ohne das Fernrohr vom Auge abzusetzen. »Die Bramsegel sind oben – sie haben sie über Nacht gerefft. Wir holen sie rasch ein – zu rasch vielleicht. Mir wäre es lieber, wir würden sie erst nach Monduntergang erwischen. Hat jemand den alten Stryge gesehen? Schmeißt ihn aus der Koje!«

Die Begeisterung hielt sich dermaßen in Grenzen, daß ich anbot, selbst zu gehen. Nachdem ich an die kleine grüne Tür gehämmert hatte, hätte mich weder ein tollwütiges Bellen noch ein Donnerschlag besonders erstaunt. Statt dessen öffnete das Mädchen Peg Powler die Tür, noch dabei, ihre losen schwarzen Lumpen zurechtzurücken. Sie sagte nichts, sondern schaute mich nur mit großen Augen an und wollte mich gerade hereinbitten, als Stryge mit einem tiefen Knurren dazwischenfuhr.

»Ich weiß schon!« grummelte er aus der Dunkelheit hinter ihr, noch bevor sie etwas sagen konnte. Ein modriger Gestank wehte aus der Kabine. »Ich höre noch recht gut! Sag dem Herrn, er kriegt, was er braucht – aber er soll nicht vorher angreifen! Zu seinem eigenen Wohl – und zu deinem!«

»Wir kriegen, was wir brauchen?« wunderte sich Jyp, als ich ihm die Nachricht überbrachte. Er sah Pierce an, der inzwischen wieder aufgetaucht war. »Ich frage mich nur, was dieses *was* sein könnte.«

»Er schien davon überzeugt, daß du es weißt.«

»Er? Niemals! Er wird nur gerne hofiert, bevor er sich zu irgend etwas herabläßt, das ist alles. Aber eins kann ich dir versprechen – ich werde nicht angreifen, bevor der Alte soweit ist, nicht einen Kanonenschuß werden wir abfeuern. Tja, Steve, und was sollen wir mit dir anstellen? Wenn du magst, kannst du hier an Deck bleiben. Am sichersten ist es immer unterhalb der Wasserlinie, wo die Schüsse nicht so ...«

»Auf keinen Fall!« schnappte ich, überrascht und beleidigt zugleich. »Meinst du etwa, ich komme nicht mit euch?«

»Nein«, gestand Jyp. »Aber ich habe dem Skipper versprochen, dir die Wahl zu lassen. Auch er bleibt hier an Bord zurück, es sei denn, er muß uns mit einem Entsatzkommando heraushauen. Sieh mal, Steve, ein Schiff zu entern, zudem eins, das wesentlich höher liegt, ist eine Aufgabe für Spezialisten. Und du bist der einzige hier an Bord, der so etwas noch nie gemacht hat – außer dem Stryge vielleicht.«

»Ich kann ganz gut klettern«, hielt ich ihm entgegen. »Wie viele deiner Leute können wohl eine überhängende Felswand erklimmen?«

Jyp warf dem Kapitän einen Blick zu, der wiederum zuckte die Achseln. »Kein schlechter Einwand, Master Stephen. Aber Ihr müßt bewaffnet sein, und soviel ich weiß, seid Ihr im Umgang mit dem Schwert nicht geübt. Ich kann Euch eine gute Pistole mitgeben, aber das sind gerade mal zwei Schuß – falls der Zündsatz trocken bleibt. Wo wir gerade davon sprechen, wir müssen unsere Leute sofort bewaffnen, *volens-nolens*.« Er nahm seine Flüstertüte und brüllte: »*Ausguck*! Seid ihr alle stockblind da oben? Die werden uns gleich sehen!«

»*Einen Moment, Sir. Nur einen Moment …*« Die Atmosphäre auf dem Achterdeck war gespannt wie ein Drahtseil.

»Man braucht keine besondere Ausbildung, um ein Entermesser zu führen«, warf Mall ein. »Einfach ausholen, zuschlagen und parieren, immer schön den Griff festhalten und ansonsten läßt man das Gewicht für sich arbeiten.«

»Hier geht es gegen die Wölfe«, widersprach Jyp. »Die fechten schon in der Wiege, oder wo sie ihren Nachwuchs sonst aufziehen.« Dann schnippte er mit den Fingern. »Jetzt hab ich's: ein Enterbeil. Das ist obendrein beim Überwechseln sehr nützlich. Ich habe außerdem noch ein paar Klamotten für dich.«

»Sind die hier nicht gut genug?« Ich trug eine extra leichte Windjacke mit Seidensäumen und sehr strapazierfähige Sporthosen der gehobenen Preiskategorie.

»Doch, wenn du es darauf anlegst, mit deinen wunderschönen aufgesetzten Taschen an jedem Nagel und Splitter der Schiffswand hängenzubleiben und splitternackt oben anzukommen. Nein, am besten ist schweres Leinenzeug, wie es die Jungs tragen, oder gegerbte Seepferdhaut, wie ich und Mall; zwar nicht ganz billig, aber widerstandsfähig. Wir haben fast die gleiche Größe – du kannst mein Ersatzpaar haben.«

Seepferdhaut? Ich schaute mißtrauisch auf das, was Pierces Diener da anschleppte. Der Stoff war schwärzer als die Nacht, fühlte sich wesentlich weicher an, als er aussah; leicht pelzig, wie Maulwurfsfell, wenn auch nicht ganz so samtig. Ein feiner, trotzdem irritierender Geruch ging davon aus, ölig und bitter.

»Probiert es gleich an«, schlug Mall mit unergründlichem Blick vor.

Es hatte nicht viel Sinn, sich hier groß zu zieren, und so zog ich an Ort und Stelle meine Kleider aus und streifte statt dessen diese eigenartigen Kniehosen und das Hemd über. Sie erwiesen sich als recht elastisch und saßen daher wie angegossen, besonders als dazu ein breiter Gürtel und meine leichten Laufstiefel kamen. Die Nachtluft war noch kühl, und ich fröstelte ein wenig in dem ärmellosen Hemd, doch ich hatte eine dunkle Vorahnung, daß ich mich bald auf unangenehme Art und Weise aufwärmen würde. Wenigstens stellte sich das Enterbeil, das man mir aushändigte, als ungefähr so groß wie ein Eispickel heraus, mit dem gleichen langen Dorn am Kopfstück: Jyp klärte mich darüber auf, wie man den Dorn beim Klettern in die äußere Beplankung oder die Ritzen dazwischen schlug, und wie man mit der gekrümmten Schneide das Netz durchtrennte, das an der feindlichen Reling gespannt war, um Angreifer abzuwehren. Pierce lieh mir ein langes Messer und die versprochene Pistole. Er zeigte mir, wie man das kleine Ding mit dem Steinschloß spannte – ganz vorsichtig, denn es war bereits geladen. Es fühlte sich in keiner Weise wie eine der Pistolen an, mit denen ich schon einmal auf einem Schießstand geübt hatte; das machte mich nervös. Doch schon mischte sich Mall ein und wickelte mir ein brokatverziertes Stirnband um den Schädel, eins von der Sorte, wie sie es jetzt selber trug.

»Danke!« sagte ich und versuchte mir vorzustellen, wie ich jetzt aussah; inzwischen fühlte ich mich unheimlich piratenmäßig. »Tolles Schweißband!«

»Vielleicht auch etwas mehr. Du brauchst etwas, um ...«

»Deck! Deck!« Unsere Köpfe schossen herum wie die von Nestküken. *»Es ist ein Wolf! Ein verdammter, heulender Wolf!«*

»Bist du sicher, Mann?« dröhnte Pierce. *»Welche Flagge führt sie?«*

»Keine Flagge! Aber ich sehe ihre Laternen!«

Pierce rammte die Flüstertüte mit einem satten Klick in die Halterung zurück und beugte sich über die Reling. »Mr. Maat! Klar Schiff zum Gefecht! Alle Mann auf ihre Plätze!«

»Ihre Laternen?« fragte ich Jyp, während ich angestrengt auf den einzigen Punkt in weiter Entfernung starrte, den ich erkennen konnte – wahrscheinlich kaum mehr als die Mastspitzen.

»Wirst du schon sehen!« sagte er kurz angebunden. Die Decks dröhnten unter dem Ansturm rennender Füße. Wir traten einen Augenblick lang von der Bordwand zurück, als einige Matrosen heraufkamen, um die Achterdeckkanonen zu besetzen.

Pierce starrte betrübt durch sein riesiges Messingfernrohr. »Was zum Henker treiben die da vorne? Man sollte meinen, sie würden ihre Kanonen ausfahren, sobald sie uns gesichtet haben, aber ich soll verdammt sein, wenn sich dort irgend etwas bewegt!«

»Vielleicht wollen sie die Unschuldigen spielen«, wandte ich ein.

»Ich fürchte nicht, Sir«, widersprach Pierce brummig. »Wenn ich ein Segel ausmache, das so direkt auf mich zuhält, würde ich allein aus Sicherheitsgründen die Kanonen ausfahren lassen – und mein Gewissen ist reiner als das eines jeden

Wolfs, das darf ich Euch versichern. Seht nur, wie sie die Segel für die Nacht eingeholt haben! Ich vermute, diese Ratten haben nicht im Traum damit gerechnet, daß sie jemand verfolgen würde, und sie haben nicht mehr als eine Deckwache aufgestellt – keinen einzigen Decksoffizier, die faulen Hunde. Was sagt Ihr, Navigator?«

»Das stimmt! Und die Ausgucke sind um diese Stunde so gut wie eingeschlafen, dazu müssen sie auch noch in die Laternen schauen!« Jyp schlug aufgeregt mit der Faust auf die Heckreling. »Verdammt, das ist genau die Chance, die wir brauchen! Jetzt müssen wir nur noch bis kurz vor Monduntergang warten. Wenn sie uns bis jetzt noch nicht entdeckt haben, dann sehen sie uns überhaupt nicht mehr!«

»Ganz richtig!« meinte Pierce. »Aber wir überlassen nichts dem Zufall. Mr. Maat! Geben Sie Befehl zum Laden!«

Plötzlich erbebte das ganze Schiff unter einem dumpfen Donnergrollen. Auf und unter Deck wurden die schweren Kanonen zum Laden hereingezogen. Es handelte sich dabei um große, massive Geschütze aus Eisen oder Messing, die eine Tonne und mehr wogen und auf vierrädrigen hölzernen Karren liefen, die wiederum mit Tauen und Ketten an der Bordwand verankert waren. Die Mannschaften bewegten sich mit eingespielten Bewegungen um die Kanonen, während der Oberkanonier, ein humpelnder, bläßlicher Mann mit schwarzem Haarschopf und dunklen, hinterhältig blitzenden Augen, eine nach der anderen inspizierte. »Bereit zum Feuern, Sir!« brüllte er zurück.

»Ausgezeichnet, Mr. Hands!« Pierce trommelte einen Augenblick lang mit den Fingern gegen sein Hosenbein. »Steht bereit, aber noch nicht ausrennen! Wir sparen unsere Munition, bis wir nahe genug dran sind, stimmt's, Navigator?«

»Die erste Salve möchte ich nicht ins Meer setzen!« pflichtete ihm Jyp bei. »Vor allem, wenn die Kanonen ordentlich geladen sind und wir Zeit genug zum Zielen haben. Liegen wir erst selber unter Beschuß, geht es nicht mehr ganz nach Vorschrift zu.«

»Kann ich mir vorstellen!« sagte ich aufgeregt. »Aber wenn wir sie beschießen – bringen wir damit nicht auch Clare in Gefahr?«

»Nicht in größere Gefahr, als die, in der sie sich jetzt bereits befindet. Außerdem gibt es keine andere Möglichkeit. Wir haben es mit einem großen Schiff zu tun. Wir müssen sie treffen und zumindest für das Enterkommando einen Weg freischießen, sie vielleicht sogar manövrierunfähig machen. Wenn wir nur genug Spieren wegschießen, am besten das Steuerruder gleich dazu, dann sind sie erledigt.«

Pierce schaufelte mit einer derartigen Leidenschaft Schnupftabak in seine Nasenlöcher, daß ich ihm fast einen Ladestock angeboten hätte. »Dann machen wir mit ihnen, was wir – *wollen*!« Das letzte Wort stieß er als donnerndes Niesen aus. »*Verdammt noch mal*! Sie bringen garantiert alle wertvollen Gefangenen unter Deck, und genau dort ist das Mädel am sichersten. Wir haben nicht vor, das Schiff zu versenken, es sei denn, uns bleibt keine andere Wahl.«

»Wie auch immer«, fügte Jyp ermutigend hinzu, »wir gehen erst dicht genug heran, bevor wir feuern. Dadurch halten wir die Kanonade in Grenzen. Vielleicht kommen sie an ihre eigenen Kanonen gar nicht erst heran!«

»Hoffentlich!« sagte ich. »Ich hoffe es wirklich!« Bei dem Gedanken daran, was ich gleich tun würde, packte mich ein leichtes Grauen, Jyp hätte vielleicht noch ein bißchen überzeugender sein sollen. Ich blickte zum Mond hinauf. Er ging jetzt rasch unter, berührte fast schon den Horizont und entsandte quer über den seltsamen Ozean, auf dem wir segelten, einen silbrigen Streifen, verwandelte das Wasser in einen mit Rauhreif überzogenen Spiegel. Jetzt sah ich unseren Feind zum ersten Mal ganz deutlich: eine kleine, scharf umrissene Reihe von Segeln am Horizont, wie ein treibendes Kinderspielzeug. Trotzdem ging eine furchtbare Bedrohung von ihm aus. Es war kaum zu glauben, daß sich Clare in diesem Ding befinden sollte, Clare aus einem anderen, unendlich weit entfernten Leben … Falsch. Auch sie war jetzt ein Teil dieses Lebens hier.

»Wir machen uns besser fertig, solange wir noch ein paar ruhige Minuten haben!« sagte Pierce. »Bootsmann, lösen Sie Mistress Mall am Ruder ab! Mr. Maat, heraus mit der Waffenkiste! Enterkommandos – an Deck antreten!«

Am Hauptmast stand die offene Waffenkiste, aus der Entermesser und Pistolen an die vorbeidefilierende Besatzung ausgegeben wurden – außer uns ungefähr dreißig Mann. Jyp ging die Treppe hinab und erhob die Stimme. »Wenn ihr eure Waffen habt, bildet zwei Gruppen, eine bei der Steuerbord- und eine bei der Backbordwache! Die Backbordwache steht unter meinem Kommando! Wir entern auf Höhe der Fockmaststagen! Die an Steuerbord nehmen den Hauptmast und folgen Mistress Mall! Sind alle ausreichend bewaffnet?«

Ein Hurra ertönte, gefolgt vom Rasseln der Entermesser.

»Prima! Dann in die Speigatten mit euch, kauert euch hinter die Bordwand – schön tief runter – und kommt den Kanonentaljen nicht ins Gehege! Jedem, der vor meinem Befehl den Kopf über die verdammte Reling streckt, reiße ich ihn eigenhändig von den Schultern! Alles klar? Dann hopphopp – und macht ihnen die Hölle heiß, Jungs!«

Mall legte eine Hand auf meinen Arm. »Ihr kommt mit meiner Gruppe, Stephen; wir müssen weniger weit hinauf und haben besseren Halt!«

»Kommt mir entgegen –« Malls Griff wurde plötzlich fester; sie starrte an mir vorbei, Richtung Bugspriet. Ich drehte mich um und sah, wie sich Stryges Kabinentür öffnete und der alte Mann herausgeschlurft kam, dicht gefolgt von seinen eigenartigen Begleitern.

Er blieb einen Augenblick stehen, blickte uns aus verschleierten Augen an und sagte dann: »Ihr wollt sie also entern. Und braucht dabei etwas Unterstützung, habe ich recht?«

»Kommt drauf an«, gab Jyp zurück. »An was genau hattest du denn gedacht?«

»An meine Hilfe. Und ihre. He, ihr beiden!« befahl der alte Mann harsch. »Schließt euch den Enterkommandos an und helft ihnen.«

»Hey, Augenblick mal!« brüllte Jyp, als Fynn, nachdem er ihm einen unheilverkündenden Blick zugeworfen hatte, sich zwischen seinen Matrosen niederkauerte. Die scheuten wie ein Mann vor ihm zurück. Noch mehr staunte ich jedoch, als sich das schwarzhaarige Mädchen auf unsere Gruppe zubewegte.

»Ihr nehmt sie mit«, sagte der Stryge, unerschütterlich wie Urgestein, »wenn ihr allen Ernstes wieder zurückkommen wollt. Ansonsten könnt ihr gleich aufgeben und nach Hause zurücksegeln. Und jetzt kommt mein Auftritt. Aufgepaßt!«

Jyp sah die Blicke, die sich die Matrosen zuwarfen, und gab sich mit einem Seufzen geschlagen. Ich wußte nicht, was ich davon halten sollte. Zwar ahnte ich inzwischen, was für ein Leibwächter Fynn war – eine Art Werwolf für Arme nämlich –, doch ich hatte angenommen, daß das Mädchen zu ganz anderen Zwecken mit dabei sei. Also mußte es mit ihr noch eine andere Bewandtnis haben, wenn der alte Teufel bereit war, sie einfach so aufs Spiel zu setzen – und sie selbst schien auch keine Angst zu haben. Im schwachen Mondlicht sah sie nicht mehr ganz so hübsch aus. Unter dem glatten Haar wölbte sich ihre Stirn noch höher, die Augen wirkten sogar noch größer, das Kinn war viel zu schwach und schmal im Vergleich zum Rest des Gesichts; ein Anflug von Mißgestaltung, eine nicht von der Hand zu weisenden Ähnlichkeit mit einem Fötus. Auch vor ihr schreckten die Matrosen zurück. Stryge zollte ihnen keine Beachtung, sondern ging schnurstracks die Kajütstreppe zum Vorderdeck hinauf und begann im letzten Mondlicht leise vor sich hin zu pfeifen. Dann reckte er die Arme gen Himmel.

»Was treibt er denn jetzt?« erkundigte sich Mall, als unsere Gruppe sich gemeinsam hinter der Bordwand, dabei unangenehm dicht neben einer der Kanonen duckte. Ich hatte nicht die geringste Ahnung. Eingerannt, wie die Kanone jetzt war, konnte ich direkt in ihre Mündung und das grimmige Grinsen der Kanoniere dahinter sehen, ein wahrhaft furchterregender Anblick. Ich konnte sogar die pfeffrige Schärfe des Pulvers riechen. Auch Mall grinste.

»Man hält sich am besten die Ohren zu, wenn gefeuert wird, Stephen. Und seid Gott auf den Knien dankbar, daß es nur ein Achtzehnpfünder ist. Die *Chorazin* ist mit Vierundzwanzigpfündern bestückt ...«

»Hat Jyp nicht gesagt, wir wären ihnen an Feuerkraft überlegen?«

»Aye, sie haben nur fünf auf jeder Seite und ein paar drehbare Geschütze; wir haben jeweils zehn. Aber auch fünf sind ganz ordentlich, wenn sie voll zum Einsatz kommen.«

Ich dachte einen Augenblick darüber nach, dann befand ich, daß ich es nicht näher wissen wollte. Es gab noch etwas anderes, das mir nicht aus dem Sinn gehen wollte; etwas, das Mall beiläufig erwähnt hatte und mir, je mehr ich darüber nachdachte, die Nackenhaare zu Berge stehen ließ. Neben uns wirbelte ein Funke durch die rasch zunehmende Dunkelheit, in langsamen Achterfiguren, wie ein Glühwürmchen an einer Schnur – was mich ziemlich irritierte. »Muß der Kerl dieses Fackelding dort ständig schwenken?«

»Der Geschützführer? Das ist seine Lunte. Er muß so damit herumfuchteln, damit sie nicht ausgeht.«

»Also, mir wäre es wirklich lieber, er würde nicht so fahrlässig damit umgehen – nicht so dicht am Zündloch!« Mall lachte nur. Ich schäumte innerlich.

»Mall – da gibt es etwas ... ich muß einfach danach fragen.«

»Dann fragt!« zischte sie. Sie lachte nicht mehr und hörte sich jetzt nicht weniger angespannt an als ich.

»Diese Aufführungen – wo Männer in Frauenrollen auftraten – das geschah doch nicht wegen ... Mall, waren das Stücke von Shakespeare?«

»Wer? Oh, *Shakspur*!« Sie klang erstaunt. »Werden die denn immer noch gespielt? Aye, einige waren von ihm. Der Landadel war ganz aus dem Häuschen, aber für meinen Geschmack waren es etwas zuviel Worte! Middleton hingegen, oder Master Dekker, die schrieben richtige Stücke –« Sie verstummte, ihre Hand lag wieder auf meiner Schulter. Hoch über uns, gegen den sich verdunkelnden Wolkenbogen, erschien ein Schatten und ein weißer Blitz, eine Gestalt, die sich, auf kleinen Flügeln kreisend, immer weiter herab auf den stillen Schatten auf dem Vorderdeck herabsenkte – eine eher kleine Seemöwe. Sie landete direkt auf Le Stryges gen Himmel ausgestrecktem Arm, flatterte nervös mit den Flügeln, und er holte sie langsam zu sich heran und beugte sich über sie, streichelte sie, ignorierte ihren unsicheren Protest. Er blickte zum Mond hinauf, dann zu den hohen Masten des Handelsschiffes der Wölfe, das plötzlich viel näher gerückt war. Ich staunte, wie schnell wir sie eingeholt hatten. Immer noch besänftigend auf seinen Fang einredend, schlurfte Le Stryge auf die Reling zu. Plötzlich hob er den Vogel hoch, so daß er in den letzten Strahlen erglänzte, und stieß einen Ruf aus, laut, scharf, guttural und grausam. Irgendwie begriff ich, was er vorhatte; schon wollte ich mich aufrichten, einen Schrei auf den Lippen. Doch Mall riß mich zurück, gerade als der alte Mann die Arme weit ausstreckte und dabei den unglücklichen Vogel in zwei Stücke zerriß, einen Flügel vom Rumpf trennte.

Die Matrosen ließen ein unterdrücktes Aufstöhnen des Abscheus hören. Doch in dem Moment, als das Blut auf das Deck spritzte, sah ich, wie die Segel durchgeschüttelt wurden, als hätte sie eine riesige Hand geschlagen, dann flatterten sie leer und nutzlos in der Brise. Schlagartig verdunkelte sich das Mondlicht, und in der Finsternis, die sich über das Hauptdeck ergoß, vernahm ich Stryges schrill keckerndes Gelächter.

Dazwischen mischte sich Pierces blaffender Kommandoton: »Seht euch das an, Männer, reißt die Augen auf! In wenigen Minuten haben wir sie! *Alle Mann fertig machen zum Über-*

wechseln! Steuerbord-Geschützmannschaften – Kanonen ausrennen!«

Die Pforten flogen mit einem Knall auf, gefolgt von einem Quietschen, und wieder wurde der Schiffsrumpf von dröhnendem Rattern erschüttert. Direkt neben meinem Ohr knarrten die Taljen, die Lafette knirschte, als die bis zum Äußersten konzentrierte Mannschaft die Schnauze des massigen Geschützes in die Dunkelheit hinausschob, als solle es sein noch weit entferntes Ziel erschnuppern. Handspaken knatterten, brachten den schweren Lauf in die richtige Höhe und den korrekten Winkel. Ich hoffte nur, daß sich die Geschützführer an ihre Befehle erinnerten. Mit kurzen, heftigen Schlägen wurden Keile eingetrieben, um das angepeilte Ziel zu halten, und dann war es auf einmal wieder erschreckend still. Die normalen Schiffsgeräusche nahm ich schon nicht mehr wahr; ich hörte nur noch meinen eigenen Atem, den jedoch übermäßig laut. Ich hatte einen widerlichen Geschmack im Mund, wie nach Gummi und ranzigem Fett; jetzt hätte ich sogar diesen verdammten Brandy getrunken. Die Stille dauerte und dauerte, die Warterei kam mir wie Stunden vor, in denen man nichts tun konnte als nachzudenken. Le Stryges grausige Darbietung seiner Zauberkunst hatte mich schrecklich aufgebracht; trotzdem ging mir das kurze Gespräch mit Mall weit mehr nach. In meinem Kopf fing es zu brodeln an, Hoffnungen und Ängste und wüste Spekulationen – und die Wahrheiten, die sie mir vor Augen gehalten hatte.

»*Alle Mann an die Brassen!*« brüllte Pierce plötzlich. »*Ruder nach Lee! Los Verschoten! Großsegel! Ausschwenken, Steuerbord! Backbord – beidrehen! Strafft das Großsegel, holt ein, ihr Saubande, holt, holt!*«

Einen kurzen Moment lang packte mich die Panik, als die Segel über uns erzitterten und dann schlaff herunterhingen; doch dann kamen die Rahen langsam und quietschend herum.

»Wir machen uns an sie heran, und zwar auf einem anderen

Kurs!« zischte Mall. Unsere Leinwand blähte sich wieder prall auf, und plötzlich tauchten die Segel der *Chorazin* nicht mehr vor uns, sondern neben uns auf. »Jetzt gilt's, unsere Breitseite oder ihre ...«

Und dann war es soweit. *»Steuerbordkanonen – volle Breitseite – Feuer!«*

Ich schaffte es gerade noch rechtzeitig, die Hände an die Ohren zu pressen und die Augen zuzukneifen. Dann sprach der Donner, und das gesamte Schiff erbebte unter seiner Wortgewalt. Orangerotes Feuer tanzte unter meinen Augenlidern. Das Deck unter mir bäumte sich jäh auf, und plötzlich war ich in Wolken aus schwarzem Rauch und stechenden Funken eingehüllt. Ich hustete und würgte, und die Trommelfelle dröhnten selbst unter den schützenden Händen. Den nächsten Befehl konnte ich nicht hören, spürte jedoch das Rumpeln auf den Planken, als die Kanonen zurückgezogen wurden, und öffnete vorsichtig die Augen. Durch scharlachrote Streifen hindurch sah ich, wie die Geschützmannschaft ihre noch immer rauchende Kanone an den Haltetauen zurück auf Ladeposition zerrte. Der Lauf zischte und spie Dampf aus, als er mit einem mit nassen Lumpen umhüllten Stock ausgewischt wurde. Dann wurden staubig aussehende Stoffbeutel aus tiefen Ledereimern gehoben und vorsichtig in die Kanonenmündung geschoben; das waren die Kartuschen. Wenn auch nur ein winziger Funke vom vorhergehenden Schuß noch im Rohr glühte, konnte das zu einem der gefürchteten Unfälle führen. Dann wurden einige grobe Stoffetzen zum Festsetzen der Kartuschen hinterhergeschoben und mit dem filzumhüllten anderen Ende des eben schon benutzten Dreimeter-Stecken festgerammt. Erst dann wurde die lächerlich klein wirkende Eisenkugel in den Lauf geführt und ebenfalls mit einem Lumpenpfropfen festgestoßen. Ein recht einfacher Vorgang, doch er vollzog sich inmitten erstickenden Rauchs und direkt am heißen Metall – und buchstäblich innerhalb einer oder zwei Sekunden. Die

Mannschaft tänzelte mit bewunderungswürdiger Anmut umeinander herum – gedrillte Bewegungen, die sich an jeder Kanone wiederholten, so daß es aussah, als würde auf Deck eine groteske Tanzveranstaltung abgehalten. Grotesk und tödlich.

»Ausrennen!« schallte Pierces Kommando. *»Ziel auffassen! Feuer!«* Wieder der ohrenbetäubende Donner, wieder dieses Aufsteigen, als sich die *Defiance* beim Rückstoß zur Seite neigte, wieder die Flamme und der beißende Rauch. Das Schiff, die Segel, alles verschwand in der sengenden Wolke; ich konnte nicht einmal mehr meine eigenen Hände sehen. Und wir befanden uns immerhin im Freien – das untere Kanonendeck mußte sich inzwischen in eine mittelalterliche Vision der Hölle verwandelt haben. Panik stieg in mir auf, und ein plötzliches, verzweifeltes Bedürfnis, das alles zu verstehen; ich tastete blind ins Nichts und fand warme Arme. Als sich der Qualm etwas verzogen hatte, hielt ich anstelle von Mall einen wild grinsenden Kobold gepackt, in dessen dreckverschmiertem Gesicht grüne Augen blitzten.

»Mall!« schrie ich. »Sind Sie wirklich fünfhundert Jahre alt?«

Sie rollte die Augen himmelwärts, bis ich das Weiße darin sehen konnte. »Herr im Himmel, was für ein Zeitpunkt für eine solche Frage!«

»Ich muß einfach fragen! Sie werfen Ihr Leben weg – nur meinetwegen. Riskieren Sie da nicht ein bißchen zu viel?«

Sie nickte ernst. »Aye, tatsächlich. Solche Dinge geschehen.«

»Großer Gott …« Ich sank in mich zusammen.

Sie lachte sanft. »Sagte ich nicht bereits, daß sich das Maß aller Dinge verändert? Aller Dinge, sogar der Stunden und der Entfernungen. Das Große Rad wird durch die Zeit angetrieben, die Achse im Herzen der Nabe – der Stengel mitten im Kern, wenn Ihr so wollt; die Menschen sehen es auf vielerlei Arten. Werden aber diese Grenzen überschritten, gelangt man weiter nach außen, wird die Welt weiter. Nun, und so ergeht es auch ihren Stunden – denn was sind sie, wenn nicht zwei Seiten des gleichen Gewebes, nach der gleichen Elle geschneidert? Wer auf der einen Seite reist, reist auch auf der anderen, vor und zurück. Je weiter die Reise geht, je eher man losläßt, desto weniger lasten die Stunden auf dir; so ein Wanderer bin ich. Hier mißt deine Spanne soviel, wie du für dich beanspruchst. Vielleicht auch soviel, wie du ertragen kannst. Viele treibt es weit und lange hinaus, und doch kehren sie am Ende wieder zurück, gefangen in einem Netz, aus dem sie sich nie wirklich befreien konnten. Sie treiben zurück und vergessen. Aber ich nicht, niemals!« Sie runzelte die Stirn. »Was hatte ich dort schon zu erwarten, zwischen all den Bordellen und Lasterhöhlen, den Betrügern und Halsabschneidern? Ich wollte leben, lernen, etwas Besseres finden – oder es ins Leben rufen!«

Begleitet vom Geschrei der Geschützmannschaften und dem Rasseln der Ketten rumpelten die Kanonen erneut vorwärts. Der Geschützführer ließ den Deckel der Zündpfanne zurückschnappen. Mall und ich duckten uns und hielten uns die Ohren zu, als die glühende Lunte in das Zündloch gestoßen wurde. Als ich diesmal die Augen öffnete, brüllten und jubelten die Geschützmannschaften.

»Sieht so aus, als hätten wir etwas getroffen – mein Gott!« Ich schüttelte wieder den Kopf. »Schon fünfhundert Jahre? Sie hätten noch viel mehr haben können – und doch sind Sie bereit, alles auf so eine närrische Spritztour zu setzen?«

»Warum nicht? Was ist denn aller Reichtum wert, wenn er bloß gehortet und nie benutzt wird? Wie lange würde ich an meinem Leben hängen, wenn ich es nie wieder für eine gute Sache einsetzen würde? Je länger du hier bist, um so mehr mußt du riskieren, um deinen Jahren Bedeutung zu verleihen! Ihr seid es, mein Prachtjunge, mit Euren wenigen, kurzen Jahren in der Hinterhand, der Ihr heute nacht am meisten riskiert – und das allein für eine unwichtige Freundschaft, wie es scheint. Ich würde es ja verstehen, wenn es sich um Liebe handelte, aber Ihr habt ja noch nie geliebt, wie Ihr mir sagtet, oder?«

Sie horchte auf, hob den Blick. Auch ich hatte es gehört, ein flaches, dumpfes Geräusch, als hätte jemand in der Nähe eine Tür zugeschlagen, sehr dumpf, gefolgt von einem zischenden, fallenden Pfeifen; doch kaum hatte ich erraten, worum es sich handelte, da warf Mall uns auch schon beide flach auf das Deck. Knapp über unseren Köpfen krachte und splitterte Holz, etwas schnappte mit einem tiefen, klingelnden Dröhnen, und die Planken unter uns hoben und senkten sich wieder, von einer grauenvollen Serie splitternder Geräusche begleitet.

»Sieht aus, als hätten wir sie geweckt«, hörte ich Mall in mein Ohr brüllen, und dann feuerten unsere Kanonen die prompte Antwort zurück, jetzt nicht mehr als geordnete Salve, sondern als dumpf rollendes Wechselfeuer, bei dem jede Geschützmannschaft feuerte, sobald sie fertig war. Mir wurde kaum klar, was Mall gemeint hatte. Hinter der Bordwand zusammengekrümmt und bei jeder Detonation zusammenzuckend, kam ich mir seltsam losgelöst von diesem ganzen Pandemonium vor. Halb taub, halb blind und starr vor Angst, aber distanziert. Ob beabsichtigt oder nicht, jedenfalls hatte Mall in meinem Inneren ein weit schlimmeres Durcheinander angerichtet.

Warum zum Teufel war ich plötzlich so um Clare besorgt? Um sie zu retten, klar – doch dazu hatte ich eine ganze Schiffsladung von Kämpfern angeheuert, die diesen Job allesamt besser erledigen konnten als ich. Warum war es mir so wichtig, selbst dabei zu sein? Weil ich nicht zurückstehen, unter diesen unerschrockenen Gesellen nicht als Feigling dastehen wollte. Andererseits würden sie sich bedanken, wenn ich ihnen im Weg herumstand und sie aufhielt. Warum also? Was versuchte ich zu beweisen? Daß ich mir wirklich um jemanden Sorgen machen konnte?

Ich habe sie nicht im Stich gelassen … Verdammt noch mal, natürlich hatte ich es getan. Man kann sich nicht so einfach in die Tasche lügen, wenn man in eine Kanonenmündung schaut. Sie stellt einen sozusagen bloß. Furcht riß mir die Masken vom Gesicht, löste den Lack ab. Langsam, bedacht, *elegant* hatte ich Jacquie fallenlassen – und war dabei so kalt und grausam vorgegangen, wie man es nur sein kann. Ich besuchte sie hin und wieder, brachte es ihr schonend bei – zu ihrem Besten, wie ich mir einredete; aber hauptsächlich zu meinem. Alles nur Fassade – war mir das jemals bewußt gewesen? Ich konnte es nicht sagen. Doch zum ersten Mal wurde mir klar, daß sie es gewußt haben mußte; ich hatte sie keinen einzigen Moment an der Nase herumführen können – sowenig, wie ich Mall täuschen konnte. Aber warum hatte Jacquie das alles mitgemacht, dieses lächerliche Schauspiel einer zerbrechenden Beziehung, des allmählichen Auseinanderlebens?

Meinetwegen. Sie hatte mich immer noch geliebt, zumindest noch so sehr, daß sie mich meine Würde bewahren ließ, obwohl sie sie mit einem Schlag hätte vernichten können. Sie ließ mich meine Rolle weiterspielen, weil sie sah, wie sehr ich es brauchte, wie leer ich ohne diesen Vorwand gewesen wäre. Sie hatte mich wirklich geliebt. Ich hatte sie betrogen – und damit womöglich mich selbst.

Es war die Vergangenheit, die ich durch den Pulverdampf schimmern sah, mein Ich der letzten Jahre. Diese Ernüchterung, diese schleichende Unehrlichkeit, die ich jetzt in meinen Beziehungen entdeckte, die sie von innen heraus vergifteten – wann hatte ich sie zum ersten Mal bemerkt? Nicht lange danach. Irgendwie war nichts mehr so wie vorher gewesen – oder niemand mehr. Bis ich die Frauen in einer speziellen Schublade meines Lebens verschlossen hatte, schön sicher und oberflächlich. Warum? Weil ich so mit meinem verdammten Ego beschäftigt war, daß ich nicht erkannte, was ich da überhaupt besessen hatte? Weil ich so ein großer Idiot gewesen war, daß ich mir selbst vormachte, daß ich das alles gegen eine völlig unausgegorene goldene Zukunft eintauschte? Unehrlichkeit … lächerlich. Natürlich war sie im Spiel – aber sie saß tief in mir.

Mall zog mich wieder in die Hocke neben die anderen hinter die Bordwand. Noch immer ganz in Gedanken versunken, nahm ich die Nebelstreifen kaum wahr, die sich in die Qualmwolken gemischt hatten, auch nicht das sich rasch ausbreitende Grau am Himmel über unseren Köpfen. Hochaufragende Segel, zerschossen und rauchend, zeichneten sich vor ihm ab, und darunter ein dunkler, massiger Körper, der mit erschreckender, außerordentlicher Geschwindigkeit auf uns zukam. Vom Querbalken seines hohen Hecks grinsten uns die Laternen förmlich an, denn sie waren in der Form riesiger, völlig unmenschlicher Schädel gefertigt; oder waren das echte Schädel? Als die schwarze Bordwand über uns aufragte, sah ich, wie dort gigantische Kanonenmündungen herausgeschoben wurden und sich sofort nach unten neigten. Vor unserem Deck erscholl ein wilder Chor von Schreien, und aus der Dunkelheit über uns ein furchterregendes, kehliges Geheul – eindeutig Wölfe. Es hätte jeden erschreckt; mich versetzte es in heillose Angst. Doch ich wußte jetzt, was ich tat, und es war schrecklich einfach.

»Es ist alles, was ich noch habe!« schrie ich Mall zu, und sie schien zu wissen, was ich meinte. »Nicht gerade viel, da haben Sie recht, doch ich muß es verteidigen! Ich *muß* darum kämpfen!«

Eine letzte Chance, mich um jemand anderen zu kümmern. Wenn ich sie verspielte …

Nein! Nur nicht das! *Clare*!

Dann berührten sich die Flanken der beiden Schiffe, und alle menschlichen Geräusche gingen im Kreischen des geschundenen Holzes und einem langgezogenen Knirschen unter. Die *Defiance* stand genau unter der sich über uns wölbenden *Chorazin*, und die Ausbuchtung der viel höher gelegenen Wanten des Handelsschiffes ragte krachend und splitternd über unsere Reling, bedrohlich wie eine steile Felswand im morgendlichen Zwielicht. Die Seeleute sprangen auf, schwangen vielzackige Eisenhaken an langen Leinen und schleuderten sie über die Reling oder in die Kanonenluken des feindlichen Schiffes und verklammerten uns so mit der überhängenden Klippe.

»Los jetzt!« schrie Mall und schwang sich auf die Reling. Und dann löste sich alles – Erinnerungen, Gewissensbisse, einfach alles – in dem Donner auf, der das Universum erschütterte.

Die Wölfe hatten aus nächster Nähe eine Kanone abgefeuert, doch sie hatten zu lange damit gewartet. Ein dämonischer Atem hauchte sengend durch die Luft, doch die Kugel aus dem Fünfundzwanzigpfünder, die unseren schutzlos daliegenden Rumpf hätte zerschmettern können, jaulte erschreckend nahe über unsere Köpfe hinweg, zischte jedoch zwischen Masten und Takelage hindurch, ohne viel Schaden anzurichten. Mit einer Ausnahme. Der immense, aus Kiefernholz gefertigte Hauptmast hüpfte regelrecht in seiner Verankerung hoch und wand sich wie ein waidwundes Tier, schleuderte mindestens einen Ausguck aus dem Mastkorb in hohem Bogen durch die Luft, dorthin, wo ihm niemand mehr helfen konnte. Dann neigte sich der Mast mit einem langen, reißenden Bersten, das von einer Reihe kurzer, peitschender Knalle durchsetzt war, langsam zur Seite. Er stürzte in einem wirren Durcheinander zerrissenen Tauwerks in die Masten der *Chorazin*, die seinen Sturz auffingen und ihn unsicher schwankend hielten, wie Bäume in einem dichten Wald, die ihre gefällten Gefährten stützten.

Es war ein eindrucksvoller Anblick. Doch im sich verziehenden Qualm sah ich, wie Mall mit wehendem Haar wie eine Spinne an den schwarzen Planken der *Chorazin* hinaufkrabbelte, nachfaßte und weiterkletterte. Ich sprang auf die Reling, stürzte ihr nach und hörte kaum das Gebrüll, das die anderen ausstießen, während sie das gleiche taten. Ich warf einen Blick nach unten –

Der Dorn des Beils verbiß sich in den Rand einer Planke und hielt – glücklicherweise. Mir schwirrte der Kopf. Ich baumelte über dem Abgrund des Chaos, mit strampelnden Füßen, die, wie die eines Gehenkten, verzweifelt nach Halt suchten. Gleichzeitig versuchte ich, den Kopf wieder klar zu kriegen, angesichts der Tiefen, in die ich geblickt hatte, und die meine Gedanken wie trockenes Laub durcheinandergewirbelt hatten. Eine riesige Leere wirbelnder und treibender Dämpfe, darunter eine rasch dahineilende Unschärfe, stahlgraue Unendlichkeit, durchsetzt von Streifen bitteren Lichts. Ein Blinken tauchte aus dem Nebel auf und war im gleichen Moment verschwunden, als ich es erblickte, wie der blinde Fleck im Auge …

Dann krallten sich meine Füße in die Fugen und Ritzen des Holzes, meine Hand bekam den Rand einer Geschützpforte zu fassen. Mit diesem festen Halt wurde der Aufstieg wesentlich einfacher. Ich duckte mich, als eine Enterleine niedersauste, die jedoch kurz darauf mit einem hackenden Geräusch von oben wieder gekappt wurde, dann starrte ich auf das schwarzhaarige Mädchen, das sich an mir vorbei nach oben arbeitete, das Kleid über die dünnen weißen Schenkeln hochgerafft. Ihre schlanken Finger klammerten sich an die Planken wie eine Fliege an die Wand, die dunklen Nägel gruben sich ins Holz. Ihr Haar glänzte, und sie sah naß aus, so naß, als wäre sie direkt aus dem Meer heraufgeklettert. Sie würdigte mich keines Blickes; ihre Augen waren starr, die Lippen mit kindlicher Entschlossenheit zusammengepreßt. Ein weiteres Seil fiel herab, doch wieder andere fanden oben Halt, und von dort ertönte plötzlich ein Ruf. Wölfe lehnten sich über die Reling und griffen Mall mit Äxten und Säbeln an, und einer von ihnen, kaum anderthalb Meter über mir, lehnte sich über die Bordwand und zielte mit einer Art Muskete auf sie. Ich setzte einen Fuß in die Mündung der großen Kanone, die immer noch ausgefahren neben mir aus der Stückpforte starrte, schwang mich an der dicken Enterleine nach oben und hackte mit der Axt wild drauflos. Der Wolf schrie auf und ließ die Muskete fallen, die ins Leere feuerte; ich schrie ebenfalls und schwang mich mit zischenden Schuhsohlen auf die Reling. Die Kanone war noch höllisch heiß!

Mall hatte die Bordwand bereits hinter sich gelassen und trieb auf dem Deck einige Wölfe mit wuchtigen Rundschlägen zurück, um uns den Weg freizuhalten. Hinter ihr schob sich das Mädchen, das zu Stryge gehörte, durch eine von einer Kanonenkugel gerissene Lücke in der Bordwand. Instinktiv eilte ich auf sie zu, um ihr zu helfen, wäre dann jedoch beinahe selbst gestürzt, als sie sich ohne Waffe mit einem Schrei auf den erstbesten Feind warf. Das heißt, nicht ganz unbewaffnet; sofort fuhr sie dem Widerling mit ihren unbarmherzigen Fingern an die Kehle, zog sich daran hoch und grub ihre kleinen weißen Zähne direkt in sein Gesicht. Mit einem Kreischen, das alle anderen Geräusche übertönte, riß er sich los, stolperte und stampfte umher und schlug sich panisch die Hände vors Gesicht. Kein Wunder: Es war von einem widerlichen schwarzen Schleim bedeckt, der sich ausbreitete, schäumte und rauchte wie eine faule Säure. Ein anderer stieß ihn zur Seite und schlug mit dem Säbel nach dem Mädchen: Sie spuckte ihn wie eine Kobra an, direkt in die Augen. Gellend zuckte er nach hinten, mitten unter seine Kumpane; mit entsetztem Gebrüll wichen sie zurück, und wir waren über ihnen.

Was in den nächsten paar Minuten geschah, ist nicht allzu klar. Sicherlich gab es keins dieser schicken Duelle, die man immer in Filmen sieht. Riesige Gestalten in eigenartig lumpigen Klamotten umzingelten uns wie eine Mauer; stumpfe, graue Gesichter knurrten wie Märchenkobolde, und lange, stumpfe Klingen fauchten und krachten, bis es mir vorkam, als würde der Nebel selbst nach mir schlagen. Sie trafen mich nie, zweifellos wurde ich beschützt, obwohl ich das nicht sehen konnte; schon gar nicht von wem. Verzweifelt duckte ich mich unter den Wölfen weg, parierte und schlug um mich, wann immer es mir möglich war. Ich schrie alles mögliche aus voller Lunge, und immer wenn meine Streiche ein Ziel fanden, jauchzte ich vor Freude auf – die Kehrseite der Angst. Dann war ich plötzlich aus dem Gewühl heraus, ohne zu verstehen, weshalb, bis Mall mich an der Schulter schüttelte.

»Kommt, Steve, hier entlang, solange der Weg frei ist!« Ich folgte mit acht oder neun anderen, rutschte durch die Pfützen rauchenden, schwarzen Schleims, der auf sämtlichen Decks verspritzt war, und sprang über Wölfe, die sich darin herumwälzten. Mall rannte nach achtern, und in einer fließenden Bewegung trat sie eine halboffene Luke aus der Halterung heraus und schwang sich hinein.

»Ich habe gesehen, wie einige hier drin verschwunden sind!« keuchte sie. »Vielleicht, um nach ihrer Gefangenen zu sehen?«

Von irgendwo weiter oben klangen Jyps Rufe über das Deck: »Gebt's ihnen, Defiants! So ist's richtig! *Wir geben kein Pardon!*« Es war schön, zu wissen, daß auch er durchgekommen war. Da ertönte ein garstiges Todesgeheul, das plötzlich jedoch wie abgeschnitten aufhörte, dann ein japsendes Bellen, hoch und bösartig; ich dachte an Fynn. Hastig tauchte ich Mall nach, stolperte fast die Leiter hinunter und schoß ihr in das pechschwarze Dunkel unten hinterher. Der Gestank fraß sich in meine Kehle, und ich mußte husten.

»Schsch!« zischte sie, als die anderen hinterher geklappert kamen. »An die Wände und flach auf den Boden! Sie sehen besser als wir in der Dunkelheit – trotzdem brauchen sie wenigstens ein bißchen Licht – aha!« Metall rasselte und schepperte, ein roter Funke zeigte sich und schwoll zu einer gelblichen Flamme an, und mit einem Mal staunten wir einander mit offenen Mündern an. Wir waren in einem aus rauhen Brettern gezimmerten, engen Korridor, mattrot gestrichen vom Boden bis zur Decke. Mall zeigte auf die vielen Türen links und rechts, hielt die Laterne höher und hob ihr Schwert, während die Matrosen eine Tür nach der anderen auftraten. Es handelte sich ausnahmslos um Vorratsräume, zumeist halbleer und unglaublich verwahrlost. Mall schritt den Korridor rasch bis zu der dunklen Treppe am Ende ab, wobei sie monströse Schatten an die Wände warf. Über uns dröhnte das Deck, als der Kampf erneut hin und her brandete, und plötzlich drangen Geräusche durch den gedämpften Lärm, ein schreckliches Bellen, eine fallende Klinge, die sich in die Planken bohrte, und Jyps Stimme, die sich vor Aufregung überschlug: *»Denkt an Alamo! Und an Tippecanoe und an Tyler!«* Dann eilten wir Mall weiter in die Dunkelheit hinterher.

Sie bewegte sich rasch, doch sie befand sich noch auf der Treppe, als die Wölfe aus dem dunklen Loch zum Angriff übergingen, schnell und lautlos, wie ihre Namensvettern. Sie erwischten Mall auf der unteren Stufe, wo ihr Schwertarm noch vom Geländer behindert war; einer forderte ihre lange Klinge mit seinem Entermesser heraus, während ein anderer gleichzeitig einen Schritt zur Seite machte und mit dem langen Dorn einer Streitaxt nach meinen Beinen stieß. Ich war erst einige Stufen gegangen, duckte mich jetzt unter das Deck, riß die vergessene Pistole aus dem Gürtel und versuchte, die Hämmer mit der Handfläche zu spannen, so wie ich es bei Pierce gesehen hatte. Die Federn waren so stark, daß die Metallspitzen so schmerzhaft über meine Handflächen rutschten, daß ich die Pistole beinahe fallengelassen hätte. Aber ich hatte es geschafft: Sie war gespannt. Ich beugte mich nach unten, brachte sie in Anschlag – und zog vor lauter Aufregung beide Abzüge. Die Zündkapsel zischte und brutzelte, doch einen Moment lang passierte überhaupt nichts; das Pulver war feucht geworden. Ich wollte dem Wolf das Ding gerade an den Kopf werfen, als der eine Lauf mit einem Knall und einem blendenden Blitz losging. Durch ihren unglaublichen Rückschlag sprang die Pistole aus meinem ungeübten Griff, doch aus einem Meter Entfernung konnte ich ihn eigentlich nicht verfehlen. Der Kopf des Wolfs explodierte, und er wurde nach hinten ins Dunkel geschleudert, gerade als Mall die Deckung ihres Gegners beiseite fegte und ihre Klinge in seine Kehle drang. Sie setzte über ihn hinweg, schlitzte einem weiteren den Bauch auf und versetzte ihm noch einen Stich in den Rücken, als er vornüber kippte. Ein fetter Wolf ging mit einer Keule auf mich los und traf den Matrosen hinter mir, als ich mich wegduckte. Da knallte es hinter seinem Rücken laut; diese verdammte Pistole hatte nur Ladehemmung gehabt. Er rutschte aus und stolperte, ich schlug unbeholfen mit der Axt nach ihm, und er verschwand mit einem Aufschrei, fiel eine weitere Leiter hinab. Wir polterten hinter ihm her, doch er lag reglos an ihrem Fuß.

»Hier sind wir schon unterhalb der Wasserlinie«, keuchte Mall und hielt die Laterne hoch. »Hinter dem Laderaum. Dann müßten das hier die Waffen- und Pulvermagazine sein. Ja – und sie stehen noch offen! Wir haben sie wirklich im Schlaf überrascht! Und vielleicht sogar – aye, ein Proviantraum!«

Es war eine schwere, messingbeschlagene Tür. Das in Wolfskopfhöhe angebrachte Fenster war vergittert. Ich hielt mich an den Gitterstäben fest und zog mich hinauf, um hineinzusehen. Ich sah eine weitere Tür mit einem breiteren Fenster, und als Mall die Laterne höher hielt –

»Clare!«

Da lag sie, das blonde Haar strähnig, das Gesicht schmutzverschmiert, die elegante Bürobluse zerrissen, auf eine schmale Pritsche gekauert und starrte mich starr vor Entsetzen an. Dann brachte sie mit einem trockenen Krächzen ein Wort heraus:

»St – *Steve*?«

»Halten Sie durch!« rief ich und versuchte, ein hysterisches Durcheinander der Gefühle niederzukämpfen. Ihr Anblick, ein Bild aus meinem vertrauten, alltäglichen Leben, traf mich wie ein Schock, gab mir das Gefühl, mich in einem Traum zu befinden. Die Unwirklichkeit schlug so stark über mir zusammen, daß die festen Balken um mich herum wie im Nebel verschwammen, die Bedrohung, die sich hinter ihnen verbarg, verlor jegliche Bedeutung. Die Versuchung, sich weiter in diesem Traum aufzuhalten, die Dinge einfach geschehen zu lassen und darauf zu warten, irgendwann einmal aufzuwachen, war überwältigend. Doch ich streckte meine Hand nach Clare aus und gelangte nicht zu ihr. Was sich auch immer zwischen uns befand, ob Tür oder Traum, es war nur allzu wirklich.

»Halten Sie durch! Wir holen Sie raus!« Ich ließ mich herunter und fing an, die Tür mit meiner Axt zu bearbeiten. Einer der Seeleute, ein riesiger, rundschultriger Koloß von einem Mann, schnappte sich eine Wolfsaxt und schloß sich mir mit kräftigen Hieben an; Splitter und größere Fetzen stoben nur so davon. Wir bearbeiteten das Schloß auf beiden Seiten, und schon zeigten sich tiefe Kerben, als ein noch lauteres Krachen hinter uns ertönte und trübes, gelbes Licht hereinflutete. Der Seemann hörte auf zu hacken. Hinter uns war eine weitere Tür aufgerissen worden, die wahrscheinlich vom Laderaum herführte. Wölfe strömten herein, und an ihrer Spitze stand der größte, den ich je zu Gesicht bekommen hatte, ein stoppelbärtiger Unhold mit tiefliegenden Augen, der in einem verdreckten roten Überrock und noch verdreckteren Pumphosen steckte und auf dem Kopf einen verbeulten Dreispitz mit einem roten Halstuch darunter trug. Um seinen Hals hing ein Netz aus Goldketten, und an einer davon ein schwerer Schlüssel. Aus den Pumphosen ragten nackte Füße, und jetzt wurde mir klar, weshalb die Wölfe solche schweren Stiefel trugen; jede ihrer riesigen Zehen endete nicht, wie bei Menschen, in einem Fußnagel, sondern in einer spitz zulaufenden gelben Klaue.

»Hinweg, Drecksau!« röhrte er kaum verständlich. *»Hau ab da!«*

»Macht weiter!« zischte Mall beschwörend und machte einen Schritt zurück. Die titanische Kreatur grunzte etwas, und hinter ihr senkten sich ein Dutzend Musketen. Mall lachte laut und riß die erste Tür, die sie überprüft hatte, weit auf. »Du willst hier unten schießen lassen? Nur zu, mein Alter! Aber vor derlei Spielchen würde ich erst mein Magazin zusperren! Ein Schuß hier hinein, und wir steigen sofort hinauf zu den Engeln, während ihr zu eurem schwarzen Herrn hinabfahrt! Habt ihr es wirklich so eilig, in die Hölle zu kommen?«

Noch bevor sie zu Ende gesprochen hatte, stieß der Wolf ein wildes, enttäuschtes Zischen aus, und die Musketen wurden gesenkt.

»Ich werde dich lehren, bei uns herumzuschnüffeln, du Menschenhure! Ich schlitze dich auf und verfüttere deine Eingeweide an meine Leute!« Er zückte ein reich verziertes Breitschwert heraus, das so lang wie Malls Klinge war. *»Packt sie!«* Er griff an. Mit heiserem Bellen folgte ihm der Rest. Mall schob mich mit dem Ellenbogen zur Seite und fing seinen Schlag mit ihrer Klinge ab, doch selbst sie wankte unter der Wucht dieses Streiches. Dann prallte die ganze heulende Meute so dichtgedrängt auf uns, daß nur Mall und der Riese ihre Waffen einigermaßen frei benutzen konnten; sie droschen über unseren Köpfen aufeinander ein, bis sie der Tumult wieder trennte. Ich hielt mich verzweifelt am Türrahmen fest, damit ich nicht weggetragen wurde, klammerte mich mit den Fingern an das zerschmetterte Holz; nur noch eine Minute länger und es würde bestimmt –

Doch immer mehr Wölfe fluteten herein, und der kleine Korridor war ein einziges zähes, wogendes Handgemenge. Jetzt zählte nur noch die zahlenmäßige Stärke, und wir wurden Zentimeter für Zentimeter nach hinten, in Richtung Treppe gedrängt. Ich spürte, wie ich den Boden unter den Füßen verlor, konnte in dem Gedränge kaum atmen und mußte schließlich loslassen. Wie ein Wahnsinniger versuchte ich, wieder zur Tür zu kommen, doch ein Wolf sprang heran und blockierte sie, und ich wurde von der verbissen kämpfenden Menge weggeschoben.

»Zurück!« rief Mall. »Wieder nach oben! Hier unten können wir nichts mehr ausrichten …«

»Nein!« entgegnete ich verzweifelt. »Herrgott, wir können sie nicht zurücklassen! Nicht jetzt, wo wir schon …«

Die Kante einer Stufe bohrte sich mir schmerzhaft ins Fußgelenk; meine Beine rutschten unter mir weg, und ich glitt nach unten, in das tödliche Gedränge trampelnder Stiefel und

Klauen. Eine Hand packte mich am Kragen und zog mich auf die Treppenstufe.

»Seid nicht dumm!« keuchte Mall und schüttelte mich. »Was sollen wir denn tun? Wir haben sie gefunden, aber es ist nicht viel gewonnen, wenn wir uns jetzt abschlachten lassen! Wenn an Deck alles klar ist, werden wir dieses Rattennest hier unten in kürzester Zeit gesäubert haben ...«

»Clare!« brüllte ich über die Köpfe hinweg. *»Halten Sie aus, Mädchen! Halten Sie aus!«*

»Steve!« hörte ich sie rufen. *»Steve! Bitte nicht ...«*

»Wir kommen wieder! Hören Sie? Wir holen Sie da raus ...« Mir wurde buchstäblich das Wort abgeschnitten. Mit grimmigem Geheul warf sich der riesenhafte Wolf nach vorne, mähte einen seiner eigenen Leute, der den Weg nicht rechtzeitig freimachte, nieder und schlug auf Mall ein. Da sie in einem ungünstigen Winkel auf der Treppe feststeckte, wurde sie zunächst nach hinten gegen mich geworfen, doch gelang es ihr, den Arm hochzureißen und den Hieb zumindest einen kurzen Moment lang abzublocken, mehr nicht. Ich entschied, daß momentan alles andere als Fair Play angesagt war, holte aus und knallte dem Wolf mit aller Kraft, die in meinen beiden Armen steckte, das Enterbeil auf den Kopf. Eigentlich hätte es mich nicht gewundert, wenn das Beil entzweigegangen wäre, aber das geschah nicht. Es zerteilte den pompösen Dreispitz genau in der Mitte und fuhr mit einem Geräusch, als würde man Holz spalten, in den Schädel des Ungeheuers und blieb dort stecken. Er schrie, ein hohes, schrilles Geräusch, sein Schwert entfiel den zuckenden Fingern, und er wirbelte herum, wobei er mir die Axt aus den Händen riß, und ging dann mit vor Erstaunen weit aufgerissenem Maul in die Knie. Vermutlich hauchte er dort sein Leben aus, doch in dem Gedränge konnte er nicht umfallen.

»Ein überaus wirkungsvoller Treffer!« rief mir Mall zu, als die entsetzten Wölfe kurzfristig zurückwichen. Da ich keine Waffe mehr hatte, hob ich sein Schwert auf, das auf ihren dichtgedrängten Schultern lag, und schlug damit auf sie ein; erstaunlicherweise ließ es sich weitaus bequemer handhaben als die Axt, und sie wichen weiter zurück. Unser letzter noch lebender Mann erreichte die Treppe und duckte sich an uns vorbei, und Mall und ich folgten ihm langsam, wobei ihr Schwert den Rückzug deckte und meines so tat als ob. Doch kaum waren wir oben, rannte Mall los, wobei sie mich hinter sich herzog, und die lange herausgezögerte Musketensalve peitschte hinter uns her, riß Splitter aus dem Holz – dann waren wir draußen.

Auf Deck war nicht alles klar, ganz im Gegenteil. Wir fanden uns in dichtem Nebel wieder, gelb von Pulverdampf – in einem von gellenden Schreien erfüllten Tollhaus, einer Wand aus ringenden Gestalten, die hin und her wogte. Jyp löste sich aus dem Gewimmel und erwischte uns, gerade als wir die Luke zuknallten. »Keiner mehr?« krächzte er, heiser vom Schreien und vom Qualm. »Na schön, dann laßt uns abhauen, auf dem schnellsten Wege …«

»*Wohin denn?*«

»Zurück auf die Brigg, was dachtest du denn?«

»*Nein!*« schrie ich. »Wir haben sie gefunden, sie ist dort unten! Noch ein paar Minuten und ein paar mehr Männer …«

»Keinesfalls!« brüllte er zurück. »Wir verlieren jetzt schon immer mehr – zu viele!«

»Hör zu, wir werden sie auf keinen Fall hier zurücklassen …«

»Wir können nichts anderes tun! Sei vernünftig, Steve! Wir haben hier ausgehalten, um euch da unten Zeit zu geben, aber wir können uns nicht länger halten! Es sind einfach zu viele, sie kommen aus allen Ritzen gekrochen, wie Kakerlaken! Die müssen dichter gepackt gewesen sein als ein portugiesisches Sklavenschiff!«

»Pierce – der Entsatz …«

»Sie sägen den verdammten Mast ab! Würdest du jetzt freundlicherweise …«

Ich hatte keine Wahl. Aus dem immer dichter werdenden Nebel ertönte erneutes Gebrüll und ein einzelner, entsetzter Schrei: »*Sie kommen!*«, und dann zerfiel die geschlossene Reihe plötzlich in kleine Gruppen verbissen kämpfender Männer.

»*Haltet zusammen, Defiants!*« heulte Jyp. »*Laßt euch nicht umzingeln! Kämpft euch in Gruppen zur Reling durch! So schnell wie möglich! Vergeßt die verdammten Sprengminen!*«

Dann fielen die Wölfe über uns her, und wir mußten um unser Leben kämpfen. Allein mit diesem enormen Schwert wäre ich in Schwierigkeiten gewesen, doch hier war nicht der richtige Ort für die hohe Schule des Fechtens; jetzt hieß es, auf jeden Wolf, der einem in die Quere kam, loszuhauen und zu stechen, unzusammenhängende Flüche auszustoßen, und wenn das nicht mehr half, einfach nur zu spucken. Es dauerte ungefähr ein halbes Jahrhundert, bis wir die Bordwand erreicht hatten, Klingen und Kleider über und über besudelt, und hinter uns eine Unmenge erschlagener Aasgeier. Auf der gesamten Länge der Reling strömten unsere Männer und Frauen zurück auf die *Defiance*; auch wir achteten wenig auf die Etikette und schwangen uns ohne Umstände hinüber, wie die anderen auch. Als meine Füße unser Deck berührten, kam mir alles ganz verschwommen vor; es könnte am Pulverdampf gelegen haben, doch ich glaube, ich weinte.

Dabei war es noch nicht vorüber. »Dieser verfluchte Mast –«, schrie Jyp.

»So gut wie weg!« röhrte Pierce, während die Äxte mittschiffs in ein Gewirr aus Tauwerk schlugen. »Alle Mann zum Abstoßen, mit voller Kraft! *Alle*!« Noch immer sprangen unsere Männer von der *Chorazin* herab, während über unseren Köpfen Pistolenschüsse krachten, die die Wölfe von der Reling fernhalten sollten. Ich sah, wie Le Stryges Mädchen am Arm festgehalten wurde, sich umdrehte und mit den Fingernägeln durch ein speckiges Wolfsgesicht fuhr, wobei sie klaffende Wunden hinterließ, die wie verschüttete Schwefelsäure rauchten. Sie riß sich los, hüpfte herab und rannte an die Seite des

Stryge, wo Fynn bereits in seiner menschlichen Form kauerte. Dann gab es plötzlich ein explosionsartiges Zischen und einen dumpfen, donnernden Schlag, und der gebrochene Mast kam frei und krachte mit voller Wucht durch die Takelage, mitten auf das Deck der *Chorazin*. »Abstoßen!« bellte Pierce, und die gesamte Mannschaft eilte zur Reling und hob alles auf, was gerade zur Hand war: Bootshaken, Handspaken und verlorene Musketen. Ich erwischte einen der langen Ladestöcke, und als Pierce *»Hievt!«* schrie, stemmten wir uns alle gegen die über uns aufragenden schwarzen Planken. Ziemlich unvermutet glitten sie plötzlich unter lautem Knarren und dem Poltern herunterfallenden Schutts weg, und der dichte Nebel schob sich plötzlich wie eine goldbetupfte Gischt zwischen uns.

Ich starrte wie benommen darauf, ohne die Rufe und Schüsse, die noch hin und her schwirrten, wahrzunehmen. Und immer noch war es nicht vorbei. *»Kanonen!«* kam Jyps brüllende Stimme durch den brodelnden Nebel. »Alle Mann an die Kanonen! Laden und fertigmachen, Steuerbord und Backbord! Wir müssen sie uns vom Hals halten!« Und schon schaffte ich mit einigen anderen pulvergeschwärzten Vogelscheuchen Tauwerk beiseite, machte Platz, als die Kanone auch schon donnernd zurückgefahren wurde, und schnappte mir erneut den Ladestock; zum Glück hatte ich die anderen vorher beobachtet und wußte, was damit zu tun war. Diese Lumpen in das Rohr zu stopfen war schwerer als es aussah, doch schließlich saß die Ladung an Ort und Stelle, ich zog den Stecken wieder heraus und zog gemeinsam mit der restlichen Crew mit voller Kraft an den Taljen. Aus dem Nebel drang ein platschender Widerhall herüber, und ich sah, wie die geisterhaften Laternen langsam herumschwangen.

»Sie ist außer unser Reichweite, Sir!« rief der Maat, der aus der Takelage heruntergeklettert kam. »Jetzt kommen die …«

»Backbordkanonen!« schrie ihm Pierce mitten ins Wort. »Feuer frei!«

Wir sprangen zurück, die Hände an die Ohren gepreßt, und

die Breitseite donnerte los; wir waren noch so dicht an dem Wolfsschiff, daß wir das Splittern des Holzes drüben hörten, und ich sah, wie eine der Laternen in tausend Splitter zerbarst. Doch ebenso rasch mußten wir uns ducken, als der Antwortdonner den Nebel erbeben ließ. Zerborstenes Gestänge und flatternde Leinwand regneten auf uns herab, und die Bramstenge des Fockmasts knickte in der Mitte ein. »Alles Zerschossene absägen! Geschützmannschaften – erneut laden!« schrie Jyp. »Schnell! Schneller, oder sie kriegen uns! Wir müssen sie in Schach halten! Sie müssen sehen, daß es sich nicht lohnt!«

Wieder und wieder, in unbarmherzigem Rhythmus rannten wir die Kanonen aus und ein, luden, bis meine erlahmenden Arme den Ladestock kaum mehr halten konnten – wie oft ich ihn eingesetzt hatte, wie lange die ganze Aktion dauerte, konnte ich schon nicht mehr sagen. Wahrscheinlich nur wenige Minuten. Der Nebel, der uns einhüllte, war von Pulverdampf geschwängert, Flammen und Funken blendeten uns, die pausenlos donnernden Explosionen ließen uns taub und zitternd zurück.

»Gebt's ihnen, Jungs, gebt's ihnen!« brüllte Pierce, als wir zum Nachladen wankten, doch als er endlich zögerte und dann *»Feuer einstellen!«* bellte, hörten wir ihn kaum noch. Einige Mannschaften luden automatisch weiter oder schauten sich erschöpft und verwirrt an. Der in mehreren Lagen aufgetürmte Pulverdampf schien sich aufzubäumen, dann fuhr eine scharfe Brise dazwischen und zerteilte den Nebel, um einen bestürzend schönen Sonnenaufgang zu enthüllen: frische, klare Luft, von Licht durchflutet, der Himmel blau und hell und so transparent wie Glas, mit kleinen Wolkenflecken besetzt wie ein Hermelinpelz; darunter gab es nur noch den Ozean.

Ein richtiger Ozean, eine blaugrüne See, rollte sanft unter uns weg, beinahe reumütig schaukelten uns ihre langen Wellen langsam dahin, ihre Schaumkronen spielten um unseren

Rumpf. Dann stieß Jyp, der auf dem Achterdeck stand, einen Ruf aus und zeigte in die Ferne. Weit entfernt, ungefähr auf halber Strecke zum Horizont, glitt eine dunkle Silhouette durchs Wasser, und meinen erschöpften Augen schien es fast so, als würden sich noch immer einige Nebelfetzen wie eine schützende Hand darumlegen. Die Mannschaft stieß ein müdes Hurra aus; ich konnte es ihnen nicht verübeln, denn in ihren Augen mußte es so aussehen, daß sie die Wölfe, wenn auch nicht besiegt, so doch mit eingezogenem Schwanz in die Flucht geschlagen hatten. Doch ich wußte es besser, und die anderen auf dem Achterdeck ebenso. Ich konnte es von ihren Gesichtern ablesen, als ich schwankend hinaufkletterte.

»Warum sollten sie einen längeren Kampf riskieren?« fragte Jyp gerade. »Wir sind diesmal schon zu dicht herangekommen. Sie haben ihren Preis, und sie haben ihn verteidigt. Wir bleiben gleich mit zweifach amputiertem Mast zurück, hilflos wie ein Säugling.«

»Ach, wer wird denn gleich verzweifeln?« schnaubte Pierce. »Wir kriegen ganz bestimmt eine behelfsmäßige Takelage hin ...«

»Und dann?« erkundigte ich mich.

Es war Mall, die knallhart antwortete: »Dann schleppen wir uns zum nächsten Hafen – wenn wir Glück haben. Tut mir leid, Stephen. Uns bleibt nichts anderes übrig.«

Kapitel 7

Ungläubig wanderte mein Blick von ihr zu den sich auflösenden Nebelschwaden, die wie die Kielwelle eines unsichtbaren Schiffes in der Luft wogten und dem leeren Horizont entgegenrollten.

»Wollen Sie etwa ... Das kann doch nicht ...« Mein Mund fühlte sich an, als wäre er mit trockenem Sand gefüllt. Ich erstickte daran. Ich starrte außer mir vor Wut über das Achterdeck. Am Fuß des Niedergangs hockte Stryge, neben ihm Fynn und das schwarzhaarige Mädchen. Ihre Köpfe hatten sie wie junge Hunde auf seine schmutzigen Knie gelegt, und er strich ihnen geistesabwesend mit seinen behandschuhten, noch immer von dunklem Blut befleckten Fingern durchs Haar. Der Gedanke an diese grausame Form von Zauberei machte mich noch wütender, doch ich kämpfte meine Vorbehalte einigermaßen erfolgreich nieder.

»Sie! Sie haben sie doch vorhin schon aufgehalten – können Sie das nicht noch einmal tun?«

Das Mädchen, das kein Mädchen war, ließ den Kopf träge zurückfallen und blickte aus trüben, gesättigten Augen zu mir auf.

»Ich bin ausgelaugt«, murmelte der alte Mann und setzte seine Liebkosungen gedankenverloren fort. »Erschöpft. Und mittlerweile sind sie schon zu weit …«

Pierce überquerte das Deck mit riesigen Schritten. »Bitte um Verzeihung, Master Stephen – aber wir *wollen* sie nicht noch einmal stellen! Weshalb haben wir wohl so auf sie eingeschlagen, wenn wir sie nicht verjagen wollten? Um ihnen zu zeigen, daß es sich nicht lohnt, sich mit uns anzulegen, und daß man uns besser in Ruhe läßt. Aber wenn wir uns ein zweites Mal mit ihnen messen müßten, so angeschlagen wie wir jetzt sind, werden sie uns bestimmt erledigen! Dann werden sie uns, koste es was es wolle, rammen, vernichten oder mit ihren Kanonen in Stücke schießen!«

Mein Handgelenk schmerzte vom Gewicht des Schwertes, und ich schob es vorsichtig in den Gürtel, bis es mit dem oberen, stumpfen Teil der Klinge anlag. Dann drehte ich mich wütend zu den anderen um: »Aber Herrgott noch mal, wir *müssen* doch etwas tun können! Wir können nicht einfach so aufgeben … sie im Stich lassen …«

»Die Instandsetzungsarbeiten dürften nicht allzu lange dauern«, meinte Jyp und nagte an seiner Unterlippe. »Dann machen wir uns wieder an die Verfolgung. Vielleicht hat der Stryge die Spur noch nicht ganz verloren.«

»Ja, wenn es dann nicht schon zu spät ist! Wie sieht's denn mit der Möglichkeit aus? Verdammt noch mal, Mann …« Ich verschluckte mich wieder, ballte die Fäuste und mußte mich beherrschen, damit ich ihn nicht anschrie.

»Laßt es gut sein, Stephen«, sagte Mall ruhig. »Wir haben getan, was wir konnten. Wenigstens ein Dutzend unserer Leute haben ihr Leben geopfert, wer könnte mehr tun? Und Ihr seid über Euren eigenen Schatten gesprungen, entgegen aller Erwartungen. Weder Ihr noch wir sind schuld daran, daß sie so viele Leute an Bord hatten.«

Ich stampfte mit dem Fuß auf das Deck, etwas Besseres fiel mir nicht ein. »Herrje, Jyp. Ich habe gleich gesagt, daß wir ein größeres Schiff brauchen.«

Jyp schüttelte den Kopf. »Mit einem größeren Schiff hätten wir die Wölfe gar nicht erst eingeholt, Steve. So schnell hätten wir auch keins finden und ausrüsten können, erst recht keins, auf das vierhundert Mann gepaßt hätten. Denn mit so vielen Wölfen haben wir es nämlich aufgenommen!«

»Eine richtige Armee, damit konnte niemand rechnen«, stimmte ihm Mall zu und legte dann erstaunt die Finger an die Lippen. »So viele? Wie das denn? Da bleibt ja kaum Platz für ausreichend Verpflegung!«

»Aye, ich hörte im Hafen, daß sie massenhaft Proviant geladen haben«, warf Pierce ein. »Angeblich für eine weite Reise. So richtig hat sich niemand drum gekümmert – wir sagten uns nur, je weiter, je lieber!«

»Die müssen tatsächlich von der Hand in den Mund gelebt haben«, sagte Jyp nachdenklich. »Aber auf der Hinreise … Teufel noch mal, die müssen richtig gehungert haben – mit Absicht! Kaum zu essen und kaum zu trinken! Das macht niemand ohne triftigen Grund, selbst die Wölfe nicht. Es sei denn, es gilt so viele Leute wie möglich zusammenzupferchen. Sklaven beispielsweise …« Er pfiff leise durch die

Zähne. »Oder Soldaten! Vielleicht war das tatsächlich eine richtige Armee!«

»Soldaten?« Mall lachte kurz auf. »Red keinen Unsinn, Mann – wozu denn? Um den Hafen zu plündern? Das hätten zehnmal so viele Männer nicht geschafft, selbst wenn es ihnen gelungen wäre, den *Dupiah* loszulassen ... *oh*!«

Mit der Hand vor dem Mund starrte sie – mich an. Jyp nickte. »Nicht den Hafen; aber vielleicht wollten sie woanders zuschlagen. Nur die Wölfe hätten das nicht geschafft – aber mit dieser Kreatur als Kommandant?«

»Als Kommandant?« Ich glotzte ihn mit offenem Mund an. »Du meinst – als Anführer? Hatte dieses Ding denn ein Gehirn?«

»Vielleicht ein besseres als deins oder meins. Jedenfalls ein ganz anderes, da kannst du Gift drauf nehmen! Mit einem solchen Ding, das den Wölfen das Denken abnimmt, ihnen gehörig Angst einjagt ... könnte gut sein, daß sie es dann riskieren würden. Um so ein Team zusammenzustellen, bedarf es jedoch eines wirklich verschlagenen und bösartigen Verstands – und etwas in der Richtung sehe ich hier am Werk!«

»Was willst du damit sagen?« frage ich.

»Daß ihr Übergriff auf den Kern vielleicht gar nicht so willkürlich war, wie wir geglaubt haben. Vielleicht hatten sie es genauso geplant; als Teil des großen Plans.«

»Aber – was wollten sie dort bloß? Gegen die Polizei, die Soldaten ...«

»Die müßten sie erst einmal finden. Hat denn jemand die Wölfe gesehen, als sie in dein Büro eindrangen? Oder als sie sich wieder aus dem Staub machten? Sie kennen eine Menge Tricks und können eine Menge Unruhe stiften, wenn sie gezielt zuschlagen. Hier ein Raub, dort ein Mord, hin und wieder ein Frontalangriff ...«

Für einen Moment wurde Clare aus meinen Gedanken verdrängt. Die Vorstellung, wie eine Bande Terroristen wie unter einer Tarnkappe zuschlagen und sich wieder davonmachen konnte, dazu von dieser schrecklichen, alles verschlingenden Kreatur aus dem Lagerhaus angestiftet … Mir lief es eiskalt den Rücken hinunter. Wieviel Angst und Schrecken sie verbreiten konnten – und mehr als das. Ihrem grauenhaften Treiben wären kaum Grenzen gesetzt.

»Und das wäre nur der Anfang«, setzte Jyp noch eins drauf. »Ein Brückenkopf. Für die richtige Invasion. Wir halten in allen Häfen stets die Augen nach derlei Tricks von draußen offen. Dafür sind die Wächter da, und die Liga und die Gilde und die Lagerhausmeister sind ihre Wachtposten. Es gibt Barrieren, unsichtbare Barrieren, die trotzdem da sind, und niemand kann sie überschreiten, ohne daß die Wächter davon etwas erfahren würden. Doch es gibt noch andere Vorsichtsmaßnahmen, Dinge, die ich zugegebenermaßen selbst nicht verstehe. Stryge könnte dir da mehr erzählen, wenn er das wollte. Wir mögen es nicht, wenn uns irgendwelche Schatten im Nacken sitzen, und es schlüpft nur verdammt wenig durch unser Kontrollsystem. Aber wenn sie einen Weg gefunden haben, könnten sie ihn ausbauen, und anfangen … schreckliche Dinge, niederträchtig und wirklich bedrohlich. Um einiges übler noch als dein *Dupiah*. Weißt du, allmählich sieht es wirklich nach einer großangelegten …«

»Genau«, pflichtete ich ihm bei. »So sieht's aus. Eine wichtigere Sache als nur Clare zu retten, das willst du doch damit sagen, oder? Vielleicht ist es ja so. Doch sie steht immer noch im Brennpunkt des Interesses! Dieses Ritual, das sie für sie geplant haben, muß doch auch damit zusammenhängen! Also bleibt alles wie gehabt, oder etwa nicht? Außer daß ihre Rettung inzwischen wichtiger als jemals zuvor ist. Und wenn ich hinter ihnen herschwimmen muß …«

»Bravo«, sagte Mall leise.

»Hab ich etwas anderes behauptet?« erkundigte sich Jyp ruhig. »Wenn sonst schon nichts klappt. Aber zuerst sollten wir versuchen, unser Schiff wieder flott zu kriegen, hm?«

Pierce stand schon wieder mit der Flüstertüte an der Reling

und ließ eine Breitseite von Befehlen auf seine Mannschaft niedergehen. »Hoch, ihr Faulpelze! Glaubt ihr denn, wir sind hier beim Kaffeekränzchen? Damit ihr den ganzen Tag auf euren faulen Ärschen sitzen und euch gegenseitig lausen könnt? Wie lautet denn der Befehl dazu? Ich hab' schon schnellere Mannschaften auf einem brasilianischen Bumboot gesehen! Diese Decks könnten auch mal ein bißchen Wasser und einen Schrubber vertragen, und obendrein einen Scheuerstein, und uns, wie ich meine, würde das auch mal wieder guttun!« Die Matrosen nahmen seinen Schleiferton gutmütig hin, vielleicht weil der Käpt'n ebenso erschöpft krächzte wie alle anderen. Ich mußte meine bittere Enttäuschung hinunterschlucken und die Lage akzeptieren. Es gab wirklich keine andere Alternative, und jeder versuchte, so gut es eben ging, damit fertig zu werden. Wutausbrüche halfen da auch nicht weiter.

»Also gut«, sagte ich seufzend an Jyp gewandt, »sag mir, was ich tun soll, und ich mache es –« Ich war aufgesprungen und über das lange Schwert gestolpert, das mir zwischen die Beine gerutscht war. Mit einem dumpfen Knall landete ich auf den Planken und versaute mir so die dramatische Geste, aber zum Glück nichts anderes.

»Wenn Ihr Euch mit dem Ding anfreunden wollt, solltet Ihr besser lernen, damit umzugehen«, ermahnte mich Mall, als sie mir auf die Füße half. »Sonst werdet Ihr Euch noch ernsthaft verletzen!«

»... und dann kannst du dein Rendezvous in den Mond schreiben, was?« grinste Jyp, fügte dann aber nachdenklich hinzu: »Steht ihm aber ganz gut, das Ding. Wir könnten ihm doch den einen oder anderen Trick beibringen, was Mall?«

Sie zog das Schwert aus meinem Gürtel und fuhr damit wild, aber doch elegant durch die Luft. »Das haben nicht die Wölfe gemacht, dieses Schwert. Liegt sehr gut in der Hand; könnte aus Bayern stammen, den Ornamenten nach zu urteilen. Nicht ganz leicht zu führen – Ihr habt Euch besser damit geschlagen, als ich gedacht hätte.«

»Das ist wie Squash spielen«, sagte ich grinsend. »Gutes Training für meine Handgelenke.« Sie hob die Brauen, aber Jyp kicherte.

»Er meint so eine Art Tennisspiel – nicht was Sie gerade dachten, meine Dame. Na schön, dann werden wir's dir beibringen, Steven; Gott sei deiner armen Haut gnädig! Inzwischen sollten wir uns jedoch um unsere Masten kümmern. Vielleicht ist da noch was zu retten …«

Das gelang uns auch, doch allzu viel gab es nicht mehr zu retten, und als wir fertig waren, hatte der Schweiß den größten Teil des Pulverrauchs aus unseren Gesichtern wieder weggewaschen. Es wurde immer heißer, und die Männer ließen sich abwechselnd in die Speigatten fallen und von den Deckpumpen bespritzen. Ich lag nach Luft ringend zwischen ihnen, als der Wasserstrahl herabprasselte, blinzelte zum Himmel empor und spürte, wie die dünne Salzkruste auf meiner Haut fast sofort wieder trocknete; ich leckte sie hungrig von den Lippen. Wo waren wir eigentlich? Es kam mir vor wie in den Tropen, die Luft war warm, und die Sonne brannte vom Himmel. Über uns flatterte das einzige Segel, das mit einer behelfsmäßigen Takelage am Stumpf des Hauptmastes festgemacht war, lose im Wind und spendete uns wenigstens hin und wieder ein bißchen Schatten. Nach fünf Stunden Plackerei in der stinkenden Hitze unter Deck war das hier das reinste Paradies; ich hatte zwar nicht viel Ahnung, wie man eine Takelage wiederherstellt, doch beim Abdichten und Ausbessern von Einschußlöchern konnte ich recht gute Dienste leisten. Jetzt hätte ich keinen Nagel mehr durch ein Stück Zellstoff schlagen können. Mich wieder an Deck zu schleppen, hatte meine letzten Reserven gekostet, und ich wollte nichts anderes mehr, als die Hände hinter dem Kopf verschränken und auf den nächsten köstlichen Wasserschwall warten. Statt dessen fiel ein Schatten über mich, was mir fast genauso willkommen war, und verblieb dort.

»Halle, Steve«, erklang Jyps Stimme. »Du brennst immer noch darauf, hinterherzuhetzen, was?«

»Hau ab!« krächzte ich und blinzelte seine messingumrahmte Silhouette mit zusammengekniffenen Augen an. Er bewegte sich zur Seite, und die Sonne traf mich wie ein Paukenschlag. Ich ließ mich stöhnend zurückfallen. »Nein, bleib hier. Ich brauche den Schatten. Mein Kopf fällt gleich ab und kugelt durch die Speigatten. Noch ein einziger Hammerschlag, dann ist es soweit.«

»Du wirst ihn nicht großartig vermissen«, entgegnete er gutgelaunt. »Aber wir sind gleich fertig. Wir können wieder Fahrt aufnehmen, ohne allzu viel Wasser zu schlucken, dank euch Jungs. Und die neue Takelage kommt mit dem Segel erstklassig zurecht.«

Ich ergriff seine ausgestreckte Hand, und er zog mich mühelos hoch. Er mußte so hart wie alle anderen auch gearbeitet haben, er sah genauso fertig und hohlwangig und verschwitzt aus, doch er schien noch immer voller Tatendrang zu sein. Sein schmales Gesicht glühte vor Begeisterung, als er grinsend zu der primitiven Verschnürung aufblickte, die vom gebrochenen Fockmast herabhing. Wie alt mochte er wohl sein? fragte ich mich. Wann war er auf die Welt gekommen, und wo? Er hatte etwas an sich – ähnlich wie Mall, wenn auch nicht so ausgeprägt: eine Aura von Energie, unerschöpflicher Stärke. Beide schienen unermüdlich, fast unmenschlich, auch wenn sie eine unverdorbene Menschlichkeit ausstrahlten, die sich in ihrer überwältigenden Güte und Freundlichkeit zeigte. Oder aber in der unerwarteten Angriffslust, die sie ihren Feinden gegenüber an den Tag legten. Nein, unmenschlich konnte man sie nicht nennen; übermenschlich würde es eher treffen.

Hatte das nur mit ihrem Alter zu tun, oder gab es noch einen anderen Grund, eine andere Macht, die sie antrieb, daß sie so lange, so intensiv lebten? Wenn ich es genau bedachte, schien Pierce die gleichen Eigenschaften aufzuweisen, wenn auch nicht so offenkundig, und auch auf anderen Gesichtern der Mannschaft hatte ich diesen Ausdruck entdeckt. Nur war er bei ihnen nicht so stark, nicht so vollkommen, und manchmal sah es wirklich nicht mehr ganz menschlich aus. Hands zum Beispiel, der hinkende Oberkanonier, schien vor böswilliger und zerstörerischer Energie beinahe zu zerspringen, als würde er in seinem Magen nicht Essen, sondern Schwarzpulver verbrennen. Als würde er seine Kanonen geradezu verkörpern, mit keinem anderen Ziel, als zu schießen und zu zerstören, ganz egal was.

Mit einem Mal spürte ich den Mangel an tiefer, erlebter Leidenschaft in mir – denn da brannte nichts, überhaupt nichts. Ich fühlte mich rostig, ausgebrannt und leer, wie der Kamin, der lange nicht benutzt worden war, und den ich bei der Renovierung in meiner Wohnung entdeckt hatte. Das Bedürfnis, Clare zu retten, hatte einen Funken in mir entzündet, vielleicht – nein, mehr als das. Eine letzte, fauchende Flamme unter der erkalteten Asche, doch ihr einsamer Glanz unterstrich die tote Leere des Herdes geradezu. Der Rest war kalt.

Jyp klopfte mir freundschaftlich auf die Schulter und sagte: »Hey, mach ein fröhliches Gesicht!« Dann schob er mich durch die heillose Unordnung hindurch bis zum Achterdeck. »Ich dachte mir, du würdest bestimmt gerne zusehen, wie wir den Bug herumbringen, damit die Segel Wind bekommen – und wenn die Takelage hält, naja, dann steht uns nichts mehr im Wege!«

»Alle Mann an Deck!« kam der heisere Ruf der Trompete von der Brücke. *»An die Brassen! Mr. Maat! Holt den Treibanker ein! Übernehmen Sie, wenn Sie soweit sind, Steuermann!«*

Als der Maat und seine Crew das Floß, das unsere Richtung gehalten hatte, wieder an Bord hievten, sprang Jyp auf den Niedergang. »Aye, aye, Käpt'n! Steuerruder klar? Dann bring sie herum – ja, vorsichtig – noch ein bißchen – noch ein bißchen – schoten! –« Er fixierte die neue Takelung und erteilte seine Anweisungen mit konzentrierter monotoner Stimme, jedoch ohne zu brüllen; doch es war so still an Deck, daß man ihn überall hören konnte. Das quadratische Segel füllte sich mit Leben, die Rah knarrte – ich hielt den Atem an. Jetzt flatterte das seltsam anmutende Stück Leinentuch auf und blähte sich dann mit einem leidlich zufriedenstellenden Geräusch. Der Mast hielt den Druck aus, quietschte und knarrte in den Halterungen, während er unter dem enormen Gewicht wie von unsichtbaren Fingern geschüttelt hin und her schwankte – doch er hielt stand. Das Deck hörte auf zu schaukeln, stieg nur sanft nach oben, als das Schiff sich in Bewegung setzte. Überall waren Seufzer der Erleichterung zu hören, als sich jeder wieder daran erinnerte, daß er Atem holen mußte, so als würden wir mit vereinten Kräften versuchen, den nötigen Wind selbst in die Segel zu pusten.

»Klar Schiff, wir sind unterwegs! Gut gemacht, Kinder!« Der quäkende Ton der Flüstertüte konnte Pierces erleichterte Stimme nicht ganz verstecken. »Sehr gut gemacht! Jetzt sind ein paar Erfrischungen fällig, soviel steht fest! Ist zwar noch nicht ganz Mittag, aber wir tun so als ob!« Ein heiserer Aufschrei begrüßte seine offizielle Verordnung. »Mr. Maat, rücken Sie mit dem Schnaps heraus, einen Doppelten für jeden! Und dann wird gegessen, eine Wache nach der anderen!«

Noch nicht ganz Mittag? Ich konnte die Sonne sehen. Sie stand wohl nicht genau im Zenit – aber das mußte in dieser verrückten Welt nicht viel heißen. Nach den fünf Stunden in diesem Höllenloch war mir eher nach Abend zumute. Andererseits hatte mein Tag kurz nach Sonnenaufgang begonnen. Unten auf dem Hauptdeck bildeten sich mehrere Warteschlangen, aus der sich schließlich eine herausbildete, die zum Fuß des neuen Mastes drängte, wo man zwei große Tonnen aufgestellt hatte. Bevor ich wußte, wie mir geschah, stürzte ich schon zwei Schöpflöffel eines starken Gebräus hinunter. Aus Rum hatte ich mir noch nie viel gemacht, doch selbst mit Wasser vermischt war dieser Grog das Beste, was ich je probiert hatte. Meine Lebensgeister kehrten auf einen Schlag zurück, und ich ertappte mich dabei, daß ich die Mannschaften fröhlich angrinste. Wahrscheinlich sah ich genauso verrückt aus wie alle anderen. Anscheinend kam ich mit ihnen ebenso gut zurecht wie mit den Offizieren, vielleicht sogar besser, und absurderweise freute mich das besonders. Seit meiner College-Zeit war ich immer ein Häuptling gewesen, nie ein einfacher Indianer, und es tat recht gut, wieder einmal ein Anfänger zu sein. Nicht daß es hier an Bord gravierende soziale Unterschiede gegeben hätte; da kam zum Beispiel Jyp an die Reihe, der aus dem gleichen Schöpflöffel trank, und selbst wenn die Männer ihm Platz machten, dann zu gleichen Teilen zum Spaß wie aus echtem Respekt.

»Backbordwache, Essen fassen!« rief er, und als die Hälfte der Leute unter lautem Getrampel nach unten verschwunden war, führte mich Jyp hinauf zum Achterdeck, wo wir aßen. Er linste ohne rechte Begeisterung unter die Hauben des eleganten Silbergeschirrs, die Pierces Steward auf einem Klapptisch aufgebaut hatte. »Das normale Schiffsessen, nehme ich an: Bohnen, gesalzenes Schweinefleisch, deutsche Würstchen, Zwieback, und alles natürlich kalt, verdammt noch mal! Der Herd in der Kombüse unten ist beim letzten Feuerwechsel ausgegangen.«

»Und es dauert fünf Stunden, bis er wieder angefacht ist?«

»Ich meine, mit der Kugel eines Fünfundzwanzigpfünders ausgegangen – direkt durch den Rumpf und ab ins Meer.«

»Hmm. Aber eigentlich nimmt man bei diesem Wetter sowieso lieber etwas Kaltes zu sich, oder?«

»Und wie der erstaunliche Zufall so spielt, gibt es reichlich Rum, um alles hinunterzuspülen«, grinste Jyp.

Es gab Rum, in enormen Bechern, aber ich schaffte nur noch einen. Jyp schwor, ich sei mit der Nase in meinen Teller Bohnen gefallen, aber natürlich übertrieb er wieder maßlos; ich wäre um keinen Preis der Welt ohnmächtig geworden, bevor ich nicht auch den letzten Becher geleert hatte.

Er fiel auf mich. Ich wußte es genau, ich konnte ihn sehen, und ich konnte mich nicht einmal bewegen, ein Meteor mit einem Schweif fiel vom Himmel herab, wurde von Minute zu Minute größer, kam näher, wurde deutlicher, grüner, stürzte aus dem Himmel, stürzte lichterloh brennend auf mich – wie eine riesige, zupackende Hand. Die Finger schlossen sich wie einstürzende Säulen, eine ungeheuerliche Explosion zerriß mich in meine Atome und verstreute mich in alle Winde. Dann – genauso plötzlich – war ich wach, starrte in den Himmel hinauf, den das tiefe Indigo der tropischen Dämmerung verfärbte. Ich war froh darum, denn meine Augen schienen nicht viel mehr ertragen zu können. Die helleren Sterne brannten wie Nadeln. Noch eine Erschütterung ließ mich erbeben, und die Sterne fingen an, in meinem Kopf zu tanzen; ich rollte mich auf die Seite, doch das war auch nicht bequemer, also setzte ich mich stöhnend auf. Jetzt, im einigermaßen wachen Zustand, erkannte ich das Geräusch und suchte verwirrt nach meinem Schwert.

»Ausgeschlafen, Master Stephen?« erkundigte sich eine vertraute, leicht sarkastische Stimme aus der Richtung des Steuerruders. »Keine Angst, das sind nur Signalkanonen.«

»Natürlich«, murmelte ich – oder etwas Ähnliches – und strengte mich an, die Zunge vom Gaumen zu lösen. »Nett von Ihnen, mich so lange schlafen zu lassen. So 'n schönes weiches Deck ...«

Jetzt trat ein Stiefel rhythmisch gegen Holz. »Eure Kabine ist noch nicht repariert, sonst hätten wir Euch dorthin getragen. Dort drüben in der Tonne ist Wasser, falls Euch danach ist.«

Ich stürzte einen Schöpflöffel in einem Zug hinunter und fühlte mich schon entschieden besser. »Dürfte ich noch einen bekommen? Ist genug da?«

»Genug, um sich den Kopf damit zu waschen – er wird schon nicht herunterfallen«, sagte Mall grinsend. Ich folgte ihrer Anweisung, jedenfalls, was das Gesicht anging; das Wasser war lau und brackig, erfrischte mich aber trotzdem ungemein. »Nehmt soviel Ihr wollt, es ist reichlich da. Seht mal dort – Land in Sicht!«

»Hä?« Ich riß den Kopf herum und prustete das Wasser in einer Fontäne aus. »Was? Wo?« Im gleichen Augenblick, als sie darauf zeigte, sah ich es selbst; ein dunkler Strich zwischen dem Meer und einem seltsam glimmenden Himmel.

»Wir haben ein Notsignal abgeschossen. Dafür sind die Kanonen ja da, um auf uns aufmerksam zu machen – und es sieht so aus, als hätten wir unseren Hasen gefangen.«

Ich wischte mir die tränenden Augen und schaute in die Ferne: Irgend etwas war da, etwas wie ein glühendes Stück Kohle über einer kleinen Erhöhung, und es wurde langsam immer größer. Die Mannschaft stand an der Reling, lachte und deutete mit ausgestreckten Fingern zum Horizont. Ich zitterte, obwohl die Nacht warm war; das alles ähnelte auf beklemmende Weise meinem Traum. Als es jedoch ein bißchen näher herangekommen war und Pierce hinüberrief, mußte ich über mich selbst lachen. Es war ein Schlepper, und zwar das verrückteste Ding, das ich je gesehen hatte. Es war mit einem riesigen Schornstein ausgestattet, der wie eine Krone aussah und wie ein Mast von dicken Balken gestützt wurde. An jeder Seite des Ruderhauses – dem einzigen Aufbau des ulkigen Gefährts – befanden sich zwei riesige, nicht abgedeckte Schaufelräder. Als seine Schiffssirene tutete, wartete ich darauf, daß jeden Moment Micky Maus aus einer der Fensteröffnungen herausschaute. Statt dessen zeigte sich eine Erscheinung mit weißem Backenbart und jeder Menge Messingknöpfen mit einem Megaphon in der Hand, die sich die Hände rieb und Pierce mit der Aufgekratztheit eines Mannes begrüßte, der sich von den Problemen seines Nachbarn auf irgendeine Weise einen Profit versprach. Sofort war eine angeregte Unterhaltung in Gang, von der ich leider nur die Hälfte verstand – was wohl ganz gut war. Denn schon diese Hälfte war gespickt mit Fachausdrücken wie »abgerissener Zitronensaft-Freibeuter-Arsch« und »halsabschneiderischer Teekessel-Kapitän«, die fröhlich hin und her flogen. An einem bestimmten Punkt der Unterhaltung forderten sie sich gegenseitig sogar zum Duell heraus – oder hatte ich mich da verhört? Aber ganz plötzlich verstanden sie sich wieder, und das Dampfboot wendete tuckernd auf der Stelle, wobei die beiden Schaufelräder sich in verschiedene Richtungen drehten. Pierce und Jyp kamen mit großen Schritten zum Achterdeck stolziert; offensichtlich waren sie bester Stimmung.

»Bei Jove, welch ein seltener Glücksfall!« freute sich der Kapitän. »Das Dampfboot schleppt uns ab, und das auch noch zu einem manierlichen Preis.«

»Das ist richtig«, ergänzte Jyp hocherfreut. »Dem letzten Schlepperkapitän habt Ihr, soweit ich mich erinnere, angedroht, wenn er nicht zwei Taler die Meile mit dem Preis runtergehen würde, würdet Ihr seine Frau vergewaltigen und sein Haus niederbrennen. Und seinen Hund erschießen. Also gut, Mall, ich löse dich jetzt ab. Du weißt, der Fluß und ich sind alte Freunde. Weiter flußaufwärts gibt es jede Menge Sand- und Schlammbänke, und ich kenne sie alle beim Vornamen.«

»Und die Vornamen derer, mit denen sie verheiratet sind, daran zweifle ich kein bißchen. Das Ruder gehört dir, Lotse! Ich werde mich ein wenig ausruhen.« Mit einem freundlichen Winken ging sie leichtfüßig aufs Hauptdeck hinunter. Wie sie sich so mit federnden Schritten ihren Weg durch das wachsende Durcheinander bahnte, hätte man nie geglaubt, daß sie eine Ruhepause benötigte.

Der Maat hatte alle Mühe damit, das selbstgefertigte Segel zu setzen. Ohne die vorgeschriebene Takelage war das ein mörderisch schwieriges Unterfangen, und selbst die erfahrenen Seeleute von der *Defiance* waren heute so müde, daß sie über die Leinen stolperten und sich überall verhedderten, wo es nur ging. Pierce schaute eine Zeitlang zu und griff dann nach seinem Sprachrohr: »Heda, auf Deck! Paßt mal auf! Da fällt ja einer nach dem anderen um! Holt an, zugleich – ihr pockennarbiger Kehricht!« Die Seeleute glotzten begriffsstutzig zu ihm herauf, und er gab den Rhythmus auf der Reling vor: »*Holt*, eins! *Holt*, zwei! Dann *holt*, drei!«

Eine klare, deutliche Stimme nahm den Rhythmus seiner Rufe auf und verwob ihn in eine kleine, spöttische Melodie, die erst aufstieg und dann wieder abfiel. Überall kam Gelächter auf, und jetzt setzte eine Frauenstimme passend dazu mit der zweiten Stimme ein:

... Ranzo, Reuben Ranzo!

Die Männer fielen in das Lied ein, heiser wie die Seelöwen, doch mit wiedergewonnener Energie. Auf Deck schien eine neue Ordnung einzukehren, und sie warfen sich rhythmisch zu den immer wiederkehrenden Zeilen mit dem ganzen Gewicht in die Taljen.

Sie gaben ihm dreißig Hiebe –
Ranzo! Ranzo!
Weil er so dreckig war!
Ranzo, Reuben Ranzo!

Und Wunder, oh Wunder – das Durcheinander begann sich zu lichten, die Männer konnten den notdürftig zusammengezimmerten Mast besteigen und weiter hinauf in die Rah klettern – aber sehr vorsichtig, denn Fußpferde gab es dort oben nicht.

Ich schaute mich nach der Quelle der Musik um und staunte nicht schlecht, als ich Mall vor der Tür ihrer Kajüte mit einer Violine an der Schulter erblickte. Bei jedem forschen Streich des Bogens wiegte sie sich hin und her. Dann ging sie mitten in das Tohuwabohu hinaus, stieg über Knoten und stieß lose Taue zur Seite, ohne auch nur einen einzigen Ton auszulassen, und setzte sich behende auf die Reling. Als die Männer mit dem Anholen fertig waren, wechselte sie kaum merklich zu einer anderen Melodie über; jetzt erklang eine eigenartig traurige, nachdenkliche Weise mit einem befremdend elisabethanischen Unterton – oder eigentlich war das gar nicht so befremdend, wenn man es sich recht überlegte. Die Melodie war unglaublich ruhig und wunderschön.

»Eine großartige kleine Geigerin, was?« bemerkte Jyp leise.

»Die allerbeste – wobei ich kein Experte bin. Schläft sie denn nie?«

»Nicht oft. Aber ich habe es schon gesehen. Ein- oder zweimal. Niemals lange.«

»Und du?«

Jyp kicherte in sich hinein. »Dann und wann.«

Der Schlepper tutete ungeduldig und entließ aus seinem Schornstein rußige Rauchschwaden über unser Deck, was Pierce zu weiteren phantasievollen Flüchen veranlaßte. Dann flog ein Seil von seinem Heck zu unserem Bug herüber und wurde rasch festgezurrt. Wieder tutete der kleine Schlepper und nahm behäbig Fahrt auf, wobei seine Schaufelräder das Wasser schaumig quirlten. Das Seil spannte sich mit einem Knarren, hielt der Belastung aber stand. Einen Moment lang erzitterte die *Defiance* schrecklich unter uns, bewegte sich dann aber im neuen Rhythmus schwankend und sich gelegentlich aufbäumend über die Wellen vorwärts.

»Du nennst das hier einen Fluß?« fragte ich Jyp. »Wo man gerade mal einen Streifen Land sehen kann? Sieht so aus, als befänden wir uns immer noch mitten auf dem Meer.«

»Sicher, so gesehen«, antwortete er etwas geistesabwesend und starrte geradeaus ins Wasser. »Aber es ist wirklich ein großer Fluß. Die Strömung bringt jede Menge Schlick mit, trägt ihn bis weit ins Meer hinaus und lädt ihn dort ab. Das Delta hier reicht sehr weit hinaus, und die Strömung entwirft immer wieder neue Sandbänke. Wir schippern schon die Hauptrinne hinauf, auch wenn man das nicht sehen kann; aber sie ist da – hallo!« Ein sanfter, fast unmerklicher Stoß ging durch das Schiff. »Das Baby ist ganz schön gewachsen. Aber macht nichts, so wird das Kupfer blankgeputzt. Man kann hier nicht vorsichtig genug sein.«

Mit einem plötzlichen Nervenkitzel wurde mir bewußt, daß die Wellen um uns herum während des kurzen Gesprächs langsamer geworden waren, schwerer, flacher auch, als würde das Wasser selbst dickflüssiger, und unter der Oberfläche schien sich ein Schatten auszubreiten. Schließlich brachen sich die Wellen über der verborgenen festen Landmasse, und ihre Geräusche verwandelten sich in das entfernte Rauschen einer Brandung – doch viel zu nah, um von diesem noch immer weit entfernten Landstreifen zu kommen. Langsam, beinahe scheu reckten sich kleine hügelige Silhouetten zu beiden Seiten des Schiffes ins Sternenlicht, und bald erkannte ich, daß sie mit struppigem Gras und knorrigen Büschen bewachsen waren. Die Geräusche des Schlepper veränderten sich, der Zug wurde gleichmäßiger, das heftige Pulsieren der Brandung, die wir bereits hinter uns gelassen hatten, war verschwunden. Es war, als hätte sich das Land, in der Schwärze hinter dem Licht unserer Laternen, uns plötzlich entgegengestreckt.

So ging es weiter durch die Nachtstunden. Der Mond versteckte sich hinter den Wolken, und im Sternenlicht konnte man die äußersten Umrisse der Ufer gerade eben ausmachen; das Licht unserer Laternen konnte sie nicht erreichen. Vor uns war die offene Kesseltür des Schleppers zu sehen, der uns im beharrlichen Schnaufen seiner Maschine wie ein wütender Stern durch die Dunkelheit führte. Ich versuchte wiederholt zu schlafen, lehnte mich an einen Querbalken, doch ohne den kombinierten Effekt von Rum und Erschöpfung wachte ich immer wieder in unbequemen Lagen auf. Inzwischen sah das Ufer etwas anders aus, nicht unbedingt besser. Seltsame, krumm gewachsene Bäume standen da, offensichtlich Sumpfgewächse; davon zeugten auch die Gerüche, die zu uns herüberwehten, und der gleichmäßige Klangteppich aus Zirpen, Quaken und Pfeifen. Und die Moskitos. Ich schlug wütend um mich, doch Jyp lachte nur. Sie schienen ihm nichts anzuhaben.

»Sie ziehen sich bald zurück«, sagte er leicht über das Steuerruder gelehnt. Gerade wollte ich ihm erwidern, daß sie bis dahin schon eine Tonne Blut von der *Defiance* abgezapft hätten, als ein häßlicher Laut, eine Mischung aus einem tiefen Dröhnen und einem brüllendem Husten, durch die Nacht bellte, gefolgt von einem heftigen Platschen. »Alligatoren«, erklärte Jyp. »Haben vielleicht Alpträume.«

»Tun mir wirklich leid, die Viecher.« Ich vergrub mein Gesicht in den Armen, um wenigstens die Augenlider vor den Moskitos zu schützen, und entschwebte sogleich wieder in das Labyrinth meiner unglücklichen Gedanken. Eigentlich hatte ich ihn fragen wollen, wohin wir unterwegs waren, aber ich war viel zu erschöpft, um mir darüber weitere Sorgen zu machen. Ich kann mich daran erinnern, wie ich zwei- oder dreimal wie benebelt aus dem Schlaf aufschreckte, ohne jedoch ganz aufzuwachen. Beim letzten Versuch wurde alles etwas klarer. Trommeln dröhnten in meinem Kopf, ich roch Blitze, die die Luft versengten, und auf einer weißen Wand glitten Schatten hin und her …

Plötzlich wurde ich wach, als hätte mich jemand geschüttelt, setzte mich auf, heftig atmend und einigermaßen gespannt auf die Welt da draußen. Es hatte sich nichts verändert, jedenfalls konnte ich nichts feststellen, aber trotzdem war etwas geschehen. Zum einen war die Luft kühler, und zum anderen roch es völlig anders. Der Mond war hinter den Wolken hervorgekommen, hing aber sehr tief am Rand des Himmels und warf lange Schatten über das Deck. Jyp stand immer noch unbeirrt am Steuerruder. Er nickte mir zu, als ich mich mit steifen Gliedern aufrichtete, gähnte und mich streckte, daß die Gelenke knackten; außerdem wäre es mir lieber gewesen, ich hätte nicht soviel Bohnen gegessen. Da mir nicht nach einer Unterhaltung zumute war, lehnte ich mich an die Reling und schaute mir den Fluß an. Er sah immer noch weit und schwarz aus, aber die Uferstreifen hatten sich verändert. Die seltsamen Bäume waren immer noch da – eine Art Zypressen, dachte ich, nachdem ich sie mir näher betrachtet hatte –, doch dort, wo das Ufer etwas anstieg, mischten sich auch andere Gewächse darunter. Durch das Gestrüpp hindurch glaubte ich, hin und wieder weit entfernte Lichter zu sehen. Ich schob das auf den Zustand meiner Augen, bis ich Gesang hörte, der durch die Dunkelheit schwebte – mehrstimmiger Gesang, zumeist von Frauenstimmen. Es klang so ähnlich wie ein Blues, langsam und melancholisch wie der sich träge dahinschleppende Fluß.

Ich wollte es gerade Jyp mitteilen, ihn fragen, wohin wir steuerten, als sich aus den Schatten, die den Fluß einhüllten, eine andere Form löste. Es war ein großer Dreimaster, größer noch als die *Chorazin,* der sich behäbig von einer Seite zur anderen neigte und dort im Strom vor Anker lag. Sein riesiger Bugspriet schien unsere ramponierte Takelage förmlich zu verspotten, als wir an ihm vorüberschlichen. Hinter dem Dreimaster lagen noch andere, kleinere Boote vor Anker, und am sumpfigen Ufer waren noch kleinere, kaum größer als Kanus, an Wurzeln und Pflöcken festgemacht. Dann sah man wieder nur Bäume, doch die Zwischenräume, in denen jetzt sogar Gebäude bis fast ans Ufer standen, wurden immer größer, und immer mehr Stimmen waren zu hören, diesmal ausgelassener und nicht mehr so traurig. Ich blickte zum anderen Ufer hinüber; es lag in völliger Dunkelheit. Das Mondlicht auf dem Fluß erhellte ein weiteres großes Schiff, das hier ankerte, eher schmal und langgestreckt, und das eigenartig tief im Wasser lag. Auf den flachen Decks saßen mehrere Halbkugeln, aus denen lange Rohre ragten, deren Spitzen von Öltüchern umwickelt waren, und zwischen denen ein kurzer, wuchtiger Schornstein emporwuchs, nicht sehr viel höher als die restlichen Aufbauten. Es war unverkennbar ein Kriegsschiff, mit Kanonen auf schwenkbaren Türmen und damit eindeutig moderner als unsere Vorderlader. Am Ufer gab es jetzt keine Bäume mehr, eine lange Reihe häßlicher, hoher Gebäude ragte bis zum Himmel hinauf; hier und da krönten hohe, schlanke Fabrikschornsteine ihre Dächer. Eine breite Mole führte weit in den Fluß hinaus und auch links und rechts am nächtlichen Ufer entlang, bis dorthin, wo schwache Lichter ihr Ende markierten. Bis dorthin schaukelte der Mastenwald der hier ankernden Schiffe, ein Bild, das ich bereits von den Docks hinter der Danube Street kannte. Zwischen den abgetakelten Masten fielen zwei Schornsteine auf, so dick wie Baumstämme im tropischen Regenwald. Gekrönt von phantastischen Rondellen, sternförmigen Spitzen und sogar korinthischen Kapitellen wirkten sie wie schwimmende Verlängerungen der Fabrikanlagen. Als wir näher herankamen, sah ich die gewaltigen, abgestuften Zylinder, die am Heck angeflanscht waren. Ich beugte mich über die Reling und hielt meinen Kopf fest.

Jyp räusperte sich. »Das liegt an diesem Durcheinander der Zeiten«, stöhnte ich. »Es macht mich einfach fertig. Werden die Epochen eigentlich immer so wild durcheinandergemengt wie hier?«

Jyp schüttelte den Kopf. »Das ist kein Gemenge. Rahsegler, Heckraddampfer, gepanzerte Kriegsschiffe – so um 1850, 1860 konnte man sie alle gleichzeitig hier vor Anker liegen sehen.«

Ich nickte und schaute ihm direkt in die Augen. »Und daran erinnerst du dich noch? Aus deiner Jugendzeit?«

»Ich?« Er lächelte nur. »Zum Teufel, nein. Ich bin noch nicht so alt! Als ich geboren wurde, waren sie schon alle verschwunden, abgesehen von ein paar Heckraddampfern vielleicht. Ich hab' jedenfalls nie eins gesehen, kein einziges Schiff. Da wo ich herkomme, gibt es kein Meer. Getreide ja, meilenweit, wie ein Ozean wogte es im Wind, wie man so sagte; aber was wissen die schon? Sie hatten das Meer nie gesehen, ebensowenig wie ich. Bis ich abgehauen bin, zur Küste, dann hab' ich's gesehen, und seitdem hat es mich nicht mehr losgelassen. Obwohl ich mein Schiffsführerpatent gerade noch rechtzeitig für den Krieg und die U-Boote bekommen habe.«

Das überraschte mich in entgegengesetzter Richtung. Jyp wirkte nicht so modern, als hätte er schon gegen U-Boote gekämpft. Tunesische Korsare, meinetwegen; aber U-Boote? Auf keinen Fall. Es machte seine Alterslosigkeit sogar noch verstörender als die Malls. »Hört sich schlimm an. Auf welcher Route bist du denn gefahren? Die Nordatlantik-Strecke? Oder bei der Murmansk-Begleitflotte?«

»Beides. Geboren wurde ich vor der Jahrhundertwende in Kansas. Als ich von zu Hause weglief, war ich ungefähr sechzehn. Ich sprach gerade vom Ersten Weltkrieg.« Er warf den Kopf zur Seite. »Ich bin einfach hängengeblieben. In den Schatten – genau wie die Schiffe hier draußen. So wie alles, was wir hier sehen – die Gesänge von den alten Sklavenbaracken, die Lieder aus den kleinen Fischersiedlungen, der ganze verdammte Fluß, auf dem wir uns befinden! All das, was diesen Ort zu dem gemacht hat, was er ist, seinen Charakter, sein Erscheinungsbild. Sein Schatten. Er ist noch nicht ganz verschwunden. Noch nicht. Außerhalb des Kerns hält er sich noch, konzentriert sich an diesem Ort hier. Man kann das spüren, aber niemals sehen, auch wenn man sein ganzes Leben hier verbringt – es sei denn, man biegt eines Tages um die richtige Ecke.«

»Welcher Ort –«, versuchte ich zu fragen. Doch da übertönte mich das Kreischen der Schleppersirene, und das Deck um uns herum wurde lebendig. Jyp schrie seine Anweisungen und drehte wild am Steuerrad; von unten kam Pierce mit seinem Sprachrohr und ließ beide Wachmannschaften antreten. Wir hatten einen freien Liegeplatz an einem überfüllten Deck gefunden, in den die *Defiance* hineinbugsiert werden mußte. Das machte mich zum einzigen nutzlosen Menschen an Bord, wenn man einmal von dem unheimlichen Trio in der Vorderdeckkajüte absah, das man aber nicht unbedingt als menschlich bezeichnen konnte. Ich wollte mich schon in meine verwüstete Kajüte zurückziehen, doch es gab keinen Zugang zum Achterdeck, der nicht verstellt gewesen wäre. Triefende Leinen wurden vom Schlepper eingeholt, andere wurden dunklen Gestalten auf dem Kai zugeworfen. Gerade als ich mir einen Weg durch das Gewirr suchen wollte, ertönte Malls herrlichste Sirenenstimme in einer Lautstärke, daß ich mich vor Schreck beinahe in einer herabhängenden Schlinge stranguliert hätte: »Ahoi, mein herrlicher Ganymed! Ihr verschwindet wohl wie der Schilling vom Tisch der Wechselstube? Wir müssen sie beiziehen! Kommt, leiht uns die Kraft Eurer starken Arme! *Alle Mann an die Winde!*«

Ich konnte mich nicht daran erinnern, wer zum Teufel dieser Ganymed war, und ich war mir auch nicht sicher, ob ich das wollte; doch wenigstens gab es jetzt etwas zu tun. Wir hoben die langen Stangen aus ihren Halterungen, schoben sie in die dafür vorgesehenen Schlitze und lehnten uns mit den Rücken dagegen.

Mall trat die Sperrklinke zurück und sprang leichtfüßig oben auf die Winde, wo sie uns aus dem Weg war. »Holt an, meine Schreihälse! Holt an, meine süßen Raufbolde! Holt an, das Wirtshaus ist nahe! Beugt die Rücken, die Badehäuser warten auf euch! Was schwitzt ihr denn so? Nieten seid ihr alle, armselige Hutmacher! Holt an, jetzt gilt's!« Dann nahm sie ihre Geige, setzte sie an und fiedelte ein beschwingtes Lied, offensichtlich ein großer Hit in dieser Gegend:

Ich hatte mal ein deutsches Mädel,
Doch sie war fett und faul –
Hol an, Joe, hol an!
Dann hatte ich ein Yankee-Mädel,
Die machte mich verrückt!
Hol an, Joe, hol an!

Während sich die Seeleute – Männer und Frauen – durch einige nationale Eigenheiten durcharbeiteten, von denen ich nicht einmal etwas geahnt hatte, rückte die angeschlagene *Defiance* näher und näher an das Deck heran. Ich machte meinen Rücken so krumm wie die anderen, doch als die Stoßfänger gegen unsere Seitenwand rummsten, wurden rasch die Leinen festgezurrt, die Laufplanken angelegt, und damit hatte ich meine Schuldigkeit getan. Ringsumher verdoppelte sich die Hektik, jeder war damit beschäftigt, Befehle zu brüllen oder sie auszuführen oder beides zugleich. Mich forderte zwar niemand direkt auf, mich zu verdrücken, doch auf Deck fand ich nirgendwo einen Platz, an dem ich nicht – zwar mit einer Entschuldigung, aber doch unmißverständlich – mit dem Ellenbogen zur Seite geschubst wurde.

Wem hätte ich das übelnehmen sollen? Ich hatte großes Glück, daß meine Leute noch immer so heiß auf die Jagd waren, und das nach der blutigen Niederlage, die wir uns eingefangen hatten. Ich wußte nicht recht, ob es Rache, der Haß auf die Wölfe oder nur das versprochene Geld war, das sie antrieb. Dabei war mir klar, daß diese Fast-Unsterblichen eine komische Einstellung zum Geld hatten. Sie wußten nie, ob sie genug davon hatten, mußten eigentlich damit rechnen, daß es ihnen früher oder später ausgehen würde. Andererseits brachte es nicht viel, sich über längere Zeit an einem Ort aufzuhalten, um mehr Geld zu verdienen, denn der Aufenthalt würde ihr Leben verkürzen, sie unweigerlich zum Kern – oder wie immer sie es auch nannten – zurückziehen. Kein Wunder, daß sie es so mit dem Handel hatten! Und kein Wunder, daß sie so scharf darauf waren, in kurzer Zeit große Summen zu verdienen, auch wenn es sich dabei um so riskante Unternehmen wie das unsere handelte!

Mir fehlten derlei Motive jedoch völlig. Für mich gab es nichts zu tun, und so fühlte ich mich unnütz, verdreckt, klebrig und niedergeschlagen. Wenn ich allein sein wollte, um in Ruhe nachzudenken, mußte ich entweder die Reste meiner Kajüte aufsuchen oder über eine der Laufplanken das Schiff in Richtung Werft verlassen. Ich entschied mich für letzteres, doch kaum hatte ich festen Boden unter den Füßen, als der Maat und einige Matrosen mir grölend folgten, mich – höflich wie immer – beiseite schubsten und auf einen großen, flachen Wagen sprangen, der von vier riesigen Pferden gezogen wurde. Kurz darauf waren sie um die nächste Ecke verschwunden. Die Gebäude hier unterschieden sich völlig von den Backsteingebäuden zu Hause, obwohl sie mindestens ebenso verfallen waren. Im trüben Licht der Laternen sah ich meist dünnwandige Holzbaracken, in allen möglichen Pastelltönen bemalt und mit unleserlichen Plakatfetzen zugekleistert. Die meisten Fenster waren vernagelt oder zerbrochen, zwischen den steinernen Stufen der Häuser wuchs das Gras. Ich wollte mich gerade auf einer dieser Treppen niederlassen, als eine Gruppe Seeleute sich vom Schiff herunterkämpfte, schwer beladen mit riesigen Rollen Leinwand, offensichtlich der Rest unserer zerfetzten Segel. Genau zu meinen Füßen rollten sie das Tuch auf dem Kopfsteinpflaster aus. Wieder wurde ich – unter vielen Entschuldigungen natürlich – zur Seite geschoben. Zum Nachdenken sollte ich also nicht kommen, und noch nicht einmal mein Körper sollte Ruhe finden.

Ich ließ die über den Einschußlöchern fluchenden und pfeifenden Segelmacher zurück, spazierte an den Docks entlang und schaute um die nächste Ecke. Eine Hafenstraße, die all den anderen, die ich schon kannte, aufs Haar glich, nur war sie weniger gut beleuchtet. Gott allein mochte wissen, was in den beiden einzigen Laternen brannte, die ich ausmachen konnte; es war jedenfalls weder Gas noch Strom. Angesichts der mickrigen Flämmchen hätte es alles sein können, von Pflanzenöl bis zu Lebertran. Auch das verschaffte mir keinen Hinweis darauf, wo wir uns eigentlich befanden – welche eigenartige Stadt das eigentlich war. Ich überlegte, wie gefährlich es wohl sein könnte, wenn ich mich noch ein bißchen umsah, da erst bemerkte ich die einsame, gebeugte Gestalt unter einer der Laternen. Im Dämmerlicht war nicht viel zu sehen, trotzdem kam sie mir bekannt vor; es mußte jemand sein, den ich schon einmal gesehen hatte und allein auf Grund der Körperhaltung wiedererkannte – davon durfte es nicht allzu viele geben. Ich machte einen Schritt auf sie zu. Die Gestalt regte sich plötzlich, als hätte sie mich gesehen, und rannte mir ein paar Meter auf der Straße entgegen. Dann blieb sie zögernd stehen, drehte sich halb um und wartete unentschlossen mitten auf der düsteren Straße. Ich zögerte ebenfalls, denn ich wußte immer noch nicht, wen oder was ich dort sah. Andererseits war ich nicht weit von den Docks entfernt; ein lauter Ruf, und die Mannschaft würde mir sofort zu Hilfe eilen. Außerdem verschaffte mir das Schwert, das an meine Wade schlug, ein sonderbares, primitives Selbstvertrauen. Als ich näher kam, fiel mir auf, daß die Gestalt, ob Mann oder Frau, nicht besonders groß war; also kein Wolf. Nach der weiten, wallenden Kleidung, die sie umhüllte, handelte es sich wahrscheinlich um eine Frau. Der vertraute Eindruck verstärkte sich noch … Vielleicht folgte ich ja nur einer Hafenhure – doch nach der Bekanntschaft mit Katjka hätte ich auch darauf nicht schwören wollen. Diese hier war kleiner wie Katjka, trotzdem immer noch so groß wie …

Wie Clare? Ich wies den Gedanken gleich wieder von mir. Nur noch ein paar Schritte, und ich könnte genau sehen – aber dann floh die Gestalt erneut vor mir. Sie schaute in eine der Querstraßen hinein, hob dann die Hände und machte mir mit aufgeregten Bewegungen klar, daß ich mich zurückziehen solle. Ich blieb stehen, klammerte mich an mein Schwert und sah zu, wie die kleine Gestalt von einer Straßenseite zur anderen rannte, wie ein Tier in einem Käfig. Dann wirbelte sie wie in großer Verzweiflung herum und lief in jene Seitenstraße hinein. Ich rief ihr etwas nach, sie blickte sich um, blieb mit dem Fuß am Bordstein hängen und fiel der Länge nach hin. Das schien mir nicht besonders verdächtig oder gar furchteinflößend. Ich rannte auf sie zu, während sie sich unter Schmerzen aufrichtete, und für einen Moment sah ich langes, gewelltes Haar. Die Haarfarbe konnte ich nicht erkennen, doch es war so lang wie Clares Haar. Doch die Gestalt, wer immer es sein mochte, humpelte unter weiteren aufgeregten Gesten in die nächste Seitenstraße, und als ich die Ecke erreicht hatte, hörte ich noch, wie sich humpelnde Schritte auf dem Pflaster entfernten.

Da ich kein völliger Idiot bin, verfolgte ich sie nicht weiter. Ich zog mein Schwert aus dem Gürtel und blieb stehen, damit sich die Augen besser an das Licht gewöhnten. Doch auch dann konnte ich niemanden entdecken; die nackten Wände waren so glatt wie die einer Gefängniszelle, niemand hätte sich hier verstecken können. Auf der holprigen Straßenoberfläche schimmerten Pfützen, die langen Bürgersteige waren menschenleer – und noch immer hörte ich die schleppenden Schritte, dazwischen schwere Atemzüge. Jetzt rannte ich los, sprang über die Pfützen, wich den umherwehenden Papier- und Plastikfetzen aus, bis ich am Ende der Straße, im Licht einer helleren Lampe, die Gestalt wieder vor mir hatte – schlank, unscheinbar, verzweifelt weiterhumpelnd, mit ausgestreckten Armen und wehendem Haar. Das war nicht Clare, sie war nicht dermaßen zierlich gebaut, doch die trotz allem bestehende Ähnlichkeit machte mich allmählich wütend und setzte sämtliche Instinkte, die mich pausenlos warnten, außer Gefecht. Ich mußte mir diese Gestalt ansehen. Wo blieb bloß die Sonne? Wir hatten die ganze Nacht auf dem Wasser zugebracht, es mußte doch allmählich Zeit für den Sonnenaufgang sein …

Mein Schattenkaninchen humpelte links um die Ecke, dann wieder rechtsherum. Ich schoß hinter ihm her und schwang mich wie ein Kind um einen Laternenpfahl, um die Kurve noch schneller nehmen zu können. Plötzlich lag eine ganz andere Straße vor mir, so hell erleuchtet, daß ich geblendet zurückschreckte. Alles, was ich zunächst erkennen konnte, waren weiße Lichterketten, die wie Sterne in der finsteren Nacht hingen, und darüber, hinter einer Vielzahl schimmernder Reflexionen, sah ich hohe Säulen, die sich glitzernd bewegten. Meine geblendeten Augen wehrten sich energisch gegen diese tanzenden, durchsichtigen Säulen; erst am Geräusch konnte ich erkennen, daß es sich um einen Brunnen handelte. Hinter ihm tanzten Lichtreflexe über dunkle Arkaden, vor denen der Schatten flimmernd von Bogen zu Bogen eilte. Ich stand auf einer Art Piazza, umgeben von Schaufenstern, die mich jetzt dunkel und leer anstarrten. Was in diesen Geschäften angeboten wurde, konnte ich nicht erkennen. Meine rennenden Schritte kamen als Echo von den Dächern zurück. Wir befanden uns auf einem Marktplatz, mein Kaninchen und ich. Weiße Kugellampen verströmten ihr helles Licht von eleganten, schmiedeeisernen Lampenhaltern an hohen Steinwänden, und von kunstvoll verzierten Laternenpfählen, die den Garten in der Mitte des Platzes säumten. Über die sauberen und gepflegten Wege dieses kleinen Parks entschwand die dunkle Gestalt, duckte sich unter den Hufen einer Reiterstatue und lief auf eine weiße Mauer zu, die eine Seite des Platzes begrenzte und höher als alle anderen Gebäude war. Drei hohe Türme ragten scharfumrissen in die Nacht, der mittlere davon war der höchste – nein, das waren die Kreuze auf seinem Dach. Drei Kirchtürme. Es handelte sich also um eine Kirche oder, wahrscheinlicher noch, um eine Kathedrale, doch um eine seltsame, fremd wirkende Art von Kathedrale, mit einem Übermaß an Säulen und schmalen Fensterbögen, und mittendrin eine große Uhr. Es sah aus wie in Italien oder Spanien, Kirchen, die in einem Baustil errichtet waren, den man romanisch nannte; plötzlich fiel mir auf, daß auch der übrige Platz so aussah. Wir hätten irgendwo in Spanien sein können – aber doch nicht ganz ... Also wo zum Teufel war ich? Wo genau befand ich mich hier? In der Hölle dürfte es wohl keine Kathedralen geben.

Dicke Fahnenmasten reckten sich nackt und leer in die Höhe; Straßenschilder konnte ich keine entdecken, ich hätte weiter nach links oder rechts gehen müssen. Und dort, vor dem schweren, mit einem Querbalken verriegelten Portal, saß meine Beute, ängstlich, zögernd, jederzeit bereit, sich in Sicherheit zu bringen. Vor mir? Warum denn?

Ich verlangsamte meine Schritte und ging bedächtig auf die

Gestalt zu, kam näher und immer näher – so nahe, daß ich mich hätte auf sie stürzen und sie packen können. Aber ich blieb stehen, wartete ab, und in diesem Augenblick sah ich, wie sie wieder zu gestikulieren anfing und dabei verängstigt in eine düstere, schmale Gasse zurückwich. Ich war nahe genug herangekommen, um das Schimmern dunkler Augen zu erkennen, und das Aufblitzen einer pergamentfarbenen Wange – sonst nichts. Wen kannte ich nur, der diesem Wesen glich?

Die Gestalt warf sich herum und lief geduckt um die nächste Ecke. Ich wieder hinterher, bis ich sie vor mir stehen sah; sie hatte mir jetzt den Rücken zugewandt, als würde sie zum Himmel emporstarren – zu einem Himmel, der heller geworden war und vor dem sich die Silhouetten der umliegenden Häuser deutlich abzeichneten. Doch das Licht war weiß und löschte das der Sterne nicht aus. Meine Nackenhaare sträubten sich. Schlimm genug, wenn die Sonne an Stelle des Mondes aufging; doch jetzt auch noch helles Mondlicht statt eines Sonnenaufgangs, eine neue Nacht anstelle der Morgendämmerung, die die dunklen Schatten verjagt hätte – das war zuviel. Ich machte noch zwei Schritte und packte die Gestalt an der Schulter, wobei ihr der leichte Umhang, beinahe nur ein breiter Schal, vom Kopf rutschte. Sie drehte sich um.

»Oh, tut mir leid«, stammelte ich wie ein Idiot, wie irgend jemand, der auf der Straße einen anderen aus Versehen angesprochen hat. Ich schaute mich um, um die richtige Person zu finden. Das Gesicht unter dem langen Haar war das eines Mannes, faltig, knochig und von einem kränklichen Gelb, die bläulichen Lippen schmal und hart. »Ich dachte …«

Dann traf mich sein Blick. Sein boshaftes Glitzern durchbohrte mich wie ein Speer, hart wie eine Diamantspitze, schauderhaft – die triumphierenden Augen des Spielkarten-Buben. Und doch … ich *hatte* dieses Gesicht schon einmal irgendwo gesehen! Aber wo? Ein flüchtiger Blick nur … ein rotes Auto, das an mir vorüberrast … Die schmalen Lippen verzogen sich in tonlosem Lachen, höhnisch, grauenerregend. Unwillkürlich riß ich das Schwert hoch und hielt es zwischen uns, als wollte ich einen Hieb parieren, doch der schattenhafte Mann machte nur einen Schritt zurück und floh wieder. Ich raste erneut hinter ihm her, doch jetzt war ich voller Wut, einer Wut, die sich aus der Angst speiste. Jetzt gab es kein Zögern und kein Hinken mehr, die Straße war gerade und der Mann rannte schnell, einen ganzen Straßenzug entlang, im Licht der Laternen auf die andere Straßenseite, dann noch eine Straße, und ich immer eine Schwertlänge hinter ihm her – bis er, ungefähr auf halber Höhe des dritten Straßenzugs, einfach nicht mehr da war. Rutschend und stolpernd kam ich zum Stehen, blickte wütend um mich und hieb in die Luft, doch da war nichts. Dann wurde mir übel, von einem plötzlichen Gestank wie nach Erbrochenem. Und dann war es vorbei; ich war allein.

Hatte er – wer immer es gewesen sein mochte – mich in die Irre führen wollen? Das würde ihm nicht viel nützen, denn ich hatte mir vorsichtshalber jede Ecke und jede Straße gemerkt. Ich wußte genau, auf welchem Weg wir gekommen waren und wie ich wieder zum Fluß zurückkam. Ganz egal, in welcher Stadt ich mich auch befand …

Nachdem ich das Schwert wieder in den Gürtel geschoben hatte, schaute ich mich erst einmal richtig um. Hohe, eigenartige Mauern mit kleinen, vergitterten Fenstern – irgendwie kam mir das alles eigenartig vertraut vor. Doch, es gab einige alte Lagerhäuser im viktorianischen Stil, so heruntergekommen sie auch aussahen. Aber hier konnte ich vereinzelte Ornamente auf den Mauern erkennen; saubere Mauern, frisch gestrichene Fensterrahmen – und irgendwo gab es sogar ein gleißend helles rosafarbenes Neonlicht. Schon wieder eine Disco? Die Gegend würde passen: so schick und gestylt wie sie aussah, war sie wie ein nackter Einsiedlerkrebs in die schützende Muschelfassade der guten alten Geschäftemacherei gekrochen. Aber wo nur? Die Neonschrift verkündete *Pralinés* –.

das klang französisch, mußte aber nichts heißen. Sogar in Moskau gibt es Cafés mit französischen Namen. Wie auch immer, hier sah es nicht wie in Frankreich aus, und auch nicht wie in Moskau. Ich konnte den säuerlichen Mief einer Großstadt in der warmen, schwülen Luft riechen; eine schlimme Mischung aus Auto-Abgasen, dem Fettgeruch der Schnellimbisse und dem aromatischen Duft intensiv riechender Pflanzen, der mir völlig unbekannt vorkam. Nicht weit entfernt von mir schien die Straße etwas besser beleuchtet zu sein, und dumpfer Straßenlärm drang an mein Ohr. Da ich inzwischen wirklich neugierig geworden war, ging ich weiter, um mich zu vergewissern.

Als ich in die nächste Straße einbog, stockte mir beinahe der Atem. Hier gab es keine Lagerhallen mehr, das Pflaster war breit und ausreichend beleuchtet, links und rechts standen Häuser. Diese langen Reihen gediegener roter Backsteinhäuser sahen wieder auf undefinierbare Weise europäisch aus, besonders um die oberen Stockwerke, wo sich eine Art fortlaufender Galerie unter dem Dach entlangzog und großzügige Balkone entstehen ließ. Dort wuchsen Hauspflanzen und Büsche in großen Kübeln, Lorbeerbäume, Mimosen und einige andere, die ich noch nie gesehen hatte und die ihre exotischen Ranken über die verzierten, schmiedeeisernen Geländer luftig und anmutig herunterhängen ließen. Alle diese Häuser waren vorbildlich restauriert worden; die meisten von ihnen beherbergten jetzt Läden oder Cafés, von denen einige sogar noch geöffnet waren. Ich ging auf das nächstbeste zu, und schon stieg mir in der warmen Nachtluft ein Gemisch aus den unterschiedlichsten Gerüchen – geröstete Zwiebeln und warmes Gebäck – in die Nase, dazwischen flirrte Jazzmusik vom Band. Plötzlich hätte ich vor Hunger weinen können.

Ich sehnte mich nicht nur nach Nahrung; hier blitzte endlich wieder ein Stück Zivilisation auf, Normalität – oder auch nur die Art von Verrücktheit, die ich gewohnt war. Aber mit welchem Geld sollte ich an diesem eigenartigen Ort bezahlen? Ich wühlte in allen Taschen und fand in einer der Innentaschen noch einige kleinere, ziemlich schwere Goldmünzen, die ich nicht identifizieren konnte, denn sie zeigten seltsame Schriftzeichen und Elefanten; sie mußten Jyp gehören. Mein gesamtes normales Geld befand sich noch in den Taschen meiner eigenen Kleidung und somit auf dem Schiff. Ich fühlte mich allmählich etwas unsicher; eigentlich sollte ich besser umkehren. Mein Gefühlsumschwung konnte mich jedoch nicht daran hindern, durch die Fenster zu spähen, um zu sehen, welches Publikum hier verkehrte. Sie sahen aus wie ich, genau wie ich; sie hätten aus jedem Land der Welt stammen können, jedenfalls die meisten von ihnen – die meisten waren jung und hatten eine helle Hautfarbe, dazwischen einige Schwarze, auch Araber, eine fröhliche kosmopolitische Meute. Leider konnte ich nicht verstehen, was sie redeten, denn auch hier war die Jazzmusik schrecklich laut. Außerdem waren die Scheiben vor der Speisekarte so beschlagen, daß ich nichts erkennen konnte. Das Schild über dem Café verkündete *Au Barataria*. Wo genau lag das denn schon wieder?

Ein junges Paar kam heraus. Obwohl ich mir ziemlich idiotisch vorkam, ging ich auf die beiden zu. Das hübsche Gesicht der jungen Frau wurde rot und verzog sich angewidert; auch der junge Mann lief dunkelrot an und zerrte sie schnell weg von mir. Ich zuckte die Schultern und ließ sie vorüber – Manieren hatten die Leute hier! Dann spazierte ich weiter die Straße hinunter, wo ich das noch erleuchtete Schaufenster eines Buchladens fand, dessen Titel – gottlob – alle auf englisch auslagen! Doch ein Stapel mit Bestsellern sieht für mich aus wie der andere. Normalerweise kaufe ich nur *Time* und den *Economist*, also half mir das auch nicht weiter. Als nächstes stand ich vor einer Männerboutique mit schwarzen Ledersachen, die, ich konnte es kaum glauben, ausgerechnet *Goebbels* hieß. Womit wieder einmal bewiesen wäre, daß ausgemacht schlechter Geschmack überall zu finden ist. Danach kam ein Videoladen. Im Schaufenster lagen nur zwei oder drei Kassetten; sie trugen zwar englische Titel, aber auch sie verrieten nur den besonderen Geschmack der Kundschaft: *Pretty Peaches, Pussy Talk, Body Shop*. Nun denn. Wo zum Teufel war ich hier gelandet? An der Costa Brava? Dazu roch jedoch das Essen zu lecker.

Jetzt kam wieder jemand auf mich zu, den ich fragen konnte, ein athletisch gebauter Schwarzer. Doch bevor ich den Mund aufmachen konnte, landete beinahe seine Faust darin. Die letzten Tage hatten mich zwar nicht gelehrt, die andere Wange hinzuhalten, dennoch konnte ich mich gerade noch beherrschen. Momentan war es womöglich genau das falsche, einen Streit vom Zaun zu brechen. Ein wesentlich respektablerer Bürger, in mittleren Jahren und recht fett, eilte den gegenüberliegenden Bürgersteig entlang. Ich ging langsam hinüber, um ihn abzufangen, doch bevor ich mein »Entschuldigen Sie bitte, mein Herr« loswerden konnte, hatte er mir schon etwas in die Hand gedrückt und entfernte sich mit einer Geschwindigkeit, die man ihm nicht zugetraut hätte. Ich blickte ihm verwundert nach und schaute dann in meine Hand. Einige silberne Münzen lagen darin; ich betrachtete die beiden größten, auf denen jeweils ein vom Gebrauch schon reichlich abgenutzter Adler prangte. Es waren Quarters, Fünfundzwanzig-Cent-Stücke. Verdammt noch mal – ich war in Amerika.

Zuerst kicherte ich hilflos vor mich hin. Innerhalb einer Nacht und eines Tages – den wir die meiste Zeit einfach nur dahingetrieben waren –, hatte ich es geschafft, den Atlantik zu überqueren. Wenn ich jemals hinter diesen Trick käme, wäre ich der König des Transportgeschäfts.

Oder … wie lange hatte es wirklich gedauert? Die Zeit hatte schon einige Male verrückt gespielt, und plötzlich erinnerte ich mich wieder an die alten Kindergeschichten, wie die vom König, der eines Tages aus dem Land unter den Hügeln zurückkam – und schließlich waren wir hier in der Heimat Rip van Winkles …

Ich hörte auf zu kichern. Obwohl die Nacht angenehm

warm war, war mir elend und kalt zumute, wie einem auferstandenen Geist, einem grauenvollen Schatten, der aus seinem Zwielichtreich einen Blick in das warme Leben erhascht, von dem er schon so lange ausgeschlossen war. Ich mußte sofort wissen, in welcher Zeit ich mich befand, nicht mehr nur, um welche Stadt es sich handelte. Ein letzter, hungriger Blick galt dem Café, doch ich unterdrückte mein gieriges Verlangen; fünfzig Cent würden nicht einmal für das Wasser im Kaffee reichen, wenn sich die Preise denen in New York auch nur einigermaßen angeglichen hatten. Der eckige Kasten an der Wand auf der anderen Straßenseite mußte ein Zeitungsautomat sein; das würde mir weiterhelfen! Rasch überquerte ich die Straße – und blieb abrupt in der Mitte stehen. Jetzt wußte ich, warum mir die Leute aus dem Weg gingen.

Aus dem gleichen Grund, aus dem sie sich vor Betrunkenen, Durchgeknallten und Vagabunden fürchteten. Das Spiegelbild im Schaufenster zeigte ein groteskes Gespenst, das über den aufgedonnerten Schaufensterpuppen schwebte. Ein mit offenem Mund gaffender Strolch, ungekämmt, unrasiert, dreckverschmiert, in enganliegender ärmelloser Lederkleidung, die einen freizügigen Blick auf eine Vielzahl von Narben und Brandwunden gewährte; um die Stirn war ein breites, buntes Tuch gewickelt, wie es gewisse Bandenmitglieder mit Vorliebe trugen, und an der Seite baumelte ein über einen Meter langes Schwert. Vielleicht hatte Jyp recht, und niemandem würde das Schwert auffallen, doch was für ihn galt, galt noch lange nicht für mich. Dafür gehörte ich viel zu sehr zu dieser Welt.

Plötzlich kam ein riesiger Lastwagen auf mich zugerast. Da er nicht den geringsten Versuch unternahm, zu bremsen oder auszuweichen, sprang ich auf den Bürgersteig wie ein elektrisierter Frosch. Ich schickte dem Fahrer noch rasch eine eindeutige Geste hinterher, erinnerte mich jedoch daran, daß man in diesen Breiten den hochgereckten Mittelfinger dafür benutzte. Dabei konnte ich den Fahrer recht gut verstehen, ebenso wie den empfindlichen Schwarzen. Ich sah fraglos wie ein gemeingefährlicher Irrer aus. Ich hastete zu dem Automaten, drückte eine Münze in den Schlitz und riß die Zeitung heraus – es war der *New Orleans States Item*, die Ausgabe vom vierten …

Der Tag nach unserer Abreise. New Orleans. Ein Tag und eine Nacht. Schön. So war das eben. Ich merkte, wie mir die Beine wegsacken wollten. Also stimmte es, daß … Ich ließ die Zeitung fallen, drehte mich um und rannte den Weg zurück, den ich gekommen war, weg von den Lichtern, den Cafés und den Gerüchen der kreolischen Küchen, weg von den Balkonen mit den Eisengittern; ich rannte wie der Teufel zurück zum Fluß und zur Werft.

Da ich mir jede Abzweigung gemerkt hatte, dauerte es nicht lange, bis ich wieder an dem großen Platz, genau neben der Kathedrale, herauskam; von dort aus lief ich quer durch den Park – erschreckte dabei einige nächtliche Spaziergänger – und bog hechelnd in die Straße ein, aus der mich die Gestalt herausgelockt hatte. Von da an war es einfach, jede Abzweigung brachte mich genau dorthin, wohin sie mich bringen sollte, mein Gedächtnis ließ mich kein einziges Mal im Stich. Zu Fuß ging alles einfacher, man konnte sich Zeit nehmen und markante Stellen merken und mußte nicht innerhalb von Sekundenbruchteilen entscheiden, an welcher Ecke man abbiegen mußte. Was nicht heißen soll, daß ich keinen Seufzer der Erleichterung ausstieß, als ich endlich in die Gasse einbog, wo mir die heuchlerische Gestalt zum ersten Mal aufgefallen war und an deren Ende der Fluß wie angelaufenes Kupfer im trüben Mondlicht glitzerte. Der Mississippi, natürlich. Auf jeden Fall mußte ich Le Stryge jetzt unbedingt die eine oder andere Frage stellen.

Ab hier ging ich gemächlich weiter und versuchte, wieder zu Atem zu kommen. Da ich kein Hämmern hörte, nahm ich an, daß sie auf der Werft über Nacht eine Pause eingelegt hatten. Es war ihnen nicht zu verdenken; zwei Nächte hintereinander schuften, das schafft jeden. Als ich um die Ecke bog, hinter der die Werft liegen mußte, blieb ich wie angewurzelt stehen und mußte mich an der Hauswand festhalten, als hätte die Rennerei meine Beine vollends entkräftet und in Wasser verwandelt.

Das Gebäude dort war nicht mehr das gleiche. Die schäbige Holzbude war verschwunden. Es gab überhaupt keine hölzernen Gebäude mehr, auf den ganzen breiten Betondocks nicht, die sich links und rechts am Ufer entlangzogen. Vor mir sah ich nur eine moderne Wand aus gewelltem Aluminium, die genauso aussah wie alle anderen, die sich in alle Himmelsrichtungen erstreckten. Abgesehen davon gab es sehr wohl Schiffe – große Lastenschiffe, die aber weder einen Mast, noch einen Schornstein aufwiesen; daneben standen moderne Containerkräne sowie Einfüllvorrichtungen für Getreide und Mineralien, deren Flutlichtbatterien kleine Schneisen in die tiefschwarze Nacht schlugen. Von der *Defiance* oder den anderen, mit denen ich hierhergekommen war, gab es keine Spur.

Ich hätte wütend die Docks auf und ab laufen können, um sie zu suchen, aber das tat ich nicht. Ich wußte nur zu genau, was passiert war. Ich hatte es seit dem Augenblick befürchtet, in dem ich die Zeitung in Händen gehalten hatte – das Datum … obwohl es da bestimmt schon zu spät gewesen war. Wahrscheinlich war alles in dem Moment geschehen, als der Mond aufgegangen war. Meine Gedanken und meine noch fest im Kern verwurzelten Instinkte hatten sich in der Realität verfangen, die mich hierher gebracht hatte. Ich war, im wahrsten Sinne des Wortes, zu weit gegangen, war in den Kern zurückgekehrt und hatte zuviel von ihm erblickt, als daß er mich so einfach wieder loslassen würde. Was der Bube aus dem Kartenspiel zweifellos beabsichtigt hatte. Also hatte sich eine tiefere Schicht meines Ich, voller Verzweiflung über das Geschick, das mich hierher trieb, dorthin geflüchtet, wo es sich am besten auskannte, und den Rest draußen gelassen. Es hatte mich einfach in einem fremden Land ausgesetzt, ohne Papiere, ohne Paß, Geld oder wenigstens einer plausiblen Erklärung für meine Anwesenheit; hatte mich von der *Defiance*, von Mall und Jyp, von aller Hoffnung und Hilfe abgeschnitten.

Die Sonne würde nie wieder aufgehen. Nie wieder. Vor mir lag nichts, außer den unbekannten Straßen und Ecken einer unbekannten Stadt, und die vage Hoffnung, daß hinter der einen oder anderen oder der nächsten ... Hoffnung jenseits aller Hoffnungslosigkeit. Wie lange würde es dauern? Mir war furchtbar schlecht, und ich fühlte mich schrecklich leer. Ich stützte mich an die Wand der Lagerhalle, starrte zu den leeren kleinen Fenstern hinauf, Augen, die ebenso blind wie meine nur das sahen, was sie sehen wollten. Es war noch da, irgendwo da oben, hinter den Fenstern dieser modernen Fassade, die Vergangenheit, eingefaßt in Stahlträgern ... oder sollte ich besser sagen – begraben?

»Hey!« brüllte eine wütende Stimme. »*Hey, du!* Was hast du da zu suchen? Verzieh dich!« Um ein Haar hätte ich mein Schwert gezückt, doch dann fiel mir ein, daß in diesem Land jeder Nachtwächter mit einer Pistole herumlief; außerdem war es besser, die Leute nicht erst auf mein Schwert aufmerksam zu machen. Ein auf und ab tanzendes Taschenlampenlicht verfolgte mich wie ein Bühnenscheinwerfer, bis ich um die nächste Ecke verschwunden war, die mich sogleich in eine unbeleuchtete Gasse führte. Dort umschloß mich die Dunkelheit wie eine große Faust, und die Schatten fluteten wieder in meinen Kopf. Allein und verloren stolperte ich blind durch stinkende Pfützen, immer tiefer in die Nacht hinein.

Zuerst versuchte ich noch, mir den eingeschlagenen Weg einzuprägen, bog um die nächste Ecke und suchte dann nach einer Möglichkeit, durch die dunklen Gassen wieder zurück zum Fluß und den Docks zu gelangen. Schon bald war ich jedoch so müde, daß ich die Orientierung verlor, und kurz darauf wußte ich nicht mehr, in welcher Richtung die Docks lagen. Ich ging trotzdem weiter, weil ich nirgendwo haltmachen konnte. Ab und zu versuchte ich nachzudenken. Was würde wohl ein auf sich allein gestellter Tourist tun? Er würde dem britischen Konsulat einen Besuch abstatten – und ihm einen akzeptablen Fall von Amnesie präsentieren? Dann würde man mich nach Hause fliegen, wo ich eine Menge zu erklären hatte. Die Amerika-Geschichte, dann das Gold … abgesehen davon, was Clare zugestoßen war. Ich hätte großes Glück, wenn ich nicht in Broadmoor landete. Und da ich sie auf dem Gewissen hatte, wünschte ich mir vielleicht sogar …

Nach einer Weile gelang es mir, mich aus der Dunkelheit des Labyrinths zu befreien, und ich stieß wieder auf breitere Straßen mit Laternen und erleuchteten Fenstern, doch jetzt war es mir egal, was das für Straßen waren oder wie sie hießen. Einige glichen den eleganten alten Backsteingebäuden, die ich vorher schon gesehen hatte, andere waren schreiend neu mit gleißenden Schaufensterfronten und Neonreklamen – doch alle Auslagen waren leer, vernachlässigt, tot. Ich prallte gegen alles mögliche – Laternenpfähle, Mülleimer, Gerümpel. Ich hörte Stimmen, wütende Stimmen, wußte aber nicht, woher sie kamen. Vielleicht waren es Leute auf dem Bürgersteig, ich sah jedenfalls niemanden. Nur die Autos auf der Straße bewegten sich, zischten vorüber, ohne feste Umrisse, verwischte, fahrerlose Flecken aus Licht und Lärm. Manchmal hatte ich den Eindruck, als würden sie von allen Seiten hupend auf mich zugerast kommen, und ich mußte ihnen ausweichen und mich irgendwie durchfädeln und weitertaumeln, bevor sie wieder zurückkamen.

Ich sah immer schlechter, was da vor sich ging. Das Gefühl der Verlassenheit wurde intensiver. Der Krach, die Farben um mich herum, alles, was mir meine Sinne vermittelten, schien immer sinnloser und absurder zu werden, sich zu keinem Ganzen, zu keinem zusammenhängenden Bild mehr zusammenzufügen. Ich hatte das Gefühl, ich müßte mich um jeden Preis bewegen, damit mich diese schreckliche, aufdringliche Welt nicht verschlang und von allem anderen trennte. Doch ich war jetzt sehr müde, und von Zeit zu Zeit schien der Boden unter meinen Füßen zu schwanken, so daß ich stolperte. Von oben ertönte ein vertrautes Geräusch, das Heulen eines kreisenden Düsenflugzeugs; doch alles, was ich sah, war ein Muster pulsierender Lichter, die über die Leere glitten, und ich schloß die Augen. Ich sehnte mich nach Schatten und Ruhe, und dann, vielleicht Stunden später, schleppte ich mich durch weniger belebte Straßen, von Wohnhäusern gesäumte Vorstadtstraßen, die etwas freundlicher, weniger feindselig aussahen. Doch die erleuchteten Fenster starrten mich noch immer unheilvoll an, und vereinzelt zischten Autos vorüber.

Bis eins von ihnen mit quietschenden Reifen urplötzlich an der Bordsteinkante anhielt. Erschrocken wandte ich mich um, packte den Griff meines Schwertes – und erstarrte in der Bewegung, als ein blauweißes Licht mir in die Augen blinkte. Ich konnte nichts sehen, doch ich hörte ihre Stimmen, hart und unerbittlich:

»*Das ist er! Wir haben ihn!*«

»*Wache? Ja, Kontaktpunkt – ja, wir greifen ihn uns jetzt!*«

»*Aufpassen! Aufpassen! Ein großer Kerl! Versucht mal die freundliche* – Hey, Kumpel!«

Ich machte einen Satz nach hinten, als die Wagentüren zugeschlagen wurden.

»Großer Gott, was ist das denn? Eine Machete?« Ich schaute an mir herab. Unbewußt hatte ich das Schwert halb aus dem Gürtel gezogen. Der blanke Stahl warf das blaue Licht wie eisiges Feuer zurück.

»*Hallo? Der Verdächtige ist bewaffnet, ich wiederhole, bewaffnet –*«

»Hey, Kumpel, wir wollen nur mit dir reden. Tut doch keinem weh. Also steck das Ding weg, hörst du?«

Ich wich zurück, weiter, immer weiter. Mit einem Mal arbeitete mein Verstand wieder auf Hochtouren. Aus einer Gefängniszelle hatte ich nicht die geringste Chance, wieder zu den Docks zurückzukommen – auch aus der Klapsmühle nicht. Ich konnte den Polizisten jetzt sehen, es war ein stämmiger Schwarzer in mittleren Jahren, mit breiten, buschigen, grauen Koteletten. Er gab sich große Mühe, beruhigend zu wirken, doch ich sah auch, daß seine massige Hand auf dem geöffneten Pistolenhalfter lag. Es bestand kein Zweifel daran, daß der andere ihm vom Wagen aus Deckung gab. Ich sah mich verzweifelt um, und wieder wurde mein Blick von Schatten und Dunkelheit angezogen. Auf der anderen Straßenseite gab es eine Lücke zwischen zwei Häusern, mit einem umgestürzten Zaun davor und von wuchernden Bäumen bewachsen. Ich ging noch einige Schritte zurück, entspannte mich dann und senkte den Kopf, bis ich hörte, wie der dicke Mann erleichtert aufseufzte – und dann riß ich das Schwert mit einer blitzartigen Bewegung heraus. Da ich nicht ganz so geschickt war, wie ich dachte, hätte ich ihm fast seinen Backenbart abrasiert. Er sprang mit einem entsetzten Aufschrei zurück, stolperte über einen Hydranten und landete flach auf dem Rücken. Das gab mir die Möglichkeit, mit einem Riesensatz über ihn hinweg auf die Motorhaube des Streifenwagens zu hechten, und von da auf die glücklicherweise leere Straße. Mit einigen weiteren Sätzen erreichte ich den begrünten Mittelstreifen, konnte mich gerade noch vor einem reichlich mit Chrom verzierten LKW in Sicherheit bringen und rannte einfach weiter. Eine Kugel zischte an mir vorbei, der LKW hupte wie besessen und stellte sich mit kreischenden Reifen quer, bis er genau auf dem Rasenstück zwischen mir und dem Streifenwagen zum Stehen kam. Ich erreichte den Zaun, setzte darüber hinweg und landete knöcheltief in mit Unrat übersätem Gras, wobei mir schlagartig klar wurde, daß ich – um es einmal so auszudrücken – nicht allein war.

Wenn ich mehr über diese Stadt gewußt hätte, wäre ich wohl weniger erstaunt gewesen, auf einem Friedhof zu landen; so wie es aussah, handelte es sich um ein riesiges Areal großer, imposanter Gräber, vernachlässigt, überwuchert und teilweise zerstört. Doch darüber machte ich mir zunächst keine Gedanken. Diese vergessene Stadt der Toten war der sicherste Platz, um mich zu verstecken. Ich hetzte zwischen den Grabsteinen hindurch wie jemand, der es verdammt eilig hat, zu den Seinen zurückzukehren. Ein ganzes Stück hinter mir hörte ich noch, wie noch jemand über den Zaun flanken wollte, aber jämmerlich dabei scheiterte. Ich machte mir schon wieder Vorwürfe, denn ich hatte absolut nichts gegen diese Polizisten. Mir war diese Angelegenheit furchtbar unangenehm, doch ich wußte keinen anderen Ausweg. Sie durften mich jetzt nicht aufhalten!

Ich schlängelte mich durch die Reihen der Toten, kroch geduckt von Weg zu Weg, wechselte immer wieder die Richtung, bis ich jegliches Gefühl für Zeit und Orientierung verloren hatte. Hin und wieder schlich ich in halbzerfallene Miniaturausgaben griechischer und römischer Tempel hinein, wo mir die abgestandene Luft fast den Atem raubte, doch ich mußte auf die Geräusche eventueller Verfolger lauschen, bis ich mir schließlich sicher war, daß niemand mehr hinter mir herkam. Hier bewegte sich nichts, nicht einmal ein Windhauch war zu spüren. Ich konnte gut verstehen, daß sie aufgegeben hatten, denn hier konnte man die ganze Nacht über Verstecken spielen, und auf den zugewucherten Grabplatten konnte man so gut wie keine Fußspuren erkennen. So gesehen wußte ich selbst nicht mehr genau, aus welcher Richtung ich gekommen war. Ich schaute mich um. Grabsteine über Grabsteine, so weit mein Blick reichte, ein einziges Meer von Kreuzen, Kränzen und Engelsskulpturen plus einiger anderer recht unwahrscheinlicher Dinge. Nichts wies darauf hin, daß ich mich in der Nähe einer Stadt der Lebenden befand. Das verlieh dem Friedhof etwas Zeitloses, Losgelöstes. Ich mußte mich genau im Zentrum der Anlage befinden. Der Boden war hier ziemlich flach, und ich schlich mich in eine Richtung, von der ich glaubte, daß sie mich nicht an der gleichen Stelle aus dem Friedhof herausführen würde, an der ich ihn betreten hatte. Es gab keine andere Möglichkeit, als immer weiter zu gehen, bis ich an die Friedhofsmauern gelangte –

Ein plötzlicher Schauer durchlief mich, obwohl die Nacht noch immer warm war. Das, was mich da getroffen hatte, war so deutlich spürbar wie ein Elektroschock. Ich hatte etwas gestreift, weder Gras noch Stein –

Fast hätte ich laut aufgelacht. Es war nur eine kleine Vogelscheuche, die mir gerade mal bis zur Hüfte reichte, ein alter, zerbeulter Hut und ein vom Wetter ausgebleichter Mantel an einem Holzkreuz, der vom unter ihm wachsenden Unkraut regelrecht ausgestopft war. Fast hätte ich gelacht, fast. Doch die Eiseskälte, die mich durchzuckt hatte, war zu alarmierend gewesen, und mein Herz klopfte rasend. Irritiert blickte ich mich um, doch es gab nichts anderes außer dem warmen Wind, der die Bäume wiegte; da war nichts Besonderes in dieser kleinen Grabanlage. Sie war ebenso verfallen, geschändet, mit Graffiti besprüht wie alle anderen; obwohl diese Wirbel, Spiralen und seltsamen Kreise schon recht ungewöhnlich aussahen … als wären sie mit Leuchtfarbe gemalt worden, oder von einer besonderen Art von Schimmel bewachsen. Etwas Ähnliches hatte ich schon einmal gesehen, nur nicht so deutlich. Hier, in der tiefen Dunkelheit, schienen sie kaum wahrnehmbar grün zu leuchten – doch halt, so schwach war das Leuchten auch wieder nicht; sobald sich die Augen daran gewöhnt hatten, konnte man in seinem Licht sogar sehen.

Ein entferntes Geräusch, wie ein scharrendes Kratzen, schreckte mich auf. Ich drehte mich rasch um und sah in meiner Vorstellung schon einen rachelüsternen, schießwütigen Bullen auf mich zuschleichen – doch dafür war dieses Ding zu klein. Direkt unter einem der verunzierten Grabsteine bewegte sich das dichte Gras; wahrscheinlich ein aufgestörtes kleines Tier. Was mochte sich hier auf diesem Friedhof wohl herumtreiben? Opossums, Ringelnattern … ich bückte mich, um nachzusehen.

Nur um mit einem Schrei zurückzuzucken, der den ganzen Friedhof hätte wecken können. Die wie eine Mandala geformte Schrift auf dem Stein brannte plötzlich hell wie Feuer, und davor war die Hand zu erkennen, die direkt aus der Erde nach meinem Gesicht gegriffen hatte. Jetzt tat sich der ganze Erdboden unter mir auf, fast wäre ich hineingefallen, doch ich konnte mich gerade noch fangen und zur Seite drehen. Nichts wie weg, war mein einziger Gedanke. Doch die mit Kies bestreute Erde unter mir wellte sich auf, als ob sich ein riesiges, wurmartiges Geschöpf seinen unterirdischen Weg bahnte; ich wurde glatt von den Füßen gerissen. Ich fiel, das Schwert in einer Hand haltend, hin, gleichzeitig grub ich die Finger der anderen Hand in den Kies, um mich irgendwo festzuhalten – und schon riß ich sie, gerade noch rechtzeitig, wieder zurück. Unter den Kieseln schnappte etwas klickend zu, wie ein Fisch, der nach einer Fliege schnappt. Wieder hob und senkte sich der Boden. Büsche wurden durchgeschüttelt und umgeworfen, dann fiel der erste Grabstein mit einem dumpfen Plopp um, dann der nächste, immer mehr; andere bebten und fielen in sich zusammen. Der affektierte Kopf eines Marmorengels polterte herunter, prallte von der Erde ab und hüpfte wie ein Ball genau vor meine Füße. Überall rumorte die Erde, Finger hoben sich wie Krallen, ein Arm wuchs wie eine Pflanze in einem Zeitraffer-Film aus dem Boden …

Und hinter mir erklang ein ekelhaftes Kichern.

Ich drehte mich um. Auch die kleine Vogelscheuche war inzwischen gewachsen; die dürre Gestalt überragte mich, hob einen ihrer leeren Ärmel hoch und versperrte mir den Weg. Ich hörte deutlich das Unkraut darin rascheln, Unkraut mit langen Wurzeln, bis hinunter in die Erde, Unkraut, das sich gut genährt hatte, ein einzelner Finger, dürr und knochig – ein Zweig oder ein Knochen? – zeigte leicht gekrümmt auf mein Gesicht. Der alte Hut war etwas zur Seite gerutscht, und jetzt hörte ich ein Rauschen, ein Zischen und Rascheln, als würde mir jemand von nahem etwas ins Ohr flüstern – in beide Ohren gleichzeitig. Eine Stimme… Sie klang einen Moment wie totes Laub, dann wieder wie etwas Flüssiges, gurgelnd, grauenvoll.

Bas 'genoux, fi' de malheu'! Fai'e moa honneu'!

Das Ganze wurde nur noch schlimmer, als mir klar wurde, daß das Geraune einen Sinn ergab. Es war eine Art französischer Dialekt, eine vereinfachte Sprachform wie Pidgin-Englisch, ein Französisch, das ich noch nie gehört hatte; doch ich konnte es verstehen. Es befahl mir, niederzuknien und Ehrfurcht zu bezeugen –

Li es'royaume moan –
Li est moa qui 'regne 'ci!
Ne pas passer par'li
Sans hommage 'rendu –

Wessen Königreich? Wem sollte ich da Ehre erweisen? Ich konnte mich nicht bewegen. Helle Panik, wie ein eiskalter Windstoß von einem offenen Fenster, peitschte meine Gedanken auf und zerstreute sie in alle Himmelsrichtungen. Plötzlich stieß der Finger mit einem piepsenden, rasselnden Geräusch direkt auf meine Stirn zu. Er berührte mein Stirnband. Etwas wie ein Hochspannungsfunke oder eine lautlose Explosion entlud sich, ein greller Lichtschein, der hinter, statt vor meinen Augen glühte.

»Zur Hölle!« heulte ich auf. Ich hatte viel zuviel Angst, um nachzudenken. Ich schlug einfach drauflos. Glück und Instinkt führten meine Schwerthand, sonst nichts. Es war, als würde ich eine Hecke zerstückeln. Der Strohhut flog in die Luft, ein Stück des Holzgestells wirbelte weg, und der zerlumpte Mantel fiel im knochenlosen Durcheinander seiner Arme in sich zusammen. Dicke Stengel schnellten heraus und verspritzten einen stinkenden Schleim; der Blütenstaub, der über mein Gesicht rieselte, fühlte sich an wie Staub aus uralten Gräbern; ich mußte niesen. Etwas – vielleicht Dornenranken – krallte sich um meine Knöchel. Wieder schrie ich laut auf, befreite mich mit einem mächtigen Satz und lief um mein

Leben – vielleicht sogar um mehr. In diesem Augenblick wäre mir ein Bulle mit einem Revolver wie die Ausgeburt irdischen Glücks vorgekommen, aber auch mit einem bißchen richtigen, natürlichen Licht hätte ich vorlieb genommen. Es kam mir so vor, als würde ich direkt vor mir so etwas wie ein trübes Schimmern erkennen, hoch über der Düsternis der Gräber, unglaublich warm und sicher. So schnell ich konnte, hastete ich in diese Richtung. Was immer es auch war, ich wollte es haben, unter allen Umständen. Ich hatte furchtbare Angst, daß es verschwinden und mich dieser Dunkelheit überlassen könnte, die unbeirrbar hinter mir herraschelte.

Es verschwand nicht. Es schien gleichmäßig und beruhigend, wurde größer, bis sich sogar die Bäume von ihm abhoben, ein wahrhaftiger Leuchtturm der Normalität – vielleicht eine Reihe von Straßenlaternen. Alles, was ich jetzt noch wahrnahm, war das Rauschen meines Blutes und mein Atem; Kopf und Brust schienen von engen Stahlbändern umschnürt zu sein. Doch die Grabsteine lichteten sich allmählich, dann kam eine Mauer und wieder ein Zaun, der jedoch nicht so heruntergekommen wie die anderen aussah. Ohne langsamer zu werden sprang ich auf einen der Steine, die gegen die Mauer gelehnt waren, von dort auf die Mauer selbst, wobei ich mich an die Drähte klammerte. Zum Glück waren sie weder elektrisch geladen noch mit Dornen versehen. Mit einem letzten, keuchenden Atemzug schwang ich mich über die Mauerkrone, landete drei Meter tiefer im struppigen Unkraut und rannte weiter, immer weiter, bis ich stolperte und am äußersten Rand des Lichtkreises schluchzend auf die Knie fiel.

Ich kauerte mich hin, zuckte zusammen, als der Boden unter mir wieder erzitterte. Etwas rauschte, zischte und donnerte, und mit klapperndem Getöse und seiner einsam tutenden Sirene raste etwas Riesiges an mir vorüber, eine endlose Reihe vorbeiflitzender Schatten. Als das Licht wieder klar und beruhigend glänzte, kehrten einzelne Bruchstücke meines Bewußtseins zurück. Ich sah keuchend auf und erhob mich ziemlich beschämt. Es war reines Glück gewesen, daß der Güterzug auf dem Gleis neben mir vorübergedonnert war, statt auf diesem – der nächste könnte jedoch ebensogut hier entlang kommen. Ich lief los und fand mich auf einer Art Rangierbahnhof wieder, der zwar gut ausgeleuchtet, aber kein guter Platz zum Herumlaufen war. Trotzdem tausendmal besser als der verfluchte Friedhof. Ein Teil meines Gehirns arbeitete wie wild, um das zu erklären, was ich gerade erlebt hatte, es sozusagen durch eine logische Erklärung ungeschehen zu machen: ein kleines Erdbeben, überhitzte Phantasie, was auch immer. Ich ignorierte sämtliche Bemühungen dieser Art. Ich war heilfroh, daß ich entkommen war. Dann glaubte ich eine Stimme gehört zu haben, nicht nah, nicht fern, aber klar und deutlich in dieser ruhigen Nacht.

»Ich sag' dir doch, du kannst von mir aus auf diesem Friedhof so lange herumkriechen, wie du willst, aber ich werde nicht ...«

Da, knapp hundert Meter weiter hinten an den Gleisen, stand ein Streifenwagen mit blinkenden blauen und roten Lichtern vor einem Zaun. Es war wohl unvermeidlich, daß die Kerle nicht aufgegeben, sondern über Funk Verstärkung angefordert hatten und alle möglichen Fluchtwege aus dem Friedhof überwachten. Und dieser Wagen hier war ausgerechnet meiner; ich erkannte die Stimme wieder, war für diese Vertrautheit beinahe dankbar. Auf allen vieren kroch ich langsam vorwärts.

»Angst? Hör mir mal einen Moment zu, du Schwachkopf – hey!«

Ich wußte, wen er damit meinte. Noch bevor die Türen zuschlugen, die Suchscheinwerfer auf mich gerichtet und die Sirenen angeschaltet wurden, war ich auf und davon. Ich hörte, wie die Reifen auf dem Kies knirschten, und wieder einmal war ich auf der Flucht, obwohl ich kaum Zeit gehabt hatte, einigermaßen zu verschnaufen.

Ich konnte nicht mehr viel weiter laufen, aber nichts in aller Welt würde mich noch einmal auf diesen Friedhof jagen. Von irgendwoher näherte sich der nächste Zug. Ich humpelte über die Gleise, verbarg mich im Schatten einiger abgestellter Güterwaggons und dachte schon daran, in einen von ihnen hineinzuklettern, und sei es auch nur, um ein paar Minuten Ruhe zu finden. Aber sie waren bestimmt alle mit Ketten verschlossen, und hier im Schatten war ich nicht sicher genug. Ich schwang mich über die Kupplung zwischen zwei Waggons und landete genau auf den Schienen, über die der ankommende Zug rattern würde. Als ich hinter mir den bremsenden Streifenwagen und den unter seinen Rädern aufspritzenden Kies hörte, schien mich das förmlich zu beflügeln. Ich rannte über mehrere andere Gleise und zwischen weiteren abgestellten Güterwagen hindurch, bis ich wieder einmal vor einem Zaun stand – und nicht mehr als dreißig Meter davon entfernt ein offenes Tor. Würden die Bullen mir bis hierher folgen? Ich nahm das Risiko auf mich, ich hatte keine andere Wahl. Ich schaffte es tatsächlich und war mit einem Mal alle Zäune und Polizisten los, rannte wie ein Wahnsinniger durch eine leere Straße – und hinter mir wurde die Sirene schon wieder unangenehm laut. Und tönte dort vorne, um die Ecke dieses hohen Gebäudes, nicht eine zweite? Ich konnte hier entlang oder dort entlang. Auf das Geräusch zu – oder weg davon. Das war keine Sirene. Ich traf eine Entscheidung und bog um die Ecke.

Wenn meine Lungen nicht so geschmerzt hätten, hätte ich bestimmt gelacht. Die Straße war breit und glitzerte im nächtlichen Dunst, als hätte es gerade eben geregnet; hohe, gesichtslose Gebäude ragten links und rechts wie die Wände einer Schlucht empor. In einem schmalen Seiteneingang stand ein alter Mann, die einzige lebende Seele in dieser riesigen Häuserschlucht, ein schwarzer Mann in einem schäbigen Mantel, der traurig seine Trompete blies; das war der seltsame Klang gewesen. Ich rannte auf ihn zu, dann sah ich seine schweren, dunklen Brillengläser, das Pappschild, das vor ihm stand, und die Blechtasse. Plötzlich hörte er auf zu spielen, setzte die Trompete ab, und ich schlug einen großen

Bogen, um ihn nicht zu erschrecken. Statt dessen sprach er mich an.

»Hallo! Hey, junger Mann! Wo geht's denn lang?«

Ich blieb fast instinktiv stehen. Seine Stimme war überraschend tief und gebieterisch und wollte so gar nicht zu einer so zusammengesunkenen Gestalt passen. Er sprach mit einem singenden Akzent, der sich nicht sehr amerikanisch anhörte. Ich schluckte, versuchte zu antworten, doch so lange wartete er nicht erst: »Bist du abgehauen? Vor der Polizei? Mmhmm, hab' ich gehört, die Sirenen, hab' ich gehört.« Das faltige alte Gesicht verzog sich zu einem breiten Grinsen und legte eine Reihe gesplitterte Zähne bloß. »Damit werden wir schon fertig. Versteck dich einfach hinter mir, meine Junge, da im Eingang, alles klar? Guuuut! Hast du's bequem?« Ohne eine Antwort abzuwarten, hielt er die Trompete wieder an die Lippen und begann zu spielen. Ich kannte die Melodie, es war *Saint James Infirmary,* schrecklich traurig und erschreckenderweise nur zu angemessen. Ich rollte mich zitternd und keuchend in dem Eingang zusammen und versuchte, wieder ruhig zu atmen. Ich sah mir den gebeugten Rücken des Mannes an, der unter dem schäbigen Mantel überraschend breit wirkte, und dann schaute ich zu dem kleinen Stückchen Himmel empor, das ich am oberen Rand des Eingangs sehen konnte.

Well, I went down to the Saint James Infirmary,
I saw my baby there,
She was layin' on a cold marble table,
So cold, so pale, so fair …

Obwohl ich mich dagegen wehrte, saugte ich die Worte förmlich in mich auf. Einer der ältesten Blues-Songs, so alt, daß man seine Wurzeln bis in die frühen Volkslieder zurückverfolgen konnte …

Schrille Sirenen heulten zwischen den hohen Hauswänden

hindurch, dann verstummten sie plötzlich im Quietschen der Reifen; blaues Licht pulsierte durch den Eingang.

»Hallo Paps«, rief eine Stimme, nicht mehr die gleiche wie vorhin. »Hast du so 'nen großen Kerl hier 'langrennen sehen? 'n Weißer mit 'ner Machete oder so was – ein total Verrückter.«

»Mein Sohn«, kicherte der alte Trompeter. »Ist schon ungefähr zwanzig Jahre her, daß ich irgendwen mit einem gottverdammten irgendwas irgendwo gesehen habe. Oder glaubst du, ich würde sonst auf diesem kalten Treppenabsatz herumstehen?«

»Oh«, entfuhr es dem Bullen, und es schien ihm doch etwas peinlich zu sein. »Also naja, stimmt schon. Äh, haben Sie denn jemanden gehört? Vor ein paar Minuten?«

Der alte Mann zuckte die Schultern. »Jemand ist da vorbeigerannt, vor fünf Minuten. Vielleicht runter zur Decantur Street. Ich hab' hier nur meine Trompete ge –«

»Is' ja gut, Paps!« Eine Münze klingelte in der Tasse. »Sie gehen wohl auch besser heim, es is' kalt und naß hier draußen, okay? Könnte sein, daß jemand noch scharf auf Ihre Tasse hier ist, so früh am Morgen, hm?«

Die Sirene wurde wieder angestellt, und die Lichtreflexe wurden schwächer. Ich rutschte erleichtert noch tiefer in mich zusammen. Der Alte spielte da weiter, wo er aufgehört hatte, bis die Sirene überhaupt nicht mehr zu hören war, dann hängte er noch einen frechen Schnörkel an die Melodie und schüttelte den Speichel aus der Trompete.

»Ziemlich nett die Jungs, aber viel Schlauere gibt's von der Sorte nicht!« Er drehte sich um, grinste mich an, und ich hatte das seltsame Gefühl, daß er mich sehr wohl sehen konnte. Trotzdem fummelte er an meinen Füßen nach einer Karte, die ich schließlich aufhob und ihm reichte. Sie war mit einem unglaublich alt aussehenden religiösen Motiv bedruckt, nämlich »Black Heaven«, wie etwas aus *Green Pastures*, und darunter stand in ungelenken Buchstaben *Der Öffner der Wege*. Der Alte versteckte sie sorgsam im Eingang und setzte sich dann vorsichtig neben mich.

»Hören Sie mal«, fing ich an, »Sie haben mir da ganz schön aus der Patsche geholfen – ich habe nichts angestellt und ... ach, verdammt, ich weiß nicht, wie ich Ihnen danken soll –« Doch dann fiel mir ein, wie ich es doch konnte. Ich suchte in den Taschen nach Jyps Münzen; ich würde sie ihm später zurückzahlen. Als ich ihm zwei davon in die Handfläche drückte, nickte er und grinste wieder. »Aber passen Sie auf«, warnte ich ihn, »das sind Goldstücke. Auch wenn Sie sie nicht sofort ausgeben können, lassen sie sich bestimmt gut verkaufen. Sie sind auch nicht gestohlen oder so was. Bringen Sie sie in ein gutes Münzgeschäft, wenn das geht, nicht einfach zur Bank, zu einem Juwelier oder einem Pfandleiher. Sie müßten mehr wert sein, als nur das Gold.«

Der alte Mann hörte mir gewissenhaft zu. »Herzlichen Dank, mein junger Freund. Das ist wahre christliche Nächstenliebe. Ganz im Sinne des Heiligen Jakobus, nach dem sie das Krankenhaus benannt haben, stimmt's? Saint-Jacques haben sie ihn zu meiner Zeit genannt ... oder auch Santiago ...«

Ich kicherte. »Das stimmt, die Spanier haben diese Stadt hier gegründet, nicht wahr? Sie kennen sich aus in der Geschichte.«

Der alte Mann lachte geschmeichelt. »Ich? Ich hab' 'ne Menge gesehn, das ist alles. Und ich vergeß nichts. So viele Erinnerungen, mein armer alter Rücken bricht unter der Last noch zusammen.«

»Naja, Sie können ihn jetzt wenigstens ein bißchen wärmen – sich einen neuen Mantel kaufen, um einen Anfang zu machen.«

Ich wollte nicht altklug klingen, doch es hörte sich trotzdem so an. Der alte Mann schüttelt freundlich den Kopf. »Mein Sohn, vielen Dank für den guten Rat! Aber ich hab' einen besseren Tip, den kannste kostenlos kriegen: Wenn dir die Eier abfrieren, ist Rum die einzige Medizin.«

»Werd' ich mir merken«, versprach ich und meinte es durchaus ernst. »Vielen Dank noch mal. Aber ich verschwinde jetzt besser. Die Bullen könnten zurückkommen, und ich muß noch zum Fluß – zu den Docks. Äh – könnten Sie mir vielleicht den Weg dorthin beschreiben?«

Er lachte gackernd und stand auf, bevor ich ihm die Hand zur Hilfe reichen konnte. »Die Docks also?« Wieder blickten mich die Brillengläser an, schienen mich fast zu durchbohren. »Das ist doch einfach, mein Sohn. Ganz einfach.« Er nickte lässig die Straße hinunter. »Ein gutes altes christliches Lied wird dir sogleich den Weg weisen!«

Und bevor ich noch ein weiteres Wort sagen konnte, setzte er die ramponierte Trompete an die Lippen und stimmte ein weiteres Lied an, das ich kannte. *Gospel Ship*, ein Erweckungslied, ganz bestimmt kein Jazz, doch er spielte es so, daß man den Swing deutlich heraushörte. Die Trompete klang nicht mehr traurig, sondern scharf, eine Klinge aus blauen Tönen, die die Dunkelheit zerschnitt. Ihr glänzender Trichter blinkte plötzlich in einem roten Licht und reflektierte, wenn auch verzerrt, ein Gewebe schwarzer Fäden. Verwirrt drehte ich mich um und sah den Spalt Himmel, den die Häuserschlucht freiließ, allmählich heller werden, dann überzog ihn die heranflutende Morgendämmerung mit einem zarten Rotschimmer. Und vor diesem aufblühenden Rot sah ich das stachelige Gewebe von Masten, deren Silhouetten sich wie eine winterliche Baumreihe absetzten. Über die gesamte Länge der düsteren Straße legte sich jetzt ein schwacher goldener Pfad, der wie Feuerschein im Glanz der Trompete auf und ab tanzte.

Erstaunt und verängstigt schaute ich einen Moment lang zu, und dann ließ ich alles einfach hinter mir und rannte den gleißenden Pfad hinab, dem Flußufer entgegen. Die Melodie brach sich an den dunklen Fassaden, wurde zurückgeworfen und schlug gegen die blinden Fenster –

Ich bring euch gute Nachricht
Und darum singe ich –
Ich werde alle meine Freuden mit euch teilen!
Ich werde eine Reise machen
Auf dem alten Gospel-Schiff,
Und durch die Lüfte segeln!

Die letzte Fanfare müßte in etwa so klingen.

Ich werde eine Reise machen
Auf dem alten Gospel-Schiff,
Und ich werde weiter als der Himmel segeln,
Ich werde rufen und singen,
Bis die Glocke ertönt,
Und ich mich von dieser Welt verabschiede!

Ich rannte den stillen Pfad der Morgendämmerung entlang wie ein Kind, das zum ersten Mal durch Pfützen stapft. Dann fiel mir auf, daß ich mich von dem alten Mann nicht verabschiedet hatte, und ich drehte mich um, um ihm zuzuwinken. Aber er hatte mir schon den Rücken zugekehrt, schlurfte zur Decantur Street oder sonstwo hin und stieß noch immer laut und fröhlich in seine Trompete. Die Karte hielt er unter den Arm geklemmt. Ich winkte trotzdem, denn ich war fest davon überzeugt, daß er nicht nur mit den Augen sehen konnte. Aber dann hörte ich bereits das schrille Tuten eines Schleppers von den Docks heauftönen, und mein Herz machte einen Freudensprung. Hinter dem Wald aus Masten bewegte sich etwas, glitt an ihnen vorbei, hinaus auf den Fluß, mit hochaufragenden Masten und ohne Schornsteine. Ich rannte wie wild die letzten Meter …

Es war klar, daß ich nicht mehr rechtzeitig ankommen konnte, doch ich rannte trotzdem. Vielleicht waren sie noch nah genug, um mein Winken zu sehen – oder ich nahm mir ein anderes Boot und fuhr ihnen hinterher …

Ich merkte, wie ich auf den taufeuchten Pflastersteinen rutschte, und als ich auf der Werft ankam, mußte ich mich an der Hausecke festhalten, und da spürte ich, wie die Farbe auf dem gewellten Holz unter meinen Händen zerbröselte. Der Kern hatte seine Macht über mich verloren, ich war zurückgekehrt. Doch ich verspürte keinen Triumph, nur ein großes Staunen. Denn dieses Schiff, das auf den goldgesprenkelten Wellen davonglitt, wie ein Nachtschatten, der der Morgendämmerung entflieht, hatte drei hohe Masten, nicht zwei, und sein hoher Heckbalken befand sich auf gleicher Höhe mit den höchsten Schornsteinen. Ich stierte die Docks hinauf und hinunter, entschied mich für eine Richtung und raste wieder los.

Ich hatte richtig geraten. Kaum zwanzig Minuten später rannte ich die federnde Laufplanke hinauf und brach keuchend auf dem Deck zusammen, das wieder wie neu glänzte und nach Teer, Leinsamenöl und harzigem Holz roch. Vom Achterdeck her kamen Jyp und die anderen in einer regelrechten Stampede den Niedergang heruntergestürzt und auf mich zu, und der alte Stryge wankte aufgeregt hinterher. Ein Mann und eine Frau von der Deckwache hoben mich wie eine Feder auf und setzten mich auf das Gitter über dem Vorratsraum, doch ich hatte kaum genug Luft in den Lungen, um zu sprechen.

»Sie … hier …«

»Aye, aye, wissen wir schon!« sagte Mall besänftigend. »Spart Euch Eure Worte, bis Ihr wieder genug Wind in den Segeln habt. Seid Ihr anderweitig verletzt? Ein gütiges Schicksal, wir hatten schlimmeres befürchtet.«

»So ist es, Schiffskamerad«, meinte Jyp und schüttelte erleichtert den Kopf. »Freut uns außerordentlich, dich wieder bei uns zu haben, noch dazu in einem Stück. Als wir merkten, daß du verschwunden warst, haben wir den Stryge auf deine Fährte gehetzt – doch als er verkündete, daß man dich mit einem Boten in den Kern zurückgelockt hat, und dann noch in eine Falle, also … Er sagte, er hatte einen Ruf nach dir ausgesandt, mehr könne er nicht tun.« Er spuckte auf der Dockseite über die Reling. »Teufel auch, wir hätten uns denken können, daß da etwas im Busch ist. Das hier ist einer der alten Sklavenmärkte – überall steckt noch *Obeah*, Voodoo und weiß der Geier was noch alles drin; ist halt ein Teil ihrer Herkunft. Aber warum sollte ein *Bocor* von hier seine Trommeln wegen uns anwerfen? Das verstehe ich eben nicht. Wir haben doch niemandem auf die Zehen getreten, oder? Woher zum Teufel wußten sie überhaupt, daß wir hier sind?«

»Von der *Chorazin*!« schnaufte ich.

»Was?«

»Das versuche ich euch doch gerade zu erzählen«, krächzte ich mühevoll. »Sie lag die ganze Zeit ebenfalls hier am Dock – vielleicht eine Meile weiter flußabwärts – ich habe gerade eben gesehen, wie sie wieder abgelegt hat –«

Pierce packte mich bei den Schultern. »Bist du sicher, Junge – ich meine, Master?«

»Klar bin ich sicher, verdammt noch mal, und ich wurde eigens ausgeschickt, um sie zu sehen –«

»*Ausguck!*« brüllte Pierce.

Der Stryge schob sein steinernes Gesicht unangenehm dicht vor meines. »Geschickt? Von wem? Wie?«

»E-ein alter schwarzer Mann, ein Straßenmusiker, Sie wissen schon –«

»Hallo Deck. Ein dampfender Teekessel mit einem pechschwarzen Handelskahn im Schlepptau. Eine gute Seemeile flußabwärts!«

»*Alle Mann an Deck!*« röhrte Pierce. »Mr. Maat, sofort an Land, und daß sie dem Dreckskerl von Schlepperkapitän Beine machen! *Alle Mann an Deck!* Wir müssen sie schlimmer erwischt haben als angenommen, wenn sie hier wiederhergestellt werden mußte – und uns sahen sie vorüberfahren – hah! Das nennt man Widerstand, meine alten Freunde!«

Stryges Auge glitzerte furchterregend. »Was für ein alter Mann? Wer hat geantwortet? Wer kam zu Hilfe?«

»E – ein alter Musiker, wie gesagt – spielte Trompete – er hatte eine Spielkarte, nannte sich den – *Öffner der Wege,* so hieß es wohl –«

Stryge zuckte zurück, Jyp pfiff durch die Zähne und verschluckte sich beinahe dabei, und Mall strich sich mit den Fingern durchs Haar. »Glaube, das ist der rechte Weggenosse!«

»Seht mal, wer auch immer das war, er war nett zu mir! Er hat mich vor den Bullen versteckt, mir den Rückweg gezeigt, außerdem die *Chorazin*, und er hat meine Haut gerettet! Vielleicht sogar meinen Verstand – denn nach der Sache auf dem Friedhof dachte ich schon, ich hätte den Verstand verloren! Vielleicht war er ja die Antwort auf euren Ruf.«

»Was für eine Sache auf dem Friedhof?« wollte Stryge wissen, aber er fragte nicht in seinem normalen Knurrton. Ich glaubte fast, den Anflug eines echten Gefühls über seine versteinerte, böse Maske huschen zu sehen; wenn es nur nicht ausgerechnet Furcht gewesen wäre. Also erzählte ich ihm alles und sah, wie sein Gesicht zusammenfiel. Jyp wurde bleich, und Mall kniete sich zu meiner großen Verwunderung hin, nahm mich in den Arm und drückte mich so fest an sich, daß es weh tat.

»Der Baron!« sagte Stryge mit einem hohen, zittrigen Keckern. »Und Legba! Der dumme Junge entkommt dem Baron, trifft Legba und nennt ihn einen alten blinden Mann! Als wenn *der* meinem Ruf je folgen würde!«

»Aber wer will behaupten, daß er's nicht getan hat?« korrigierte ihn Jyp leise. »Die ganze Sache – entwickelt sich genau so, wie ich es befürchtet hatte. Es geht um mehr als nur um einen Überfall auf den Kern – oder um die Entführung eines Mädchens –, um viel, viel mehr. Hier sind große Mächte im Spiel, wenn sogar die Unsichtbaren eingreifen.«

»Nicht nur eingreifen!« entgegnete Mall schrill. »Seht ihr das denn nicht? Sie ergreifen Partei – wann hätten sie das schon jemals getan? Und unser Stephen sitzt zwischen allen Stühlen!«

Jyp ballte die Fäuste. »Ob gutmütig oder bösartig, es geht nie gut aus, wenn sie sich in die Angelegenheiten der Menschen einmischen! Ahoi, Mr. Maat, wie steht's mit dem Schlepper?«

»Kriegen wir nicht!« schrie der Maat atemlos, ließ die Laufplanke links liegen und schwang sich an der wiederhergestellten Großstag an Bord. »Drei Teekessel waren angefeuert, doch zwei sind in der Nacht durchlöchert worden, absichtlich! Zum Glück sind sie nicht explodiert! Und den letzten Kessel haben sich die Wölfe geschnappt – bezahlt haben sie dafür mit vorgehaltenen Pistolen! Wir müssen noch Stunden warten!«

Pierce warf seinen Hut auf das Deck und trampelte darauf herum. »Bei Beelzebubs brennenden Klöten! Sollen wir etwa die Dämmerung verpassen? Niemals! *Alle Mann an die Brassen!* Wir machen uns mit dem Segel allein an ihre Verfolgung! Wir haben die Dreckskerle schon einmal eingeholt, und wir werden es wieder schaffen, und wenn sie sich ganz tief in Satans Arsch verkriechen! *»Toppgasten nach oben! Aber flott, ihr vom Rum zerfressenen Hurensöhne, Puffgesindel elendes –«*

Das Ledergesicht des Maats legte sich sorgenvoll in Falten. »Aber Käpt'n – wie sollen wir denn ihrem Kurs folgen. Wir wissen doch nicht einmal –«

»Doch, das wissen wir!« rief Mall grimmig. »Der Stryge kann ja alles noch einmal überprüfen, doch ich bezweifle, daß seine Prophezeiungen zu einem anderen Ergebnis führen. Es sieht ganz so aus, als wäre Streit zwischen den Unsichtbaren ausgebrochen. Wohin sonst sollte die *Chorazin* wohl segeln, wenn nicht zu ihrer Heimatinsel?«

Jyp schlug sich mit der Faust in die Handfläche. »Genau! Also, Kapitän – nach Hispaniola?«

»Aye, setzt Kurs«, murmelte Pierce; die Wut war aus seiner Stimme verschwunden. »Hispaniola! Haiti! Wo die Seele an gefährlicher Küste vor Anker geht, eine Sandbank voller dunkler Schatten, besudelt mit Blutopfern und Schwarzer Magie. Aber wenn es denn so sein soll, dann soll es so sein. Steuermann – ans Ruder! Und betet zu Gott, daß wir rechtzeitig ankommen!«

Kapitel 8

Die dunkelgrünen Mauern ragten bedrohlich über uns auf; düster und undurchdringlich schmachteten sie unter dem gewittrigen Himmel. Wenn die Schwerter gegeneinander klirrten, sprangen smaragdfarbene Funken umher. Meine Klinge wurde wie eine lästige Fliege beiseite gewischt; das Breitschwert zischte nur wenige Zentimeter an meiner linken Achsel vorbei. Es gelang mir, zu parieren, auszuweichen und keuchend die Grundstellung einzunehmen. Mehrere meiner Schnittwunden hatten sich wieder geöffnet, und ich zuckte zusammen, als der Schweiß hineinrann. Wir umkreisten einander, täuschten uns durch Finten. Mall grinste, was nicht sehr vertrauenerweckend aussah. Sie pendelte wie eine Kobra, die ihr Opfer hypnotisiert, wartete auf den richtigen Zeitpunkt und die richtige Stelle zum Zuschlagen.

So ging es schon seit New Orleans, und meine stattliche Anzahl von Narben konnte ein Zeugnis davon ablegen. Unsere überstürzte Abfahrt schien sich zunächst auszuzahlen. Auf den Schwingen des Morgens flogen wir den großen Fluß hinab. Le Stryge behauptete, für den frischen Wind in unseren Segeln verantwortlich zu sein, der eine ganze Zeitlang den Vorsprung, den die Wölfe mit Hilfe des Schleppdampfers herausgefahren hatten, wieder wett zu machen schien; ich neigte jedoch eher dazu, diese Tatsache Jyps unvergleichlicher Navigationsfähigkeit zuzuschreiben. Als ich ihn einmal am Ruder beobachtete, kam mir die eigenartige Vorstellung, daß sein ruhiger Blick daher rührte, daß er durch die Schleier von Zeit und Raum blickte, sich den einen oder anderen unsichtbaren

Schicksalsfaden aussuchte und auf ihnen einen geraden Kurs steuerte, wobei er vor den gefährlichen Verknüpfungen jeweils auf eine andere Spur wechselte. Ich beging den Fehler, diese Beobachtung Mall gegenüber zu erwähnen, als wir beide auf dem Vorderdeck ein kurzes Frühstück zu uns nahmen.

»Nicht ganz abwegig, Eure Vorstellung«, lautete ihre Antwort. »Jeder hat seine angeborenen Fähigkeiten, wie man so sagt. Doch nur die wenigsten leben lange genug, um sie voll auszubilden. In der alltäglichen Hetze in der Nabe bringen es Männer wie er zu kaum mehr als zu geschickten Navigatoren; hier draußen auf dem Rad lernen sie bald, einen Stern ins Visier zu nehmen und durch alle Unebenheiten der Zeitverschiebungen zu steuern. Erst hier befreien sich die wahren Kräfte von den beengenden Hüllen der Fähigkeiten und Fertigkeiten. Ihr, mein Freund, könntet ein mächtiger Handelsmann werden; doch zuerst müßt Ihr diese Leere in Euch füllen, Euren verhungerten Geist nähren, damit er wächst und gedeiht. Euch fehlt mehr als die bloße Leidenschaft. Der Mensch braucht einen Sinn im Leben, sonst bestimmen andere über ihn.« Sie tunkte die letzte Brotrinde in ihre Schale und saugte damit den letzten Rest Kaffee auf. »Und da wir heute den eifrigen Philosophen spielen, Freund Stephen, ist es höchste Zeit, daß ich mein Wort halte und für Euch einen Zipfel meines eigenen Geheimnisses lüfte. Meine Lektionen sind zwar kurz, doch meine Gedanken recht tiefschürfend! Also aufgepaßt!«

So fing mein Unterricht an, in der Kunst des Schwertkampfes und vielleicht auch in anderen Dingen. Gleich von Anfang an, praktisch aus dem Stand, waren die Unterweisungen streng und auf Effektivität ausgerichtet. Wir fochten mit blanker Klinge und ungeschützter Spitze, was mir recht schnell den nötigen Respekt vor dem Werkzeug einflößte. Zuerst, auf unserem Weg den Fluß hinunter, markierte Mall jeden Treffer nur mit einem spielerischen Klaps mit der flachen Klinge. Es war fast ein Kompliment, als sie anfing, richtig schneidende Schläge auszuteilen.

Inzwischen befanden wir uns auf dem offenen Meer. Wir waren so rasch vorangekommen, daß ich schon die Hoffnung hegte, die Segel des schwarzen Schiffes zu erblicken, bevor wir das Delta verlassen würden, oder daß wir sie wenigstens dann erwischen würden, wenn sie sich von dem Schlepper losmachten. Statt dessen fanden wir seine rauchenden Überreste auf einer Sandbank.

»Was jetzt?« wiederholte Jyp angewidert, als ich ihm mitteilte, auf dem Wrack gebe es keinen Überlebenden. »Wir segeln auf dem schnellsten Wege nach Hispaniola. Aber nicht auf dem direkten. Wir müssen die Wölfe überholen, bevor sie dort ankommen – falls uns das gelingt. Sie werden dort bestimmt erwartet, darauf kannst du Gift nehmen; und sie werden Hilfe bekommen, Hilfe, die uns nicht schmecken wird. Wir werden unterwegs also überall nach ihnen suchen, wir werden suchen wie die Teufel!«

Und so kreuzten wir Tag und Nacht immer quer zum Idealkurs, wobei wir so weit ausholten, wie wir es wagten; am Tag über einen betörend blauen Ozean, eine unendliche saphirne Fläche, die nichts trübte außer den Delphinen, die mit unserer Bugwelle um die Wette schwammen, und ganzen Schulen fliegender Fische. In der Nacht …

Was nachts unter unserem Kiel lag, danach fragte ich nur ein einziges Mal. Jyp starrte in die Unendlichkeit und lächelte. »Die Meere östlich der Sonne und westlich des Mondes«, sagte er leise. »Zwischen den Meerengen der Nacht und dem Sund des Morgens liegen sie, hinter den Toren des Mittags. Die Wellen, die sich unter verzauberten Fenstern, unter den Türmen von Wolkenschlössern brechen. Andere Leute haben einfachere Antworten parat, doch ich sage es dir ins Gesicht: Du wärst ihnen nicht dankbarer dafür. Manche Dinge findet man am besten selbst heraus, und eines Tages, wenn du Glück hast,wird dir das vielleicht gelingen.«

Was mich sehr wirksam zum Schweigen brachte. Ich traute mich nicht, jemand anderen danach zu fragen. Bei dem Gedanken, was geschehen könnte, wenn die Antwort zu unglaublich klang, wurde mir mehr als ängstlich zumute. Doch ich wurde immer wieder daran erinnert, was ich einst, auf einem einsamen Nachtflug auf dem Rückweg von einer faden Geschäftsreise nach Frankreich, gesehen hatte. Damals war unsere kleine Maschine zwischen zwei Lagen von Wolken weiter emporgestiegen; die eine lag unter uns und wogte wie ein stahlblauer Ozean, die andere, über uns, sah schwerer, zerklüfteter aus, wie grauer Granit. Ein einsamer, langer orangefarbener Streifen markierte den Horizont, der sonst spurlos in der Unendlichkeit versunken wäre. Hätte ich damals länger hinuntergeschaut, vielleicht hätte ich dann hohe Masten über den Wolkenbänken erblickt, majestätische Segel, die auf den letzten, entfernten Lichtschimmer zuhielten?

Ost-Süd-Ost führte uns unser Kurs, auf die Dry Tortugas zu, und von dort aus wieder südöstlich, zwischen der Großen Bahama Bank und der gefürchteten Küste von Havanna hindurch zur Windward Passage. Während dieser Zeit bekamen wir nur wenige andere Segel zu Gesicht. Keins davon war schwarz, und niemand hatte auf Anfrage hin ein schwarzes Schiff gesichtet. Schon nach kurzer Zeit waren wir sicher, daß die Wölfe einen Zickzackkurs segelten, um uns abzuhängen – was uns in gewisser Weise ehrte. Doch dadurch blieb Le Stryge unsere größte Hoffnung, was niemandem an Bord behagte. Er blieb in seiner Kabine, aus der seltsame Geräusche und noch seltsamere Gerüche drangen, und nur hin und wieder tauchte er auf, um uns zu versichern, daß sich unsere Beute mehr oder weniger in die gleiche Richtung wie wir bewegte. Von Mal zu Mal wirkte er grauer und erschöpfter. »Sie lassen sich immer schwieriger verfolgen«, grummelte er mehr als einmal. »Etwas Neues greift nach ihnen, eine Macht, die sie vor meinem Blick zu verbergen sucht. Aber es ist nicht stark genug. Noch nicht.«

In der Zwischenzeit schlug mich Mall grün und blau. Ob ich auch den einen oder anderen Treffer landete? Darüber möchte ich schweigen. Am Ende eines langen Übungstages fühlte ich mich fast zu steif zum Laufen. Nicht daß ich mich darüber beklagte. Wenn sie mir einen Schnellkurs in Sachen Überleben vermittelte, dann allein deshalb, weil sie es für dringend notwendig hielt. Und ich wußte, daß ich mit diesem Teufelsweib den besten Lehrer hatte, den ich mir wünschen konnte, denn sie brachte zwar die Luft zum Knistern, vergaß aber nie, wie man sich als unbeholfener Anfänger fühlte. Ich erinnerte mich, einmal gelesen zu haben, daß gerade diese Fähigkeit die wahre Größe in jedem Bereich ausmachte. Als sie am dritten Tag unserer Übungen anfing, mir kleine Risse, wie Papierschnitte, beizubringen, die mehr juckten als weh taten – zumindest bis der Schweiß hineinlief –, fühlte ich mich allmählich wie ein richtiger Kämpfer.

Auch wie ein richtiger Masochist. Aber wenigstens wußte sie, wann sie aufzuhören hatte. Oder doch fast.

Eines schönen Tages um die Mittagszeit – es mochte der vierte Tag gewesen sein – riefen die Ausgucke ihre Warnungen herab. Wir ließen alles stehen und liegen und rannten zur Bordwand. Doch dort draußen am Horizont zeigten sich keine schwarzen Segel. Es waren die gezackten grünen Hänge einer bergigen Insel – ein Zeichen für unser Versagen. Wenn Hispaniola in Sicht war, hieß das, daß wir unsere Feinde nicht eingeholt hatten, daß sie bereits dort waren.

»Und Clare …« Ich konnte den Satz nicht beenden.

Jyp schüttelte den Kopf. »Immer langsam, Mann. Was auch immer sie mit ihr vorhaben, es ist eine Art … Ritual. Dafür gibt es vorgeschriebene Orte und Zeiten. Wahrscheinlich findet es noch nicht sofort statt, denn so genau konnten sie ihre Ankunft nicht vorausberechnen – nicht nach dem kleinen Zwischenfall mit uns. Wenn sie sie bis jetzt nicht angerührt haben, stehen die Chancen gut, daß sie es bis zu jenem Zeitpunkt auch nicht tun werden.«

»Wenn sie bei dieser ganzen verdammten Aktion inzwischen nicht schon durchgedreht ist!«

»Das bezweifle ich«, sagte Mall und legte freundschaftlich einen Arm um meine Schultern. »Wir sind härter als Ihr glaubt, Stephen, wir Frauen. Sie nimmt wahrscheinlich an, daß sie sich in einem Alptraum verfangen hat, aber sie weiß, daß ein Funken Hoffnung besteht. Nie den Mut verlieren und tapfer ausharren – das ist unsere Rolle. So war es schon immer!«

Auf der letzten langen Fahrt gen Süden nach Port-au-Prince war die Atmosphäre an Bord ziemlich gespannt. Es war gut möglich, daß uns eine unangenehme Überraschung erwartete. Kurz nach Sonnenaufgang fuhren wir mit vollen Segeln in die von Bergen umkränzte Bucht. Die Kanonen waren geladen, hinter den geschlossenen Stückpforten lauerten die Mannschaften. Mißtrauisch beobachteten wir jedes Inselchen, jede kleine Einbuchtung, die groß genug war, um ein Schiff zu verbergen. Doch als sich der Haupthafen der Insel am Ende der Bucht unseren Blicken darbot – besser gesagt, sich ausbreitete – war sofort klar, daß dort kein Schiff von der Größe unseres wölfischen Feindes vor Anker lag.

In ziemlich niedergeschlagener Verfassung brachten wir die *Defiance* an einem heruntergekommenen, hölzernen Dock neben einem vergammelten Holzhof am hintersten Ende der Stadt längsseits. Le Stryge, der sich über Erschöpfung beklagte, wurde dennoch zu weiteren Weissagungen überredet. Inzwischen schickten wir mehrere Trupps aus, die sich an Land unauffällig nach Neuigkeiten umhören sollten. Nach dem letzten kleinen Zwischenfall durfte ich natürlich nicht mitgehen. Sie ließen mich einfach zurück. Ich setzte mich auf die Reling, pflegte meine Wunden, kaute Fingernägel und schaute zu der Stadt hinüber, die angeblich zu gefährlich für mich war.

Sie erweckte überhaupt nicht diesen Eindruck. Es war kein Vergleich dazu, den dunklen Mississippi hinauf auf das nächtliche, geheimnisvolle New Orleans zuzusegeln. Die Luft war klar, kühl, durchsichtig, das erfrischende Licht bildete jedes Detail mit gestochener Schärfe ab. Nicht gefährlich oder düster – wenn, dann allenfalls faul und behäbig lag dieser Ort vor mir, schläfrig ausgestreckt an der flachen Küste wie eine Hündin, die sich an den bewaldeten Berghängen schubberte. Bis zur Küste zogen sich kleine Wäldchen herab, zwischen die weißen Felsen und von der Sonne gebleichte Holzbauten, verzogen und weiß vom Salz, zwischen elegante alte Villen im französischen oder spanischen Stil und baufällige Docks. An einigen Stellen dünnte der Wald zu dürren, mit Gestrüpp bedeckten Flecken aus, auf denen gelbliche Ochsen grasten und die Köpfe schüttelten, um die ersten Fliegen zu verjagen. Auf den höher gelegenen Hängen waren die gleichen, dichten Sträucher hier und da von Ansammlungen sonnengebleichter Häuser durchsetzt. Wer eroberte da wen – die Häuser den Dschungel oder der Dschungel die Häuser? Ich konnte es nicht mit Sicherheit sagen. Dieser Ort war noch unberührt vom zwanzigsten Jahrhundert. Kein Motorenlärm war zu hören. Verspätete Hahnenschreie klangen zu uns herüber, vermischt mit dem Gekreisch einzelner Gruppen von Papageien; sonst war es in der nächsten Umgebung sehr ruhig. Ich vernahm nicht einmal Kinderstimmen, die sonst eigentlich überall zu hören sind. Alles was ich hin und wieder ausmachen konnte, war ein anhaltendes, konstantes Pulsieren und eine Art Gesang oder Wehklagen. Es war der einzige beunruhigende Ton in dieser ansonsten so wohlgefälligen Szenerie. Es klang nicht gefährlich, doch je länger ich beobachtete und zuhörte, um so stärker wurde das Gefühl, daß da etwas nicht stimmte, daß da etwas absolut nicht stimmte.

Das zwanzigste Jahrhundert ...

Moment mal. Ich hatte erst vor knapp einem Jahr einiges über Port-au-Prince gelesen, als ich mich auf einen von Barrys Lieblingskunden vorbereitete, indem ich mich über karibische Handelsbestimmungen informierte. Sämtliche Berichte aus dem Wirtschaftsministerium hatten besagt, daß die Stadt, verglichen mit den meisten Hauptstädten der dritten Welt, sehr fortschrittlich sei. Beinahe aggressiv fortschrittlich, wenn man den Zustand in Betracht zog, in dem der Rest des Landes sich befand. Büros, Hotels, Nachtclubs mit Neonreklame, glitzernde Kasinos; Docks, an denen kleine Kreuzfahrer anlegen konnten – wo war das alles hier? Breite Boulevards, Türme aus Beton und Glas, eine Skyline, die die Sonne wie ein Wald aus Spiegeln reflektierte – wo zum Teufel steckten sie? Kein verräterisches Zeichen, wie sorgfältig ich das Panorama auch beobachtete. Ein- oder zweimal schien im Augenwinkel etwas wie Glas zu glitzern. Doch immer, wenn ich mit der Hand über den Augen genauer hinsah, entpuppte es sich als hoher weißer Kirchturm oder auch nur als zufälliges Trugbild. Sonst gab es nichts.

Und diese bewaldeten Hügel ... Die Insel litt sehr unter der radikalen Abholzung. Auch das hatte ich gelesen. Von hier aus betrachtet sah es ganz und gar nicht danach aus, und vom Meer aus erst recht nicht.

Einen Augenblick lang befürchtete ich schon, es handele sich wieder um einen Trick der Wölfe, einen von der Art, mit dem sie Clare weggezaubert hatten. Im Schutz dieser Zauberei könnten sie sogar dicht neben uns an der Mole liegen. Doch das hätte Le Stryge sicherlich schon bemerkt. Die richtige Erklärung beschlich mich erst allmählich wie ein Frösteln.

Schatten. Ich sah Schatten. Schatten im hellen Sonnenlicht, Schatten am hellichten Mittag. Schatten einer Stadt aus dem achtzehnten oder vielleicht neunzehnten Jahrhundert, oder eine Mischung aus beiden; die gleichen Schatten, die hinter der Canal Street in New Orleans und zu Hause hinter der Danube Street lagen. Verlängerte Abbilder ihrer Vergangenheit, ihres Geistes, die weit in die zeitlosen Welten jenseits des Kerns fielen. Doch diese Schatten waren stark, keine Abbilder der Dunkelheit, sondern weitaus kräftiger als das Tageslicht. Die ganze Insel mußte von ihnen heimgesucht sein; sie lauerten nicht an den Rändern der Nacht, sondern direkt unter den Augen des hellichten Tages, jederzeit bereit, durchzubrechen. Selbst noch am Mittag kräftig genug, um das zu verschlingen, was ihren Platz eingenommen hatte – zumindest diejenigen, die sich sowieso schon im Schatten bewegten. Selbst denen, die nicht gefährdet waren, mußten sie auf eine bedrückende, beinahe greifbare Art gegenwärtig sein – sie hatten immer einen Geist auf den Fersen, bei jedem Schritt, den sie machten. Ihre leuchtende, moderne Welt mußte ihnen wie kaum mehr als der Widerschein des Lichts auf einem schwarzen Gewässer erscheinen. Von einem bestimmten Winkel aus konnte man hindurchsehen, bis in die darunterliegenden unergründlichen Tiefen.

So wie es mir geschehen war; so wie es mir schon wieder geschah. Ich schauderte. Es war jetzt Mittag; und doch wollte sich schon die Nacht herabsenken. Wenn sie selbst im Licht so stark waren, diese Schatten, welche Herrschaft würde ihnen da erst die Dunkelheit verleihen?

Plötzlich war ich verdammt froh, nicht mit an Land gegangen zu sein.

Als die anderen einer nach dem anderen zurück an Bord kamen, staubig und fußlahm, pflichteten sie mir bei; sie hatten allen Grund dazu. Das ganze Hafenviertel war wie gelähmt vor Furcht, und nur wenige Leute waren bereit gewesen, auf ihre Fragen zu antworten. Die *Chorazin* war tatsächlich angekommen, nur wenige Stunden vor Sonnenaufgang, getrieben von einem Sturm, der den Himmel zu zerreißen schien. Doch noch vor Tagesanbruch hatte sie erneut die Segel gesetzt. Und man flüsterte sich zu, daß seltsame Gestalten durch die Straßen gestrichen waren, um sie zu begrüßen, und daß keiner, der ihnen über den Weg gelaufen war, zurückgekehrt sei.

»Die meisten Leutchen hocken noch immer zitternd in ihren Hütten!« brummte Jyp und schlürfte dankbar einen Schluck nach dem anderen aus dem Kelch mit kühlem Sherry, den ihm Pierces Steward gereicht hatte. »Oder sie sind zu ihren *Houn-*

gans geeilt, um dort Exorzismen und *traitements* vorzunehmen. Dabei sind diese *Houngans* nicht weniger gruselig; man kann die Trommeln ja bis hierher hören!«

»Aye, und den Gesang!« fügte Mall hinzu, ebenso düster. »Aber man flüstert, daß es einige dieser Heidenpriester waren – die, von denen sie glauben, es seien geheime *Bocors*, die mit beiden Händen die hellen und die dunklen Kräfte austeilen –, und diese Priester hätten das schwarze Schiff aufgesucht. Alle Utensilien sind von ihren Schreinen verschwunden, als hätten sie alles für ein großes Festival eingepackt und mitgenommen …«

Mall schreckte hoch; wir alle schreckten hoch. Pierces Kristallkelch wackelte in seiner Pranke. Krachend flog die Tür der Kajüte auf und Le Stryge kam in seiner ganzen Verwahrlosung hereingestürmt, dieses eigenartige Mädchen mehr oder weniger am Handgelenk hinter sich herziehend.

»Nebel!« fauchte der alte Mann. »Dämpfe! Sie denken wohl, sie könnten mir damit den Blick trüben! *Tiens*, dann müssen sie noch einmal neu denken!«

»Was?« brüllte Pierce und leckte die Sherrytropfen von seinen Fingern. »Ihr habt sie, Kerl? In welcher Richtung?«

»Südost, sie folgen der Küste, Ihr müßt es ihnen nachtun! Los, hinterher, solange es noch geht! Der Schleier wird dichter, je näher sie seinem Ursprung kommen! Ich mußte auf ungewöhnliche Praktiken zurückgreifen!« Er keuchte erschöpft und ließ sich auf Pierces seidene Kissen fallen. »Oder wollt ihr hier noch länger debattieren, während sie sich über die Knochen der teuren Clare hermachen?«

Pierce und Jyp waren bereits aufgesprungen und hatten Stryges Begleiterin ohne einen Blick zur Seite geschoben. Doch ich bemerkte mit Schaudern, daß in ihrem Gesicht, obwohl es leer und unbeweglich blieb, von unter ihrem linken Auge ein dünner Blutstropfen herablief, wie eine Träne. Über uns schreckte die große Messingglocke die Mannschaft aus ihrer Ruhe, und die Kajüte dröhnte, als die Männer unter uns aus ihren Hängematten sprangen. Le Stryge sackte wie eine verrenkte Gliederpuppe zusammen.

»Näher an den Ursprung?« fragte ich. »Welchen Ursprung?«

»Dummer Junge – wie soll ich das wissen? Doch falls der Stryge kein kompletter Narr ist – was er nicht ist –, streben sie einem geheimen Ankerplatz zu. Laß mich jetzt in Ruhe, ich bin erschöpft! Wenn du noch mehr wissen willst, muß du die eigenen verdammten Schafsaugen aufmachen!«

Was ich auch tat. Ich suchte in den kurzen Pausen, die Mall mir zwischen ihren harten Übungen gönnte, Land und Wasser intensiv ab. Sie schien entschlossener denn je, mir einige Fertigkeiten einzupauken, und immer wieder sah ich mich der Spitze oder der scharfen Schneide dieses erbarmungslosen Schwertes ausgesetzt. Ich würde zwar früh genug mit dem Ernstfall zu tun bekommen, doch ich vermutete, daß sie mich vor allem deshalb so hart rannahm, damit ich keine Zeit zum Grübeln fand. Und tatsächlich stellte ich mir gutgelaunt vor, welche großartige Squashpartnerin Mall abgeben würde, wie sie so um mich herumwirbelte, nach vorne ging, antäuschte und mit fließender Eleganz zuschlug, wohingegen ich schwerfällig über das schaukelnde Deck hinter ihr her polterte. Inzwischen war es Abend geworden, meine Beine fühlten sich wie Blei an, kurz vor dem Schmelzpunkt.

Ein sanftes Kräuseln durchlief die bewaldete Küste über uns. Eine Landbrise wie ein langes, tiefes Seufzen umspielte uns – nicht kühl, sondern heiß, träge und von eigenartigen Gerüchen erfüllt, Moschus und Gewürze und Rauch, dazu das schauerliche Geplapper kreischender Vögel. Ich war abgelenkt – und Mall nutzte ihre Chance. Mit einer wilden Geste gelang es mir, zu parieren, ihr Schwert abzulenken und herumzuschleudern. Dann wollte ich ihr Schwert dicht an sie herandrängen, so wie sie es mich gelehrt hatte. Doch irgendwie schwangen die Schwerter einfach weiter, bis sie fast senkrecht standen. Es war das meine, das weggestoßen wurde. Wild schnaufend trafen wir aufeinander. Stirn an Stirn. Schweiß rann an unseren Gesichtern herab. Mein Schweiß. Mall war noch nicht einmal richtig warm. Aber zumindestens hatte ich ihr standgehalten …

Doch dann kippte ihre Klinge träge zur Seite, und mit einem bösartigen Zischen schoß ihr Stahl knapp an meinem vorbei. Etwas leckte kalt und vorsichtig wie ein Kätzchen an meinem Hals. Zurück blieb ein kaum wahrnehmbares, eisiges Prickeln. Dann brachte eine heiße, hervorquellende Nässe einen schärferen Schmerz – direkt über meiner Halsschlagader.

Ich japste und zuckte zurück wie ein Pferd, das von einer Bremse gestochen wurde. Natürlich hatte sie den ganzen Ablauf mit größter Sorgfalt vorausgeplant! Das Schiff hob sich in einer plötzlich aufkommenden schwülen Brise. Das anstrengende Training war endlich vorbei, unsere Schwerter polterten aufs Decks; da senkte sich das Schiff wieder, ich verlor das Gleichgewicht und fiel gegen Mall. Um nicht hinzufallen, klammerten wir uns aneinander fest.

Ein Stich nach dem anderen. Plötzlich wurden mir ihre nackten Arme an meinen bewußt, die Berührung weicher, sonnengebräunter Haut, das kühle, seidige Fließen ihres Haares an meinem Hals – so intensiv, so weiblich, so nah. Sie versuchte zurückzuweichen, schwankte jedoch und preßte ihre Hüften nur noch fester an mich. Die Heftigkeit meiner Reaktion erstaunte mich selbst. Ich zog sie jäh an mich und küßte sie. Und, Wunder über Wunder, sie antwortete darauf. Ihre Hüften bewegten sich. Ihre Lippen preßten sich hart gegen meine. Dann öffneten sich einen herrlichen Moment lang ihre Zähne für eine salzige Wärme und eine sehnsüchtig sich windende Zunge.

Einen Moment lang. Bis die Stille über uns zusammenschlug und damit die ärgerliche Gewißheit, daß jedes Auge auf diesem verdammten Schiff auf uns gerichtet war. Malls helle Augen flammten auf. Sie wand sich unwiderstehlich aus meinem Griff und zog sich wie von der Tarantel gestochen zurück; sie keuchte und spuckte und wischte sich mit dem Unterarm über die Lippen. Eine Welle des Gelächters erschütterte das Schiff, und ich hatte das unangenehme Gefühl, daß ich gut daran tun würde, diesen Vorfall durch tadellosen Lebenswandel rasch in Vergessenheit geraten zu lassen – wenn ich ihn denn überlebte. Mall stand vor mir und starrte auf ihr Schwert. Hastig beugte ich mich nieder und nahm meins auf. Mir war zweifellos richtig mulmig zumute, und ihr ging es offensichtlich nicht anders. Man könnte meinen, die Sache wäre wirklich weit mehr gewesen als nur ein kurzes Niesen.

Frieden schließen? Das schien jetzt angebracht, bis ich bemerkte, wie sie die Fäuste hektisch ballte und wieder öffnete. Die letzte naheliegende Aktion meinerseits war nicht so gut angekommen. Ich blickte mich rasch um. Vom Achterdeck grinste Jyp sardonisch herab, und Pierce hatte sich taktvoll abgewandt, mit einem Gesicht, das so rot wie sein mit Portwein befleckter Mantel war. Es hatte keinen Zweck, sich in ehrenwertere Gesellschaft zu flüchten – so etwas gab es hier an Bord nicht. Die Schatten der Fockmastwanten fielen auf mein Gesicht, und mir fiel ein, daß ich noch nie dort oben in der Takelage gewesen war und daß doch eigentlich gerade jetzt ein hervorragender Zeitpunkt für eine derartige Unternehmung war.

Locker, ohne unangebrachte Hast, schob ich das Schwert hinter meinen Gürtel, griff nach oben, wie ich es bei den Seeleuten gesehen hatte, und schwang mich über die Reling. Mittlerweile fühlte ich mich an Bord schon viel mehr zu Hause, jedenfalls redete ich mir das ein. Und das Risiko war hier oben zumindest im Augenblick wesentlich geringer. Ich blickte auf Mall hinunter, und sie schaute herauf; ihr Gesicht verriet keine Regung, war jedoch noch flammend rot. Ich stieß meine Füße in die Webeleinen der Wanten und kletterte weiter hinauf.

Zuerst genoß ich die Herausforderung förmlich. Das Bergsteigen hatte mir die Angst vor großen Höhen genommen, außerdem brauchte ich nicht bis ganz nach oben, sondern nur bis zur obersten Plattform. Die straff gespannten Wanten ließen sich nicht viel schwerer erklimmen als eine Leiter, doch die stufenartigen Webeleinen gaben bei jeder noch so kleinen Bewegung des Schiffes, das mir plötzlich ungewohnt lebendig vorkam, unter meinen Händen nach. Nie zuvor war mir die *Defiance* so deutlich als Lebewesen bewußt geworden, wie es die Seeleute verspüren; es war so, als bestiege ich ein gigantisches Meeresungeheuer, indem ich mich in seine Mähne klammerte. Es war auch beinahe so angsteinflößend und hatte nichts mit einer Felswand gemein. Das Schiff schwankte unberechenbar, als hätte es seinen eigenen Kopf. Je höher man kam, desto stärker schaukelte es. Schon als ich zum ersten Mal hinunterschaute, schien das Deck Meilen entfernt. Mall war kaum mehr als ein heller Fleck, der mit wehendem Schopf zu mir heraufstarrte. Sie dachte doch wohl nicht daran, hinter mir herzuklettern? Mir fiel auf, daß ich mich beeilte, oben anzukommen. Als ich es geschafft hatte, war es beinahe noch schlimmer, auf dieser nackten Plattform ohne Reling oder etwas anderem zum Festhalten im pfeifenden Wind zu sitzen. Nur der Mastkorb, das Krähennest für den Ausguck, bot ein Minimum an Sicherheit. Da ich noch nicht so rasch wieder hinunterklettern wollte, selbst wenn sich Mall inzwischen ein bißchen beruhigt haben mußte, stieg ich in die Toppmastwanten und zog mich weiter hinauf.

Diesmal vermied ich sorgsam den Blick nach unten – das schien zu helfen. Ich erreichte den Mastkorb ziemlich schnell, obwohl ich von den rauhen Tauen Blasen bekam und der Schweiß in den Schnitten zu brennen begann. Bei dem Mastkorb handelte es sich mitnichten um eine dieser gemütlichen soliden Wannen, wie man sie aus Filmen kennt. Es war einfach eine weitere Plattform mit auf beiden Seiten des Masts in Hüfthöhe befestigten Eisenschlaufen und einem flachen Rand, unter den man die Zehen stecken konnte. Der Ausguck, eine gurkengesichtige Piratin mit der Figur eines russischen Trawler-Kapitäns, zeigte mir, wie ich den Gürtel an den

Schlaufen zu befestigen hatte, wobei sie nicht mehr zu kichern aufhörte.

»Ihr und Mistress Mall, hä-hä! Hab' Euch von hier oben gesehen! Einen tollen Entwaffnungsschlag habt Ihr. Müßt Ihr mal bei einem Wolf ausprobieren! Aber Vorsicht beim Gegenschlag, he-he-he!« Ich war vollauf damit beschäftigt, einen sicheren Stand zu finden und ignorierte sie so lange, bis sie ihr ledernes Gesicht direkt vor meins streckte und einen etwas ernsteren Ton anschlug. »War ein dummer Zeitpunkt und eine dumme Gegend für derartige Ausgelassenheit, junger Herr! Das läßt man am besten bleiben, wenn der *souffle Erzulie* bläst! Man weiß nie, wie das ausgeht!«

»Der was?«

»Der Landwind – habt Ihr ihn nicht gespürt? Aye, und das nennen sie in dieser Gegend das Seufzen von Erzulie, diese warmen Lüfte, die am Abend vom Lande her wehen. Aye, und das ist ein ganz ausgekochtes Luder, seid versichert! Entzündet das Feuer im Blut, ohne zu wissen, was dabei alles verbrennen kann – oder wer.«

»Hört sich gar nicht schlecht an«, grinste ich. »Hin und wieder könnte ich ein bißchen innere Glut gebrauchen!«

»Es gibt Feuer, das wärmt und Feuer, das verbrennt, hä? Und bei Erzulie Blut-im-Auge, *Gé-Rouge*, heißt es aufpassen, für alle, die jung und dumm sind, denn mit ihr kommt der Wahnsinn! Hätte Euch einen Schwertstoß ins Herz verpassen können, ohne weiteres, diese spröde Madame! Denn ist ihre Zahl nicht die Sieben – hä? Nicht umsonst haben sie unten in Jamaica einen anderen Namen für diesen Wind – den Totengräber, so nennen sie ihn. Raubt den Sterbenden den letzten Atemzug von den Lippen!« Und mit einem abschließenden Kichern schwang sie sich über den Rand der Plattform.

»*Hey*!« protestierte ich oder gab etwas ähnlich Tiefschürfendes von mir – und schaute ihr nach.

Das war wirklich ein Fehler.

Die absolute Leere brüllte mir ins Gesicht. Es war, als würde man in dem Moment eine Klippe hinunterschauen, wo sie gerade unter einem weggezogen wird. Da war nichts, direkt unter mir. Kein Deck, kein Schiff – nichts als der schäumende Ozean unvorstellbar weit unten und die Wellen, die sich gierig nach mir reckten und sogleich mit schwindelerregender Plötzlichkeit wieder wegsackten. Meine Finger krallten sich sofort um die Schleife, doch der Schweiß hatte sie glitschig gemacht. Meine Zehen steckten so weit es ging unter der kleinen Reling, doch meine Beine zitterten. Um die *Defiance* zu sehen, die hinter den geblähten Segeln beinahe ganz versteckt war, mußte ich mich umdrehen; sie sah aus wie ein Spielzeugboot an einem Spazierstock, das auf dem Wasser hilflos herumhüpfte und -schlingerte. Und in dieser Höhe verwandelte sich jede kleine Neigung des Decks in ein unheimliches Schaukeln, ein wildes, peitschendes Schwanken …

Nach einer kleinen Ewigkeit gelang es mir, den Blick abzuwenden, hin zu den undurchdringlichen Hügeln. Gegen ihre sanft im Wind sich wiegenden Baumkronen war das Schwanken des Schiffes weniger spürbar, und ich ließ mich nach und nach auf den Rhythmus ein. Nach einer Weile war ich sogar in der Lage, mich auf die Aufgabe zu konzentrieren, die mir anscheinend zugefallen war, und ließ den Blick sorgfältig über den sich verdunkelnden Horizont wandern. Es war nichts anderes zu sehen, als die ganze Zeit, seit wir den Mississippi hinter uns gelassen hatten: die widerstrebend untergehende Sonne und unter dieser Sonne nichts Neues. Kein anderes Schiff, keine Wende unseres Glücks.

Ich rutschte unruhig auf meiner windigen Hühnerstange herum. Was hatte der Stryge gesagt? Du mußt die eigenen verdammten Schafsaugen aufmachen. Genau das, was ich gerade tat. Nur ein Zufall, klar. Ich hoffte, daß es sich um einen Zufall handelte; andererseits konnte man sich hier auf *nichts* so richtig verlassen.

Zum Beispiel darauf, wonach ich überhaupt Ausschau hielt. Alles, was dazu taugte, Le Stryges unheimliche Fähigkeit zur

Hellseherei zu beeinträchtigen, dürfte wohl auch in der Lage sein, mit meinen bloßen Augen nach Belieben Schabernack zu treiben. Es sei denn, es konnte seine Macht nur gegen andere Zauberei entfalten. Allerdings bedurfte es nicht viel Magie, um alles mögliche zwischen diesen üppig zugewucherten Hügeln zu verstecken. Seit Stunden schon hatten wir kein Zeichen von Lebewesen erspäht, die größer als ein Vogel oder ein Riesenschmetterling gewesen wären, grellbuntes Geflatter vor dem Grün und das Weiß vereinzelter Rauchsäulen, die sich aus entfernten Lichtungen über das Blätterdach erhoben. Einige dieser kleinen Siedlungen an der Küste waren wir angelaufen und hatten die Fischer in ihren Booten befragt, auch eines unserer Beiboote an Land geschickt, um den Dorfleuten die gleiche Frage zu stellen: *un grand navire noir aux trois mats, orné aux laternes comme des cranes grotesques, on l'a vu, hein? Ils viennent d'enlever une fillette …*

Und jedesmal fiel ein Schleier zwischen uns herab. Es handelte sich in der Regel um einfaches, ausgezehrtes Bauernvolk, sehr schlicht gekleidet; Leute, die viel afrikanischer aussahen als die Westinder, die ich kannte. Bis auf die Jüngsten zeigten alle die Anzeichen vorzeitiger Alterung, die mit harter körperlicher Arbeit und unzureichender Ernährung einhergeht. Ihre Gesichter glichen einander, alle hatten sie hohe Wangenknochen und harte Züge wie perfekte, undurchdringliche Masken. Auch ihre niedergeschlagenen Augen verrieten uns nichts. Selbst die Kinder, die sonst überall glücklich und lachend herumhüpften, verstummten und scharrten mit den Zehen im Staub, wenn wir sie ansprachen, und kein Scherz der Welt konnte sie zum Lachen bringen. Man konnte es ihnen nicht verdenken; es mußte sich herumgesprochen haben, daß sich da etwas zusammenbraute, und diese Leute hatten ebensowenig Grund uns zu glauben wie den Wölfen. An einer oder zwei Stellen genügte bereits die Tatsache, daß wir an Land kamen, und die Dorfbewohner rannten schreiend in den Dschungel. Einmal schoß sogar jemand auf uns und verletzte einen unserer Leute an der Schulter; zum Glück nicht schwer. Die einfache Vogelflinte war eher aus Angst denn aus bösen Absichten abgefeuert worden, und wir machten uns nicht einmal die Mühe, den Schützen in diesem dunklen Gestrüpp zu suchen. Wir ließen sie in Frieden und verließen uns wieder auf unsere eigenen Augen.

Jetzt streiften also meine kreuz und quer über Strände und Hügel, über Meer und Himmel. Nichts. Alles lag leer und öd vor mir.

Wir umrundeten eine Halbinsel, durchfuhren die nächste Bucht; kein Dorf, kein Rauch, nichts als Bäume bis zum Ufer hinab. Weit voraus, hinter einer entfernten Landzunge, versank die Sonne wie eine glühende Kupferscheibe im Meer; die Wolken sahen aus wie Knäuel explodierenden Dampfes. Ich dachte an Atlantis – lag es ebenfalls irgendwo hier draußen? Wie es schien, war in den Schatten alles möglich. Dieses Schiff selbst war ein Teil der Schatten, ein Vagabund weit jenseits des Kerns – und ich? Ich war darauf östlich des Sonnenaufgangs gesegelt. Ob ich wollte oder nicht, ich gehörte dazu. Ich fing schon an, mit anderen Augen zu sehen. Wo gehörte ich also hin? Der Sonnenuntergang verwandelte die Landzunge vor uns in eine scharf umrissene Silhouette, deren Baumkronen in der erstickenden Brise wehten und wogten.

Einige davon wehten und wogten allerdings nicht. Sie schwankten nur ein wenig, steif, blattlos. Eins, zwei, drei …

Wir waren nicht mehr weit entfernt. Ich nahm all meinen Mut zusammen, holte tief Luft, beugte mich hinunter und schrie, doch es hatte keinen Sinn. Ich wußte nicht, wie man richtig ruft, und der Wind riß mir die Worte von den Lippen. Wenn ich noch lauter wurde, könnte ich sonstwo gehört werden, wo man dann Zeit genug hatte, diese gewaltigen Kanonen feuerbereit zu machen. Rasch und möglichst ohne mich zu verheddern, hängte ich meinen Gürtel aus und schwang mich in die offene Luke hinein – die passenderweise »Soldatengatt« genannt wird – und hing wieder in den Wanten. Wie beim Bergsteigen war auch hier der Abstieg schwieriger als der Aufstieg. Jedenfalls, wenn man in einem Stück unten ankommen wollte. Meine Beine zitterten; ich stieg zu langsam. Verzweifelt blickte ich mich um und sah direkt unter mir eine Pardune am Mast ankommen, ein starkes Tau, gespannt wie ein Klavierdraht, das schräg bis zur Reling hinabführte. Mit einer ordentlichen Abseilausrüstung … aber die hatte ich nicht dabei. Schade.

Ich drehte mein Schwert vorsichtig nach hinten, legte erst einen Arm, dann ein Bein um das Tau und schwang mich hinüber. Hand über Hand, so glitt man vorschriftsmäßig hinab – nur daß ich gar nicht erst dazu kam. Ich rutschte bereits viel zu schnell, das Tau sauste durch meine verschwitzten Hände. Wie der sprichwörtliche Affe auf dem Schleifstein klammerte ich mich fest, heulte auf und grub meine Schuhsohlen wie Bremsbacken in das Seil. Sie hüpften so heftig über die geflochtenen Stränge, daß ich beinahe abgeworfen wurde; dann griffen sie. Würgend, mit grünem Gesicht und dunkelroten Striemen am Arm kam ich auf Deck an – aber immerhin rechtzeitig, um meine Nachricht herauszukeuchen.

Sie löste sofort eine vielfältige, aber geräuschlose Geschäftigkeit an Bord aus. Pierces einziger gezischter Befehl, so beredt wie sein gewohntes Bellen, reichte aus, um die Leute an die Brassen zu jagen. Das Tapsen der Füße auf dem Deck dürfte so ungefähr das lauteste von Menschen verursachte Geräusch gewesen sein. Mit seinen verzierten Handschuhen, die er auch bei dieser Hitze trug, malte Pierce eine scharfe Linie in die Luft, von links nach rechts. Der Maat hob zur Antwort den Stock; nur ein einziges Quietschen und Rumpeln war zu hören, als die Backbordpforten geöffnet und die Kanonen ausgerannt wurden, sonst nichts. Wir waren so bereit, wie wir nur sein konnten. In atemloser Stille durchpflügten wir das aufgewühlte Wasser um das Kap herum.

Allmählich kam die Leeseite der Landzunge in Sicht, ebenso steil und bewaldet wie die andere, jedoch in tieferes

Zwielicht gehüllt. Von hier aus gesehen war die Sonne verborgen; das einzige Licht kam von dem Sonnenuntergangshimmel, der sich im Wasser der geschützten Bucht spiegelte. Und dort, weiter drinnen Richtung Küste, schaukelte auf den Wolken, die sich in dem unbewegten Teich spiegelten, die unverwechselbare Silhouette der *Chorazin*.

Die Geschützführer wirbelten jetzt die Zündschnüre nicht mehr durch die Luft, sondern hielten sie dicht an den Zündlöchern, bereit, das Schiff der Wölfe mit neuerlichem Sperrfeuer in Stücke zu reißen. Ob Clare, falls sie unseren letzten Breitseiten entgangen war, das überleben würde? Der Maat blickte aufmerksam zum Achterdeck; wir segelten noch immer quer zur Bucht vorbei. Der ideale Moment zum Feuern war bereits verstrichen. Doch Pierce rieb sich ungerührt das Kinn, und Jyp pfiff nur leise durch die Zähne. Dort lag unsere herrliche Beute friedlich an Bug und Heck vertäut, die Stückpforten geschlossen, die Segel gerefft, ohne Licht oder ein anderes Lebenszeichen. Konnte das überhaupt sein?

»Bug und Heck, habt Ihr geseh'n?« flüsterte Pierce plötzlich. Warum fragte er gerade mich? »Sie ist an Bug und Heck festgemacht. Nur am Bug festgehalten, könnte sie bei einer größeren Welle seitlich wegdrehen, die Kanonen könnten verrutschen, stimmt's? So kann das nicht passieren. Bei den Wunden Gottes! Das sollte uns ein paar Kerzen wert sein! Wir gehen hinüber und durchsuchen sie!« Er gestikulierte wieder, Jyp drehte das Ruder, und mit der gleichen unheimlichen Geräuschlosigkeit warfen sich die Matrosen in die Taljen und holten das Schiff herum, wobei sie die Anstrengung lediglich mit einem einzigen, stöhnenden Atemzug kompensierten. Sogar der Bootsmann und seine Maaten reduzierten ihr obligatorisches Gebrüll auf heiseres Flüstern, und der Maat schlug seinen Stock in die Handfläche, um den Takt zum Beiholen anzugeben. Die Segel veränderten ihre Position, das Deck neigte sich; in einer kraftvollen Wende schwang die *Defiance* ihre Nase herum und hielt jetzt auf das Land zu.

Pierce ließ das schwarze Schiff nicht aus den Augen. Sein kurzes Nicken in Richtung Maat ließ die Toppgasten ausschwärmen und so flink und unbekümmert in die Wanten und auf den Fußpferden entlang der Rahen klettern, daß es mir leicht übel wurde. Ihre Körperbeherrschung war beeindruckend, fast ohne ein Wort und ohne überflüssige Bewegungen wurden die Segel eingeholt, und die *Defiance* verlangsamte ihre Fahrt zu einem erhabenen Gleiten. Wieder wurde mir bewußt, wie alt diese Leute wirklich waren, die ich da beobachtete. Diese komplizierten, gefährlichen Tätigkeiten gingen ihnen so leicht von der Hand, so beiläufig wie das Atmen. Wahrscheinlich könnten sie im Schlaf aufstehen und die Segel einholen. Warum auch nicht? Zumindest einige von ihnen taten es schon drei oder vier Menschenalter lang, oder noch länger.

Plötzlich schnellten Pierces Handschuhe in die Höhe. Er hielt sie eine Sekunde hoch, noch eine – dann brachte er sie zackig an seine Hosennaht. Mit geöffneter Sperrklinke wurde der Anker beinahe geräuschlos herabgelassen, und nach einer Sekunde oder so lag die *Defiance* ruhig auf dem Wasser. Ich wollte meinen Augen kaum trauen. Mit gerade mal zwei Sekunden Berechnungszeit war es Pierce gelungen, uns in angemessenem Abstand und in einem idealen Winkel zu dem schwarzen Handelsschiff zu positionieren. Hier konnten uns nur wenige ihrer Kanonen erreichen, doch wenn es nötig sein sollte, würde ihnen unsere Breitseite das Heck in Stücke reißen. Für Pierce selbst war das selbstverständlich; in dem Augenblick, als der Anker die Wasseroberfläche berührte, hatte er sich bereits abgewandt und eine Reihe weiterer Befehle geflüstert. Jyp stellte unten auf dem Hauptdeck eine Entermannschaft zusammen. Ich war gerade dabei, mich dort hineinzudrängen, als Mall auftauchte, die den ziemlich krank aussehenden Stryge stützte. Mich würdigte sie keines Blickes.

»Was gibt's, Zauberer?« knurrte Pierce.

Stryge warf ihm einen finsteren Blick zu. Der Alte sah wirklich mitgenommen aus. Er hustete kratzend, spuckte eine ordentliche Ladung auf Pierces sauberes Deck und malte mit seiner großen Zehe eine komplexe Figur in den Schleim. Er betrachtete sie eine Weile und seufzte. »Ich kann Euch nicht viel sagen. Die Wolke hängt noch immer um das Schiff herum. Doch wenn das Mädchen nicht an Bord ist ...« Er nickte zur Insel hinüber. »Versucht es dort.«

»Toller Hinweis!« fauchte ich. »Sie halten sich doch für einen so mächtigen Zauberer, und das ist alles, was Sie uns erzählen können?«

»Ich bin erschöpft!« murmelte Stryge. Er witterte die feuchten, würzigen Gerüche von der Insel und rümpfte die Nase. »Wie soll mir an diesem Ort auch mehr gelingen? Ich gehöre in den Norden. Gebt mir eine frostige Nachtluft, die nach Harz und würzigem Holzrauch riecht. Bringt mich zurück unter die Tannen auf dem Brocken, wo die dunklen Mächte zusammenkommen ...«

»Dann sind Sie aber schon lange nicht mehr dort gewesen«, schnitt ich ihm das Wort ab. »Es gibt keine Tannen mehr. Die Ostdeutschen haben alle Wälder abgeholzt und ein gigantisches Betonhaus aufgestellt, so wie die Berliner Mauer ...«

Stryge bedachte mich mit einem gehässigen Seitenblick. »Wo die dunklen Mächte zusammenkommen, wie ich schon sagte. Eine derartige Demonstration menschlicher Dummheit paßt für die Sabbate ebenso gut; wenn nicht gar noch besser.« Er schien neue Kraft gefunden zu haben und starrte wieder in den formlosen Schleimbatzen. »Weiter oben, vielleicht. Oben in den Hügeln. Mehr kann ich nicht tun. Jetzt sagt dieser Schlampe, sie soll mich schlafen lassen!«

Aus der Nähe und von der Wasseroberfläche aus sah die *Chorazin* noch zehnmal größer aus; wie ein Gebirge erhob sie sich drohend über die Beiboote, als wir näher heranruderten. Es war schwer vorzustellen, daß ich diese wuchtigen Flanken erst vor wenigen Tagen emporgestiegen war, und das unter Beschuß. Die Schützen in unserem Bug schwenkten ihre Kanone nervös die hohe Reling auf und ab; Jyp ließ sie gewähren. Wir kamen ohne Zwischenfall längsseits. Enterbeile bohrten sich fast geräuschlos in die geschwärzten Planken, und unter den wachsamen Augen der Schützen in Malls Beiboot kletterten die Seeleute die hölzernen Stufen so behende hinauf, als handelte es sich um eine große Freitreppe. Und ich? Vor lauter Angst, was ich wohl entdecken würde, schwang ich mich so schnell über die Bordwand, daß ich kaum wußte, wie mir geschah.

Das Deck dröhnte entsetzlich unter meinen Füßen, doch es gab keine Wache, die ich hätte aufschrecken können. Niemand war zu sehen. Das hohe Quietschen, bei dem alle vor Schreck erstarrten, war lediglich eine Tür, die im Wind auf- und zuschwang. Als wir ausschwärmten, um das Schiff zu durchsuchen, hielt ich auf die hintere Treppe zu, und mit Jyp dicht auf den Fersen eilte ich die düsteren Stufen hinab.

Wir hätten uns die Mühe sparen können. In dem Moment, als ich den Kopf in die Luke steckte, wußte ich, daß dort niemand mehr war. Man mußte kein Hellseher oder so etwas sein – ich wußte es einfach. Vielleicht lag es daran, wie unbewegt die Luft dort unten im Raum stand, oder an der Art, wie die Geräusche reflektiert wurden: unsere Schritte, das Klatschen und Gurgeln des Wassers im Kielraum. Das Schiff fühlte sich jedenfalls leer an. Bis ganz unten, Deck für Deck, war es überall das gleiche: dunkel, stinkig, verlassen. Ich versuchte, nicht daran zu denken, was es für Clare bedeutet haben mochte, tagelang hier unten in diesem Gestank zugebracht zu haben. Ob sie immer noch da war – warum auch immer? Die Tür zum Proviantraum war verschlossen. Ich sah Jyp kurz an, zuckte die Achseln und zerfetzte das Schloß mit einem Pistolenschuß. Doch nachdem Jyp sie aufgerissen hatte, verließ mich das letzte Fünkchen Hoffnung – die innere Tür stand sperrangelweit offen. Ich wußte, daß niemand mehr drinnen war, doch ich sah trotzdem nach. Auf dem Haufen speckiger Lumpen, der als Bett gedient hatte, lag etwas Dunkles. Ich hob es auf –

und wunderte mich über mich selbst, als ich in Tränen ausbrach.

»Ihr Rock?« fragte Jyp. »Sieh doch, er ist eingerissen, deshalb konnte sie ihn nicht mehr anziehen, er wäre heruntergefallen. Muß nicht heißen, daß sie nicht in Ordnung ist ...«

Ich erklärte nichts. Es ging nicht nur darum. Der Rock erinnerte mich an alles, was ich zurückgelassen hatte, mein geordnetes Büroleben, meine sorgsam aufgebaute Normalität, meine mit Umsicht geschlechtslos eingerichtete Vertrautheit – oder war das *unsere* Welt, *unsere* Vertrautheit? Der Anblick dieses einst so adretten Rocks brachte all das in einer Welt von Gefühlen zu mir zurück, die ich nicht einordnen, geschweige denn kontrollieren konnte. Ich wollte mich nur noch irgendwo verkriechen und heulen. Doch ich hatte mich zumindest noch soweit im Griff, daß ich statt dessen sämtliche Schimpfworte ausspuckte, die mir geläufig waren. Schon damals sprach ich vier Sprachen, also muß es eine beachtliche Menge gewesen sein. Dann rollte ich den Rock zusammen und steckte ihn hinter meinen Gürtel.

Jyp nickte in weiser Zustimmung. »Laß uns abhauen. Mal sehen, ob die anderen etwas herausgefunden haben.«

Doch wie vermutet, war das nicht der Fall. Das Schiff sah nackt und verlassen aus – nicht verwüstet oder gar bereit zum Auslaufen, einfach leer. Und alle Boote waren weg. Darauf gab es nur eine logische Antwort. Jyps knapper Befehl holte die Männer wieder zurück über die Bordwand. »Wir können die gründliche Durchsuchung ebensogut deinen Leuten überlassen«, rief er Mall zu, als wir an der Strickleiter hingen. »Kommt uns nach, wenn ihr fertig seid. Aber signalisiere bitte zuerst ans Schiff, daß sie uns Feuerschutz geben sollen.«

»Aye, sofort!« sagte sie. »Gebt auf euch acht!«

Sie verlor keine Zeit. Als wir von dem von Geschossen zerschrammten Schiffsbauch ablegten, drehte die *Defiance* an ihren Springleinen bereits eindrucksvoll bei. Unter der beruhigenden Deckung ihrer Kanonen ruderten wir auf das langgezogene Halbrund des Strandes zu. Der dschungelartige Wald, der wie ein Vorhang über die Dünen herabhing, bot einen entmutigenden Anblick. Eine ganze Armee von Scharfschützen hätte sich dahinter verbergen können, und ich wartete darauf, daß sie jeden Augenblick losschlugen. Kaum hatte sich unser Kiel knirschend in den Sand gebohrt, sprangen wir ins flache Wasser und schwärmten über den Strand aus, wo wir uns hinter Sandhügeln, Felsen, Palmwurzeln und alle möglichen Arten von Deckung fallen ließen. Doch abgesehen von einem erstaunlichen Geschnatter der unterschiedlichsten Vogelstimmen kam uns nichts aus dieser ominösen Dunkelheit zwischen den Bäumen entgegen.

Jyp hob den Kopf und spähte umsichtig den Strand hinauf und hinunter. »Is' natürlich keine Garantie, daß sie tatsächlich hier an Land gingen; vielleicht sind sie zur nächsten Bucht gerudert oder zur vorhergehenden. Aber Stryge, he – *hey*! Sieh dir das an!«

Alles, was ich ausmachen konnte, war ein seltsamer fächerförmiger Abdruck im feuchten Sand, knapp oberhalb der Gezeitenlinie.

»Jawoll, das meinte ich! Sie sind hier gelandet und haben dann versucht, ihre Spuren und Kielabdrücke zu verwischen; man hinterläßt fast immer Spuren, wenn man in großer Eile ist. Sie müssen die Boote irgendwo in der Nähe versteckt haben. Also los, Jungs!« knurrte er. »Auf, auf, und überall nachgesehen! Boote, Spuren, alles! Bevor wir noch den letzten Rest an Tageslicht verlieren!«

Wir fanden die Boote im Handumdrehen. Sie waren am Waldrand in einem länglichen Teich, in den sich ein kleiner Bach ergoß, versenkt worden, mit Steinen beladen, die sowohl für das Gewicht als auch die Tarnung sorgten. Von dort aus spürten unsere Fährtenleser schwache Spuren auf, die in ein undurchdringliches Gestrüpp wilder Agaven und Aloen führten. Man hatte sich einige Mühe gegeben, es nicht zu zerreißen, doch kurz über dem Boden war der Saft, der aus umgeknickten Zweigen und Ästchen tropfte, noch so frisch, daß wir daraus schließen konnten, daß der Trupp erst vor wenigen Stunden hier entlanggezogen sein mußte. Ein Stück weiter sah man den Anfang eines schmalen Pfades, der weiter bergan führte.

Jyp sah mich an. »Bergauf, hm? Man darf den alten Bastard nie ignorieren.« Er zog sein Taschenfernrohr hervor, und wir suchten damit die Hänge ab. Von hier unten aus wirkten sie riesig, voller Einkerbungen und Windungen. Ganz oben auf den Hügelrücken lag noch ein Rest Sonnenlicht, doch es sah schwach und ungewiß aus.

»Ich sehe nichts, außer diesen verdammten Baumwipfeln«, beschwerte ich mich.

»Geht mir auch so«, gab Jyp zu. »Bis auf ... was hältst du davon?« Er reichte mir das Teleskop. »Nicht auf diesem Hang – dem dahinter, direkt auf dieser Seite des Berges. Ist vom Schiff aus nicht zu sehen ... so eine Art Felsvorsprung, kurz vor dem Kamm.«

Die Dämmerung in den Tropen ist sehr kurz. Ich brauchte fast zu lange, um die Stelle zu finden. Doch eine Windböe schob die Bäume gerade lange genug zur Seite, daß mir ein weißer Schimmer auffiel, und danach waren die Umrisse recht klar. »Ich hab's!«

»Ja, das ist doch schon mal was, oder?«

Es war ein Schloß. Besser gesagt, ein großes Herrenhaus in unverkennbar spanischem Stil, ein eindrucksvolles Relikt aus der Kolonialzeit; doch die eleganten Terrassen mit den weißen Wänden drumherum waren von Zinnen und Schießscharten für Kanonen gekrönt. »Da muß jemand ganz schön Angst vor irgend etwas gehabt haben!«

»Zweifellos! So wie sie die Schwarzen behandelten, diese Spanier, hatten sie ständig Angst vor irgendwelchen Aufständen. Trotzdem war keine Wand hoch genug, als es schließlich losging.«

»Was hältst du davon?«

»Ein Marsch von einem Tag und einer Nacht, das halte ich davon.«

»So lange? Es ist doch gar nicht so weit weg.«

»Zu Fuß? Diesen Berg hinauf, ins nächste Tal hinab, dann wieder einen Hang hinauf … und das durch dichten Wald, beinahe Dschungel. Weit genug, hm? Wir brauchen Vorräte. Paß auf, du läufst gleich zum Strand zurück und fängst Mall und ihre Leute ab. Sie sollen sämtliche Bootsrationen mitbringen.«

»Wie steht's mit Verstärkung? Sie haben ihr Schiff völlig geräumt. Unsere sechzig Mann gegen ihre dreihundert oder noch mehr?«

»Ein besseres Verhältnis als beim Entern. Selbst wenn wir die *Defiance* schutzlos zurück ließen – was wir schön bleiben lassen –, könnten wir immer noch nicht zahlenmäßig mit ihnen gleichziehen.«

»Dann den Stryge! Ach nein, der ist ja halbtot. Aber seine Kreaturen …«

»*Nein!* Da würde ich noch lieber einen Werwolf mitnehmen. Du hast Mall noch nicht in Aktion gesehen, noch nicht wirklich. Sie … sie ist ein Erlebnis. Aber sie kann das nicht nach Belieben oder auf Befehl.« Er grinste mich schräg an. »Oder doch? Dieser Augenblick vorhin … ich dachte schon, du hättest den Trick raus. Wie auch immer, wir haben nicht genug Zeit, um noch mehr Männer aufzutreiben. Unsere größte Hoffnung ist die Überraschung – und unsere Geschwindigkeit. Denk nur, sie sind erst vor wenigen Stunden an diesem Strauch vorbeigekommen. Sie sind bestimmt zu dem Schloß unterwegs – aber sie sind noch nicht dort!«

Die Nacht senkte sich herab, und auch der Wind erstarb; die Luft stand schwül über den Dünen. Das sanfte Rauschen der Brandung wurde dumpfer. Über uns tanzten die Sterne am gewellten Himmel um einen zornigen Mond herum. Als ich Malls Boot herankommen sah, ging ich am Strand entlang, um es zu begrüßen, und freute mich dabei über die Kunststückchen der Winkerkrabben, die an der Grenzlinie zwischen

Wasser und Land umhertollten. Mir fiel eine Unregelmäßigkeit im Sand auf, und ich ging neben dem verwehten Rund eines Schildkrötennestes, dessen Eier fast alle ausgebrütet waren, in die Hocke. Ich schaute mich um, sah aber nur eins der frisch ausgeschlüpften und völlig mit Sand verklebten Echslein, das sich unbeirrbar zum Wasser vorankämpfte. Gerade als ich aufstehen wollte, um ihm zu helfen, kam mir eine Krabbe zuvor, schnappte sich die kleine Kreatur mit ihrer überdimensionierten Schere und schleppte sie winkend in eine Höhle. Ich fühlte mich plötzlich verantwortlich und schaufelte mit dem Fuß Sand auf die Krabbe, ließ es jedoch kurz darauf sein. Gehörte das nicht alles zum ewigen Werden und Vergehen der Natur? Toll. Erzähl das mal der Schildkröte.

Auf dem ruhigen Wasser zog das Landungsboot eine Kielwelle aus kaltem Feuer hinter sich her; phosphoreszierende Tropfen sprangen von den Rudern und umspielten unsere Knöchel, als wir das Boot an den Strand zogen. Mall sprang heraus. Ich hielt sie am Arm fest, als sie an mir vorbeistapfen wollte. »Hören Sie mir bitte zu ... es tut mir leid, wenn ich Sie beleidigt habe! Wirklich! Aber ... sollen die anderen doch denken, wir haben uns nur einen Spaß gemacht. Doch mir hat es etwas bedeutet und Ihnen bestimmt auch, Mall.«

Sie schwelte noch immer innerlich und entfernte sich rasch einige Schritte von den anderen. »Dann laßt dieses Etwas für alles andere stehen, denn mehr wird nicht folgen! Geht jetzt und laßt mich in Ruhe, geht und protzt bei den anderen Männern mit Eurer Männlichkeit! Keiner wird sie jetzt mehr anzweifeln! Aber ich rate Euch, sucht Euch eine andere, um sie abzukühlen!«

Jetzt war ich an der Reihe, beleidigt zu sein. »Das ist verdammt unfair! Wie zum Teufel kommen Sie dazu anzunehmen, ich hätte ein solches Benehmen nötig? Nicht mehr als Sie auch! Ich mag Sie! Ich bewundere Sie – ich verdanke Ihnen mein Leben! Darf ich Sie nicht wenigstens ein bißchen lieben?«

Sie ließ sich einfach auf den Hosenboden in den Sand fallen.

»Fünfhundert Jahre!« sagte sie heiser und lachte auf. Mir lief es eiskalt den Rücken hinunter; es hörte sich überhaupt nicht wie das Lachen eines Menschen an. »Und noch immer ziehe ich diese Ketten hinter mir her! Ah, welch süße Ironie ... geliebt von einem, den ich nicht zurückweisen darf, weil ich sonst die letzten Überreste an Gefühl, die noch in ihm wohnen, abtöten würde.« Ich wollte gerade die Hand nach ihr ausstrecken, ganz unbewußt; sie bemerkte es sofort. »Nein, rührt mich nicht an! Ich habe keinen Bedarf an Kerlen!« Dann gab sie etwas nach, strich mir linkisch über das Knie und sagte leise: »Auch nicht, wenn sie aus echtem Schrot und Korn sind. Kommt schon, Bursche! Ich werde nicht mit Euch schlafen, aber ich werde Euch nicht vergessen, und wenn ich noch einmal tausend Jahre alt werden sollte.« Mit Zeigefinger und Daumen zwickte sie mich so kräftig in die empfindlichen Nervenstränge an meinem Bein, daß ich mit einem Schrei auf die Füße sprang. »Ganz bestimmt nicht. Hilft Euch das?«

»Das ist ja geradezu höllisch viel«, murmelte ich bescheiden.

»Nich höllisch, Mann, himmlisch«, rief sie sehr ernst. »Himmlisch viel!«

Unter den schattigen Zweigen erschien der Dschungel noch unheimlicher und bedrohlicher. Die Luft staute sich heißer, schwerer, unglaublich feucht über dem Boden – wie übler Mundgeruch, denn es stank entsetzlich. Überall war das metallische Zirpen der Zikaden und das morbide Quaken der Baumfrösche zu hören. Unsere wenigen Laternen nutzten nicht besonders viel, außer daß sie die unterschiedlichsten Nachtgeschöpfe anlockten. Mein Rucksack schien sich in jedem Zweig, an dem wir vorüberkamen, zu verfangen. Jetzt verstand ich besser, was Le Stryge mit seiner Bemerkung über den Süden gemeint hatte; dabei waren wir noch nicht einmal aus dem Uferdickicht heraus.

Entermesser schlugen uns einen Weg durch das dichte Unterholz; ihre kurzen, schweren Klingen waren für diese Aufgabe weit besser geeignet als die Breitschwerter. Es kam uns nicht darauf an, keine Spuren zu hinterlassen, ganz im Gegenteil. Immer wieder flogen aufgeregt zwitschernd kleine Vögel auf. »Vielleicht Bananenvögel«, grinste Jyp. »Schlaue kleine Kerlchen. Wenn sie nur nicht so laut wären.«

Ich wußte, was er damit meinte. Es war nichts gewonnen, wenn uns die Wölfe vorzeitig kommen hörten. Oder sahen. Sobald wir aus dem Dickicht heraus waren, wurde eine Laterne nach der anderen ausgeblasen. Der Pfad war schmal, und die Wölfe hatten ihn ganz bewußt nicht verbreitert. Er führte uns zwischen hohen Farnen hindurch und unter Ranken wilden Weins, die im Dunkeln fast unsichtbar waren und nur darauf aus zu sein schienen, uns zu erdrosseln. Dann ging es tiefer hinein in den zwielichtigen Schatten majestätischer Palmen und durch Mangowälder, in denen die herabgefallenen Früchte sich unter unseren Füßen in Matsch verwandelten. Ringsum erklang das Murmeln kleiner Bäche. Hin und wieder kreuzte einer davon unseren Weg, und wir tasteten uns rutschend und fluchend durch den Schlamm, während links und rechts kleine Frösche davonhüpften. Als der Mond so hoch stand, daß er zwischen die Bäume scheinen konnte, schien das zunächst eine Erleichterung; doch er rief auch seltsame Schatten ins Leben; gesprenkelte, verschwommene, sich ständig verändernde Schatten, in die wir beim Vorübergehen immer wieder mit den Schwertern hineinstießen.

Die Zeit verging, und allmählich wanden wir uns nach oben, schwitzend und fußlahm. Die Luft wurde etwas frischer, war jedoch immer noch von süßlichen, betäubenden Gerüchen erfüllt. Eine kühle Brise vermischte das dumpfe Geflüster des Waldes mit dem Rauschen der Brandung. Eulenrufe ertönten, sie ähnelten viel mehr dem klagenden *Wittu-huu*, als ich es je zu Hause gehört hatte. Einige andere Geräusche, die an unsere Ohren drangen, waren weitaus schrecklicher: gellende Schreie und irres, plapperndes Lachen. Trotzdem beunruhigten mich eher die geräuschlosen

Dinge, denen man nicht aus dem Weg gehen konnte. Der Weg war steil, und als das lockere Geröll unter mir wegrutschte, beneidete ich die Wölfe um ihre scharfen Krallen. Weiter oben standen die Sträucher dünner, doch sie waren fester, meist Sisal oder andere stachelbewehrte Ungeheuer. Die Matrosen marschierten wie seelenlose Automaten immer weiter, doch ich, ich wurde allmählich hundemüde. Endlich gab Jyp den Befehl zum Anhalten; ich lief auf ihn auf, bevor ich kapierte, was er da gesagt hatte. Der rötliche Mond hing jetzt auf gleicher Höhe direkt vor uns hinter den nickenden Palmwedeln. Den ersten Hügel hatten wir erklommen. Während die anderen einen Bissen und einen Schluck zu sich nahmen, krochen Jyp und ich das letzte Stück auf dem Bauch weiter und spähten über die Kante. »Das ist eine Aussicht, was?« schnaufte Jyp leise.

»Astrein«, pflichtete ich ihm bei, während ich mich fragte, was da wohl alles um mich herumkroch, und ob es hier Schlangen und Skorpione gab. »Siehst du etwas von den Wölfen?«

»Nein, was nicht heißen muß, daß sie nicht irgendwo dort draußen sind.« Es war wirklich ein herrlicher Anblick. Das Tal öffnete sich weit unter uns, gesäumt von Bäumen, in deren Wipfeln sich kleine, im Mond leuchtende Nebelfetzen verfangen hatten. In einigen Spalten entdeckte ich geschwungene Silberbänder, und das Tosen eines Wasserfalls übertönte sogar die Brandung. Es kam von der gegenüberliegenden Wand; dort stürzten die Wassermassen über eine steile Felskante auf eine mehrstufige Steintreppe hinab, bis sie sich schließlich in einen dunklen Teich ergossen. Schimmernde Dämpfe stiegen aus diesem Teich auf, und eine tiefe, durchdringende Stimme, und drumherum flatterten die gezackten Schatten jagender Fledermäuse. Über den Wasserfällen ragte der Berg steil auf, dicht bewaldet und fast noch einmal so hoch wie die Fälle, bis hinauf zur unteren Schloßterrasse. Von hier aus sahen wir das Schloß viel deutlicher, ein bleiches Schiff, das auf einem dunklen See dahinglitt und doch den ganzen Hang mit steinerner Arroganz beherrschte.

Jyp warf einen Blick zurück. »Es dauert nicht mehr lange, bis es wieder hell wird.« Das Meer glitzerte durch die Bäume, davor unsere Mastspitzen wie skeletthafte Silhouetten, noch erstaunlich nah. Wir waren meist aufwärts gegangen, nicht weg von den Schiffen. »Besser, wir marschieren gleich weiter. Eßt auf!«

Der Zwieback hielt nicht lange vor, doch als wir vorsichtig über den Gipfel stiegen, pflückte Jyp dunkle Früchte von einem Baum, an dem wir gerade vorbeikamen, und reichte mir eine davon. Ich sah, daß auch andere sich bedienten, grub den Daumennagel in die Frucht und roch mißtrauisch daran. Ich war zutiefst überrascht, denn es handelte sich um eine kleine Avocado, weitaus aromatischer als die ledrigen Exemplare, die zu Hause jedes Geschäftsessen verdarben. Das Fruchtfleisch war so saftig und grün, daß ich kaum die Vinaigrette vermißte. Kurz darauf kamen wir an einem Orangenbaum vorbei, dessen Früchte zwar sauer waren, aber sehr gut gegen den Durst halfen. Eine Stunde später ging der Mond, zornig und flammend, hinter dem Schloß unter. Die Luft wurde kühler, und in der warmen, feuchten Dunkelheit unter den verblassenden Sternen reckte und streckte sich der Dschungel erwartungsvoll. Im Unterholz erwachte vereinzeltes Tschilpen und Gekicher, und eine Ohreneule entsandte ihren Ruf in eigenartig kurzen Abständen, womit sie Verwandte und Nachbarn gleichermaßen weckte. Als sich der orangefarbene Sonnenaufgang am bleichen Himmel abzeichnete, war die Luft bereits von einem Morgengesang erfüllt, aus dem alle möglichen Rufe herauszuhören waren, angefangen vom Schnattern der Zaunkönige und Finken bis zu manischen Schreien und Krächzern, die Jyp einem Vogel namens Corny-Bird zuschrieb – später fand ich heraus, daß der richtige Name *Corneille* lautete. Weiter unten sah der Wald wieder anders aus: Wir durchquerten einen ausgedehnten Hain aus Kalebassenbäumen und am Fluß ausgewachsene Mangohecken, in denen die Früchte verführerisch an langen, grünen Schnüren baumelten.

»Aha«, meinte Jyp. »Dachte ich mir schon. Die sind vor langer Zeit hier angelegt worden, als Plantage für das Schloß dort oben. Schade, daß sie noch nicht reif sind.« Er schüttelte den Kopf. »Wahrscheinlich würden sie mir sowieso im Hals steckenbleiben. Alle Plantagen hier sind mit Blut bewässert worden.«

Kleine Papageien oder Kakadus hüpften wie lebendige Blumen durch die Zweige oder wackelten aufgeregt mit den Köpfen und kreischten frech, während sie uns beobachteten. Dann bekamen sie vor etwas Angst und flogen rauschend und flatternd auf, und die aufgehende Sonne setzte ihr Gefieder in Flammen. Jetzt wurde die Luft rasch sehr warm, und das kühle Rauschen des Flüßchens zog uns wie magnetisch an; ohne uns groß um den sumpfigen Matsch zu kümmern, der unter unseren Stiefeln schmatzte, torkelten wir darauf zu. Das heißt, bis zu dem Moment, als Legionen von Fliegen in einer dissonant dröhnenden Wolke aufstiegen und dafür sorgten, daß wir rutschend, stolpernd und wie von Sinnen um uns schlagend durch das steinige Flußbett hetzten und anschließend auf der anderen Seite den noch steileren und trockeneren Hang wieder hinauf, wohin sie uns nicht folgten. Erschöpft ließen wir uns auf den Boden fallen, eine elende, verdreckte und zerstochene Mannschaft. Nur Mall, die uns den Rücken gedeckt hatte, schien völlig unberührt.

»Ich wußte doch, wir hätten Stryge mitbringen sollen!« seufzte ich. »Einmal gepustet, und sie hätten uns links liegen lassen!«

»Aye, und wären tot zur Erde gefallen, wenn sie ihn gestochen hätten«, grunzte einer der Fockmastleute.

»Oder seine kleinen Freunde …«

»Bloß nicht!« rief Jyp mit gespieltem Entsetzen. »Daran sollten wir nicht einmal denken!«

Ich war gereizt. »Ist ja gut! Ich grusele mich auch vor ihnen, aber beim Entern haben sie so manchem von uns das Leben gerettet. Mir übrigens auch. Was habt ihr also immer mit ihnen?«

»Is' besser, wenn du das nicht weißt«, sagte er schroff.

»Hey, komm schon. Ich habe inzwischen das eine oder andere mitgekriegt. Das Mädchen ... keine Ahnung. Aber Fynn ... ich weiß nicht, aber er ist wohl so eine Art Werwolf, stimmt's?«

»Nein«, sagte Mall ruhig. »Er ist ein Hund. Ein gelber Straßenköter, bösartig und stark, durch Zauberkräfte in Menschengestalt verwandelt. Er verbleibt in dieser Gestalt allein durch den Willen des Stryge ... als Behausung für einen anderen Geist.«

Sogar in der Sonne schauderte es mich. »Wessen Geist?«

»Den eines Toten ... oder besser von einem, der niemals gelebt hat. Wie auch immer, eine Macht von Draußen. Aus den weiter entfernten Regionen des Randes. Ein Geist eben.«

»Und das Mädchen? Ist sie auch ein Tier?«

»Nein. Peg Powler ist ein alter volkstümlicher Name, noch aus meinen Tagen ... für den Geist eines Flusses.«

»Eines Flusses?«

»Für einen reißenden, ertränkenden Fluß«, brummte Jyp. »Den der alte Knabe irgendwie eingefangen hat, im Körper eines seiner Opfer ... vielleicht eine Selbstmörderin, vielleicht auch nur ein Unfall. Hoffentlich. Aber soviel ich weiß, muß er in dem Augenblick, in dem sie starb, ziemlich dicht dran gewesen sein. Und sehr gut vorbereitet.«

»Großer Gott«, sagte ich. »Hätte ich bloß nicht gefragt. Und der Schleim, den sie ausspuckt ...«

»Ein verseuchter Fluß«, blaffte Jyp und warf Mall einen irritierten Blick zu. »Vielleicht wie der, der sich zu euren Docks wälzt. Los jetzt, weiter!«

Er trieb uns den Hang hinauf. Auf dieser Seite des Tales

wuchsen die Bäume höher, doch an der Böschung spendeten sie nur wenig Schatten. Viele von ihnen waren hochgewachsene *Trompettes*, deren weitausladende Wipfel sich wie riesenhafte Feigenblätter erst ganz weit oben ausbreiteten. Auch als die Sonne in ihren Zenit kletterte, brach sie noch durch das Blätterdach und brannte erbarmungslos auf unsere schwitzenden Rücken herab. Unablässig erklang das Klirren von Metallglöckchen über das Tal, wie die Stimme der Sonne, doch es waren nur die Rufe sogenannter Glockenvögel. Mein Mund war ausgedörrt, mein Kopf tat weh, doch ich wußte bis auf den letzten Tropfen, wie wenig ich noch in meiner Feldflasche übrig hatte, und ich verfluchte die Fliegen, die uns vom Fluß vertrieben hatten. Dicke Brocken Farnhumus rutschten unter unseren Schritten weg und legten den roten Erdboden wie eine offene Wunde bloß. Er war ziemlich feucht, und ringsum vernahmen wir tatsächlich das Gurgeln weiterer Bäche, die zweifellos zum Wasserfall eilten. Doch sie waren zu weit von unserem Pfad entfernt. Es war bereits früher Nachmittag, als wir die Sturzkante erreichten und den Abhang mehr oder weniger hinabrutschten, bis wir uns an ihrem Fluß dankbar an einem trüben kleinen Bach niederließen.

Etwas Stärkeres als nur die Müdigkeit drückte mich nieder; eine kranke, innere Leere, ein Frösteln, das sogar die schwüle Hitze nicht vertreiben konnte. Jyp hatte recht gehabt. Hätte ich nur nicht nach Stryges Kreaturen gefragt. Die Vorstellung erzeugte einen ganz besonderen Schrecken, der mich packte und schüttelte und nicht mehr losließ – Besessenheit, etwas, das in einem fremden Körper wie in einer leeren Hülle lauerte, oder ein anderes, fremdes Wesen, das durch Augen blickte, die nicht zu ihm gehörten, wie frisch gestrichene Fensterläden an einem leeren, zerfallenen Haus. Ein Geisterhaus. Ein Geist in einer Maschine – aber der falsche Geist, die falschen Hände an den Kontrollknöpfen …

»Aye«, sagte Mall, als ich etwas von dem, was in mir vorging, erwähnte. Sie schüttete das bräunliche Wasser des

Baches auf ihre glühenden Wangen. »So ist es nun mal. Besessenheit gehört zu den mächtigsten Dingen in jeder Magie, ob gut oder schlecht. Sei es im Zaubergesang von Finnmark oder beim *Obeah* der Bermudas oder bei der einfachen, hausgemachten Hexerei: Ein Geist in einem Körper, der ihm nicht gehört, das ist eine schlimme Sache, eine unnatürliche Vermischung, die große Kräfte freisetzt. Und wenn ein böser Zauber den Eindringling dort festhält, dann kann er ungehindert zwischen den Menschen herumlaufen und diese Kräfte nutzen, um allerlei Unheil anzurichten. Diese Kreaturen … Stryge wagt kaum, sie aus den Augen zu lassen, obwohl sie ziemlich unvollkommen sind; der eine ein Tier, die andere ein lebender Leichnam. Keiner von beiden könnte sich lange unentdeckt unter den Menschen aufhalten. Und sobald sie entdeckt werden, wird kurzer Prozeß gemacht. Du solltest ihnen aus dem Weg gehen, aber nicht weiter über sie nachgrübeln; sie tun dir nichts.«

Wie sollte ich ihr erklären, daß ich eigentlich nicht vor ihnen Angst hatte? Es war allein die Vorstellung … so wie manche Leute sich vor Spinnen oder Katzen oder Messern, die auf Tellern kratzen, fürchten, völlig irrationale Ängste. Es erschreckte mich, weil ich nicht wußte, ob es etwas mit mir zu tun hatte oder nicht, und es gab mir das furchtbare Gefühl, total verletzlich zu sein. Und die Vorstellung, daß es womöglich … oder mit Clare … Ich hielt es kaum aus. Nahmen dort draußen, außerhalb des Kerns, Phobien lebendige Gestalt an? Ich konnte nicht fragen. Ich konnte es nicht erklären. Ich dankte ihr nur. Als Jyp uns aufforderte, weiterzumarschieren, ging ich einfach weiter.

Hier oben über dem Wasserfall veränderte sich die Vegetation erneut. Die Bäume wurden wieder größer und dicker; zuerst eine Art struppiger Pinien, aromatische Eukalyptusbäume, dann hohe *Ormes* – haitianische Ulmen – und duftende Zedern. In ihrem Schatten ließ es sich erträglicher gehen, doch die Düsternis machte mich nervös.

Auch Jyp schien es zu spüren. »Es kann jetzt nicht mehr weit bis zum Schloß sein«, murmelte er, ohne mich anzusehen.

»Genau! Und inzwischen sind sie bereits dort angekommen, habe ich recht? Was haben sie bloß mit der armen …«

»Teufel auch, Steve, das weiß ich nicht. Sieh mal, diese Zeremonien, die sie abhalten, die finden immer nachts statt, richtig? Bis dahin haben auch wir's geschafft.«

Knapp. Er sprach es nicht aus, doch das Wort lag in der Luft, wie die funkelnden Stäubchen, die zwischen den Bäumen im Sonnenlicht tanzten. Die Strahlen standen jetzt schon schräg, dunkle Wolken schoben sich von Westen heran. Wir hatten nicht mehr viel Zeit, und ich konnte das verfluchte Schloß noch nicht einmal sehen.

Das glaubte ich jedenfalls. Es stellte sich heraus, daß ich bereits eine geraume Zeit darauf geschaut hatte. Auf dem steilen Hang lag das eigentliche Haus im Schutz der äußersten Terrasse, die so dicht bewachsen war, daß sie, von unten betrachtet, mit dem üppigen Grün des Hintergrunds verschmolz. Also zwängten wir uns durch ein widerliches Dickicht dorniger Sisalsträucher – und dann sprang uns der Anblick förmlich entgegen. Da waren sie, die Mauern der Terrasse, dort lag die über allem thronende Front des Schlosses direkt vor uns, über uns, so unvermutet, daß wir mitten im Schritt stehenblieben und wie schuldbewußte Kinder aufeinander aufliefen. Halberstickte Flüche erklangen hinter vorgehaltener Hand. Eine kühle Brise strich über unsere Gesichter. Die Stille, die jetzt eintrat, war erdrückend. Wenn es jemals einen Ort gegeben hatte, der förmlich nach Hinterhalt roch, dann dieser hier.

Hoch und stark stand das Anwesen unter den zügig heranrollenden schwarzen Wolken. Trotzdem war sein Anblick nicht sehr beruhigend; es wirkte eher so, als würde *es* uns beobachten. Die hohen Fenster mit ihren ausgeschmückten Rundbögen, die wie teuflische Augenbrauen aussahen, wirkten seltsam tot, und trotzdem blickten sie uns an, als herrsche nicht einfach Dunkelheit hinter ihnen, sondern eine ständige, ölige Bewegung. Nichtsdestoweniger wirkte es verlassen. Die Tropen gehen nicht sehr freundlich mit den Werken der Menschen um. Der fleckige Stuck bröckelte überall, Wurzeln hatten die der Witterung ausgesetzten Mauern und Säulen gesprengt, die finsteren Zinnen verfielen bereits, und der grausige *Cheveaux-de-frise* in den inneren Mauern war vor Rost halb zahnlos. Schmiedeeiserne Balkone hingen an den Mauern herab wie verdorrte Ranken; Überreste vermoderter Fensterläden baumelten an herausgerissenen Scharnieren; im Ziegeldach klafften mindestens ein Dutzend Löcher. Kein einziges Lebenszeichen war dort auszumachen.

Das heißt, bis etwas zu knattern anfing. Ein langsames, gequältes Quietschen zerriß die Luft und verblaßte zu einem schnellen, vibrierenden Trommelwirbel. An diesem Ort, unter den sich auftürmenden schwarzen Wolken, war es ein unheimliches Geräusch. Es ließ mich an eine Geistergaleere denken, die über den rauschenden Baumkronen vor Anker lag, oder an bleiche Knochen, die um einen windigen Galgen tanzten.

Mall kam nach vorne und bereitete dem Zauber ein Ende. »Narren! Dummköpfe! Das ist doch nur Röhricht!« Und so war es: Ein eindrucksvolles Dickicht aus grüngelbem Zuckerrohr wehte oben auf der Mauer steif im Wind, wobei die Stengel musikalisch aneinander schlugen. Das nervöse Gelächter erstarb jedoch gleich wieder in unseren Kehlen, denn hinter der Mauer, genau im Mittelpunkt der Terrasse, stand eine finstere Erscheinung. Eine, die zumindest ich schon einmal gesehen hatte; es war die gleiche Vogelscheuche wie auf dem Friedhof des Vieux Carré, nur viel größer, schwarz und kräftig wie ein verwitterter Baum, der sich dem heraufziehenden Gewitter entgegenstemmt. Ihr Übermantel mit dem aufgestellten Kragen hing von Schultern herab, die aus gekreuzten Stöcken gefertigt waren und die sich ungefähr auf der Höhe meines Kopfes befanden. Sein verbeulter Hut war nach vorne gerutscht, als wäre die Gestalt inmitten des trockenen, klappernden Röhrichts in Gedanken versunken.

»Der Baron überschaut seinen Knochenhof!« bemerkte Jyp ätzend. Noch während er das sagte, schien der Wind den Hut zu ergreifen, denn er klappte nach hinten, rollte über eine Schulter des Steckenmannes und hob sich, als wolle er aufs Meer hinabschauen. Wir duckten uns wie auf Kommando, wie Mäuse unter den wachsamen Augen der Eule. Vielleicht waren wir tatsächlich schon etwas durchgedreht.

Am Fuße der Mauer entdeckten wir einen Eingang, der von zwei massiven Säulen flankiert wurde; die Türen, die ihn einst verschlossen hatten, waren schon lange verschwunden, die Scharniere zu winzigen Stümpfen zusammengerostet. Der Türsturz, in den ein schwungvoll verziertes religiöses Motiv eingeschnitzt war – wie es schien der heilige Petrus vor dem Hahnenschrei –, lag geborsten und halb im Erdboden vergraben ein Stück von der Mauer entfernt. Gleich hinter dem Eingang führte eine lange, schmale Treppe zur Terrasse hinauf; ihr Geländer war beschädigt und von Kletterpflanzen überwuchert, die Stufen gesprungen und schief getreten, doch es schien der einzige Weg nach oben zu sein. Wir huschten – noch immer in geduckter Haltung – einer nach dem anderen hinein und machten uns an den Aufstieg, den Blick starr nach oben gerichtet. Dort angelangt, winkte mich Jyp heran, und gemeinsam schauten wir uns vorsichtig um. Vor uns erstreckten sich die gesprungenen und zerbrochenen Steinfliesen der Terrasse bis zur inneren Mauer, und bis auf vereinzelte Büsche und Rohrstauden war alles völlig leer. Die größte Staude verbarg die finstere Vogelscheuche vor unserem Blick – oder war es umgekehrt? Hinter einem eindrucksvollen inneren Tor, dessen einer Flügel noch rostend in den Scharnieren hing, stand noch einmal eine ähnliche, jedoch unbekleidete Figur; ohne Hut und Mantel wirkten die ausgestreckten Arme des Steckenmannes eher pathetisch als finster.

»Featherman! Taupo! Kommt mit uns!« zischte Jyp den beiden Seeleuten hinter uns zu, einem kräftigen, weißhaarigen Schlägertypen und einem unheimlichen kleinen Wiesel. »Keine Pistolen, nur kalter Stahl. Der Rest folgt uns, wenn wir Zeichen geben, daß alles klar ist. Mall, wenn wir angegriffen werden, übernimmst du das Kommando. Los jetzt, Steve!«

Halb gebückt eilten wir vier stolpernd über die unebenen Fliesen und duckten uns hinter jeden geeigneten Busch, bis wir das innere Tor erreicht und uns vor einem seiner Pfeiler niedergekniet hatten. Gerade als wir durch die Lücke zwischen einem Pfeiler und dem abgesackten Türflügel hindurchspähen wollten, ließ uns ein plötzliches Blitzen herumfahren. Ein fahles Licht durchzog die aufgetürmten Wolkenberge über uns, und die Hänge des Tals warfen ein leises Krachen zurück. Wir sahen einander unsicher an, wandten uns jedoch wieder dem Tor zu. Zwischen ihm und der hohen Fassade des Herrenhauses, einem Palast beinahe, lag ein offensichtlich ehemals eleganter Hof, mit dekorativen Steinen ausgelegt, auf denen vereinzelt Steinkübel mit schattenspendenden Bäumen standen. Inzwischen hatten die Bäume ihre Kübel gesprengt und waren hochaufgeschossen, während sich die Wurzeln mit elementarer Kraft durch die Fugen der Steinfliesen gebohrt hatten. Einige Bäume waren umgestürzt, vielleicht bei einem Hurrikan entwurzelt, und hatten in ihrem Todeskampf das Pflaster großflächig aufgerissen. Kleine Haufen von Schmutz und Schutt übersäten den Rest des Hofes, und die leeren Fenster und die gähnende Tür des großen Hauses grinsten hämisch auf den Zerfall hinunter. Soweit unser Auge reichte, schien alles leer und verlassen. Doch die breite Doppeltreppe, die hinaufführte, war in der Mitte frei von Geröll, so als wäre sie erst kürzlich benutzt worden – von sehr vielen Leuten. Wir riskierten es, die Köpfe in die Toreinfahrt zu stecken, und traten dann rasch und mit gezückten Schwertern ein. Bis auf die hölzerne Figur war der Hof tatsächlich leer. Weder an den Fenstern noch auf dem Dach gab es Anzeichen von Wachtposten. Jyp und ich drehten uns gerade um, um die anderen herbeizuwinken – als wir einfach umgeworfen wurden.

Platt auf dem Rücken liegend, noch ganz außer Atem, sah ich, wie Jyp rücklings gegen die Säule gedrückt wurde. Der kleine Taupo fiel mit unkontrolliert rollendem Kopf auf ihn. Der Featherman lag auf mir und trat mir wie wild in den Magen. Ich versuchte mich freizumachen, doch sein Strampeln steigerte sich zu einem Krampf, bis er gurgelnd zur Seite fiel. Ich kam auf die Füße und erblickte die schwarzen Finger, kurz bevor sie auf meine Kehle losgingen. In dem Sekundenbruchteil, der mir blieb, gelangen mir zwei Dinge: Ich zog das Kinn ein und rammte das Schwert mit aller Kraft nach oben. Ich spürte, wie es widerlich schlitzend durch Fleisch schnitt – was jedoch die spindeldürre, eiserne Hand um meinen Hals nicht im mindesten beeindruckte; sie festigte ihren sicheren Griff nur noch mehr. Ich stieß noch einmal zu und drehte das Schwert beim Herausziehen – und dann zerriß ein gewaltiger Lichtblitz die Luft und enthüllte mir das Antlitz des Angreifers. Es war nicht monströs, nicht im eigentlichen Sinne. Ich hatte es bereits in einem Dutzend der Dörfchen gesehen: hochwangig, lederhäutig und von einer staubigen Bräune. Aber das Gesicht starrte glasig an mir vorbei, ein eisiger Blick aus einem unter straffer Haut lauernden Schädel. Meine Kinnlade knarrte, als sich dieser schauerliche Griff festigte, meine Kehle zog sich zusammen. Es tötete mich, dieses *Ding*, und es schaute mich noch nicht einmal an …

Dann fauchte etwas auf wie der Wind, und das Gesicht flog in die Dunkelheit davon. Der Griff verkrampfte sich, hielt mich jedoch noch so lange gepackt, bis Klingen in die dünnen Heuschreckenärmchen schlugen. Es trat kein Blut aus, doch die Arme fielen herunter, gaben mich frei. Der kopflose Körper rollte in einem grellen Lichtblitz zur Seite. Mall spießte ihn mit dem Schwert auf, das mit teerigen Flecken bespritzt war. Große Regentropfen klatschten auf die Steinfliesen.

»Jyp«, krächzte ich, als er mir aufhalf. »Warum sind die Zombies in den Filmen immer so langsam?«

Er grinste und strich sich mit dem Finger über die verschrammte Braue. »Hast du *Frankenstein* gesehen? Karloff hat es recht gut getroffen. Wie auch immer, hier nennen sie sie jedenfalls *Corps-Cadavres*; der *Zombi* ist das, was in sie gefahren ist.«

»Wollt ihr hier herumquatschen, während der Himmel auf uns fällt?« erkundigte sich Mall, und ein mächtiger Donnerschlag unterstrich die Worte. »Wir haben garantiert den Wachhund geweckt! Jetzt aber ins Schloß, und zwar rasch!«

Blitze zuckten über das Blätterdach, Donner erschütterte uns, und es goß wie aus Kübeln, als wir die Stufen hinaufrannten. Durch die weitgeöffnete Flügeltür stürzten wir jedoch nicht ganz so bedenkenlos. Wer eine Pistole hatte, spannte den Hahn; ich hoffte nur, daß der Regen die Zündladung nicht durchnäßt hatte. Wieder tauchte ein Blitz alles in grelles Licht, und einen Augenblick lang sahen wir die großzügig entworfene Eingangshalle vor uns. Unter dem hohen Dach befand sich an einem Ende des Saals ein Podium, auf dem die verwahrlosten Überreste hochlehniger Stühle standen, verschwenderisch gepolstert und mit Schnitzereien verziert – beinahe schon Throne, jetzt allerdings zerfressen und mit Spinnweben bedeckt. Dieses Haus war einmal der Palast eines wohlhabenden Edelmannes gewesen; jetzt herrschte hier jedoch furchtbare Leere. Vorsichtig blieben wir auf der Schwelle stehen.

»Laternen!« befahl Jyp, der trotz des Gewitters flüsterte. »Anzünden, schnell!«

Doch entweder waren sie im Regen naß geworden, oder der Wind blies den Zunder aus, oder es gab einen anderen Grund, denn wir schafften es nicht, sie anzuzünden. Mall drängte sich ungeduldig nach vorne, und es gelang ihr auch tatsächlich, wenigstens in einer Laterne eine schwache Flamme zu entfachen. Dann hielt sie sie hoch … und wir anderen sanken vor

Schreck auf den Boden. Denn in dem schaukelnden Laternenlicht bewegten sich Schatten an diesen hohen, weißen Wände entlang – doch es gab nichts und niemanden, der sie hätte werfen können.

Sie sahen wie gestochen scharfe Schattenbilder von Männern und Frauen aus, die sich paarweise in gemessenem Schritt drehten, ein Menuett vielleicht, oder eine Sarabande. Jedes kleinste Detail ihrer Kleider war zu erkennen, die ausladenden Reifröcke der Frauen, die aufgetürmten Perücken, die beim Tanz hin- und herwackelten, die wedelnden Fächer, mit denen sie den Männern kokett zuwinkten, deren bauschige Manschetten und geflochtene Zöpfe steif abstanden, als sie sich dankend verbeugten. Musik war nicht zu hören, nur das Rauschen und Prasseln des Regens. Sie drehten sich um uns herum, diese Schatten, die größer wurden und dann wieder kleiner und undeutlich, je nachdem, wie nah sie der Lichtquelle kamen, die unmöglich die unsere sein konnte. Solche Tänze mußten in dieser Halle früher häufig getanzt worden sein, und gerade deswegen war es besonders furchtbar, dem unheimlichen Treiben zuzusehen. Dann hörte ich ringsum ein Keuchen, doch ich hatte sie auch gesehen, die dunklere, einsame Silhouette, die sich wie eine Wolke zwischen den Tanzenden bewegte; sie war wie die anderen Männer gekleidet, führte jedoch in eleganter Haltung einen schlanken Stock in der Hand. Der Schatten verbeugte sich im Vorübergehen vor den Tänzern; sie verbeugten sich ebenso, verharrten jedoch in dieser Stellung. Die Männer taumelten, klappten zusammen und sanken zu Boden. Die Frauen wankten in ihrer knieenden Haltung und fielen nieder. Unbeeindruckt wurde der Tanz um sie herum fortgesetzt. Doch es war ein Totentanz, denn ein Paar nach dem anderen stürzte mitten im Schwung zu Boden, die Hände verzweifelt ineinander oder in der Luft verkrampft – vergebens. Sie sanken nieder und waren nicht mehr. Doch zu dem dunkleren Schatten gesellte sich noch ein anderes Paar mit gesenkten Köpfen und schlaff herabhängenden Armen. Sie hatten aufgehört zu tanzen.

Nur Mall traute sich zu sprechen. »Nun, wenn der Höhepunkt dieser Geschichte bloße Schatten sind!« lachte sie. »Sie haben nicht die Macht, uns etwas anzutun! Kommt!« Sie marschierte schnurstracks hinein, das Schwert gezückt, direkt auf den hohen Bogen auf der anderen Seite zu. Dort hing ein herrlicher Wandteppich, der vom Staub, der sich in seinen vielen Falten angesammelt hatte, grau geworden war. Kaum hatte Mall ihn mit der Schwertspitze berührt, riß gut die Hälfte davon einfach ab und rutschte mit einem dumpfen Knall in einer Wolke aus Staub und fetten Insektenlarven zu Boden. Wir eilten durch den Bogen in eine zweite Halle, die auf Grund der sich im Hintergrund erhebenden Freitreppe nicht ganz so tief war. Auf der linken Seite fehlte eins der großen, mindestens vier Meter hohen Bilder. Der vergoldete Rahmen stand auseinandergerissen quer auf den zerstörten mittleren Stufen und wurde von den Spinnen für ihre eigenen, unappetitlichen Zwecke in Beschlag genommen. Der Rahmen auf der anderen Seite hing noch an seinem Platz, doch was sich einst darin befunden hatte, war völlig zerfressen, und nur noch ein obszöner Pilzfleck an der Wand dahinter zeugte von seiner Existenz. Ein einziger Blick verriet, daß hier seit Jahrhunderten niemand mehr durchgekommen war – jedenfalls kein körperliches Wesen; auf beiden Treppenaufgängen lagen dicke Schichten staubverklebter Spinnweben. Doch an der Wand zwischen den Aufgängen befanden sich weitere Türen. Die meisten waren zugezogen, doch die mittlere hing schief in den Angeln, und das zersplitterte Holz sah ganz frisch aus.

Mall und ich spähten hinein und erblickten eine breite, anscheinend völlig intakte Treppe. Die Dunkelheit, in die sie hinabführte, schien nach uns greifen zu wollen. Wir schauten uns an, zuckten die Achseln und winkten die anderen herbei. Sie gehorchten, doch nicht allzu eifrig – es war das erste Mal, daß mir auf dieser ganzen verrückten Reise ein zauderndes Verhalten auffiel. Ich konnte es ihnen allerdings nicht verdenken. Ich hatte keine andere Wahl gehabt, und Mall und Jyp hatten die ihre aus eigenen Gründen getroffen. Doch selbst jemandem, der Gold liebt und Wölfe haßt, kann man nachsehen, daß er nicht freiwillig in eine dermaßen offensichtliche Falle tappt.

Und doch kamen sie heran, so vorsichtig wie wir, schoben sich mit gespannten Pistolen und dem Rücken zur Wand die Treppe hinab, immer darauf gespannt, was die nächste Stufe bringen würde – und ob es überhaupt eine nächste Stufe gab. Obwohl sich kein Luftzug regte, zitterte und flackerte die Laternenflamme, als würde ein leiser Atemhauch über sie hinweggehen. Mich beschlich das eigenartige Gefühl, daß sie ausgehen würde, sobald jemand anderer als Mall sie in die Hand nähme. Nicht, daß die Laterne uns viel genutzt hätte, doch der Unterschied war wichtiger, als man sich vorstellen kann. Die Atmosphäre an diesem Ort lastete wie ein physischer Druck auf unseren Schultern, und selbst als das Licht den Rand eines hohen Steinbogens erhellte und der Treppenflur sich zu einem größeren Raum öffnete, ließ das beklemmende Gefühl nicht nach. Das Gewitter war hier unten gerade noch als entferntes Grummeln wahrzunehmen. Es war still wie im Grab – wie in den meisten Gräbern jedenfalls. Allein waren wir jedoch beim besten Willen nicht.

Vom äußersten Rand des Lichtkegels ertönte plötzlich ein Rascheln, und etwas bewegte sich ruckartig. Jyps und meine Pistole gingen gleichzeitig los. Ein blendender Blitz, ein einzelner, sehr hoher Schrei, bei dem sich mein Herz verkrampfte. Das war nicht der Schrei eines Wolfs – wen hatte mein unbesonnener Schuß getroffen? Als ich wieder etwas sah, stieß ich einen Seufzer der Erleichterung aus. Unter uns auf den Stufen lagen die blutigen Überreste zweier fetter schwarzer Ratten; die eine hatte es in zwei Hälften zerrissen, die andere, der ein Vorderbein fehlte, zuckte im letzten Todeskampf. Jyp und ich wechselten einen verschämten Blick.

»Toller Schuß, Kumpel!« sagte er.

»Schöne Bescherung! Von denen muß es hier Hunderte geben!«

»Mindestens.«

Mall blickte sich im Schein der Laterne um. Das Licht verfing sich in ihren langen goldenen Locken und schien sich darin zu vervielfältigen; ihre grauen Augen blitzten. Über unseren Köpfen tauchte ein rauhes Deckengewölbe aus der Dunkelheit auf, links und rechts wurden die blassen Umrisse einiger Nischen sichtbar. Das bedrückende Gefühl ließ etwas nach.

»Da haben sie wahrscheinlich ihren Wein gelagert!« flüsterte Jyp, als klar war, daß uns nicht sofort etwas aus diesen Vertiefungen an den Hals sprang. »Sieht jedenfalls so aus wie ...«

Unter seinen Füßen knirschte es leise. Er sah hinab. »Maismehl? Na, vielleicht auch Lebensmittel ...«

Jetzt fiel der Lichtschein auf die Rückwand einer der Nischen. »Äh«, fügt er hinzu, »doch kein Weinkeller.«

»Es sei denn, sie haben noch ein Faß Amontillado zurückgelassen«, flüsterte ich zurück und ließ meinen Blick über die in einer Reihe aufgehängten Ketten und Halsfesseln wandern; Jyp lächelte gepreßt.

Mall warf wütend die Locken zurück, die Flamme hüpfte, als die Laterne herumschwang. Die Kammern an dieser Wand sprangen etwas vor, und von der Decke hingen die rostigen Überreste eiserner Käfige, gerade so groß, daß ein Mensch hineinpaßte, sich dort aber weder setzen noch hinstellen konnte. In der Mitte des kleinen Raums stand ein gemauerter Herd, wie in einer Schmiede; doch die langstieligen Eisen, die noch in der kalten Asche staken, waren garantiert nicht dazu da, um Metall zu bearbeiten.

Mall spuckte wie eine Katze. »Diese elenden Spanier! Der Teufel soll sie in seiner Pfanne braten! Ein Verlies! Ein Verlies für hilflose Sklaven! Ein Folterkeller! Tu dich auf, Hölle, und verschlinge diesen Ort mitsamt seinen perversen Herren!«

Sie flüsterte nicht. Ihr Fluch ließ die Luft erzittern, und der Stahl in ihrer Stimme schien Nadeln und Stacheln in meine Haut zu bohren. Panische Schatten huschten davon, als sie die Laterne herumschwenkte, und das Licht flammte hell auf. Sogar die verrosteten Käfige quietschten und schaukelten. Mir lief ein Schauer über den Rücken, als ich aus einem die vergilbten Knochen eines handlosen Arms baumeln sah. So wie er aussah, hatten sich die Ratten daran gütlich getan. Fast schienen die Knochen auf den Boden zu zeigen. Und tatsächlich ließ sich dort im Licht der größeren Flamme etwas erkennen: Da waren Spuren, Kreise und Spiralen in den dicken, gelblichen Staub gemalt. Die Formen erinnerten mich an etwas, an etwas eindeutig Unangenehmes. Doch mir fiel nichts anderes dazu ein, als mich darüber zu wundern, daß das Mehl nicht schimmlig geworden war oder die Ratten diese Muster nicht weggefressen hatten …

Jyp schnippte mit den Fingern. »*Vevers!* In Maismehl, na klar!«

Jetzt erinnerte ich mich wieder. »Jyp … diese … das sind genau die Muster, die sie überall in meinem Büro hingeschmiert haben!«

»Tatsächlich! Wellenlinien, die Zeichen der *Loas*! Hier wurden Riten abgehalten, und zwar nicht von den Spaniern! Das sind Symbole – man macht ein Zeichen, um sie zu beschwören … sieh nur, dort das Schiff mit einem Segel, das ist der Meeresgott Agwé! Und hier, direkt vor uns, wie eine Kompaßrose, das …« Seine Stimme versagte ihm einen Augenblick lang den Dienst, »das ist ein Freund von dir, Papa Legba! Und dort, dieses Herz mit den Kringeln außenherum? Das sind Schwerter, die es durchbohren …!

»*Denn ist ihre Zahl nicht die Sieben!*« wiederholte ich staunend.

»*Was?*«

»Was der Ausguck gesagt hat! Ich hatte es schon vergessen … diese dunkle Frau mit dem ledernen Gesicht. Ich dachte, sie würde einfach nur …«

»May Henry«, sagte Mall nachdenklich. »Die alte Bermuda-Piratin ist hier schon so lange herumgesegelt, daß ihr der Aberglaube wie die Kruste auf einem Krebs anhängt. Sie ist ein wenig seltsam, aye, aber sie ist nicht verrückt. Schade, daß sie nicht mit uns gekommen ist. Bei welcher Gelegenheit hat sie das gesagt?«

»Es ging um mich ... und um Sie ... und den Wind, sie sagte, der Totengräberwind ...«

»Der die Sterbenden mit sich nimmt, aye! Und böse Botschaften! Und bei allem, was gut und heilig ist, sie hat recht gehabt! Erzulie, das durchbohrte Herz, ist ihr Zeichen, das Zeichen der Liebe! Aber das hier, dieses *Vever* ... hast du das Muster gesehen, Jyp?«

»Es ist sehr undeutlich, irgendwie verzerrt ... Oh je. Meinst du, das ist Erzulie Gé-Rouge?«

»Aye – Erzulie vom unrechten Weg, die Liebe des Schmerzes und des Zorns! Die Liebe, die die Zerstörung mit sich bringt! Erzulie in Verbindung mit Petro! Don Pedro, der *Loa*, der alle anderen an sich zieht, der sie zu seinen eigenen, zerstörerischen Zwecken mißbraucht! Der das Gute in ihnen in grausame Wildheit verwandelt!« Mall durchbohrte mich mit ihrem Blick und atmete schwer. »So, wie es auch Euch umgedreht hat, Stephen – und mich, nur um uns aufeinander zu hetzen! In diesem Wind war eine Botschaft verborgen, die Botschaft der verkehrten Liebe, Liebe, die sich in eine Falle und eine Schlinge verwandelt ...« Sie machte eine Pause. Schweiß rann ihr zwischen die sich mächtig hebenden und senkenden Brüste. »Ich sollte Euch niederstrecken! Oder mich zumindest mit Euch streiten, Euch nicht mehr länger helfen! Euch und Eure Sache im Stich lassen! Ich – *Ich!* Seht nur, seht nur, sie alle sind verwandelt, umgedreht – alle befangen – alle bis auf denjenigen, der sie anführt!« Sie ging einige Schritte weiter und hielt die Laterne vor das größte Muster, das sich von einer Wand zur anderen erstreckte: ein großer, muschelförmiger Kreis rund um ein grausam mit Widerhaken versehenes

Kreuz. Plötzlich trat sie zornig und fest danach, und ein erstickender Staubwirbel explodierte im Lichtschein. Als er sich in dünnen Schichten rund um sie ablagerte, erstarrte sie, und ihre Schwertspitze senkte sich.

»Was war das?«

Aus dem Nichts kam klar, aber sehr schwach, das unheimliche Echo eines Geräusches, das praktisch direkt in die Steine über uns gegraben worden sein mußte – ein Kettenklirren und ein kurzes Weinen, halb ersticktes Schluchzen, halb Aufschrei.

Nach dem Schattentanz war das beinahe zuviel. Die Matrosen wichen tastend nach hinten zur Treppe zurück, schon halb von Panik ergriffen. Und ich? Ich war mitten unter ihnen. Noch mehr hätte ich mich aber geschämt, wenn Jyp nicht ebenso reagiert hätte. Er war bei seinem Rückzug seitlich über die *Vevers* gelaufen. Nur Mall stand felsenfest, aufrecht und strahlend in der Düsternis. *»Wer spricht da?«* rief sie.

Der Staubvorhang wirbelte auf unnatürlicher Weise vor ihr hoch, aber niemand antwortete. Doch allein der Klang ihrer Stimme, sanft und ohne Furcht, trieb die Welle der Angst, die uns gepackt hatte, wieder zurück. Und mir wurde plötzlich klar, was dieses Geräusch sein könnte. *»Clare!«* gellte ich. *»Clare! Sind Sie das?«*

Diesmal kam eine Antwort. Nur ein Wort, doch es brachte mich dazu, daß ich Mall die Laterne entwendete und quer durch den wirbelnden Staub schritt. Es war mein Name!

»Steve!«

Es kam aus der letzten Nische an der rechten Wand, die sich von den anderen nicht unterschied und die wir nicht näher untersucht hatten. Und dort, im Dunkel, mit Strähnen des aschblonden Haares über dem verschmierten Gesicht, kniete Clare.

Sie streckte mir die Arme entgegen, zerrte verzweifelt an den rostigen Eisenbändern, mit denen ihre Hände gefesselt waren, riß an der massiven Kette, die die Handschellen mit der Wand verband. Doch als sie mich erkannte, schreckte sie zurück und wiederholte meinen Namen ungläubig, ganz langsam.

»Steve … *Steve.* Ich … Diese Schüsse … Ich konnte nichts sehen … nur diese schreckliche Riesin … und dann hörte ich … hörte ich … *Steve!*« Jetzt fing sie an zu brabbeln, ihre Knie zitterten – und ich war gerade rechtzeitig bei ihr, um sie aufzufangen. Sie fühlte sich leicht und zerbrechlich an wie eine Seifenblase, verglichen mit Mall.

Nicht unbedingt ein klassischer Ohnmachtsanfall, aber doch fast. Ihre Augen waren offen, weit aufgerissen vor Entsetzen, und sie wand sich in panischer Angst, als Mall hinter mir auftauchte. Kein Wunder: Ich hoffte, sie hatte nicht gehört, daß Clare sie eine Riesin genannt hatte, was ja gar nicht stimmte. Doch jetzt, im gelben Laternenlicht, sah sie eindeutig so aus wie eine kolossale Statue des Zorns. Der Schein der Laterne spielte auf ihrem Gesicht, das zuerst rot und dann weiß wurde; wie ein lebendiges Licht raste die Wut unter ihrer reinen Haut. Sie ließ auch keinen Zweifel daran, wem diese Wut galt, als sie die Kette anhob und an ihr zog.

Clare riß die Augen noch weiter auf und wich vor Entsetzen zurück. *»Steve! Paß auf!«*

Mall schüttelte besänftigend den Kopf und griff nach Clares Händen. »Ruhig, ruhig, mein Fräulein, ich bin kein Wolf. Wir werden Eure zarten Handgelenke gleich von diesen Fesseln befreien …«

Daraufhin tönte ein harsches, knurrendes Lachen durch das Gewölbe. *»Aber nur, um sie um deine zu legen, du elende Schlampe! Laß die Dirne los, oder bleib dort an ihrer Statt, bis du krepierst!«*

Wir schnellten herum und erblickten das, was nur Clare gesehen haben konnte. Jyps Stimme brach die entsetzliche Stille. »Ach, Dreck!« sagte er, und das schien alles zusammenzufassen.

Wir waren keine kompletten Idioten. Jyp hatte jeweils an Tür und Treppe eine Wache zurückgelassen. Wo dieser riesengroße Wolf herkam, der jetzt am Fuß der Mitteltreppe stand, konnte ich mir nicht vorstellen – es sei denn, er war einfach durch die Wand getreten. Aber da stand er, in seiner einst prunkvollen roten Seemannsjacke mit ihren schmuddeligen Spitzen, und hielt eine Pistole mit trichterförmiger Mündung auf uns gerichtet. Er mußte so etwas wie ein Kommandeur oder Offizier sein. Er war größer und schlanker als die meisten seiner Art, und sein Haar, das bis auf die Schultern reichte, war lang und schwarz und mit einer Art Goldstaub überpudert. Sein Kinnbart war zu einer Vandyke-Spitze gestutzt, unter der Nase saß ein spöttischer Schnurrbart. Obwohl er ganz allein war, schien er über unermeßliches Selbstvertrauen zu verfügen. Dann sah ich, weshalb, und auch, warum uns keine Wache – außer vielleicht Le Stryge – etwas genützt hätte. Zu seinen Füßen spielten Ratten, eine ganze Flut ergoß sich die Stufen herab. Sie versammelten sich um ihn, setzten sich auf die Hinterpfoten – und schon wurden sie größer und größer wie Flammen, die emporzüngeln, bis zu voller Mannesgröße und darüber hinaus, große Wölfe, die sich durch die bunten Haarschöpfe strichen und behaglich die Glieder streckten. Dort auf der Treppe standen an die hundertfünfzig oder noch mehr.

Eine ganze Weile sagte niemand einen Ton. Dann schüttelte Jyp traurig den Kopf: »Von der Ratte zum Wolf – beschissene Entwicklung, würde ich sagen. Vorher hast du mir besser gefallen!«

Mall stieß ein kurzes, eiskaltes Lachen aus. Es war das gleiche Lachen, das ich von ihr am Strand gehört hatte, das gleiche, seltsame Geräusch; tief und dunkel, beinahe nachhallend, schon bevor es ihre Kehle verlassen hatte. Noch immer lachend hob sie leicht ihr Schwert. Der Wolf wurde vor Aufmerksamkeit ganz starr und richtete die Pistole auf sie. Sie zuckte die Achseln, öffnete die Hand und ließ das Schwert fallen. Der Wolf entspannte sich. Doch kaum hatte das Schwert einmal klirrend auf dem Steinboden aufgeschlagen, wirbelte sie herum, drehte den Wölfen den Rücken zu, nahm Clares

Ketten in beide Hände und zerriß sie inmitten eines Funkenregens, brach mit einem Ruck die Halterung aus der Wand. Einzelne Metallstückchen hüpften über die Steinfliesen, und aus dem geborstenen Stein kräuselte feiner Rauch.

Dann hob sie ihr Schwert auf und drehte sich wieder zu uns um, die wir mit ungläubigen Blicken einfach wie angewurzelt dastanden. Sie schnaufte zufrieden und lächelte unirdisch; ich versuchte den Eindruck zu verdrängen, daß sie irgendwie größer aussah. Dann wandte sie sich den verdutzten Wölfen zu, warf den Kopf zurück und lachte erneut, lauter diesmal, ein Geräusch, das sich vielleicht so anhörte wie normales Lachen in einer Bronzeglocke oder wie ein ganzes Glockengeläut, das sich gegenseitig seltsame Resonanzen und Harmonien entlockt. Es klang ziemlich beängstigend. Auch in den Ohren des Wolfs mußte es sich entmutigend angehört haben, denn er riß die Hände nach oben wie ein Mann, der angegriffen wird, und feuerte seine Pistole ab. Malls Schwert blitzte mit einer unglaublichen Geschwindigkeit auf, es knallte lauter als der Schuß selbst, und die auf der Treppe versammelten Wölfe duckten sich panisch im schrillen Jaulen eines Querschlägers. Sie hatte die Kugel im Flug abgewehrt.

Die Laterne zu Malls Füßen kippte unbeachtet um, doch das Licht verlosch nicht, es wurde größer, schwoll an, denn es ging eigentlich von ihr aus, eine schimmernde Strahlung, die aus ihrer reinen Haut entsprang und ihr wallendes Haar zum Leuchten brachte, das in einem überirdischen Wind wehte. Und ich, der ich mit Clare direkt hinter ihr auf dem Boden kniete, spürte, wie dieses Licht mich erfüllte, als sei ich eine Kugel aus dünnem Glas, und jetzt wußte ich, was mich so stark zu ihr hingezogen hatte. Dann stieß sie einen lauten Schrei aus und hielt das Schwert ausgestreckt vor sich. Lichtblitze schossen daraus hervor, so klar und wild wie ihr Blick, gnadenlos auf die Schatten gerichtet, die sie jagte. Das Schwert zischte durch die Luft, die Wölfe jaulten und wichen zurück – und mit dem lachenden Ruf »*Auf sie, Leute!*« ging sie zum Angriff über. Wer hätte sich diesem Wirbelwind widersetzen können? Verwirrt und benommen, wie wir waren, zog es uns hoch, und wir wurden wie in einem Kometenschweif mitgerissen. Sogar Clare neben mir stimmte in Malls Ruf ein und lachte wild auf, als ich meine Pistolen laut krachend auf die Meute auf den Stufen abfeuerte und hinter Mall herstürzte. Schon prallten wir mit einem fast greifbaren Knirschen aufeinander, und die Schlacht begann.

Der Tumult war unbeschreiblich. Der Kampf wogte hin und her, denn die Wölfe hatten sich zwar beim Anblick von Malls Verwandlung mehr als entsetzt gezeigt, jedoch nicht die Schwänze eingezogen und die Flucht ergriffen, was sie sehr wohl hätten tun können und was wohl jeder normale Mensch getan hätte. Sie waren riesengroß und ungefähr doppelt so viele wie wir. Ohne Mall wären wir verloren gewesen. Doch auch die Wölfe trieb etwas an, etwas Dunkles, das Malls Licht im gleichen Maße verschluckte, wie sie es ausstrahlte. Wir sahen es in ihren wahnsinnigen Augen, als sie sich auf uns warfen, etwas, das mit schrecklicher Macht an uns riß, sogar wenn wir sie niedersäbelten, etwas, das durch unsere Klingen, mit denen wir sie durchbohrten, heraufkroch und auf uns losgehen wollte. Doch wo immer Mall hinkam, konnten sie nicht lange standhalten. Sie sprang niedergekämpften Männern zur Seite, stellte sich schützend wie ein Flammenturm über sie. Ich hielt mich immer dicht bei Clare, schlug nach Möglichkeit kräftig um mich, und plötzlich kam Jyp aus einem Pulk erbittert miteinander ringender Kämpfer auf uns zu und schob uns in Richtung Treppe, wo die Schlacht etwas übersichtlicher verlief. Ein Wolf versperrte mir den Weg. Ich schlug nach ihm, so wie Mall es mir gezeigt hatte, er ging zu Boden, und ich stellte mich dem letzten, der noch im Weg stand. Doch als mein Schwert durch seine Kehle fuhr, wurde ich in einem blutroten Blitz zur Seite geschleudert und landete mit pfeifenden Lungen am Fuß der Mauer. Ich hörte Clare einmal aufschreien, kam auf die Beine und paßte auf, daß ich nicht wieder in die kämpfende Masse zurückgeworfen wurde. Dann sah ich den rotgekleideten Anführer der Wölfe, der mich mit seinem Entermesser in Schach hielt, während er Clare die Stufen hinaufschleifte. Ich ließ mein Schwert auf ihn niedersausen, wir kreuzten die Klingen, doch dann verstellte mir ein anderer Wolf mit einem langen spanischen Dolch den Weg; er versetzte mir einen Stich, den ich nicht mehr parieren konnte. Ein Blitz und ein Knall drangen an mein Ohr, das Gesicht des Wolfs verzerrte sich, und er krümmte sich zusammen. Als ich mich verwirrt umsah, sah ich weiter unten Jyp mit einer Pistole winken. »Hey, steh da nicht herum!« schrie er. »Hinter ihr her!«

Von einer Wand zur anderen taumelnd schaffte ich es nach oben und zur Tür hinaus, wo ich die kalte Luft in tiefen Zügen einsog, um einen klaren Kopf zu bekommen. Die Halle war leer, doch aus einem der Treppenaufgänge kam ein gedämpfter Schrei und ein Scheppern; ein Blitz zuckte, und der Wolfskapitän humpelte weiter oben über den Treppenabsatz. Er zerrte eine mit Spinnweben bedeckte, sich wehrende Clare hinter sich her. Ich rannte zum Fuß der wackeligen Treppe und ohne zu zögern in der Spur, die sie hinterlassen hatten, hinauf, ich hüpfte von einer Stufe zur nächsten und hörte mehr als eine davon hinter mir einbrechen. Die Bretter auf dem Absatz waren nicht weniger morsch; immer wieder brachen nicht nur Clare und der Wolfskapitän, sondern auch ich knöcheltief in zerfressenes Holz ein und mußten uns fluchend wieder losmachen. Am Ende des Absatzes war eine weitere Treppe, und obwohl Clare auf ihn einschlug und nach ihm trat, hinderte sie ihn nicht im geringsten daran, sie auch dort hinaufzuschleppen. Er war schnell. Er kam lange vor mir oben an und wollte, ohne zu zögern, durch die breite Abschlußtür hindurch. Zu meinem großen Glück klemmte sie, und er mußte erst auf sie einhämmern und, gerade als ich oben ankam, sein ganzes Gewicht dagegen werfen. Im gleichen Moment, als die Türflügel aufflogen, war ich über ihm.

Er feuerte sofort auf mich. Ich duckte mich, der Schuß ging

weit vorbei, und ich führte einen Hieb aus, der ihn von der Brust bis zum Schritt gespalten hätte. Er wurde aber so energisch pariert, daß ich bis auf den Absatz zurückgeschleudert wurde. Wieder ging ich auf ihn los, wieder wehrte er meinen Hieb ab und wich gleichzeitig seitlich aus. Ich rutschte auf dem vom Regen durchnäßten Boden aus, prallte hinter dem Wolf gegen ein Geländer, spürte, wie es zersplitterte und ins Bodenlose fiel. Ich konnte gerade noch vor der Kante haltmachen, wo ich die Holzsplitter unter mir in der Dunkelheit verschwinden sah – und mich zur Seite rollen, so daß das Entermesser sich neben mir in den Boden bohrte. Wäre ich nicht oben auf dem Mast gewesen, hätte mich dieser gähnend schwarze Abgrund bestimmt einen Moment zu lange in seinem Bann gehalten, und mein Kopf wäre dem Geländer gefolgt. So stocherte ich wild um mich, und er sprang mit einem Knurren zurück; Blut strömte aus seiner Seite. Das ließ mir genug Zeit, um wieder auf die Beine zu kommen. Jetzt sah ich auch, wo wir waren: auf einer Galerie, die knapp unterhalb des Daches verlief. Durch die vielen Lücken im Dach rann der Regen in kleinen Wasserfällen ins Innere. Diese Leere unter uns mußte die große Halle sein. Mit größter Wahrscheinlichkeit versuchte er, zur anderen Seite des Hauses zu gelangen, um über irgendeine rückwärtige Treppe zu entkommen.

Momentan jedoch wollte er alles andere als fliehen. Er hatte es auf mich abgesehen und ließ Clare einfach liegen, wo er sie fallen gelassen hatte, darauf vertrauend, daß er mich rasch aus dem Weg räumen konnte. Es würde sich zeigen. Schwer atmend wünschte ich, ich hätte noch etwas mehr Puste übrig und hob mein Schwert …

Er schnaubte laut – und ging so unerwartet schnell auf mich los, daß ich aufschrie und vor Schreck zur Seite sprang. Das wiederum ließ ihn ohne Deckung, er mußte sich tief ducken, um meinem weit ausholenden Hieb auszuweichen, und lag etzt seinerseits direkt vor dem morschen Geländer. Dort parierte er, drehte seine Klinge und zielte nach meinen

Fußknöcheln; ich sprang hoch und war mit meinem Schlag an der Reihe, den er abfing, auf ein Knie hochkam und mich taumelnd zurückwarf. Jetzt kam mein beidhändiger Hieb gegen seinen Kopf, er riß das Entermesser hoch und lenkte meinen Schlag gegen das Geländer, das glatt durchtrennt wurde. Während ich mein Schwert losriß, sprang er auf und holte erneut aus. Ich kam frei und setzte ihm meinen Hieb entgegen, und jetzt hackten wir in einer Serie kurzer schneller Schläge aufeinander ein, links und rechts, hoch und tief, während über uns die Blitze zuckten. Ich hielt ihm stand; doch selbst drei Tage von Malls Intensivtraining konnten aus mir keinen meisterhaften Schwertkämpfer machen – nur einen, der weiß, wann das Ende naht. Wenn wir weiter so aufeinander eindroschen, mußte der Wolf einfach gewinnen. Er war mir an Größe, Stärke und Reichweite überlegen, inklusive die widerliche Erfahrungen, die ihn zum Kapitän der *Chorazin* gemacht hatten ...

Plötzlich schoß ein Schmerz an meinem Bein herauf, und ich stieß einen Schrei aus. Sein gewaltiger Fuß stand auf meinem Schuh – und seine klauenartigen Zehennägel krallten sich fest. Seine schwere Klinge sank auf meinen Kopf nieder. Ich riß mein Schwert hoch, mit beiden Händen, und hielt den Schlag auf – jedenfalls einigermaßen. Doch mein Kopf reichte nur bis an seine Brust, und stärker als ich war er ohnehin. Also beugte er sich nach vorne, und langsam, aber unbeirrbar drückte er mein eigenes Schwert auf mich nieder. Sein Gesicht verzerrte sich vor Anstrengung zu einem knurrenden Grinsen, und von seinen gelben Reißzähnen sabberte der Speichel.

Da sah ich, wie Clare sich rührte und mit weit aufgerissenen Augen zu mir herübersah. Plötzlich war ich wieder zurück im Büro; ich las ... ich las den Datenbank-Eintrag zur *Chorazin*.

Ich suchte den Blick des Wolfs und zwinkerte ihm zu, obwohl meine Arme höllisch weh taten und ich kaum noch atmen konnte. »He, Kapitän, kommt dir das nicht bekannt vor?«

Er stockte, glotzte mich an und funkelte mit seinen Katzenaugen. *»Das Schwert! Also wart Ihr es, der meinen Ersten Maat Diego erschlagen hat!«* Es lag ein Lachen in seiner entsetzlichen Stimme. *»Müßt Euch nicht allzu hoch einschätzen! War zwar ein brauchbarer Mann, Diego, ein richtiger Draufgänger, ein rechter Kumpan – doch kein Vergleich mit mir!«*

»Oder mir, hab' ich recht? Und bist du dir sicher, daß du soviel besser bist? Deinen Überfall auf das Lagerhaus hab' ich aufgedeckt – was ist damit? Dein lausiges grünes Licht hab' ich ausgepustet, dir den Wind aus den Segeln geballert – und wie steht's damit, Rooke? Oder soll ich dich Azazael nennen?«

Das saß! Mit einem unerwarteten, betäubenden Brüllen drückte er mich auf die Knie hinunter und beugte sich spuckend über mich. *»Wie kommt Ihr zu diesem Namen, Saukerl?«*

Ich hatte mich an den Eintrag der Datenbank erinnert. »Oh, das ist *meine* Magie – erinnerst du dich nicht daran?« Es ist gar nicht so leicht, sarkastisch zu klingen, wenn man gerade um sein Leben kämpft. »Du hast sie zurückverfolgt und deine Schläger nach mir ausgesandt ... und alles, was sie mit ihren Pfoten grabschen konnten, war ein hilfloses Mädchen! Einfach zu blöd ... eure ganze Meute ... einfach zu blöd, um es mit mir aufzunehmen ... mit *mir*!«

Ich hätte nicht gedacht, daß ich solch eine Wirkung erzielen würde: Die gelben Augen flackerten alarmiert, der unerträgliche Druck ließ sofort etwas nach. Es hatte funktioniert. Dann erfolgte ein plötzlicher dumpfer Schlag, auf den hin er sich kerzengerade aufbäumte. Jeder andere Mann wäre vor Schmerzen zusammengeklappt, doch obwohl sich sein graues Gesicht verzerrte und die Katzenaugen aus den Höhlen traten, hatte er mich noch immer unter seiner Kontrolle und schlug sogar auf mich ein – doch zu spät. Im Gegensatz zu ihm sah ich, was jetzt geschehen würde. Ich duckte mich unter seinem Hieb weg und hielt mit beiden Händen krampfhaft das Heft meines Schwertes fest, das ich nach oben stieß. Es wäre nicht mehr nötig gewesen. Er stieß ein schreckliches Gurgeln aus, als die Spitze direkt unter seinem Brustbein eindrang, wobei ihn eher die Wucht des eigenen Streichs durchbohrte und wild strampelnd und aufgespießt über meine Schulter hinweg beförderte. Ein Schwall stinkenden Blutes verbrannte mir den Arm, als der Kapitän von der Klinge glitt, auf das splitternde Geländer stürzte und in einem Regen geborstener Holzteile im dunklen Nichts verschwand. Sein fürchterliches, langgezogenes Geheul endete abrupt in einem ekelhaft dumpfen Aufschlag. Über uns detonierte eine Donnersalve, die das Dach erbeben ließ und uns mit herabprasselnden Ziegelstückchen bedeckte.

Ich verschwendete keinen Gedanken mehr an den Wolf. Ich drehte mich zu Clare um, die auf einem Bein umherhüpfte und sich den nackten Fuß hielt, den sie genau im richtigen Moment in die richtige Stelle getreten hatte, und hechtete auf den etwas stabileren Treppenabsatz. Verfaultes Holz splitterte und krachte unter uns; ich befürchtete jeden Augenblick hindurchzufallen. Wir rannten auf die andere Treppe zu, da von der, auf der wir heraufgekommen waren, nicht mehr allzu viel übrig war. Von unten, aus der inneren Halle, drang plötzlich ein Tumult zu uns herauf, und unsere Leute kamen erschöpft hereingestolpert: Die Mannschaft hatte sich aus dem Keller herausgehauen! Mall glitt wie ein Komet durch das Kampfgetümmel, und wenn sie nahte, bedeckten die Wölfe ihre Augen, suchten das Weite oder starben.

»Großartig, Stephen, großartig!« rief sie, als sie uns erblickte. »Jetzt raus, raus, aber schnell! Da kommt noch eine Ladung Wölfe!«

In einer Lawine aus morschem Holz fielen Clare und ich mehr oder weniger die letzten Stufen hinunter. Als wir hinter den anderen her in die äußere Halle rannten, fing der Boden unter uns zu vibrieren an, und im Licht der vor den Fenstern zuckenden Blitze sah ich die Leiche des Wolfkapitäns, die auf den zerschmetterten Überresten der erhöhten Throne lag. Erschütterungen ließen Gipsbrocken von der Decke herabfallen, und die steinernen Wände schienen zu wanken und in den Vibrationen zu verwischen. Jyp stand in der Eingangstür und winkte die Männer hektisch an sich vorüber ins Freie; sein anderer Arm hing kraftlos und dunkel vor Blut herab. Neben ihm brannte Mall wie ein weißglühendes, frisch gegossenes Metallstück, ihre Augen waren so hell, daß man sie nicht ansehen konnte, das Haar wallte wie Rauchschwaden. Ihr ausgestreckter Schwertarm schien mit herbeistürmenden Schatten zu fechten und die Erschütterungen in Schach zu halten. Als Clare und ich mit den allerletzten vorüber waren, tänzelte sie hinter uns her, deckte uns den Rücken und ließ ihr Schwert zischend durch die Luft wirbeln.

Einige verwundete Wölfe krümmten sich auf dem Boden oder krochen davon; alle anderen stürzten sich vor Panik schreiend aus den Fenstern, ohne sich noch weiter um uns zu kümmern. Wir taumelten weiter Richtung Terrasse, wobei Jyp bei jeder Stufe mit schmerzverzerrtem Gesicht die Luft anhielt. Als er im strömenden Regen ausrutschte und stürzte, bückte ich mich, um ihm aufzuhelfen, während ich versuchte, auch Clare noch weiter zu stützen – und verharrte dann in schierem Entsetzen.

Die Blitze zuckten jetzt beinahe ohne Unterbrechung wie ein gigantisches Stroboskop. In dem pulsierenden Leuchten sahen wir, wie sich mit der Fassade des Herrenhauses eine seltsame Veränderung vollzog, eine unablässige Verschiebung und Überblendung von Schatten, die ein schauriges Bild abgaben. Die hohen Fenster über dem Eingang schienen ihre Form zu verändern und sich in zwei große, dunkle Ovale zu verwandeln. Als hätte sich ein Gesicht über das Haus gelegt – oder würde plötzlich hindurchscheinen –, ein Gesicht mit schweren Sonnenblenden, die über eingefallenen, fleischlosen Wangenknochen saßen, die Tür als gähnender, aufschreiender Mund … ein höhnisch grinsendes Totenkopfgesicht. Dabei war die Verwandlung noch nicht ganz vollzogen; die ganze Vorderfront schien aufzuweichen und sich auszubeulen, der

Mund arbeitete, die schweren Steinsäulen und Türstürze des Portals verzogen sich wie Lippen, die regennasse Empfangstreppe schien sich in eine glitzernde, zuckende Zunge zu verwandeln, die sich hungrig nach uns streckte, während wir keuchend im Regen hockten. Dann stand Mall über uns. Sie glühte nicht mehr. Ihr Gesicht war grau und eingefallen, das Haar klebte an ihren Wangen. Doch sie hob Jyp auf, als sei er federleicht, legte seinen gesunden Arm um ihre Schulter und schleppte ihn über die Steinfliesen, weg von der unheilvollen Tür und der Reichweite aller ihrer Schatten.

»Kommt!« keuchte sie. »Ich kann Ghedé jetzt nicht entgegentreten, und er hat womöglich noch andere um sich geschart, Wölfe oder noch weit schlimmeres ...«

Noch während sie sprach, sah ich, wie der Wind der Vogelscheuche am Ende der Terrasse die Kleider vom hölzernen Leib riß und die dürre Gestalt polternd zu Boden warf. Der Hut erhob sich in die Lüfte, doch der Mantel kam mit ausgestreckten Ärmeln wie ein Rabe im Sturzflug auf uns zu. Malls und mein Schwert waren im gleichen Moment gezückt und fuhren schlitzend in ihn hinein, doch er wirbelte nur noch höher hinauf und flatterte im Sturmwind über den Rand der Terrasse hinweg. Die Mannschaft versammelte sich um uns und nahm Mall Jyp ab; Clare ließ ich jedoch nicht mehr los.

»Nicht die Treppen hinunter!« befahl Mall. »Der Weg, auf dem wir gekommen sind, ist gezeichnet! Flieht, alle! Am Ende der Terrasse ... in den Dschungel! Rennt um euer Leben ... und um eure Seelen!«

Kapitel 9

Die gleiche Sonne, die wir gestern pausenlos verflucht hatten, begrüßten wir an diesem Morgen mit geradezu ausgelassener Freude. Wie die Kavallerie kam sie über den Hügel gestürmt, ließ ihre golden funkelnden Säbel zwischen den Bäumen spielen, um unsere Geister zu beleben und die Gefahren der Nacht zu verscheuchen. Jyp, Clare und ich streckten uns genüßlich, aalten uns wie die Eidechsen auf einer Felsplatte. Der Rest der Leute suchte sich andere sonnige Flecken in unserer Nähe. Niemand bewegte sich. Ab und zu ertönte ein Stöhnen, wenn beim Umdrehen eine Wunde schmerzte oder wenn ein Arm über die Augen gelegt wurde, um das fieberhafte Flirren hinter den Lidern zu vertreiben. Nachdem wir fast die ganze Nacht in panischer Flucht durch Gestrüpp und Geäst gehastet waren, das uns mit beinahe menschlicher Bosheit peitschte, umfing und zu strangulieren versuchte, wünschten wir uns nichts mehr, als einfach nur regungslos dazuliegen, eingelullt vom dumpfen Rauschen des nahen Wasserfalls. Wir hatten es geschafft. Wir waren entkommen, waren erst einmal in Sicherheit und konnten bis Einbruch der Nacht wieder zurück auf dem Schiff sein.

Und wir hatten Clare. Es kam mir fast unwirklich vor. Da lag sie neben mir auf dem Stein ausgestreckt, als würden wir in der Mittagspause auf dem Dach des Bürogebäudes ein kleines Sonnenbad nehmen. Wir hatten sie herausgehauen und befreit. Jetzt konnte sie wieder in ihr normales Leben zurückkehren …

Sie – und ich. Das scheuchte alle möglichen verrückten Gedanken auf. In einem vergeblichen Versuch, sie zu verjagen, preßte ich die Augenlider fest aufeinander. Am liebsten hätte ich geschlafen, doch die Ereignisse der letzten Nacht lärmten und tobten noch immer durch meinen Kopf. Diese wilde Flucht durch den Dschungel, mit dem Gewitter und Gott weiß was sonst noch allem auf den Fersen, kam mir beinahe wie ein Gegenstück zu dem vor, was wir vorher durchgemacht hatten. Irgendwie hatten wir zusammengehalten …

Nein, nicht irgendwie. Ich wußte, wie. Keiner von uns, nicht einmal der Mutigste, hätte es gewagt, sich außerhalb der Sicht- und Hörweite von Mall zu begeben, und wenn er dafür einen

Arm hätte hergeben müssen. Mall hatte uns zusammengehalten. Obwohl selbst ausgelaugt und mitgenommen, führte sie uns in einem großen Bogen um den Hügel herum, weg vom Schloß und den todbringenden Zugangswegen, und hinunter, hinunter an das andere Ende des kleinen Tals, durch das man zum Wasserfall gelangte. Als sich das erste Grau am Nachthimmel abzeichnete, kamen wir an, im allerersten Licht des Tages. Jeder sah im Gesicht des Nachbarn die gleichen Schrecken und Strapazen, die er selbst durchgemacht hatte. Jeder außer mir. Denn mir am nächsten, warm in meine Armbeuge gebettet, ruhte Clare, und in ihrem Gesicht spiegelte sich nur unverständliches Staunen und Erleichterung.

Sie mußte sich in einer Art Schockzustand befunden haben. Gott allein wußte, was ich nach alldem, was sie durchmachen mußte, erwartet hatte – vielleicht war ich eher auf ein zerstörtes, sprachloses, nicht ansprechbares Wrack gefaßt gewesen. Doch, so in etwa hatte ich es mir vorgestellt. Im günstigsten Fall hatte ich gehofft, daß die Auswirkungen nicht allzu lange anhalten würden und sie recht bald wieder zu ihrem alten, spröden Selbstvertrauen zurückfinden würde. Mit Sicherheit hatte ich nicht diese neue, entspannte, in meiner Gesellschaft offensichtlich vor Wonne erstrahlende Clare erwartet, die weder Erklärungen verlangte, noch mit einem Wort die Heimreise ansprach. Allmählich ging mir auf, daß nach lagen Tagen der Dunkelheit, der Angst und der rohen Behandlung selbst dieses Blutvergießen, der Horror und die verzweifelte Flucht für sie in erster Linie Rache und glückliche Freiheit bedeutet haben mußten. Die Rast und die Ruhe kamen ihr wahrscheinlich wie das Paradies vor. Aber ich mußte sie beobachten, falls eine verspätete Reaktion einsetzte.

Schade, wirklich. Ich fühlte mich selbst ungewohnt entspannt in ihrer Gegenwart, ganz anders als im Büro. Wenn es nicht so unnatürlich gewesen wäre, hätte ich sie mir immer so gewünscht.

Ich rollte mich auf die Seite und wollte einen Arm um sie legen; doch ich bekam nur den Rand des Steins zu fassen. Sofort läuteten alle Alarmglocken Sturm, doch dann fiel mir ein, daß sie erwähnt hatte, sie wolle dringend unten im Teich ein Bad nehmen, sobald sie wieder ein paar Schritte gehen konnte. Nach mehreren Tagen in der zärtlichen Obhut der Wölfe – obwohl sie zum Glück dachte, es hätte sich nur um einen einzigen Tag gehandelt – war sie entsprechend zerlumpt und schmutzig, und sie hatte sich auch nicht besonders vorgesehen, als sie Mall dabei geholfen hatte, unsere Wunden zu versorgen. Wahrscheinlich hatte sie gedacht, ich würde noch schlafen, und war, um mich nicht zu stören, allein losmarschiert. Sie hatte keine Angst mehr, und auch ich machte mir eigentlich keine Gedanken. Wir hatten Wachtposten aufgestellt, obwohl unser improvisiertes Lager im hellichten Sonnenschein auch ohne sie sicher genug schien. Als mir auffiel, daß auch ich in der Hitze zum Himmel stank, stand ich auf. Allein der Gedanke machte mich ein wenig nervös; Clares Gesellschaft erweckte zivilisierte Vorstellungen von einem neuen Leben. Bilder von kühlem Wasser und sauberer, glänzender Haut schwirrten mir durch den Kopf. Auch die eine oder die andere Idee blitzte darin auf wie ein Schwarm spielender Fische, doch ich ließ sie wieder entkommen. Es war nicht meine Art, eine Situation auf diese Weise auszunutzen – auf keinen Fall. Trotzdem …

Trotzdem war es angebracht, nicht nachlässig zu werden. Ich streckte mich, ein wenig steif noch, fühlte mich aber bis auf ein paar überanstrengte Muskeln und noch nicht verheilte Wunden erstaunlich fit. Jyp bewegte sich, als mein Schatten über ihn fiel, stöhnte auf, als er den verletzten Arm zur Seite schob, versank aber sogleich wieder in den Schlaf. Es gab auch keinen Grund, ihn oder einen der anderen zu stören. Alle lagen in tiefem Schlaf. Nur die Wachen bewegten sich vorsichtig auf ihren Posten im Schatten. Ich ging den steinigen Hang zum Wasserfall hinab.

Um ihn herum standen hohe Bäume, und das Unterholz

war saftig grün. Als ich hindurchschritt, fiel mein Blick auf einen hartblättrigen, fleischigen Busch mit eigenartigen Farbflecken. Es waren Streifen pastellfarbenen Stoffes, fast völlig zerrissen, formlos und durchsichtig vor Feuchtigkeit; die Reste von Clares Kleidern, zum Trocknen aufgehängt. Ich zögerte und kam mir plötzlich komisch vor. Ich spürte sie noch immer, wie sie sich in der langen Nacht an mich klammerte, sah sie noch immer angeschlagen und atemlos vor mir, wie sie sich mit schmerzverzerrtem Gesicht an der Wand hochschob, um dann diesen plazierten Tritt genau dort zu landen, wo ihn der Kapitän der Wölfe mit Sicherheit spüren würde. Wie sie sich in diesem Alptraum ihren klaren Verstand und ihre Willensstärke bewahrt hatte … Sie war wirklich ein ganz ungewöhnlicher Mensch. Selbst als sie nichts weiter als meine ideale Sekretärin gewesen war, klug, effizient, loyal, hatte ich so etwas wie Bewunderung für sie empfunden, sehr zurückgenommen zwar, aber doch deutlich genug, vielleicht einen Hauch zu väterlich. Ich hatte nie vergessen, welch große Hilfe sie für meine Karriere gewesen war; so oder so, ich hätte sie auch weiterhin gerne um mich gehabt. Doch diese Bewunderung hatte sich jetzt entschieden gesteigert, und mit ihr etwas anderes, wie der erste kräftige Wachstumsschub einer neuen Pflanze, die aus ihrer Hülse herausdrängt, noch unfertig und naß und unbehindert, noch auf der Suche nach Form und Zweck. Ich sah etwas Neues in ihr – etwas von Mall …

Ich nahm einen tiefen, unsicheren Atemzug. Die Luft war kühl und vom Duft der Blüten erfüllt. Vielleicht hatte ich mich schon immer nach Clare gesehnt, aber unbewußt gespürt, daß sie bei allem, was wichtig war, immer für mich da war.

War sie nur väterlich, diese Bewunderung, oder gar besitzergreifend? Und sie? Sie hatte etwas für mich empfunden. Genug, um dafür gekidnappt zu werden. Haben es ihre vielen Freunde aus diesem Grunde nie lange bei ihr ausgehalten? Weil ich eigentlich derjenige war …?

Hinter dem Gebüsch plätscherte Wasser, und in meiner Vorstellung drehte sie sich im Wasser, rekelte sich in der Sonne, die auf ihrem Schenkel, ihren ausgestreckten Armen glitzerte. Alle möglichen verlockenden Ideen kamen bei diesem Gedanken hoch; alte Ideen, überaus traditionelle Vorstellungen. Dem Sieger die Beute. Nur die Mutigen verdienen die Schönen; etwas in der Art. Natürlich hätte ich mich ihr nie aufgedrängt. Wahrscheinlich würde ich überhaupt nichts sagen müssen, alles würde sich von selbst ergeben. Es wäre schließlich nicht mehr als natürlich, etwas Naheliegendes und Richtiges. Etwas, das ich mir verdient hatte – das wir uns beide verdient hatten. Zum Teufel mit der Vernunft, zum Teufel mit der Zurückhaltung. Vielleicht hatte Mall recht, vielleicht hatte ich mich selbst belogen. Leise, ohne Hast zerteilte ich die Büsche und trat hinaus auf den schmalen, sandigen Strand, der den Teich umgab.

Da war Clare, aber sie war nicht allein. Neben ihr, unter den gläsernen Fransen des Wasserfalls, stand Mall, splitternackt, bis zu den Hüften im schäumenden Wasser. Sie beugte sich über Clare, schlang die Arme um sie und drückte sie an sich, ebenso wie Clare Mall an sich drückte. Ihre leicht geöffneten Lippen legten sich fest auf Clares Mund, auf der Suche nach einem tiefen, intensiven Kuß. Keine der beiden Frauen bewegte sich. Sie hätten Statuen in einem Brunnen sein können, die Haare in einer fließenden Masse aschfarbenen Goldes ineinander verwoben. Sie hatten mich nicht gesehen. Ohne zu wissen, warum, machte ich einen kleinen Schritt nach vorne, und meine Füße verfingen sich in Malls Kleidern, die unordentlich auf dem Sand verstreut lagen. Ich drehte mich wie betäubt um und schlich wieder in das Dickicht zurück.

Noch immer ziemlich durcheinander, kehrte ich zu meinem Hochsitz auf dem Stein zurück und ließ mich dort hinfallen. Ich weiß nicht, wie lange ich dort saß, bis ich spürte, wie ein Schatten zwischen mich und die Sonne trat. Kühle Hände legten sich fast schwerelos auf meine Schultern, so wie sie es schon oft im Büro getan hatten, um mit sanften Bewegungen meine Verspannung wegzumassieren. Schockiert und beleidigt schüttelte ich sie ab und sah ärgerlich auf, als ich Clares helles Kichern hörte. Sie erwiderte meinen Blick mit großen, amüsierten Augen, biß sich sachte in den Knöchel und betrachtete mich einen Moment, wobei sie langsam von einem Fuß auf den anderen schaukelte. Als sie merkte, daß ich nichts sagen würde, zuckte sie die Achseln, lächelte und ging ein Stück den Hügel hinunter, zu einer anderen freien Steinfläche. Während sie sich lang ausstreckte, schaute sie mich noch einmal an und lächelte wieder. Ich drehte mich weg und blickte direkt in Jyps klare Augen, die mich wach und interessiert beobachteten.

»Wieso bist du auf einmal so sauer auf sie?«

»Sauer?« brummte ich. »Ich? Wieso denn? Ich bin nur ... Herrgott, ich bin nur besorgt, wenn du es unbedingt wissen willst! Ich mache mir immer noch Sorgen ... um sie! Muß sie sich hier herumtreiben und Dinge tun, die sie nicht einmal im Traum getan hätte, nicht ... nicht im normalen Leben jedenfalls?«

»Bist du dir da so sicher? Was für Dinge denn?«

»Also, Mann, liegt das nicht auf der Hand? Ich meine, sieh sie dir doch an! Sie läuft herum, nur mit ... Sie liegt da wie auf dem Präsentierteller und kichert wie ein dummes Püppchen! Das ist nicht die Clare, die ich kenne! Als würde sie sich überhaupt keine Gedanken machen; als würde sie das alles nur für einen Traum oder ein Hirngespinst halten!«

»Jede Wette, daß sie genau das denkt«, murmelte Jyp.

»Hey, mal langsam! Sie braucht sich da nichts vorzumachen, nicht, nachdem sie dem Wolf dermaßen in die Kronjuwelen getreten hat! Wenn sie nicht weiß, daß sie wach ist, dann ist sie völlig von der Rolle!«

Jyp setzte sich auf. Er hatte immer noch Schmerzen. »Ich hab' das schon einige Male erlebt, Steve. Hör mal zu! Sie ist viel stärker im Kern verwurzelt, als du es jemals gewesen bist! Außerdem vermute ich, daß sie viel mehr daran gewöhnt ist, ihre Phantasie spielen zu lassen. Du hattest die Gelegenheit, dich nach und nach mit dieser ganzen Geschichte vertraut zu machen. Du weißt, daß es die Wirklichkeit ist, weil deine Phantasie nicht so stark ausgeprägt ist; oder weil du wahrscheinlich meistens darauf sitzt. Ihr hat niemand etwas gesagt. Sie weiß sehr wohl, daß sie wach ist, doch sie versteht überhaupt nicht, was hier vor sich geht. Sie ist völlig losgelöst. Erstaunt es dich also, wenn sie das alles lieber als eine Art Fiebertraum, als Delirium abschreibt? Der Weg des geringsten Widerstands ist der angenehmste. Auf diesem Weg nimmt sie die Dinge so, wie sie kommen, und folgt einfach ihren Instinkten, wohin sie sie auch führen mögen. Das ist wirklich besser, als brutal aus der Bahn geworfen zu werden. Und glaube mir, wenn sie nicht so stabil gewesen wäre …«

»Toll!« raunzte ich. »Sie denkt also immer noch, sie befindet sich in einer Art Wolkenkuckucksheim, wo sie sich alles mögliche erlauben kann, was sie normalerweise niemals tun würde, weil alles völlig egal ist! So wie … wie in der Phantasie.«

Jyp lachte leise. »So? Ist es das denn nicht?«

Ein großer gelber Schmetterling ließ sich auf meinem Knie nieder. Geistesabwesend streifte ich ihn ab. »Na schön! Aber was ist, wenn sie merkt, daß es kein Traum ist?«

»Wird sie es denn merken? Steve, ich garantiere dir, zwei Tage, nachdem sie zu Hause ist, wird ihr das hier wie ein Traum vorkommen. Sie wird sich an irgendeinen unangenehmen Vorfall im Büro erinnern, daß du und einige Freunde sie vor irgendwelchen Schlägertypen gerettet habt, und daß sie ihnen dafür sehr, sehr dankbar ist – aber am meisten wird sie dir dankbar sein, Steve, weil du noch immer da bist. Das ist alles. Und selbst das wird nach einer gewissen Zeit einfach verblassen …«

»Schon, aber die anderen dort …«

»Würde mich schwer wundern, wenn sie sich an viel mehr erinnern würden. Erinnerungen, die ihren Ursprung außerhalb des Kerns haben, halten sich nicht lange. Es sei denn, sie werden wieder aufgefrischt. An wieviel hast du denn am Morgen nach unserem ersten Zusammentreffen geglaubt?« Ich war noch immer dabei, das zu verdauen, als er hinzufügte: »Und ist es denn nicht gut so? Daß all das, was sie durchgemacht hat, keine Spuren in ihr hinterläßt?«

Ich dachte nach. Ich fühlte mich so schrecklich verantwortlich für das, was Clare geschehen war. Am Anfang hatte ich es fast nicht gewagt, ihr unter die Augen zu treten. Doch wenn es sie wirklich nicht allzu sehr bedrücken würde … »Ich glaube, da hast du recht.«

»Klar. Wo liegt also das Problem?«

»Das Problem?« fuhr ich hoch. »Herrgott noch mal! Nur weil sie sich nicht daran erinnern wird … gibt ihr das nicht das Recht, sich jedem einfach so … damit es jeder ausnutzen kann, wie er gerade möchte.«

»Oh? Du meinst, wie jeder, der plötzlich Lust auf ein Bad hat?« Sein tolerantes Grinsen nahm der Bemerkung ihre Schärfe; jedenfalls einen Großteil davon. Ich erinnerte mich an meinen netten kleinen Spruch der Selbsttäuschung und zuckte zusammen. Etwas von Mall, hmm?

Niemand spielt gerne den Deppen. Ich biß mir ärgerlich auf die Unterlippe. »Hör mal, das war doch ganz harmlos! Es muß ja zu nichts geführt haben, oder? Und wenn, wen geht es was an? Sie hat schon Freunde gehabt, es wäre einfach normal! Zwischen mir und Mall liegen schließlich Welten …« Ich unterbrach mich und knirschte vor Verlegenheit mit den Zähnen. Doch Jyp signalisierte mit großen Augen, daß er sehr wohl verstanden hatte, und sein Grinsen wurde leicht schief.

»Mhmm. Kann sein. Kann durchaus sein. Du klingst ein bißchen schockiert.«

»Schockiert? Natürlich bin ich schockiert, verdammt noch mal! Du weißt doch, daß ich Clare kenne? Ich kenne sie seit Jahren …«

»Steve! Die meisten Leute kennen nicht einmal sich selbst so gut! Jedenfalls so lange nicht, bis etwas die Oberfläche wegreißt – in Träumen vielleicht oder in großer Gefahr – dann kommt das durch, was darunter verborgen liegt. Träume und Gefahr! Und sie ist in beiden gefangen!«

»Aber Clare! Ausgerechnet Clare! Sie ist nur ein nettes, ganz normales Mädchen! Sie würde doch nie etwas Derartiges ...« Wieder wußte ich nicht weiter.

»Natürlich nicht, sonst wäre es ja wohl nicht unter der Oberfläche verborgen, oder? Trotzdem ist es ein Teil von ihr. Einige der Dinge, die du letzte Nacht getan hast, hättest du dir auch nie im Traum vorgestellt – und doch sind sie ein Teil deiner selbst. Zusammen mit einigen anderen, noch viel unglaublicheren Dingen. Freu dich – du bist menschlich. Du, ich, Clare ... wir sind keine gottverdammten Säulenheiligen. Hin und wieder rutschen wir aus. Und wenn wir es nicht übertreiben, kann es sogar ziemlich lustig sein.«

»*Lustig?* Herrje, sieh doch mal, ich bin so abgebrüht wie alle anderen auch – aber Clare ... ausgerechnet Clare! *Warum?*« Jyp antwortete nicht, und ich brütete vor mich hin. Ich zitterte, obwohl die Sonne schien. »Mann, ich kann doch verstehen, was einen an dieser Frau so ... magisch anzieht, ich habe es selbst gespürt. Ich bin doch selbst um die gleiche Flamme geflattert, du weißt es. Doch bei mir bedurfte es einer kleinen, unfreundlichen Hilfe. Anders wäre doch nichts geschehen, oder? Nicht von meiner Seite aus.« Ich spuckte meine Verbitterung heraus. »Und ich habe mir ordentlich die Finger verbrannt. *Dem Sieger* ... Nur daß manche ein bißchen siegreicher als andere sind, hab' ich recht? Na klar!«

Jyp schüttelte mitfühlend den Kopf. »Mall, Clare ... mein Gott, Junge, du weißt doch nicht einmal, auf welche du mehr eifersüchtig bist.«

»Das nimmst du zurück!«

»Wie du willst. Also bist du eigentlich auf Mall sauer?«

»Genau! Tierisch sauer! Was glaubst du denn, soll ich vielleicht einen Freudentanz veranstalten?« Doch die Worte klangen falsch. Nach einer kurzen Pause machte ich die Augen zu und ließ den Kopf hängen. »Ach was, dummes Zeug. Kann doch nicht sein, oder doch? Noch nicht mal eifersüchtig. Das ist unfair.«

Jyps Augen ruhten auf mir. »Hast du Angst, ein bißchen undankbar zu sein?«

»Also … ja! Das undankbarste Arschloch diesseits des Sonnenuntergangs. Aber …« Ich schob den Gedanken beiseite. »Es ist mehr als das, oder? Sie ist eine Frau. Es liegt in ihrer Natur, richtig? So zu lieben, wie ihr Gefühl es ihr eingibt.«

Einen Augenblick lang sah Jyp mich nachdenklich an. »Du verstehst es also. Hätte ich nie gedacht, Steve. Du steckst voller Überraschungen.«

»Nach dem Schloß … ja, ich verstehe es. Jedenfalls einen Teil davon. Du hast es mir ja schon gesagt … diese Leute, die es nach außen drängt, an den Rand, auf die eine oder andere Art. Die sich verändern und über sich selbst hinauswachsen – zum Bösen oder zum Guten. Und Mall ist eine von ihnen. Von den Unsterblichen, meine ich. Oder wie würdest du sie nennen? Göttinnen; Halbgöttinnen jedenfalls.«

»Ja, sie verwandelt sich gerade. Dieser Anfall, der sie überkommt … es ist noch nicht oft geschehen. Ich glaube, diese Fähigkeit muß schon immer unter der Oberfläche geschlummert haben; sie macht sie zu einer so wahnsinnig guten Kämpferin. Plötzlich wird sie durch irgend etwas geweckt, und – *abrakadabra!* Ich sage dir, wie's ist: Ich habe sie noch nie so wie letzte Nacht erlebt, nicht einmal annähernd, und noch nie so lange. Sie hat einen großen Schritt nach vorne getan. Eines Tages, es wird noch lange dauern, wird es vielleicht endgültig durchbrechen, und am Schluß streift sie die Oberfläche einfach wie alte, abgetragene Kleider ab und erstrahlt im eigenen Licht. Bis dahin jedoch hat sie ihre Gefühle und ihre Schwächen … wie wir alle. Immer wenn einer dieser Anfälle vorüber ist, ist sie am anfälligsten dafür. Dann wird sie rückfällig. Sie braucht …« Er zog die Stirn in Falten. »Ich weiß auch nicht. Liebe, Geborgenheit. Eine ganze Menge davon. Sie nimmt sich, was sie kriegen kann.« Er sah mich erneut prüfend an. »Immer noch sauer?«

Ich seufzte. »Nein. Ich glaube nicht. Es ist nur … naja, die alten Griechen … mit all ihren lüsternen Göttern und Göttinnen …«

»Ja?«

»Kein Wunder, daß sie philosophisch wurden, das ist alles!«

Er lachte auf. »Ich war dort. Glaub mir!«

Doch er ließ sich nicht näher aus. Jetzt war ich an der Reihe, ihn aufzumuntern. »Wie steht's mit dir, Jyp? Bist du auch dabei, dich in einen Gott zu verwandeln?«

»Ich?« Ich hatte erwartet, daß er wieder lachen würde, doch er schien leicht entsetzt zu sein wie ein Bürogehilfe, dem man das Amt des Vize-Chefs anbietet. »Nein! Ich bin doch erst knapp über mein erstes Jahrhundert hinaus. Ich hab' noch einen weiteren Weg vor mir – falls ich überhaupt dahin will, was ich bezweifle. Wahrscheinlich drehe ich mich immer und immer wieder im Kreise herum, bis es mich erwischt – aber wenigstens werden die Kreise nicht immer enger! Immer in Bewegung, immer am Leben bleiben, das Blut immer hübsch zirkulieren lassen und allen Lastern frönen, bis die Uhr eines Tages abgelaufen ist – so halten es die meisten von uns. Einige jedoch, die von einer wirklichen Leidenschaft, einer richtigen Aufgabe besessen sind, verlieren irgendwann den Geschmack an allem anderen. Sie schränken sich ein, verzehren sich, schleifen sich ab bis auf Stecknadelgröße. Sie verwandeln sich immer mehr in diese Leidenschaft: Man sieht sie ihnen an!«

»Wie bei Hands!«

»Genau, wie bei Israel Hands. Wenn er lange genug lebt und nur ein wenig Grips im Kopf hat, dann brennt er zu kleinen Feuerchen und Funken und fliegendem Eisen herunter. Vielleicht wird er ein Kanonengott, irgendwann, und wird bei den Zeremonien beim Guß einer neuen Kanone herbeigerufen, oder Kanoniere bringen ihm Opfergaben dar, damit sie besser treffen. Und wenn am Himmel ein Gewitter tobt, dann sagen irgendwo Menschen zu ihren Kindern: *Hörst du! Da rumpelt der alte Israel mit seinen Kanonen, um die Sterne zu erschrecken!*« Wir lachten vor uns hin, obwohl ich immer noch einen bitteren Geschmack auf der Zunge spürte. »Mall jedoch,« fuhr er fort, »die ist schwieriger einzuschätzen. Gerechtigkeit, das ist ein Teil ihrer Leidenschaft, aber auch ein guter Kampf und gute Musik. Und eine Art Weisheit, Einsicht, wenn sie sich nicht gerade um andere Leute Sorgen macht ...«

Ich nickte und dachte an die sternenübersäte Nacht am Steuerruder zurück, als sie mein Leben vor mir ausbreitete, wie es vor ihr noch kaum jemandem gelungen war.

»Meistens sind es solche wie sie, die es schaffen«, fuhr er fort. »Die den äußersten Rand erreichen, vielleicht darüber hinweg gehen, wer weiß, und dann verwandelt wieder zurückkehren. Irgendwo kommen sie zurück, irgendwie; Zeit bedeutet immer weniger, je weiter man an den Rand gelangt. Vielleicht ist sie bereits zurückgekehrt. Vielleicht sind wir mit Minerva auf große Fahrt gegangen, mein Freund, oder mit Diana. Oder mit einer Jagdgöttin unserer frühesten Vorfahren, die während der Eiszeit in ihren Höhlen hockten. Oder mit einer Macht, die es erst in Zukunft geben wird, wenn all deine schlauen kleinen Kisten sich wieder in die Silizium-Strände zurückverwandelt haben, aus denen sie kommen. Ich weiß es nicht. Keiner weiß das. Aber es kann gut sein.«

Der Gedanke war ernüchternd. Und als Mall etwas später vom Teich zurückkam, war ich bereit, sie mit anderen Augen zu sehen. Doch sie war mir noch nie so normal vorgekommen, beinahe blaß, mit feuchten Locken, die ihr strähnig ins Gesicht hingen. Sie wirkte grobknochig und plump, überhaupt nicht mehr sanft und geschmeidig, sondern wie ein Herbstwald, den der Wind seines Blätterkleides beraubt hat. Sie mied meinen Blick – und auch, wie mir auffiel, den von Clare. Mir dämmerte allmählich, daß sie in der vergangenen Nacht vielleicht eine Erfahrung gemacht hatte, die sie mehr erschüttert hatte, als alles, was wir erlebt hatten. »Abmarsch in zehn Minuten!« verkündete sie wie beiläufig. »Dann geht's schnurstracks zum Schiff!« Die Antwort war ein maulender und stöhnender Chor, den sie rasch zum Verstummen brachte: »Ihr ahnungsloser Haufen winselnder Bettler! Wollt ihr euch noch eine Nacht durch diesen verhexten Wald kämpfen? Wir schaffen es kaum bis Sonnenuntergang zum Strand!«

Das genügte. Keiner bestand mehr auf den zehn Minuten, und auch mein Bedürfnis nach einem Bad löste sich in Luft auf. Im Handumdrehen waren alle auf den Beinen, streiften die Kleider über, luden die Pistolen und gürteten die Schwerter. Als wir aufbrachen, ging Clare neben mir und nahm mich ganz selbstverständlich an der Hand. Als sie Mall erblickte, streckte sie ihr die andere entgegen. Mall zögerte, offensichtlich verlegen, bis ich sie ungeduldig herbeiwinkte. Clare schob sie zwischen uns, und ich spürte Malls Hand in meiner, so fest wie der Griff an einer Felswand. Mein Unmut verflog schnell. Womöglich war ihr das einsamste Schicksal von uns allen beschieden, und wenn sie sich wirklich tausend Jahre lang an mich erinnern sollte, dann lieber nicht voller Bitterkeit.

Der Pfad wurde schon bald so steil und schmal, daß wir nicht mehr nebeneinander gehen konnten; außerdem mußten wir Jyp helfen. Da er sich kaum an den Sträuchern und Zweigen festhalten konnte, rutschte er oft aus, und jede Erschütterung verursachte ihm große Schmerzen. Daß er seine scharfen Augen überall hatte, nur nicht auf dem Weg vor seinen Füßen, machte es auch nicht gerade besser. Alle Wunden waren mit den Mitteln versorgt worden, die wir zur Hand hatten; meine pulververbrannten Hände beispielsweise mit dem Saft bitterer Aloen. Doch Jyp konnte seine Schmerzen mit keiner Medizin lindern, außer daß er abwechselnd den Wolf, der ihn angeschossen hatte, und seine eigene Dummheit verwünschte.

»Wenigstens hat es nicht den Knochen erwischt«, ermutigte

ihn Clare. »Oder ihn nur gestreift. Ein paar Zentimeter weiter oben, und es hätte Ihnen den Arm zerschmettert.«

»Es hätte ihn glatt abgerissen«, kommentierte Mall düster. Sie war nicht weniger nervös als Jyp und blickte ständig über die Schulter zurück.

Clare seufzte vor Mitgefühl. »Mein Gott! Da hatten Sie aber Glück, daß es keine Automatik war!«

Ich sah sie streng an, doch sie lächelte nur. Es war genau, wie Jyp gesagt hatte: Sie bewegte sich fast wie in einem Traum, nahm alles hin, stellte nichts in Frage. Und doch war sie eindeutig die gute alte Clare. Ob unbewußt oder nicht, ihre Bemerkung war gar nicht so dumm.

Diese Wölfe waren solch ausgemachte Stinker, daß ich mir kaum vorstellen konnte, aus welchem Grund sie darauf verzichteten, noch mehr Unheil anzurichten. Warum also hatte keiner von ihnen moderne Waffen? Sie zu beschaffen war bestimmt nicht das Problem. Warum keine Maschinenpistolen oder M-16-Gewehre anstelle von Entermessern? Warum nicht gleich Marinegeschütze anstelle von Frontlader-Kanonen, Schnellboote statt Segelschiffe? Mir war noch nicht in den Sinn gekommen, danach zu fragen. Bei einer unserer knapp bemessenen Rasten, als wir um die Mittagszeit im Schatten eines ausladenden Sternfruchtbaums lagen, war Jyp bereit zu reden – vermutlich, um sich von den Schmerzen oder anderen Dingen abzulenken.

»Klar könnten sie sie benutzen. Wir auch. Ab und zu kriegt auch so ein Knallkopf etwas in die Finger, das du und ich als moderne Waffe bezeichnen würden. Damit wirbelt er dann eine Menge Staub auf – meistens, bis das Ding kaputt oder die Munition alle ist. Und dann? Wahrscheinlich versucht er es zu reparieren und macht es dabei endgültig kaputt. Und was die Munition angeht: Man könnte wohl 45er Patronen selbst gießen, mit einigen Schwierigkeiten; neue Magazine herstellen oder die alten aufheben. Dann könnte er sie mit Schwarzpulver und Schießbaumwolle stopfen, mit halber Feuerkraft sozusagen – wirklich schwierig wären dann aber die Zündhütchen, komplett mit Quecksilber oder dergleichen. Da könnte er ebenso gut gleich eine neue Muskete bauen, eigenhändig einen neuen Lauf ziehen – einen, der ihm beim Laden keine Probleme bereitet. Doch selbst wenn es ihm gelingt, explodiert gleich beim ersten Einsatz die zweite oder dritte Patrone in der Kammer und reißt ihm die Hand ab. Verstehst du?«

»Allmählich«, sagte ich erstaunt. »Hier draußen hat noch keiner etwas von Industrie oder Massenproduktion gehört …«

»Oh, gehört schon«, winkte Jyp lässig ab. »Aber Industrie ist ein breitangelegtes System. Es bindet die Leute aneinander, fesselt sie an einen Ort. Um moderne Waffen herzustellen, braucht man eine ganze Kette von Industrien; ebenso für Schiffe oder alles andere. Hier draußen hält sich niemand allzu lange auf, früher oder später werden sie wieder vom Kern angezogen. Wer soll also das Benzin für die Schnellboote raffinieren? Wer dreht die Zündkerzen, die Nockenwellen und die Kolbenringe? Oder auch nur die Dampfzylinder? Nicht viele Orte unterhalten mehr als eine oder zwei Werften, und selbst dort herrscht ein ständiges Kommen und Gehen unter den Arbeitern. Es besteht kein Bedarf nach mehr. Wir brauchen es nicht. Hier draußen kann man ganz nach Belieben leben und segeln und kämpfen, so wie wir es immer getan haben …«

»Bis zur Industriellen Revolution«, sagte Clare nachdenklich und schüttelte den Kopf. »Wie eine Barriere …«

»Bis zur was?« fragte Jyp skeptisch. »Sie gehören doch wohl nicht zu diesen Umstürzlern, Lady? Vergessen Sie's. Ich für mein Teil finde es in Ordnung, daß sie euch auch wählen lassen, aber …«

Hier mußte ich schleunigst eingreifen. »Sie meint, hier draußen kann man nicht so leben wie im Kern, wo sich alles weiterentwickelt hat. Selbst dort denken viele, daß es eine

Fehlentwicklung war. Ich nicht! Obwohl ich zugeben muß, daß ihr hier ohne den Fortschritt besser zurecht kommt, als ich gedacht hätte. Mal abgesehen von medizinischen Errungenschaften …«

Jyp dachte nicht mehr an seine Wunde und zuckte heftig die Achseln. »Ah, wir sind nicht sonderlich fortschrittlich, das stimmt schon. Aber wir haben andere Vorteile …«

Clare hob den Kopf von meinem Knie und grinste: »Nachteile, meinen Sie wohl?«

»Meine Dame, ich meine das, was ich sage. Bis jetzt haben Sie nur die unangenehme Seite kennengelernt. Es gibt aber noch eine ganze Menge anderer Dinge. Andere Kräfte, andere Weisheiten …«

»Magie?«

»Das ist nur ein Wort. Darunter versteht man so viele verschiedene Sachen. Zum Beispiel etwas, das meinen zerschossenen Arm innerhalb weniger Stunden zusammenflickt, sobald wir wieder an Bord der *Defiance* sind – und das wird noch eine Zeitlang dauern. Wie weit ist es noch?«

»Ein paar Meilen, vielleicht vier. Hauptsächlich bergab. Wir sind jetzt um die Bergkante herum, und wenn wir noch ein Stück weiter Richtung Bucht laufen, können wir den Strand sehen.«

»Ein paar Meilen!« wiederholte er und ließ den Blick zur Sonne und dem Hügelzug hinter uns wandern. »Dann müßt ihr mich wohl an den Stiefeln hinter euch herziehen.«

»Du schaffst es«, versuchte ich ihn aufzumuntern. »Ich bin nur hier hereingeraten, weil ich deinen schmutzigen Hals gerettet habe. Glaubst du, ich würde dich jetzt einfach so liegenlassen?«

Ich sagte nichts von dem, was mich gerade beschäftigte, nicht solange Clare in Hörweite war. Doch in diesem Augenblick, als ich mich an jene ersten, verrückten Minuten auf der nebligen Werft erinnerte, fing etwas anderes an, mich zu beunruhigen. Es ging mir den ganzen langen Marsch über im Kopf herum, und mehr als einmal ertappte ich Clare dabei, wie sie mich verwundert anschaute, weil ich plötzlich so still und gedankenverloren war. Doch ich wollte Jyp alleine sprechen, und erst nach einigen Stunden ergab sich eine Gelegenheit. Wir mühten uns gerade den letzten Abhang hinab und schoben uns gereizt durch ein von Entermessern freigehacktes Aloengestrüpp. Das bißchen Himmel, das zwischen den Baumkronen durchblitzte, verfärbte sich schnell; aber wenigstens wußten wir, daß wir es noch rechtzeitig schaffen würden, als die Männer von der Vorhut plötzlich jubelten und aufgeregt nach unten zeigten. Am Fuße des Abhangs war ein schwacher Lichtstreifen zu sehen; dort schimmerte aus einiger Entfernung der Strand durch den Waldrand. Man konnte die Erleichterung, die rasch um sich greifende gute Laune förmlich greifen. Sogar die Verwundeten schöpften neuen Mut. Bis auf Mall und Jyp. Sie gab sich grimmig, verschwiegen, wachsam und brachte jeden, der sie ansprach, mit einem Kopfnicken zum Schweigen. Auch er war ungewöhnlich still, beinahe schwermütig, dabei so angespannt, daß er bei jedem ungewöhnlichen Geräusch zusammenzuckte; und davon gab es recht viele in diesem dämmrigen Wald.

»Es ist zwar eine ziemliche Quälerei für dich«, wagte ich einen Versuch, als ich ihm gerade nach einem wirklich bösen Sturz aufhalf, »aber bis jetzt mußten wir dich noch nicht hinterherziehen …«

»Ekelhaft!« brummte er zustimmend und wiegte den Arm. »Aber zum Teufel, es könnte wirklich noch schlimmer sein.« Er blickte den Hügel hinauf, lauschte einen Moment und schüttelte den Kopf. »Es hätte schlimmer sein müssen, wenn man sich's recht überlegt.«

»Du kannst wohl nicht genug kriegen?«

»Ach was, ich meine nur, wir sind viel zu glatt davongekommen. Wie viele Wölfe haben sie letzte Nacht auf uns losgelassen? Einhundertfünfzig, mehr nicht. Das war gerade mal die halbe Schiffsladung – wo waren die anderen, als das Licht ausging?«

Ich stützte ihn immer noch. »Das treibt dich so um? Die anderen haben bestimmt den Pfad bewacht und auf der Lauer gelegen. Sie hatten nicht erwartet, daß wir durch den Hochwald kommen – ich übrigens auch nicht, das kann ich dir sagen. Höchstwahrscheinlich kraxeln sie immer noch dort oben herum.«

»Aye, höchstwahrscheinlich!« rief Mall mürrisch von unten. »Sobald die Nacht hereinbricht, sieht alles anders aus. Genug ausgeruht – das gilt für alle!«

»Er kann nicht stehen!« rief ich wütend, doch Jyp schob mich zur Seite und kam taumelnd auf die Füße.

»Sie hat recht! Ich fühle mich nicht eher sicher, bis ich meinen Fuß wieder auf die Planken der guten alten *Defiance* gesetzt habe!«

Das brachte mir die eigenen Sorgen wieder zu Bewußtsein. »Ja … und dann?«

»Dann?« Der Gedanke munterte ihn sichtlich auf. »Dann geht's ab nach Hause, alles ist in Butter und eine große Last ist von dir genommen – hauptsächlich in Gold!«

»Weiß Gott, ihr habt es euch alle redlich verdient. Aber was wird aus mir?«

Er warf mir einen schrägen Blick zu und legte sich eine scherzhafte Antwort zurecht, überlegte es sich dann aber zusehends anders. »Tja, was soll aus dir werden?«

»Du hast gesagt, Clare würde sich an nichts mehr erinnern. Aber ich? Was ist mit mir? Werde ich das alles hier einfach vergessen?«

Jyp humpelte an mir vorüber und den rutschigen Hang hinab, bis unter die betäubend duftenden Hibiskus-Zweige. »Kommt drauf an«, rief er über die Schulter zurück. Er packte mit dem gesunden Arm einen Ast und machte sich unsicher auf den Weg nach unten.

»Worauf?« wiederholte ich die Frage, immer hinter ihm her

rutschend. »Jyp! Ich will es wissen! Es ist wichtig, verdammt noch mal!«

»Steve …«, knirschte er zwischen den Zähnen hervor, »das ist nicht so einfach. Wenn ich es dir erklären könnte, dann würde ich es tun, klar?«

Unsere Stiefel rutschten und schlitterten, zertraten die herrlichen Hibiskusblüten, aus denen ein glänzend schwarzer Saft auf die Erde triefte. Ich fragte nicht weiter nach.

Zwischen den Bäumen hindurch sah ich, wie die ersten Männer zu laufen anfingen. Mall hielt sie nicht auf, blieb nur selbst stehen und winkte uns ungeduldig herbei. Clare kam einige Schritte zurück, um Jyp zu helfen, und ein langer, schräger Sonnenstrahl entflammte ihre bloßen Glieder und zauberte Juwelen aus Feuer in ihr Haar. Zusammen mit den anderen Nachzüglern kamen wir taumelnd im hohen Gras an, das im lauen Wind raschelte. Durch den letzten Baumvorhang erblickte ich die graublauen Wellen des Meeres, hinter denen die glutrote Sonnenscheibe ihre letzten Salven auf die sie erstickenden Wolken abfeuerte.

Einen Moment lang schimmerte das Meer blutrot; dann wurde es rasch dunkler. Im ersten rosigen Glühen der Inseldämmerung erreichten wir den Strand. Dort lagen die Schiffe, eine knappe Meile entfernt, im geschützten Arm der Bucht.

Wie Rauch auf einem Spiegel kräuselten schwache Windstöße das ruhige Wasser. Und dort, im Sand, lagen die Boote; ein Anblick, der sogar die Verwundeten antrieb, sich zu beeilen, ihre Schmerzen zu vergessen, sich nicht nur aus dem unheimlichen Wald, sondern auch aus dessen Schatten zu lösen. Gesunde Hände wurden in fiebriger Hast, doch hilfsbereit ausgestreckt, finstere Blicke suchten den Saum des Waldes ab, während die angeschlagene Kolonne sich über den Strand vorankämpfte. Noch bewegten wir uns nicht im Schutz der Kanonen der *Defiance* und erschraken bei jedem kleinen Rascheln wie Kaninchen. Heiser geflüsterte Befehle wurden weitergegeben. Pistolen wurden gespannt und Schwerter gezückt; jeder aufflatternde Vogel riskierte den mehrfachen Tod, obwohl glücklicherweise keiner von uns so dumm war, tatsächlich zu schießen. Als wir nahe genug heran waren, winkten wir dem Schiff wie wild zu – laut zu rufen wagten wir nicht – und erhielten schwach Antwort. Es schien die erste faßbare Verbindung zwischen uns und der Sicherheit zu sein, wie schwach auch immer – der Faden, an dem man die Rettungsleine herüberzieht. Wir alle spürten, wie sich unsere Stimmung hob und im Gleichtakt mit den Booten, die förmlich zum Leben erwachten, als wir sie in die schwache Brandung schoben, auf und nieder sprang.

Es war fast schon eine Enttäuschung, als wir endlich, ohne im geringsten daran gehindert zu werden, dicht gedrängt in ihnen saßen. Einige der dreisteren Matrosen redeten schon wieder davon, wie schade es sei, daß die Wölfe uns nicht verfolgt hätten, denn dann hätten sie ordentlich was auf die Schnauzen gekriegt. Als das erste Boot aus dem flachen Wasser herauskam und das Schloß in den Hügeln sichtbar wurde, erhob sich ein wildes Hohngeschrei, verbunden mit ausgelassenen Drohgebärden. Ich erinnerte mich wieder an den dumpfen, fleischigen Stoß, mit dem mein Schwert den Wolfskapitän aufgespießt hatte, und knirschte vor Genugtuung mit den Zähnen, wobei ich ganz vergaß, wie schrecklich verängstigt ich gewesen war. Ich zog Clare an den Schultern heran und umarmte sie innig. Sie sah zu mir auf und lachte, und gemeinsam sahen wir, wie die schreckliche Küste mit jedem Ruderschlag in der Vergangenheit verschwand.

Nur Mall schien dieses Gefühl nicht zu teilen, und vielleicht auch Jyp. Sie saß zusammengekauert und schweigend im Bug des anderen Bootes, die Hand am Schwertknauf, und ließ den Blick rastlos zwischen dem Schiff und der Küste hin- und herwandern, als schätzte sie die Entfernung ab, auf die uns eine unbekannte Gefahr doch noch einholen könnte. Jyp hatte sich erschöpft ins Heck unseres Bootes fallen lassen, doch seine Augen beobachteten ruhelos die gleiche Strecke, vom Schiff zur Küste und wieder zurück. Nach einigen Minuten fing er sogar an, seinen verwundeten Arm zu beugen, damit er nicht noch steifer wurde.

»Hör auf damit, du Wahnsinniger!« rief ich ihm zu. »Das fängt doch wieder zu bluten an!«

»Schon, aber wenigstens kann ich ihn benutzen!« antwortete er gelassen. »Wie ich schon sagte – nicht bevor ich meinen Fuß wieder auf dieses Deck gesetzt habe. Vielleicht noch nicht einmal dann. Wir kommen zu leicht davon.«

»Zwölf Tote und achtzehn Verwundete findest du leicht?«

»Das nicht. Vielleicht hat Mall ihnen ja die Angst vor … vor Mall eingebläut! Weitaus wahrscheinlicher ist, daß sie nicht so leicht aufgeben – nicht die Unsichtbaren. Die planen bestimmt noch etwas Teuflisches. Vielleicht ist es schon näher als wir denken.« Seine vor Schmerz geröteten Augen ruhten einen Moment auf Clare. »Vielleicht etwas, das wir mit uns führen.«

Sie kuschelte sich an mich. »Was sagt er da?«

»Nichts, schon gut. Er redet im Fieber. Stimmt doch, Jyp. Das ist nur Clare, oder?«

Er nickte und schwitzte, als er den Arm erneut beugte. »Stimmt. Ich vertraue deinen Gefühlen, Steve. Wollte nur sichergehen, das ist alles.« Er lehnte sich zurück und schloß die Augen. Ich ertappte mich dabei, wie ich Clare etwas auf Distanz schob und sie von oben bis unten und von unten bis oben musterte. Oben traf ich auf ihren wütenden Blick.

»Nur Clare«, wiederholte ich, und sie lächelte unsicher.

Trotzdem waren wir alle unglaublich erleichtert, als wir unter die Leeseite der *Defiance* kamen und den uns zur Begrüßung zuwinkenden Maat im Bug erblickten. Die Kräne für die Beiboote schwenkten quietschend aus, und ich erkannte May Henry, die sich ein buntes Halstuch umgebunden hatte, zwischen den schläfrigen Matrosen, die dabei waren, die Strickleitern für uns herabzuwerfen.

»Und eine Schlaufe mit Sitz für die Verwundeten!« rief Mall ungeduldig. »Bewegt eure faulen Ärsche!«

Mit einem letzten Blick zurück zur Küste trieb sie ihre Männer die Leitern hinauf und half allen Verwundeten, die noch in der Lage waren zu klettern. Ich war Jyp behilflich, Clare stand neben uns; Mall stieg hinter uns die Strickleiter hinauf und verwünschte die Langsamkeit der Matrosen an Deck. Gemeinsam zogen wir Jyp hinauf und hievten ihn mit einer letzten Anstrengung über die Reling. Als ich seine Füße auf die Planken knallen hörte, wollte ich ihn gleich wegen seiner Definition von Sicherheit aufziehen, als ich plötzlich den Ausdruck auf seinem Gesicht bemerkte – und erstarrte.

Genau das war ihr Plan gewesen. Der schreckliche Anblick hielt uns gerade lange genug gefangen. Der grotesk verzerrte Körper eines gelben Hundes tanzte an der Schlinge, die um seinen Hals gezogen war, auf und ab, während er langsam in die Takelage hinaufgezogen wurde.

Dann fielen sausend die Netze über uns, fingen Clare in dem Moment, als sie ihren Mund zum Schrei öffnete, Mall, als sie sich über die Reling schwang und nach dem Schwert griff, mich, als ich einen Warnschrei ausstoßen wollte. Wir wurden gewaltsam nach hinten gerissen, stolperten über die Bordwand und stürzten, zu einem Bündel zusammengeschnürt, auf die Planken. Das alles geschah in völliger Stille; doch plötzlich erhob sich ein heiserer Schrei.

Ich zog am Netz, verstrickte mich nur noch mehr, konnte jedoch Jyp befreien, der dem Netzsaum am nächsten lag. Er rappelte sich hoch und schwang sich auf die Reling. Schwere Stiefel dröhnten heran, doch ich sah, wie er sich mit seinem ausgestreckten verwundeten Arm zu einem einwandfreien Schwalbensprung abstieß. Von unten ertönten Rufe und lautes Platschen, als die Seeleute, von dem Tumult oben alarmiert, von den Leitern und aus den Booten sprangen. Scheußlich bellende Wolfsstimmen erhoben sich, dann tönten Pistolenschüsse und das Geknatter von Musketen. Jemand zog mein Schwert unter mir weg; ich wollte es nicht hergeben und wand mich und zappelte wie ein gestrandeter Fisch.

Über mir knurrte und kratzte Mall, so gut es ging. Dann bohrte sie ihr Knie in meinen Magen, setzte sich auf, packte zwei ordentliche Hände voll Netz und wollte es auseinanderreißen. Das wäre ihr sicherlich gelungen, auch jetzt noch, wo ihr inneres Feuer geschwächt war. Doch plötzlich war May Henry über ihr, teiggesichtig und mit glasigen Augen, holte mit einem Belegnagel aus und schlug kräftig zu. Mall fiel wie vom Blitz getroffen auf mich, hielt schützend beide Hände über den Kopf, und ich spürte, wie sie zusammenzuckte, als der schwere Nagel sie ein zweites Mal am Schädel traf.

Bei dieser Aktion verrutschte das bunte Tuch – und Clare, die halb unter mir und Mall begraben lag, schrie vor Entsetzen laut auf. Darunter klaffte ein riesiges Loch mit zackigen Rändern in Mays Kehle, ein schwarzer, blutleerer Krater, aus dem die Wirbelsäule herausschimmerte. Ich wälzte Mall mit einem Schrei von mir herunter und packte Clare. Noch immer mit dem Netz um uns stürzte ich mich auf die Achterdeckleiter und hätte es unter Aufbietung aller Kräfte auch beinahe geschafft. Wenn nicht mein Fuß einer Pfütze aus teerigem Schleim ausgeglitten und ich beinahe mitten in etwas Schauderhaftem gelandet wäre, das in der Tür der Vorderdeckkajüte lag. Eine von Feuer versengte Masse, umgeben von einem großen Stern verkohlten Holzes, kaum menschlich in ihrem Umriß. Doch nach einer Strähne des langen Haares und einem zerfetzten schwarzen Stück Stoff zu schließen, mußte es das Mädchen sein, das Le Stryge Peg Powler genannt hatte. Dieses Mal waren sie nicht unvorbereitet gekommen; und das verschmutzte Wasser hatte ihre Flammen nicht auslöschen können.

Jemand packte mich an den Haaren und riß meinen Kopf zurück. Ich starrte erschrocken in Wolfsaugen und andere, dunkle Augen, die sich in hämischen Gesichtern triumphierend verengten. Es waren keine hübschen Gesichter. Ihre Silhouetten wirkten sogar noch seltsamer als die der Wölfe. Die

Ohrläppchen hingen weit herunter, die Lippen waren vernarbt, die Stirnen eigenartig schmal und flach, und beinahe jeder Quadratzentimeter der kupferfarbenen Haut war mit Mustern wie von Spitzendeckchen überzogen – aufgemalt oder tätowiert. Etwas erhob sich in den gleißenden Himmel, stieß herab. Eine grelle Explosion aus Schmerz und Licht …

Ich weiß nicht, ob ich völlig das Bewußtsein verlor oder für wie lange. Ich glaubte mich daran zu erinnern, daß ich umgedreht wurde, daß mein Kopf hart auf das Deck schlug und die Fesseln mir schmerzhaft ins Fleisch schnitten. Ich erinnere mich deutlich daran, daß ich jemandem über die Schulter geworfen wurde wie ein Ferkel, gepackt von Händen, die kalt wie der Tod waren. Doch vielleicht war ich zu diesem Zeitpunkt schon wieder an Land, und die schaukelnde Bewegung kam von der Stange, an die ich mit Händen und Füßen gebunden war, und das seufzende Rauschen war wieder nur der Wind in den Blättern. Meine erste klare Erinnerung war die fürchterliche Übelkeit, der saure Schwall, der in meiner Kehle aufstieg, das panische Würgen, das mich beinahe erstickt hätte. Es gelang mir, den Kopf zu drehen und mich zu erleichtern, und obwohl mein Schädel bei jedem dröhnenden Schlag meines Herzens an- und abzuschwellen schien, ging es mir danach etwas besser. Gerädert und benommen wie ich war, konnte ich jetzt meine Situation klarer erkennen. Dabei zweifelte ich einmal mehr daran, ob diese schauerliche Prozession, die ich erblickte, Wirklichkeit war oder nur ein Fiebertraum, der im Rhythmus der Fackeln aufloderte und flackerte und wie die Trommeln und die tiefen, dröhnenden Stimmen stakkatoartig aufbrandete. Lange Wolfsbeine schritten mächtig aus, tanzten fast zum dumpfen Trommelschlag. Neben ihnen gingen kürzere Beine, nackt und mit den gleichen schwarzen Mustern überzogen, die ich schon auf den Gesichtern gesehen hatte; Muster, die im roten Licht der Fackeln und durch die Bewegung der Muskeln zu schauerlichem Leben erweckt wurden. Nur die Füße, die mich trugen, tanzten nicht; sie trotteten bleischwer und plump wie die von beladenen Ochsen voran. Sie nahmen keine Rücksicht auf Hindernisse, weder auf Äste noch auf hervorstehende Steine, sondern trampelten einfach hinein und durch und ließen mich ebenso sorglos dagegen schaukeln. Zerstochen, zerschrammt, zerkratzt und allgemein am Ende, verlor ich jegliches Zeitgefühl, bis ich irgendwo ins weiche Gras geworfen wurde. Die Stange, die mir prompt auf den Kopf knallte, schickte mich fast wieder ins Reich der Träume. Beinahe hätte ich das heisere Flüstern neben mir überhört.

»Hallo, Kumpel.«

Zuerst brachte ich keinen Ton heraus. »Oh, hallo Jyp. Hast es wohl doch nicht geschafft?«

»Sie haben mich kurz vor dem Strand erwischt. Der verfluchte Arm. Nicht die Wölfe – die Kariben. Unangenehme Zeitgenossen. Drückten mir den Kopf zum Spaß ein paarmal unter Wasser … warum sie es nicht zu Ende gebracht haben, weiß Gott allein.«

Angst kroch mir in sämtliche Glieder. »Die anderen? Mall … Clare …«

»Clare habe ich gesehen. Die Zombies haben sie dort drüben abgeladen. Sie war wach und soweit in Ordnung. Von Mall weiß ich nichts.«

»Sie … sie haben ihr ziemlich hart zugesetzt, Jyp.« Mehr wollte ich nicht sagen und er wahrscheinlich auch nicht hören.

Er schwieg eine Zeitlang; im Hintergrund grollten Wolfsstimmen. »Der Skipper ist jedenfalls hier, und was von der Mannschaft übrig ist.«

»Jyp … Hast du das gesehen? May Henry …«

»Der Maat auch … und Gray Coll, Lousy MacIlwine, Dickon Merret – ja, ich hab's gesehen. Ich hab's halb befürchtet, daß sie das Schiff zuerst überfallen hätten, gleich nachdem sich das Schloß als Falle herausstellte. Wäre logisch gewesen … doch als sie mir alle zuwinkten, als wäre es das Selbstverständlichste von der Welt ... Dahinter steckt mehr als nur die Wölfe oder diese Rothäute – ein Gehirn.«

Ich erschauerte in der kühlen Brise. »Diese Indianer ... wer sind sie überhaupt?«

»Amerinder. Kariben – nach ihnen haben die Spanier das Meer benannt. Nachdem sie sie größtenteils ausgerottet oder versklavt hatten. Diejenigen, die übrig geblieben sind, sind eigentlich ganz normale Typen; aber nicht diese Sorte hier.«

»Du meinst ... das hier sind die Ursprünglichen? Schon wieder eine Überlappung der Zeit?«

»Sieht ganz so aus.« Er verstummte, als sich Schritte näherten, einen Augenblick anhielten und dann weitereilten. »Du hast gesagt ... sie hätten Mall bös' erwischt?«

»Sie ... sie könnte tot sein, Jyp.«

»Das wäre wohl der schwerste Fehler, den sie je begangen haben«, sagte er nach einer Weile – eher nachdenklich als rachsüchtig. »Sie ...« Ich hörte, wie er unter einem Fußtritt aufstöhnte und schwer hustete. Ich war als nächster an der Reihe; der Tritt war nicht stark, traf aber genau in die Nieren. Während ich mich vor Schmerzen wand, wurde ich von der Stange losgebunden. Noch immer an Händen und Füßen gefesselt, schleppte man mich durch das Gras, bis es plötzlich im nackten Felsboden überging, auf dem ich wieder fallengelassen wurde. Ich versuchte die Augen aufzumachen und wunderte mich, wie hell das Fackellicht schien; dann riß mich jemand an den Haaren auf die Knie hoch, und ich erblickte zwei hochauflodernde Feuer und dazwischen die weißen Steine; schattenhafte Gestalten gingen hierhin und dorthin.

Mehr konnte ich nicht erkennen, denn plötzlich rasselten Ketten, und eiskaltes Eisen legte sich um meinen Hals, wobei die Haut schmerzhaft eingeklemmt wurde. Instinktiv drehte ich mich weg und bemerkte, daß ich nicht allein war. Neben mir, säuberlich nebeneinander auf dem kalten Boden aufgereiht, lagen Clare und der Rest der Mannschaft – darunter Pierce, Hands und der griesgrämige kleine Steward. Sie waren mit etwas aneinander gefesselt, das wie alte Sklavenhalsbänder und -ketten aussah. Direkt neben mir, unangenehm nahe, saß der Stryge höchstpersönlich. Er warf seine Lippen zu einer Art sarkastischem Gruß auf, doch ich schenkte ihm keinerlei Aufmerksamkeit, denn neben ihm saß Mall. Sie lebte, doch ihr Kinn war auf die Brust gesunken, sie war totenbleich, und die Haare auf ihrer Stirn klebten in einem dicken Blutklumpen zusammen. Ihre niedergeschlagenen Augen waren stumpf und verschleiert; mein Mut sank. Es sah ganz nach einer schweren Gehirnerschütterung, wenn nicht nach einem Schädelbruch aus. Ich hatte nach einer Massenkarambolage einmal einen Motorradfahrer gesehen, der ähnlich aussah. Er war noch im Krankenwagen gestorben.

Unterdrücktes Fluchen verriet mir, daß Jyp gleich hinter mir abgeladen worden war. »Was soll denn das?« erkundigte er sich. »Sind wir jetzt an der Reihe für den Gottesdienst?«

»Zweifellos«, krächzte der Stryge durch seine modrigen Zähne. »Obwohl ich an deiner Stelle nicht ganz so ungeduldig wäre.«

Ich wußte, was er damit meinte. Meine Augen gewöhnten sich an das Licht, und je mehr ich von der Menge wahrnahm, die sich hier versammelte, um so weniger gefiel mir der Anblick. Abgesehen von den Wölfen waren hier auch gewöhnliche Männer und Frauen, nicht wenige davon offensichtlich Haitianer. Es handelte sich nicht ausschließlich um die dunkelhäutigen, ausgemergelten Dorfbewohner, sondern um vergleichsweise wohlgenährte und zufrieden aussehende Menschen. Der Rest waren Mulatten, die mächtige Aristokratie Haitis – adrette Erscheinungen, denen man es ohne weiteres abgenommen hätte, daß sie gerade aus London oder New York eingeflogen waren. An ihren Hälsen und Fingern schimmerte Gold, Juwelen funkelten im Feuerschein; einige von ihnen trugen elegante, gepuderte Perücken und Monokel, andere hingegen Hornbrillen und klotzige Rolex-Uhren. Die schweren Gewänder, in denen sie alle umhergingen, waren gut geschnitten, und die *Vevers* und anderen seltsamen Symbole, mit denen sie bestickt waren, glitzerten vor goldenen Münzen und Fäden. Diese eleganten Erscheinungen gaben einen grotesken Kontrast zu den Kariben in ihrer Kriegsbemalung ab, deren klimpernder Schmuck aber mindestens ebenso wertvoll war. Nicht nur die Messingreifen und Spiralen an ihren Armen, sondern auch Ringe aus weichem Gold, die ihre entstellten Ohrläppchen in die Länge zogen, und die durch Lippen und Nasen getriebenen Goldpflöcke warfen den roten Schein des Feuers vielfältig zurück. Hier und dort schimmerten auch weiße Gesichter in der Menge, weiß in allen Schattierungen: von vergilbt wie altes Pergament bis hin zu gebleichtem Albinoweiß. Viele von ihnen trugen schwere Ohrringe und Schmuckstücke aus lang vergessenen Zeiten, andere eindeutig moderne Frisuren und sogar Brillen. Eine blauhaarige Dame erschien mit einem an den Rändern nach oben gezogenen *Diamanté*-Gestell, reinster Palm-Beach-Chic, der sich hier unglaublich schräg und finster ausnahm. Ich hatte das eigenartige Gefühl, einer Versammlung beizuwohnen, die sich über die Jahrhunderte der schrecklichen Geschichte dieser Insel ereignet haben mochte. Und ich wußte, daß das sehr wohl so sein könnte.

Doch wie auch immer es um ihre Herkunft bestellt sein mochte, so wie sie sich zu diesem sanften und doch vertrackten Rhythmus wiegten und aneinanderdrängten, waren sie sich ähnlich, schrecklich ähnlich. Falls ich jemals die Gemeinschaft aller Menschen angezeifelt hatte, hier, in dieser Nacht, sah ich sie direkt vor meinen Augen – in ihrer schlimmsten und dunkelsten Ausprägung! Blutsverwandtschaft ist eine schreckliche Angelegenheit, wenn sie sich auf kalte, verzehrende Blicke beschränkt, gnadenlose, skrupellose, hemmungslose, selbstsüchtige oder offen bösartige Blicke, die uns nach unserer Tauglichkeit für das bevorstehende Schauspiel abschätzten. Ich konnte mir sehr gut die Römer vorstellen, wie sie die Gefangenen in der Arena mit den gleichen Blicken betrachteten, oder geile westliche Touristen in den häßlicheren Nachtclubs von Bangkok, mehr von Grausamkeit und dem Vergnügen an Erniedrigung erfüllt, als von schierer fleischlicher Lust. Es machte mir jedoch weniger aus, als ich gedacht hätte; ich machte mir eher Sorgen um Mall und Clare. Einmal kam mir sogar der Gedanke, daß es schlimmere Arten der Existenz gab, als nur leer und unerfüllt zu sein. Mein Leben mochte schal gewesen sein, nur von Ehrgeiz angetrieben, doch wenigstens wurde es nicht von derartigen Regungen und Gelüsten beherrscht. Die Leere war zumindest neutral – vielleicht nicht unbedingt eine gute Sache, aber wenigstens auch nichts Böses; außer mir selbst hatte ich nie jemandem damit geschadet. Oder doch?

Der Schock der Erkenntnis wirkte so betäubend wie der Schlag auf den Schädel. Auch diese Leute mochten einst ehrgeizig gewesen sein, genau wie ich. Sie sahen jedenfalls verdammt danach aus, genau wie die Typen, mit denen ich verkehrt hatte. Vielleicht hatten sie, wie ich, alles andere aus ihrem Leben herausgeschnitten; hatten immer alles bekommen, was sie wollten und wo sie es wollten – und was dann? Dann eine weite Ebene. Kein Ziel mehr vor Augen; oder eine lange, lange Zeit des Wartens. Was konnten sie dann tun? Ich hatte sie bereits nahen gefühlt, diese Leere in meinem Leben, diese bohrende Unzufriedenheit – und zwar seit jenem Augenblick an der Verkehrsampel. Andauernder beruflicher Erfolg, flüchtige Liebesabenteuer – mir machten diese sterilen Vergnügungen immer weniger Spaß. Was würde sein, wenn sie einmal völlig bedeutungslos wurden? Wonach würde ich dann suchen, um mein hohles Dasein aufzufüllen? Welche Abkürzungen würde ich mir erlauben, um an die mir zustehende Belohnung zu kommen, an Erfüllungen, um die ich mich betrogen fühlte? Was hätte ich noch alles getan, Dinge, die mir nicht einmal mehr schlecht oder böse vorgekommen wären, weil ich nicht mehr über genügend Gefühl und Empathie verfügt hätte, um das zu beurteilen? Angenommen, ich wäre auf etwas wie das hier gestoßen … Wäre ich eines schönen Morgens aufgewacht und hätte beim Rasieren diesen Gesichtausdruck in meinem Spiegelbild entdeckt?

Sie wogten hin und her, plauderten und tranken und streckten die Hände aus, um im Vorübergehen die hohen, weißen Felsen zu berühren. Der große Stein wies dunkle, wie rußgeschwärzte Flecken und Schrammen auf; gegen diesen schmutzigen Untergrund setzten sich hellere Markierungen ab, rauhe, unverständliche Kratzer, die man kaum als primitive Kunst bezeichnen konnte. Sie sahen aus wie Kritzeleien von Kindern oder Schwachsinnigen, und doch erwies ihnen diese aufgeputzte Menge beinahe sinnlich erregt ihre Reverenz.

»Ich will auch mit zum Maskenball!« bemerkte Jyp sarkastisch. »Was spielt sich hier ab, alter Mann? Das ist doch eine Art *Houmfor*, stimmt's?«

»Mehr als das, Einfältiger!« grunzte Stryge. »Kannst du die Zeichen auf den Steinen lesen? Natürlich nicht! Sie sind das Werk dieser roten Wilden, dieser karibischen Affen, Zeichen, die die schon lange bevor andere Menschen auf diese Insel kamen, eingeritzt haben. Das ist ein *Sobagui*-Altar, eine ihrer alten Opferstätten – und ihr Kult, wie du dich erinnern wirst, war recht amüsant.«

»Einen Moment mal«, sagte ich mit einem flauen Gefühl im Magen. »Nicht nur das Meer wurde nach ihnen benannt, habe ich recht? Kariben, Karibalen … *Kannibalen*?«

»Treffer«, bestätigte Jyp. »Kannst du dir vorstellen, wie sie sich mit den Wölfen um unsere Eingeweide streiten? Was mich betrifft, ich würde lieber von den Kariben gefressen werden, keine Frage.«

»Wirklich?« Stryge spuckte in den Staub. Seine Stimme vibrierte vor Abscheu. »Wenn sie dich bei lebendigem Leib aufschlitzen, um dich für den Grill mit Kräutern und Paprika zu stopfen? Dieser Stamm betete grausame Götter an. Um sie zu besänftigen, überfielen sie ihre harmlosen Nachbarn. Später vermischten sie sich mit Sklaven, die unter der grausamen Herrschaft von Peitsche und Brandeisen aufgewachsen waren und sich nur zu gut mit den Kulten der Kariben anfreundeten. Einige übernahmen sie, vermengten sie mit ihrem eigenen Kongo-Zauber und den Brutalitäten, die ihnen ihre weißen Herren beigebracht hatten. Sie beteten einen neuen Gott an, einen, der sich über alle anderen erhob, dessen Ritus die anderen Götter unter seinen Willen bringen und dort gefangen halten konnte. Ein Kult der Vernichtung, des Zorns und der Rache, der seine Kraft aus all jenen Dingen bezog, die gewöhnliche Menschen als abscheulich empfinden.«

Er drehte sich zu mir herum. In seinem hageren Gesicht zuckten unergründliche Gefühlsregungen. »He, Junge, hörst du die Trommeln? Hörst du sie? Du, der mich nicht in Ruhe lassen wollte, der sich unbedingt in die Angelegenheiten von Mächten einmischen mußte, die weit über seine schmalen Träumereien hinausreichen! Das sind die Trommeln, die ich dich hören ließ, weit weg von hier, hinter dem Meer und hinter der Morgendämmerung, das sind die *Tambours maringuin*. Sie rufen einen Namen, leise noch, doch schon bald wird er lauter erklingen, bis die Berghänge unter den Schlägen erzittern, und die Menschen in ihren Städten und Dörfern erschauern und Fenster und Türen verrammeln und sich zum Schutz gegen *Loupgarous* und *Mangeurs moun* fest umschlingen. Denn dies hier ist der Kult des Petro, die dunkle Seite des *Ouanga*, der linke Pfad des *Vodun*, der sogar die Unsichtbaren zu Gestalten unaussprechlichen Übels umdrehen und verformen kann. Und dies, heute nacht bei diesen uralten Steinen, dies ist sein ursprünglicher *Tonelle*, der Tempel, in dem er zuerst verkündet wurde.«

Mir wurde entsetzlich kalt, obwohl mir der Schweiß in Strömen herunterlief. »Sie meinen … es war eine Zeremonie wie diese hier? In dem brodelnden Wasser? In der sie sich bereit machten, ein Opfer …«

»Dreifacher Idiot!« brauste der alte Mann auf. »*Krétin*,

kannst mir nicht richtig zuhören? Es war keine Zeremonie wie diese! Es war *diese* Zeremonie! Hier! Heute nacht, du Unglückskind! Ein Opferritus – und mehr als das! Und all dein närrisches Unterfangen diente allein dazu, uns hierher zu bringen! Nicht nur das Mädchen, das du zurückbringen wolltest – uns alle! Um ihr Schicksal zu teilen!«

Er sprach laut genug, daß Clare ihn verstehen konnte. Ich sah sie an und blickte in vor Angst weit aufgerissene Augen. Und doch suchte sie unter ersticktem Schluchzen nach Worten: »Sie haben es versucht ... Sie haben es versucht ... das allein zählt ...«

Doch die anderen schwiegen, sogar Jyp. Und Stryge lachte kalt: »Vielleicht hältst du dich wirklich für nicht so wichtig, Kindchen! Aber was ist das Leben einer Göre und das einer tauben Nuß, die sich als Mann bezeichnet, im Vergleich zu meinem? Ich für mein Teil habe noch nicht lange genug in den Welten gelebt, um mich als Laufbursche für einen Narren daraus zu verabschieden und ganz allein wieder zurücklaufen zu müssen!«

»Dann tu gefälligst etwas!« bellte Jyp. »Oder verschluck dich an deiner eigenen gespaltenen Zunge, du alte Klapperschlange ...«

»Still!« zischte Le Stryge, und das Feuer schimmerte auf seinem schmierigen Mantel, als er sich lauschend nach vorne beugte. Lauschte er wirklich? Er schien sich auf einen seiner Sinne zu konzentrieren, doch es war wohl einer, der mir nicht zur Verfügung stand. Dann lachte er schneidend auf. »Tun? Was kann ich schon tun, hier, in kaltes Eisen geschmiedet? Ich bin nicht stark genug, um diese Fesseln zu überwinden. Ich brauche eine Kraft von außen ... Doch selbst wenn ich eine finden würde, wäre es jetzt zu spät. Etwas ist bereits auf dem Weg hierher, andere Ankömmlinge ...« Plötzlich stand Schweiß auf seiner hohen Stirn, und er heulte leise: »Das Böse ist hier! Eine uralte, starke und böse Macht! Nicht von der Art, die ich ...«

Er drehte sich wieder zu mir um, keuchend und mit

flackerndem Blick, so abrupt, daß er Mall beinahe umgeworfen hätte. »Du! Du, der du deine Seele hast verkümmern lassen, du Zauderer zwischen Gut und Böse, der du weder das eine noch das andere schmeckst … du Anbeter der Leere, von Flitter und Tand! Das ist dein Werk, du hast das alles über uns gebracht! Es kommt näher, näher …«

Kapitel 10

Ich mußte mich vor der giftspeienden, kobrahaften Boshaftigkeit des alten Mannes abwenden. Ich hätte mich schämen können oder ärgern; ich fühlte jedoch nichts. Ein wenig Nervosität, eine leichte Übelkeit hervorrufende Ungewißheit – im Grunde jedoch nur die Abwesenheit eines Gefühls, eine große Benommenheit. Als schaute man aus dem Fenster direkt in einen bodenlosen schwarzen Abgrund. Vielleicht das Bewußtsein, versagt zu haben; ich wußte es nicht. Ich hatte so etwas noch nie durchgemacht.

Die giftige alte Stimme senkte sich zu einem Flüstern und verstummte dann ganz. Auch die Trommeln verfielen in schauerliches Gebrabbel, das schnatternde Durcheinander der Menge erstarb zu eingeschüchtertem Murmeln, bis sich alle Klänge zu einem leisen, beunruhigenden Trauergesang gefunden hatten. Selbst die Flammen schienen sich zu neigen und erlöschen zu wollen, obwohl die feuchte Nachtluft noch immer ruhig und kühl war. Dann teilte sich die Menge plötzlich, Männer und Frauen traten bedächtig beiseite, wobei sie den Weg zu den Feuern und dem Felsen dahinter frei machten. Einen Augenblick lang stand er wie verlassen da. Dann bewegte sich etwas hinter den Flammen. Ein langer Schatten fiel von dort über den leeren Platz bis zu uns herüber. Was diesen Schatten warf, war nicht mehr als ein Umriß, eine finstere Silhouette. Die Gestalt eines Mannes, in einen Kapuzenumhang gehüllt, beinahe wie ein mittelalterlicher Mönch; oder ein Aussätziger. An ihrem eigenen Schatten entlang glitt sie auf uns zu, als wäre sie nicht mehr als selbst nur ein etwas dunklerer Schatten. Nur wenige Schritte vor uns blieb sie stehen. Genauer gesagt: vor mir. Und dann verneigte sie sich in einer graziösen Bewegung.

Sie verneigte sich von der Hüfte aus bis fast zum Boden, beinahe wie ein Tänzer. Einen präzise kalkulierten Moment lang blieb sie so in der Schwebe, nur auf einen langen, dünnen, schwarzen Stock gestützt. Dann richtete sie sich ohne Eile wieder auf und schlug die verhüllende Kapuze zurück. Tiefschwarze Augen bohrten sich glitzernd in meine – mit einer Wucht, die beinahe körperlich zu spüren war. Der Zusammenprall war so heftig, daß ich zunächst nicht bemerkte, daß es um diese Augen herum auch ein Gesicht gab, geschweige denn ein Gesicht, das ich kannte.

Es war kein Wolfsgesicht, auch nicht das eines Eingeborenen. Ein europäisches Gesicht; braungebrannt, doch mit einem unangenehmen Gelbstich durchsetzt, fiebrig und ungesund, kein Vergleich zu den goldhäutigen Kariben. Die hohe Stirn war zerklüftet, das Gesicht jedoch faltenlos, bis auf die tiefen Furchen, die links und rechts der schmalen Hakennase bis zum Mund verliefen. Sie ließen den schwarzen Schnurrbart wie Reißzähne aussehen, die über die dünnen Lippen und das vorspringende, arrogante Kinn ragten. Schwarzes, nur leicht graumeliertes Haar floß aus der faltigen Stirn nach hinten, wo es sich elegant im Nacken wellte. Noch schwärzer waren die Augen, die in diesem Gesicht verborgen lagen, trotz ihres Glitzerns eigenartig leer, als lauerte hinter den glänzenden Linsen irgendein grenzenloses Nichts. Das Weiß sah gelblich und ungesund aus. Alles in allem ein unheimliches, doch eindrucksvolles Gesicht, jetzt wo ich es klar vor mir sah. Das stolze Gesicht eines Königs, beinahe – wenn auch zu sehr von Unruhe, Verschlagenheit und Boshaftigkeit gezeichnet, um wirklich königlich zu sein. Eher das Gesicht eines Politikers –

ein Talleyrand, kein Napoleon. Und mit deutlichen Anzeichen von Krankheit, die mir in jener Straße in New Orleans, wo er mich in die Irre geführt hatte, nicht aufgefallen waren; oder hinter dem Steuer jenes Wagens, den außer mir niemand gesehen zu haben schien. Oder auf Katjkas Karten …

Also kein König – ein Bube.

Er schien einen Augenblick lang zu zögern. Dann erhoben sich seine langen Finger zu einem eleganten Gruß, wobei mehrere Edelsteine im Feuerlicht aufblitzten.

»*Muy estimado señores y señoritas!*« sagte er ehrerbietig und hauptsächlich an mich gewandt. »Ich muß Euch vielmals um Eure gnädige Nachsicht bitten, da ich gezwungen war, Euch auf diese Weise, ohne Voranmeldung und ordentliche Vorstellung, zu empfangen. Doch so sind nun einmal, bedauerlicherweise, die Gebote der Stunde.« Irgendwann im achtzehnten Jahrhundert mußte sein perfektes Englisch wohl als außerordentlich geschliffen gegolten haben. In meinen Ohren klang es, in Verbindung mit dem lispelnden Akzent, eher schwerfällig. »Darf ich mir dennoch die Freiheit erlauben, mich vorzustellen? Don Pedro Argote Luis-Maria de Gomez y Zaldivar, habe die Ehre, Hidalgo des obersten Königlichen Ordens von … Doch halt! Eine bloße Aufzählung meiner Titel würde Leute Eures Standes sicherlich entsetzlich langweilen! Entschuldigt also die beklagenswerten Umstände und laßt mich Euch herzlich willkommen heißen.«

Niemand sagte etwas. Der Kerl schien eine Antwort zu erwarten.

»Sie wissen sehr wohl, wer wir sind«, knurrte ich. »Falls Sie derjenige sind, der hinter alldem hier steckt! Oder etwa nicht?«

»In gewissem Sinne, Señor, nötigt Ihr mich, diesen Sachverhalt hiermit zuzugeben.« Er verneigte sich erneut, diesmal nicht mehr ganz so tief. Seine Kutte öffnete sich und enthüllte ein Kostüm, das dem von Pierce nicht unähnlich war, wenn auch ungefähr zehnmal so überfrachtet: Eine wahre Explosion unzähliger Rüschen umspielte den Hals, ein langer, mit Perlen und Edelsteinen bestickter Überrock, seidig schimmernde Kniehosen und goldgeränderte Schuhe schlossen das Bild ab. Solche Kostüme konnte man im Prado bewundern, auf verstaubten Porträts längst vergessener Granden. »In einem anderen Sinne jedoch seid Ihr es selbst, Señor Esteban, der ›hinter alldem hier steckt‹, wie Ihr es so amüsant auszudrücken beliebt.«

»*Ich?*«

Er streckte mir beide Hände mit gespreizten Fingern entgegen. »Aber ganz bestimmt, Señor, denn wart es nicht Ihr selbst, den wir gesucht haben? All unser fieberhaftes Trachten hatte nur ein Ziel: Euch auf diese bescheidene Insel zu locken – oder zu einem minderwertigeren Ort in unserem Hoheitsgebiet. Doch die Insel war am besten.«

»Wußte ich's doch!« entfuhr es Jyp. »Ich hab's verdammt noch mal gewußt! Ich tat recht daran, dich fortzujagen. Warum habe ich es nur zugelassen, daß du wieder zurückgekommen bist …«

Höflich erhob sich eine Hand, und Jyp verstummte sofort. »Ah, Señor Navigator, ich trage Euch meine aufrichtigsten Entschuldigungen an, Euch so unglücklich in die Irre geführt zu haben. In unserem ursprünglichen Plan spielte Señor Esteban auch nicht die geringste Rolle; wie auch, wußten wir doch nicht einmal von seiner bloßen Existenz? Erst als er anfing, sich – Ihr entschuldigt doch – einzumischen, und schlimmer noch, sich in gewisser Weise für uns zu interessieren – wobei er seine ureigenen, höchst eigenartigen magischen Kräfte auf schwerwiegende und unlautere Weise einsetzte –, erst dann lenkte er eigenhändig unsere Aufmerksamkeit auf seine Person. Und doch hätte die entscheidende und äußerst schwierige Aufgabe des Wesens, das Ihr den *Dupiah* nennt, wäre es seinem Versteck wie geplant entschlüpft, darin bestanden, gerade einen Mann wie ihn, Señor Esteban, aufzuspüren und gefangenzunehmen.«

»Und was zum Teufel soll das heißen?«

Er zog leicht erstaunt die Schultern hoch. »Nun, einen Menschen, der so wenig mit der Inneren Welt verbunden ist, Señor. Ein junger Mann, zweifellos, doch einer, der bereits sehr erfolgreich war und dessen unzweifelhafte Begabung das Versprechen eines weit höheren Aufstiegs in sich trug. Doch ein Mann, der innerlich ausgehöhlt war, ein Mann mit einer leeren Seele.«

Jetzt war ich an der Reihe zu explodieren: »Du aufgeputztes kleines Arschloch …«

Wieder hob er die Hand, elegant und höflich. Doch die unscheinbare Geste traf mich, als hätte er mich auf den offenen Mund geschlagen, die Zähne zum Knirschen gebracht und die Zunge gelähmt. Ich würgte an meinen eigenen Worten.

»Gemach, Señor, es ist nur ein Ausdruck, eine Redewendung, nicht mehr!« Sein gleichbleibender Ton verriet nicht das geringste Anzeichen von Hohn. »Ich bitte Euch inniglichst, schenkt mir Glauben, daß mir jegliche Beleidigung fernlag!« Seine langen Finger zitterten flehentlich. »War ich denn dereinst nicht selbst ein solcher Mann?«

Ich schluckte, und dann stieg ein fürchterliches Gelächter in mir auf. »*Sie?* Sie wollen mich auf eine Stufe mit …«

Sein Kichern war auf eine höfliche Art verächtlich. »Oh, wohl kaum, Señor! War ich denn nicht ein geborener *Hidalgo*, Herr über ausgedehnte Plantagen, sogar einige Silberminen, und über Unmengen kräftiger Sklaven, die dort arbeiteten? Wohingegen Ihr … Doch ich war gezwungen, sehr einsam aufzuwachsen, da es in erreichbarer Nähe kein anderes Kind gab, dem ich mich hätte anschließen können. So war es vielleicht unvermeidlich, daß ich, der allein unter gemeinen und geringeren Menschen aufwuchs, weit weg von jeder zivilisierten Gesellschaft, mich etwas… von ihr entfernte.«

Er drehte sich kurz um und warf einen Blick auf die stumme Menge hinter sich. Sie mieden seinen Blick. Wölfe und Menschen. Zum ersten Mal spürte ich einen offen sardonischen

Beigeschmack in seiner Stimme, aber da war noch etwas anderes, etwas weit Verstörenderes.

»Was sollte ich schon mit ihnen anfangen? Was konnten sie mir bieten, außer dem Spiegel meiner selbst, die Narrheiten der Liebe und des Hasses? Als ich zum Manne herangereift war, wurde ich in die gute Gesellschaft geschickt – und dort erdreisteten sie sich, mich zurückzuweisen. Sie – mich! Die Männer, solch unglaublich prahlerische Gecken! Diese lieblichen Frauen, die sich hätten glücklich schätzen sollen, die Feuer, die sie entfachten, zu löschen! Doch sie kicherten nur närrisch hinter ihren Fächern und gingen weiter. Gelangweilt und ihrer überdrüssig – fühltet Ihr Euch nicht ebenso, Señor? – vergrub ich mich in meine Arbeit, meinen Ehrgeiz. Ich trieb meine Sklaven mit den Mitteln der Angst und des Schmerzes bis an ihre bescheidenen Grenzen. Gemessen an irdischen Maßstäben wurde ich unglaublich reich; und doch galt mir Reichtum nurmehr als Zeichen des Erfolges – ein Banner, das ich der Welt entgegenhalten konnte. Was Sie, da bin ich mir ganz sicher, sehr wohl verstehen werden, Señor!«

Eigentlich war ich nie reich gewesen, und doch ... Obwohl sich ein Teil von mir dagegen auflehnte, nickte ich beinahe automatisch. Ich verstand ihn *tatsächlich*. Irgendwie brachte mich dieser beunruhigende Ton in seiner Stimme, teils bittend, teils lockend, und immer auf unbestimmbare Weise dominierend, dazu, mich seinen Argumenten zu stellen, mehr noch, zuzugeben, wie ähnlich wir uns waren. Und doch ...

Ich mußte ihm einfach widersprechen: »Aber ich habe nie so etwas getan ... wie Sie! Eine Karriere, klar, Politik, später vielleicht ... Aber dieses Gefühl, etwas geleistet zu haben ... ich wollte wirklich nicht mehr als das. Zu wissen, daß ich erfolgreich war ... das auch zeigen ...« Erfolg – das Image des erfolgreichen Mannes – darum ging es. Ein Abzeichen, ein Siegel der Anerkennung, um zu beweisen, wieviel ich wert, wie wichtig ich war. Meinen Status in den Augen der anderen aufzuwerten. Um mich vor ihren Fragen zu schützen, vor ihren

Zweifeln ... und meinen eigenen. *Niemand streitet sich mit einem erfolgreichen Mann ...*

Er bemerkte mein Zögern und nickte huldvoll. Er verzieh mir. »Ah, ich wäre an Eurer Stelle nicht minder selbstgerecht, Señor. Was sonst bleibt denjenigen, denen die Welt nicht gewillt ist, Gerechtigkeit widerfahren zu lassen? Hätte es da nicht eine höchst glückliche Wendung meiner Angelegenheiten gegeben ... Ich muß jedoch zugeben, daß es damals nicht danach aussah; so wie Euch Eure jetzige Situation womöglich nicht so erscheint. Damals brach das *Vomito negro* aus, die Krankheit, die Ihr Gelbfieber nennt, und ich infizierte mich. Mein Geschick wendete sich. Es bedurfte mehrerer Wochen Fieber und Delirium und jenseitiger Visionen, ich mußte erst dicht an den Tod herangeführt werden und laut schluchzend darum betteln, daß er mich nicht in diesen jungen Jahren holte, bevor ich herausgefunden hatte, was es eigentlich bedeutete, zu leben. Soviel bedurfte es, um mich aus meiner engen Sphäre heraus und in die Gefilde zu erheben, die meinen Talenten wirklich entsprachen.« Er lächelte.

»Ich bezweifle nicht, daß es auch in Eurem Fall all dessen bedurfte. Denn in meinem Delirium ging ich seltsame Pfade, hatte Visionen, verstand zum ersten Mal, daß es, hinter den Beschränkungen unserer eigenen Welt, noch andere Welten geben mußte. Und ich wurde mir meiner selbst bewußt. Es geschah direkt in der Krise dieses lebensgefährlichen Fiebers, daß die Wahrheit über mich kam – allein der Tod verleiht dem Leben Bedeutung. Zu keiner anderen Zeit lebt man so intensiv, klammert man sich so verzweifelt an das Leben, wie im Angesicht des Todes. Plötzlich verstand ich, Señor, ich verstand; es war das Malträtieren der Sklaven, das mich erfüllte, nicht das Resultat. Und am meisten erregte mich die Entscheidung zwischen Leben und Tod, das langsame oder plötzliche Kippen der Waagschale.«

Ein flüchtiges Lächeln huschte über das Gesicht des Burschen. »Selbstverständlich war ich mit den vielfältigen und sonderbaren religiösen Praktiken, die meine gekauften Kreaturen aus ihrer afrikanischen Heimat mitgebracht hatten, einigermaßen vertraut. Viele waren natürlich harmlos und nichtssagend oder bloß krauses, unausgegorenes Zeug. Andere hingegen waren weitaus vielversprechender. Bei den Maundangues, die aus der Region stammen, die Ihr mit dem barbarischen Namen *Cangau* bezeichnet, entdeckte ich Vorstellungen und Techniken, die, wie ungeschliffen auch immer, meinem Geschmack eher entgegenkamen. Also verschonte ich die wenigen Auserwählten, die sich damit auskannten, und beobachtete sie – oh, zunächst natürlich nur aus reiner Neugier und um mich zu amüsieren, das versichere ich Euch! Bis ich begriff, daß hinter diesen blutigen, barbarischen Ritualen wirkliche Kräfte am Werk waren, und ich weit mehr daraus gewinnen konnte, als mir nur die Zeit zu vertreiben. Ich machte mich daran, sie selbst zu erlernen. Ich saß denen zu Füßen, die meine Fußeisen trugen, umarmte sie sogar als Blutsbrüder – ich, ein spanischer Grande!« Er stieß mit dem Stock auf den Boden, zweimal. Die Erschütterung schien an mir hochzukriechen und mein Herz zu betäuben. »Doch allein durch derartige Erniedrigungen läßt sich an der Erleuchtung teilhaben. Betrachtet einmal, wenn es Euch gefällt, die Unannehmlichkeiten, die Ihr gerade erduldet, in diesem Licht. Aus ihnen, glaubt mir, sollt Ihr nach meiner Ansicht größten Gewinn ziehen! Stück für Stück soviel, wie es mir zuteil wurde. Und das war gewiß nicht wenig!«

Seine Stimme senkte sich, doch ich hing an jedem seiner Worte. »Denn ich wurde ein *Houngan*-Priester, der mit den Unsichtbaren in Verbindung steht. Doch das war nur die erste Stufe, eine sehr niedrige. Die wahren Tiefen sind dunkel, und ich wandte mich der Dunkelheit zu, den verdorbensten und korruptesten Exemplaren dieser dienstbaren Rasse. Von ihnen erlernte ich die Kunst der Boshaftigkeit und der Hinterlist, die der Zauberei und der Nekromantie. Ich wurde ein *Bocor*, ein Meister der Dunkelheit. Und schon nach kürzester Zeit entfaltete sich mein angeborenes Können, und ich wurde der größte unter jenen, die mich gelehrt hatten, und ich warf sie hinab, auf daß sie mit dem Rest ihrer Brut zitterten und büßten.«

Plötzlich wirbelte ein Bild vor meinen Augen auf, wie Farbe im Wasser. Ich sah mich selbst, gekleidet in ein weißes Gewand, wie die Männer um uns herum, mit aufgemalten Zeichen ... »Und das haben Sie für mich vorgesehen?« Ich konnte den Anfall manischen Gekichers einfach nicht unterdrücken. »Sie wollen mich in einen verdammten Medizinmann verwandeln?«

Er schien eher amüsiert als beleidigt zu sein. »Aber nein, ich bitte Euch, Señor! Sie unterschätzen mich. Ich erspare Euch diese quälerische Zeitvergeudung. All die Irrwege, die vielen falschen Fährten auf dem Weg zur Erfüllung – so viele schreckliche Kümmernisse! Damals erkannte ich nicht, daß sie mich nur einen Schritt weiter auf meinem Weg brachten, der länger war, als ich mir hätte träumen lassen – außer vielleicht in meinem Fieberwahn. Wieviel Elend, wieviel sinnlose Grausamkeit – alles nur Anfänge, die ich weit hinter mir gelassen habe.« Er schaute auf mich mit einem erfreuten, verwunderten Blick herab, beinahe kindlich, etwa so, wie ein fest entschlossener Wissenschaftler sein seltenes, überaus kostbares Versuchsobjekt betrachtet. »So wie es auch Euch ergehen wird, Señor, wenn Ihr an der Reihe seid.«

Ich starrte ihn an. Viel mehr konnte ich nicht tun. »Ich verstehe nicht ganz«, stammelte ich. »Wovon reden Sie überhaupt? Was haben Sie mir denn anzubieten?«

Er lachte. »Dinge, die Ihr Euch nicht vorzustellen vermögt! Macht jenseits aller Vorstellung! Doch hier und jetzt, nur zum Anfang – Macht, so wie Ihr sie versteht, die Beherrschung Eurer Welt. Männer werden Euch folgen, Männer, ja, und Frauen – zunächst nur wenige, dann eine Partei, eine Stadt, eine Region, eine ganze Nation! Ihr könnt mit ihnen nach Lust und Laune verfahren, und je mehr Ihr das tut, desto mehr von ihnen werden sich um Euch scharen! Und Ihr werdet Eure Kraft aus ihnen ziehen, so wie ich das tat, Ihr werdet von den Jahren unberührt weiterleben, während sie sterben! Was ich Euch anzubieten habe, Señor? Das alles! Und es ist erst der Anfang!«

Ich blickte starr vor mich hin. Die Tirade hatte mir die Sprache verschlagen. Meine Gedanken schossen kreuz und quer, wie ein sprühendes Feuerwerk. Ich hatte die Seele eines Menschen nackt und bloß vor mir gesehen. Oder war er mehr als ein Mensch – oder weniger? Aber weshalb? Weil dieser Don Pedro mich für einen von Seinesgleichen hielt; weil er glaubte, ich würde mich hocherfreut auf sein Angebot stürzen, wenn ich es erst begriffen hätte. Er war kein Wissenschaftler, kein Kind, aber vielleicht ein einsames Monster, das hoffte, einen Freund gefunden zu haben?

Und wie falsch lag er mit dieser Annahme? Er hatte sich auf die Suche nach – nennen wir es Liebe – gemacht; oder menschlicher Wärme zumindest. Als ihm das verweigert wurde, kanalisierte er seine Enttäuschung in Ehrgeiz, Sadismus, weiß der Himmel was sonst noch. Aber ich … Ich hatte doch Liebe kennengelernt, oder nicht? Und ich hatte sie achtlos weggeworfen. Ich hatte den gleichen Ehrgeiz entwickelt wie er, und ihn auf den gleichen Altar erhoben, auf dem ich die Liebe aus freien Stücken opferte. Das klang fast noch schlimmer. Herrje, vielleicht hatte er sogar recht!

Vielleicht würde ich sogar Gefallen an seinem Angebot finden. Vielleicht war es das, wozu ich mich letztendlich sowieso entwickelt hätte.

Wieder tauchte dieses Bild auf. Ich selbst als – wie hieß das gleich wieder? Ein *Bocor*, der seinen Hokuspokus über einem verloschenen Feuer zelebriert und mit den Fingern *Vevers* zieht …

Nein! Das war doch lächerlich. Gerade als ich erneut laut loslachen wollte, fühlte ich, wie sich das griesige Maismehl unter meinen Fingerspitzen in eine Computertastatur verwandelte. Sofort war sie wieder da, wie ein vorschmeckendes

Gewürz, die vertraute Erregung, beim Aufrufen, Herumjonglieren und Manipulieren von Informationen. Wenn ich endlich hinter ein wirklich schwieriges Geschäft kam, einen gesalzenen Vertrag in ein Paket wasserdichter Absprachen zusammenpackte, Vorbehaltsklauseln, Strafbestimmungen …

Nur hier hatte ich irgendwie den Eindruck, als spielte ich auf einer ganz anderen Ebene, in weit größerem Umfang. Die Ströme des Welthandels, das Auf und Ab der Wirtschaftssysteme, die Wirtschaft ganzer Staaten – all diese Kräfte, die das Leben jedes Menschen diktierten, vom Amazonasindianer in seiner Grashütte bis hin zum Obersten Staatsratsvorsitzenden oder Präsidenten einer Supermacht. Und es würde einen Mann geben, der sie alle befehligt. Sie würden diesen fliegenden Fingern gehorchen, diesem Gesicht, das sich an den Rändern des Bildschirms spiegelt. Ein auf seine Art hübsches Gesicht, hart, aber anziehend, mit energischen Zügen, weißhaarig, doch voll jugendlichem Elan – und noch immer zweifellos mein Gesicht.

Ich mußte mich förmlich gegen diese Vision wehren. Es war eine aufregende Unmittelbarkeit darin, die Bewußtsein und gesunden Menschenverstand übersprang und so unumwunden an meine Instinkte rührte wie ein Pirelli-Kalender – oder eine religiöse Erfahrung. Einzelne undeutliche Worte rollten über meine Zunge: »Warum …«

»*Warum?*« Wieder dieses machtlüsterne, hämische Grinsen. »Weil ich eine besondere Verwendung für Euch habe, Señor! Weil ich alles, was ich angehäuft hatte, aufgeben mußte, um meine Ziele zu erreichen. Ich war auf meinem Weg gezwungen, die Innere Welt hinter mir zurückzulassen, alles Weltliche an mir abzuschütteln. Deshalb brauche ich jetzt einen Mittelsmann in dieser Welt – ein gefügiges Instrument nach meinem Entwurf, einen vertrauensvollen Teilhaber an ihrer reichen Beute! Und in Euch finde ich das richtige Werkzeug, den brachliegenden Boden, der nur auf den Pflug wartet, den Lehm, der geformt und gebrannt werden will!« Er rang seine

Hände vor schierer Freude. »Und schon bald, schon sehr bald! Ohne die langen Jahre, die ich an ergötzliche Kindheitsträumereien verschwendete – an oberflächliche, zaghafte Proben meines Willens.

Alles was ich habe, werde ich mit Euch teilen! Alles, was ich bin, werde ich auch aus Euch machen! Und alles, was Ihr seht und haben wollt, wird Euch gehören!«

Ich war wie gebannt, unfähig zu protestieren, wollte es auch gar nicht. Durch meine Hände, durch meinen Befehle aussendenden Geist strömte der gesamte Handel der Welt wie ein glänzender Fluß, um nach dieser oder jener Richtung umgeleitet zu werden und seinen Goldstaub dort abzulagern, wo immer ich es für richtig hielt. Trotzdem gab es da etwas, das nicht hierher gehörte, ein Fremdkörper, der noch immer auf den Stromschnellen meines Geistes schaukelte und nicht untergehen wollte ...

»Die anderen!« würgte ich hervor. »Ich bin hier, also gut! Wozu brauchen sie die anderen noch? Clare ... Sie haben doch für Sie jetzt keinerlei Verwendung mehr! Lassen Sie sie frei! Lassen Sie alle frei!«

Ich weiß nicht, welche Reaktion ich erwartet hatte. Wahrscheinlich alles andere, als dieses bösartige Aufblitzen kalter Wut, das sich auf seinem fahlen Gesicht zeigte, so deutlich wie ein Blitz an einem schwefelgelben Himmel. Die Nasenflügel lagen eng an, die dunklen Augen wurden zu schmalen Schlitzen, die energischen Lippen zogen sich zusammen. Unterhalb der hohen Wangenknochen schoß das Blut hoch und wich ebenso rasch wieder aus der papiernen Haut zurück. Die Haut fiel ein, als würde sie angesaugt, klebte platt an den Schädelknochen, ledern und verschrumpelt; die Zähne entblößten sich zu einem entsetzlichen Grinsen; die Muskeln schrumpften, die Sehnen standen wie Schnüre hervor. Allein die Augen unter den Pergamentlidern veränderten sich nicht, doch ihr Glanz trübte sich wie vertrocknende Tinte.

Ein Gesicht, wie es einen anstarren könnte, wenn man eine

Fackel über eine modrige Krypta oder eine Katakombe hält; oder wie die Hände, die ich einst in einem dieser neapolitanischen Mausoleen mit ihren gläsernen Särgen gesehen hatte, deren Nägel noch weitergewachsen waren, gelb und spröde und wie Korkenzieher gedreht. Obwohl Don Pedros Finger mich nicht berührten, spürte ich sie deutlich, wie sie mich links und rechts und wieder rechts und links ohrfeigten. Immer noch vor Wut kochend, verneigte er sich erneut, jetzt allerdings sehr steif.

»So untröstlich ich auch bin, dem verehrten Señor zu widersprechen, aber um nichts auf der Welt wollte ich Euren Freunden diese Gelegenheit verwehren! Abgesehen davon, würde ihr Fehlen die gesamte Zeremonie ernsthaft in Gefahr bringen!«

Stryge stieß ein schreckliches, krächzendes Hohngelächter aus, wobei sein Atem wie der Gestank aus einer Klärgrube über mich strich. »Rühmt sich selbst als einer, der die Unsterblichen bindet, und es gelingt ihm nicht einmal, den Willen dieser hohlen Kreatur von seinen Freunden fernzuhalten! Pfui! Von deiner Sorte sind mir schon so einige über den Weg gelaufen – Ungeziefer, einer wie der andere! Welcher Mensch würde es wagen, Ihresgleichen in Knechtschaft zu halten?«

Don Pedro verbeugte sich noch einmal tief, und als er sich wieder aufrichtete, war sein Gesicht so klar und ansehnlich wie zuvor. »Ich verneige mich vor einem Kollegen, dessen Ruhm ihm überall vorauseilt; eine Schande, daß er das Schicksal dieser Minderwertigen teilen muß. Es stimmt, kein Mensch könnte *Sie* dermaßen erniedrigen. Doch ich habe schon vor langer Zeit aufgehört, ein Mensch zu sein.«

Stryge räusperte sich und spuckte aus. »Dieser Irrtum ist recht weit verbreitet – die Heilung erfolgt meist schnell und radikal! Du bist nichts weiter als ein kleiner Caligula, der ein paar Tricks aus dem Buch der Wald- und Wiesenzauberei gelernt hat! Genieße deine wirren Trugbilder, solange du kannst, Mensch; *Sie* führen dich nur an der Nase herum und werden sich einen Spaß daraus machen, sie dir wieder wegzunehmen. Und alles andere dazu, wohlverstanden!«

»Caligula?« Der düstere Mann schien erheitert zu sein. »Wohl kaum; denn er war nur ein Sterblicher, der sich für einen Gott hielt. Wohingegen ich …« Wieder blickte er mich an. »Zunächst, das versichere ich Euch, hatte ich nicht derlei Gedanken. Ich versuchte nur, eine Existenz, die mir zur Last geworden war … ich suchte Befriedigung jenseits des Gewöhnlichen.« Er lachte kurz auf wie ein Mann, dem eine naive Kindheitserinnerung in den Sinn kommt. »Mit dem Reichtum, den mir meine Kreaturen schufen, kaufte ich mir noch mehr von ihnen und ermöglichte mir auf diese Weise erlesene Amüsements. Einige schickte ich in einen raschen und schmerzhaften Tod. Andere bewahrte ich mir auf, damit sie auf einem schmalen Grat wanderten und dabei nach und nach alles verloren, was sie an das Leben band, und ich beobachtete, wie sie sich nur um so fester an die immer kleiner werdenden Überreste dessen klammerten, was ihnen noch verblieb. An diesem Tod zu Lebzeiten, den ich ihnen zugeteilt hatte, schnell oder langsam, lernte ich, mich zu erquicken, und das war viel; aber auch das verblaßte. Ausnahmsweise einmal hielt ich ein ganzes Sklavenvolk in meiner Gewalt, einmal konnte ich sowohl als ihr Herr wie auch als *Bocor* nicht nur ihre zuckenden Körper, sondern auch ihre Gedanken, Träume und Herzen züchtigen – und dann ließ die Kraft, die ich aus ihren Qualen zog, nach. Doch zu jenem Zeitpunkt war ich schon davon abhängig, mein ganzes Sein schöpfte daraus. Schon damals war der Wein, den ich trank, Blut, und Seelenpein war die Luft, die ich atmete. Ich mußte mich nach einer neuen Quelle umsehen. Doch noch fehlte mir der Mut und die Vision, das Absolute herauszufordern. Und so wandte ich mich, begrenzt wie ich nun einmal als einfacher Mensch war, an mein eigenes Volk, wie es einem Menschen gebührt.«

Der Bursche lächelte. »Nicht daß es völlig unbefriedigend gewesen wäre. Die armen Narren! Ihre Grausamkeiten waren beinahe so maßlos gewesen wie die meinen, nur eben nachlässig praktiziert, ohne Ziel und Zweck. Die Insel unter ihnen brodelte, doch sie trieben ohnmächtig durch ihre Maskeraden und Zaubereien und kraftlosen Festlichkeiten. Ich ließ Pest und Pocken und ungezählte Streitigkeiten auf sie los, füllte zuverlässig ihre Friedhöfe. Von genau dort rekrutierte ich einige von ihnen; diejenigen, die mich am meisten beleidigt hatten, und die ergebensten. Diese führte ich durch viele Schlachten, die ich selbst anzettelte.« Er schüttelte vor nostalgischer Verzückung den Kopf. »Angeblich finden sich noch so manche Erinnerungen daran an den Wänden meines alten Hauses – vielleicht habt Ihr einige davon gesehen? Wie auch immer. Das war natürlich befriedigender; und doch schien dem Ganzen noch die künstlerische Vollendung zu fehlen, die Krone sozusagen. So bemächtigte ich mich der Sklaven und übte eine grausamere Herrschaft aus als ihre alten Herren. Ein Kult des Blutes und der Rache – mit Riten, die diejenigen, die daran teilnahmen, ihrer Skrupel und Ängste völlig beraubte; denn sie hatten das Schlimmste bereits hinter sich. Ich wurde ihnen wie ein Gott, beinahe selbst einer der Unsichtbaren; und ich trieb sie in eine grausame und gnadenlose Revolte. Welch dreifache Ironie!« Er kicherte kaum hörbar. »Daß ich, ihre Geißel, ihnen die Freiheit erkämpfte! Natürlich sorgte ich dafür, daß die Folgezeit entsprechend blutig ausfiel, daß ihnen in all den Jahren nicht viel Frieden zuteil wurde. Eine noch größere Ironie liegt darin, daß sie durch ihre Anbetung meine taumelnden Füße erneut auf den Pfad der Macht setzten.«

Während all dieser Zeit hatte niemand ein Wort gesprochen; der Grund dafür war nicht schwer zu erraten. Doch an dieser Stelle erhob sich ein Kopf, und eine Stimme krächzte: »*Euch?* Ihren bestialischen Schinder beteten sie als ihren Befreier an? Die Petro-Riten, der lebendige Geist der Rache dieses Sklavenvolks, der Kult des Zorns, die Blutopfer … alles *Euer Werk?*«

Zu meiner großen Verwunderung – und so wie es aussah, auch zu der des Mannes vor mir – war es Mall, die gesprochen hatte. Schmutzverkrustet, blutverschmiert, blaß – aber am Leben und hellwach. Mein Herz machte bei ihrem Anblick buchstäblich einen Luftsprung. Der Mann, den sie Schinder genannte hatte, schien das ganz anders zu sehen. Sein düsterer Blick traf sie wie eine Schlangenzunge, und er verbeugte sich, diesmal steif, beinahe vorsichtig.

»Die Señorita hat recht«, sagte er dann. »Alles mein Werk. Der Mob sieht zu dem auf, der für ihn und vor ihm Blut vergießt, und erkennt nicht, daß es sich um das eigene handelt. War das nicht immer so, bei allen Befreiern?«

Sie sagte nichts mehr, sondern kämpfte nur noch darum, ihren noch getrübten Blick auf ihn zu richten. Mit einem Wallen des Umhangs wandte er sich von ihr ab und wieder mir zu. »Ich bin Don Pedro, den sie Petro nennen; ich bin einer der Unsichtbaren selbst geworden, ihre Macht ist in meine Hände übergegangen.« Er ballte die Fäuste, langsam und feierlich. »Ich war schon einige Jahrhunderte alt, als ich endlich den großen Schritt wagte. Ich hatte meine innerste Bestimmung zur Blüte gebracht, meine wahre Stärke erreicht. Und doch war ich im Vergleich zu den Unsichtbaren ein Nichts. Es ist viel, gefürchtet zu sein, es ist berauschend, wenn einem gehorcht wird. Doch diejenigen, die mir gehorchten, waren nur armselige Inselbewohner, die sich leicht einschüchtern und drangsalieren ließen. Auch wenn sie mich für Gott hielten, so war ich doch nicht mehr als ein Mittelsmann, der sich auf unterschiedlichen verschlungenen Wegen der Macht der Unsichtbaren bedienen konnte. Ich selbst konnte nur sehr wenig Macht ausüben. Die Macht der Unsichtbaren! Sie führte mir meine eigene Leere noch stärker vor Augen. In mir brannte das Verlangen danach und reduzierte meine raffiniertesten Freuden zu einem Häuflein Asche. Die Qualen eines kleinen Völkchens schienen mir ein zu billiges Geschenk, um mich für das zu entschädigen, was ich nicht besaß! Also stocherte ich ohne Unterlaß, ich zitierte die Mächtigen herbei, fragte, verhandelte – bis ich endlich begriff, daß ich, wollte ich mein großes Ziel erreichen, zuerst alles verlieren mußte, was ich besaß. Und so wagte ich den letzten Schritt, den größten. Ich lockerte meine Fesseln. Ich ließ die Innere Welt hinter mir und warf mich in die Stromschnellen der Zeit, ununterbrochen auf der Suche nach einer noch engeren, tieferen, erfüllenderen Einheit mit dem Tod. Ich suchte – und ich fand! Unter den Unsichtbaren selbst fand ich einen, den es danach dürstete, die Herrschaft über die anderen zu erlangen, über eine weitere Welt und über alle Welten, die es jemals geben mochte. Und doch konnte Er das allein nicht vollbringen. Unendlich größer als meine war Seine Stärke – doch es gebrach Ihm an meiner treibenden Intelligenz! Bis Er zu mir kam und sich in mein ausgehöhltes Herz ergoß! Ich hatte gefunden – und schmeckte zum ersten Male in meinem Leben so etwas wie Erfüllung! Von den Höhen bis in die Tiefen hinein war ich erfüllt, ich war vollkommen und mehr als das!«

Er preßte die Hand an die Brust. »Derart vereint, wurden wir ein größeres Ganzes – größer als Seinesgleichen, ein Meister unter Meistern. Befähigt, ihre Kraft nach meinem Willen zu beugen, um nicht nur armselige Sterbliche zu quälen, sondern höhere Mächte, und wiederum deren Kraft der meinen zufließen zu lassen. Um Blut in Erzulies Auge fließen zu lassen und Feuer in ihre Lenden! Um Agwé in stürmische Raserei zu versetzen, um Damballah die Erde mit seinen Schlägen erschüttern zu lassen! Alle müssen wir gehorchen, wenn meine Trommeln schlagen, wenn sich mir zu Ehren die Gesänge erheben – wenn das Lebensblut über meinen Stein strömt!«

Die Feuer knisterten und loderten auf, und obwohl er mit dem Rücken zu den Flammen stand, schien wie zur Antwort ein Leuchten in seinen Augen aufzuflackern. »Mir wurde die höchste Macht, die ich anstrebte, zuteil – und in dieser zeitlosen Stunde verspürte ich zum ersten Mal wahre Freude. Und das, Señor Esteban, all das biete ich Euch – und Ihr *wagt* es, auch nur eine Sekunde zu zögern?«

»Was …« Ich bekam kaum mehr als ein Krächzen heraus. »Was haben Sie vor?«

Die langen Finger spielten vor mir in der Luft wie fallender Regen. »Heute nacht wird unsere kleine Zeremonie die *Loas* herbeirufen – und sie werden kommen. Zu Euch! Doch nicht in ihrer harmlosen, natürlichen Gestalt, nein, sondern um ein bestialisches Festival mit euch Narren zu veranstalten. Sie werden so kommen, wie ich es will, mit aller Macht und allem Schrecken, den wir auf die ahnungslose Innere Welt herabschicken werden, Ihr und ich! Und durch die Innere Welt auf all die unendlichen Universen, alle Zeit und alle Zeiten, die aus ihr spiralenförmig erwachsen! Sie werden unsere Weinpresse sein, in die wir die Herzen von Menschen und höheren Wesen werfen und bis auf den letzten Tropfen ausquetschen werden! Von den Todesqualen eines einzelnen Kindes bis zu ganzen Welten, die langsam in Feuersbrünsten versinken!«

Er mußte meinen Gesichtsausdruck bemerkt haben, denn er machte eine mißbilligende Geste. »Das sind jetzt natürlich noch alles Mysterien für Euch. Ihr wißt sie noch nicht zu schätzen – wie auch? Doch ich erwartete etwas mehr … mehr Ehrgeiz, wenn ich es so ausdrücken darf? Weniger klägliche Sorge um die Schicksale anderer. Und doch, ich versichere Euch, alles wird Euch schon in Bälde deutlich werden, bald, sehr bald. Wenn Ihr Eurerseits Eure Erfüllung erreicht haben werdet. Sobald der *Loa* seinen Platz in Euch eingenommen hat, sobald Ihr nicht länger diese leere Schale seid, in der Ihr freiwillig dahinvegetiert … Dann, ja dann endlich werdet Ihr verstehen! Reicht mir Eure Hand, Señor Esteban, und nehmt den Becher freudig an, den ich Euch reiche! Es ist eine außergewöhnliche Ehre; doch eine Ehre, die Ihr, wenn Ihr weise seid, nicht zurückweisen werdet.« Seine Stimme verblaßte zu einem sanften, säuselnden Flüstern: »Denn das könnte ich Euch wahrhaftig nicht zugestehen.«

Seine Höflichkeiten hatten sich inzwischen in blanken Hohn verwandelt. Zu Anfang hatte er ein Gewebe um mich herum gesponnen, ein Netz von Bedeutungen hinter seinen Worten, dargebracht mit einer gewissen Überredungskunst, auf daß ich mich ihm voller Ungeduld unterwürfe. Jetzt flatterte es im Wind wie zerrissene Spinnweben. Die Zeit der Andeutungen war vorbei. Das bedeutete wohl, daß er jetzt Gewalt anwenden würde. Welcher Art diese Gewalt sein würde, lag außerhalb meiner Vorstellungskraft; ich hatte nur fürchterliche Angst. Die Vorstellung, nicht mehr ich selbst zu sein – ich zitterte, und meine Verletzungen schmerzten wieder. Obwohl ich wußte, wie idiotisch es war, zerrte und zog ich an meinen Fesseln, doch der eiserne Halsring schepperte nur ein wenig. Er hatte einst die stärksten Sklaven gefangengehalten. Was hatte er ihnen wohl angetan? Ich kämpfte ein Wimmern nieder und schämte mich gräßlich, daß es mir nicht ganz gelang.

Der Bursche schüttelte langsam den Kopf. Wieder schlug er mit dem Stock auf den Boden. Nun breitete sich der lähmende Schauder auf alle meine Glieder aus; ein mattes, bleiernes Gefühl, nicht unbedingt unangenehm, so weich und unbarmherzig wie diese ruhige Stimme. »Kämpft nur dagegen an, wenn Ihr wollt. Ihr fügt Euch nur sinnlos Schmerzen zu. Solchen Leuten wie Euch, Señor, ist nicht genug Kraft gegeben, um dem Unausweichlichen zu widerstehen. Die Tür steht weit offen, was wollt Ihr tun, um sie wieder zuzuschlagen? Und was Eure Freunde anbelangt, so darf ich Euch versichern, daß auch ihre Mühsal schon bald ein Ende haben wird! Und nun bitte ich Euch, mich zu entschuldigen. Unsere feierliche Zeremonie duldet keinen weiteren Aufschub!«

Mit einer schnellen Bewegung verneigte er sich ein-, zweimal vor mir, dann wirbelte er mit wehendem Umhang herum und marschierte mit großen Schritten davon …

Marschierte er wirklich? Es sah so aus, doch er bewegte sich viel zu schnell voran auf dem unebenen Boden, beinahe glitt er darüber wie ein vom Wind getriebenes Blatt. Ein schreckliches Zittern überkam mich, ein abgrundtiefer Schauder. Ich hatte seine Pläne, auf welche Weise auch immer, durchkreuzt, und vor Zorn und Enttäuschung ließ er allen Mummenschanz fahren. »Was zum Teufel *ist* er überhaupt?« hauchte ich.

Le Stryge stieß spuckend und keuchend ein glucksendes Lachen aus. »Aber klar doch, ja, du hast ihm widersprochen! Wie rührend – aber einen Deut zu spät, so ungefähr ein oder zwei Jahrhunderte zu spät! Wieso hast du das nicht gleich erkannt? An den Augen, Junge, den Augen! Eine von innen zerfressene Kreatur, ein von Parasiten bevölkerter hohler Baumstumpf, eine wandelnde Hülle. Nichts mehr übrig außer Gewohnheiten und Erinnerungen, der richtige Mensch ist schon lange aufgezehrt. Um seinesgleichen sollte jeder Mensch einen großen Bogen machen, sonst ist er die längste Zeit Mensch gewesen! Ihm zu widersprechen hat nicht viel Sinn!«

»Was bleibt mir denn anderes übrig?« fragte ich und spürte, wie mir das Blut aus dem Gesicht wich. Don Pedro hatte versucht, mich dazu zu überreden, den gleichen Weg wie er selbst zu gehen – und dabei ein Mensch zu bleiben. Wie sollte das funktionieren? Wie eine Puppe, die von innen ferngesteuert wird?

Oder wäre mir das alles sogar bewußt? Würden diese Gedanken so in mir auftauchen, als seien es meine eigenen? Vorstellungen, nach denen ich handelte, und von denen die meisten von mir zu stammen schienen – obwohl immer dieser kriechende, hilflose Verdacht bliebe. Und von mir würde immer weniger und weniger übrigbleiben, bis …

Ich sah nur zu deutlich, was Le Stryge gemeint hatte. Im Biologieunterricht in der Schule hatte ich mir Raupen gehalten. Als einige von ihnen plötzlich starben, entdeckte ich, daß die wachsende Wespenlarve sie von innen aufgefressen hatte, bis nur noch eine dünne Hauthülle übrig war, nur noch eine Maske des lebendigen Fleisches. Und die ganze Zeit über hatten sie sich weiter bewegt und gefressen wie vorher auch, so daß ich den Unterschied nicht bemerkt hatte.

»Ich will nicht so werden wie er!«

»Es wird dir nichts anderes übrigbleiben«, antwortete Stryge gleichmütig. »Es ist so, wie er sagt. Du bist leer, auch wenn du dir dessen nicht so bewußt bist. Vielleicht etwas weniger leer als er, denn du zeigst noch einige Gefühlsregungen für andere. Doch der Geist in deinem Inneren ist auf ein Minimum zusammengeschrumpft. Du kennst weder richtigen Haß noch richtige Liebe, weder das richtig Gute noch das richtig Böse. Du hast in deinem Leben dem entsagt, was das Leben ausmacht, und jetzt ist zuviel Hohlraum darin. Solche Leute kann man am leichtesten besetzen; und oft sind sie sogar froh darüber, auch wenn sie zunächst etwas anderes behaupten.«

»Was Sie nicht sagen!« fauchte ich. »Sonst fällt Ihnen nichts ein! Was gibt Ihnen das Recht, mich so zu verurteilen? Sie sind doch selbst fast genauso unheimlich wie er! Wenn Sie ein erfüllter Mensch sind, dann bleibe ich lieber hohl!«

Stryges Lächeln sah plötzlich furchterregend aus, und es kam mir vor, als flackerte in seinen Augen das orangefarbene Licht, das mir auf dem mit Abfall überhäuften und zugewucherten Grasplatz vor seiner Hütte aufgefallen war. »Ich bin erfüllt, in mir schlummern Mannigfaltigkeiten ... Das meiste davon würde dir weder gefallen, noch würdest du es verstehen wollen. Aber wenigstens habe ich es mir freiwillig angeeignet. Es steht mir zu Diensten, nicht umgekehrt.«

Ich erschauerte. »Und ich? Wozu braucht er mich überhaupt so dringend?«

»Was?« schnaubte der alte Mann. »Liegt das nicht auf der Hand? Trotz all seiner Macht hat dieser Don Pedro den Kern vor vielen Jahrhunderten verlassen und haust seither auf dieser Insel; dafür müssen wir dankbar sein. Von der Welt, die er beherrschen will, weiß er kaum etwas – wohingegen du, als das Kind, das du bist, im Umgang mit ihr geschickt und erfahren bist. Wenn du ihnen als Instrument dienst, stehen ihnen all deine Fähigkeiten zur Verfügung. Dann müssen sie nicht mehr auf einen derart umständlichen Plan zurückgreifen, wie du und der Navigator ihn vereitelt habt: einen *Dupiah* und ein Wolfsrudel an unseren Sperren vorbeizuschmuggeln, um im Kern durch Plünderungen Macht zu gewinnen. Dann könnten sie alles hereinschmuggeln, was sie wollen, auf allen möglichen Wegen, die wir in den Häfen nicht mehr kontrollieren können. Und sie könnten höher zielen, dich vielleicht in eine wichtige Machtposition aufsteigen lassen. Was könnte ein solcher *Homme d'affaires* – mit der Macht der Unsichtbaren hinter sich – nicht alles erreichen, wenn er sie geschickt und skrupellos einsetzt? Du würdest ihr Territorium auf alle Kreise der Welt ausdehnen ...«

»Aufhören! *Hören Sie auf damit!*« Es war, als wollte Clare mit ihrer Stimme die Fesseln sprengen, die ihre Glieder gefangen hielten. »Hören Sie auf, so hämisch über ihn herzuziehen, Sie muffiger alter Bastard! Es ist doch nicht seine Schuld!«

Ihre Worte bekamen durch den plötzlichen anschwellenden Trommelwirbel mehr Gewicht, der wie ein donnerndes Krachen niederging und sofort wieder verstummte. Die Menge wankte und teilte sich schließlich, und für einen Moment sah ich auch die Trommeln: dunkle, fast mannshohe Zylinder, immer in Dreiergruppen zusammengestellt, und über ihnen die großen Trommlerwölfe. Ihre Elefantenhaut glänzte vor Öl und Schweiß, die grell gefärbten Papageienkämme streiften das Dach der zeremoniellen *Tonnelle*.

»Und du kannst da wirklich nichts tun?« drang Malls Stimme schwerfällig durch die angespannte Stille. »Wie aussichtslos auch immer – gar nichts?«

»Wenn es etwas gäbe, hätte ich nicht auf deine Frage gewartet!« schnaubte Stryge verächtlich. »Die Zeremonie beginnt. Zuerst die *Mangés mineurs*, die kleinen Opfer, um die Unsichtbaren zu ihren ergebenen Verehrern herabzulocken. Dann folgen die *Mangés majeurs,* die großen Opfer, die sie Don Pedros Willen gefügig machen. Und dann – ist alles zu spät. Dann dringen sie mit all ihrer Macht in unseren hohlköpfigen Freund hier ein, und er muß weichen. Aber das werden wir schon nicht mehr mitansehen müssen! Wenn es wirklich noch Hoffnung gibt ...« Er nickte in meine Richtung, und zum ersten Mal sah ich lodernde Angst in diesem uralten, grausamen Blick. »Dann liegt sie bei ihm.«

»Bei *mir?*«

Ich hätte nach dieser schrecklichen Behauptung beinahe laut geschrien. Wie konnte er nur die ganze Verantwortung auf *mich* abwälzen?

Jetzt strichen Finger über die Trommelfelle, was einen tiefen, teils singenden, teils brummenden Ton hervorrief, der allmählich anschwoll. Dann kam ein zweiter Ton hinzu, ein leise dröhnender Gesang mit eigenartig verschlepptem Rhythmus, aus dem sich eine schlingernde, verzerrte Melodie entwickelte. Der Gesang bestand aus Worten, doch ich erkannte kein einziges davon. Dann knallten und brüllten die gespannten Häute auf, als Knochenstöcke und offene Handflächen auf sie eindroschen, ein sonderbarer Wirbel, der wie Meeresrauschen anstieg und wieder abfiel und sich schließlich zu einer Art stotterndem Marsch einpendelte. Hinter den Trommeln tauchten jetzt wankende Gestalten auf, die mit der betonten Langsamkeit einer rituellen Prozession voranschritten. Kaum merklich näherten sie sich dem Feuer und den hohen weißen Felsen. Sie wurden von einem besonders großen Wolf in zerlumpten schwarzen Gewändern angeführt, der einen riesigen, augenscheinlich mit Fingerknöcheln und im roten Licht leuchtenden, elfenbeinweißen Perlen behängten Flaschenkürbis schüttelte – oder waren das Zähne? Links und rechts von ihm schwangen zwei hochmütig aussehende Mulattinnen lange, dünne Stangen, an deren Enden mit komplizierten *Vever*-Mustern bestickte Wimpel flatterten. Dahinter marschierten zwei karibische Männer, die auf ihren tätowierten Handflächen blanke Entersäbel trugen. Ihnen wiederum folgten Männer und Frauen aller Schattierungen, die ebenfalls mit Knochenkürbissen rasselten und mit nackten Füßen auf den Boden stampften. Ich sah, wie einige von ihnen auf spitze Steine oder noch glühende, aus dem Feuer gesprungene Holzstückchen traten, doch sie schienen es nicht zu bemerken. Einige Teilnehmer aus der Menge schlossen sich ihnen an, während der Rest den Singsang übernahm und sich in ihm wiegte, wobei alle die Arme weit ausstreckten und die Köpfe hin und her rollten. Pausenlos singend umkreiste die Prozession die Flammen und kam vor dem Altarstein zum Stehen.

Der tonlose Gesang brach abrupt ab, ohne daß mir ein Zeichen dafür aufgefallen wäre. Die ganze Prozession sank nieder, und die Menge fiel wie eine schlaffe Leinwand in sich zusammen. Wölfe und Menschen kauerten mit über den Köpfen verschränkten Armen nebeneinander auf dem Boden. Nur einer blieb stehen, ganz hinten, einer, von dem ich genau wußte, daß er noch einen Moment vorher nicht dort gestanden hatte. Mit den schlafwandlerischen Bewegungen eines rituellen Tanzes glitt die in eine Mönchskutte gekleidete Gestalt über die Rücken ihrer im Staub liegenden Anhänger heran und stieg langsam auf den flachen, feuergeschwärzten Stein. Die Trommeln stotterten und jaulten, Arme wurden ausgestreckt, und die Kapuze fiel zurück. Don Pedros finsteres, kaltes Gesicht blickte auf seine Anhänger hinab wie der Mond, der hinter einer schwarzen Wolke hervorlugt.

Ich sah ihn ganz deutlich, auch das matte, angedeutete Lächeln, das noch immer auf seinen Zügen lag. Die darauffolgende atemlose Stille wurde von einem Ausbruch von Tiergeräuschen unterbrochen, ein tiefes, röhrendes Brummen, das eine Kakophonie anderer Laute auslöste. Hühner gackerten, etwas blökte, und mindestens zwei Hunde jaulten. Es hörte sich kein bißchen absurd an, sondern zerrte nur unglaublich an den Nerven. Wenn es das war, wofür ich es hielt …

Don Pedro streckte die Hände mit den Handflächen nach außen von sich und schnippte einmal laut und vernehmlich mit den Fingern. Mit wehendem Umhang kam der Anführer der Wölfe zu ihm hinauf auf den Altar, ihm folgten noch andere, Kariben, Weiße und Schwarze, beinahe alle deutlich größer als die kleine Gestalt im Mittelpunkt. Und doch war seine vom Licht umrissene Erscheinung die zentrale Figur, die anderen hingegen wirkten so wesenlos wie ihre Schatten auf den Felsen, in sich versunken und zitternd. Leise und lispelnd stimmte er einen Gesang an:

Coté solei' levé?
Li levé lans l'est!
Cotée solei' couche'?
Li couché lans Guinée!

Und doch klang diese Stimme kräftiger und energischer als das donnernde, ekstatische Flüstern der antwortenden Menge.

Li nans Guinée,
Grands, ouvri'chemin pour moins!

Dann, zunächst langsam, in einem eigenartig pulsierenden Rhythmus, begann die Menge zu klatschen, wurde lauter und schneller, bis sie beinahe die Trommeln übertönte. »Die *Battérie maconnique*,« murmelte der Stryge vor sich hin. »Das Große Anklopfen ...«

»Die Party kommt in Schwung, was?« sagte Jyp mit hörbarer Anstrengung.

Don Pedro schloß für einen Moment wie in Erwartung die Augen. Dann nahm er von einem seiner Altardiener einen großen Krug entgegen und drehte sich mit dem Gesicht wieder der Menge, dem Feuer und dem Stein hinter sich zu, wobei er den Krug vorsichtig wie zum Gruß erhob und schüttelte – es sah aus, als verneige er sich in alle vier Windrichtungen. Er schrie etwas Unverständliches und spritzte einen Schwall dessen, was der Krug enthielt, gegen den Stein. Es sah aus wie Blut und rann in rotbraunen Tropfen daran hinunter; doch dann beugte er sich achtlos über die Flammen des Feuers zu seiner Linken, ließ etwas von der Flüssigkeit hineinlaufen und wechselte nach rechts hinüber. Quer über die Vorderseite des Altars erhob sich zischend ein blauer Feuerbogen. Er hob den Krug grüßend in unsere Richtung – und schleuderte ihn mitten durch die Flammen. Wir duckten uns zur Seite, als er zwischen uns auf dem Boden zersprang und dabei einen Kometenschweif flammender und stechender Tropfen entließ. Die Menge brüllte auf, die Trommeln stampften hypnotisch, und die Schreie der erschreckten Tiere klangen lauter als je zuvor. Ein wüster Gestank erfüllte die Luft; er hatte Rum verbrannt, einen besonders starken Stoff.

Der Trommelrhythmus wurde schneller. Die Diener auf dem Altar drängten sich auf- und niederspringend um ihren Götzen, der als weitere Brandopfer noch mehr Rum, Mehl und eine Flüssigkeit, die wie Wein aussah, um sich schleuderte. Die Menge drängte nach vorne, hielt die Hände auf, eine Bitte der Verhungernden um die symbolische Nahrung, taumelnd und trampelnd, von einer Richtung in die andere wankend, wie Schlangen, die der Flöte des Beschwörers folgen. Aus der Menge ertönte das Kreischen einer Frau, ein schrecklicher, quälender Laut, der mehr war als nur ein Protestschrei. Dann sprang sie zum Altar hinauf, tanzend dem Rhythmus der Trommeln folgend und wirbelte in ihrem Kleidergewirr herum, bis sie im Feuerschein nicht mehr wie ein menschliches Wesen, sondern eher wie ein vom Wind zerzauster Vogel aussah. Plötzlich tanzte dort ein großer schwarzer Mann, warf sich gegen den Felsen und zu Don Pedros Füßen. Hinter ihm wiegte sich ein kleinerer weißer Mann wie eine Weide, unansehnlich und knochenlos, mit langem, dünnem, wehendem Haar. Wölfe erhoben bellend ihre schrecklichen Stimmen und fingen ebenfalls zu tanzen an, so daß der Boden unter ihren schweren Stiefeln erbebte. Kaum waren sie in den Tanz eingefallen, fing die ganze Meute wie ein Wasserkessel zu brodeln an. Nur unsere karibischen Wächter standen etwas abseits am

Rande der Lichtung. Sie scharrten mit den Füßen und tänzelten in engen Kreisen umher, wobei sie ihre Speere stampfend auf den Boden stießen. Doch als der Tanz an ihnen vorüberwirbelte, schrie einer von ihnen laut auf, duckte sich, machte einen Ausfallschritt nach vorne, stemmte die tätowierten Beine kraftvoll in den Boden und fuchtelte theatralisch drohend mit dem Speer herum. Die Trommeln hämmerten wild, woraufhin er umherhüpfte und mit seiner Waffe in die Luft stieß, und auch die restlichen karibischen Wächter fingen jetzt wie alle anderen an, sich zu schütteln und zuckend zu verrenken. In den Händen der Tänzer und an ihren Mündern blitzten Flaschen auf, die unterschiedslos von Hand zu Hand gereicht und, kaum daß sie leer waren, gegen das weiße Felsgestein geschleudert wurden. Die Altardiener mußten ihnen immer wieder ausweichen, doch Don Pedro lächelte nur und stand wie ein segnender Priester mit ausgestreckten Armen da – oder wie ein Puppenspieler, in dessen Händen alle Fäden zusammenlaufen.

Dann gestikulierte er, machte eine seltsam kreisförmige Bewegung, die er einmal, zweimal mit zackigen, diagonalen Gesten zerschnitt. Die Menge zog sich, immer noch tanzend, etwas zurück. Ein Diener sprang herab und streute Maismehl aus einer Schale auf die Erde vor dem Stein, und da er beim Austeilen über das verstreute Mehl trampelte, zeigte sich dort das gleiche Muster: ein von zwei Linien in vier Teile unterteilter Kreis.

Jetzt lösten sich Männer und Frauen aus der Menge, flatternde Bündel in den Händen haltend; sie reckten hilflos baumelnde Hühner über ihre Köpfe, hinauf zu dem Stein, und schwangen sie im Rhythmus des Tanzes hin und her. Plötzlich verfing sich der Feuerschein in einer langen Klinge, die Don Pedro in seiner schmalen, gelben Hand hielt. Sie blitzte auf, stieß blitzschnell in mehrere Richtungen, und mit einem exaltierten Schrei warfen die Diener die kopflosen Körper hoch in die Luft, so daß sie, noch immer flatternd und Blut verspritzend, in hohem Bogen mitten in den gevierteilten Kreis stürzten. Don Pedro schleuderte die Arme hoch über seinem Kopf und sang laut:

Carrefour! Me gleau! Me manger! Carrefour!

Die Menge heulte auf und brandete nach vorn, Kariben, Wölfe, Weiße und alle anderen, tanzend und von einer Seite zur anderen schwankend. Eine junge Frau fing einen der enthaupteten, herabstürzenden Kadaver auf, zerfetzte ihr Gewand und ließ das Blut auf ihren nackten Bauch spritzen; dann drückte sie ihn wiegend und singend an ihre Brust. In ihrer hohen, klaren Stimme konnte ich mit einem Mal einzelne Worte ausmachen:

Mait'Carrefour – ouvrir barrière pour moins!
Papa Legba – coté p'tits ou?
Mait'Carrefour – ou ouvre yo!
Papa Legba – ouvri barrière pour li passer!

Ouvri! Ouvri! Carrefour!

Carrefour – das hieß Kreuzung auf französisch. Und *Legba* ... Meine Fäuste ballten sich. Es war kein französisches Wort – ein Name, einer, den ich schon einmal gehört hatte. Mit einem Aufschrei, der wie atemloses Gelächter klang, wich die Menge zurück, und alle zeigten mit den Fingern auf ... Auf der freien Fläche vor dem blutbespritzten Zeichen sprangen und hüpften zwei oder drei Gestalten über glühende Stöcke, die sie aus dem Feuer gezogen hatten. Einer, ein untersetzter Mulatte in mittleren Jahren, strich an uns vorüber und warf uns aus trüben Augen lüstern funkelnde Blicke zu. Als mein Blick den seinen fand, verspürte ich einen kalten Schauer der Erregung. Da war keine wirkliche Ähnlichkeit – es war eher wie ein Ausdruck, der über dieses völlig andersartige, sonderbare Gesicht huschte. Eine obszöne, bis fast zur Unkenntlichkeit verzerrte Grimasse, und trotzdem war es zweifellos so. Es war der Blick des alten Musikers von der Straßenecke in New Orleans ... von dieser Kreuzung. Und *Legba* war der Name, mit dem Le Stryge von ihm gesprochen hatte ...

Verzweifelt rief ich hinter ihm her. Der Mann zögerte, schaute zu mir zurück, und ich war mir nicht mehr sicher, ob ich den Ausdruck immer noch in seinem Gesicht sehen konnte oder nicht. Da mir die Stimme versagte, streckte ich ihm meine gefesselten Hände entgegen. Doch da stieß Don Pedro erneut den Schrei *Carrefour!* aus, und die Menge gab ihn wie ein donnerndes Echo zurück. Die Tänzer erstarrten, richteten sich auf und lehnten sich nicht mehr auf ihre Stöcke. Dann streckten sie sich, stellten sich gar auf die Zehenspitzen, reckten die Arme in großen, wogenden Gesten der Abwehr und des Widerstands; ihre Gesichter verwandelten sich in ein Abbild wild entschlossenen Trotzes. Die Menge bebte vor Vorfreude.

Der Mann vor mir lachte, ein schreckliches, blubberndes Lachen, das ihm ganz allein zu gehören schien, nahm einen riesigen Schluck Rum – und spuckte ihn über den immer noch glimmenden Stock in seiner Hand in meine Richtung.

Ein Feuerregen kam wie ein Schwarm wütender Hornissen über mich; schreiend wand ich mich in meinen Fesseln. Auch Stryge hatte etwas davon abbekommen und knurrte wütend. Der Mann lachte wieder und zischte gehässig: »*Pou' faire chauffer les grains, blanc*!« Er spuckte aus und taumelte wieder auf die Tanzenden zu. Um *was* aufzuwärmen? Meine Eier. Sehr nett. Doch als er sich wegdrehte, hätte ich schwören können, daß sich sein Gesicht ganz kurz verzerrte, als würde er sich mit einem schrecklichen Zweifel oder einem Schmerz quälen, und da war er wieder, dieser Legba-Blick! In diesem schiefen, bösartigen Gesicht hatte noch etwas anderes als Niedertracht aufgeblitzt, so als ... als würde er *mich* anflehen?

Wieder ich. Immer ich. Was wollten bloß alle von mir? Was konnte ich ihnen geben?

»Ihn anzusprechen!« brabbelte Stryge düster. »Du hättest dir deine verdammte Puste sparen können!«

»Er hat mir schon in New Orleans geholfen!« protestierte ich.

»Mag sein! Aber wie und warum …« Stryge wiegte den Kopf grimmig hin und her. Seine Stimme rasselte wie ein *Açon*-Kürbis. »Hier wird er es jedenfalls nicht tun. Er kann nicht. Der *Haut Chant* war mit frischem Blut getränkt. Er konnte nicht widerstehen. Der Gesang hat seine Schattenexistenz hervorgekehrt, seine verzerrte Form – den Dunklen Wächter. *Carrefour*. Nicht den Öffner der Wege, sondern den Wächter der Kreuzwege. Und *Carrefour* ist *niemandes* Freund.« Er zog den Kopf zwischen die Schultern. »Jetzt steht der Weg offen. Und die anderen müssen gehorchen, wenn das Blut ruft …«

Linien aus Maismehl malten ein anderes, komplizierteres *Vever*-Muster. Die Trommeln dröhnten und rasselten, die Menge wiegte sich – und plötzlich flammte eine weitere höllische Opfergabe aus Rum über dem Feuer auf. Männer und Frauen aus der Menge zerrten mehrere Ziegen herbei, andere kamen mit Hunden – elende, dürre Köter, die einem dennoch leid taten, wie sie unsicher mit den Schwänzen wedelten und herumschnupperten. Don Pedros schrilles Heulen erhob sich erneut:

Damballah! Damballah Oueddo!
Ou Coulevre moins!
Ou Coulevre!

Die Menge warf den Namen zurück:

Damballah!
Nous p'vini!

»Voodoo-Rituale«, murmelte Jyp. »Ich habe schon einige erlebt, aber nichts, was diesem hier glich! Das schießt den Vogel ab! Die Gebete sind die gleichen, jedenfalls die Worte, doch der ganze Ton ist falsch! Sie beten die *Loas* nicht an, sie befehlen ihnen!«

»Befehlen, allerdings!« sagte Stryge heiser. »Hier wimmelt es nur so von Kräften aller Art. Das ist Don Pedros eigener *Tonnelle*, das Herz seines Kultes. Dies hier ist das Ritual, das die anderen Petro-Riten allenfalls imitieren, als schwachen Abklatsch, halb verstanden; das hier ist der zentrale Ritus. Blut zieht die Unsichtbaren an, frisch vergossenes Blut, und Pedros Macht verführt sie. Sie sind von Natur aus flüssig, er kann Sie nicht verändern, doch er kann Sie in einer Form binden, in der Sie ihre schlimmsten Seiten offenbaren. Damballah ist eine Kraft aus Himmel, Regen und Wetter, doch sie machen aus Ihm den *Coulevre*, die Verschlingende Schlange – ein Wesen aus Sturm und Flut ...«

Er hörte auf zu reden, vielmehr wurde er von Clares Schrei unterbrochen. Die kläglich blökende Ziege wurde brutal mit ausgestreckten Beinen an den Altar gebunden. Don Pedros Schwert vollführte einen langsamen, schrägen Schnitt am Unterleib. Das gefesselte Tier zuckte und brüllte, woraufhin die Zuschauer begeistert aufschrien; mir hob sich der Magen. Es kam mir wie eine Ewigkeit vor, bis die Klinge ein zweites Mal niederfuhr. Eine Blutfontäne schoß auf, und die Menge drängte näher heran, um sie aufzufangen, zu schmecken, sie leckten sich die Hände ab, und ihre Gewänder oder die der nächsten Nachbarn, um nur ja keinen Tropfen zu vergeuden. Der kopflose Ziegenkörper wurde noch zuckend zwischen sie geschleudert, doch sie zertrampelten ihn gleichgültig, schon begierig auf das nächste Opfer lauernd.

Das Ritual war jedesmal das gleiche. Zwei Schnitte, einer zum Kastrieren, der andere, nach einem genüßlich ausgekosteten Moment, um den Kopf vom Rumpf zu trennen. Ich zuckte bei jedem Streich der Klinge zusammen. So würde er sich durch die bemitleidenswerte Prozession seiner Opfer schlachten, angefeuert von den wahnsinnigen Gesängen, den Schreien und dem Blutgeruch. Und wenn alle Opfer aufgebraucht waren, würde er seine *Cabrits sans cornes* anbieten, seine besonderen Ziegen ohne Hörner – Clare und Mall und Jyp und Le Stryge und all die anderen. Aber nicht mich, wie es schien. Für mich hatte er sich etwas ganz Besonderes ausgedacht.

Ich mußte nur abwarten und zuschauen.

Ich sah Schreckliches. Am schlimmsten war es, als er die Hunde tötete – das mag unlogisch erscheinen, aber ich empfand es so. Und immer, wenn wir die Beine des Opfers zucken sahen und das frische Blut die Rinnen im Stein hinabrann, dachten wir, jetzt würde er mit uns weitermachen. Bei jeder neuen Runde, bei der stets ein neues *Vever* in die Paste aus Maismehl, Blut und zertrampelter Erde gezeichnet, neuer Opfertrank vergossen und neue Namen gen Himmel ausgestoßen wurden, die Trommeln neue Rhythmen schlugen und die Tänzer, Menschen wie Wölfe, sich erneut in Trance wirbelten, bis die Erde unter ihren stampfenden Füßen dröhnte.

Gegen den pulsierenden Feuerschein, in dem ihre zuckenden Schatten wie in einem zerstörten Ameisenhaufen umherrasten, sah die ganze Szenerie wahrhaftig wie eine Vision der Hölle aus. Bislang hatten die meisten Tänzer noch nichts Nennenswertes beigetragen, außer dem Geschrei, dem Singsang und dem Getrampel, an dem jedoch alle anderen auch teilhatten. Doch es war nicht weiter verwunderlich, als einige von ihnen plötzlich anfingen, Amok zu laufen oder Salto zu schlagen und mit Schaum vor den Mündern in wilden Anfällen zu Boden gingen. Andere rannten in ekstatischen Anwandlungen hierhin und dorthin oder brachen in dermaßen hysterisches Schreien aus, daß ihre Nachbarn sie packen und knebeln mußten. Doch diese Anfälle gingen schnell vorüber, und jetzt fing die Menge an, sich zu verändern, jeder einzelne von ihnen, einer nach dem anderen. So wie die ersten sich wie alte

Männer gebärdet hatten, fielen sie jetzt beim Tanzen in andere Rollen. Sie stimmten Gesänge in heiseren, fremdartigen Stimmen an, spazierten und hüpften mit absonderlichen Gesten umher, als bewegten sie sich in vorbestimmten Mustern. Sie sahen aus wie Schauspieler, die zum Vorsprechen alle die gleiche Rolle einstudierten. Als hätte sich eine andere Identität wie ein Schleier über sie gelegt und ihre eigene unter sich begraben.

Das alles war an sich schon verstörend, doch dieser Anblick zermürbte mich besonders. Das war Besessenheit – die Besessenheit, die ich so sehr fürchtete, die umgekehrten *Loas*, die auf ihre Jünger herabkamen, um sich ihrer zu bemächtigen. Doch diese schienen es herauszufordern, ja mit offenen Armen zu erwarten. Einer oder zwei der Altardiener, die rings um den Stein standen, schnappten sich eigens dafür bereitliegende Utensilien, als wüßten sie im voraus, welches andere Ich von ihnen Besitz ergreifen würde. Einige aus der Menge blieben sogar unverändert, schminkten sich die Gesichter mit Holzkohle, Blut und Mehl zu improvisierten Masken. Doch die meisten der Tänzer ließen jeden neuen Namen, jede Herabkunft eines neuen Gottes wie sich brechende Gefühlswellen über sich zusammenschlagen. Innerhalb eines Augenblicks glitten sie von einem Zustand in den anderen, ob wild schreiender Zorn oder schlangenhafte Anmut, in einer Art zitternder Erregung, halb hysterisch, halb lüstern, die sämtliche Grenzen des alltäglichen Benehmens weit hinter sich ließ.

In dem Moment, als der Ruf nach *Ghedé* emporstieg, zuckten sie und rollten die Hüften in krassen spastischen Verrenkungen, rituell, roboterhaft – wie verbogene Skelette, die sich über die Bewegungen des Fleisches lustig machten. Im nächsten Augenblick, beim Schrei nach *Zandor*, rissen sie die steinige Erde mit bloßen Füßen auf, wie Pflüge – dann hockten sie sich hin, entleerten ihre Därme und trampelten darin herum. Als vom Altar der Name *Marinette* ausgestoßen wurde, gingen sie steifbeinig umher, rollten die Augen in grotesk verführerischen Grimassen, produzierten sich vor dem Altar, vor einander und sogar vor uns, die wir gefesselt auf dem Boden lagen. Eine Wolfsfrau stellte sich mit gespreizten Beinen vor uns, pumpte mit dem Unterleib vor und zurück, wobei sie ihr zottiges, purpurfarbenes Haar gegen ihre langen Glieder schleuderte, ihre Gewänder in Stücke riß und uns mit Gesten und Bewegungen verhöhnte. Andere schlossen sich ihr an, Wesen beiderlei Geschlechts produzierten sich ausgelassen und stolzierten keck und stolz direkt vor unserer Nase herum. Die Dinge, die sie aufführten, waren für sich gesehen nur ordinär – sonst eigentlich nicht schlimmer als die Show einer Hure oder das werbende Spiel eines Liebhabers. Doch auf uns gemünzt war es eindeutig aggressiv, erniedrigend und verächtlich gemeint – und das machte es wirklich auf brutale Weise obszön.

In der nächsten Minute folgte ein anderer Name, und die Tänzer vergaßen uns, stürzten sich auf den Nächstbesten, umklammerten ihn, krallten sich in seine Haut, schleckten einander ab, bestiegen einander. Obwohl einige dieser Aktionen eindeutig sexueller Natur waren, nahmen sie doch regelmäßig eine ekelerregende Wendung, und alle kreischten vor Lachen, sobald Blut floß. Es war eine leidenschaftslose Orgie, ohne jegliche Spur wirklicher Lust. Mir drehte sich der Magen um. Und in dem Augenblick, in dem der kleine Mann den Namen *Agwé!* ausstieß, vergaßen sie wieder alles, fielen auseinander, rollten über die Erde und scharrten mit den Gliedern umher, als wollten sie den dreckigen Boden durchschwimmen.

Ich schwamm auch und kämpfte dagegen an, nicht unterzugehen. Ich kämpfte darum, weiter zu denken, darauf zu kommen, was Stryge von mir erwarten könnte – etwas, das mir noch immer möglich war, ihm, mit all seiner Macht, hingegen nicht. Doch die Trommeln stampften meine Gedanken zu Brei, mein Kopf schmerzte und meine Konzentration zerstob in kleinste Partikel. Das Gewaber aus Tanz und Flammen entwickelte allmählich eine hypnotische Wirkung. Ich konnte die Augen von diesen abstrusen Ritualen, die sich direkt vor mir abspielten, einfach nicht abwenden. Stunden und Minuten bedeuteten nichts mehr, es gab nur noch ein endloses Flackern der Nacht, erfüllt vom Gebrüll und dem Gestank der brodelnden, manischen Menge, die auf die Befehle eines Verrückten hin verrückte Dinge tat. Ich versuchte zu beweisen, daß Le Stryge unrecht hatte: Ich versuchte zu beten. Aber was sollte ich sagen? Und wem? Hier draußen gab es so vieles, das ich nie für möglich gehalten hätte, vielleicht gab es auch Götter … einige, ein paar, alle, vielleicht. Doch was hatte ich irgendeinem von ihnen zu sagen?

Meine Gedanken lösten sich von mir. Wieder und wieder ertappte ich mich dabei, wie ich mich im Rhythmus der Trommeln und Stimmen wiegte. In einem verzweifelten Versuch, wach und bei Sinnen zu bleiben, grub ich meine Zähne in die Unterlippe – um wenigstens zu widerstehen, irgendwie. Doch es passierte immer wieder, ich brachte die Energie nicht auf. Hier auf der kalten Erde zu sitzen lähmte mich, verlangsamte meinen Blutkreislauf. Eine tiefe Stimme lenkte mich fortwährend ab, gemurmelte Worte, die ich nur halb verstehen konnte. Ich versuchte, denjenigen anzuschreien, und erst dann wurde mir klar, daß ich selbst es war. Zunächst dachte ich, jetzt würde ich überschnappen; dann drang die Wahrheit durch, und das war noch schlimmer.

Ich zappelte in den Fängen heller Panik. Es war bereits eingetreten. Das, was ich am meisten fürchtete – es kam über mich, behutsam, hinterlistig, während ich hier saß. Dem sollte ich widerstehen? Ich hatte nicht die geringste Chance.

Entsetzt biß ich auf meine ungehorsame Zunge, schlug die Zähne fest hinein, um mich der Versuchung entgegenzustemmen. Dadurch konnte ich mich besser auf den Schmerz konzentrieren – und dann wußte ich, daß der Stryge recht gehabt hatte. Es gab doch etwas, das ich tun konnte, ein Mittel, mit dem ich Don Pedros Pläne durchkreuzen und dem Schicksal, das der kleine Bastard für mich bestimmt hatte, entkommen konnte. Doch ich wußte jetzt auch, weshalb er mir nicht verraten hatte, was es war.

Ich konnte meine Zunge abbeißen, an meinem Blut ersticken und einfach sterben.

Eine simple Lösung, aber nicht ganz so leicht auszuführen. Ich hatte von Leuten gehört, denen das gelungen war: Gefangenen unter der Folter, Verrückten in Zwangsjacken. Ich sagte mir, mein Motiv sei ohne Zweifel mindestens so schwerwiegend wie das ihre. Nicht daß mein Tod meine Freunde gerettet hätte, aber er würde eine Menge anderer Leben retten. Und er würde mich vor etwas weit Schlimmerem bewahren … vor dem Schicksal, eine Marionette zu sein, ein Gefangener im eigenen Körper, die bloße Hülle für einen so räuberischen Alptraum, daß ich ihn mir kaum vorzustellen vermochte. Also versuchte ich es. Ich versuchte es wirklich. Ich preßte meine Zähne auf das Herzstück dieses dicken Muskels, bis der Schmerz unerträglich wurde und die Adern heraustraten – und nicht weiter. Ich konnte es nicht. Ich war bereit. Ich hatte die Kraft … und schaffte es einfach nicht.

Man kann es Feigheit nennen, oder unbewußten Widerstand, doch ich brachte es ebensowenig fertig, wie mich aus meinen Fesseln wie ein Vogel in die Lüfte zu erheben. Ich versuchte es wieder und wieder, ich biß fest zu, schlug mit dem Kopf auf und nieder … aber mir fiel nichts ein, das meine Kiefer dazu gebracht hätte, sich zu schließen.

Soviel zum Thema Heldentum. Die ganze Zeit über spürte ich, wie mir die Selbstkontrolle allmählich entglitt. Ich wußte, daß mich etwas schwächte – die Trommeln, die Kälte, der Gesang, die faulige Luft, die durchgedrehte kleine Parade dort vor dem Altar. Daran dachte ich zuerst. Bald schon wußte ich es besser. All das trug wohl dazu bei, sie trampelten in meinen Gedanken herum und besudelten sie. Doch es war etwas anderes, etwas hinter ihnen, das beharrlich arbeitete. Etwas, das größer war als die Summe ihrer widerlichen Aktivitäten. Mit jeder neuen Welle wurde seine Präsenz stärker, wie Hände, die an mir zerrten; vorsichtig, aber unerbittlich. Es preßte meine Gedanken in die eine und dann in die andere Richtung, so wie man einen Zahn im Kiefer lockert.

Es handelte sich nicht um eine Illusion. Ich fing an, Dinge zu sehen. Gestalten, um vieles größer als Menschen, die hinter den Tänzern hochsprangen und sich drehten und überschlugen, die sie wie riesige, gegen den Himmel geworfene Schatten nachäfften. Von Minute zu Minute sah ich sie klarer, deutlicher über mich hinwirbeln, und was um mich herum war, verschwamm immer mehr. In meinem Gehirn redeten Stimmen, kleine, kitzelnde Flüsterstimmen und tiefe, donnernde Töne. Ich spürte blitzartige Gedanken und Erinnerungen, die nicht die meinen waren, die unmöglich die eines Menschen sein konnten, in deren Folge nur noch Verwirrung möglich war, so weit entfernt waren sie von aller Erfahrung, die ich je würde machen können.

Wenn ich noch mehr Angst hätte haben können, als ich ohnehin schon hatte, dann wäre das der richtige Moment dafür gewesen. Doch es verlief völlig anders. Von Minute zu Minute fühlte ich mich leichter, ich wurde immer neugieriger. In weiter Entfernung eine halboffene Tür, von der ein warmes Licht ausging ... der Geruch einer nahrhaften Mahlzeit ... der Klang vertrauter Stimmen ... Wenn das einem verlorenen, hungrigen Kind in eisiger Nacht geschieht, dann war es nur ein schwacher Abglanz dessen, was ich fühlte. All die Verheißungen einer absoluten Sicherheit, einer bislang ungekannten Glückseligkeit, einer Erfüllung, nach der ich mich, ohne es zu wissen, mein ganzes Leben lang gesehnt hatte – ein entfernter Geschmack dieser Dinge umspielte mich, das Versprechen, daß all das vor mir lag und näher kam. Es machte mir überhaupt nichts aus, daß mein Körper leicht wurde, taub ... bis ich plötzlich spürte, wie meine Glieder stark zuckten, einmal, zweimal, ohne daß ich versucht hätte, sie zu bewegen. Als würden sie unter die Kontrolle eines anderen Willens geraten …

Zitternd und schwitzend schreckte ich auf. Mein Kopf hatte sich nach vorne geneigt, das Kinn war auf die Brust gesunken. Es war wie der Kampf gegen den Schlaf, wenn man bis tief in die Nacht hinein arbeitet. Außer daß in der warmen Schwärze hinter meinen Augenlidern *Etwas* wartete …

Ich kämpfte verzweifelt darum, die Kontrolle wiederzuerlangen. Irgendwo, irgendwo in weiter Ferne nahm ich ein neues, schrilles Element im Klang der Trommeln wahr, ein scharfes, metallisches Klingeln, wie die Inkarnation eines Kopfschmerzes. Und da waren Stimmen … die von Stryge, so harsch und trostlos, wie ich sie noch nie zuvor gehört hatte: »… schlagen sie das *Ogan*-Eisen, hörst du? Das wär's dann … das ist das Ende. Der letzte … der Größte. Wenn sie Ihn rufen können, Ihm Befehle erteilen …«

Etwas in seinen Worten weckte meine Aufmerksamkeit … eine entfernte Erinnerung. Einigen Überresten meines eigenen Willens gelang es, sich erneut zu behaupten. Ich konzentrierte mich fieberhaft auf das, was mich noch mit dieser Welt verband … auf den Schmerz in der Zunge, das dumpfe Stechen der Verbrennungen, meine eingeschlafenen Hinterbacken auf dem kalten Boden. *Ogan* – dieses Wort hatte ich aufgeschnappt. Wo hatte ich es nur schon einmal gehört? Ich grinste. Natürlich: Frederick. Es tat gut, gerade jetzt an ihn zu denken. Der alte Frederick mit seinen breiten Koteletten, wie er vor Aufregung schnaufte, nicht minder kampfeslustig als St. James auf seinem Bild … *»Denk nach, Mann! Wie willst du das den Unsichtbaren erklären, Cuffee? Mit Ogoun kann man nicht streiten!«*

Wir beide hatten uns erst spät auf unseren Mut besonnen, er und ich; jedenfalls besser spät als nie. Das mußte ein Ende haben. Tod, Vernichtung … ich mußte mich an etwas festhalten. Besser das, als in dieser schrecklich angenehmen Verführung zu versinken, in dieser Glückseligkeit, in der ich nicht mehr ich selbst sein konnte. Stryge hatte mir vorgeworfen, ich würde überhaupt nichts anbeten; er hatte sich geirrt. Schon einmal hatte ich mein Glück weggeworfen – weil ich den Erfolg anbetete. Nicht die sichtbaren Zeichen des Erfolges, nicht das, was er mir versprach. Es ging allein um die Befriedigung durch die vollbrachte Leistung. Und welchen Gott dieser Erfolg auch repräsentierte – wenn ich mich ihm damals bedingungslos geopfert hatte, würde ich doch wohl in der Lage sein, das gleiche auch jetzt zu tun. Oder aber …

Seinem Gegenteil. Seiner absoluten Negation, seinem Antichrist. Dem Versagen. Dem absoluten Versagen …

»Mit dem Erfolg läßt sich nicht streiten …
Nicht streiten mit …
Man kann nicht streiten mit …
Ogoun …«

Ich atmete so tief ein, daß es mir in den Ohren klingelte, warf den Kopf zurück und rammte mein Kinn fest gegen meine Brust. Ich biß …

Und für einen winzigen Augenblick flohen die Schatten ein wenig vor mir, ließen mich keuchend auf dem Boden liegend zurück. Blut lief mir aus dem Mund. Meine Zunge tat höllisch weh, doch ich hatte nur am Rand ein Stück hineingebissen. Ich war keineswegs soweit, zu ersticken. Ich sah, wie Jyp mich anstarrte, sah Malls getrübten Blick und am Ende der Reihe Clare, mit vor Entsetzen weit aufgerissenen Augen. Das war zuviel.

»Alles in Ordnung!« murmelte ich benommen, wobei ich nach einer Erklärung dafür suchte, daß ich mich so ungestüm gebärdete. »Es ist nichts. Der Saukerl hat recht gehabt … meine Eier sind wirklich kalt! Ich könnte …«

Ich war sprachlos, als ich sah, wie sie auf meine Worte reagierten. Selbst Le Stryge versuchte in heller Angst weiter von mir weg zu kommen, wobei er mich am Kragen beinahe vom

Boden hochriß, was nicht gerade angenehm war; die anderen wichen mit einem Ausdruck auf den Gesichtern zurück, den ich mir nicht erklären konnte.

»Hey«, sagte ich, spuckte den Blutschleim aus und versuchte, etwas deutlicher zu sprechen. »Alles in Ordnung! Ich wollte nur sagen, ich könnte jetzt einen Schluck von diesem verdammten Rum gebrauchen, weil mir nämlich meine …«

»Jawoll!« krächzte Jyp. Nur einmal zuvor hatte ich sein Gesicht so blaß gesehen, und das war nach der Episode mit dem *Dupiah*. »Aber wieso hast du das auf kreolisch gesagt?«

»Auf kreolisch?« Jetzt war ich an der Reihe, verblüfft zu sein. »Ich spreche kein Kreolisch! Vielleicht etwas Französisch, aber …« Ich versuchte, es noch einmal zu sagen. Und ich hörte tatsächlich, wie sich meine eigene Stimme veränderte, spürte, wie sich die Muskeln im Kehlkopf lockerten und wandelten, und der Klang, den sie hervorbrachten, war unmöglich tief und sonor; ich spürte, wie sich meine Zunge verformte, neue Töne, neue Klangfarben hervorbrachte … ein anderes Wort, eine andere Sprache, eine völlig andere Stimme.

»*Graine moaine 'fret! Don'moa d'rhum!*«

Verdammt noch mal, es war tatsächlich kreolisch.

Die Schatten vor mir wankten zögerlich, und im gleichen Moment, in dem sich meine Kehle erneut verkrampfte, wußte ich, daß ich wieder im Besitz meiner eigenen Stimme war.

Vorher jedoch konnte ich ein Wort herauspressen, zu dem mich Le Stryge zischend ermutigt hatte: »Ja, mach weiter! *Mach weiter!* Nicht dagegen ankämpfen!« Und er fing an, mit seinen gefesselten Füßen in dem ausgestreuten Mehl herumzuscharren, mit dem der Boden vor uns inzwischen ganz bedeckt war. Vor Anstrengung grunzend versuchte er, ein Muster in das Mehl zu kratzen. Ein recht kompliziertes, kein Wunder, daß er sich so abrackerte; wie ein phantastisches Stück geschmiedetes Eisen, ein geriffeltes Gitter oder Tor …

Ohne Vorwarnung stieg das Eisengetrommel zu einem Crescendo an, die Trommeln versuchten donnernd mitzuhalten –

und verstummten plötzlich beim Gegenschlag. Das Aussetzen des betäubenden Geräuschs war schlimmer als einfach nur Stille. Eher wie eine Pistole mit Ladehemmung, wie ein Streichholz, das über der Lunte schwebt. Ich schaute auf und blickte über den ganzen Platz hinweg direkt in Don Pedros Augen, undurchdringlich wie die Nacht selbst. Er vollführte eine Geste mit dem tropfenden Schwert, woraufhin zwei seiner *Bokor*-Diener vom Altar heruntersprangen und auf uns zukamen. In den Händen hielten sie Schlingen aus Hanf, die noch von den gefesselten Tieren stammen mußten. Der Schlag der Trommeln setzte erneut ein, jetzt als langsames, dunkles Grollen. Beim Gehen fielen sie in einen dazu passenden Gesang, wobei sie die Worte mit konzentrierter, überzeugter Eindringlichkeit intonierten:

Si ou mander poule, me bai ou.
Si ou mander cabrit, me bai ou.

Si ou mander chien, me bai ou.
Si ou mander bef, me bai ou …

Ich stellte verblüfft fest, daß ich sie verstehen konnte – und zwar nur zu gut.

Wenn du ein Huhn von mir verlangst, ich finde es …

Darauf hätte ich jederzeit gewettet. Die Menge teilte sich vor ihnen und folgte ihnen dann. Einer oder zwei fingen an zu spotten und zu heulen und schwenkten die Flaschen, doch die meisten fielen in den Gesang ein. Auf ihren verzerrten Gesichtern zeigte sich ein seltsames unmenschliches Gemisch aus Gier und Furcht.

Si ou mander cabrit sans cor
Coté me pren'pr bai ou?

Ou a mangé viande moins,
Ou à quitter zos pour demain?

Wenn du eine Ziege ohne Hörner von mir verlangst,
Wo soll ich sie suchen?
Wirst du dich an meinem Fleisch satt essen,
Und die Knochen für morgen übriglassen?

Jetzt war es also endlich soweit. Die kleinen Opfer – die Tiere – das war jetzt vorbei. Die *Loas* waren hier, in der Gestalt derer, die sich ihrer bemächtigt hatten. Und ich hatte nicht so einfach nachgegeben. Jetzt mußte sie Don Pedro, wie Le Stryge gemutmaßt hatte, seinem Willen unterwerfen und sie dazu zwingen, mich mit Gewalt zu nehmen. Dazu war mehr Blut nötig, stärkeres Blut – *Mangés majeurs*. Menschenblut. Unser Blut.

Sie kamen zu diesem Ende unserer Reihe, womöglich wollten sie gleich mit Stryge beginnen. Er schenkte ihnen keinerlei Beachtung, sondern kratzte unbeirrt weiter mit den Fersen im Staub und im feuchten Mehl und keuchte vor Anstrengung vor sich hin. Mit einem Mal erkannte ich, daß auch er etwas sang, zum gleichen Rhythmus der Trommeln – eine eigene noch seltsamere, verbissenere Beschwörung:

Par pouvoir St. Jacques Majeur,
Ogoun Feraille, negre fer, negre feraille,
negre tagnifer tago,
Ogoun Badgris,
negre Baguido Bago,
Ogoun Batala …

Der Rhythmus trieb die Worte wie Nägel in meinen Kopf. Ich *spürte* sie, überdeutlich und jenseits aller Erklärungen. Und ich spürte noch etwas anderes, etwas, das mich die Gefahr, die Erniedrigung und alles andere vergessen ließ. Ich brauchte …

Ich brauchte einen Drink – unbedingt, und zwar auf die absolut widerlichste Art. Ich mochte keine Flaschen, doch der Durst war so stark, daß ich allein bei dem Gedanken an den scheußlichen Geschmack vor Gier trocken schlucken mußte. Jetzt wirbelten die Tänzer um uns herum, beschimpften und bespuckten uns. Ich sah nur noch diese verdammten Flaschen. Es machte mich richtig rasend, wie sie das Zeug schluckten und überall verschütteten, und ich hatte nichts. Ich schrie sie an, und als sie nur noch lauter jaulten und höhnten, spürte ich, daß ich wie ein Wasserkessel zu kochen anfing. Wutentbrannt verlangte ich meinen Anteil, schlug mit meinen gebundenen Fäusten auf den Boden und brüllte: »*Rhum, merde'e'chienne! D'rhum …*«

Ich erschrak selbst einigermaßen darüber, wie dröhnend es herauskam, so laut, daß es die lärmende Meute mitsamt den Trommeln übertönte. Ich sah, wie die nahenden Altardiener zögerten, wie die Menge zurückwogte.

Da kam der Rum!

Ich grabschte nach der nächstbesten Flasche und stellte dabei fest, daß meine Handgelenke frei waren, obwohl die Stricke noch daran hingen. Die Füße waren noch gefesselt … ich wußte nicht, warum, und so strampelte ich mich mit einem freudigen Aufschrei los und versuchte erneut, nach der Flasche zu greifen … und fiel bäuchlings auf die Erde, mit dem Gesicht in den Matsch.

Natürlich! Da waren noch dieses blöde Eisenband und die Kette an meinem Hals – und um die Hälse der anderen! Was sollte dieser Unsinn? Waren wir Cockerspaniel, oder was?

Empört klopfte ich auf das Eisen. Dann hörte ich meine Stimme beleidigt fragen, weshalb mich mein alter Freund, mein treuer alter Diener so behandelte. Erkannte er mich nicht mehr? Erkannte es seinen Herrn und Meister nicht? Ich streichelte die gute alte, abgenutzte Oberfläche – und spürte die Freude, die in dem lebendigen Eisen hüpfte und zitterte, wie ein aufgeregter Hund, der seinen Herrn begrüßt. Ich hörte den Bolzen vor Begeisterung quietschen, als er sich wie ein Wurm in die Freiheit wand, und dann den singenden Klang wilder Freiheit, als der eiserne Kragen von meinem Hals sprang.

Das Gelächter erstarb. Mit offenstehenden Mündern und angehaltenem Atem wich die Menge zurück. Ich ging blitzartig in die Hocke, angespannt wie eine Katze vor dem Sprung. Neben mir trat Stryge wie wild nach seinem Diagramm, um dann mit einem erschöpften Stöhnen zusammenzubrechen. Als einer der Altardiener das Muster erblickte, sprangen ihm beinahe die Augen aus dem Kopf. Er zeigte mit dem Finger darauf und kreischte: »*Li vever! Ogoun! Ogoun Ferraille!*«

Irgend etwas in mir sprang auf diesen Namen an, etwas, das wie ein leuchtend rotes Banner im Wind flatterte, etwas, das wie Trompetenschall schmetterte. Ich spürte eine wild wirbelnde Begeisterung, eine verrückt singende, prahlerische, Salto schlagende Freude. Ich war der Boss, ich hatte hier das Sagen, alles hatte hier nach meiner Pfeife zu tanzen – und sie taten besser daran, es nicht zu vergessen!

Diese *Bokor*-Saubande! Sie hatten tatsächlich geglaubt …

Sie hatten sich nicht entblödet zu glauben …

Sie hatten es gewagt zu glauben, sie könnten die Unsichtbaren reiten, wie die Unsichtbaren die Menschen ritten.

Sie hatten es gewagt, mich dazu zu zwingen, ihnen dabei zu helfen! Mich!

Mich –

Mich –

Mich –

Mich –

Mich –

Mich –

Sie hatten gedacht, sie könnten meine Freunde opfern …

Meine Freunde …

Sie in Eisen legen …

Mein Eisen!

Und sie hatten es gewagt, Mir den Rum zu verweigern!

RUM!

Den Rum, der Mein Vorrecht war. Mein Zeichen. Mein Lebensblut – sie hatten es *GEWAGT* …

Ich brüllte. Dieses Mal brüllte ich wirklich. Das Gebrüll zerriß die Dunkelheit und erfüllte sie wie das kehlige Donnern eines Löwen auf der Pirsch. Die Flammen neigten sich unter dem Druck nach hinten, die Menge schrie auf, die Altardiener ließen ihre Schlingen fallen und eilten zurück, einer versuchte noch umständlich, seinen Säbel aus dem Gürtel zu zerren. Die Trommeln kamen ins Stottern, wurden leiser, verstummten. Sie setzten nicht wieder ein.

Mein Herz schlug so heftig, daß es mich bei jedem Schlag durchrüttelte. Wie eine Flutwelle senkte sich ein roter Nebel über die Nacht – und ich fiel den nächstbesten Wolf an. Er schlug mit bloßen Fäusten auf mich ein. Ich bekam seinen Arm zu packen, verdrehte ihn, entwand ihm die Flasche und schleuderte den Kerl zur Seite. Er sprang wieder auf, spie Rotz und Galle und ging mir an die Kehle. Mit der freien Hand schnappte ich mir sein Handgelenk, aber es war so dick, daß mein Griff wegrutschte. Etwas anderes rutschte in sich zusammen, etwas in meinem Inneren. Dann hörte ich Le Stryge hinter mir seinen raspelnden Gesang erneut anstimmen:

Ogoun vini caille nous!
Li gran'gout, li grangran soif!
Grand me'ci, Ogoun Badagris!
Manger! Bueh! Sat'!

Ich hörte es. Ich verstand …

Ogoun, komm hierher zu uns!
Du bist sehr hungrig, sehr durstig!
Allergrößten Dank, dir Ogoun Badagris!
Komm essen! Komm trinken! Sättige dich!

Das war sehr richtig und durchaus angebracht. Mit einem lauten Ausruf setzte ich die Flasche an die Lippen und leerte sie in einem langen, gluckernden Zug. Das scharfe Gebräu schien mir direkt aus der Kehle in die Venen zu schießen, sie mit einem Rausch zu erfüllen und meinen Körper mit feinen Strängen aus prickelndem Feuer zu durchziehen. Ich krallte meine Finger in dieses riesige Handgelenk und spürte, wie Knochen quietschten und brachen. Der Wolf gellte auf, starrte mich ungläubig an – und schloß dann die grünen Augen, als ich die leere Flasche auf seinen halbrasierten Schädel schmetterte. Mehr Wölfe, vielleicht drei, stürzten sich auf mich. Ich schleuderte den Bewußtlosen auf den ersten der Angreifer, schlug dem zweiten die Nase zu Brei und trat dem letzten in den Bauch, weil er eine Flasche in der Hand hielt. Er stieß einen gequälten Schrei aus, klappte zusammen – und ich fing die Flasche im Flug auf, schüttelte sie: fast noch voll! Ich lachte vor Freude auf, laut und donnernd, ein Lachen der Befreiung. Die Ketten lachten mit mir und hüpften in die Höhe. Wie zur Antwort zersprangen rasselnd die anderen Eisenbänder. Jyp und die anderen sanken sofort zu Boden, doch Le Stryge, immer noch gefesselt, rappelte sich gleich wieder auf die Knie. Sein Haar war völlig zerzaust, die Augen glühten feurig.

Die Menge der Tanzenden befand sich in heillosem Durcheinander. Diejenigen, die vorne standen, versuchten nach hinten zu gelangen, die hinten Stehenden drückten nach vorne, um zu sehen, was da vor sich ging. Die karibischen Wächter kamen nicht mehr an uns heran. Der Altardiener brach aus der hin und her wogenden Menge und ging mit erhobenem Entermesser auf mich los. Ich schnalzte mit der Zunge, als wollte ich ein Vögelchen anlocken. Die stählerne Klinge blieb mitten in der Luft stehen, bevor sie mich berührte. Der Kiefer des Mannes klappte herab, und ich packte sein ausgestrecktes Handgelenk, schwang es wie einen Peitschengriff über meinem Kopf und schleuderte den ganzen Kerl mit fliegenden Armen und Beinen weg. Er prallte gegen einen Stein und blieb liegen. Jyp rief mir etwas zu; Kariben umkreisten uns und versuchten, sich einen Weg durch das Gewühl zu bahnen. Ich griff nach unten, half Jyp auf und zerriß die Stricke an seinen Handgelenken. Ein Wolf warf sich auf mich, den Dolch in der Hand, in der Schärpe steckte eine Flasche; er stieß auf halbem Wege mit meiner eigenen, leeren Flasche zusammen. Ich bediente mich bei ihm und bemerkte kaum, daß Jyp sich den Dolch schnappte, seine Fußfesseln zerschnitt und sich dann den anderen zuwandte.

Irgendwo mußte es noch mehr Rum geben …

Ich ging auf jede Flasche zu, egal, wer sie in Händen hielt. Da schob sich eine Schar Wölfe durch die panischen Menschen auf mich zu, versuchte mich zu packen, aufzuspießen, mir irgendwie den Weg zu versperren. Ich verwünschte ihre Unverschämtheit und pfiff nach den abgeworfenen Ketten. Sie sprangen mir in die Hände, schmiegten sich in sie; ich schloß die Fäuste darum und schleuderte sie in weiten Kreisen um meinen Kopf. Pfeifend und schwirrend wie eine Kreissäge sausten sie durch die Luft und zerschmetterten meine Angreifer links und rechts, während ich vorwärtsschritt. Ein Speer flog in hohem Bogen auf meinen Kopf zu, geriet in den wirbelnden Vorhang und wurde zu Kleinholz verarbeitet. Diese verdammten Kariben! Ich zielte traumwandlerisch, die Ketten summten wie eine Bola davon und wickelten sich um die Anführer, verwandelten die ganze Gruppe in ein schreiendes Gewirr von Rümpfen, Armen und Beinen. Ihre Kollegen stolperten über sie, und mit einem lauten Ruf waren Jyp und die anderen Männer, die er befreit hatte, über ihnen, entrissen ihnen Speere und Keulen und zahlten es ihnen mit Zins und Zinseszins heim.

Sie kamen offenkundig zurecht, also sah ich mich hoffnungsfroh nach mehr Rum um. Etwas anderes fehlte mir noch, etwas, an das ich mich nicht erinnern konnte, doch es saß in meinen Gedanken fest wie eine gereizte Stelle, an der ich mich nicht kratzen konnte. Zu allererst brauchte ich jedoch mehr Rum. Die meisten der Anwesenden waren unbewaffnet oder trugen nur leichte Waffen, und nachdem ich einige von ihnen, die ihre Messer zückten, niedergestreckt hatte, waren sie darauf bedacht, mir aus dem Weg zu gehen. Einer zog eine Pistole mit langem Lauf aus dem Gewand, kam mit dem Spannen nicht klar und lebte nicht mehr lange genug, um es zu bedauern. Doch oben auf dem Altar kreischte eine hohe, dünne Stimme Befehle oder Beschwörungen oder beides, hetzte der Priester seine Kämpfer aus Fleisch und Blut auf mich. Im Widerschein des Feuers sah ich, wie sich die Wölfe daraufhin zusammenrotteten und die für alle Fälle bereitgelegten Krummschwerter und andere Waffen austeilten.

Schwerter! An *der* Stelle juckte es mich! Meine Finger verkrampften sich, als hielten sie einen Schwertgriff. Natürlich! Diese lausigen Hunde! Sie hatten es mir entrissen! Mich in Eisen geschlossen! Mir den Rum verweigert! Mein Schwert gestohlen – *mein Schwert!* Ich würde es ihnen zeigen, diesen Widerlingen!

Ich atmete tief durch und witterte im Luftstrom den besonderen Geruch von Stahl. Dann stieß ich den Atem mit einem zitternden, feurigen Pfeifen aus, dünn und scharf wie Sternenlicht. Die Flammen neigten sich beinahe waagrecht über den Boden, die Luft erzitterte, Menschen warfen sich auf die Erde, die Hände an die Ohren gepreßt … und hoch über dem Altar sprang etwas in der Dunkelheit in die Höhe, eine juwelenbesetzte Hand – die Hand Don Pedros – versuchte es noch vergebens zu fassen. Es hing in der Nacht, wild um die eigene Achse rotierend, wie eine unmögliche Luftschraube, wurde größer und größer, kam näher und näher, bis der Griff aus Haifischhaut mit einem satten Schmatzen in meiner Handfläche lag. Zufrieden spürte ich das wunderbare vertraute Gewicht. Ich reckte es in die Luft und jauchzte vor Vergnügen – bis ich sah, wie besudelt und beschmutzt es war. Dieses kleine Arschloch! Mußte er seine elenden *Mangés* unbedingt mit meinem Schwert schlachten …

Meins …
Meins …
Meins …

Wieder heulte ich auf. Doch dieses Mal nicht vor Vergnügen. Die Hauptgruppe der Wölfe hatte sich einen Weg durch die Menge gebahnt, doch das Geheul ließ sie wie angewurzelt stehenbleiben … Ich nahm kaum wahr, daß hinter mir Jyp auf Stryge einredete, während er seine Fesseln durchschnitt: »Was zur Hölle ist mit ihm *geschehen?* Was hast du getan? Du holst ihn sofort zurück, du verdammter alter Aasgeier, verstanden? Wenn nicht, werde ich dich an Don Pedros Stelle zu Hackfleisch verarbeiten, so wahr mir Gott helfe!«

»Ich habe nichts getan!« schrie der alte Mann entrüstet auf. »Er hat es selbst getan! Die einzige Sache, die Don Pedro nicht für möglich hielt – daß dieser idiotische Junge noch genug Mumm hat, sich selbst zu töten! Das, was ich von ihm erwartet habe! Nur hat er es genau zur richtigen Zeit versucht … gerade, als sie einen *Loa* anriefen! Sie vergießen das Blut anderer, doch er vergoß sein eigenes! Und zwar, um anderen zu helfen, nicht um sich selbst zu retten! Es gibt kein größeres Opfer als das. Man kann kein größeres Geschenk anbieten, als sich selbst.«

»Du meinst …«

»Ich meine, der *Loa* ist herabgekommen, du Narr! Aber auf ihn, auf ihn allein! Und mitnichten auf Don Pedro! Und was für ein *Loa!* Ich tat nichts anderes, als das *Débâtment* zu vervollständigen – um Ihn festzuhalten! Jetzt bring mich hier heraus! Bring uns alle hier heraus! Oder willst du etwa in der Falle sitzen, bei dem, was sich hier zusammenbraut? Weißt du nicht, wer *das* ist?«

Alles hochinteressant, doch warum verhielten sich die Wölfe so zögernd? Don Pedro schrie auf sie ein, doch sie schienen nicht scharf darauf zu sein, seine Befehle auszuführen.

»Das ist Ogoun, du Idiot!« beantwortete Stryge eine Frage,

die ich nicht gehört hatte. »Der einzige *Loa*, der sich mit Vorliebe auf einen solchen Geist wie den von unserem Jungen dort herabläßt! Ogoun Feraille, der Herr des Eisens, Meister der Schmiede – und ebenso der Industrie, des Handels und der ganzen Chose! Sogar der Politik! Ogoun, der den Profit verheißt! Ogoun, der Erfolg schenkt!«

»Mal langsam!« schnaufte Jyp voller Ehrfurcht und Staunen. »*Ogoun?* Aber das ist doch nicht alles ...«

»Nein! Es ist mehr!« rasselte Le Stryge. »Soll ich *Ihn* loslassen, *Seinen* anderen Aspekt herbeizitieren? Willst du noch in der Nähe sein, wenn ich das tue? Vergiß den Jungen, hol mich hier raus! Rette dich selbst!«

Ich drehte mich um und schaute sie an. Jyp machte einen Schritt zurück, das war alles. Stryge lachte knurrend. »Nun denn! Wenigstens wird es amüsant!« Er grub die Finger in die Zeichnung und fing an zu singen:

Ogoun Badagris, ou général sanglant!
Ou saizi clé z'orage;
Ou scell'orage;
Ou fais kataou z'eclai!

Ogoun Badagris, du blutiger General!
Du ergreifst die Schlüssel des Sturms;
Du hältst ihn gefangen;
Du entfesselst Blitz und Donner!

Ich schaute ihm schnaufend zu. Mit raschen Streichen fügte er jenem *Vever* etwas hinzu, einen Schnörkel, eine große Welle, etwas, das wie ein Schwert aussah, von zwei Fahnen flankiert, Sterne im Hintergrund ...

In mir rührte sich etwas – wie ein riesiges Tier, das sich unter der Erdoberfläche bewegt, oder ein Insekt, das sich in seinem Kokon verpuppt. Doch es war noch nicht soweit, vollends herauszuplatzen ...

Ich war gefangen, verstrickt in einen inneren Tumult, mir meiner selbst plötzlich unsicher. Ich blickte mich um. Die Wölfe setzten sich wieder in Bewegung, um jetzt tatsächlich anzugreifen. Stryge schüttelte wild den Kopf, wiederholte seinen Gesang, bis ihn ein rauheres Lachen verstummen ließ. Es war Mall, mit durchtrennten Fesseln, notdürftig von Clare gestützt. Doch Mall konnte noch nicht stehen und ging wieder in die Knie, direkt am Rande von Stryges Kritzelei. Es gelang ihr, Stryge mit einem kurzen Blick der Verachtung zu streifen. »Du bist nicht allwissend, alter Mann!« krächzte sie. »Hast du das vergessen? Nein, das wäre dir bestimmt nicht passiert, du gottloser Zauberer, der du bist!« Wieder sickerte dunkles Blut aus ihrer Kopfwunde, doch sie streckte zitternd ihre Finger aus, die von den Fesseln zerschunden waren. Und mit enormer Anstrengung zeichnete sie Linien in das Muster, mit denen sie die Banner zerschnitt.

»Laß mich!« sagte Clare rasch. »Was willst du? Kreuze? Christenkreuze?«

»Aye, genau!« flüsterte Mall. »Kreuzritterkreuze! Denn sie haben diesem Einen hier auch einen christlichen Namen gegeben! Den eines Heiligen!« Mit rasselndem Atem beobachtete sie, wie Clare das Muster vervollständigte. Etwas verschob sich, balancierte auf dem Rand ... und glitt dann perfekt an die richtige Stelle. »Und laßt es Don Pedro jetzt hören, damit er erzittert! Denn es ist der Schlachtruf seines eigenen Volkes, das er verraten hat! Saint-Jacques, Saint James the Great ...«

»*Santiago!*« Der Schrei löste sich ungebeten von meinen Lippen, aus reiner Kampfeslust. Ich war ein Schwert, eine Flamme, ein geflügelter Reiter, ich war das Bild in Fredericks Fenster. Ich war geschmiedetes Eisen und all das, was man damit anstellen konnte, und ich war nicht dazu geschaffen, noch länger zu warten. Gutgelaunt forderte ich die Wölfe mit dem lockenden Zeigefinger heraus: »*Vin'donc, foutues!*« schrie ich. »*Loup-garous dépouillés, écouillés!* Kommt nur, ihr Hurensöhne!

Bewegt eure Ärsche! Kommt und leckt mein Schwert sauber! *Kommt, ihr zotteligen, feigen Schafsdiebe!*«

Die letzte Beschimpfung versetzte sie in Wut. Die Wölfe stürzten sich auf mich, und als sie durch die Menge brachen, ließ ich das verbleibende Kettenstück wie eine stählerne Peitsche über ihren Köpfen knallen, so dicht, daß die Schandkrägen ihnen durch die regenbogenfarbenen Frisuren pfiffen. Dann wand sich die Kette wie eine Schlange um meinen Arm, und ich ging zum Gegenangriff über. Sie hatten keine Zeit, sich zu formieren. Den ersten, ihren Anführer, erwischte ich mit einem gewaltigen Streich in der Höhe der Brust und schnitt ihn mitten entzwei, und während seine Glieder noch zuckten, schlug ich gleich beim Rückschwung die Köpfe zweier weiterer Angreifer hinter ihm herunter. Einer erhob einen kleinen runden Schild gegen mich, und ich drosch darauf ein, einmal, zweimal, dreimal, so schnell, daß er nicht zum Gegenschlag ausholen konnte, und rammte ihn ungespitzt in den Boden. Beim vierten Schlag barst der Schild und ebenso der Wolf darunter. Ich warf ihn seinen Kollegen zwischen die Füße und grunzte vor Vergnügen; dann machte ich mich richtig an die Arbeit. Schwerter zersprangen, bevor sie mich berühren konnten, Äxte zerbrachen, bevor sie sich gegen mich erheben konnten, Waffen und Wölfe flogen in Einzelteilen nach allen Seiten davon.

Hinter mir kreischte Stryge immer und immer wieder wie ein Irrer:

Ogoun Badagris, ou général sanglant!

Ich lachte lauter als je zuvor, als ich mir den Weg freihackte, nach links und rechts und auf der Schwertspitze Wölfe über die Schulter nach hinten beförderte. Einem trat ich in den Bauch und sprang über ihn, als er zusammenklappte, nahm bereits den nächsten ins Visier, holte aus, schlug zu, mähte ihn nieder. Ein lautes Krachen ertönte, und dicht neben mir pfiff etwas vorüber. Einer der Gläubigen kniete auf dem Boden und stützte eine Art Revolver mit dem Arm ab. Ich schnellte herum und rannte auf ihn zu. Wieder zog er den Abzug, doch der Hammer blieb dort, wo er war; und schon war ich über ihm. Geschmiedeter Stahl ist im tiefsten Herzen noch immer Eisen.

Hinter mir wurde es laut. Einige Wölfe hatten sich von hinten angeschlichen und griffen jetzt die Mannschaft an, gerade als die letzten von ihnen von ihren Fesseln befreit wurden. Als ich mich umdrehte, schleuderte einer der Wölfe eine Axt nach meinen Kopf, ich streckte den Arm aus, fing sie im Flug auf und ging damit auf ihn los. Sie stolperten alle übereinander, um mir ja aus dem Weg zu gehen. Pierce rollte mir vor die Füße, im Clinch mit einem wahren Monster von Wolf, der ihn erdrosseln wollte. Ich drückte die Axt in Pierces prügelnde Hand, setzte über ihn hinweg und ging mit großen, beidhändigen Hieben auf den Rest los. Bei jedem Vorstoß wichen sie weiter zurück, doch ich war schneller. Die Vorderen fielen gegen die Hinteren, und ich schnitt in sie hinein wie in eine kompakte Masse, trieb sie zurück, bis hinter die entsetzte Menge, immer weiter auf diesen vermaledeiten Altar zu. Ich weiß nicht, wie lange es andauerte, dieser wahnsinnige Lärm aus klirrendem Metall, Schreien, Rufen und den hackenden, schlitzenden Hieben; aber plötzlich gingen mir die Feinde aus. Die Reihen der Wölfe lichteten sich. Sie flohen wie verrückt in alle Richtungen, und die verbliebenen Gläubigen taten es ihnen gleich, wichen nach hinten zum Altar, wo sie den Schatten ihres Meisters aufsuchten oder gleich in die Nacht davonrannten. Ich schrie hinter ihnen her, ich weiß nicht mehr was. Der besudelte Boden vor mir war mit stöhnenden, sich windenden oder zuckenden Gestalten übersät, die rasch still wurden. Bei ihrem Anblick lachte ich kehlig und ahmte die anhaltenden Schreie nach, die vom Altar her kamen. Einige der disziplinierteren Wölfe versuchten die Flüchtenden aufzuhalten, indem sie ganz einfach alles niedermachten, was sich an ihnen vorbei drängte, ob Mensch oder Wolf. Ein schreckliches Durcheinander war die Folge, Wolf gegen Wolf, und dazwischen die halb wahnsinnigen Menschen, die sich selbst in

Stücke rissen wie Kaninchen, in deren Bau ein Frettchen aufgetaucht ist. Ich labte mich ausgiebig an der faulig stinkenden Luft, und gerade als ich mich an ihre Verfolgung machen wollte, ließ mich ein Schrei herumwirbeln, so wie es vielleicht kein anderer vermocht hätte.

Es war Clares Stimme. Ausgestreckt über dem *Vever* lag Mall, bewegungslos und mit verdrehten Gliedern. Aus ihrer Kopfwunde sickerte Blut in die ausgescharrten Linien des Musters. Mit zwei Sätzen war ich neben Clare. Ich sah hinunter. Malls Augen waren halb offen, aber nach hinten verdreht, so daß die Pupillen nicht zu sehen waren. Clare schluchzte. Etwas in mir stimmte einen hohen, stählernen Ton des Wiedererkennens und des Respekts an, und ohne recht zu wissen, was ich tat, kniete ich nieder, streckte die Hand aus und berührte Mall mit dem Mittelfinger in der Mitte der Stirn.

Ihre Augen schlossen sich. Die ganze Nacht schien von einem anwachsenden Vibrato zu erzittern, dem klaren, singenden Ton einer Violinensaite, der anschwoll und die verstummten Trommeln übertönte. Er durchfuhr und schüttelte uns wie ein großer Wind. Ich spürte, wie mir der Wind ins Gesicht blies und ihr Haar wie Rauch strömen und flattern ließ. Ob es in mir oder in ihr war, konnte ich nicht sagen, doch als sich ihre Augen wieder öffneten, blitzte zwischen uns ein Funke, und tief aus ihrem Inneren flammte ein Licht, so stark, daß ihr Schädel unter dem Fleisch sichtbar wurde. Clare stieß einen spitzen Schrei aus, dann klatschte sie vor Freude lachend in die Hände. Die blutigen Rinnsale an Malls Kopf trockneten ein, bröselten ab und wurden weggeblasen. Das ramponierte Gewebe hellte sich auf und wurde normal durchblutet; die von der karibischen Keule an der Schläfe geschlagene Kerbe beulte sich wieder aus und verschwand gänzlich. Mall wand sich unter der magischen Kraft, dann sank sie mit einem Seufzer unendlicher Erleichterung zurück. »Meinen Dank, mein Herr! Doch im Namen aller, die das Böse hassen, bleibt nicht hier! Vernichtet die Viper, und ich ...« Sie schlug die Beine unter und erhob sich ohne Hast und in vollendeter Eleganz. »Wenn es Euch beliebt, so werde ich diese Leute hier einstweilen beschützen!« Ihre Augen brannten vor Besorgnis. *»Geht! Geht jetzt!«*

Ich drehte mich um ...

Am weißen Felsen, schon hoch über dem Altar, erblickte ich Don Pedro, der sich mit Händen und Füßen die steinerne Wand hinaufarbeitete. Im gleichen Moment sah er mich, und über die Entfernung hin verhakten sich unsere Blicke ineinander. Eine Spielkarte drehte sich in der Luft – eine Pik-Zwei, die sich in ein As verwandelte, in einen Teich unendlicher Schwärze, der mich magisch anzog, in sich hineinsog ... und immer weiter hinunter. Ich taumelte, fiel, fiel ...

Mein Ellenbogen rutschte zur Seite weg, mein Kopf kippte nach vorne. Ich fing ihn gerade noch rechtzeitig ab, bevor meine Nase auf die Tastatur des Terminals knallte und alles auf dem Bildschirm durcheinanderbrachte. Meine Kaffeetasse kippelte noch unberührt an der Kante meines Schreibtischs, und ich zog sie hastig heran. Es hatte in der letzten Zeit genug Durcheinander und Tumult hier gegeben. Am Schreibtisch einschlafen! Geschah mir ganz recht, wenn ich halbe Nächte in Discos zubrachte und nicht genug Schlaf bekam. Was für ein Tagtraum! Was für ein verdammter Tagtraum! Seine Wucht und Intensität wühlte mich noch immer auf. Ich mußte mich zusammenreißen und fuhr erschrocken hoch, als die Gegensprechanlage summte.

»Steve?« vernahm ich Clares fragende Stimme.

»J ... Ja?«

»Sie hören sich so seltsam an, geht es Ihnen gut?«

»Klar. Ich war nur ... nur mit einer Sache beschäftigt, das ist alles.«

»Sie sollten es nicht übertreiben, ehrlich. Ihr vier Uhr-Termin ... erinnern Sie sich? Mr. Peters ist in der Rezeption.«

Ich schüttelte den Kopf, nahm einen Schluck von dem kalten Kaffee und rückte den Schlips gerade. »Na schön, schicken Sie ihn herein!«

Kapitel 11

Ich erhob mich automatisch, als die Tür aufging. Der Mann, der mein Büro betrat, sah wie die meisten meiner Kunden aus – nein, eigentlich wie die besten davon, diejenigen, die via Barrys Büro zu mir kamen, angemessen vorgewärmt von Barrys Gastfreundlichkeit und Charme. Sein dunkler Dreiteiler war wie ein Armani Diamond geschnitten, sein weißes Hemd frisch und glatt, der Kragen passend zu seinem Hals geschneidert, sein untadelig gerader Schlips irisierte seidig wie grauer Opal. Die geschliffene Erscheinung des gesamten Ensembles, bis hin zu den sorgfältig gearbeiteten dunklen Schuhen und dem aus weichem Leder gefertigten Aktenkoffer, schufen ein Flair des Exotischen, des Fremdartigen, das hervorragend zu seinem Gesicht paßte – hohe Stirn, Hakennase, fahler Teint, ein schmaler, herabhängender Schnurrbart und Augen wie versenkte Tintengläser. Ausländische Kunden verhießen fast immer ein gutes Geschäft.

»Mr. Peters«, begrüßte ich ihn, und seine dünnen Lippen formten sich zu einem Lächeln. Er streckte eine feingliedrige Hand aus, ich wollte sie ergreifen –

Schwärze. Tumult.

Meine Hand zuckte zurück, ohne daß ich zu sagen gewußt hätte, weshalb. Es war nur ein so absolut irres Gefühl gewesen. Wie damals, als ich bei meiner ersten großen Sitzung eingenickt war, eingelullt von der Wärme und den monoton dröhnenden Stimmen – und plötzlich aufschreckte, vor Scham und Adrenalin rot anlief und mich fragte, wie lange ich wohl weggewesen sein mochte, und ob es jemandem aufgefallen war.

Diesmal jedoch war ich hier, in meinem eigenen Büro, in einen regelrechten Alptraum abgekippt, höllisch lebensecht – so wie dieser verdammte Tagtraum. Dunkelheit, Feuerschein, Schreien und Rufen, und eine Stimme, viel näher, ruft Worte, die ich nicht recht verstehe. Ich war wie durchgeschüttelt, gerade als ich es nicht brauchen konnte. Peters' Lächeln zeigte keinerlei Veränderung, doch aus irgendeinem Grund zweifelte ich nicht daran, daß er es bemerkt hatte; ein schlechter Anfang. Eilig versuchte ich, die peinliche Situation zu überspielen, indem ich ihm einen Sessel anbot.

»Äh, setzen Sie sich doch bitte, Mr. Peters. Vielleicht möchten Sie einen Kaffee – oder einen Drink? Sherry? Ein ausgezeichneter *Fino*, schön kalt …« Sherry schien zu diesem Gesicht zu passen, obwohl ich selbst das Verlangen nach wesentlich stärkerem Stoff verspürte.

»Nein, nein. Vielen Dank. Sie sind sehr liebenswürdig, doch ich habe bedauerlicherweise nur wenig Zeit. Ich würde es begrüßen – vergeben Sie mir bitte meine Unhöflichkeit –, wenn wir gleich mit unserer dringenden Angelegenheit beginnen könnten.«

Ich entspannte mich, obwohl mir seine Stimme eine Gänsehaut verursachte. Sein Englisch war ebenso übertrieben perfekt wie sein ganzer Aufzug. Exotisch, in Ordnung, mit einem gewissen Akzent; und doch – verdammt, ich hatte es geahnt. Ich kannte ihn, Gott allein wußte, woher. Und ich konnte ihn nicht im geringsten ausstehen. Ich bemühte mich sehr, daß man mir das nicht anmerkte. Obwohl ich mich nicht mehr an die genauen Details meines Tagtraums erinnerte, hätte er ohne weiteres dort hineingepaßt – besonders diese Stimme. Vielleicht hatte ich alles nur um diese Stimme herum zusammenphantasiert.

»Nun«, sagte ich, nur eine Spur reserviert, »wir stehen Ihnen zu Diensten. Wenn ich mich an unser erstes Gespräch richtig erinnere, Mr. Peters, möchten Sie, daß wir uns um ein Frachtgut höchst vertraulicher Art kümmern, aus der Karibik.

Selbstverständlich werden wir uns der Angelegenheit liebend gerne annehmen, zu Bedingungen, die Ihnen entgegenkommen werden und selbstverständlich nur im Rahmen der allerhöchsten Sicherheitsstandards. Vorausgesetzt ...« Ich pochte mit dem Lineal auf meinen Schreibtisch. »Vorausgesetzt, wir bekommen in befriedigendem Ausmaß Informationen über die Art, die Herkunft, den Inhalt und das Ziel dieser Fracht, sowie die Erlaubnis, sie jederzeit zu inspizieren. Höchst vertraulich, das versteht sich von selbst. Vertrauen ist das A und O in unserer Branche ...«

Peters unterbrach mich mit respektvoll erhobener Hand. »Ich bedauere, daß ich Sie nicht früher informiert habe«, lächelte er. »Es handelt sich hier nicht um eine einmalige Sendung, sondern um mehrere Aufträge. Einen Dauerauftrag, sozusagen. Die Handelsmächte, die ich hier vertrete, beabsichtigen, in dieser Sparte ein ernstzunehmender Faktor zu werden, und – im Vertrauen gesagt – den Markt in kurzer Zeit zu beherrschen.« Er stach mit einem schwarzlackierten Kugelschreiber mehrmals in die Luft.

Die Stockspitze hob sich.

Ich blinzelte. Was hatte ich da eben ...? Eine flackernde Bewegung. Etwas, das eine Sekunde lang in meinem Augenwinkel ... doch nicht jetzt, irgendwie ...

»Verstehen Sie bitte«, fügte er hinzu, »daß es sich hier nicht um müßige Ambitionen handelt. Es geht um ein Projekt, bei dem Sie sich zu Ihrem eigenen Vorteil engagieren würden.«

Toll. Sah ich denn schon Gespenster? Und auch das, was ich da hörte, konnte ich kaum glauben. Ich klammerte mich mit verkrampften Fingern an das Lineal, starrte auf meinen Schreibtisch und versuchte, eine Antwort zu formulieren.

Ein Strahl gelben Feuers – Gott, ein Feuerball! Er raste über den kahlen Boden – wurde immer größer – darin gefangen eine ganze Gruppe seiner eigenen Leute – zerstückelte Silhouetten, auflodernd, brennend, stürzend – niedergemäht wie glimmendes Gras – erfüllte mein ganzes Gesichtsfeld –

Und als sei das nicht schon genug –

»Weiter!« sagte ich vor mich hin. Buchstäblich. Ich erkannte meine Stimme, als ich sie hörte. »Antworte ihm! So wie du es normalerweise tun würdest. Hier spielt die Musik!«

Ich lächelte. Ein wenig angestrengt vielleicht, doch es gelang recht gut. Vielleicht sah und hörte ich Dinge, die es nicht gab, doch hier, in meinem Büro, befand ich mich wenigstens auf festem, vertrautem Boden.

»Sie müssen das verstehen, Mr. Peters. Ich muß diesbezüglich die Interessen der Firma vor meinen eigenen wahren. Denn weder im Interesse der Firma noch in meinem eigenen liegt mir daran, das Gesetz oder die allgemeinen Gepflogenheiten der Branche zu hintergehen, nicht einmal passiv.«

Ich riß mein Schwert nach oben, um den Schlag abzufangen …

»Und zwar ungeachtet des möglichen Profits. Das ist unsere Politik, die ich und aus vollster Überzeugung vertrete. Wir sind stets sehr gut mit unseren Methoden gefahren und nicht auf Ausnahmen angewiesen. Wir möchten das nicht.«

Ein sengender Gestank fuhr mir in die Nase …

Mit einem raschen Blick auf mein Terminal kontrollierte ich, ob da gerade etwas durchschmorte.

Sternchen tanzten vor meinen Augen – brennende Farben – der Feuerball war auseinandergeplatzt – Staubkaskaden …

»Gut gemacht!« murmelte ich vor mich hin.

Mir wurde bewußt, daß ich schwer atmete und schwitzte, und daß mein Hals trocken war. Ich brauchte unbedingt einen Drink. Doch Peters, dem nichts aufzufallen schien, breitete die Arme aus und wedelte eindrucksvoll mit dem Kugelschreiber herum. »Das ist bedauerlich. Höchst bedauerlich. Denken Sie doch nur an die Interessen Ihrer Firma. Wir können auf erstklassige Unterstützung zurückgreifen – und wir werden nicht zögern, sie gegebenenfalls in Anspruch zu nehmen. Wenn nötig weltweit.«

Der Stock drehte sich – zeigte auf etwas, wirbelte wie ein Zauberstab in einem weit ausholenden, leuchtenden Bogen …

»Lassen Sie mich offen sprechen. Sollten wir schließlich keinen Gebrauch für Sie haben, müssen wir Sie – wie soll ich das ausdrücken? – ersetzen. Sie wären uns überaus genehm, doch schließlich gibt es noch andere Agenturen, andere junge Männer mit Ihrer Qualifikation und Ihren glänzenden Zukunftsaussichten. Sollten wir, mit unserem Einfluß, an Ihrer Stelle jemand anderen favorisieren, würde das unvermeidlich Ihren Erfolg trüben und damit Ihre ganze Karriere – oder glauben Sie das nicht?«

Nicht auf mich, sondern auf das Feuer zur Linken …

»Tatsächlich? Pardon, Mr. Peters, aber ich wüßte nicht, inwiefern.«

Oder, um es anders auszudrücken: Willst du mir persönlich drohen, du kleiner Wichser?

»Sehr geehrter Herr, die englische Sprache kennt einen recht treffenden Ausspruch: An der Spitze ist nur Platz für einen. In unseren Händen würde so jemand – und die Agentur, der er eines Tages vorstehen würde – in eine äußerst vorteilhafte Position rücken; präferiert, um nur einige Beispiele zu nennen, von öffentlichen Auftraggebern, Ministerien, von der Regierung selbst. Nicht nur, was die Anrainer der Karibik angeht, sondern auch an diesem Ende der Welt, in diesem Land. Der Aufstieg einer solchen Agentur wäre – wie soll ich es nennen? – ein geradezu kometenhafter.«

Die Spitze bewegte sich – das Feuer flammte auf, Zweige, Kohlen und alles – eine brüllende Flammensäule – Besessene, die nach allen Seiten rasten –

Mein Gott. Sah so ein Nervenzusammenbruch aus? Oder etwa eine Streß-Paranoia, von der ich schon im Zusammenhang mit anstrengenden Jobs gehört hatte? Nur noch dieser eine Termin, die nächste halbe Stunde noch. Dann kann ich mich unten mit Gemmas Valium eindecken, tonnenweise.

»Ziemlich kometenhaft«, fuhr er fort. »Sämtliche Mitbewerber wären ihr auf Gedeih und Verderb ausgeliefert und würden sich am besten … schlucken lassen, wenn sie schlau genug sind, andernfalls werden sie ... einfach übertrumpft.«

Ich kniff die Augen zusammen und hielt dabei das Lineal noch immer bedächtig in der Hand. Aus welchen Gründen auch immer hatte die Panik plötzlich nachgelassen. Hatte ich Halluzinationen oder dramatisierte ich das, womit er da drohte, einfach zu sehr? Womöglich ein bißchen zuviel Streß – doch die Drohungen kamen mir gefährlich genug vor, was mich, aber auch was die Firma betraf. Eine gute Firma, an der eine Menge guter Leute und ihre Karrieren hingen. Auf jeden Fall würde ich meine Kompetenz hier weit überschreiten; ich mußte diese kleine Laus an eine höhere Autorität verweisen. Für derartig harte Verhandlungen war Barry zuständig, wenn er sich überhaupt damit abgab. Dann spürte ich eine mächtige Autorität im Rücken, all die Autorität, die ich verdammt noch mal benötigte. Zum Teufel mit Nervenzusammenbrüchen; wenn ich irgendwelche Stimmen hörte, so sagten sie jedenfalls vernünftige Sachen. Ein kolossales Selbstvertrauen stieg in mir auf – und plötzlich juckte es mich geradezu, mit diesem kleinen Hundesohn selbst fertig zu werden.

Die flammende Säule öffnete sich – ihr Gipfel weitete sich, verbreiterte sich – strömende Flammen und dick quellender Rauch türmten sich wogend – überschlugen sich wie eine Flutwelle – krachten donnernd auf die Köpfe der verbliebenen Anbeter herab – direkt auf mich zu.

Ganz schön dramatisch! Ich mußte diesen Typen wirklich hassen – aber warum auch nicht?

Ich kicherte in mich hinein und berührte meine Lippen mit dem Lineal. »Sie haben einen recht extremen Weg gewählt, um Ihren Standpunkt darzulegen. Wir sind eine etablierte Agentur mit einer langen Liste zufriedener Kunden, die immer wieder gerne mit uns arbeiten – darunter auch verschiedene Regierungen. Wir stehen also nicht ganz ohne Rückhalt und Einfluß da. Unsere Agentur kann mit wirtschaftlichen und politischen Engpässen umgehen; wir haben das bereits bewiesen und gut überlebt. Wir haben uns sogar vergrößert. Warum wären Sie wohl sonst heute zu mir gekommen?«

Ich spuckte auf meine Schwertklinge und reckte sie gen Himmel …

»So ist's recht!« Ich führte schon wieder Selbstgespräche. »Darum geht's doch eigentlich. Du bist schon viel weiter als er denkt. Sag ihm das.«

»Um ganz offen zu reden«, fuhr ich laut fort, »wenn ich persönlich auch nur annähernd der Mann bin, für den Sie mich halten, dann müßte ich in der Lage sein, mit derartigen Angriffen fertig zu werden, oder finden Sie nicht?«

Ich lachte brüllend – blies meine Wangen auf – blies ein lautes, rauhes Röhren in den niederfallenden Feuerstrom. Das herabstürzende Feuer berührte den Stahl – und teilte sich. Wie ausgeschüttetes Spülwasser – verlor es seine Ganzheit – sank in sich zusammen, regnete als erstickende Wolke aus glühender Holzkohle und heißer Asche auf die Häupter der entsetzten Menge nieder. Wildes Gekreisch verbreitete die Panik – hier und dort flammten Haare und Kleider auf. Ich bellte in donnerndem Triumph …

Ich schluckte. Herrje, das war täuschend echt! Wo nahm ich das alles nur her? Vielleicht hatte es sich bereits nach seinem mysteriösen Anruf in mir angesammelt; vielleicht hatte ich gleich gespürt, daß irgend etwas mit ihm nicht stimmte. Ganz unbewußt vielleicht – oder ich entwickelte gerade einen sechsten Sinn. Fast hätte ich an Telepathie geglaubt – nein. Die vielen Nächte, die ich mir mit dem Abschaum unten in den Docks um die Ohren gehauen hatte, das war's. Kein Wunder, daß ich mir diese Phantasie um seine Person zusammengebraut und sie immer wieder vor Augen hatte, sobald ich einnickte. Obwohl ich eher erwartet hätte, daß meine Phantasie die Geschichte in Richtung Waffenhändler oder Drogenbaron ausschmücken würde – jedenfalls etwas Handfesteres; etwas Irdischeres, von mir aus. Das zeigte ja mal wieder, was für ein komisches Wesen das Unbewußte sein mußte. Mein Blick verfing sich wieder in dem Büro, meinem Arbeitsplatz. Das Vertraute, das Alltägliche, das Solide – Bücherschränke, Pflanzen, Bilder, Daves Schreibtisch (wo trieb er sich momentan eigentlich herum?). Gewöhnliche, alltägliche Dinge. Dinge, an denen man sich festhalten konnte – nein, noch viel besser: Dinge, in die ich meine Füße fest setzen konnte, um mich gegen alles zu wappnen, mit dem die Welt auf mich eintrommelte. Wirkliche Dinge – oder etwa nicht?

Diese wirren Visionen, dieses plötzliche Abtauchen in die schwärzeste Dunkelheit, das alle Sinne zugleich so beharrlich in Beschlag nahm – konnten sie *wirklich* sein? Weiß Gott, solange sie andauerten, kamen sie mir so wirklich vor. Die alte Frage – träumt der Philosoph, er sei ein Schmetterling, oder träumt der Schmetterling, er sei ein Philosoph?

Der neue Gag daran war, daß hier die Antwort wirklich zählte.

Welcher meiner Gegenschläge auch der wirkliche gewesen sein mochte, Peters hatte er nicht im geringsten gefallen – das war offensichtlich. Er rutschte unruhig auf seinem Sessel herum und strich sich das graumelierte Haar nach hinten. Welchen sicheren Standpunkt sollte ich mir erkämpfen? Wo wurde der eigentliche Kampf ausgetragen? Ich setzte mich kerzengerade im Sessel auf. Er beugte sich nach vorne und tippte nachdrücklich mit dem Kugelschreiber auf die Sessellehne.

»Ihr Selbstvertrauen ist bewundernswert, aber ich fürchte, es fußt auf ungenügender Erfahrung. Um nicht zu sagen Ignoranz. Ein brutaler Frontalangriff – möglich. Aber nehmen Sie einmal an, er wäre einfach zu breit angelegt, um ihn zu bekämpfen. Die Vernichtung Ihrer Kundschaft – eine Flut von Verschiffungen zu unwiderstehlichen Bedingungen, die einfach sämtliche Aufträge aufsaugen würde …«

Schon wieder war der Stock in Bewegung – und mit ihm das Feuer zur Rechten. Es erhob sich nicht, sondern glitt, schlangengleich, vorwärts – weiter als eine Armlänge, breitete sich aus – das wilde

Gestrüpp ging in Flammen auf – die Gläubigen, die ihm nicht schnell genug aus dem Weg gehen konnten, stolperten, fielen zu Boden, verschwanden mit einem Zischen und einem spitzen Schrei in diesem flammenden Schlund …

»Gib auf ihn acht!« warnte mich meine innere Stimme. »Du darfst dich nicht nur verteidigen! Schlage zurück!«

Wieder du! Wie soll ich das tun? Wenn ich nicht einmal weiß, wo ich eigentlich bin, welchen Kampf ich eigentlich ausfechte? Wenn ich nicht einmal meinen eigenen Sinnen trauen darf? Meinem Verstand …

»Was ist los?« sagte meine Stimme, viel zu ruhig.

Was soll das heißen, was ist los?

»Wirklich – unwirklich – es ist der gleiche Kampf, oder nicht? Egal in welcher Welt auch immer, du mußt ihm zuvorkommen! Versuche es in der Welt, die du am besten kennst. Wenn es dir dort gelingt, schaffst du es auch in der anderen – *dann* weißt du es!«

Genau. Jetzt wußte ich die Antwort auf dieses Rätsel. Tritt auf den Schmetterling und sieh, was passiert. Wenn er stirbt, ist er wirklich. Doch in der Welt, in der ich mich am besten auskannte, *gab* es einen Weg, um mit Peters zu verfahren.

Ich rieb mir die Hände. »Also schön. In diesem Fall würde ich mehr eigene Transporte anbieten – und mehr Unterstützung holen, wenn es notwendig wäre. An keinem von beiden herrscht wirklicher Mangel, Mr. Peters, nirgendwo auf der Welt – nicht für eine Firma, die auf eine vertrauenswürdige Geschäftslaufbahn zurückblicken kann. Wir können auch einer größeren Herausforderung standhalten; schmutzige politische Tricks können uns nicht aus dem Sattel heben, nicht, wenn uns unsere Mitbewerber zur Seite stehen. Gegen derartige Erpressermethoden stehen die Agenturen wie ein Mann zusammen und die Banken hinter ihnen. Wir haben dazu beigetragen, ähnliche Fälle in der Vergangenheit zu bekämpfen – und andere würden uns helfen, um Sie zu schlagen! Ich würde sie mit Ihrer eigenen verdammten Taktik schlagen !«

Irgendwo hinter mir – in einer weiten, unmöglichen Entfernung – eine eindringlich krächzende Stimme –

Ou fais kataou zéclai'!

Ich ignorierte sie. Ich wußte bereits, was zu tun war. Ich bemerkte, daß ich das Metallineal noch immer fest umklammert hielt, und …

Ich steckte das Schwert in meinen Gürtel – klatschte kräftig in die Hände. Beugte mich nieder – hob erneut die Ketten auf – ließ sie kreisen, in jeder Hand eine – hört nur, wie sie singen!

Ein Pfeifen – die gleichen Töne – laut – lauter –

Ein mächtiges Prasseln erfüllte die Luft, und sie standen hervor, steif wie Stengel, jedes Kettenglied, jede Halsfessel, zitternd – nicht der heranrollenden Flammen wegen, sondern vor etwas, das weit über ihnen war. Hell blitzte das Feld in wildem blauem Schein –

Meinen Befehlen Folge leistend –

Meinen –

Meinen –

Meinen –

Die schwarze Nacht brach über mir zusammen. Ein donnernder Trommelwirbel spaltete die Wolken. Blaue Funken zischten in einer wilden Korona um jede Halsfessel, als die fürchterliche Ladung des Blitzes durch mich hindurch und entlang der Ketten lief und wie ein gezackter Riß in die Nacht selbst stieß, direkt auf Don Pedro zu.

Nachdem diese Woge der Macht durch sie hindurchgegangen war, schmolzen die eisernen Ketten in meinen Händen. Sie sprangen in zischenden Perlen auf die Erde zurück, der sie einst entrissen worden waren. Doch die Macht Don Pedros war ebenfalls nicht zu unterschätzen; er war noch nicht vernichtet, nicht ausgelöscht. Der Blitz traf nur seinen ausgestreckten Stock mit den silbernen Beschlägen und trieb ihn nach hinten springend in seine Hand hinein.

Und so, wie er es befohlen hatte, folgte ihm das Feuer.

Es richtete sich wie eine Kobra auf, zog sich wieder zusammen und stieß zu. Über den Gipfel des hohen Felsens ergoß es sich, und ich sah ihn, als es niederging, sah, wie er die Balance verlor unter dem Ansturm der flammenden Bruchstücke, wie er nach vorne fiel und inmitten der herabstürzenden Feuerlawine auf seinen eigenen Altar geschleudert wurde; ich eilte zum Rande des Steins, darauf bedacht, mich endgültig von meinem Erfolg zu überzeugen …

Und blieb wie angewurzelt stehen. Auf dem Altar lag alles in flammenden Trümmern, Holzsplitter brannten, das vorher vergossene Blut brutzelte und wurde schwarz an den Rändern, zischte in den ersten Regentropfen, die jetzt niedergingen. Doch mittendrin war da plötzlich etwas, das sich nach oben warf, zur Seite rutschte – und da stand Don Pedro vor mir. Mit zerfetztem Gewand, ohne Stock, das Gesicht versengt, Haare und Bart loderten und qualmten; er schien es nicht zu bemerken. Er glitt auf mich zu, direkt bis zur Kante des Steins über mir – und ich sah, daß seine Augenbrauen brannten; und doch war die Dunkelheit in seinen Augen, die sich jetzt erneut auf mich hefteten, tiefer als je zuvor …

Peters schüttelte den Kopf mit aller Altersweisheit und Erfahrung, die er aufbringen konnte. »Ich sehe, daß ich meine Karten auf den Tisch legen muß, wenn ich noch darauf hoffen will, Sie zu überzeugen«, seufzte er. »Ich muß wohl das wirkliche Ausmaß unserer Operation enthüllen.« Er ließ die in Silber gearbeiteten Schlösser seines Aktenkoffers aufschnappen, klappte den Deckel auf und hielt den Koffer dann in beiden Händen. »Die Dokumentation spricht für sich selbst …«

Instinktiv stand ich auf und beugte mich nach vorne. Doch irgend etwas stieg aus meiner Erinnerung auf und schlug seine Krallen in mich. Karten auf dem Tisch? Katjkas Karten – Herz-As, Pik-Zwei – zwei leere, pechschwarze Tümpel, die sich zu einem zusammenzogen. Und der Bube mit den kalten, dunklen Augen …

Mein Zögern kettete mich. Aus seinem geöffneten Koffer –

aus seinen hohlen Händen – schoß eine Klinge aus gelben Flammen nach oben. Als wollte sie einen Stern aufspießen – genau dort, wo sich jetzt, hätte ich nicht gezögert, meine Augen befunden hätten. Mit wütendem Knurren packte ich das erstbeste, was mir in die Finger kam – das Lineal –, setzte direkt über den Schreibtisch und stürzte mich auf ihn.

Schwärze brüllte ...

Wieder Licht. Sein Sessel kippte nach hinten, wir fielen um – beide fauchend und beißend wie Tiere – rollten auf dem Boden hin und her. Meine Hand an seiner Kehle – sein Stock, der mein Schwert parierte – seine freie Hand krallte nach meinen Augen – Herrje, war er stark! Wieso kam niemand herein, bei dem Krach, den wir veranstalteten ...

Sengende Hitze ...

Was zum Teufel ... Etwas brannte – mein Haar qualmte – wir waren ins Feuer gerollt. Welches Feuer? Das gleißende Licht – der glühend heiße Fußboden ...

An und aus – hell und dunkel – hin und her – zwei Welten, die um uns aufflackerten, während wir uns auf dem Boden wälzten. Ich hatte recht gehabt, meine andere Stimme!

»Recht! Recht! Das zählt überhaupt nichts! Weder hier noch dort, du lausiger kleiner Drecksack – ich quetsche dich aus, bis du auf dem allerletzten Loch pfeifst ...«

Hijo de la puta adiva ... röchelte der kleine Mann.

Peters – Pedro versuchte, seinen Stock frei zu bekommen, um mich damit zu prügeln, und riß mir das Schwert aus der Hand. Ich zog an seinem Stock – er kam frei – und beide Waffen fielen zur Seite. Sofort schossen unsere Hände auf die Kehle des anderen zu ... Meine Arme waren länger – mein Griff saß, krallte sich fest – noch fester – unerbittlich. In das Vakuum seiner grünen Augen sprang ein grüner Funke, der nach oben explodierte. Grüne Feuerfäden liefen knisternd an seinen Ärmeln entlang. An den Stellen, wo sie meine Ärmel berührten, schlugen sofort sprühende rote Funken als Antwort daraus hervor. Seine Augen waren nicht mehr schwarz, es waren schimmernde grüne Spiegel, in denen ich mich sehen konnte. Ein Ich, das ich kaum wiedererkannte – eine fauchende tollwütige Maske mit rotglühenden Augen …

Fester …

Fester …

Sein Griff lockerte sich, und eine Hand ließ von meiner Kehle ab. Obwohl er nicht gesehen haben konnte, wo sein Stock lag, packte er ihn zielsicher und schmetterte ihn gegen meinen Kopf. Irgendwie fand ich das Schwert unter meiner geöffneten Hand, und als er erneut ausholte, schloß ich beide Hände um den Griff und schlug zu.

Ein klassischer Vorhand-Hieb. Ich erwischte ihn direkt auf seinem glänzenden Scheitel. Der Schlag warf ihn nach hinten und flach auf den eigenen Altar. Das Schwert vibrierte in meinen Fingern, als hätte ich auf massiven Fels eingeschlagen. Er stöhnte, krümmte sich, stieß mit dem Fuß hilflos ins Leere, seine Finger krallten sich in die dunkle, klaffende Kerbe. Eine derartige Wunde war normalerweise tödlich – aber mein Gegner war kein gewöhnlicher Mensch. Keuchend stolperte ich vorwärts, beugte mich über ihn, erhob das Schwert, um noch einmal zuzuschlagen. Sein Mund öffnete sich …

Vor Ekel aufschreiend machte ich einen Satz zurück. Gerade rechtzeitig, um dem schwarzen Strahl auszuweichen, den er in einer Fontäne erbrach.

»Du stinkender Drecksack …«, gurgelte ich, bereit, ihn in Stücke zu hauen. Doch da hielt jemand meinen Arm zurück, und als ich mich umdrehte, blickte ich in Jyps Gesicht. Erst da begann sich meine Erinnerung allmählich wieder zu fangen.

»Nein«, sagte Jyp erschöpft. »Halte dich fern von ihm. Das war keine weitere Attacke. Er wird nicht mehr angreifen.«

»Aber …«

»Kein aber. Du hast ihn fertiggemacht. Du hast ihn hier draußen auf der Spirale gestellt, von der er all seine Macht bezieht, und du hast ihn erstklassig in die Mangel genommen. Hast ihn bekämpft, Zauber gegen Zauber …«

Ich schüttelte verwirrt den Kopf. »Zauber? Es … es war etwas anderes. Ich habe keine Magie angewandt. Etwas ist hier geschehen, aber ich hatte es … nicht unter Kontrolle. Er wollte mir einreden, wir würden einfach miteinander verhandeln, bis zum Schluß. In meinem Büro, es ging nur um einen Auftrag …«

»Das ist das, was du kennst. Deine Art von Magie. Oh, die Macht, die dahinterstand … war die eines anderen, gewiß. Doch davon Gebrauch zu machen, der Wille – das warst alles du. Du hast die Entscheidungen getroffen. Don Pedro muß erkannt haben, was passiert ist; er hielt dich für das schwache Glied in der Partnerschaft, er war überzeugt, daß er dich auf dieser Ebene schlagen konnte, deshalb hast du es so gesehen. Aber du hast den Spieß umgedreht. Und was du dort tatest, geschah auch hier, glaube ich jedenfalls. Ganz egal, wie du ihn besiegt hast – du hast es geschafft, und das zählt. Du hast seine Macht zerstört, seinen Körper vernichtet. Und jetzt hat er versucht, vor dir zu fliehen. Davonzulaufen.«

»Laufen? Aber er ist doch …«

»In der Zeit davonzulaufen. Er ist aus dieser weiteren Welt geflüchtet, in der er geschlagen wurde. Blind geflüchtet! In Panik davongestürmt wie ein waidwundes Tier. Erinnerst du dich daran, wie ich dir einmal erzählt habe, daß manche Leute einfach zerbrechen und abstürzen, wenn sie die Spirale nicht ertragen können – zurück zu dem Moment, in dem sie eingetreten sind. Sieh nur, wohin ihn das gebracht hat. Zurück auf sein Krankenlager. Er stirbt an *Vomito negro* – Gelbfieber. Das hätte er vor langer, langer Zeit schon tun sollen.«

Und als ich auf die sich windende Gestalt meines Feindes hinunterblickte, sah ich, daß um ihn herum eine Veränderung stattfand, daß die weißen Felswände hinter ihm eigenartigerweise wie hohe, stuckverzierte Wände aussahen, über die das zuckende Licht der ersterbenden Flammen huschte wie eine einzelne, rußige Lampe – oder wie die Vorstellung eines Kranken von dem Fieber, das ihn verzehrte. Die prunkvollen Gewänder, die seine Hände zerknüllten und im Delirium des Todeskampfes zerrissen, lagen wie bestickte Decken über ihn ausgebreitet, der fleckige Altarstein wirkte wie das verdreckte Laken eines hochherrschaftlichen Krankenbettes. Übelkeit stieg in mir hoch, gepaart mit einem unerwartetem Anflug von Mitleid; ich konnte mich nicht rühren, konnte nichts sagen.

»Ihr habt Euch nur bei einer Sache geirrt, Master Navigator«, sagte Mall leise. »Aye, er hat das gelbe Fieber. Doch das bringt ihn nicht um. Seht nur, die schwarze, geschwollene Zunge, die ihn beinahe erstickt! Ich habe schon oft Männer so sterben sehen. Zu schwach, um sich um sich selbst zu kümmern, und keiner da, der sie genug liebte, um das Risiko größerer Nähe auf sich zu nehmen. Bevor jemand riskiert, sich anzustecken, lassen sie ihn lieber elend verrecken – vor Durst.«

Eine andere Stimme neben uns zerschnitt die Stille. »Von mir aus, hoffentlich hat er seinen Spaß dabei, der kleine Dreckskerl! Ich finde, das paßt sehr gut zu dem, was er sich unter guter Unterhaltung vorstellt – findet ihr nicht?« Clares Lippen zogen sich zusammen, während sie die sich windende Gestalt betrachtete. »Oh, schaut mich nicht so schockiert an! Als sie mich in seinem Verließ anketteten, mit dem Käfig und den Knochen und dem ganzen Zeug, da haben sie gelacht, diese Wölfe. Dann machten sie das Licht aus. Ich konnte so manche Stunde über seine Art von Humor nachdenken.«

»Das haben Sie sicherlich getan«, sagte Jyp mitfühlend. »Aber das ist jetzt vorbei. Und für ihn, so wie es aussieht, auch.«

Und wieder sollte er sich irren. In den letzten Wellen des Deliriums aufschreiend, setzte sich Don Pedro auf, betastete seine Kopfwunde, die Finger scharrten im Todeskampf, krallten wie Klauen, rissen am puren Fleisch. Bis es plötzlich aufriß – zur Seite klappte und wegsackte, und das fahle Gesicht in sich zusammenfiel wie faltiges Leinen …

Kein Blut. Kein weißer Knochen wurde darunter freigelegt. Kein Schädel. Nichts außer einer Form, einer Gußform, einer Form von der gleichen, ebenmäßigen Schwärze, die hinter seinen Augen gelauert hatte, und jetzt im Feuerschein wie der schwärzeste Opal glänzte.

Die wenigen Wölfe, Kariben und Gläubigen, die noch nicht tot oder davongelaufen waren, riskierten einen verwunderten Blick. Dann drehten sie sich in heulendem Gleichklang um und schossen in alle Windrichtungen davon. Sie stolperten über Steine, rannten gegen Bäume und trampelten sich gegenseitig in dieser letzten panischen Aktion nieder – als die Hand, die sie im Würgegriff gehalten hatte, von ihnen abließ und sie auf die geheime Herkunft Don Pedros blicken konnten. Ich sah nur noch einen Altardiener von den vormals mehreren Dutzend, einen großen Mulatten. Er wankte rückwärts, seine Finger zerknüllten den Stoff seiner mit Asche verschmierten Robe; dann schlug er seine Hände vor die Augen und warf sich mit einem gellenden Schrei in das noch immer prasselnde Feuer. Das Fleisch fiel jetzt gänzlich von der sich vor mir aufrichtenden Gestalt ab, klappte in großen Fetzen weg und rutschte mit den Resten des Gewandes in sich zusammen.

Anstelle Don Pedros bäumte sich etwas anderes auf. Ein unheimliches Ding, eine skelettartige, glänzende Gestalt, die sich schwarz vor den auflodernden Flammen abzeichnete; sie schimmerte wie der Chitinpanzer eines Käfers, diese wankende Karikatur eines Menschen in der Form einer Gespensterheuschrecke. Einen Kopf größer als ich, und damit weitaus größer als Don Pedro, stand das Wesen grotesk schaukelnd vor mir. Er reckte und streckte seine verdrehten Spinnenglieder, als hätten sie sich zu lange verkrampft, als müßte es erst Blut in sie pumpen, nachdem sie sich zu einem neuen Leben aus ihrer Schmetterlingspuppe befreit hatten. Und wie ein Neugeborenes legte es den onyxfarbenen Schädel von einer auf die andere Seite und gab hilflos klingende, schnatternde

Geräusche von sich, als blickte es ängstlich und scheu in eine möglicherweise feindliche Welt.

Es sah grotesk aus, gruselig, häßlich – doch nicht im geringsten bedrohlich; eher bemitleidenswert. Ich ging mit gezücktem Schwert um es herum und zog einen brennenden Stock vom Altarstein. Dann machte ich einen Schritt auf das Ding zu, das schützend die Glieder vor seinen Körper hielt, zwitscherte und schnatterte und mit großen, hüpfenden Bewegungen zurückwich. Dieses ängstliche Ding sah ohne seine Verkleidung so elend aus, daß es beinahe lächerlich wirkte. Ich konnte mich nicht mehr beherrschen: Ich fing an zu lachen, ein brüllendes, stürmisches, herzhaftes Lachen, das wie der Donner über uns durch die Lüfte fuhr. Neben mir stimmte Mall in das Gelächter ein, so wie sie im Schloß gelacht hatte. Ihre hellen, klaren Töne vermengten sich mit meinen, und gemeinsam erschütterten wir den Himmel, wie das Gelächter der Götter vom wolkenbekränzten Olymp.

Jyp lachte; ich sah ihn, doch ich konnte ihn nicht hören. Clare stolperte auf uns zu, suchte sich barfüßig einen Weg durch das steinige Gelände und hängte sich schließlich völlig erledigt und hilflos an unsere Schultern. Pierce warf seine blutige Axt auf den Boden und lachte wiehernd, bis er rot anlief. Auch der Rest unserer Mannschaft machte sich über das Ding lustig, das da zitternd vor uns von einem Fuß auf den anderen hüpfte, und zeigte wüst gestikulierend und grimassierend mit Fingern darauf. Hands, der Kanonier, brüllte vor Lachen, verschluckte sich und spuckte aus – und sogar Le Stryge ließ mit über dem verdreckten Mantel verschränkten Armen ein frostiges Grinsen sehen und schnaubte vor sich hin. Schließlich hob ich das Schwert, weniger um anzugreifen als die Sache hinter mich zu bringen, und schlug zu. Es prallte ohne erkennbare Wirkung mit einem singenden Ton von der schwarzen Hülle ab; doch das dunkle Ding schrillte panisch auf und flüchtete schnatternd auf seinen langen Beinchen mit großen Sätzen in die Dunkelheit, von der es sogleich verschluckt wurde.

Unser Gelächter verfolgt es noch eine Weile, dann verstummten wir. Ein großes Schweigen senkte sich über die Stätte dieser grauenhaften Ernte. Der Boden war mit verbrannten, qualmenden Leichen übersät, die jetzt im Nieselregen still dampften. Langsam schob ich mein Schwert in den Gürtel zurück. Ich trat gegen die herumliegenden Rumflaschen, doch die meisten waren zersplittert oder ausgelaufen. Jyp hob eine volle, noch verkorkte Flasche auf und warf sie mir zu. Dann ließ ich meinen Blick über die verstummten Trommeln wandern, die umgestoßen, zerbrochen und mit zerrissenen Häuten in der zerstörten *Tonnelle* lagen; als ich hinüberging, verfingen sich meine Füße in einer zerfetzten, scharlachroten Robe. Ich hob sie auf, legte sie über meine Schulter und zog sie wie eine Schärpe fest. Hinter den Trommeln lag der *Ogan*, der eiserne Gong. Ich hob ihn und den Klöppel auf und schlug vorsichtig einen langsameren, fröhlicheren Rhythmus an – dann setzte ich einen Moment aus, entkorkte die Rumflasche mit den Zähnen und spuckte den Korken auf den Altar. Ich nahm einen ordentlichen Schluck und ließ das süße, aromatische Feuer genüßlich durch die Kehle hinabgurgeln. Dann holte ich tief Luft und fing erneut mit diesem Rhythmus an, hob die Füße und begann zu tanzen. Ein Kriegstanz, ein Freudentanz, doch ein sehr zurückhaltender, ein höfischer Bransle. Ich schnippte mit den Fingern, und der Donner schlug ein ausgedehntes, langsames Grollen an. Ich drehte mich zu Mall um, nahm ihre Hand und sie tanzte mit mir, gemeinsam drehten wir uns im jetzt heftig niederprasselnden Regen. Jyp tanzte mit Clare, die Männer und Frauen der Mannschaft in einer sich schlängelnden, taumelnden Reihe; unsere Augen lachten in einer Art erhabenen Irrsinns, dem freudigen Überschwang der Erlösung. In mir spürte ich eine Fülle und eine Lust aufsteigen, die ich bislang noch nicht gekannt hatte. In dieser Stunde, der Stunde meines Triumphes, schien mir die Welt – sogar die weitere Welt, die Spirale und alle darin enthaltenen Welten – ein zu enger

Platz für meine Umarmung und für die unendliche Liebe, die ich zu geben vermochte. Und zur Musik von Donner und Eisen tanzten wir uns allmählich weg aus diesem schrecklichen, zerstörten Ort der Zerstörung, auf den Rand des Waldes zu.

Der Sturmwind fuhr in die grünen Blätter, bis sie wie Banner über uns flatterten; als wir in ihren Schutz eintraten, blickte ich mich einmal um, und mit dem eisenbewehrten Selbstvertrauen, das noch immer in mir ruhte, rief ich einen Befehl. Bevor das Echo verhallt war, schob sich langsam ein blauer Finger aus Licht herunter, ein-, zwei-, dreimal, im erhabenen Rhythmus des Tanzes. Der Altar zerstob in kleine Splitter, die weißen Felsen stürzten um; die öde Hügelkuppe wurde völlig glatt geblasen. Noch immer tanzend wandte ich mich ab; ich hielt Mall bei der Hand, sie hielt Jyp, der wiederum Clare hielt, an deren Hand Pierce ging – wir schritten davon, ohne mit dem Tanzen aufzuhören, hinunter in den dunkler werdenden Dschungel und auf das Meer zu.

Ich habe keine Ahnung, wie lange wir noch zum Schlag des Eisens und dem Rollen des Donners tanzten. Wahrscheinlich den ganzen Weg bis zum Strand hinunter; denn ich erwachte auf dem Sand, das Gesicht in den Armen vergraben, gerade als der erste graue Vorbote des anbrechenden Morgens mich berührte. Zuerst war ich mir sicher, daß ich Sand gegessen haben müßte, denn mein Mund war voll davon, mein Körper unsagbar schwer und die Därme bleiern. Ich konnte mich keinen Zentimeter bewegen, auch nicht, als ich neben mir Stimmen vernahm. Stryge schwang wieder große Reden, sardonisch wie immer:

»Du hast das Ding nicht erkannt? Du erstaunst mich. Ich habe es gleich gewußt; und wenn ich nicht sowieso schon sicher gewesen wäre, dann in dem Moment, in dem ich mich an die Wächter des Schlosses erinnert hätte – die Gestalten in Mantel und Hut, diese Zombies, diese Ratten. Das war Baron

Samedi, Hüter der Unterwelt, der Friedhofsgott – die Personifizierung des Todes. Das war der *Loa*, dessen sich Don Pedro so rühmte, weil er sich mit ihm verbrüdert hatte.«

»Klingt logisch«, murmelte Jyp. »Einer so übel wie der andere …«

»Ach wo!« stieß Le Stryge mit gewohnter Verachtung aus. »Samedi ist nicht übel – er hält einen ehrenvollen Platz unter den Unsichtbaren, er ist wichtig für die natürliche Ordnung. Daß ihm daran liegt, sein Herrschaftsgebiet, sein Reich auszudehnen, darf man ihm nicht vorwerfen, egal mit welchen Namen ihn die idiotische Menschheit auch belegt: Mord, Hungersnot, Krieg. Das Böse darin geht nicht von ihm aus; er würde es nicht verstehen. Hast du irgend etwas Böses in ihm entdeckt, als er vor uns stand? In ihrer Partnerschaft ging all das auf Don Pedros Konto – deshalb blieb am Ende auch nur noch sein böses Wesen zurück, über seine normale Lebensspanne hinaus. Was auch sonst noch diesen Mann ausgemacht haben mochte – Samedi hatte es längst verschlungen. Als die Hülle weg war, blieb nur noch der nackte Tod übrig. Und wir taten gut daran, gerade in diesem Moment über seinen Schrecken zu lachen.«

Mit einem tiefen, fürchterlichen Stöhnen gelang es mir, mich zur Seite zu rollen. Mein Kopf fühlte sich an, als sei auch er voller schwarzer Steine. Aus Augen, die sich in Kautschuk verwandelt haben mußten, sah ich, daß Clare sich über mich beugte, dahinter Jyp. »Wie geht es Ihnen?« fragte sie sanft und strich mit einer kühlen Hand über meine Stirn.

»Fürchterlich …«, krächzte ich. »Mein Mund fühlt sich an wie die Docks bei Ebbe … wie der schlimmste Kater, den ich je hatte … nur schlimmer, viel schlimmer …«

»Tja nun, das ist nicht weiter verwunderlich«, kicherte Jyp mitfühlend. »Wahrscheinlich weißt du gar nichts davon, aber du kannst von Glück sagen, daß du nicht ziemlich tot aufwachst. Du hast letzte Nacht knapp fünf Liter hochprozentigen Stoff weggeputzt, und das in einer halben Stunde.«

»Oh ja«, gurgelte ich und fühlte die Säure ganz hinten in meinem Hals aufsteigen. »Ich erinnere mich. Doch jemand anderes hat das meiste davon abgekriegt. Das war nicht alles für mich …«

»Du erinnerst dich?« bellte Le Stryge, schob die anderen zur Seite und zerrte an der scharlachroten Schärpe, die noch immer um mich geschlungen war. »Du *erinnerst* dich?« Er blaffte mir direkt ins Gesicht. »Das ist unerhört. Das ist nicht möglich …«

»Na ja, ich kann mich nicht an alles erinnern, also verzieh dich«, grummelte ich und stieß ihn so heftig von mir, daß er sich unsanft in den Sand setzte. »Entschuldigung, war nicht ganz so gemeint.«

Ich kam schwankend auf die Füße. Le Stryges Atem hatte das vollendet, was die Säure eingeleitet hatte. Das Meer war näher als die Büsche, und so stolperte ich zum Wasser und würgte meinen kompletten Mageninhalt in die Wellen. Danach mußte ich mich wieder setzen; ich war zwar geschwächt, doch ging es mir jetzt wesentlich besser. Daß Le Stryge immer noch hinter mir herumfluchte, nahm ich kaum wahr.

»… aber das … das ist unmöglich! Wer von einem *Loa* besessen ist, handelt nur als dessen Instrument – eine Hülle, ein Vehikel für den Unsichtbaren. Nach einer solchen Besessenheit – einer derartig totalen Beherrschung des Selbst – kann sich das Bewußtsein an nichts erinnern, was geschah, als der *Loa* die Oberhand hatte.«

»Tatsächlich?« erkundigte sich Jyp skeptisch. »Und doch hast du gehört, wie ich mit ihm redete, als der ganze Laden zusammenkrachte – oder etwa nicht? Hör mal zu, das war Steve, und kein anderer – jedenfalls habe ich sonst niemanden bemerkt. Was ist mit Don P? Hast du nicht behauptet, er würde sich bei ihm um eine Fifty-Fity-Partnerschaft handeln?«

»Das schon – aber bei ihm hatten wir es nicht mit einer bloßen Besessenheit zu tun. Bei ihm war es eher eine freiwillige Allianz, eine von der Sorte, die man nur mit einem Wesen von ungeheurer Macht eingehen kann. Nicht mit so einem leeren, durchschnittlichen Schatten einer Kreatur wie diesem Jungen hier …« Die harte, schnarrende Stimme verebbte. Ich hatte plötzlich das Gefühl, als brannten neugierige Augen auf meinem Nacken, als würde ich mit neugieriger Intensität beobachtet.

Ich drehte mich nicht um. Es war mir ziemlich egal. Leer, ein Schatten, genauso fühlte ich mich – wie ein weggeworfenes Kleidungsstück irgendwo in einer Ecke. Ich dachte daran, wie Don Pedros Fleisch von ihm abgefallen war und erschauerte; ich fühlte mich kaum besser als das, was von ihm übriggeblieben war. Es war nicht nur der Kater, es war schlimmer, viel schlimmer. Es war die Erinnerung daran, erfüllt zu sein, voll bis zum Überlaufen, erfüllt von einer furiosen Lebensfreude. Ich hatte eine schwache Ahnung davon erhalten, was mir im Leben am meisten fehlte – und es war alles im Kampf aufgebraucht worden, alles bis auf die wenigen letzten Minuten. Ich hatte keine Gelegenheit gehabt, meine Gedanken etwas anderem zuzuwenden. Ich hatte die Erfüllung geschmeckt, und sie war mir direkt vor der Nase wieder weggeschnappt worden.

Dann kam Clare, die sich, während mir schlecht war, im Hintergrund gehalten hatte, und legte einen tröstenden Arm um mich, und das fühlte sich wirklich schon ganz gut an. Und nur eine Minute später ertönte Pierces freudiger Gruß.

»Ahoi, meine hochverehrten und noblen Lords und Ladies! Die Boote sind bereit, der Wind weht seewärts! Laßt uns alle rasch an Bord gehen und mit dem ersten Licht des Morgens dieses von Dämonen heimgesuchte Eiland verlassen!«

Das schlug ein. Wir rappelten uns hoch und gingen halb taumelnd auf den Kapitän und Mall zu, die wartend bei den Booten standen. In der spiegelglatten Bucht wiegten sich die beiden ankernden Schiffe so, wie wir sie zurückgelassen hatten; doch jetzt hingen keine bösartigen Schatten in der Takelage. »Aye, wir sind an Bord gewesen«, sagte Mall, die meinem Blick gefolgt war. »Während Ihr noch schlieft. Alles ist sicher, obwohl eigentlich seit unserem Landgang kaum etwas angerührt worden ist – ganz ungewöhnlich für die Wölfe. Wahrscheinlich gingen sie an ganz kurzer Leine.«

»Das stimmt«, bestätigte ich und dachte daran, daß in meinem Büro nichts gefehlt hatte. Sie grinste hinterhältig: »Sogar Euer Gold befand sich noch in Eurer Kabine«, fügte sie hinzu, und die verbliebene Mannschaft stieß einen Freudenschrei aus. Ich schaute in ihre Gesichter und dachte daran, wieviel sie alle aufs Spiel gesetzt hatten, und an diejenigen, deren lange Existenz auf dieser Reise ein vorläufiges Ende gefunden hatte – und ich schaute Clare an; und ich dachte daran, wie wenig Geld dieses Gold tatsächlich repräsentierte, selbst wenn man das, was ich noch versprochen hatte, hinzuzählte.

»Ich verdoppele!« rief ich. »Den ganzen verdammten Bonus! Jeder bekommt doppelt soviel wie versprochen!«

Wir wurden beinahe auf Schultern zum Schiff getragen, die Seeleute brachten vor Übermut fast die Boote zum Kentern. Doch Pierces bellende Befehle machten dem Tumult ein sofortiges Ende; wir waren unterbesetzt, und die Hast beim Segelsetzen war überwältigend. Jeder mußte Hand anlegen und helfen, ob man nun wußte, was zu tun war, oder nicht. Ich turnte sogleich recht vergnügt mit den Ausgucken in den Webeleinen herum, und selbst hoch oben auf den Fußpferden an der Rah entlangzurutschen, um die Segellaschen loszumachen, war nicht allzu schlimm, da das Schiff nicht besonders schaukelte. Und es war ein großer Augenblick, als das weiße Großsegel in den allerersten, goldenen Strahlen der aufgehenden Sonne unter uns hinabrauschte. Ich konnte sogar hinunterschauen und entdeckte Clares schlanke Gestalt im Team an der Gangspill, das den Anker einholte; und dort humpelte auch Israel Hands entlang, der einen Trupp Matrosen unter Deck führte.

Wozu, das fand ich heraus, als ich wieder zum Deck hinabgestiegen war und die gute alte *Defiance* Fahrt aufnahm. Pierce rief uns eine Warnung zu, dann brüllte er ein Kommando, und das ganze Schiff legte sich in einem donnernden Krachen zur Seite. Die *Chorazin*, die noch im Schatten der Landzunge lag, vibrierte in ihrer Vertäuung; Wasser spritzte auf, und zerfetzte Planken surrten durch die Luft. »Die zielen auf ihre Wasserlinie«, meinte der mir am nächsten stehende Toppgast feierlich. Wieder eine Detonation – und diesmal wälzte sich das schwarze Schiff eindeutig herum und neigte sich zu dem heruntergekommenen Kai herab. Einer der Masten zitterte frei in der Luft, dann brach er in einem wehenden Knäuel von Takelage zusammen.

»Wäre eine schöne Prise gewesen«, sagte ein anderer.

»Quatsch!« meinte mein Nachbar und spuckte ins Meer. »Wer würde so was kaufen? Keiner außer Wölfen – und denen ihr Geld krieg ich auf andere Weise, vielen Dank auch.«

Ich gesellte mich zu Jyp und Mall auf dem Achterdeck, die den Blick nach hinten gerichtet hatten, wo das Schiff der Wölfe langsam im flachen Wasser versank. »Eines Tages werden es Sporttaucher entdecken und glauben, sie hätten ein Piratenschiff gefunden«, bemerkte Jyp trocken.

»Werden sie denn nicht merken, daß es nicht vor zwei- oder dreihundert Jahren versenkt wurde?« wollte ich wissen.

Mall grinste und zerzauste mir die Haare. »Tja, was glaubt Ihr denn, welches Jahr wir gerade schreiben?« gab sie meine Frage unschuldig zurück.

Ich faßte mir an den Kopf und stöhnte; die anderen lachten nur. Wenigstens war ich inzwischen so schlau, daß ich mich auf derlei Diskussionen nicht mehr einließ. Ich stellte mir das Schiff vor, das jetzt kein lebendiges, sich bewegendes Ding mehr war, wie es in die Zeit zurücksank, während es sich in sein flaches Bett grub, zurück in die Zeit, in der es erbaut wurde, in die Zeit, in die es gehörte. Er versank, um Schutz und Zuflucht für kleine, kriechende Lebewesen zu werden, zu verfaulen und auseinanderzubrechen, bis es schließlich vom sanft wogenden Sand der Bucht verdeckt wurde, einer Bucht voller friedlicher Morgenlaute und dem Rauschen der Wellen.

Ich bemerkte, daß ich noch immer die rote Schärpe trug, knotete sie auf und ließ sie über das Heck ins Wasser fallen. Sie breitete sich aus und trieb eine Weile in unserem Kielwasser, ein blutroter Fleck auf dem blauen Wasser der Bucht; dann faltete sie sich zusammen und verschwand aus unserer Sicht. Ich blickte zu dem Hügel hinüber, konnte das schloßähnliche Herrenhaus jedoch nirgendwo entdecken. Das ganze Panorama schien jetzt wie gereinigt, und so sollten wir es auch zurücklassen.

Vor uns, unter dem Bauch des Großsegels, streckten sich lange Wolkenfinger dicht über den Horizont, ihre oberen Ränder schimmerten wie sonnengerötete Hügel, die nachgezogenen Kanten wie goldverbrämt – ein neues Archipel, das uns rief. Und gerade als ich es erblickte, passierten wir die Spitze der Landzunge und hielten auf die offene See zu. Ich spürte, wie unser Bug sich hob und weiter stieg – und jetzt wagte ich es, über die Reling zu schauen und sah, wie das sonnendurchwirkte Meer unter uns verschwand und sich in ein tieferes Azurblau verwandelte, einen Nebel aus Blau und Gold. Höher stiegen wir, schon auf anderen Wogen, unsere Segel füllten sich mit den Winden vieler tausend Sonnenaufgänge, brachten uns aus dem Schatten heraus, um den zeitlosen Morgen zu jagen und noch darüber hinaus, und immer weiter würde die Jagd gehen, der Heimat entgegen.

Der Sonnenuntergang kam rasch, tiefe Nacht brach herein. Der Wolkenbogen schimmerte vor den Sternen, der Wind hielt sich gleichmäßig, und Jyp stand am Ruder. In der milden, warmen Nacht saßen wir – die Offiziere, die vornehmeren Leute und leider auch Le Stryge – auf dem Achterdeck beisammen, unter dem Licht der Deckslaternen. Oben auf dem Vorderdeck sang die Mannschaft leise vergangene Lieder und Balladen, die schon lange in den sich wandelnden Zeiten verschollen waren. Ich saß mit dem Rücken zur Heckreling und zählte das Gold vor Pierces Augen; der Kapitän summte gutgelaunt und versorgte mich mit dem erstaunlichsten alten Brandy, in der

Hoffnung, ich würde mich wenigstens ein klein wenig verzählen. Ich wagte nicht, ihn daran zu erinnern, daß auch ich Geschäftsmann war. Clare unterhielt sich angeregt mit Mall, die ihre Fiedel mit peinlicher Genauigkeit stimmte. Versuchsweise schlug sie einige Saiten an, spielte ein, zwei Töne und begleitete dann leise die Weisen, die vom Vorderdeck herüberklangen.

Ich seufzte. Die Musik ging tief. »Was haben Sie, Steve?« erkundigte sich Clare zärtlich.

»Ich fühle mich ... hohl. Hungrig.«

Sie lachte auf und schlug mir sanft auf den Arm. »Was – nach dem Frühstück? Warten Sie, bis wir zurück sind. Sie haben mich ein- oder zweimal zum Abendessen eingeladen, doch Sie wollten nie, daß ich etwas für Sie koche. Ich werde Ihnen das üppigste, phantastischste ...«

»Das meinte ich nicht. Ich meine, herzlich gerne, ich freue mich, ich bin wirklich am Verhungern, ich kann es kaum erwarten, aber : Ich hatte es in einem anderen Sinne gemeint. Ich bin hohl wie ein Zahn; es schmerzt. Le Stryge hatte recht. Don Pedro hatte recht. Mall – na schön, ihr alle hattet recht. Ich war leer; ich habe mich selbst ausgehöhlt, auf eine Art und Weise, die ich nicht bemerkte, bis – bis ich erfüllt wurde. Das war wunderbar. Eine Ehre, ein wahres Wunder; doch es es hat mich zurückgelassen wie ... ich weiß auch nicht. Wie eine leere Flasche. Wie einen Zweck, der sich nicht erfüllt. Da ist eine Lücke in mir, direkt im Mittelpunkt meines Lebens, und ich muß irgendwie einen Weg finden, sie aufzufüllen, um wieder als so etwas wie ein ganzer Mensch zu leben. Weiß der Himmel, wie das gelingen soll.«

Clare lächelte und legte mir wieder den Arm um die Schultern. »Oh, das ist ziemlich einfach. Kommen Sie nach Hause. Basteln Sie weiter an Ihrer Karriere. Sie haben einen schönen Aufstieg vor sich – nehmen Sie mich beim Wort. Sekretärinnen wissen bei so etwas immer Bescheid; und in der ganzen Firma gibt es nicht eine, die nicht meiner Meinung wäre, inklusive Barrys Jane. Behalten Sie nur in Erinnerung, daß es neben der Arbeit auch andere Dinge im Leben gibt, ab und zu.« Sie kicherte. »Essen beispielsweise. Wenn Sie wirklich hungrig sind, brauchen Sie etwas, um diesen Brandy aufzusaugen. Ich gehe mal in Pierces Vorratskammern stöbern.«

»Hä?« brummte Pierce alarmiert und verzählte sich; dann fiel ihm wieder ein, daß es nach Hause ging und er ein gemachter Mann war, und er lachte in sich hinein. »Geht nur, meine Liebe. Ihr findet dort noch eine halbe Runde vom feinsten Stilton, eine Kiste erstklassigen Zwieback und ein paar eingelegte Gurken – ach was, bringt her, was Ihr findet, wir nehmen alle einen Happen zu uns.«

Ich sah Clare nach, wie sie die Leiter hinunterstieg und quer über das Deck ging, ich sah, wie ihr Haar wehte, ich sah ihre schlanken Beine, die aus dem aus der Kleiderkammer requirierten gestreiften Seemannspullover herausschauten, den sie wie ein ziemlich kurzes Kleid trug. *Den Menschen, dem du am meisten bedeutest …*

Etwas regte sich in mir, wie die ersten Bewegungen eines verletzten Körperteils, nachdem der Gips entfernt oder die Fäden gezogen wurden, langsam und schmerzhaft, doch mit der Aussicht auf Genesung. Dieser Hunger in mir verlangte nach ihr, sehnte sich nach allem, was sie geben konnte.

»Weißt du«, mischte sich Jyp über das Ruder gebeugt ein, »Clare ist vielleicht die Richtige, aber – dir steht noch ein anderer Weg offen, Steve. Und ich finde, es ist der bessere. Bleibe in der Äußeren Welt. Bleibe hier auf der Spirale. Versinke nicht wieder im Kern. Bleib bei uns, bei Mall und mir. Wir sehen zu, daß du dich zurechtfindest, und es dauert nicht lange … Mann, schon bald wird dich niemand mehr aufhalten können! Es könnte wie ein langer Urlaub sein, solange es dir gefällt. Denk nur an die endlosen Welten, die dort draußen warten! Du brauchst nie wieder von der Brücke eines Büroschreibtisches aus zu befehlen.«

Pierce knurrte zustimmend. Le Stryge schnaubte nur. Mall spielte einfach weiter.

»Jyp«, sagte ich, »das ist wahnsinnig schmeichelhaft. Tausend Dank auch – Mensch, ich hatte noch nie solche Freunde wie dich und Mall. Ich weiß auch, daß hier ein ganz neues Leben auf mich wartet. Aber – ich weiß nicht, ich bin hin- und hergerissen.« Ich sah Clare nach, deren Silhouette sich in diesem Moment vor dem Licht in Pierces Kajütentür abzeichnete. »Wenn ich zurückgehe ... Sie wird sich an nichts erinnern, sagt ihr. Ein paar Tage noch, dann ist alles weg. Aber wie ist es mit mir? Ich habe dich schon einmal gefragt. Jetzt hast du Zeit zu antworten.«

Jyp pfiff durch die Zähne. »Das ist eine schwierige Geschichte. Wie ich schon sagte, das hängt von einer Reihe von Dingen ab. Was für ein Typ du bist. Wie du dich veränderst. Ob du dich überhaupt erinnern willst. Wie stark du dich dafür einsetzt. Vielleicht auch, wie oft du diese Erinnerungen auffrischst.«

»Du meinst, indem ich zurückkomme? Aus dem Kern?«

»Klar. Aber ich muß zugeben, es ist nicht ganz einfach. Leute, die es immer wieder tun, erinnern sich auch immer daran. Allerdings vergessen sie dann den Kern immer mehr. Wahrscheinlich nie völlig – aber es könnte sein, daß er ihnen einfach abhanden kommt, wenn sie gerade nicht aufpassen. Die Zeit lockert ihren Griff, und Zack! ist schon wieder ein Jahr vorbei, oder zwei Jahre, oder noch mehr, seit sie zuletzt den Abend im Rücken hatten. Eines Tages bleiben sie so lange hier, bis sie kein Lotse mehr genau dorthin zurückbringen kann, wo sie herkamen. Oder – und das scheint schneller als erwartet zu gehen – bis sie langsam vergessen – und erkennen, daß auch sie vergessen sind.«

Mir kam es vor, als hätte ich in seiner Stimme mehr gehört, als seine gewohnt lakonische Gutmütigkeit. »Ist dir das passiert?«

»Damals hatte ich eine Frau«, sagte er ausdruckslos. »Seemannsfrauen gewöhnen sich daran, daß ihre Männer lange weg sind; doch wenn ich gewußt hätte, wie lange es sein würde, womöglich, daß … Unsinn, vielleicht wußte ich es ja auch. Man kann nicht beides zugleich haben. Am Ende muß man seine Wahl treffen, denke ich. Ich will dich nicht belügen, Steve, und dir so frei heraus antworten, wie du gefragt hast. Ja. Ja, es ist mehr als wahrscheinlich, daß du dich nicht erinnerst. Ja, das hier ist womöglich die einzige Chance zu wählen, die dir je gegeben wird.«

»So ist es«, sagte Mall und fiedelte weiter.

Jetzt erschien Clare mit einem Tablett, vollgeladen mit guten Sachen. Mein Blick fiel auf das Wogen ihrer Brüste unter dem gestreiften Trikotstoff, ihre aufblitzenden Schenkel, als sie zum Deck heraufstieg, den goldenen Schimmer in ihrem Haar, als sie das Tablett absetzte. Auch Mall sah her; plötzlich sang sie eine oder zwei Zeilen der Ballade, die sie gerade spielte, laut, aber mit weicher Stimme:

Es sollte keiner freien,
dem fehlen der Dinge drei:
eine Börse voller Gold,
ein Herz, das noch frei
und voller Nächstenliebe …

Ich seufzte wieder. Mein Herz stand nicht offen, und meine Brieftasche leerte sich rasch; nicht daß mich ein Penny davon reute. Clare lächelte, als wolle sie das, was Mall da sang, bestätigen, und setzte sich neben mich. Sie nahm mich beim Arm und begann, mich mit einer Art Paté auf Zwieback zu füttern.

»Ich weiß nicht«, sagte ich erneut, als mein Mund gerade leer war. »Was für eine teuflische Wahl – es gibt nichts Vergleichbares. Herrje, ich bin versucht … ich bin innerlich zerrissen. Beinahe buchstäblich«, fügte ich hinzu, als ich spürte, wie Clare ihren Griff an meinem Arm verstärkte. Es war wie der Druck unausgesprochener Worte. »Aber so wie es aussieht …«

Alle beugten sich nach vorne, um meine Antwort zu hören. Es war erstaunlich, eine ganz außergewöhnliche Sache: daß ich ihnen etwas bedeutete. Und wenn wir gerade davon sprechen – sie bedeuteten auch mir etwas, in gewisser Hinsicht sogar dieser widerliche Le Stryge. Ich stand in ihrer Schuld, wenn nicht mehr. Noch nie zuvor hatte ich etwas Vergleichbares gefühlt.

»Es kommt mir so vor, als wenn mein bisheriges Leben, das Leben, das ich kannte … ich habe es versaut und eine Menge Fehler gemacht. Es ist reiner Zufall, daß ich nicht so weitergemacht habe, oder noch schlimmer. Und obwohl ich ein bißchen was dazugelernt habe, so bin ich doch noch nicht damit fertig. Dieses neue Leben, das mir angeboten wird … ich könnte es genauso versauen, oder? Nur wären hier die Konsequenzen schlimmer, weit schlimmer. Meine Güte, beinahe wäre es soweit gekommen!« Ich schüttelte mich bei dem Gedanken, was ich in diesem Moment ums Haar alles hätte sein können.

»Ich habe mich für eine Spielart des Bösen angreifbar gemacht. Bevor ich mich weiter damit herumschlage, sollte ich sichergehen, daß ich nicht auch für andere Arten angreifbar bin. Ich möchte euch nicht verlassen – aber, ich denke, es ist besser so. Ich sollte zurückgehen und versuchen, mein erstes Leben besser zu leben, dann kann ich daran denken, mir andere Leben zu suchen. Ich werde es versuchen und mich daran erinnern! Ich werde dafür kämpfen, mit euch in Verbindung zu bleiben – vielleicht gelingt es mir. Aber wenn nicht – dann soll es so sein. Es ist das beste für uns alle.«

»Ein mutiger Entschluß«, sagte Mall leise, »und, meiner Meinung nach, der richtige und einzig wahre. Möge er Euch besser bekommen, als Ihr jetzt abschätzen könnt, mein Stephen. Ich … ich werde Euch nicht vergessen.«

»Na aber, das ist doch der springende Punkt«, räumte Jyp

ein. »Hier gibt es noch einige wirklich üble Burschen. Ich kann dich doch nicht gleich an den erstbesten Neuzugang verlieren! Also, Steve – dann geh!« Er seufzte. »Vergiß alles andere, wenn es denn sein muß, aber vergiß nicht die Docks und die Danube Street. Und vor allem nicht die Taverne! Behalte das in Erinnerung. Kämpfe darum! Dann bleibt vielleicht auch der Rest. Und wenn du soweit bist, fragst du dich einfach durch, am Ende wirst du sie schon wiederfinden, wenn du es wirklich willst. Aber bis dahin … tja, ich denke, da machst du besser einen großen Bogen um die Gegend, das ist am sichersten.«

Le Stryge schnaubte auf eine Weise, die – wie ich inzwischen wußte – näher an einem wirklichen Lachen war als sein übliches bösartiges Gekeckere. Abscheu mußte eine seiner wenigen noch verbliebenen Verbindungen zu menschlichen Gefühlen sein. »Am sichersten? Tatsächlich? Ich wäre nicht so sicher, Junge. Halte dich von unserer Welt fern, wenn du das willst – und bete um deines eigenen Seelenheils willen darum, daß sie sich von dir fernhält! Ich bin mir da nicht so sicher. Dein Schicksal ist ungewiß, sogar in meinen Augen – weißt du das eigentlich? Doch sollte es jenseits der Grenzen liegen, die du einst kanntest, so würde es mich nicht wundern. Und sollte das so sein, dann wird es dich finden, egal was du tust, um ihm zu entgehen.«

Ich schluckte. Das Deck unter mir fühlte sich plötzlich kalt an; doch Clares warmer Arm lag auf meinem und hielt mich fest. Als wollte sie mich ängstlich wegziehen …

Ich stand auf und zog sie mit mir. »Wie lange dauert es, bis wir zu Hause sind?« fragte sie.

»Nur noch wenige Stunden, meine Gute«, knurrte Pierce. »Bis wir erneut die Morgenröte kreuzen. Bei Sonnenuntergang – bei welchem Sonnenuntergang, Steuermann?«

Jyp grinste. »Dem Sonnenuntergang nach dem Morgen, an dem wir ausliefen. Man wird euch kaum vermißt haben.«

Mir stand der Mund offen, doch Mall lachte nur. »Man

nennt ihn nicht umsonst den Navigator. Die Zeit hält nur wenige Klippen für ihn bereit.«

Ich schüttelte erstaunt den Kopf. Clare akzeptierte auch diesen Irrsinn, lächelte und zog mich zur Kajütentreppe. Lachend und zu Malls Musik hüpfend führte sie mich auf das Deck hinunter. Ich ging mit ihr, ohne mich umzudrehen. Doch an meiner Kajütentür zögerte ich und starrte in die Nacht hinaus. Dort draußen, in weiter Ferne, knapp über dem Horizont – war das schon der erste Landstrich oder nur eine dunkle Wolkenbank? Was es auch immer war, es hing dort wie eine Grenze zwischen Himmel und Ozean oder wie eine Barriere zwischen der weiteren Welt und der engen, zwischen vielen Träumen und einem einzigen, fröstelnden Erwachen. Plötzlich fürchtete ich mich davor, diese dunkle Schwelle wieder zu überschreiten, mich wieder in die Gewalt der Hafenmauern zu begeben, die einen sowohl schützten als auch gefangen hielten. Dort würde ich wieder meinen festen Ankerplatz finden und ihn nie mehr verlassen, fest im Schlamm verwurzelt. Während alle Meere der Welt, all die unendlichen Ozeane aus Zeit und Raum, die zwischen Küste und Schattenlinie wogten, nur den Hauch einer Erinnerung jenseits meiner Reichweite lagen. Ich hatte Angst, nach Hause zurückzukehren.

Doch dann öffnete Clare vorsichtig die Tür und zog mich hinein.

Warum nicht? Wenn sie es bald vergessen haben würde – und ich vielleicht auch –, was könnte es uns dann noch anhaben? Wir hatten uns unseren Urlaub verdient und ich mir meine erste Lektion in Sachen Leben. Und Lieben. Dafür war noch ein wenig Zeit übrig. Zeit genug, bis zum Morgen.

Anhang

Aus dem Strafbuch der Ratsversammlung zu London vom 27ten Januar 1612 …

Officium Domine contra Mariam Frithe

An jenem Tage & Ort erschien besagte Mary persönlich & gestand freiwillig dortselbst & sogleich daß sie seit langem alle oder die meisten jener verufenen & unsittlichen Orte der Stadt aufgesuchet; nämlich in dem gewande eynes Mannsbildts in Bierschänken, Tavernen und Tobakkoläden sich herumgetrieben & obendrein in Schauspielhäusern um Schauspiele & Stücke zu sehen & sogar bei einem Spiel drei Viertel eynes Jahres selbst mitgespielet unter dem Vorwand als Mannsbildt & in ihren Stiefeln & mit eynem Schwert an ihrer Seite … Und also saß sie oben auf der Bühne vor den Augen des anwesendt Publikums, verkleidet als Mann und spielte auff ihrer Laute & sang eyn Lied …

& obendreyn hat sich zusammengerauft mit wüster, trunkener und wollüstiger Gesellschaft nämlich mit Beutelschneidern, blasphemischen Trunkenbolden & anderen von schlechtem Ruf & zügellosem Benimm; mit denen hat sie zur großen Schande ihres Geschlechts oftmalig (wie sie sagte) schwer getrunken & und ihren Kopf durch Saufferey übel verstimmt.

Und gestehet fürderhin … daß sie am Weihnachtstag in der Kirche St. Paulus gefasst wurde mit ihrem Rock nach oben geschlagen und mit darüber eynem Männerumhang; zum großen Skandal diverser Personen, welche dieses gemercket & zur Schande aller Weiblichkeit …

Und dann als sie gepresset wurde zu erklären ob sie nicht unanständig gewest mit ihrem Körper & hat nicht auch andere

Weibsbilder zur Lüsternheit verführet durch ihre Überredung & sich selbst als Kupplerin auffgeführet, da weißet sie weit von sich, daß man sie dürffe zur Rechenschaft ziehen auch nur mit eyner dergestalten Anschuldigung …

[›Mulholland, R. E. S., new series xxviii (1977) 31‹]

Mary Frith, besser bekannt als »Mad Mall«, wurde noch zu weiteren Befragungen aus der Untersuchungshaft vorgeführt, scheint jedoch keine schweren Strafen davongetragen zu haben – mit Sicherheit nicht die öffentliche Auspeitschung, die für gewöhnlich auf »Unsittlichkeit« stand. Fast fünfzig Jahre später wird sie zum letzten Mal erwähnt; sie muß ein für diese Zeit erstaunlich hohes Alter erreicht haben – und offensichtlich war sie auch dann noch gut in Form.